Michael Manning
DER ERZMAGIER

MICHAEL
MANNING

DUNKLE GÖTTER

3

DER ERZMAGIER

Aus dem Amerikanischen
von Jürgen Langowski

Piper München Zürich

Von Michael Manning liegen bei Piper vor:
Das Erwachen. Dunkle Götter 1
Der Bund. Dunkle Götter 2
Der Erzmagier. Dunkle Götter 3

Die amerikanische Originalausgabe erschien 2012 unter dem Titel »Mageborn. The Archmage Unbound« bei Gwalchmai Press.

FSC
MIX
Papier
FSC® C083411

ISBN 978-3-492-70303-1

Satz: psb, Berlin
Druck und Bindung: CPI books GmbH, Leck
Printed in Germany

1

Vorsichtig stieg ich auf der Steintreppe in die unteren Regionen der Burg Lancaster hinab. In meiner Jugend hatte ich zwar viel Zeit auf der Burg verbracht, doch in diesen Bereich hatte ich mich nie vorgewagt.

James Lancaster war allseits als ein gerechter und nachsichtiger Lehnsherr bekannt. Deshalb waren die Verliese der Burg während seiner Regentschaft bislang kaum benutzt worden, sah man von den gelegentlich hier eingesperrten Dieben einmal ab. In der letzten Zeit hatte der Krieg gegen Gododdin die Lage allerdings ein wenig verändert, wenngleich nicht so sehr, wie man es hätte erwarten können. In diesem Krieg hatte es keine Gefangenen gegeben, dafür hatte ich gesorgt. Die Erinnerung an die Schlacht war immer noch frisch, und hin und wieder erwachte ich mitten in der Nacht und zitterte am ganzen Leib, auch wenn ich mich nur selten an die Träume erinnern konnte, die meinen Schlummer gestört hatten.

Heute war ich gekommen, um eins der Probleme zu lösen, um die ich mich seit Ende des Krieges noch nicht hatte kümmern können. Einer meiner Verbündeten, aus dem beinahe sogar ein Freund geworden wäre, hatte sich am Ende gegen mich gewandt. Allerdings war es kein schlichter Verrat gewesen, und Cyhan hatte durchaus seine Gründe gehabt. Aus einem anderen Blickwinkel betrachtet, konnte man sogar behaupten, ich hätte eher ihn hintergangen als er mich. Denn der Krieger, der hier eingesperrt war, hatte sich im Grunde vollkommen ehrenhaft verhalten und war dem Vertrauen, das der König in ihn gesetzt hatte, gerecht geworden. Doch ebendieser König hatte mich zum Gesetzlosen erklärt. Je genauer ich die Sache betrachtete, desto stärker kam ich zu der Gewissheit, dass Cyhan es nicht verdient hatte, in der Zelle zu sitzen.

Keiner dieser Gedanken war mir neu; ich hatte sie seit der Schlacht vor der Burg Cameron beinahe täglich hin und her gewälzt. Eigentlich hätte ich schon viel eher herkommen müssen, doch tausend dringendere Angelegenheiten hatten mich davon abgehalten, und in meinen seltenen freien Momenten hatte ich gezaudert – was daran lag, dass dies keine Unterhaltung war, auf die ich mich freute.

Nun stand ich vor einer massiven Holztür und spürte mit meinem Magiersinn den Mann, der drinnen wartete. Schon lange, bevor ich an der Tür eingetroffen war, hatte er mich gehört, aber das war keine Überraschung. Das Verlies war sehr dunkel und still, jedes Geräusch schien hier tausendfach verstärkt zu werden. Obwohl James mich gedrängt hatte, mehrere Wächter mitzunehmen, war ich allein gekommen. Bei unserer letzten Begegnung war Cyhan fest entschlossen gewesen, mich möglichst bald ins Grab zu befördern.

Den angebotenen Begleitschutz hatte ich vor allem abgelehnt, weil ich allein mit ihm reden wollte. Außerdem waren die Wächter – falls er wirklich gewalttätig wurde – ohnehin keine große Hilfe. Der erfahrene Veteran war vermutlich der geschickteste und gefährlichste Krieger, dem ich je begegnet war. Wenn ich ihn nicht selbst aufhalten konnte, bedeuteten die Wachen ohnehin nichts anderes als ein paar zusätzliche Todesfälle. Ich hätte schon jemanden wie Dorian mitnehmen müssen, wenn ich ernstlich mit Gewalttaten gerechnet hätte.

Schließlich schöpfte ich tief Luft, zog den Riegel weg und sperrte die Tür mit einem Gedanken und einem Wort auf. Den Schlüssel hatte ich nicht mitgebracht, denn Schlösser stellten kein großes Hindernis mehr für mich dar. Der Geruch in der Zelle war alles andere als angenehm. Der Mann, den ich aufsuchte, saß am anderen Ende des Raums und beobachtete aufmerksam mein Eintreten. Er machte keine Anstalten, sich zu erheben.

Ich betrachtete ihn genau. Cyhan war zerlumpt, aber bei guter Gesundheit. James hatte dafür gesorgt, dass der Gefangene mit sauberem Wasser und anständigem Essen versorgt wurde. Die Haare waren ungekämmt, ich konnte jedoch erkennen, dass er sich bemüht hatte, sich gelegentlich zu waschen. Ein Mann wie Cyhan ging nicht in dumpfer Verzweiflung unter. »Du siehst schlimm aus«, begrüßte ich ihn zwanglos. Normalerweise beginne ich Gespräche lieber mit einem Kompliment, aber mir war keines eingefallen.

Er schnitt eine Grimasse. Die Miene schien beinahe von Humor zu künden, doch die Regung war vorüber, ehe ich sie richtig erkennen konnte. Eine Antwort schenkte er mir nicht.

»Ich bin gekommen, um die Dinge zwischen uns ins Lot zu bringen«, fügte ich hinzu.

»Dann hast du also einen Tag bestimmt«, entgegnete Cyhan.

Beinahe hätte ich ihn gefragt, was er damit meine, aber dann dämmerte mir, dass er offenbar auf seine Hinrichtung anspielte. »Ich habe nicht die Absicht, dich zu töten«, widersprach ich.

»Dann bist du ein Narr.«

»Erstaunlich, dass du nie ein Ratgeber des Königs geworden bist, denn als Krieger verschwendest du nur deine übergroße Liebenswürdigkeit«, antwortete ich sarkastisch. »Ich bin gekommen, um dir einen Ausweg anzubieten.«

»Vergiss es. Ich habe getan, was ich geschworen hatte. Meine Entscheidungen habe ich selbst getroffen, und im Gegensatz zu einigen anderen habe ich meine Eide nicht gebrochen.« Sein Blick durchbohrte mich, als er mir dies sagte. Es war ein bewusster Versuch, mich zur Weißglut zu reizen.

»Als du das letzte Mal so mit mir umgesprungen bist, ist mir der Kragen geplatzt. Mit dieser Taktik verschwendest du heute nur deine Zeit«, entgegnete ich. Tatsächlich hatte er beim letzten Mal meine Mutter als Versagerin gebrandmarkt, woraufhin ich versucht hatte, ihn anzugreifen. In den letzten Monaten waren aber zu viele Dinge geschehen, als dass ich wegen derart läppischer Beleidigungen noch die Fassung verloren hätte.

»Wenigstens lernst du dazu«, räumte er ein. »Trotzdem, meine Haltung wird sich nicht verändern. Deine einzige Möglichkeit besteht darin, mich zu töten.«

»Ich entscheide selbst, welche Möglichkeiten ich habe«, widersprach ich ruhig, »und du wirst dir anhören, was ich zu sagen habe, ehe du deine Wahl triffst.«

Er verschwendete kein Wort auf eine Antwort, sondern stand lediglich langsam, behutsam und ein klein wenig drohend auf. Ich beobachtete ihn genau und sprach weiter: »Der König hat mir neulich eine Botschaft geschickt.« Nun war mir die Aufmerksamkeit des älteren Kriegers sicher. Seine Körpersprache verriet mir, dass ich sein Interesse geweckt hatte.

»Und?«, fragte er.

»Er wünscht ein geheimes Treffen. Die Gründe hat er nicht genannt, aber ich rechne damit, dass er einen Ausweg aus unserer unerfreulichen politischen Situation sucht.«

»Er wünscht deinen Tod. Dein Sieg hier hat für ihn ebenso viele Probleme geschaffen wie gelöst«, entgegnete Cyhan.

»Ich hätte nicht gedacht, dass dir dies immer noch wichtig ist.« Meine Bemerkung war zwar sarkastisch gemeint, doch verriet mir die Intuition, dass ich nicht sehr weit von der Wahrheit entfernt war.

»Ich glaube, du bist der Untergang der Menschheit, und mein Eid gebietet mir, dich zu töten, nachdem du die Bindung gebrochen hast.« Er hielt einen Augenblick inne, ehe er fortfuhr: »Trotzdem, stünden die Dinge anders, würde ich dich gern als Freund bezeichnen.«

Beinahe hätte ich mich verschluckt. Das musste aus dem

Munde dieses wackeren Kriegers als ein äußerst gefühlvolles Eingeständnis gelten. Ich überspielte meinen Schreck mit einem kurzen Lachen. »Du überraschst mich immer wieder. Ehrlich gesagt, ich bin überzeugt, dass du sogar deine eigene Mutter töten würdest, wenn sie an meiner Stelle wäre.«

Er starrte mich unverwandt an, was meine Vermutung viel nachdrücklicher bestätigte, als zahlreiche Worte es vermocht hätten. So beunruhigend diese Vorstellung auch sein mochte, sie war immerhin stimmig. Ich fuhr fort: »Glaubst du denn immer noch, ich werde verrückt? Seit der Auflösung der Bindung ist schon mehr als ein Monat vergangen.«

»Wie soll ich das wissen? Der Wahnsinn kann viele Formen annehmen. Hörst du nach wie vor die Stimmen?«, fragte er. Es klang nach aufrichtiger Neugierde.

»Gewiss. Ich höre sie jetzt sogar ständig und habe mich daran gewöhnt. Es ist lange nicht mehr so beunruhigend, wenn man weiß, was die Stimmen repräsentieren«, erwiderte ich gelassen. In Wirklichkeit hörte ich das tiefe Pochen der Erde sogar in diesem Augenblick, und in der Luft lag ein Murmeln, das ich inzwischen mit dem Wind in Verbindung brachte. Die ganze Welt war lebendig, ich hörte sie mit tausend Stimmen leise flüstern. Da ich inzwischen wusste, was ich da zu hören bekam, hatte ich bei Weitem nicht mehr so viel Angst wie zu Beginn.

Als ich sprach, zog ein Schatten über Cyhans Gesicht, und er wandte sich ab. »Sag mir ... was repräsentieren sie?« Scheinbar klang es ruhig, doch meinem Magiersinn entging die zunehmende Spannung in seinem Körper nicht.

»Die Welt ist lebendig, und wer die richtigen Ohren hat, kann sie sprechen hören. Das ist alles«, entgegnete ich.

»Du sagst so etwas und erwartest immer noch, dass ich dich nicht für verrückt halte?«

»Vor dem Großen Sturz kannten die Magier keine Bindung. Einige konnten die Stimme der Erde hören und deren

Kräfte zu Hilfe rufen. Moira Centyr hat Balinthor nicht mit der Magie allein besiegt«, antwortete ich.

»Lügen! Hat dir ein dunkler Geist diese Dinge eingeflüstert, damit du deinen Wahnsinn mit Macht verwechselst?« Mit wütend verzerrtem Gesicht drehte sich Cyhan zu mir herum.

»Nein. Ich habe es in einem Geschichtsbuch gelesen, das nicht lange nach dem Großen Sturz entstanden ist. Im Haus meines Vaters gibt es eine umfangreiche Bibliothek, die vor feindseligen Priestern und Politikern gut geschützt wird.«

»Was soll das heißen?«

»Genau das, was ich gesagt habe. Ob du es glaubst oder nicht, ist deine Sache«, entgegnete ich ruhig.

»Natürlich glaube ich es nicht«, gab er zurück.

»Natürlich nicht. Denn wenn du es als wahr annähmest, müsstest du vieles, was man dich gelehrt hat, als Lüge verwerfen und einsehen, dass die Wahrheiten, auf die sich dein Eid gründet und denen du dein Leben gewidmet hast, falsch sind.«

»Du vergeudest deine Zeit«, knurrte der ältere Mann halblaut.

»Beantworte mir eine Frage. Falls du mir irgendwann glauben kannst – sofern du eines Tages erfahren solltest, dass der größte Teil dessen, was man dich gelehrt hat, falsch ist –, was würdest du dann tun?«

Cyhan hielt einen Augenblick inne und dachte ernsthaft darüber nach. Ehe er antwortete, schlich sich etwas wie Trauer in seine Augen. »Ich würde meinen Eid erfüllen.«

»Was für eine Dummheit! Welche Bedeutung hat die Ehre, wenn sie nicht der Vernunft dient?«, fragte ich.

Seine Miene war todernst, als er mir antwortete: »Die Ehre ist alles, was mir bleibt, und sie bedeutete nichts mehr, könnte ich meine Gelübde nach Belieben brechen.«

»Sie ist noch schlimmer als nichts, wenn sie nicht dem Gewissen eines Mannes unterworfen ist!«, fauchte ich. Trotz meiner Zurückhaltung war es dem kräftigen Krieger doch noch gelungen, mich zum Zorn zu reizen. Nicht, dass meine Empörung irgendeine ersichtliche Wirkung zeitigte. »Ich kann kaum glauben, dass du nicht bereit sein solltest, auf Vernunftgründe zu hören.« Damit kehrte ich ihm den Rücken und trat wieder auf den Gang hinaus. »Komm schon.« Ich winkte ihm, mir zu folgen. »Es ist Zeit, dass du gehst.«

Er folgte mir auf den Gang. »Du bist wirklich ein Narr«, murmelte er.

Ich sah ihn nicht einmal an. »Überspann den Bogen lieber nicht.« Mit meinem Magiersinn konnte ich beobachten, wie er sich umsah, als er mir nach oben folgte, aus dem Kerker heraus. Sogar jetzt noch forschte er nach Gelegenheiten – ob zur Flucht oder zum Mord, wollte ich gar nicht wissen. Ich führte ihn durch die Korridore der Burg, bis wir schließlich auf dem Burghof ins Sonnenlicht traten.

»Wohin gehen wir?«, fragte er.

»Zu den Stallungen.« Weitere Erklärungen schenkte ich mir. Ein paar Minuten später erreichten wir die Ställe, wo ich dem Burschen auftrug, mein Pferd zu holen. An diesem Tag war ich nämlich nach Lancaster geritten, statt den Teleportkreis zu benutzen.

Cyhan zog eine Augenbraue hoch, als ich ihm die Zügel reichte. »Was für eine Art Spiel treibst du da mit mir?«, fragte er. Am Ende des Satzes vernahm ich deutlich das Wort »Junge«, auch wenn er es nicht aussprach. Irgendwann während des Krieges gegen Gododdin hatte er zwar damit aufgehört, mich so zu nennen, aber alte Gewohnheiten legt man eben nur schwer ab.

»Der König will mich in zwei Wochen in einem kleinen Dorf namens Tilbrook treffen«, erklärte ich. »Er erwartet meine Antwort, und ich verfüge nicht über viele Boten. Ich entlasse dich in die Dienste des Königs. Du überbringst ihm die Antwort, und ich bin dich los.«

»Soll ich ihm ausrichten, dass du dort sein und den Kopf in die Schlinge stecken wirst?«

»Ich habe nicht die Absicht, dort zu erscheinen. Sage Seiner Majestät, ich werde ihn ein oder zwei Tage nach deiner Ankunft in seinen Gemächern aufsuchen.«

»Das wird ihm wohl nicht gefallen. Solltest du die Absicht haben, dich in den Königspalast zu schleichen, wäre es klug, ihn nicht vorher zu warnen«, meinte er.

»Für einen Mann, der mich töten will, gibst du mir eine Menge guter Ratschläge«, antwortete ich. »Wenn ich ihn vorher warne, sende ich ihm auf einen Streich drei Botschaften. Die erste ist, dass ich nach Belieben kommen und gehen kann, ob er nun eine Vorwarnung erhält oder nicht, und die zweite ist, dass ich ein zivilisierter Mann bin, denn sonst würden wir uns schon jetzt nach einem neuen König umsehen.« Mehr sagte ich zunächst nicht.

»Wie lautet die dritte Botschaft?«

Ich lächelte. »Die ist allein für die Ohren des Königs bestimmt. Sonst gäbe es ja keinen Grund für unseren privaten Plausch.«

Cyhan saß auf und blickte auf mich herab. Seiner Miene sah ich an, dass ihm ein Dutzend Gedanken durch den Kopf schossen. Am Ende beließ er es aber bei einer schlichten Bemerkung. »Ich bedaure schon jetzt unser nächstes Treffen, Mordecai.« Die ruhige Zuversicht, die aus diesen Worten sprach, jagte mir einen Schauer über den Rücken, den ich allerdings rasch mit einem Achselzucken abtat. Schließlich war ich nicht dadurch so weit gekommen, dass ich ängstlich verzagte. Einige Minuten lang blickte ich ihm mit den Augen nach, und sobald ihn die Bäume verdeckten, verfolgte ich ihn mithilfe des magischen Sinns weiter.

Seit Penny und ich die Bindung aufgelöst hatten, war mein Magierblick wieder ebenso scharf wie vorher. Wenn ich mich stark konzentrierte, konnte ich Dinge spüren, die sich etwas mehr als eine Meile entfernt befanden. Verfolgte ich eine bestimmte Person oder einen bekannten Gegenstand, konnte ich die Grenze sogar auf fast anderthalb Meilen erweitern. Soweit ich es zu sagen vermochte, war dies die Grenze meiner Magiersinne, aber ich lernte allmählich, dass es noch andere Wege gab, sich in der Welt umzutun.

Cyhan und das Pferd, das ich ihm gegeben hatte, erreichten gerade die Grenze meiner Wahrnehmung und bewegten sich immer noch in die richtige Richtung – nach Süden zur Hauptstadt hin. Ich beschloss, meine neuen Fähigkeiten zu erproben, holte tief Luft, beruhigte meine Gedanken und lauschte aufmerksam den Stimmen, die mich umgaben. Wie üblich entstand als Erstes ein Gefühl der Verwirrung. Es war mit dem Betreten eines überfüllten Raumes vergleichbar, in dem hundert Gespräche gleichzeitig stattfanden. Der Trick bestand darin, sich zu entspannen und zu lauschen, bis man eine vertraute Stimme erkannte, deren Äußerungen man von da an verfolgen konnte. Dieses Mal hatte ich es auf einen ganz bestimmten Sprecher abgesehen und konzentrierte mich auf das Säuseln des Windes. Im Laufe des letzten Monats hatte ich herausgefunden, dass der Wind ein launenhaftes, chaotisches Wesen war – manchmal leise und sanft, aber dann, ohne Vorwarnung, wild und schrecklich. Mein Geist griff hinaus, während ich den unberechenbaren Strömungen und Gezeiten folgte, bis ich in den weiten Himmel fortgeweht wurde, der voller verstreuter Wolken und von warmem Sonnenlicht erfüllt war. Während sich meine Welt erweiterte, hatte ich Mühe, mich auf das Gebiet rings um Lancaster und auf einen bestimmten Reiter zu konzentrieren, der nicht weit von der Burg entfernt auf der Straße ritt.

Er bewegte sich immer noch nach Süden, und mir war nicht klar, warum ich ihn überhaupt noch beobachtete. Aus irgendeinem Grund wurden die Einzelheiten immer unwichtiger, je weiter sich mein Bewusstsein spannte. Es kam darauf an, das Wissen des sorglosen Windes mit den präzisen Belangen meines sehr begrenzten menschlichen Verstandes in Einklang zu bringen. Öffnete ich mich zu sehr, vergaß ich den Grund, warum ich mich überhaupt umsah, und verlor mich in Tagträumen zwischen nickenden Bäumen und dahineilenden Wolken. Übertrieb ich es aber ins Gegenteil, fand ich nicht das, was ich suchte.

Gedankenverloren stand ich so da, vielleicht eine Stunde, vielleicht einen ganzen Tag ... die Zeit spielte keine Rolle mehr. Ich hatte gesehen, wie der winzige Reiter und sein Pferd die Grenze von Lancaster überschritten hatten. Aber diese kleinen Geschöpfe interessierten mich jetzt nicht. Wirklich faszinierend fand ich nun die großen Luftströmungen, die die Wolken nach Südosten trieben. Als mich die Sonne durchflutete, breitete ich mich noch weiter aus, beleuchtete die Erde unter mir und warf die gesprenkelten Schatten der Wolken auf den Boden.

»Mordecai!« Schon wieder brüllte mir jemand ins Ohr. Die Stimme kam mir bekannt vor. Ich blinzelte, was ein seltsames Gefühl war, da ich mich nicht erinnern konnte, dass schon einmal jemand auf diese Weise regelmäßig meinen Blick behindert hatte. Vor mir stand etwas, ein seltsames Wesen mit weichen rotgoldenen Fäden, die es umgaben ... wie hieß das noch? *Haare. Genau, so nannte ich sie früher*, dachte ich bei mir. Außerdem winkte sie mir mit ihren Anhängseln. *Sie? Was heißt das denn?*, fragte ich mich.

Endlich fügten sich meine zersplitterten Gedanken wieder zusammen, und ich erkannte, dass Ariadne Lancaster vor mir stand und mit den Händen vor meinem Gesicht herumwedelte, um meine Aufmerksamkeit zu gewinnen. »Mordecai! Kannst du mich hören? Sieh mich an!« Es klang aufgeregt. Endlich konnte ich mich auf sie konzentrieren und ihren Blick erwidern.

»Ariadne?«, fragte ich dümmlich. »Was ist los?« Ariadne

war die kleine Schwester meines besten Freundes Marcus Lancaster. Sie war zwar ein paar Jahre jünger als wir, hatte sich aber zu einer hinreißenden Schönheit entwickelt und ähnelte ihrer Mutter sehr. Das rotblonde Haar umrahmte ein Elfengesicht, das im Augenblick allerdings höchst besorgt schien.

»Die gleiche Frage sollte ich dir stellen«, erwiderte sie. »Du hast den ganzen Nachmittag hier draußen im Hof gestanden. Ich war schon einmal da, um mit dir zu reden, aber du bist in Trance gewesen, darum habe ich dich lieber in Ruhe gelassen.«

»Den ganzen Nachmittag …«, murmelte ich. Ich hatte immer noch etwas Mühe, diese Worte richtig zu begreifen.

»Ja, den ganzen Nachmittag. Als ich gerade hergekommen bin, um noch einmal nach dir zu sehen, habe ich mir Sorgen gemacht, weil du mir beinahe durchsichtig erschienen bist, als könntest du jeden Augenblick fortwehen. Also habe ich gerufen, um deine Aufmerksamkeit zu erregen, und dich an den Schultern gepackt, konnte dich aber nicht erreichen. Meine Hand ging einfach durch dich hindurch.« Sie hielt inne und schlug mir auf den Arm. »Jetzt bist du wieder ganz fest. Was hast du da bloß gemacht?«

»Ich bin nicht ganz sicher«, erwiderte ich noch immer ein wenig abwesend. »Ich habe Cyhan beobachtet, während er Lancaster verließ … glaube ich.«

»Du bist nicht einmal sicher, was du getan hast? Ich habe mehrere Minuten gebraucht, um deine Aufmerksamkeit zu erregen, denn du hast durch mich durchgestarrt, als wäre ich überhaupt nicht da. Konntest du denn erkennen, ob er sich in die richtige Richtung bewegt hat?« Der Wind war abgeflaut, und ihre Haare lagen jetzt ruhig auf den Schultern.

»In dieser Hinsicht bin ich sicher. Er ist nach Süden in Richtung Albamarl geritten. Falls er heimlich umkehren will, hat er einen wirklich großen Umweg eingeschlagen.« Ganz plötzlich kam mir ein absurder Gedanke: *Vom Wind bewegt, hat ihr Haar besser ausgesehen.* Eine Bö spielte mit einer Strähne und warf sie hin und her. *Habe ich das getan?* Ich war nicht sicher, denn ich hatte meine Kräfte nicht eingesetzt. Der Wind war offenbar von selbst aufgekommen.

»Konzentriere dich, Mordecai.« Vor mir schnippte Ariadne mit den Fingern. »Deine Augen sind schon wieder abgeirrt. Muss ich mit Penny darüber sprechen?«

»Nein, mir geht es gut«, log ich. »Ich versuche nur gerade, mich an einige meiner neuen Fähigkeiten zu gewöhnen.« In Wirklichkeit war ich jedoch alles andere als sicher. »Worüber wolltest du denn nun mit mir sprechen, ehe ich dich erschreckt habe?« Ich riss mich zusammen, zog meinen Geist wieder zu mir zurück und setzte mich schon in Richtung des Bergfrieds in Bewegung.

Ariadne hielt Schritt und redete weiter auf mich ein. »Ich wollte dich nach Marcus fragen. Wie geht es ihm?«

Ihr Bruder war nach der Schlacht gegen das Heer aus Gododdin nicht nach Lancaster zurückgekehrt. Seine Göttin hatte sich geweigert, Penny zu heilen, als diese schwer verletzt worden war – angeblich, weil Penny die Bindung zerstört hatte, die meinen Geist abschirmte. Diese Weigerung hatte Marcus veranlasst, sich von der Göttin loszusagen. Danach war ein Gefühl von Leere, Niedergeschlagenheit und Verlorenheit in ihm zurückgeblieben. Seitdem lebte er bei mir auf der Burg Cameron, ich hatte ihn jedoch kaum aufmuntern können. Natürlich machten sich seine Eltern und Geschwister seinetwegen Sorgen.

»Unverändert«, erklärte ich. »Neulich habe ich ihn überredet, mit mir und Dorian ein paar Becher zu leeren, aber besonders umgänglich ist er nicht gewesen.«

Beunruhigt kniff sie die Augenbrauen zusammen. »Ich wünschte, er käme eine Weile nach Hause. Vielleicht könnte ich ihn zur Vernunft bringen.«

Ich hatte ernste Zweifel, ob es hilfreich wäre, wenn ihm

seine kleine Schwester auf die Nerven ging, wagte es aber nicht, ihr dies zu sagen, sondern setzte meine beachtlichen Fähigkeiten der Irreführung ein und formulierte den Gedanken etwas anders. »Ich glaube nicht, dass es ihm jetzt hilft, wenn ihm dein Vater Vorträge hält.« Im Laufe der Zeit hatte ich mir doch ein wenig Weisheit erworben.

»Wahrscheinlich hast du damit recht«, stimmte sie zu. »Bleibst du zum Abendessen, oder kehrst du gleich nach Hause zurück?«

Darüber hatte ich noch gar nicht nachgedacht, denn bisher hatte ich mich ausschließlich darauf konzentriert, Cyhan auf den Weg zu bringen. Allerdings war ich recht sicher, dass mich Penelope zum Abendessen erwartete. »Eigentlich wollte ich nicht lange bleiben, aber wenn du möchtest, können wir morgen Abend zusammen essen. Dorian freut sich bestimmt auch über die Gelegenheit, seine Mutter zu besuchen.« Dorian lebte bei uns in Washbrook und diente mir als Seneschall und Waffenmeister.

»Ist Rose noch bei euch? Wenn sie dort ist, solltest du auch sie mitbringen«, fügte Ariadne mit einem schalkhaften Grinsen hinzu. Anscheinend mochte sie Rose Hightower. Als kleines Mädchen hatte sie immer zu der Frau aufgeschaut. Außerdem nahm ich an, dass sie bei ihrem Ansinnen gewisse Hintergedanken hatte. Zweifellos war sie fest entschlossen, Rose und Dorian zu verkuppeln. Penny hegte ähnliche Absichten. Ich dagegen hielt nicht viel von solcher Einmischung, da ich überzeugt war, dass die beiden auch allein sehr gut zurechtkämen.

»Ich denke nicht im Traum daran, sie … auszuschließen«, erwiderte ich höflich. Inzwischen standen wir vor dem Gebäude, das James für meine Teleportkreise in Lancaster errichtet hatte. »Aber jetzt muss ich mich verabschieden und nach Hause zurückkehren. Ich habe nicht damit gerechnet, so lange im Hof herumzustehen.«

»Grüß Penelope von mir. Ich hoffe, ihr kommt morgen Abend zum Essen«, antwortete sie.

»Ich vermag mir gar nicht vorzustellen, dass mich irgendetwas davon abhalten könnte, diese Einladung wahrzunehmen«, entgegnete ich lächelnd. Dann teleportierte ich mich mit einem Gedanken und einem Wort zur Burg Cameron zurück.

2

Als ich auf der Burg Cameron aus der Nische trat, war der Gang menschenleer. Darüber war ich ein wenig erleichtert, denn in der letzten Zeit hatten mich viele Menschen damit behelligt, ich solle in dieser oder jener Hinsicht Entscheidungen treffen. Die Burg selbst hatte den Krieg weitgehend unbeschadet überstanden, wenn man von der Mauer absah, die an einer einzigen Stelle durchbrochen worden war. Die Reparaturarbeiten gingen zügig vonstatten, und bald konnte ich die Arbeiter einsetzen, um eine neue Außenmauer zu errichten, die unseren rasch wachsenden Ort Washbrook umgeben sollte.

Mit etwas Glück erreichte ich vielleicht sogar meine Werkstatt, ohne jemandem zu begegnen, der mir irgendwelche Entscheidungen abnötigte. Ich hatte die Schmiede meines Vaters übernommen und so lange ausgebaut, bis sie meinen Bedürfnissen entsprach. Ein Meisterschmied wie er würde ich sicherlich nie werden, aber gelegentlich arbeitete ich doch auch mit Metall, und wenn ich ihn brauchte, war mir der Schmiedeofen sehr nützlich. Außerdem gab es womöglich auch einige sentimentale Gründe, über die ich allerdings nicht allzu lange nachdenken wollte.

Als ich den Burgfried durch die Haupttür verließ und über den Hof ging, winkte ich Cecil Draper zu. Damit war meine Glückssträhne auch schon zu Ende, denn Cecil verließ seinen Posten und kam zu mir gerannt, noch ehe ich zehn Schritte in Richtung der Schmiede getan hatte. »Mein Lord! Sir Dorian bat mich, Euch Bescheid zu sagen, dass er Euch sucht.«

Ich blieb stehen und schenkte ihm ein gnädiges Lächeln. »Wo hält sich mein Freund denn gerade auf?« Eigentlich hatte ich nicht die geringste Lust, in diesem Augenblick mit Dorian zu sprechen, aber ich versuchte immer, im Umgang mit den Menschen, die mich unterstützten – und die umgekehrt von mir abhängig waren –, eine besondere Höflichkeit an den Tag zu legen.

»Er sagte, er sei im Wirtshaus, mein Lord«, erwiderte Cecil rasch. Ich nickte und wechselte die Richtung. Die Schenke, die er meinte, wurde von Joe McDaniel betrieben und bewirtschaftet. Er war eng mit Dorian befreundet und leitete inzwischen auch die Stadtwache. Seit sich die Lage etwas beruhigt hatte, lebte er in dem Haus, das Penny und ich vor der Fertigstellung der Burg bewohnt hatten. Er hatte große Anstrengungen unternommen, dort eine anständige Dorfschenke einzurichten.

Bald fiel mein Blick auf das große bunte Schild mit einem dicken Schwein, das sich im Dreck suhlte. Diese künstlerische Darstellung ging auf meine erste Begegnung mit Baron Arundel zurück. Bei dieser Gelegenheit hatte ich mich mit Schlamm vollgespritzt, um einen besonders guten Eindruck zu hinterlassen. Die Wirtshäuser trugen gewöhnlich einfache Namen, die man bildlich darstellen konnte, da viele Menschen des Lesens nicht mächtig waren. In diesem Fall stand »Dreckschwein« in akkuraten Buchstaben unter dem Bildnis. Es war ein bisschen peinlich, dass sie meine Begegnung mit Baron Arundel als Anregung für den Namen des Wirtshauses benutzt hatten, aber ich hoffte, dass die Menschen den wahren Hintergrund bald vergaßen.

Sobald ich durch die Tür getreten war, brauchte ich einen Moment, um mich an das dämmrige Innere zu gewöhnen. Draußen herrschte Zwielicht, drinnen hatte man noch nicht einmal die Lampen angezündet. Bisher waren auch noch nicht viele Gäste eingetroffen, sodass ich Dorian sogleich am Ende der Theke entdeckte. »Hallo, Dorian!«, rief ich, um seine Aufmerksamkeit zu erregen. »Cecil sagte, du suchst mich.«

Mein groß gewachsener Freund drehte den Kopf zu mir herum, sobald er meine Stimme hörte, und heftete den Blick auf mich. »Mort! Schön, dass du wieder da bist. Wie ist es gelaufen?«

Er meinte natürlich meinen Besuch bei Cyhan. »Ich habe ihn gehen lassen, und er sagte mir, ich sei ein Narr«, antwortete ich. Das schien mir eine recht treffende Zusammenfassung der Begegnung zu sein.

Dorian schnaubte. »Das bist du auch und ein störrischer Esel obendrein. Ich halte es nach wie vor für einen Fehler.«

»Das wird die Zeit zeigen, mein Freund. Aber du wolltest doch nicht mit mir sprechen, um mich wegen eines Fehlers zu behelligen, den ich längst begangen habe?« Es fiel mir schwer, meine Ungeduld zu verbergen.

»Hast du es so eilig, an deine Arbeit zurückzukehren? Komm, setz dich, du kannst doch sicher ein paar Minuten erübrigen. Trink was.« Er winkte Joe, der aufmerksam zugehört hatte und jetzt sofort einen Krug für mich zapfte. »Es geht um Marc«, fügte er hinzu.

»Ariadne hat sich auch schon nach ihm erkundigt«, antwortete ich.

»Sie hat einen guten Grund, sich Sorgen zu machen. Es wird und wird nicht besser mit ihm.«

»Er ist nur niedergeschlagen. Früher oder später wird er die Schwermut schon wieder abschütteln. Als wir neulich abends zusammensaßen, war er doch ganz in Ordnung.«

»Ja, sicher, wenn er bei uns ist und trinkt … aber das können wir nicht jeden Tag tun.« Es war seltsam zu hören, dass Dorian so großen Wert auf Nüchternheit legte, denn seit er als Erwachsener galt, hatte er stets eine große Vorliebe für berauschende Getränke an den Tag gelegt.

»Wo ist er heute? Immerhin sitzt du jetzt allein hier«, bemerkte ich.

»Joe bat mich heute Morgen, hier vorbeizukommen und

ihn in sein Zimmer zu bringen. Kurz vor der Mittagsstunde ist er ohnmächtig geworden.«

»Verstehe.« Ich schnitt eine Grimasse. »So etwas ist ihm wohl noch nie passiert, oder?«

Dorian seufzte. »Eigentlich spielt es keine große Rolle. So treibt er es jedenfalls schon länger. Er beginnt zu trinken, sobald er aufwacht, was aber gewöhnlich erst am Nachmittag geschieht. Wenn du besser achtgegeben hättest, dann wüsstest du es schon längst.« Das klang durchaus vorwurfsvoll.

»Tut mir leid, Dorian. Ich war stark beschäftigt. Es gibt so viel zu tun …« Ich hoffte, er verstünde es.

»Ja, ich weiß. Es gibt immer viel zu tun, aber man muss sich für seine Freunde auch Zeit nehmen. Woran hast du eigentlich in der letzten Zeit gearbeitet? Du verschwindest ja in jeder freien Minute in der Schmiede.«

Ich war dankbar, dass er die Unterhaltung auf ein erfreulicheres Thema gelenkt hatte. »Ich war ohnehin schon drauf und dran, dich zu bitten, es dir anzusehen. Deine Meinung dazu ist mir wichtig«, antwortete ich lächelnd. Unter allen Menschen, die in der Umgebung lebten, war Dorian der Erste, dem ich mein neues Projekt zeigen wollte. Ich trank einen großen Schluck, um den Bierkrug möglichst bald zu leeren. »Dies wäre ein ausgezeichneter Zeitpunkt. Du solltest mitkommen und es in Augenschein nehmen.« Ich stand auf.

»Immer in Eile, was?« Dorian seufzte schwer und leerte seinen Krug. »Na gut, dann lass uns mal sehen, welche Ungeheuerlichkeit du dieses Mal ausgeheckt hast.« Er stand auf und folgte mir zur Tür.

In der Schmiede hielt ich zunächst einen Moment inne, um ein Wort zu sprechen und den Arbeitsbereich zu beleuchten. Ich hatte ringsherum mehrere verzauberte Kugeln im Raum verteilt, die Licht spendeten. Natürlich hätte ich auch selbst ein Licht heraufbeschwören können, doch hatte ich wieder experimentiert. Diese einfachen Glaskugeln konnten von jedem

Menschen entfacht werden, der den richtigen Befehl kannte. Ursprünglich hatte ich sie für Penny erschaffen, doch da die Leuchtkörper schon einmal fertig waren, spielte ich mit dem Gedanken, die ganze Burg damit auszustatten. Außerdem mochten sie nützlich sein, um die Straßen von Washbrook zu beleuchten, doch ich war nicht sicher, ob ich genug Zeit hatte, um eine massenweise Herstellung in Angriff zu nehmen.

»Die sind wirklich hübsch!«, sagte Dorian, der die verzauberten Glaskugeln betrachtete.

»Die meine ich doch gar nicht … die habe ich schon vor Wochen hergestellt«, entgegnete ich. »Hier ist etwas, das dir hoffentlich noch viel besser gefällt.« Ich ging zu einer langen Werkbank, die an der Wand aufgestellt war. Die Arbeitsfläche war mit einem großen Stück Segeltuch verhüllt, unter dem mein jüngstes Werk verborgen blieb. Dorian spähte mir neugierig über die Schulter. »Erinnerst du dich noch, wie ich deine Rüstung verzaubert habe?«, sagte ich.

»Natürlich. Das verdammte Ding rostet nicht einmal«, erwiderte er.

»Das hier ist genauso, nur besser.« Ich zog das Tuch weg und enthüllte eine wunderschöne Rüstung. Im Gegensatz zu den meisten anderen Rüstungen, die wir gegenwärtig benutzten, handelte es sich bei dieser hier um einen echten Plattenpanzer, der aus sorgfältig geformten und geschmiedeten Stahlelementen hergestellt war. Rüstungen dieser Art sah man in Lothion äußerst selten, denn gewöhnlich blieben sie sehr begüterten Menschen vorbehalten. Genau genommen war ich derzeit einer der reichsten Adligen in Lothion, doch da ich als Gesetzloser galt, gab es für mich keine Möglichkeit, mein Geld auszugeben oder auch nur darauf zuzugreifen, denn der größte Teil befand sich noch immer in der Königlichen Bank. Allerdings hatte ich diese Rüstung nicht gekauft, sondern im Verlauf von zwei Wochen mit größter Sorgfalt selbst geschmiedet.

»Ach, du heilige … Mort, wo hast du die denn her?«, rief Dorian. Ich freute mich sehr, dass er so schockiert und überrascht reagierte.

»Ich habe sie geschmiedet«, entgegnete ich bescheiden.

»Jetzt mal ehrlich, woher hast du sie?«, bohrte er nach. Während er damit andeutete, ich hätte in Bezug auf die Herkunft der Rüstung gelogen, strich er mit den Händen über die Beinröhren und bewunderte den schönen braunen Lack, den ich dort aufgetragen hatte. Brustharnisch und Armschienen waren auf ähnliche Weise mit passenden Mustern geschmückt, die Ränder hatte ich vergoldet, und in der Mitte des Brustpanzers prangte ein goldener Falke.

»Ich habe die Rüstung geschmiedet, Dorian. Schau dir doch die Farben und das Symbol an«, antwortete ich.

Nun erkannte er endlich das Wappen der Camerons. »Das sieht wie die Livree deiner Diener aus! Aber wie ist das möglich? So etwas kann man doch nicht kaufen.«

Allmählich wurde ich wütend, weil er es mir immer noch nicht glaubte. »Zum letzten Mal … ich selbst habe diese Rüstung geschmiedet.«

»Nicht einmal dein Vater hätte so etwas tun können!«, rief er. Dann schaute er betreten drein, weil ihm bewusst wurde, was er gesagt hatte. Mein Vater war einige Monate zuvor unmittelbar vor unserer Schlacht gegen das Heer von Gododdin gestorben.

Ich sah ihn gelassen an. »Hätte er sich jemals darauf verlegt, eine Rüstung zu schmieden, so hätte er es zweifellos auch gekonnt.«

»Entschuldige, Mort, das war gedankenlos von mir. Ich meinte nur … nun ja, dein Vater war ein viel besserer Schmied als du, und selbst er hat nie so etwas hergestellt. Warum kannst du es nun?« Dorian streichelte immer noch die Rüstung.

Ich brachte es nicht übers Herz, wütend zu werden. Dorian

und ich waren Freunde, solange wir uns überhaupt erinnern konnten, und ich war nicht der Einzige, der den Vater verloren hatte. Deshalb hob ich ein kleines Stück Abfallmetall auf. »Ich verfüge über Hilfsmittel, die mein Vater nicht hatte.« Dann legte ich das Stück in die kalte Asche des Schmiedeofens und erhitzte es mit einem Wort und meiner Kraft. Binnen einer Minute glühte es hell und war dem Schmelzpunkt nahe.

»Normalerweise erhitze ich das Metall in einem ganz gewöhnlichen Feuer, aber da der Ofen kalt ist, zeige ich es dir lieber so.« Leise sprach ich die magischen Worte »*Na'Pyrren Ingak mai Lathos*« aus, blies auf meine Handflächen und griff in den Schmiedeofen, um das hell glühende Metallstück mit bloßen Händen herauszunehmen.

Dorian zuckte zusammen, als er sah, wie ich ungeschützt das Metall ergriff. Doch er hielt den Mund. Hätte ich es nicht besser gewusst, ich hätte angenommen, dass er sich allmählich an die verschiedenen Erscheinungsformen der Magie gewöhnte. »Ist das wirklich nötig?«, fragte er. »Hier liegen doch genügend Greifzangen herum.«

»Der Spruch hilft mir nicht nur, das Metall zu nehmen, ohne mich zu verbrennen«, erwiderte ich. Schon knetete ich das Material mit den Fingern wie ein Stück zähen Ton. Ich hatte meinen Händen ein übermenschliches Maß an Stärke und Härte verliehen, denn so heiß das Eisen auch sein mochte, normalerweise wäre es mir nicht möglich gewesen, es ohne Hammer und Amboss zu bearbeiten. Rasch formte ich es zu einem Stab, indem ich es zwischen den Händen rollte und abermals erhitzte, wenn es nötig wurde. Schließlich bog ich es zu einem Ring und verschweißte die Enden miteinander. Da ich das Metall mit bloßen Händen bearbeitete, brauchte ich höchstens zwei Minuten.

»Warum hast du es in den Schmiedeofen gelegt, obwohl du es allein mit der Magie erhitzen könntest?«, wollte Dorian wissen.

»Aus Gewohnheit … und ich wollte nicht die Werkbank verbrennen oder den Amboss beschädigen.« Inzwischen bog ich das heiße Metall zu einer Spirale.

Dorian sah fasziniert zu, wie ich das orangefarben glühende Stück bearbeitete. »Was soll das werden?«

»Nichts Bestimmtes«, antwortete ich. »Ich wollte es dir nur demonstrieren. Mithilfe der Magie lässt sich das Metall beinahe so formen, wie ein Töpfer den Ton bearbeitet. Dadurch wird vieles erheblich einfacher als bei der Arbeit mit Hammer und Greifzange.«

»Du hattest schon immer geschickte Hände«, meinte Dorian, »aber irgendwie hätte ich doch angenommen, dass du nicht nur hier herumsitzt und Kunstwerke erschaffst.«

»O du Ungläubiger«, entgegnete ich im Singsang eines Priesters. »So habe ich auch das da gemacht.« Ich deutete auf die Rüstung, die schimmernd auf der Werkbank lag.

»Für so etwas brauchen die besten Rüstungsschmiede des Königs ein halbes Jahr«, entgegnete Dorian. Der Zweifel stand ihm deutlich ins Gesicht geschrieben.

»Anscheinend bist du nicht so leicht zu überzeugen. Bleib mal einen Augenblick da stehen.« Ich ging an ihm vorbei und hob hinter ihm etwas auf, das auf einer Werkbank lag.

Dorian drehte den Kopf, um mich zu beobachten. »Warte mal, Mort. Du wirst doch jetzt nicht irgendwelche komischen Sachen machen?«

Innerlich lachte ich. Hatte ich schon erwähnt, dass mir meine Freunde jederzeit blind vertrauen? »Bleib ruhig! Ich werde keine Magie gegen dich wirken.« Ich beugte mich vor und griff nach seinem Fußgelenk, doch mein furchtloser Freund wich mit einem fast komisch anmutenden Hüpfen seitlich aus.

»Was ist das?«, fragte er nervös.

»Ein Bandmaß … nun halt doch mal still, sonst erwürgt es dich noch«, bemerkte ich trocken. Ich machte einen Schritt auf ihn zu und maß ihn sorgfältig. Gleich darauf entspannte er sich, auch wenn wir einen etwas peinlichen Moment erlebten, als ich seine Schrittlänge abnehmen musste. Ich will an dieser Stelle gar nicht auf die Einzelheiten eingehen.

»Ich warte immer noch geduldig auf deine umfassende Erklärung. Möchtest du eine weitere Rüstung von der gleichen Art für mich herstellen?«, fragte Dorian. Er wusste es gut zu verbergen, doch sein heimliches Begehren entging mir nicht. Welcher Krieger hätte sich nicht eine solche Rüstung gewünscht wie diejenige, die direkt vor ihm auf der Werkbank lag?

»Nicht direkt«, entgegnete ich geheimnisvoll. Natürlich wusste ich, dass ihn die ausweichende Antwort in den Wahnsinn trieb, aber ich genoss es, die Sache hinauszuzögern. »Ich hatte zunächst nur eine Rüstung, die wir zusammen mit meinen eigenen Waren aus dem Lagerhaus des Königs geholt haben, *kopiert*. Inzwischen bin ich aber einen Schritt weiter und kann sie vermutlich sogar noch verbessern.«

»Wie denn?«

»Nun ja, da wären zunächst die Verzauberungen, damit das Material außergewöhnlich widerstandsfähig und stabil wird. Außerdem kann ich vermutlich einige Scharniere neu gestalten und ein paar überflüssige Teile weglassen, die bisher die Unterarme und die Ellenbeugen geschützt haben. Und so weiter.« Ich deutete auf die vorstehenden Flügel, die zum Ellenbogenschutz gehörten.

»Meinst du die Mäusel?«, fragte Dorian und deutete auf das Metallgelenk. Vermutlich war dies der richtige Name für das Stück.

»Ja, richtig, die Mäusel für Ellenbogen- und Kniegelenk«, antwortete ich aufgeregt, weil ich endlich den richtigen Begriff kannte.

»Die fürs Knie heißen natürlich Kniekacheln«, berichtigte er mich kichernd. Es geschah nicht oft, dass Dorian im Vorteil war, wenn es um theoretisches Wissen ging, aber das Kriegshandwerk beherrschte er viel besser als ich, und außerdem war dies ein Thema, für das er sich regelrecht begeistern konnte. »Du solltest nicht auf diesen Schutz verzichten«, fügte er ernst hinzu.

»Aber diese Teile sind nicht nötig«, beharrte ich. »Das Kettenhemd ist an diesen Stellen stark genug, um den Träger vor Stichverletzungen zu schützen.«

Dorian seufzte. »Mordecai, du bist so klug, dass ich manchmal ganz vergesse, wie dumm du auch sein kannst. Die Platten sollen nicht vor Schnitt- oder Stichwunden schützen. Was glaubst du denn, was ein Träger dieser Art von Rüstung am meisten fürchtet?« Er hielt inne, um mir eine Gelegenheit zu geben, von selbst auf die Antwort zu kommen. Doch ich wollte nicht mitspielen und wartete ab. Schließlich fuhr er fort: »Er fürchtet den Streitkolben und die Axt. Die Bleche sollen Knie und Ellenbogen davor schützen, zerschmettert zu werden.«

»Oh …«, antwortete ich nicht besonders intelligent. »Gilt das auch hier?« Ich deutete auf die runden Platten, die unter den Schulterklappen montiert waren.

»Schwebescheiben«, meinte Dorian. »Sie heißen Schwebescheiben … ja, die Begründung trifft auch hier zu. Sie schützen die Achselhöhlen.«

»Bei deiner jetzigen Rüstung gibt es sie nicht«, widersprach ich.

»Mein Kettenhemd schützt mich vor Schnittwunden und Pfeilen, aber gegen Waffen, die mir die Knochen brechen, richtet es rein gar nichts aus. Deshalb hat man auch irgendwann begonnen, diese Art von Rüstung zu entwickeln«, erwiderte er.

In dieser Hinsicht war Dorians Wissen dem meinen eindeutig überlegen. Deshalb holte ich meine sorgfältig ausgeführten Pläne für die nächste Rüstung hervor und zeigte sie ihm. Ich wies ihn auf die Änderungen hin, die ich vornehmen wollte, und nach ein paar Stunden hatte er mir die meisten ausgeredet. Hätte mein Vater noch gelebt, er hätte gelacht und mir gesagt, ich hätte von Anfang an einen Fachmann zurate ziehen sollen. Andererseits hatte ich schon immer darauf beharrt, erst die Fehler zu machen und danach aus ihnen zu lernen.

Wir vertieften uns so sehr in die Diskussion, dass die Stunden wie im Fluge vergingen, bis die Zeit zum Abendessen längst vorbei war. Wie üblich schien auch dieser Tag nicht lang genug zu sein. Als wir die große Halle betraten, verstummten viele Gespräche, und die meisten anwesenden Menschen schwiegen. Zuerst hatte ich mir deshalb Gedanken gemacht, doch inzwischen war ich daran gewöhnt. Jetzt nickte ich den Leuten nur noch zu und ging zu meinem Platz an der Haupttafel.

Vor meinem Stuhl blieb ich stehen und betrachtete das Essen, das bereits serviert war. Penelopes wütender Blick verbrannte mich beinahe, als ich sie verlegen anblickte. »Meine liebe Hausherrin und Ehegattin«, sagte ich laut genug, damit es überall gut zu hören war, »ich hoffe, du hast dir keine Sorgen gemacht.« Damit drehte ich mich zu den anderen Anwesenden um. »Bitte esst nur weiter.« Ich sprach absichtlich freundlich, um sie zu beruhigen. Es schien auch zu wirken, denn die Gespräche im Raum lebten wieder auf, und die Menschen entspannten sich und machten sich über das Essen her. Ich hatte beobachtet, wie James Lancaster mit seinen Leuten umging, und dabei viel gelernt. Innerlich war ich aber immer noch unsicher.

Penny beugte sich zu mir vor, sobald ich mich gesetzt hatte. »Du machst das inzwischen viel besser, aber es ist trotzdem peinlich, wenn ich allein beginnen muss und nicht weiß, wann du eintriffst.« Sie sprach so leise, dass uns niemand belauschen konnte, und ich konnte ihrem Tonfall entnehmen, dass sie nicht allzu gereizt war.

»Entschuldige«, antwortete ich aufrichtig.

»Schick mir einfach eine Nachricht, wenn du spät kommst, damit ich die Leute nicht herumstehen und auf dich warten lasse, bis wir am Ende doch beschließen, ohne dich mit dem Essen anzufangen«, erwiderte sie. Seit sie das Gewand der Burgherrin trug, war sie bemerkenswert sittsam und höflich geworden ... zumindest in der Öffentlichkeit. Ich ließ den Blick über sie wandern und betrachtete das schlichte Kleid, das sie trug. Es wurde durch Saphirohrringe und ein Halsband ergänzt. Ihre Aufmachung war zwar geschmackvoll, aber nicht extravagant, und ich konnte nicht anders, als ihre Schönheit zu bewundern. Penny suchte meinen Blick, dann sagte sie: »Starr mich nicht so an ... die Leute reden schon über uns.«

Ich grinste sie an. »Lass sie doch reden. Ich bin mit der schönsten Frau auf der Welt verheiratet. Es wäre noch viel seltsamer, würde ich dich nicht ab und zu anstarren.« Ich gab mir nicht die geringste Mühe, die Stimme zu senken.

Sie errötete und warf mir einen Blick zu, der mir verriet, wie bitter ich später würde büßen müssen, weil ich sie jetzt in Verlegenheit gebracht hatte. Aber es war doch ein angenehmer Blick. Abrupt wechselte sie das Thema: »Was hast du denn mit Dorian getan, das wichtig genug war, um nicht rechtzeitig zum Essen zu erscheinen? Lady Rose war sehr enttäuscht, dass er nicht von Anfang zugegen war.«

Rose Hightower saß zufällig direkt neben ihr und warf Penny einen warnenden Blick zu. »Ich bin nur ein wenig beunruhigt gewesen.« Sie tupfte sich die Lippen mit einem Mundtuch ab.

Nun schaltete sich Dorian ein: »Verzeih mir, dass ich dir dies zugemutet habe. Ich habe nur meinen guten Freund, den Grafen, ins Bild gesetzt, weil er bezüglich der Kunst der Rüstungsschmiede ein paar Fragen hatte.« Wie üblich bemerkte er rein gar nichts. Allmählich zweifelte ich, ob ihm jemals dämmern werde, dass seine Liebe nicht unerwidert blieb. Andererseits zog er es womöglich vor, ganz bewusst nicht allzu scharf hinzuschauen. Falls er sich selbst jemals eingestand, dass sie das Gleiche empfand wie er, war es am Ende ja sogar möglich, dass er sich gezwungen sah, in dieser Hinsicht etwas zu unternehmen. Doch diese Aussichten fand er wahrscheinlich noch erschreckender, als sich dem Heer von Gododdin zu stellen.

»Die Kunst der Rüstungsschmiede?« Rose zog eine Augenbraue hoch und brachte einen bemerkenswerten Ausdruck des Erstaunens zustande. »Plant der gute Graf denn schon wieder einen Krieg?« Ich beobachtete sie genau, während sie sprach, denn trotz ihrer Schlagfertigkeit im Gespräch verweilten ihre Augen viel länger auf Dorian als auf jedem anderen.

»Hör auf damit, Rose, und du auch, Dorian. Ich habe euch beiden gesagt, ihr sollt mich beim Namen nennen. Wir haben hier doch keine offizielle Versammlung, sondern nichts weiter als ein Abendessen, und ich bin hier zu Hause«, sagte ich.

Dorian kicherte. Die beiden zogen mich mit meiner neuen Stellung gern auf. »Vorsicht, Rose. Wir dürfen unseren freundlichen Gastgeber nicht beleidigen«, entgegnete er in gespieltem Ernst.

»Wie wahr, Dorian! Bitte verzeih uns, Mordecai«, fuhr Rose fort und ging auf sein Spiel ein. Während sie sprach, legte sie ihm leicht die Hand auf den Unterarm. Es war allerdings nur eine kleine Geste, die ihre Worte unterstreichen sollte, aber ich hätte ein Pfund Gold gewettet, dass er den Arm um keinen Preis bewegen würde, solange ihre Hand dort liegen blieb. Wahrscheinlich wusste sie das auch. Frauen sind hinterhältig.

Ich seufzte und tat so, als sei ich gereizt, damit sie das Spiel fortsetzen konnten. »Darf ich um etwas Wein bitten?« Ich sprach laut genug, damit der Mann, der hinter mir vorbeilief, es auch hören konnte, denn ich vermutete, dass er ein Diener war. Ganz recht, inzwischen hatte ich Diener … ganz zu schweigen von meinem hauptamtlichen Herold. Doch wer dieser Mann auch gewesen sein mochte, er ignorierte meine

Bitte jedenfalls, ging weiter und verließ den Raum durch die Tür, die in die Küche führte. »Das ist seltsam«, sagte ich zu Penny. »Habe ich zu leise gesprochen?« Ich hatte den Kopf nicht herumgedreht und war deshalb nicht ganz sicher, wer mich da übersehen hatte.

Sie lächelte mich an. »Vielleicht hilft es, wenn ein Diener nahe genug steht, um dich zu hören.«

»Aber da war jemand!«, protestierte ich. »Ein großer Bursche, fast so groß wie ich.«

»Ich fürchte, dieses Mal hast du dich geirrt, Mort. Seit einer Minute oder noch länger ist niemand mehr vorbeigekommen. Ich glaube aber, ich habe da eine Dienstmagd bemerkt, die gleich zu uns herüberkommen wird ...« Sie hob die Hand und winkte eine Dienerin herbei. Ich glaube, sie hieß Lisette. Gleich darauf eilte das Mädchen fort, um mir einen Becher Wein zu holen.

Ich runzelte die Stirn und schloss den Mund. Gewiss, ich hatte mich nicht umgedreht, denn ich war so daran gewöhnt, meinen Magiersinn zu nutzen, dass ich oft auf die herkömmlichen Sinne verzichtete. Trotzdem war ich völlig sicher, dass ein Mann vorbeigekommen war, auch wenn ihn Penny nicht bemerkt hatte. Es war jedoch wenig sinnvoll, darüber zu streiten. Der Wein war unterwegs, und ich hatte keinen Grund zur Klage.

»Mordecai, du hast meine Frage noch nicht beantwortet«, erinnerte mich Rose.

Ich schreckte aus meinen Gedanken auf. »Welche denn?« Es dauerte einen Augenblick, bis ich mich erinnerte. »Oh, die Rüstung!«, rief ich. »Darüber möchte ich hier lieber nicht sprechen. Ich will die Einzelheiten für mich behalten, bis ich die Arbeit vollendet habe. Könnten wir vielleicht später darüber reden?«

»Oh, ein Geheimnis!«, entgegnete Rose mit blitzenden Augen.

»Glaub mir, ganz so aufregend ist es dann doch nicht«, versicherte ihr Penny. »Es wäre viel interessanter, wenn du uns etwas über deinen heutigen Besuch bei Cyhan erzähltest. Bisher hast du mit keinem Wort erwähnt, wie die Begegnung verlaufen ist.«

Anscheinend war Penny nicht allein mit ihrer Neugierde, denn auch die anderen beugten sich vor. Ich holte tief Luft und hoffte, die Geschichte in einem Aufwasch für alle vortragen zu können, um mich nicht wiederholen zu müssen. »Es ging so gut, wie man es eben erwarten konnte. Wir kamen darin überein, dass wir unterschiedlicher Meinung sind.«

Rose unterbrach mich: »Das klingt bemerkenswert zurückhaltend, wenn man bedenkt, dass euer Streit um die Frage ging, ob du überhaupt noch atmen darfst.« Sie sprach jetzt äußerst ernst. Rose war sehr empört über Cyhans Entscheidung gewesen, unsere Beziehung derart gewalttätig zu beenden. Ich war mir nicht sicher, ob es daran lag, dass er dabei Penny wehgetan hatte, oder ob er bei dem Versuch, mich zu erledigen, jederzeit auch Dorian getötet hätte.

Dorian legte ihr eine Hand auf die Schulter, als wollte er sie beruhigen. Die Geste wirkte sehr vertraut, auch wenn es ihm offenbar nicht bewusst war. »Rose, er mag jetzt unser Feind sein, aber eins muss man ihm doch lassen – er hat sich immer seinem Schwur und seinen Prinzipien entsprechend verhalten.« Ich staunte nicht schlecht, dass Dorian den Mann jetzt verteidigte, nachdem er mich nur ein oder zwei Stunden zuvor gescholten hatte, weil ich so töricht gewesen sei, diesen Feind freizulassen.

Rose warf ihm einen scharfen Blick zu. »Die verdammte Ehre! Er hat das Schwert gegen seine Schülerin und seinen Freund erhoben.« Sie sah Penny und mich abwechselnd an. »Gegen dich auch.« Sie stupste Dorian fest vor die Brust. »Ein Schwur, der so etwas gebietet, ist doch mehr als fragwürdig.

Blinder Gehorsam ist die Zuflucht des Narren, der Angst hat, selbst nachzudenken!«

Pennys Miene zeigte widerstreitende Gefühle, die sie schließlich aber zur Seite schob, um sich wieder praktischen Dingen zuzuwenden. »Von alledem mal abgesehen, was hast du eigentlich getan, Mort?«

»Ich habe ihn mit einer Botschaft zum König geschickt«, antwortete ich einfach.

»Das war eine verdammte Dummheit«, warf Dorian ein.

»Wenigstens sind wir in dieser Hinsicht einer Meinung«, schnaubte Rose.

»Wahrscheinlich habt ihr recht, aber ich wollte den Mann nicht hinrichten lassen, nur weil er seine Pflicht getan hat«, entgegnete ich.

Dorian schnitt eine Grimasse. »Seine Pflicht besteht darin, dich zu töten, und man muss ihn unbedingt ernst nehmen. Ich respektiere seine Haltung, aber wenn du einen eingeschworenen Feind im Griff hast, dann gibst du ihm keinen Dolch in die Hand und lässt ihn laufen.«

»Welche Botschaft hast du ihm mitgegeben?«, fragte Rose leise.

»Der König hatte mich um ein vertrauliches Treffen gebeten. Ich habe Zeit und Ort neu bestimmt und Cyhan die Nachricht mit auf den Weg gegeben«, erklärte ich.

Penny sah mich scharf an. »Du hast doch gesagt, du gingest nicht hin.« Es klang gelassen, doch ich hörte die Sorge um mich heraus.

»Ich hab's mir inzwischen anders überlegt. Trotzdem werde ich mich nicht zu der Zeit und an dem Ort, die er vorgegeben hat, mit ihm treffen, sondern lieber zu meinen eigenen Bedingungen.«

»Das ist gewiss klug, denn es spricht vieles dafür, dass du sonst in einen Hinterhalt laufen wirst. Wenn er dich beseitigt, könnte der König mit einem Schlag eine Menge Probleme lösen. Wo willst du ihn denn treffen?«, fragte Rose gespannt.

»In seinem Schlafzimmer«, erwiderte ich lächelnd.

»Ich habe den Verdacht, dass sich Seine Majestät darauf nicht einlassen wird«, meinte Dorian.

»Er wird keine Gelegenheit bekommen, dies abzulehnen«, warf Penny ungeduldig ein. Die Anspannung, die sich auch in den hochgezogenen Schultern zeigte, war unübersehbar. »Bist du sicher, dass es klug ist? Über diese Möglichkeit haben wir noch gar nicht gesprochen.« Wir hatten uns am Vorabend über dieses Thema unterhalten, und ich hatte den Plan ohne Rücksprache mit ihr geändert.

Dies musste ich meiner Gattin lassen: Sie war kein Angsthase. Ich achtete sie vielmehr als eine mutige und äußerst entschlossene Frau, doch wenn es um mein Wohlbefinden ging, konnte sie manchmal auch übervorsichtig sein. Allerdings war das durchaus verständlich, denn wir erwarteten gerade unser erstes Kind. Ich betrachtete ihren runden Bauch, und dann suchte ich ihren Blick. »Es tut mir leid, Liebste. Ich weiß, dass du dir Sorgen machst, aber ich muss diese Sache mit dem König klären, sonst werden wir niemals Frieden finden, und ich glaube, dies ist die einzige Gelegenheit, die wir bekommen.«

Sie sah meinen Augenausdruck und erkannte, dass es wenig sinnvoll war, mir zu widersprechen. »Hoffentlich hast du recht, denn sonst werde ich dafür sorgen, dass der Rest von dir, der übrig bleibt, dein Leben lang Buße tut.« Wenn sie so etwas sagte, war es keine leere Drohung.

»Unser Kind wird einen Vater haben«, versprach ich ihr. Pennys Entschlossenheit war möglicherweise eine ihrer schönsten Qualitäten.

»Ein überraschendes Treffen wird eure Unterhaltung mit einer gewissen Spannung belasten. Bist du sicher, dass du das willst?«, gab Rose zu bedenken.

»Auf jeden Fall«, entgegnete ich. »Edward muss begreifen, dass ich aus einer Position der Stärke verhandle, sonst wird er sich nicht an die getroffenen Abmachungen halten.«

Danach setzte sich die Diskussion noch gut eine Stunde fort, doch ich hatte meinen Entschluss bereits gefasst. Am Ende war zwar niemand mit meiner Entscheidung glücklich, aber es kamen auch keine besseren Vorschläge auf den Tisch. Nur die Zukunft würde zeigen, ob es eine gute Idee gewesen war oder nicht.

3

Am folgenden Morgen beschloss ich, von dem gewohnten Tagesablauf abzuweichen. Statt in der Schmiede am nächsten Rüstungsteil zu arbeiten, suchte ich einen anderen Freund aus meiner Kindheit auf. Dank Dorians Hinweisen hatte ich am Vorabend beim Essen genau aufgepasst und tatsächlich bemerkt, dass bei Tisch eine Person gefehlt hatte.

Ich fragte mich, wie viele Mahlzeiten Marc schon versäumt hatte, ohne dass ich mich nach ihm erkundigt hätte. In solchen Momenten musste ich mir vorwerfen, nicht immer der beste aller Freunde zu sein. Gewiss, ich konnte eine Menge Ausreden vorweisen – meine frisch angetraute Frau, das Land, das ich führen musste –, aber diesen Luxus durfte ich mir nicht erlauben. Ausreden gab es zuhauf, aber gute Freunde waren selten.

Da ich Marc auch beim Frühstück nicht entdeckte, machte ich mich zu dem Zimmer auf, das er bewohnte. Ich blieb an der Tür stehen und lauschte einen Augenblick. Zu hören war nichts, und meine besonderen Sinne verrieten mir, dass sich mein Freund allein in dem Raum aufhielt und wach war. Fast hatte ich gehofft, er hätte eine Gefährtin bei sich, denn das hätte meine Sorgen erheblich beschwichtigt. Es entsprach ihm überhaupt nicht, so viel Zeit allein zu verbringen. Marc war schon immer ein höchst geselliger Zeitgenosse gewesen. Ich klopfte an und wartete.

Er rührte sich nicht, doch ich konnte mit meinem Magiersinn deutlich spüren, dass er sich gerade aus einer Flasche nachschenkte. Vermutlich handelte es sich dabei um Wein. Ich klopfte abermals an und sagte laut: »Marc, ich bin es, öffne doch!« Er antwortete aber nicht, sondern sackte in sich zusammen, als schliefe er. Natürlich wusste er, dass ich fähig war, ihn durch die Tür zu spüren. »Das nützt dir gar nichts«, schrie ich die Holztür an. »Ich weiß längst, dass du wach bist.«

»Geh weg!«, ertönte drinnen seine gedämpfte Stimme.

Jetzt hatte ich genug, entriegelte die Tür mit einem magischen Wort und öffnete sie. Marc hockte auf der anderen Seite des Raumes auf dem Diwan und starrte mich düster an, als ich eintrat. In einer Hand hielt er eine Weinflasche auf recht merkwürdige Weise fest.

»Was hast du damit vor?«, fragte ich.

»Ich habe ernsthaft darüber nachgedacht, sie nach dir zu werfen«, entgegnete er trocken, »aber dann beschloss ich, den guten Wein lieber nicht zu verschwenden.« Er wechselte den Griff, hob die Flasche und nahm einen langen Zug.

»Du siehst erbärmlich aus.«

»Danke«, erwiderte er. »Das bedeutet mir sehr viel ... aus deinem Mund.« Er klang verdrossen. Mir war sofort klar, dass er sich mit mir streiten wollte.

»Wenn das deine Vorstellung von einer witzigen Entgegnung ist, dann bist du wirklich betrunken.«

»Noch nicht. Ich bin gerade erst aufgewacht. Lass mir noch eine Stunde Zeit«, gab er zurück.

»Könntest du den Wein nicht heute mal in Ruhe lassen und mir bei den Planungen helfen?«, fragte ich. Zum Teil war dies nur ein Vorwand. Natürlich hätte es mir gut gefallen, zu meinen zukünftigen Plänen den Rat meines Freundes zu hören, aber noch wichtiger war mir, ihn aus seiner düsteren Stimmung zu reißen.

»Ich habe eine bessere Idee, Mort!« Abrupt richtete er sich auf, als erfülle ihn auf einmal eine neue Energie und Begeisterung. »Schmiede du doch einfach deine Pläne und lass mich in Ruhe. Auf diese Weise bekommst du geeignetere Pläne, und ich muss mir deinen Mist nicht anhören!« Wieder hob er die Flasche, um sich einen weiteren großen Schluck zu gönnen.

»Wenn du schon sarkastisch sein willst, dann kannst du das auch ohne Wein tun.« Ehe er zu reagieren vermochte, nahm ich ihm mit einer geschickten Bewegung die Flasche weg. Normalerweise waren seine Reflexe so gut, dass mir dies auf keinen Fall gelungen wäre, aber der regelmäßige Genuss hochprozentiger Getränke hatte ihn langsamer werden lassen.

»Du Mistkerl!« Er war zu schwerfällig, um die Flasche zu schnappen, konnte mir aber immerhin die Hände auf den Oberkörper legen und mir einen festen Stoß versetzen. Ich stürzte rückwärts über einen kleinen Tisch und krachte schwer auf den Boden. Marc beugte sich vor und wollte mir die Flasche wieder abnehmen, doch ich pflanzte ihm einen Fuß auf die Brust und schleuderte ihn durch den ganzen Raum. Er prallte vom Eckpfosten des Bettes ab und landete auf der Kommode. »Verdammt! Das wirst du bereuen!« Blitzschnell ergriff er einen Wasserkrug, ehe dieser zu Boden fallen konnte.

Er war verkatert und erschöpft, was meine Bewunderung für seine Geschicklichkeit nur noch verstärkte ... bis er sich entschloss, mit besagtem Krug nach meinem Kopf zu werfen. Die rasche Attacke überrumpelte mich, und ich konnte mich nicht rechtzeitig ducken. Glücklicherweise verhinderte der magische Schild, den ich gewöhnlich um mich errichtet hatte, dass mir der Krug den Schädel brach. »He! Damit hättest du mich schwer verletzen können!« Als Kinder hatten wir uns einige Male gestritten und stets die unausgesprochene Regel beachtet, dass es nicht erlaubt war, schwere Gegenstände auf den anderen zu werfen oder auf irgendeine Weise einen bleibenden Schaden anzurichten.

»Als ob ich dich verletzen könnte! Du und dein dummer Schild ... warum lässt du ihn nicht wenigstens *ein* Mal fallen und kämpfst mit mir wie ein richtiger Mann?«, forderte er mich heraus.

»Na gut!«, rief ich zurück. »Du kannst auf jeden Fall eine

Abreibung vertragen. Ist dir eigentlich schon mal in den Sinn gekommen, dass sich deine Familie um dich sorgt?« Während ich sprach, ließ ich den Schild in sich zusammenfallen, auch wenn äußerlich nichts davon zu sehen war.

»Was ist mit meinem Vater, hm? Er hat sich doch sicherlich nicht die Mühe gemacht, nach mir zu fragen, oder?« Marc war aufgestanden und kam vorsichtig näher.

»Wenigstens hast du noch einen Vater!«, gab ich hitzig zurück.

»Wie lange willst du deshalb eigentlich noch um Mitleid buhlen?«, höhnte er.

»Bis ich dir den Arsch vermöbelt und dir etwas Verstand in den Kopf geprügelt habe«, antwortete ich eine Spur ruhiger. Meine Wut war nur zur Hälfte echt. Nebenbei überlegte ich mir immer noch, wie ich meinen Freund am besten zur Vernunft bringen konnte.

»Bist du immer noch von einem Schild geschützt?«, fragte er. Ein unbefangener Beobachter hätte gestaunt, wie gelassen er blieb, als er diese Frage stellte, aber in diesem Augenblick kam es mir ganz normal vor.

»Nein, ich habe ihn gerade eben …« Ehe ich den Satz beenden konnte, traf ein rascher Fausthieb meinen Mund. Ich wich zurück, ehe er nachsetzen konnte, doch er beließ es dabei. Ich wischte mir das Blut von den Lippen, die bereits anschwollen. »Nicht schlecht«, sagte ich.

»Vielleicht verbessert das sogar dein Aussehen«, fauchte er.

Ich trat vor und ließ einen schnellen Hieb los, traf aber nur die leere Luft. Einige weitere Versuche liefen ebenfalls ins Leere, bis er einen Angriff abblockte und mir einen Schlag auf den Bauch versetzte. Gleichzeitig konnte ich ihm jedoch den linken Arm um die Schultern legen. Sein zweiter Hieb trieb mir zwar die Luft aus den Lungen, aber ich hielt fest und setzte einen Klammergriff an.

Danach lief es erheblich besser für mich. Wie bei unseren

Raufereien in der Kindheit war ich, wenn wir direkte Hiebe austauschten, kein Gegner für ihn, doch im Nahkampf zeigte ich mich als der bessere Ringer. Mit meinen längeren Armen und Beinen konnte ich eine günstigere Hebelwirkung entfalten, und er verlor den Vorteil, den ihm seine schnelleren Reflexe normalerweise schenkten. Wir stolperten einige Augenblicke durch den Raum, bis er versuchte, mich gegen einen Bettpfosten zu drücken. Mit einer Drehung leitete ich seinen Schwung um, und die harte Holzkante traf seinen Rücken.

Er stieß einen erstickten Schrei aus und verzichtete darauf, den Versuch zu machen, sich aus dem Klammergriff zu befreien. Das war meiner Ansicht nach eine gute Idee. Ich ließ ihn los, rollte von ihm herunter und keuchte erschöpft. »Alles in Ordnung?«, fragte ich.

»Teufel, nein! Es tut höllisch weh!« Er rieb sich das Kreuz. »Das war ein gemeiner Trick.«

»Du hast doch versucht, mich gegen den Pfosten zu drücken! Du bist zu stark, als dass ich dich unten halten könnte, und es konnte nur einen von uns treffen«, gab ich zurück.

Er sah mich eine Weile finster an, während er sich den schmerzenden Rücken rieb. Ich funkelte ihn an, bis wir die Spannung nicht mehr aushielten und grinsen mussten. Gleich danach lachten wir laut, und die Wut verflog.

»Manche Dinge ändern sich nie«, sagte er, sobald wir uns beruhigt hatten.

»Ich dachte, wir wären mittlerweile zu alt für diese kleinen Rangeleien.«

»Ich auch«, stimmte er wehmütig zu.

»Verzweifelte Zeiten erfordern eben verzweifelte Maßnahmen«, fuhr ich fort.

Inzwischen lagen wir beide auf dem Rücken. Der harte Holzboden war nicht gerade bequem, aber wir beklagten uns nicht. Schließlich ergriff Marc wieder das Wort. »Ja, es sind wirklich ganz verzweifelte Zeiten. Ich weiß zu schätzen, was du zu tun versuchst, aber es wird nicht reichen.«

Ein rascher Blick zeigte mir, dass er die Decke anstarrte. »Warum nicht?«, fragte ich.

»Weil es wehtut, Mort. Es tut viel heftiger weh, als du dir das überhaupt vorstellen kannst.« Er drehte den Kopf zu mir herum und suchte meinen Blick. Wir waren von Kindesbeinen an befreundet, und als ich ihm in die braunen Augen blickte, erkannte ich die Schmerzen, die er litt. Ich betrachtete ihn schweigend, bis er sich wieder abwandte, weil ihm die Tränen in die Augen schossen.

»Das verstehe ich nicht«, gestand ich.

»Niemand versteht es. Selbst jetzt, da ich die Wahrheit kenne, ist die Sehnsucht nach ihr so stark, als triebe mir jemand einen Pfahl durchs Herz. Es tut weh, Mort ... es tut so schrecklich weh.« Damit meinte er natürlich seine Göttin Millicenth, die Herrin des Abendsterns. Oder vielleicht sollte ich sie besser seine Exgöttin nennen.

»Wir alle verlieren manchmal etwas. Das gehört zum Leben«, sagte ich leise.

»So ist es nicht, Mort. Stell dir vor, du hättest viele Jahre glücklich mit Penny gelebt, ihr hättet Kinder, die ihr liebt und die euch lieben. Stell dir vor, du hast alles bekommen, was du je wolltest – Liebe, Achtung, Vertrauen, einfach alles. Und dann wachst du eines Morgens auf und entdeckst, dass alles weg ist. Nicht nur weg, sondern es hat nie existiert. Die Frau, die du geliebt hast, ist gar nicht wirklich da gewesen, sondern war nur ein Traum, der einzig und allein erschaffen wurde, um dich zu gängeln. Die Kinder, dein Leben, dein Glück, alles entpuppt sich als eine Lüge, erschaffen von einem fremden Wesen, das dich nicht einmal gehasst hat ... du warst nur sein Werkzeug.« Marc hielt einen Moment inne.

»Hat sie dir eingeredet, du hättest Kinder?«, fragte ich verwirrt.

»Nein, du Idiot! Das war nur ein Beispiel, das mir eingefallen ist, um das Glücksgefühl zu beschreiben, das sie in mir ausgelöst hat. Es war nicht nur Glück, es war … einfach alles. Solange sie bei mir war, kannte ich weder Zweifel noch Ängste. Auch wenn mir der Tod drohte, hat sie meine Hand gehalten, und ich glaubte, sie erwartete mich jenseits der Tore des Todes. Jede Tat hatte eine Bedeutung, jeder Augenblick war wichtig, alles ist ein Teil ihres Plans gewesen, der Menschheit zu helfen. Nein … es war sogar noch mehr …« Verlegen hielt er inne.

»Was denn?«, fragte ich. Ich war mir nicht sicher, ob ich es überhaupt wissen wollte, aber er hätte nicht damit begonnen, wenn er es sich nicht hätte von der Seele reden müssen.

»Es war wie Sex, nur besser. Die ganze Zeit, in der ich in ihren Diensten stand, hatte ich keine Frau … ich empfand kein Verlangen. Wann immer ich jemanden heilte …« Ein Schauder durchlief ihn, als er sich erinnerte.

»Hattest du etwa einen Höhepunkt, wenn du jemanden geheilt hast?«

»Nein! Aber meine Scham ist so ähnlich oder sogar schlimmer, denn das Gefühl war noch viel schöner. Es war wie ein Rausch, der Seele und Bewusstsein erfasst und mir außerdem eine unermessliche körperliche Freude geschenkt hat. Was glaubst du denn, warum ich die Bedürftigen so oft aufgesucht habe?« Er wirkte jetzt unermesslich niedergeschlagen, verzweifelt und beschämt. »Ich wollte kranke Menschen finden, weil ich es brauchte … und als meine Begierde so schlimm wurde, dass ich sogar von verletzten Menschen träumte, die ich heilen konnte … da verzieh sie mir. Sie sagte mir, das sei normal – eine Schwäche des Fleisches, das gezwungen ist, das Göttliche in sich zu bergen.«

Gegen die Abscheu, die seine Worte in mir weckten, konnte ich nichts tun. »Das ist …« Beinahe hätte ich es widerlich genannt.

»Ich wusste, dass es falsch war, aber ich musste ihr glauben. Ich war süchtig … ich bin es immer noch. Sogar jetzt träume ich … ich will unbedingt zu ihr zurück.« Er barg den Kopf in den Händen.

Ich erinnerte ihn an seine eigene innere Stärke. »Dennoch hast du dich von ihr losgesagt.«

»Auch in dieser Entscheidung kann ich nicht nur reine Motive entdecken. Natürlich war ich zornig, dass sie sich weigerte, Penny zu helfen … das war der Augenblick, in dem ich nicht mehr so tun konnte, als hätte sie nur unser Bestes im Sinn. Tief in meinem Inneren wusste ich das schon, aber in diesem Moment wurde das Gefühl zur Gewissheit. Trotzdem, ich hätte nicht die Kraft gefunden, mich von ihr loszusagen, wenn ich nicht so wütend gewesen wäre.«

»Du warst wütend, weil sie Penny nicht helfen konnte«, ergänzte ich.

»Nein«, antwortete er verzweifelt. Sein Gesicht war gerötet, und die Augen standen voller Tränen. »Ich war wütend, weil sie mir nicht gab, was ich wollte und brauchte. Es war die Wut eines Süchtigen, der erfährt, dass er nichts mehr bekommt.«

Ich starrte meinen Freund eine Weile an. Er hatte sich ausgesprochen, und ich wusste nicht, was ich ihm antworten sollte. Mein einziger Gedanke war, dass ein edler Mann gebrochen und schrecklich gedemütigt worden war. Der Freund, den ich schon so lange kannte, schien innerlich und äußerlich zerstört zu sein, wie ich es noch nie bei einem Menschen erlebt hatte. Wahrscheinlich erkannte ich in diesem Moment, dass jeder Mensch verdorben werden kann und dass niemand immun gegen das Böse ist. Ganz gleich, wie erhaben unsere Ideale sind, jeder kann schwach werden und der Versuchung erliegen. Diese Einsicht war wohl der letzte Schritt von der Unschuld der Jugend zum Erwachsenen.

Dennoch, wir konnten uns immer entscheiden. Vielleicht

trafen wir keine guten Entscheidungen, und manchmal waren sie wohl auch unbedeutend, aber entscheiden konnten wir uns. Wenigstens waren wir in der Lage, uns jeden Morgen zu fragen, ob wir in Verzweiflung versinken oder aufstehen und etwas tun wollten, so geringfügig die Wirkung auch sei.

Nach einer Weile hatte ich mich gesammelt und war fähig weiterzusprechen. »Was hast du jetzt vor?«

Er lachte. »Es gibt nichts mehr zu tun. Lass mir die Flasche, denn sie ist das Einzige, was die Schmerzen lindern kann.« Es klang nicht einmal wie eine Entschuldigung, er nahm einfach nur die Tatsachen hin, wie sie waren.

»Das ist doch nichts anderes als ein langsamer Tod«, erwiderte ich.

»Das passt mir gut«, erklärte er. »Ich will ja sowieso nicht mehr leben. Schau doch, was aus mir geworden ist. Ich bin jemand, der es nicht verdient zu leben.«

»Willst du wirklich sterben?«, fragte ich ohne die geringste Spur von Spott.

»Ja.«

»Dann lass es uns tun.«

»Was?«, fragte er überrascht.

»Mich selbst schließe ich natürlich nicht ein ... ich habe Dinge, für die es sich zu leben lohnt. Aber wenn du wirklich so große Schmerzen hast, dann lass mich dir helfen.« Es war mein voller Ernst.

»Das ist nicht witzig. Ich spaße nicht, Mort.«

»Ich weiß. Ich liebe dich, Marc. Du warst mein ganzes Leben lang einer meiner besten Freunde. Wenn du aber so leidest, dann will ich dir helfen.« Endlich glaubte er mir, dass ich es ernst meinte.

»Warum?«

»Betrachte doch die anderen Möglichkeiten«, erklärte ich. »Du kannst dich zu Tode trinken ... das dauert Monate oder Jahre und tut allen weh, die dich kennen, wenn sie deinen langsamen Niedergang mit ansehen müssen. Du könntest auf spektakuläre Weise umkommen und alle erschrecken und sogar noch mehr verletzen. Oder …« Ich hielt inne und hob einen Finger. »Oder ich helfe dir.«

»Wie willst du mir helfen? Das verstehe ich nicht.« Immerhin waren Zorn und Verzweiflung jetzt der Neugierde gewichen.

»Ich helfe dir zu sterben. Wenn jemand Selbstmord begeht, dann tut er es gewöhnlich allein, und die Folge ist, dass alle anderen eine hässliche und unschöne Überraschung erleben, sobald sie den Toten finden. Wenn ich dir aber helfe, verläuft es viel glimpflicher. Du bestimmst die Todesart, den Zeitpunkt und den Ort, und ich sorge dafür, dass niemand deinen Leichnam findet, es sei denn, du willst es. Du kannst einfach verschwinden, und niemand wird es erfahren. Oder ich sorge dafür, dass die vermeintliche Neuigkeit erst Monate oder Jahre später durchsickert, damit deine Familie langsam Abschied nehmen kann.«

»Würdest du das für mich tun?«

»Ich dürfte mich nicht als deinen Freund bezeichnen, wenn ich dich in einem solchen Augenblick im Stich ließe. Allerdings …« Ich legte eine Pause ein.

»Was denn?«, fragte Marc.

»Du musst mir schwören, mich dir helfen zu lassen.«

»Was soll das bedeuten?«

»Das bedeutet, dass du es nicht allein tun darfst. Wenn du ernsthaft entscheidest, es zu tun, dann musst du mich dir helfen lassen. Du kannst es tun, auf welche Weise du willst, ich helfe dir bei jedem Plan, der dir einfällt, aber du musst es mir vorher sagen, und es darf nichts Dummes sein wie etwa, dich zu Tode zu trinken.«

Marc starrte mich eine Weile nachdenklich an. Seine Miene zeigte mehr Hoffnung, als ich seit langer Zeit darin entdeckt hatte. »Gut, abgemacht«, sagte er.

»Schwöre es«, beharrte ich.

»Ich schwöre, dir Bescheid zu sagen, wann und wie ich sterben will, wenn du schwörst, mir zu helfen und mich nicht davon abzuhalten«, antwortete er.

»Ich schwöre, dir zu helfen, ganz gleich, was du tust.«

»Und jetzt?«

»Ich habe heute Morgen etwas vor. Was ist mit dir?«, antwortete ich.

Marc lachte. »Ich habe gerade nichts Bestimmtes zu tun. Eigentlich hatte ich die Absicht, bis zur Besinnungslosigkeit zu trinken, aber das fällt jetzt ja flach. Ich sollte wohl Pläne schmieden.«

»Ich schlage vor, dass du zuerst ein Bad nimmst und dich rasierst. Es ist nicht angenehm, wie eine tote Ratte zu riechen. Aber vergiss nicht ... du musst es mir vorher sagen, ganz egal, was du entscheidest.« Die letzten Worte betonte ich besonders.

»Das werde ich tun. Was die Rasur angeht, da bin ich nicht so sicher. Ich überlege, ob ich mir einen Bart stehen lasse.« Er strich über das Flickwerk, das auf seinen Wangen gesprossen war. Marc hatte noch nie einen dichten Bartwuchs gehabt. Die Haare standen willkürlich in Büscheln ab und ließen einige Stellen völlig frei.

»Das ist wahrscheinlich keine so gute Idee, mein Freund.« Ich klopfte ihm auf die Schulter.

»Du hast nur Angst, mein Bart könnte besser aussehen als dieser schäbige Spitzbart, den du dort hast«, entgegnete er spöttisch.

»Glaub, was du willst, aber einige unter uns sind reich beschenkt, während andere ... nun ja, was immer da in deinem Gesicht sprießt«, neckte ich ihn. So ging es noch einige Minuten weiter, bis ich mich schließlich von meinem Freund verabschiedete.

Auf dem Weg zur Werkstatt fragte ich mich, wie er sich

wohl entscheiden mochte. Mein Gefühl sagte mir, dass es nur besser werden konnte. Schließlich schob ich die Gedanken beiseite und beschloss, ihm zu vertrauen. Ich war sicher, alles würde gut werden. Aber ich war schon immer sehr zuversichtlich gewesen.

4

An diesem Abend erschien Marcus frisch rasiert und erheblich besser aussehend zum Abendessen. Er war blass, aber ohne Zweifel nüchtern. Dorian sah mich fragend an, und ich konnte die unausgesprochene Frage fast hören: *Was hast du getan?* Als sich später die Gelegenheit ergab, redeten wir über Marc, ich nannte ihm aber nicht die Einzelheiten unserer Abmachung. Auch Penny gegenüber erwähnte ich sie nicht.

Zwei Tage später suchte mich Marc in der Schmiede auf. Seit einer Weile hatte ich dort so viel Zeit verbracht, dass inzwischen alle wussten, wo sie mich finden konnten. Die Arbeit machte gute Fortschritte, es sah jedoch so aus, als bräuchte ich noch Monate, um meine Ziele zu erreichen.

»Das ist wohl die Rüstung, die Dorian erwähnt hat.« Marc kam näher. Er hatte nicht angeklopft, aber das war ohnehin nicht nötig.

Ich schenkte mir die Antwort und beschränkte mich auf ein unverständliches Grunzen. Da ich die Hände voll von rotglühendem Metall hatte, schwere Ledersachen trug und die Hände und Arme mit Magie gehärtet und gegen die Hitze gewappnet hatte, wollte ich nicht in meiner Konzentration nachlassen. Sorglose Schmiede lebten nicht lange, und das galt umso mehr für Magierschmiede, falls das jetzt die richtige Bezeichnung für mich war. Oder sollte ich mich lieber einen Schmiedzauberer nennen?

Nach ein paar Minuten erreichte ich einen Punkt, an dem ich die Arbeit leicht unterbrechen konnte, und legte das Werkstück beiseite, damit es abkühlte. Dann schenkte ich meinem Freund meine volle Aufmerksamkeit und fragte ihn: »Was führt dich zu mir?« Ich war ein wenig besorgt, er werde vielleicht mit einem Plan für seinen Selbstmord aufwarten, wollte das Thema jedoch nicht mehr erwähnen, solange er nicht selbst darauf zu sprechen kam.

Er grinste mich so an wie früher, was bedeutete, dass ihm der Schalk im Nacken saß. »Ich habe Langeweile«, gestand er schließlich.

»Das ist nichts Neues«, erwiderte ich. »Was sollen wir dagegen tun?«

»Ich habe über dein Angebot nachgedacht. Da dies fürs Erste geklärt ist, scheint es mir, als müsste ich es nicht unbedingt überstürzen. Es gibt noch einige andere Dinge, die ich vorher gern tun würde.«

Ich ließ mir nichts anmerken, aber innerlich lächelte ich. »Woran denkst du?«, fragte ich.

»Ich habe über das nachgedacht, was du mir vor einer Weile erzählt hast ... über die Dinge, die du in diesem historischen Buch über Illeniel entdeckt hast. Darüber würde ich gern mehr erfahren«, antwortete er.

»Glaubst du denn, du kannst in dieser Hinsicht etwas bewirken?«

»Nein, aber das ist es ja gerade. Ich weiß es nicht. Bis jetzt bin ich ein Opfer gewesen, und das macht es so schmerzhaft. Sie hat mich nicht nur manipuliert und verraten, sondern mir auch das Wissen hinterlassen, dass nichts, was ich tun kann, irgendeine Rolle spielt. Ganz gleich, was ich jetzt unternehme, es wird auf sie und die anderen Götter nicht den geringsten Einfluss ausüben. Die Menschheit insgesamt und ich im Besonderen, wir sind völlig unbedeutend ... nicht wert, beachtet oder irgendwie berücksichtigt zu werden.« Marc lehnte sich zurück und betrachtete das abkühlende Metall, das ich zur Seite gelegt hatte.

»Hoffst du, irgendwo auf etwas zu stoßen, das dir hilft?«, fragte ich.

Er heftete den Blick wieder auf mich. »Ja. Was du mir über

den Großen Sturz erzählt hast, ist, sollte es zutreffen, ein Beweis dafür, dass wir etwas tun können. Wenn die Götter früher einmal schwächer waren als heute, dann sind sie doch nicht unsterblich, ewig und unveränderlich.« Er ballte die Hand zur Faust, als er sprach, und ich konnte hinter dem gelassenen Äußeren den Zorn brodeln sehen.

»Und wenn das so ist?«

Marcs Grinsen jagte mir einen Schauer über den Rücken. »Dann sind sie keine Götter, und wenn sie keine Götter sind, kann man sie für ihre Taten zur Rechenschaft ziehen.«

»Selbst wenn sie nicht allmächtig sein sollten, spricht doch vieles dafür, dass du sie nicht verletzen kannst«, erinnerte ich ihn.

»Andererseits habe ich einen Freund, der vielleicht dazu in der Lage ist.« Er sah mich an.

Einen Moment lang litt ich unter Selbstzweifeln. »Das ist aber sehr gewagt. Es gibt nicht viele Hinweise darauf, dass irgendjemand jemals solche Kräfte besaß.«

»Moira Centyr besaß sie«, erwiderte er schroff.

»Sie war eine Erzmagierin.«

»Das bist du auch«, behauptete er.

»Kann sein«, gab ich zu. »Aber wie dem auch sei, sie hat lediglich einen einzigen Gott besiegt, und selbst dazu brauchte sie eine Menge Hilfe.«

»Das spielt keine Rolle, Mort. Ich will alles Wissen zusammensuchen, das sich finden lässt. Falls irgendetwas davon nützlich ist, kann ich etwas bewirken. Wenn nicht ... ich fühle mich viel besser, seit ich weiß, dass du da bist und mir helfen wirst ... wenn es dazu kommt.«

»Wo willst du beginnen?«, fragte ich ihn.

»In deinem Haus ... vielleicht gibt es in der Bibliothek deines Vaters noch mehr Geschichtsbücher. Danach durchforste ich die Bibliotheken der Adligen ... und wenn ich an sie herankomme, auch die Akten der Kirchen.«

Das machte mich nachdenklich, denn dort konnten durchaus Neuigkeiten schlummern, deren Bedeutung wir nicht einmal erahnten. »Du bist ein abtrünniger Heiliger und damit bei den Anhängern des Abendsterns so beliebt wie ein Stinktier während der Teestunde. Glaubst du wirklich, sie lassen dich jetzt noch in die Nähe ihrer kostbaren Aufzeichnungen?«

»Nein … aber ich brauche eine Herausforderung«, erklärte er. In Marcs Augen war ein neues Feuer erwacht. Er war nicht mehr der Gleiche wie früher, aber auf jeden Fall besser beisammen als das gebrochene Wesen, das ich vor ein paar Tagen in seinem Zimmer vorgefunden hatte. Rache mochte ein schlechtes Motiv sein, aber sie war immer noch besser als Verzweiflung.

»Ich nehme an, ich soll dich in die Hauptstadt bringen.«

»Natürlich«, bestätigte er lächelnd.

»Ich bringe dich heute nach dem Abendessen hin. In ein paar Tagen wollte ich sowieso dorthin. Jetzt kann ich die zweite Reise als Vorwand benutzen, um mich nach deinen Fortschritten zu erkundigen.«

»Warum willst du nach Albamarl?«, fragte er.

Nun setzte ich ein boshaftes Grinsen auf. »Ich habe dem König versprochen, einmal vorbeizuschauen und ihn zu besuchen.«

Er runzelte die Stirn, dann schnitt er eine Grimasse. »Seit du vor mehr als anderthalb Jahren zu mir gekommen und eine Woche geblieben bist, hast du dir jede Menge Feinde gemacht. Die Liste wird immer länger.«

»Wer so gute Freunde hat wie ich, muss unbedingt für einen angemessenen Ausgleich sorgen«, scherzte ich. Dann ergriff ich die Gelegenheit und stellte ihm eine direkte Frage: »Geht es dir besser?«

»Wenn du jemand anders wärst, würde ich es bejahen«, antwortete er. Das Lächeln erreichte nicht ganz die Augen.

»Es wird mir nicht besser gehen, Mort. Ich will nur eine Rechnung begleichen, wenn das möglich ist.«

»Dann ist dein Humor nur eine Fassade gewesen?«

»Überwiegend schon. Und trotzdem, meine Fassade sieht immer noch besser aus als du an deinen besten Tagen«, gab er zurück.

»Ha!«

»Wie auch immer, Mort, ich muss mich bei dir bedanken. Im Grunde will ich immer noch nicht wirklich weiterleben, aber du hast mir verdeutlicht, dass ich mich entscheiden kann, und wenn ich noch eine Weile so herumhänge, dann kann ich auch etwas unternehmen und das Miststück für das büßen lassen, was es mir angetan hat. Es nützt ja nichts, in Selbstmitleid zu zerfließen. Ich sage dir Bescheid, wenn ich genug habe.« Er kam auf mich zu und umarmte mich wie ein großer Bär.

Anschließend ging er wieder, und ich sammelte meine Gedanken und setzte die Arbeit an der Rüstung fort. Dabei kehrten meine Gedanken immer wieder zu dem zurück, was er gesagt hatte und besonders in Bezug auf Moira Centyr. Was sie anging, hatte ich noch viele Fragen, und seit Penny und ich die Bindung aufgelöst hatten, war mir nicht viel Zeit geblieben, meine neuen Fähigkeiten zu erforschen. Dabei war ich nicht einmal sicher, ob ich überhaupt von *Fähigkeiten* sprechen konnte. Größtenteils erschien es mir eher wie eine erweiterte Form des Gedankenaustauschs.

Was ich im Augenblick tat – mit dem Metall arbeiten, das vor mir lag –, gehörte eindeutig in den Bereich der gewöhnlichen Magie. Ich benutzte meine eigenen Kräfte, um das Metall in meinen Händen zu formen. Bislang hatte ich nichts Besonderes entdeckt, das mit meinem angeblichen Rang eines Erzmagiers direkt zusammenhing. Gewiss, ich konnte die Erde, den Wind und unzählige kleinere Dinge hören, aber bisher diente dies eher der Erkundung. Einige andere Erlebnisse verwirrten mich allerdings, wie etwa das Erdbeben in Albamarl, während ich den Bankbeamten bedroht hatte. Oder der Wind, der vor ein paar Tagen Ariadnes Haare gezaust hatte, unmittelbar nachdem ich daran gedacht hatte. In beiden Fällen war etwas geschehen, für das ich mich nicht unmittelbar verantwortlich fühlte. Im Gegensatz zur Magie hatte ich dabei auch nicht meine eigenen Kräfte eingesetzt. Und dennoch war etwas geschehen, das mit meinen Gedanken und Gefühlen in Verbindung stand.

Moira Centyrs Fähigkeiten waren offensichtlich weit über die normale Magie hinausgegangen. Vor tausend Jahren hatte sie irgendetwas getan und sich selbst in ein Geschöpf der Erde oder in ein Elementarwesen verwandelt. Ich konnte nicht einmal ahnen, wie so etwas möglich war, aber während ich weiter nachdachte, wurde mir klar, dass ich keinerlei Mutmaßungen anstellen musste.

Seit meinem letzten Kontakt mit ihr war schon eine Weile vergangen. Damals hatte ich mich verzweifelt bemüht, Penny zu heilen. Natürlich hatte ich dabei keine Gelegenheit gehabt, weitergehende Fragen zu stellen, die nicht unmittelbar zu meiner Aufgabe gehörten. Aber es gab keinen Grund, warum ich sie nicht jetzt stellen sollte. Tatsächlich hatte ich schon mehrmals mit dem Gedanken gespielt, Kontakt mit Moira aufzunehmen, aber mich hatten einfach zu viele Dinge abgelenkt, und ich hatte es nicht ernsthaft versucht.

Das Metall in meinen Händen war kalt. Erschrocken stellte ich fest, dass ich schon ein Weilchen untätig herumgestanden hatte. Ich legte das Werkstück zur Seite und beschloss, dass es an der Zeit war, etwas zu unternehmen. Ich ging hinaus und wusch mir im Bottich neben der Tür die Hände und das Gesicht. *Ich sollte einen Ort finden, an dem ich nicht so schnell gestört werde*, dachte ich.

Also wanderte ich durch das Dorf und zum Tor hinaus. Unterwegs inspizierte ich die Reparaturarbeiten der Außenmauer. Die Truppen von Gododdin hatten während der Belagerung die Wand durchbrochen, die Washbrook umgab. Nach unserem Sieg hatte der Wall auf der Liste der Dinge, die dringend repariert werden mussten, ganz oben gestanden. Die Arbeiten waren gut verlaufen, und jetzt konnte man den Abschnitt der Wand, der eingestürzt war, nur noch anhand der unterschiedlichen Farbe der neuen und älteren Steine unterscheiden.

Inzwischen legten die Steinmetze das Fundament einer viel größeren Mauer, die dem ehemaligen Verlauf unseres Palisadenzauns folgen und sogar noch darüber hinausgehen sollte. Das Unangenehmste an der Belagerung war die Enge gewesen, weil ein Teil des Orts außerhalb des Walls gelegen hatte. Aus diesem Grund wollte ich dafür sorgen, dass es im Falle weiterer Belagerungen für uns alle reichlich Platz gab. Sobald die neue Außenmauer stand, erwog ich, mehrere große Unterkünfte und Lagerhäuser für Proviant und andere Güter bauen zu lassen.

Im Grunde rechnete ich nicht damit, in den Unterkünften tatsächlich Soldaten einquartieren zu müssen, aber falls ich die Menschen des Landes noch einmal schützen musste, wollte ich genügend Platz für alle Bauern und ihre Angehörigen haben. *Vielleicht sollte ich auch einen zweiten Brunnen bohren lassen, um die Versorgung mit Frischwasser zu verbessern*, dachte ich.

Meine Schritte führten mich vor die Mauern bis auf die Straße, die ins Tal führte. Ich folgte ihr mehrere hundert Schritte weit, bis ich schließlich abbog und zwischen den Bäumen verschwand, die auf beiden Seiten der Straße wuchsen. Im Wald ging ich noch eine Weile weiter und suchte mir ein bequemes Plätzchen, wo ich mich unter eine große Eiche setzen und mich an den mächtigen Stamm lehnen konnte.

Zunächst schloss ich die Augen und klärte mein Bewusstsein. Mit dem Magierblick hatte ich zu meiner Beruhigung bereits festgestellt, dass keine anderen Menschen in der Nähe waren, die mich stören konnten. Ein weiterer sorgfältiger

Blick zeigte mir, dass es auch keine leeren Stellen gab, die auf die Anwesenheit von Shiggreth hinwiesen. Ich hatte sie nicht vergessen, auch wenn sie sich seit dem Angriff auf das Dorf vor einem Jahr versteckt hielten.

Schließlich konzentrierte ich mich auf das dumpfe und gleichmäßige Pochen, das ich als Herzschlag der Erde deutete. Ich verlor das Gefühl für meinen eigenen Körper und spürte umso deutlicher den Boden unter mir, den Stein und die Erde, die sich meilenweit in alle Richtungen erstreckten. Sobald meine Verbindung zur Erde stark genug war, erhob ich meine magische Stimme und rief ihren Namen: *Moira.*

Bisher hatte ich noch nie versucht, Verbindung mit ihr aufzunehmen. Deshalb war ich auch gar nicht sicher, ob es überhaupt gelingen werde. Zuerst spürte ich keinerlei Reaktion, doch nach einer unbestimmten Zeitspanne bemerkte ich etwas ... eine Art konzentrierter Intelligenz, die sich mir näherte. Rings um mich regte sich die Kraft der Erde, und direkt vor der Stelle, an der ich saß, erhob sich der Boden, begann zu strömen und nahm schließlich die Gestalt einer Frau an.

»Du hast mich gerufen«, sagte sie leise. Es überraschte mich, eine rein körperliche Stimme zu hören. Ich öffnete die Augen und sah sie neben mir stehen. Wie zuvor hatte sie die Gestalt einer menschlichen Frau angenommen, die in jeder Hinsicht lebensecht wirkte, wenn man einmal von der Tatsache absah, dass sie aus Erde und Stein bestand. Sogar ihre Stimme klang fast normal, wenn auch ein wenig trocken.

»Du kannst ja sprechen«, staunte ich. Das fand ich überraschend, da sie bisher nur in meinem Kopf mit mir geredet hatte.

»Warum auch nicht?« Ihre Miene verriet keinerlei Gefühl, nicht einmal Verwunderung.

»Ich hatte angenommen, du könntest nur direkt von Geist zu Geist mit mir in Verbindung treten. Wenn du ganz normal reden kannst, hättest du dich mir doch auch mitteilen können, nachdem die Bindung zwischen mir und Penny entstanden ist«, erwiderte ich.

»Du leidest unter mehreren falschen Vorstellungen. Ich kann nur darum sprechen, mich bewegen oder überhaupt etwas tun, weil du nicht gebunden bist«, erklärte sie.

Das verstand ich nun gar nicht. »Die Bindung hat mir doch lediglich die Möglichkeit genommen, mich von Geist zu Geist mit dir auszutauschen. Wie kann sie deine Fähigkeit stören, mit mir zu sprechen?«

»Was glaubst du denn, mit wem du redest?«, entgegnete sie.

Ich hoffte inständig, sie werde es sich nicht zur Gewohnheit machen, meine Fragen mit Gegenfragen zu beantworten. Seufzend antwortete ich: »Mit Moira Centyr … oder trägst du jetzt einen neuen Namen?«

»Das ist vermutlich der beste Name, den man benutzen kann, aber er trifft genau genommen nicht ganz zu«, antwortete sie mit einer Ruhe, die mich zur Weißglut trieb.

»Hör zu, ich bin nicht in der richtigen Stimmung dafür. Wenn du nicht Moira Centyr bist, dann sag mir, mit wem ich gerade spreche. Ich habe keine Lust, den ganzen Tag mit Rätselraten zu verbringen«, gab ich ungeduldig zurück.

»Wäre ich noch am Leben, dann würde ich dich für diese Unverschämtheit bestrafen lassen«, antwortete sie mit einem leichten Lächeln. »In einer Hinsicht bin ich die Erde, in einer anderen ein Überrest von Moira Centyr. Am wichtigsten aber ist, dass ich *du* bin.«

»Ach ja, das erklärt wirklich alles«, sagte ich sarkastisch. Mit einer solchen Antwort hätte ich rechnen sollen. In der Magie gab es anscheinend niemals einfache und klare Antworten. Ich hielt meine Enttäuschung im Zaum und beschloss, systematisch vorzugehen. »Beginnen wir mit dem Ersten, was du gesagt hast: ›Wenn ich noch am Leben wäre.‹ Ich dachte, du seist am Leben. Bist du etwa gestorben, nachdem du dich mit der Erde vereint und Balinthor besiegt hast?«

»Das Problem besteht darin, die Wirklichkeit zu zwingen, sich den sprachlichen Gegebenheiten anzupassen. Moira Centyr ist nicht gestorben, sondern sie hat sich verändert und ist zu etwas anderem geworden ... zu einem Teil der Erde selbst. Aus der menschlichen Perspektive und nach allem, was ein Mensch überhaupt dazu sagen könnte, ist sie allerdings tot. Ich bin lediglich das, was sie zurückließ – ein Eindruck ihres Wissens, ein Abdruck ihres Daseins, der sich in der Erde gehalten hat. Ein Echo ihres Geistes.«

Ich hatte das Gefühl, dass dieses Gespräch noch länger dauern werde. »Also bist du eine Art Gespenst?«, bohrte ich weiter.

»Nein. Ich bin ihr Wissen, das in der Erde aufbewahrt wird«, erwiderte sie.

Als ob das ein Unterschied wäre, dachte ich, brachte meine Ansicht aber nicht zum Ausdruck. »Das klingt, als sei der Unterschied nicht sehr groß. Statt wegen der Einzelheiten Haare zu spalten, sollten wir dich der Einfachheit halber Moira nennen«, schlug ich vor. »Wir wollen nun aber zu der ursprünglichen Frage zurückkehren. Warum konntest du nicht auf diese Weise mit mir sprechen, während ich an Penny gebunden war?«

»Weil ich nicht Moira Centyr, sondern nur eine Erinnerung bin. Abgesehen von dem, was du lieferst, habe ich keine Willenskraft, keine Absicht und auch kein Selbst, das mich anfeuern würde. Deshalb sagte ich, dass ich in gewisser Weise du bin.«

Allmählich dämmerte es mir, auch wenn ich noch nicht alles begriffen hatte. »Warum hast du dann geantwortet, als ich dich mit dem Namen Moira gerufen habe?«

»Ich habe geantwortet, weil du gerufen hast. Dein Wille, dein Wunsch und deine Beweggründe zwingen mich, zu handeln und zu reagieren. Du lieferst die Absicht, die dieses Ebenbild von Moira Centyr erst entstehen lässt. Ohne deinen Willen bin ich nicht lebendiger als der Boden unter deinen Füßen. Ich bin eine Erinnerung, die aufgrund deiner Verbindung zur Erde und deiner Begierde nach Antworten Lebenskraft und Substanz erhält.«

Zwar verstand ich es jetzt, hatte aber Lust, ihr noch weiter zu widersprechen. »Der Boden unter meinen Füßen lebt tatsächlich. So viel habe ich bereits gelernt.«

Sie lächelte und zeigte mir Zähne aus weißen Kieselsteinen. »Das trifft wohl zu, aber der Boden unter deinen Füßen hat nicht das Bedürfnis, mit dir zu sprechen oder über menschliches Wissen zu debattieren. Moira Centyr schenkte mir dieses Wissen, und der Wunsch zu sprechen, entspringt aus deinem lebendigen Willen.«

»Dann befinde ich mich in Wahrheit in einem Gespräch mit der Erde.«

»Ich *bin* die Erde, aber nicht ihre Stimme. Ich bin das Echo einer Frau, die über die rein menschliche Form hinausgegangen ist«, erklärte sie. Vielleicht bildete ich es mir nur ein, doch ich glaubte, in ihrer Antwort einen Anflug von Wehmut zu erkennen. Intuitiv spürte ich, dass ihre Worte der Wahrheit entsprachen, zugleich aber bezweifelte ich, dass es die endgültige Wahrheit war.

Auf einmal fiel mir etwas ein. »Gibt es noch andere?«

»Andere?«

»Andere Abdrücke oder Erinnerungen früherer Erzmagier. So ähnlich wie bei dir«, erklärte ich.

»Nicht dass ich wüsste«, antwortete sie.

Das enttäuschte mich, doch zugleich wurde ich neugierig. »Warum nicht? Bist du der einzige Erzmagier, der … äh … in der Erde verloren ging oder sich mit ihr vereint hat?«

»Nein. Als ich noch lebte, lehrte man mich, mehrere andere hätten sich auf die gleiche Weise verloren.«

»Aber … warum existierst du dann?« Als ich die Frage ausgesprochen hatte, wurde mir bewusst, wie philosophisch sie im Grunde war und dass ich sie ebenso gut auch mir selbst stellen konnte.

»Ich wurde erschaffen, um gewisse Dinge zu hüten und zu bewahren. Das Geschlecht der Centyr hatte schon immer eine besondere Gabe, die bei den anderen großen Häusern nicht zu finden war«, sagte sie. Es klang beinahe zögernd, als antwortete sie nur widerstrebend.

Natürlich forderte dies gleich die nächste Frage heraus. »Welche Fähigkeit meinst du?«

Der Blick ihrer blauen Augen traf mich. »Was du vor dir siehst ... ich bin nur ein Splitter der ursprünglichen Moira Centyr. Ein schwacher Abklatsch, wenn du so willst.«

Das machte mich neugierig. »War das die besondere Fähigkeit deiner Familie? Sind alle Magier des Centyr-Geschlechts fähig gewesen, dies zu tun?«

»Die Fähigkeit, einen lebenden Körper zu erschaffen, war den Erzmagiern vorbehalten, und davon gab es unter meinen Vorfahren nicht sehr viele. Die Magier des Hauses Centyr sind jedoch häufig in der Lage gewesen, halb bewusste Verzauberungen von Objekten zu erzeugen, um Wissen zu erlangen. Ich bin lediglich eine starke Erweiterung dieser Fähigkeit. Soweit ich es weiß, bin ich das einzige Beispiel für ... für dies hier, wie du es auch nennen willst.« Sie deutete auf ihren Körper.

»Was war die Absicht deiner Schöpferin, als sie dich erschuf?«

»Sie wollte das Wissen hüten und dir helfen ... zwar habe ich keinen eigenen Willen und keine eigene Kraft, um zu handeln, doch ich kann dich lehren, was ich wusste, falls du meine Weisheit begehrst. Außerdem ...« Ganz plötzlich hielt sie inne.

»Was ist?«, bohrte ich.

»Nichts.«

»Da war doch etwas. Was ist los?«

»Ich bin nicht bereit, dir alles mitzuteilen, solange ich deine

Absichten nicht genau kenne ... solange ich nicht sicher bin, dass du überlebst«, erklärte sie geradeheraus.

»Ich dachte, dein Handeln richtet sich nach meinem Willen«, hakte ich nach. »Wie kann denn ein Scheinbild störrisch oder vorsichtig sein?«

»Unser Wunsch, gewisse Dinge zu schützen, ist so stark, dass er selbst dies hier überlebt ...« Sie machte eine anmutige Geste und deutete auf ihre irdische Form.

Ich hielt es für sinnlos, ihr irgendwelche Antworten entlocken zu wollen, die sie nicht bereit war, freiwillig zu geben, und nahm mir vor, später noch einmal auf diesen Punkt zurückzukommen. Inzwischen drängte sich eine andere Frage in den Vordergrund. »Du sagtest, andere seien verloren gegangen wie du selbst ... wie bist du so weit gekommen? Und noch wichtiger, könnte dies auch mit mir geschehen?«

Wieder lächelte sie. »Das ist eine gute Frage ... und ein Grund dafür, dass ich erschaffen wurde. Es geht hier um den wesentlichen Unterschied zwischen der Zauberei und der Arbeit eines Erzmagiers. Ein gewöhnlicher Magier benutzt seine eigenen Kräfte, um in der Welt, die ihn umgibt, Veränderungen zu bewirken, genauso wie ein normaler Mensch die Kraft seiner Arme in Verbindung mit einer Axt einsetzt, um einen Baum zu fällen. Ein Magier bringt seine Kräfte zur Geltung und lässt Dinge geschehen. Ein Erzmagier dagegen lauscht der Welt.«

»Das kommt mir nicht besonders nützlich oder mächtig vor. Die Geschichtsschreibung behauptet, du hättest einen Nachtgott bezwungen. Das hast du doch nicht getan, indem du gelauscht hast«, widersprach ich.

»Das ist richtig. Ich habe Balinthor nicht zerschmettert, indem ich lauschte, und genau deshalb bin ich das geworden, was ich jetzt bin. Ich habe Kräfte beschworen, die das menschliche Begriffsvermögen überstiegen, ebenso die Macht der ganzen Erde, und ich habe sie gewonnen.« Wieder hielt sie inne.

»Ich bin verwirrt«, räumte ich ein.

Sie starrte mich aufmerksam an, und ich betrachtete fasziniert die glitzernden Saphire, die ihr als Augen dienten. Schließlich öffnete sie den Mund und sprach weiter: »Ein Erzmagier setzt keine Kräfte ein, Mordecai. Ein Erzmagier wird zu dem, was er nutzen will.«

5

Moira Centyr oder vielmehr die Erscheinung, die ich Moira nannte, beobachtete mich unverwandt und wartete die Wirkung ihrer Worte ab. Ich blinzelte mehrmals, während ich an meine Erlebnisse des letzten Jahres dachte, und ordnete sie im Lichte dessen, was sie mir gesagt hatte, neu ein. Im Rückblick wurden mir verschiedene Dinge klarer, und meine Erinnerung an die Stimme des Windes und das Gefühl, das ich gehabt hatte – wie ich mich in ihm verloren hatte –, wurden nun verständlich.

Vor ein paar Tagen wäre ich beinahe im Himmel verschwunden, nur um einen Mann zu verfolgen, der ein paar Meilen weiter entfernt war, als ich mit den üblichen Magiersinnen blicken konnte. Wenn ich nun nicht zurückgekehrt wäre? Wenn Ariadne nicht meine Aufmerksamkeit erregt hätte? Wäre ich dann ein Zephyr geworden? Ein Teil des Windes, für immer verloren zwischen den Wolken, ohne Erinnerung an mein früheres Leben? Es war erschreckend.

»Könnte das auch mit dem Wind passieren?«, fragte ich unvermittelt.

»Ein Erzmagier kann zu allem werden«, erwiderte sie. »Es ist zugleich ein Segen und ein Fluch, eine Stärke und eine Schwäche.«

»Ich glaube, das wäre mir neulich beinahe passiert«, räumte ich ein.

»Das wundert mich nicht«, sagte sie.

»Warum?«

»Du bist besonders empfänglich. Zu meiner Zeit wärst du von einem *miellte* aufmerksam bewacht worden.« Dieses Wort kannte ich bereits. Es war der lycianische Ausdruck für einen Wächter.

»Was haben diese *miellte* getan?«, fragte ich.

»Ihre Aufgabe bestand darin, darauf zu achten, dass ein Erzmagier nicht zu weit ging. Die meisten waren Magier mit begrenzten Fähigkeiten. Wenn sich derjenige verlor, den sie bewachten, konnten sie direkt von Geist zu Geist mit ihm sprechen, um ihn in die Welt der Menschen zurückzuholen«, erklärte sie.

»Hattest du auch einen solchen Aufpasser? Und wenn ja, warum hat er dich nicht zurückgeholt?« Noch bevor ich es aussprach, fürchtete ich, diese Frage könnte zu persönlich sein. Aber ich musste es wissen.

»Ich hatte schon einen, aber manche Dinge lassen sich einfach nicht verhindern. Ich kannte den Preis und traf eine Entscheidung. Deshalb versuchte ich auch, mein Wissen für die Zukunft zu bewahren, ehe ich mich selbst verlor.« Sie antwortete geradeheraus, und falls ihr die Frage unangenehm war, so ließ sie es sich jedenfalls nicht anmerken.

»Du sagtest, ich sei empfänglich. Was hat das mit alledem zu tun?«

»Alles. Die Empfänglichkeit hat uns auch geholfen, besondere Begabungen bei anderen Menschen zu entdecken. Wenn etwa ein junger Magier zum ersten Mal seine Kräfte entfaltete, dann beobachteten wir ihn sehr genau. Nach einem Jahr prüften wir seine Empfänglichkeit – vor allem, indem wir die Reichweite seines Magierblicks ermittelten«, sagte Moira.

»Ist die Reichweite oder die Empfänglichkeit ein Hinweis auf die Macht des Magiers?«

»Nicht direkt. Viele mächtige Magier besaßen nicht genug Empfänglichkeit, um Erzmagier zu werden ... das galt sogar für die meisten von ihnen. Umgekehrt gab es Erzmagier, die, was die reine Magie anging, eher durchschnittlich waren. Ich selbst galt lediglich als mäßig begabt, als meine persönlichen

Kräfte geprüft wurden, doch meine Empfänglichkeit war sehr stark. Von dem Moment an, da sich meine Kräfte zum ersten Mal zeigten, beschloss ich, mein ganzes Leben darauf zu verwenden, Balinthor aufzuhalten.« Sie sagte es nicht ohne Stolz.

Ich muss wohl nicht eigens betonen, dass die Unterhaltung aus meiner Sicht eine höchst faszinierende Wendung nahm. Ich hatte genügend über Ausstrahlung und Kapazität gelesen, um die Unterschiede zwischen Magiern, Heiligen, Stoikern und Propheten zu kennen ... doch was Moira nun eröffnete, hatte viel mehr mit meiner eigenen Situation zu tun. »Wie misst man die Empfänglichkeit?«, fragte ich.

»Die gebräuchlichste Prüfung bestand darin zu ermitteln, über welche Entfernung ein Magier in der Lage war, eine bestimmte Person oder ein Objekt zu spüren. Alles über fünfhundert Schritt galt als sehr empfänglich. Menschen, die so weit spüren konnten, wurden besonders genau beobachtet, um sicherzugehen, dass sie sich nicht selbst verletzten, ehe sie lernten, ihre Fähigkeiten zu kontrollieren. Wer als extrem empfänglich galt, wurde sein Leben lang beobachtet ... zu seiner eigenen Sicherheit.«

»Ging es nur um deren eigene Sicherheit oder auch um die anderer?«, fragte ich nach. Auf die Vorstellung, man könne mir nicht trauen, nur weil ich magische Fähigkeiten besaß, reagierte ich ausgesprochen empfindlich.

»Es betraf ausschließlich deren eigene Sicherheit. Die meisten Erzmagier, die zu weit gehen, bringen niemanden in Gefahr, sondern verlieren sich nur selbst.«

»Wie geschieht das?«

Das Elementarwesen starrte mich mit durchdringenden Augen an. »Ich wurde erschaffen, ehe meine Namensgeberin vollständig in der Erde aufging. Daher weiß ich es nicht, aber ich bin im Besitz ihrer Erinnerungen an Momente ihres Lebens, in denen sie mit knapper Not davonkam. Sich in etwas wie die Erde oder den Wind zu verwandeln, geht viel zu weit über die menschlichen Erfahrungen hinaus, um für uns verständlich zu sein. Alles, was du weißt, und alles, was du bist, wird dabei ausgelöscht und durch eine gewaltige, gleichgültige Wirklichkeit ersetzt. An eine solche Erfahrung kann es keine Erinnerungen geben, denn auch die Erinnerungen verlieren ihre Bedeutung, sobald man über etwas so Großes wie die Erde oder den Wind spricht.«

»Dann scheint mir diese Fähigkeit so gut wie nutzlos zu sein«, bemerkte ich.

»Das liegt daran, dass wir bisher nur über die Gefahren gesprochen haben. Es gibt auch viele Vorteile, die du noch nicht entdeckt hast«, teilte sie mir mit.

»Worin bestehen sie?«

»Ehe wir darauf zu sprechen kommen, musst du mir einige Einzelheiten verraten. Bis zu welcher Entfernung kannst du bestimmte Menschen spüren?« Ihre schönen Edelsteinaugen schienen mich zu durchbohren. Diese Frage lag ihr wohl besonders am Herzen.

»Wie weit konntest du es denn?«, gab ich zurück.

»Fast tausend Schritt«, entgegnete sie sofort. »Weiche nicht meiner Frage aus. Ich muss wissen und einschätzen, wie viel du überhaupt lernen kannst.«

»Schön«, antwortete ich. »Ich spüre einen bestimmten Menschen bis zu einer Entfernung von etwas mehr als einer halben Meile, vielleicht achthundert oder neunhundert Schritt weit«, log ich. In Wirklichkeit konnte ich andere Menschen doppelt so weit verfolgen, seit die Bindung aufgelöst war. Ich war nicht sicher, was das in Bezug auf meine Fähigkeiten bedeutete, aber ich wollte nichts preisgeben, solange ich nicht sicher sein durfte, ob mir mein Gegenüber auch wohlgesinnt war.

»Das dachte ich mir schon. Das war bereits zu meiner Zeit außergewöhnlich und besonders für einen Illeniel«, meinte sie.

Das roch nach einer Beleidigung. »Was soll das heißen?«, fragte ich.

Sie lachte. »Obwohl die Illeniels die Ehre genießen, in der Geschichtsschreibung als das erste große Magiergeschlecht gewürdigt zu werden, haben sie nicht gerade viele Erzmagier hervorgebracht. Das Geschlecht der Illeniels war dafür bekannt, mächtige Magier hervorzubringen, doch nur wenige von ihnen besaßen eine überragende Empfänglichkeit.«

Mittlerweile fand ich unser Gespräch recht enttäuschend. Um meiner Verärgerung Luft zu machen und meinen Körper zu entspannen, stand ich auf und schritt hin und her. Einerseits war ich froh, endlich ein paar Antworten zu erhalten, andererseits hatte ich keine Ahnung, welche Bedeutung ihnen beizumessen war. Schließlich sagte ich: »Ich verstehe immer noch nicht, warum die Empfänglichkeit für die Erzmagier so wichtig ist.«

Sie ging neben mir her. »Das ist nicht bloß wichtig, Mordecai. Es ist alles. Ein Erzmagier lauscht, und indem er lauscht, versteht er. Durch das Verstehen *wird* er. Die Ohren, die du zum Lauschen benutzt, sind ein Nebenprodukt der Magie. Der Sinn, mit dem du Magie wahrnehmen kannst, erlaubt es dir auch, der ganzen Welt zu lauschen … und damit zu der Welt zu werden. Ist das jetzt klar?«

»Ja, aber diese Macht scheint mir viel zu gefährlich zu sein, als dass man sie benutzen sollte.«

»Das liegt daran, dass ich dir bisher nur die gefährlichsten Arten der Nutzung beschrieben habe. Ein Erzmagier kann auf zahlreiche weniger gefährliche Dinge lauschen, die seiner eigenen menschlichen Natur ähnlicher sind. Andererseits vermag er sich unbegrenzt dem Lauschen hinzugeben. Man kann durchaus Macht erlangen, ohne die Grenze zu überschreiten. Du hast doch schon mehrmals die Erde erbeben lassen, oder? Dabei hast du deine Menschlichkeit nicht verloren.« Sie hielt an, bückte sich und griff vor unseren Füßen in die Erde hinein.

Als sie sich aufrichtete, hatte sie einen schweren durchsichtigen Stein in der Hand. »Hier, nimm das«, sagte sie und bot ihn mir an.

»Wozu ist der gut?«, fragte ich überrascht.

»Das ist eine Lektion. Tu genau das, was ich dir sage, dann wirst du es besser verstehen. Zerdrück den Stein mit der Hand.« Ich sah sie fragend an, beschloss aber, mich auf ihre Laune einzulassen. Ein magisches Wort, und der Stein in meiner Hand war von einem unsichtbaren Kraftfeld umschlossen. Sobald ich mit der Hand zu drücken begann, zog ich auch das Kraftfeld zusammen. Sie legte mir die Hand auf den Arm, ehe ich ihre Bitte erfüllt hatte. »Halt«, sagte sie.

»Was?«

»Benutze deine Hand, keinen Schild.«

»Meine Hand ist aber nicht stark genug«, wandte ich ein.

»Schick die Energie in deine Muskeln und Knochen«, forderte sie mich auf.

Ich sah sie abweisend an. Natürlich hatte ich schon beobachtet, wie man den menschlichen Körper verstärken konnte – vor allem am Beispiel Penelopes, die meine Anath'Meridum gewesen war. Einmal hatte sie mit bloßer Hand den Hieb eines Streitkolbens abgefangen. Um ehrlich zu sein, sie hatte es getan, um mir das Leben zu retten, und sich dabei mehrere Knochen in der Hand gebrochen. »Nein«, antwortete ich und biss die Zähne zusammen.

Moira schien überrascht. »Warum nicht?«

»Ich würde mir dabei selbst die Hand zerquetschen«, entgegnete ich aufgebracht.

»Zu dumm. Diese Lektion hatte zwei Teile. Der erste sollte ein Schnellkurs in Selbstheilung sein. Offensichtlich hast du viel Zeit damit verbracht, deine Kräfte in verschiedenen Situationen anzuwenden. Zu meiner Zeit hatte ein Magier deines Alters in diesen Dingen meist erheblich weniger Erfahrung als du.«

»Die Umstände haben mich dazu gezwungen«, erklärte ich.

Sie lächelte. »Das ist nicht unbedingt schlecht. Nun gut, dann kommen wir zur praktischen Anwendung. Hör auf den Stein ... und achte genau auf ihn.«

Trotz meiner Erfahrungen mit den Stimmen des Windes und der Erde war mir noch nicht in den Sinn gekommen, dass auch etwas so Kleines und Unauffälliges wie ein Stein eine eigene Stimme haben konnte. In manchen Büchern, die ich in der Bibliothek meines Vaters entdeckt hatte, war es um Bewusstheit und Existenz gegangen. Anscheinend besaß alles, was existierte, auch ein gewisses Maß an Bewusstsein. Selbst scheinbar tote Objekte waren in gewissem Sinne lebendig. Deshalb hatte auch die Erde eine Stimme, obwohl ihr Bewusstsein für den menschlichen Verstand völlig fremdartig war.

Die Folgerungen, die sich aus dieser Tatsache ergaben, hatte ich freilich nicht bedacht. Demnach besaßen sogar unbedeutende Objekte wie dieser Stein ein begrenztes Bewusstsein, wenn es auch sehr klein sein mochte. Ich starrte den Stein mehrere Augenblicke lang an, ehe ich fragte: »Ist es möglich, etwas so Kleines zu hören?«

In den blauen Steinaugen blitzte das Licht der Nachmittagssonne und gab ihr vorübergehend etwas Gespenstisches. »Ja, das ist möglich. Du musst aber vorsichtig sein, wie du es angehst. Hör zu und mach den Stein zu einem Teil von dir selbst, als wäre er eine zusätzliche Hand oder ein Arm. Du selbst sollst nicht zum Stein werden. Er muss ein Teil von dir werden, darf aber nicht dein ganzes Ich ersetzen.«

Ich lachte über den Gedanken. »Etwas wie dies dort kann ich doch sowieso nicht werden.«

Sie antwortete mit tiefem Ernst: »Doch, das könntest du.«

»Ist es schwer, aus einem solchen Zustand zurückzukehren?«, fragte ich. Ihr Ernst hatte mich ernüchtert.

»Was glaubst du denn, wie die Aussichten stehen, dass der Stein in deiner Hand auf einmal beschließt, ein Mensch zu werden?«, entgegnete sie.

»Oh.«

»Lass das Nachdenken und hör lieber zu. Leere deinen Geist und konzentriere dich auf den Stein. Lass dich auch nicht abschrecken, wenn es eine Weile dauert. Hör einfach nur zu«, wiederholte sie.

Ich tat, was sie mir geraten hatte. Hoffentlich erfuhr Penny nichts davon, denn sie hätte es als hoffnungsvolles Zeichen empfunden. Der schwierigste Teil war, mein Bewusstsein zu leeren. Wenn ich früher auf die Erde oder den Wind gelauscht hatte, war es sehr leicht gegangen. Beide waren groß und auf ihre Weise auch sehr laut. Aber die Stimme eines kleinen Steins in all den Hintergrundgeräuschen der anderen Dinge zu finden, die sich in der Umgebung befanden ... das war eine ganz andere Angelegenheit. Es gelang mir nicht, meine Gedanken vollständig zum Schweigen zu bringen, aber das war auch nicht nötig. Kurz nachdem ich mich konzentriert und die alltäglichen Gedanken ausgeblendet hatte, vernahm ich tatsächlich die Stimme des Steins, den ich in der Hand hielt. Besonders deutlich war sie zwar nicht, aber sobald ich sie bemerkt hatte, fiel es mir ganz leicht. »Ich kann ihn hören«, erklärte ich.

»Bist du sicher?«, fragte meine seltsame Gefährtin.

»Ja, sonst hätte ich es doch nicht gesagt«, erwiderte ich gereizt.

»Hör genau hin und schließe seine Stimme in deine eigene ein. Mach sie zu einem Teil deines Selbst. Sobald du dich mit ihm identifizieren kannst, veränderst du ihn«, trug sie mir auf.

»In welcher Weise soll ich ihn verändern?«

»Auf jede Weise, die dir genehm ist«, sagte sie.

Typisch, dachte ich. »Danke für die Anleitung«, bemerkte ich trocken. Dann wurde ich ernst, konzentrierte mich und lauschte, bis sich der Stein tatsächlich so anfühlte, als sei er eine Erweiterung meines eigenen Seins. Es war ein eigenartiges Gefühl, das mir in diesem Moment aber völlig natürlich schien. Erst später, als ich mich längst zurückgezogen hatte, kam es mir seltsam vor.

Sobald ich den Stein zu einem Teil meiner selbst gemacht hatte, versuchte ich, mir etwas Interessantes vorzustellen, das ich mit ihm tun konnte. Als Erstes fiel mir ein, ihn zu veranlassen, sich zu entspannen, was dazu führen sollte, dass er wie Sand zerfiel. Ich dachte: Das war es, was meine neue Lehrerin erwartete. Da ich aber einen starken Widerspruchsgeist habe, beschloss ich, sie zu überraschen. Ich griff auf frühere Erfahrungen zurück und dachte an die erste Gelegenheit, da ich meine magischen Gaben benutzt hatte. An diesem Tag hatte ich das Pferd Star aus dem Fluss gerettet. Einer Laune folgend, verleitete ich den Stern, seine Form zu verändern und sich der Gestalt des schönen Tiers anzupassen. Diese zierliche Gestalt hätte man normalerweise nie aus Stein erschaffen können und ganz besonders nicht in diesem winzigen Maßstab.

Ich hatte bereits ähnliche Dinge mit Metall getan und meine Kräfte benutzt, um das Material in meinen Händen zu formen, doch dies hier war etwas anderes. Hier brauchte ich ebenfalls meine Vorstellungskraft, doch es geschah völlig mühelos. Ich zwang den Stein nicht, sich zu verändern, sondern bat ihn … nein, ich zeigte dem Stein meine Vision, und er gehorchte mir, indem er diese Gestalt von selbst annahm. Als ich fertig war, wartete ich auf Moiras Reaktion. »Wie war das?«

Ihre Miene blieb unbewegt. »Sehr gut. Besser, als es den meisten anderen beim ersten Versuch gelungen wäre.« Sie ließ sich zwar nichts anmerken, doch ich spürte, wie sehr sie erschrocken war. Damit hatte sie nicht gerechnet. Noch wichtiger war, dass sie versuchte, ihre Überraschung vor mir zu verbergen.

»Wie gut?«, fragte ich.

»Zu gut«, gab sie zu. »Du bist eine Gefahr für dich selbst.«

»Das habe ich schon mal gehört.« Ich kicherte trocken. »Es gefiel mir damals schon nicht, und es gefällt mir heute noch immer nicht.«

»Da gibt es nichts zu lachen. Du brauchst einen *miellte*. Eigentlich sogar mehrere, damit sie sich abwechselnd ausruhen können. Früher hätte jemand wie du mindestens drei gehabt«, behauptete sie.

»Warum drei? Ich sehe nicht ein, warum es ein Vorteil sein soll, mehr als einen zu haben.«

»Es soll nicht für dich von Vorteil sein. Sie müssen sich ausruhen. Drei reichen aus, damit jederzeit einer deine geistige Verfassung im Auge behalten kann – selbst dann, wenn du schläfst.«

»Das scheint mir übertrieben. Was sollte ich denn im Schlaf tun?«

»Wahrscheinlich nichts, möglicherweise aber alles.«

»Wie viele dieser *miellte* hattest du?«

»Zwei. Man hielt mich nicht für empfänglich genug, um mir auch im Schlaf einen Aufpasser beizuordnen. Der letzte Erzmagier, der drei benötigte, war mein Freund Gareth Gaelyn«, erklärte sie.

Das kam mir seltsam vor. Gareth Gaelyn war angeblich in der Schlacht gegen Balinthor besiegt worden, während Moira weitergekämpft und später den Nachtgott besiegt hatte. Trotzdem hatte er mehr Wächter benötigt? *Das ist doch Unsinn*, dachte ich. »Warum ist er gescheitert, wenn er mächtiger war als du, und warum hattest du Erfolg?« Mir war sofort klar, wie unhöflich diese Frage war, aber manchmal kann ich meine Zunge nicht im Zaum halten.

»Macht … du musst aufhören, auf diese Weise zu denken! Ein Erzmagier besitzt keine Macht. Er *ist* die Macht. Deshalb ist kein Erzmagier von vornherein mächtiger als ein anderer. Der Unterschied liegt nur in der Leichtigkeit, mit der sie sich anpassen können. Gareth war ein brillanter Gestaltwandler.

Die meisten Erzmagier schreckten vor dieser Gabe zurück, doch ihm fiel es leicht, etwas zu versuchen, das vorsichtigere Magier, die ihre Grenzen besser kannten, nie gewagt hätten«, fauchte sie verärgert.

»Ich wollte dich nicht beleidigen«, erwiderte ich hastig. Zugleich dachte ich über ihre Worte nach. In den wenigen Büchern, die ich bisher gelesen hatte, war kein Wort über Gestaltwandler zu finden gewesen. Der Begriff klang jedoch sehr interessant, andererseits war der Gedanke auch einigermaßen erschreckend. Ich schwieg eine Weile, ehe ich wieder etwas sagte. »Wenn es dir nichts ausmacht ... was hat er denn getan?«

Sie betrachtete mich eine Weile, als müsste sie über ihre nächsten Worte genau nachdenken. »Wir wurden aus dem Königreich Garulon vertrieben. Dort waren wir zum ersten Mal den Shiggreth begegnet. Es hatte uns sehr überrascht, denn Balinthor hatte sie bis zu diesem Tag vor uns verborgen. Auf einmal aber überwältigten sie die Verteidigung der Hauptstadt. Da wir solchen Kreaturen noch nie zuvor begegnet waren, hatten wir keine Ahnung, wozu sie imstande waren und wie wir sie bekämpfen konnten. Wir verloren die Stadt, und das Heer ergriff die Flucht. Tausende starben binnen weniger Stunden, und diejenigen unter uns, die noch bei Sinnen waren, zogen sich zurück und entflohen dem Chaos. Angst und Verzweiflung trieben Gareth dazu, etwas Verwegenes zu versuchen. Wäre er nicht so verzweifelt gewesen, er hätte es nie getan.« Sie hielt inne und kehrte mir den Rücken, als wollte sie das Gesicht vor mir verbergen. Trotz des fremdartigen Körpers verhielt sie sich ganz und gar menschlich und wurde, wie ich spüren konnte, von echten Gefühlen heimgesucht.

Ich wartete.

»Aus ihm ist ein Drache geworden«, sagte sie schließlich.

Anscheinend hatte ich meinen Vorrat an Weisheit inzwischen völlig aufgebraucht. »Ich dachte, Drachen seien Figuren aus Märchen.«

»Das sind sie auch, oder vielmehr, sie waren es bis zu diesem Tag. Gareth war von den Geschichten schon immer fasziniert gewesen. In jenem verzweifelten Augenblick versuchte er, die Wesen zu erschaffen, von denen er seit seiner Kindheit geträumt hatte. Ich bin nicht sicher, ob seine Furcht und sein Zorn seine Phantasie verzerrt hatten oder ob es von Anfang an einfach nur eine Dummheit gewesen war. Jedenfalls war der Drache, in den er sich verwandelte, ein Geschöpf der Raserei und der Zerstörung. Er pflügte in die feindlichen Reihen hinein, warf die Krieger umher wie Puppen und verbrannte diejenigen, die er nicht mit den Klauen erreichen konnte. Nur wenige der Shiggreth, die gegen uns angetreten waren, überlebten den Angriff, und selbst der Avatar Balinthors verließ lieber das Schlachtfeld, als sich dem Drachen offen zu stellen.«

»In dem Geschichtsbuch, das ich gefunden habe, steht nichts davon«, wandte ich ein.

»Ich glaube nicht, dass ein Gelehrter so etwas aufgeschrieben hätte, weil es ein so beschämendes Erlebnis war. Bis zu diesem Tag war Gareth allseits geachtet und beliebt gewesen«, erwiderte sie.

»Es klingt allerdings so, als habe er Erfolg gehabt. Was ist passiert?« Ich hatte schon eine recht gute Ahnung, was sie mir sagen würde, wollte es aber aus ihrem Munde hören.

»Nachdem er so viele Feinde getötet hatte, wie er finden konnte, wandte er sich gegen die Verteidiger Garulons, die noch lebten. Ohne Unterschied machte er Freund und Feind nieder. Abgesehen von denen, die ich verstecken konnte, haben nur wenige überlebt.«

Ich hatte mit einer tragischen Wendung gerechnet. Wenn überhaupt, dann half mir dies doch nur, meine eigenen Erfahrungen ins rechte Licht zu rücken und ganz besonders diejenigen am Ende des jüngsten Krieges gegen Gododdin. *Wenigstens habe ich nicht mein eigenes Volk getötet*, dachte ich. »Was ist danach geschehen?«, fragte ich schließlich.

»Wir haben uns tagelang versteckt und darauf gewartet, dass der Drache verschwand, doch das Wesen war raffiniert. Wie eine Katze wartete er und fing alle, die sich zeigten. Als ich endlich spürte, dass er sich entfernte, verließ ich mein Versteck in der Erde und sammelte die paar anderen, die hatten fliehen können. Der Drache, in den sich Gareth verwandelt hatte, war verschwunden. Ob er immer noch lebt oder schon vor langer Zeit gestorben ist, weiß ich nicht.«

Wir sprachen noch eine Weile weiter, doch unsere Unterhaltung hatte jetzt eine düstere Wendung genommen, und meine anfängliche Begeisterung war verflogen. Schließlich beschloss ich, in die Burg zurückzukehren, denn ich hatte genug von dunklen Geschichten mit tragischen Schlussszenen. Im Grunde war mein eigenes Leben ja ganz ähnlich verlaufen.

»Ich muss zurück. Macht es dir etwas aus, wenn wir zu einem anderen Zeitpunkt weiterreden?«, fragte ich.

»Du musst nicht höflich sein, Mordecai. Ich bin nur ein Echo. Richte deine Aufmerksamkeit nach innen, und ich höre praktisch zu existieren auf. Ruf mich einfach, wenn du wieder mit mir sprechen möchtest«, antwortete sie. Dann versank sie mit einem schiefen Lächeln im Boden und war so schnell verschwunden, wie sie entstanden war.

Ich klopfte mir die Blätter von den Hosen ab und kehrte in den Burgfried zurück. Wahrscheinlich wurde ich dort schon vermisst.

6

An diesem Abend erläuterte Marc beim Abendessen seinen Plan, die Hauptstadt aufzusuchen. Dorian und Penny waren erleichtert, weil er sich überhaupt wieder bei einer Mahlzeit blicken ließ, nahmen jedoch die Eröffnung, dass er auf Reisen gehen wolle, mit Enttäuschung auf. Trotzdem waren wir alle froh, dass er nun ein Ziel vor Augen hatte.

Dorian war vor allem neugierig, warum sich Marc in der Bibliothek meines Vaters umsehen wollte. Rose dagegen blieb während der ganzen Mahlzeit ungewöhnlich zurückhaltend und pickte stumm an ihrem Wildbret herum. Bedachte man, wie geschwätzig sie sonst sein konnte, war ihre Verschlossenheit wirklich bemerkenswert.

»Wie lange wirst du fort sein?«, fragte Dorian. Während er sprach, schnitt er geschickt ein großes Stück Fleisch vom Braten ab, ehe er den Servierteller weiterreichte.

Marcs Lächeln verlieh seinem Gesicht jetzt eine solche Wärme, dass man die vergangene Niedergeschlagenheit für einen schlechten Traum halten konnte. »Eine Weile, mein Freund. Wenn ich dort fertig bin, möchte ich noch etwas reisen und versuchen, Zugang zu den Akten der verschiedenen Kirchen zu bekommen.«

Dorian fühlte sich nicht wohl damit, dass Marc sich von seiner Göttin losgesagt hatte. Die Thornbears waren schon seit vielen Generationen Anhänger der Herrin des Abendsterns. Trotz allem, was wir ihm erzählt hatten, sagte ihm sein Gefühl, die Göttin müsse für die Verweigerung ihrer Hilfe einen guten Grund gehabt haben. Er hoffte sicherlich, Marcus werde sich eines Tages wieder mit Millicenth aussöhnen. »Willst du herausfinden, warum sie es getan hat?«, fragte er.

»Zum Teil schon«, antwortete Marc. Er war so klug, seine Rachsucht gegenüber den Göttern unerwähnt zu lassen. Das hätte Dorian auch nur verärgert und uns die Mahlzeit verdorben.

Dorian schnaubte. »Zum Teil? Das ist doch keine richtige Antwort. Warum rückst du nicht mit dem heraus, was du denkst?« Manchmal war Dorian aufmerksamer, als man es von einem so großen Mann erwartet hätte.

Rose schaltete sich ein, bevor ich etwas sagen konnte. »Dorian, nun piesacke ihn nicht so! Er hat eine Menge durchgemacht. Lass ihn sein Essen genießen.«

»Ich piesacke ihn doch überhaupt nicht«, grollte Dorian. »Ich bin es nur leid, niemals zu hören, was die Leute wirklich denken.«

Marcus antwortete ihm ernst: »Hör mal, Dorian, ich will mich dir gegenüber gar nicht verschließen. Ich muss vor allem von hier fort. So habe ich etwas zu tun und einen Grund zu reisen.« Ich staunte, wie aufrichtig diese Halbwahrheit klang, wenn mein Freund sie aussprach.

»Wann willst du aufbrechen?«, fragte Rose überraschend.

»Heute Abend, falls Mort nichts dagegen hat, mich zu teleportieren«, antwortete Marc sofort.

Wir hatten schon vorher darüber gesprochen, deshalb nickte ich nur. »Könntest du eine Botschaft für meinen Vater mitnehmen?«, fragte Rose. »Ich habe ihn seit Monaten nicht gesehen und bin sicher, dass er sich inzwischen große Sorgen macht.«

»Gewiss, Rose«, willigte Marc sofort ein.

Sie bedankte sich, und danach verlief der Rest unserer Mahlzeit recht schweigsam. Einmal oder zweimal bemerkte ich, dass Rose mich ansah, doch sie wandte immer den Blick ab, sobald ich aufmerksam wurde. Trotz meiner Fähigkeit, Gefühle auffangen zu können, hatte ich keine Ahnung, was in ihr vorging. Rose Hightower war ein kompliziertes Rätsel, das zu verstehen ich schon vor langer Zeit aufgegeben hatte. Immerhin war deutlich zu merken, dass sie aus irgendeinem Grund neugierig war.

Nach dem Essen begleitete ich Marc in sein Zimmer, wo er seine Siebensachen packte, dann gingen wir zum Teleportkreis, den ich mit meinem Haus in Albamarl verknüpft hatte. Er sah mich überrascht an, während ich mit ihm zusammen in den Kreis trat. »Du musst nicht mitkommen.«

»Doch, das muss ich. Ich muss das Haus anweisen, deine Gegenwart zu akzeptieren. Habe ich dir eigentlich schon erzählt, was mit Rose passiert ist, als sie sich allein in der Bibliothek umgesehen hat?« Es stellte sich heraus, dass er diese Geschichte aus irgendeinem Grund noch nicht kannte. Wir kicherten, während ich ihn einweihte. Als er hörte, wie der Golem Rose auf den Kopf gestellt hatte, konnte er sich vor Lachen kaum halten.

»Ich kann gar nicht glauben, dass du mir das nicht schon längst erzählt hast«, sagte er, als wir in meinem Haus in Albamarl den Kreis verließen.

»Offenbar bin ich zu beschäftigt gewesen. Danach ist ja eine Menge passiert«, entgegnete ich. Die Ereignisse, über die wir redeten, lagen nur wenige Monate zurück, doch inzwischen schien es mir, als seien Jahre vergangen. Ich wanderte durch das Haus und sorgte dafür, dass er auch in meiner Abwesenheit hinausgehen und eintreten konnte. Außerdem wies ich den Golem in der Bibliothek an, Marc ungestört alle Bücher ansehen zu lassen. »Bist du sicher, dass du hier allein zurechtkommst?«, fragte ich zum zehnten Mal.

Marc lachte. »Das geht schon klar, Mort … und wenn nicht, wirst du der Erste sein, der es erfährt.«

»In ein paar Tagen komme ich wieder her, um mich mit dem König zu treffen«, wiederholte ich. »Lass dich nicht blicken, wenn du Lord Hightower Roses Nachricht überbringst. Gib sie einfach an der Tür ab. Es wäre gut, wenn niemand erfährt, wie leicht wir die Stadt betreten und verlassen können, solange ich den König nicht aufgesucht habe.«

»Ich kann mir nicht vorstellen, dass er deinen Besuch in seinen Lagerhäusern schon vergessen hat«, meinte Marc ironisch.

»Das ist wahr, aber ihm ist möglicherweise nicht klar, dass ich – abgesehen von dem Kreis, der sich in James Lancasters Lagerhaus befunden hat – noch eine weitere Möglichkeit habe, jederzeit zu kommen und zu gehen.«

»Gut«, stimmte Marc zu. »Das werde ich berücksichtigen. Mach dir keine Sorgen, in den nächsten paar Wochen wird niemand erfahren, dass ich wieder in der Stadt bin.«

Danach verabschiedete ich mich und kehrte zur Burg Cameron zurück. Penelope erwartete mich schon, als ich unsere Gemächer betrat. Sie war bereits dabei, sich vor der Nachtruhe die Haare zu bürsten, und hob den Kopf.

»Bist du schon zurück?«, fragte sie.

Offensichtlich traf dies zu, ich verzichtete jedoch darauf, ihr eine scharfzüngige Antwort zu geben. »Es gibt nichts, was mich davon abhalten könnte, an deiner Seite zu sein, mein Schatz!«, erwiderte ich stattdessen galant.

»Das sagst du jetzt. Warte, bis ich fett werde ... man sieht ja auch schon was«, erklärte sie mit einer Mischung aus Stolz und Verlegenheit.

»Wirklich?« Das interessierte mich sehr.

»Schau doch.« Sie stand auf und strich ihr Nachthemd glatt. Da sie seitlich vor einem körperhohen Spiegel stand, den Genevieve Lancaster uns geschenkt hatte, konnte man die Wölbung des Bauchs deutlich erkennen. Davon abgesehen, gab es aber noch wesentlich interessantere Veränderungen.

Ich trat hinter sie, legte ihr einen Arm um die Hüften und berührte die bescheidene Schwellung des Bauchs. »Das ist nicht das Einzige, was gewachsen ist«, erklärte ich, während ich die andere Hand hob und zärtlich auf ihre Brust legte.

»Ich habe keine Hoffnung mehr, dass du jemals erwachsen wirst.« Lächelnd legte sie den Kopf zurück und bedachte mich mit einem recht aufregenden Kuss.

Etwas später knuffte sie mich, weil ich im Bett fast eingeschlafen war. »Glaubst du, unser Kind wird glücklich sein?«, fragte sie verunsichert.

Ich hatte Mühe, mich zu konzentrieren. Irgendwie hatte ich nie so recht verstanden, warum sie *danach* immer reden wollte, aber inzwischen hatte ich gelernt, es hinzunehmen. Wahrscheinlich wollte sie nur die Tatsache ausnutzen, dass ich in einer solchen Situation weniger Ausflüchte machte und ehrlicher antwortete. »Das hoffe ich doch«, sagte ich. »Aber die Zukunft ist immer ungewiss. Außerdem bekommen wir einen Sohn«, fügte ich hinzu.

»Bist du wirklich sicher? Als du mich geheilt hast, war ich doch höchstens seit einem Monat schwanger.«

»Ist das so schwer zu glauben? Ich zweifle ja auch nie an deinen Visionen«, entgegnete ich.

Sie schnaubte. »Meine Visionen werden stets wahr, aber diese Gabe besitzt du nicht … wie kannst du da sicher sein?«

»Ich weiß es eben«, bekräftigte ich. »Du bist nur nervös, weil du noch keine Vision hattest, die dir bestätigt, was ich sage.«

»Das ist nicht wahr!«, empörte sie sich. »Ich will nur alles richtig machen. Wenn ich das Kinderzimmer für einen Jungen schmücke, und es wird ein Mädchen, dann bekommst du Ärger.« Dabei knuffte sie mich in die Rippen.

Ich kicherte. »Dieses Risiko gehe ich gern ein.«

Der nächste Tag verlief ruhig. Den größten Teil des Morgens verbrachte ich mit der Arbeit an der Rüstung. Im Laufe des letzten Monats hatte ich gelernt, das Metall recht geschickt zu formen. Die Arbeit mit meinen Händen schenkte mir wie immer einen tiefen Frieden, und zugleich entstand ein Gefühl der Verbundenheit mit meinem Vater. Dabei fühlte ich mich allerdings ein wenig so, als griffe ich zu unlauteren Tricks. Was hätte er wohl gesagt, wenn er mich so gesehen hätte? Ich setzte Zaubersprüche ein, um mit dem Metall auf eine Art und Weise zu arbeiten, die er sich nicht einmal hätte träumen lassen. Sein Leben lang hatte der geschickte Handwerker versucht, die Beschränkungen und Schwierigkeiten zu überwinden, auf die er bei der Arbeit mit dem Eisen gestoßen war. Ich war fähig, viele dieser Einschränkungen zu umgehen, indem ich einfach nur meinen Willen und einige sorgfältig gewählte Worte einsetzte.

Er hätte mich aufgezogen, dachte ich bei mir selbst. Tief in meinem Inneren wusste ich, dass es auch der Wahrheit entsprach. Er hätte sich über mich lustig gemacht und mir gesagt, ich solle einfach das Werkzeug benutzen, das sich mir anbot. Die Vision des fertigen Stücks war das Wichtigste, und wenn ich eine ungenaue Vorstellung hatte, spielte es keine Rolle, wie viele Vorteile ich nutzen konnte. Das Endergebnis wäre immer noch … nur Schrott gewesen.

Dank meiner Lehrzeit in einer traditionellen Schmiede hatte ich ein Verständnis für das Eisen erworben, wie ich es mit noch so viel Magie niemals hätte gewinnen können. Dieses Verständnis war jetzt wichtiger denn je, weil ich nun die Fähigkeit und die Möglichkeit besaß, mein Wissen besonders wirkungsvoll umzusetzen.

Eine solche Rüstung kann ich in etwa zwei Wochen maßgeschneidert für einen bestimmten Besitzer herstellen, überlegte ich. *Dazu noch zwei weitere Tage, um die Verzauberungen zu vollenden. Das wären etwa sechzehn Tage, um einen meiner Ritter auszurüsten.* Trotz der Vorteile, die ich nun hatte, brauchte ich immer noch eine beachtliche Zeitspanne, um das durchzuführen, was ich mir ausgedacht hatte. *Die Zeit für die Waffen habe ich noch nicht einmal berücksichtigt*, fügte ich im Geiste hinzu.

Dorians Ratschlag hinsichtlich der Waffen war allerdings von unschätzbarem Wert. Auf der Grundlage seiner Erfahrungen mit der Rüstung, die ich vor dem Krieg für ihn verzaubert hatte, war er offenbar zu der Ansicht gelangt, ein Großschwert sei die passende Waffe. Erst vor zwei Tagen hatte er mir gesagt: »Das Schwert, das du für mich verzaubert hast, schnitt mühelos durch alles, was ich damit traf, und die Rüstung war gut genug, um jedes gewöhnliche Schwert abzuhalten, doch mein Schild erwies sich als hinderlich. Hätte ich eine längere Klinge und zwei freie Hände gehabt, um sie zu schwingen, dann hätte ich die Feinde ebenso umhauen können wie den Weizen mit der Sichel.«

Außerdem hatte er vorgeschlagen, die Herstellung der Waffen einem normalen Schmied zu überlassen. Ich konnte sie ohne Weiteres kaufen und später verzaubern, was mir eine Menge Zeit ersparte. Der Hauptgrund dafür, dass ich die Rüstung selbst schmiedete, war die Tatsache, dass es unmöglich war, eine solche Arbeit außerhalb der Hauptstadt in Auftrag zu geben, und selbst dort musste man womöglich ein ganzes Jahr auf die Fertigstellung warten.

Das passte mir überhaupt nicht. Ich wollte binnen eines einzigen Jahres zwanzig Männer bewaffnen. Im letzten Krieg hatte ich beobachtet, welche Wirkung einige wenige gut gerüstete Männer entfalten konnten. Besonders Dorian hatte viel geleistet. Während ich Penny geheilt hatte, war ich beinahe eine Stunde lang ohnmächtig gewesen, und er hatte den Mauerdurchbruch fast allein gehalten. Nicht, dass ich es laut ausgesprochen hätte, aber neben ihm waren viele Männer gefallen, und er war der Einzige gewesen, den die Feinde nicht hatten niedermachen können.

Mit Löwenmut und einer Rüstung, die kein Pfeil oder Schwert durchschlagen konnte, hatte er auch gegen die eigene Erschöpfung angekämpft. Sein Schwert hatte mühelos die Rüstungen der Feinde zerstört. Seit sich der Staub gelegt hatte, fragte ich mich, was möglich gewesen wäre, wenn uns noch weitere ähnlich ausgerüstete Männer zur Verfügung gestanden hätten.

Natürlich kam es auch auf den Krieger an, der jeweils in der Rüstung steckte. Vor dieser Tatsache verschloss ich nicht die Augen, und es gab nicht viele, die sich mit Dorian im Kampf messen konnten. Dennoch hatte ich seit jenem Tag oft darüber nachgedacht, zumal die Bedrohung durch die Shiggreth immer noch nicht ganz ausgestanden war. Ich wusste, dass sie sich da draußen herumtrieben, hatte aber keine Ahnung, wann oder wo sie wieder zuschlagen würden. Und – ich war allein. Ein Kämpfer, der in einer verzauberten Rüstung steckte, war so gut wie immun gegen ihre Berührung, und mit den richtigen Waffen konnte er sie das Fürchten lehren.

Genau darum ging es. Seit ich der Graf von Cameron war, trug ich die Verantwortung für eine große Zahl von Menschen, doch ich konnte nicht überall zugleich sein. Soweit ich es zu sagen vermochte, war ich der einzige noch lebende Magier, während sich die Shiggreth fast grenzenlos vermehrten. Ich brauchte Hilfe – schlagkräftige Hilfe. Wenn keine anderen Magier greifbar waren, musste ich mit dem Zweitbesten vorliebnehmen.

Im Kampf gegen die Shiggreth und im Krieg gegen Gododdin hatte Dorian mir gezeigt, was ein gut ausgebildeter Mann mit überlegenen Waffen vollbringen konnte. Natürlich musste man die Kämpfer genau auswählen und gut ausbilden, doch ich hatte einen Freund, dem ich diese Aufgabe anvertrauen konnte.

Trotzdem hatte Dorian eine ganz bestimmte Schwäche, wie sich im Kampf gegen die Shiggreth gezeigt hatte. Es war die Beschränkung, der jeder Sterbliche unterworfen war. Hätte er über die Ressourcen verfügt, aus denen ein Anath'Meridum seine Kräfte bezog, dann hätten die Gegner ihn trotz ihrer großen Zahl nicht überwältigen können. In der Zeit, als Penny meine Bindungsgefährtin gewesen war, hatte ich erkannt, wie überwältigend ein Krieger sein konnte, dessen Kräfte sich auf übernatürliche Weise verstärkt hatten.

Ich hatte allerdings nicht die Absicht, mit irgendjemandem wieder eine Bindung einzugehen, geschweige denn mit zwanzig Personen gleichzeitig. Daher musste ich eine andere Lösung finden. Wie das vonstattengehen sollte, wusste ich freilich noch nicht. Kopfschüttelnd konzentrierte ich mich wieder auf das, was vor mir lag. Es nützte ja nichts, mich mitten in der Arbeit ablenken zu lassen.

7

Die nächsten Tage vergingen in Windeseile, bis ich den Ausflug nach Albamarl schließlich nicht länger aufschieben konnte. Ich wollte König Edward nicht zu viel Spielraum lassen, über meine Nachricht zu brüten, die er inzwischen auf jeden Fall bekommen hatte. Es war an der Zeit, ihm einen Besuch abzustatten.

Schon seit einer Weile hatte ich Penny in meine Pläne eingeweiht und ihr gesagt, dass ich an diesem Tag nach dem Frühstück aufbrechen wolle. Sie war immer noch recht nervös, fügte sich mittlerweile aber in das Unvermeidliche. »Ich wünschte, du ließest mich mitkommen«, sagte sie nicht zum ersten Mal.

»Auf keinen Fall. Du bist keine Anath'Meridum mehr, und noch wichtiger ist, dass du schwanger bist. Da steht zu viel auf dem Spiel«, erinnerte ich sie.

»Das ist aber kein Grund, gemein zu sein«, beklagte sie sich. »Betrachte es doch mal von meiner Seite. Was würde es für mich und unser Kind bedeuten, wenn wir dich jetzt verlieren?«

Ich zuckte zusammen, weil es immer wieder auf diesen Punkt hinauslief. Natürlich hatte sie recht. Andererseits hatten wir schon mehrmals darüber gesprochen, und ich sah keinen besseren Weg, die Zukunft unserer Familie und unserer Landsleute zu sichern. »Es tut mir leid, Liebste. Du weißt, dass ich einen ungefährlicheren Weg einschlagen würde, wenn es ihn gäbe«, erwiderte ich.

»Dann räumst du also ein, dass es einen besseren Weg geben könnte.« Manchmal war sie erschreckend schlagfertig.

»Ich müsste lügen, wenn ich behaupten wollte, alle Antworten zu kennen. Wahr ist aber, dass ich keine bessere Möglichkeit weiß«, erwiderte ich aufrichtig.

Sie strich mir mit der Hand über die Brust und spielte mit dem Stoff meines Hemdes. »Mir wäre wohler, wenn du wenigstens eine Rüstung tragen könntest. Jeder Dummkopf könnte dir einen Dolch in den Rücken jagen.«

»Das würde mir meine Aufgabe deutlich erschweren. Eigentlich will ich heimlich vorgehen, und außerdem brauche ich keine Rüstung, um körperlich geschützt zu sein.« Ich ließ meinen Schild kurz flackern. Meine Geschicklichkeit, was die alltäglichen Anwendungen der Magie betraf, hatte deutlich zugenommen.

»Das hat dir auch nicht viel genützt, als dich der Shiggreth gepackt hat«, entgegnete sie. Dies erinnerte mich nicht nur an meine Verletzlichkeit, sondern auch an die Tatsache, dass sie mir in dieser Nacht das Leben gerettet hatte.

Ich schnitt eine Grimasse. »Bei diesem kleinen Abenteuer dürften mir eigentlich keine Shiggreth in die Quere kommen, und falls doch ... ich habe mir eine neue Strategie zurechtgelegt.«

Sie blieb skeptisch. »Und welche?«

»Ich kann es dir hier nicht zeigen, das würde unser Zimmer beschädigen«, erwiderte ich, um einer genaueren Befragung so gut wie möglich auszuweichen.

Nun machte sie eine wehmütige und zugleich etwas traurige Miene. »Irgendwann wirst du mal feststellen, dass du doch nicht so klug bist, wie du selbst dachtest, und dann werde ich es sein, die den Preis dafür bezahlen muss.«

Ich lachte. »Hattest du schon wieder eine Vision?«

Penny runzelte die Stirn. »Nein, und deshalb will ich auch nicht zu energisch widersprechen. Ich bin mir sicher, dass etwas so Wichtiges wie dein bevorstehender Tod bei mir eine Vision auslösen würde. Da ich keine Vorahnungen habe, lasse ich dich ein größeres Risiko eingehen, als es wahrscheinlich ratsam ist.«

Ich beschloss, ihr in diesem Punkt nicht zu widersprechen. Ihre Intuition und ich hatten schon einmal unterschiedliche Ansichten gehabt – und infolgedessen wäre sie beinahe gestorben. Trotzdem würde ich mich wohl nicht anders entscheiden, wenn ich abermals derart mit dem Rücken zur Wand stand. Wenn es sein muss, kann ich ungeheuer störrisch sein. Statt sie an meine Dickköpfigkeit zu erinnern, stimmte ich ihr zu. »Darüber freue ich mich. Wenn es gut läuft, müsste ich heute Nacht oder spätestens morgen zurückkehren. Vielleicht leiste ich Marc ein wenig Gesellschaft und esse mit ihm. In der letzten Zeit hatte ich kaum Gelegenheit, mich in der Bibliothek umzusehen.«

Dann verabschiedete ich mich und stand eine Stunde später im Korridor meines Hauses in Albamarl. Die Fähigkeit der Teleportation war eine durchaus angenehme Begleiterscheinung der Magie. Allerdings gab es bisher nicht viele Orte, die ich auf diese Weise erreichen konnte, denn man musste jeweils am Ursprung und am Ziel genau passende Kreise berechnen und aufbauen.

Im Moment konnte ich nur zwischen der Burg Cameron, der Burg Lancaster und meinem Haus in Albamarl springen. Allerdings beabsichtigte ich, meine Bewegungsfreiheit während des Besuchs in der Stadt ein wenig zu vergrößern. Sobald der König erkannte, auf welche Weise ich zu reisen vermochte, lag die Idee nicht fern, mein Haus zu bewachen und damit meine Möglichkeiten zu beschneiden.

Ich beobachtete den Flur und ließ meinen Magiersinn wandern, bis ich Marc entdeckt hatte. Wie er es geplant hatte, saß er in der Bibliothek an einem Tisch und las. Zuerst wollte ich einfach eintreten und ihn begrüßen, doch nach kurzem Überlegen beschloss ich, den Plan für mein Eindringen in den Palast zu erproben. Dazu hatte ich mehrere Verzauberungen vorbereitet, aber noch nicht praktisch angewandt. Ich sprach ein paar Worte und strich mit der Hand über die Stiefel, um meine Schritte zu dämpfen.

Dann ging ich lautlos weiter bis zur Tür der Bibliothek. Marc hatte sie klugerweise hinter sich geschlossen, sodass niemand ungesehen und ungehört den Raum betreten konnte. Ausgezeichnet. Dank meines Magiersinns wusste ich bereits, dass er nicht in die Richtung der Tür blickte. Wieder flüsterte ich einige Worte, die denjenigen, die ich für die Stiefel verwendet hatte, recht ähnlich waren. Auch die Tür sollte sich nun lautlos öffnen lassen. Ich legte die Hand auf den Griff, öffnete und trat ein.

Bisher hatte mich Marc noch nicht bemerkt. Er las konzentriert, konnte aber jederzeit den Kopf heben und in meine Richtung blicken, und unsichtbar war ich ganz gewiss nicht. Ich musste einen weiteren Spruch wirken, doch wenn ich es in dem Raum tat, wo er sich aufhielt, erregte ich wahrscheinlich seine Aufmerksamkeit, selbst wenn ich sehr leise sprach. Ich brauchte eine Ablenkung. Ein rascher Blick zur anderen Seite des Raumes, ein geflüstertes Wort und eine kurze Willensanstrengung, und schon erklangen hinter ihm Geräusche, als sei ein Buch aus dem Regal gefallen und als trippelten Krallenfüße über den Holzboden. Sobald Marc erschrocken in die falsche Richtung blickte, sprach ich abermals ein leises Wort und legte mir eine meiner Ansicht nach perfekte Verkleidung zu. Dieser Zauber war etwas völlig Neues – ich erzeugte eine falsche Identität. In diesem Fall hatte ich mich für seine Schwester Ariadne entschieden.

Über die Kunst der Illusion hatte ich erst wenige Wochen zuvor etwas in den Büchern meines Vaters gelesen und seitdem in den wenigen freien Momenten damit experimentiert. Dies war das erste Mal, dass ich einen anderen Menschen mit einer vollständigen Verkleidung täuschen wollte, und ich hatte keine Ahnung, wie es verlaufen würde. Vorsichtig ging ich weiter zum Schreibtisch und wartete dort, bis Marc sich wieder herumdrehte. Einen Moment lang starrte er noch angespannt in die Ecke und wunderte sich über den Lärm, den ich veranstaltet hatte. Als er sich endlich umdrehte, war seine Miene einfach unbezahlbar.

»Was?«, rief er und wich erschrocken zurück. Oder vielmehr, er wollte es, doch da er noch auf dem Stuhl saß, schaffte er es gerade eben, halb aufzustehen, ehe er sich aufs Hinterteil setzte. Ich benötigte meine ganze Selbstbeherrschung, um das Lachen zu unterdrücken. Am Ende tat ich so, als mache ich mir Sorgen.

»Marcus, bist du verletzt? Ich wollte dich doch nicht erschrecken!«, sagte ich rasch. Wenn meine Magie richtig funktionierte, sollte er seine Schwester in einem hübschen blauen Kleid sehen, das sie einmal getragen hatte. Man mag mich einen Perversen nennen, aber wann immer ich an seine Schwester dachte, stellte ich sie mir in diesem Kleid vor.

»Ariadne?«, fragte er verunsichert. Die Zweifel waren ihm deutlich anzumerken. »Bist du es? Wie bist du hereingekommen?« Er stand vom Boden auf und klopfte sich ab, obwohl die Dielen makellos sauber waren.

Abgesehen von meinem Wunsch, ihn zu überraschen, hatte ich nicht weiter über das Gespräch mit ihm nachgedacht. Da meine Verkleidung ihren Zweck erfüllte, fand ich, ich könne sie auch noch eine Weile beibehalten. Endlich kam mir der rettende Gedanke. »Mordecai hat mich geschickt. Ich wollte dich in Cameron besuchen, doch er sagte, du seist hier, um etwas zu erforschen. Wie geht es dir? Rose meint, du hättest dich in der letzten Zeit so seltsam benommen.« *Das sollte sein Misstrauen dämpfen*, dachte ich bei mir und kicherte selbstzufrieden. Ich verzichtete darauf, ihn zu umarmen, denn meine Illusion besaß keine feste Erscheinungsform, und mein eindeutig männlicher Körper hätte mich sofort verraten.

Marc sah sich um. »Ist Mort bei dir?«, fragte er auf einmal.

»Nein. Er will in einer Stunde oder so wieder herkommen, um mich nach Hause zu bringen«, improvisierte ich.

»Kluges Mädchen«, sagte er mit einem verschlagenen Grinsen. »Wir hatten ja schon so lange keine Zeit mehr für uns allein, was?«

Den Blick, mit dem er mich bedachte, fand ich beunruhigend. Ich hatte keine Ahnung, wie er sonst mit seiner Schwester umging, wenn sie allein waren, aber dieser Tonfall kam mir seltsam vor. »Nein, leider nicht«, stimmte ich zu. »Ich habe mich um dich gesorgt.«

Er kam einen Schritt näher, worauf ich unwillkürlich zurückwich, um den direkten Kontakt zu vermeiden. »Liebst du deinen Bruder denn immer noch?«, fragte er wehmütig. »Auch nach seiner Demütigung?«

Die Wendung, die unser Gespräch gerade nahm, war mir nicht geheuer, aber ich wollte mir den Spaß noch nicht verderben lassen. »Natürlich, Marcus. Du warst schon immer mein liebster Bruder.«

In seinen Augen glomm ein gefährlicher Funke. »Dein liebster Bruder?«, fragte er. »Meintest du nicht, dass ich dein allerliebster bin? Oder hast du jemand anders gefunden?« Seine Stimme klang belegt.

Die Sache geriet eindeutig außer Kontrolle. »Was?«, rief ich überrascht. Ehe ich sonst noch etwas sagen konnte, ging er auf mich los und küsste mich. Ebenso schockiert wie erbost versuchte ich ihn abzuschütteln, doch er klammerte sich an mich, und im Handumdrehen rangelten wir auf dem Boden, weil ich erbittert versuchte, mich von diesem schwesternliebenden Ungeheuer zu befreien, in das sich mein Freund verwandelt hatte.

»Ariadne, ich kann mich wirklich nicht erinnern, dass du so viele Haare hattest, aber es gefällt mir!«, stöhnte er. Endlich hatte ich die Oberhand gewonnen und bemühte mich, ihn in den Schwitzkasten zu nehmen. Er lachte jetzt laut und schürzte für mich die Lippen, als ich ihm den Arm umdrehte. Endlich dämmerte mir, dass er mich hereingelegt hatte. Entgeistert ließ ich los, versetzte ihm einen Stoß und zog mich zurück.

Marc lachte nun so laut, dass er nicht mehr aufrecht stehen konnte, und sackte gleich wieder auf dem Boden in sich zusammen. »Mort, du hättest dein Gesicht sehen sollen!«, wieherte er.

Sein Lachen war ansteckend, und am Ende musste ich trotz meiner Empörung kichern. »Du bist ein kranker Dreckskerl, ich hoffe, du weißt das! Wie bist du mir auf die Schliche gekommen?«

Allmählich beruhigte er sich und konnte mir nach einer Weile sogar antworten. »Glaubst du wirklich, die Stimme meiner Schwester klinge wie das, was du hervorgebracht hast? Das war die schlimmste Fistelstimme, die ich je gehört habe.«

Natürlich, ich hätte es mir ja denken können. Für das Problem der Stimme hatte ich eigentlich eine andere Lösung, die ich jedoch nicht einsetzen konnte, ohne vorher direkten Kontakt zu der Person gehabt zu haben, die ich imitieren wollte. Das spielte jetzt allerdings ohnehin keine Rolle mehr, weil meine Annahme, eine allgemein weiblich tönende Stimme sei genug, offensichtlich irrig gewesen war. Ich runzelte die Stirn.

»Und das Kleid? Was sollte das? Sie hat es immer nur bei festlichen Ballabenden getragen. Warum sollte sie es heute anziehen?«, kicherte er. Dann riss er die Augen auf. »O verdammt! Du bist scharf auf meine Schwester! Warum sonst erinnerst du dich an ihre schönste Aufmachung? Oh, wie niederträchtig, Mort! Warte, bis ich es Penny erzähle!«

»Ich bin nicht scharf auf sie, du kranker Schwesternstecher! Warte, bis ich deiner Ariadne erzähle, dass du sie küssen wolltest!«, gab ich zurück.

»Ich wusste doch von Anfang an, dass du es warst. Wer sonst sollte hier einfach hereinspazieren?«, antwortete er.

Ich grinste. »Das weiß sie doch nicht.«

»Na gut.« Er stand wieder auf. »Waffenstillstand?« Er musste immer noch kichern, als er mir die Hand reichte.

Ich starrte die dargebotene Hand übertrieben misstrauisch an. »Ich bin nicht sicher, ob ich dieses Ding da berühren will«, überlegte ich. Dann grinste auch ich und umarmte ihn. Wir setzten uns, um zu reden. »Wie ist es dir ergangen?«, erkundigte ich mich.

»Gut«, erwiderte er. »Alles war so lange bestens, bis sich jemand angeschlichen und als meine Schwester ausgegeben hat.«

»Ich wollte nur den neuen Spruch ausprobieren«, verteidigte ich mich.

Er schnaubte. »Ich muss zugeben, dass er beeindruckend ist, nur die Stimme erfordert noch ziemlich viel Arbeit. So etwas habe ich noch nie gesehen.«

»Ich habe vor ein paar Wochen begonnen, mit Illusionen zu experimentieren. Im Grunde scheint das alles recht einfach zu sein, solange ich mir die betreffende Person leicht vorstellen kann«, erklärte ich.

»Demnach darf ich annehmen, dass du dir meine Schwester recht häufig vorstellst?«, fragte er mit einem schiefen Grinsen.

»Nein, verdammt! Es ist bei jedem Menschen leicht, den ich schon seit einer Weile kenne. Deine Schwester habe ich ausgewählt, weil mir ein Besuch von ihr das Naheliegendste erschien, sieht man von mir selbst ab. Hätte ich das mit einem Fremden versucht, dann hätte ich ihn beim Wirken des Spruchs ständig anblicken müssen, um ein brauchbares Ebenbild zu erschaffen.«

Marc richtete sich auf. »Mordecai!«, rief er. »Hast du deine Illusionen schon irgendjemandem gezeigt?«

»Nein. Warum?«

»Denk doch mal drüber nach. Da tun sich unendliche Möglichkeiten auf. Du könntest jeden nachahmen – den König, den Bankdirektor oder jemanden, dem du ein Verbrechen in die Schuhe schieben willst!«, sagte er. Während er sprach, konnte ich förmlich sehen, wie sich die Rädchen in seinem Kopf drehten. Marc war sehr intelligent, auf dem Gebiet unserer früheren akademischen Studien fast so bewandert wie ich selbst, aber unendlich gerissener. Falls sich überhaupt jemand eine praktische Nutzanwendung für eine solche Täuschung ausdenken konnte, dann war er es.

»Ich habe doch nur die Absicht, mich in den Palast zu schleichen. Ich will weder ein Verbrechen begehen noch Unschuldigen irgendetwas in die Schuhe schieben.«

»Verrate vorerst niemandem, was du tun kannst. Solange du der Einzige bist, der davon weiß, besitzt du ein Werkzeug, das dir fast unbegrenzte Möglichkeiten bietet. Sobald die Menschen aber wissen, wozu du imstande bist, schlägt es ins Gegenteil um. Man wird dir alle möglichen Schandtaten anlasten«, erklärte er.

An diese Möglichkeit hatte ich noch gar nicht gedacht. Ich erkannte sofort, dass er recht hatte. Was mir anfangs wie ein einfacher Spruch vorgekommen war, zog auf einmal allerhand unschöne Konsequenzen nach sich. Wenn ich jemanden nachahmte, konnte ich in seinem Namen alles Mögliche tun, doch sobald es sich herumsprach, würden mir die Menschen die Schuld an allen ungewöhnlichen Vorkommnissen geben. Gerüchte und Skandale würden fortan mein Leben beherrschen. Beinahe war ich schon bereit, ganz und gar auf die Benutzung des Spruchs zu verzichten. Ich schüttelte den Kopf. »Lass uns das Experiment zu Ende bringen. Ich muss noch einen weiteren Zauber erproben, der es mir erlaubt, die Stimme eines anderen Menschen genauer nachzuahmen.«

»Alles wäre besser als die grauenhafte Falsettstimme, die du eingesetzt hast«, stichelte er weiter. »Soll ich irgendetwas tun?«

»Nein, nichts. Bleib einfach ruhig stehen.« Ich berührte ihn an der Kehle und hauchte meinen neuen Spruch. Dann öffnete ich den Mund und wiederholte, was er gerade gesagt hatte: »Alles wäre besser als die grauenhafte Falsettstimme, die du eingesetzt hast.« Die Worte klangen exakt wie aus Marcs Mund – oder entsprachen jedenfalls dem, was ich gehört hatte.

»Klinge ich wirklich so?«, fragte Marc sehr erstaunt.

Ich wollte antworten, weil ich es für eine aufrichtige Frage hielt, doch er sprach sofort weiter.

»Verdammt, kein Wunder, dass mich die Damen unwiderstehlich finden«, sagte er nachdenklich.

Sofort nahm ich seine Gestalt an, und nun betrachtete er sein Ebenbild, das ihm erklärte: »Verdammt, kein Wunder, dass mich die Leute für einen eingebildeten Affen halten!«

»Das habe ich nicht gesagt!«, erwiderte er sofort. »Wenn du mich kopieren willst, musst du mich auch richtig zitieren.« Er funkelte mich einen Moment an, ehe er fortfuhr: »Das ist ziemlich beunruhigend. Als blickte ich in einen Spiegel, der einen eigenen Verstand besitzt. He! Kannst du diesen Spruch eigentlich auch bei jemand anders einsetzen?«

Darüber musste ich nachdenken. »Ich glaube schon. Warum?«

Er grinste. »Lass mich doch mal so aussehen und reden wie du. Ich muss dir ein paar Dinge sagen.«

Den Klamauk, der entstehen würde, wenn wir einen Beleidigungswettbewerb begannen, während wir wie der jeweils andere verkleidet waren, vermochte ich mir kaum auszumalen. Die Vorstellung hielt mich eine geschlagene Minute in ihrem Bann, ehe ich überhaupt etwas sagen konnte. »Nein, auf keinen Fall.«

»Warum nicht?«, fragte Marc erbost.

»Diese Macht ist zu groß, um sie in die Hände schwacher Geister zu legen«, verkündete ich feierlich.

»Spielverderber«, klagte er mich finster an.

Ich wechselte das Thema. »Hast du Roses Nachricht ihrem Vater überbracht?«

Seine Stimmung veränderte sich. Er lehnte sich auf dem Stuhl zurück und legte die Füße auf den Tisch. »Die habe ich beim Türsteher abgeliefert. Niemand hat mein Gesicht gesehen.«

»Das ist gut zu hören. Hattest du schon Glück bei deinen Nachforschungen?«

Er machte eine traurige Miene. »Bisher nicht. Weißt du eigentlich, wie viele Bücher es hier gibt? Es könnte ein ganzes Jahr dauern, ehe ich alle durchgesehen habe.«

»Notiere dir auf jeden Fall alle interessanten Hinweise, auch wenn sie nicht direkt mit den Göttern zu tun haben«, erinnerte ich ihn.

Sein Blick verriet mir, dass ich wieder einmal überflüssigerweise etwas ohnehin Offensichtliches ausgesprochen hatte. Das ist einer meiner häufigsten Fehler. Wir redeten noch eine Weile weiter, bis ich mich schließlich verabschiedete und in die Stadt aufbrach. Ich hatte noch eine Menge zu erledigen und wollte das Tageslicht so gut wie möglich nutzen.

Mit wachsamen Sinnen verließ ich das Haus und beobachtete die öffentliche Straße, an der es lag. Der König mochte durchaus vermuten, dass ich das Haus meines Vaters nutzte, um die Stadt zu betreten und zu verlassen, und ich wollte seinen Verdacht nicht unbedingt bestätigen. Da ich in der Nähe niemanden bemerkte, entspannte ich mich und ging langsam die Straße hinunter.

Zuvor hatte ich allerdings die Gestalt von Cecil Draper angenommen. Ich hoffte, er hätte nichts dagegen, und außerdem kannte ich ihn noch gar nicht lange genug, um ihn wirklich naturgetreu nachzubilden. In der Stadt kannte ihn vermutlich niemand, also blieb ich so oder so völlig anonym.

Die nächsten zwei Stunden verbrachte ich damit, den königlichen Palast langsam zu umkreisen, wobei ich besonders auf die Stellen achtete, an denen die Mauern nur unzulänglich bewacht wurden. Wenn ich eine gute Stelle fand, konnte ich möglicherweise sogar tagsüber dort eindringen. Wenn nicht, musste ich auf den Einbruch der Dunkelheit warten.

Hinter der Außenmauer des Palasts befand sich das gesamte Gebäude im Verborgenen – einschließlich des Gartens. So blieb die Zurückgezogenheit und Sicherheit des Königs und all jener gewährleistet, die seine Gastfreundschaft genossen. Dabei war die Außenmauer beinahe so beeindruckend wie der Wall, der die Stadt umgab, und wurde auf ganz ähnliche Weise etwa alle fünfzig Schritt von einem Wachturm geschützt. Die Türme waren allerdings nur voll besetzt, wenn ein Angriff drohte. Zu normalen Friedenszeiten hatte man lediglich in den Ecktürmen Wachen stationiert, die den Wall regelmäßig abschritten.

Für einen gewöhnlichen Dieb oder Meuchelmörder wäre dies eine fast unüberwindliche Barriere gewesen, doch für mich war die Sache erheblich einfacher. Dank meines Magiersinns konnte ich leicht feststellen, wo die Wächter auf Streife gingen, und mich vergewissern, dass sich in den Türmen niemand befand, der mich entdecken konnte. So war es relativ leicht, mir Klarheit zu verschaffen, wann ich tatsächlich beobachtet wurde.

Nach der zweiten vollen Umkreisung des Geländes wählte ich meinen Angriffspunkt. Es war ein im Schatten liegender Bereich der Ostmauer, beinahe in der Mitte des Walls. Ich verließ die Straße und trat bis dicht an die Wand, wo sich einer der Türme vorwölbte. Dort blieb ich wenigstens aus einer Richtung vor neugierigen Blicken geschützt. Dank der nachmittäglichen Schatten war ich nur schwer zu entdecken, aber ganz unmöglich war es sicherlich nicht. Jeder Passant hätte mich sofort bemerkt, und das Gleiche galt für den Wächter auf dem Turm am südlichen Ende der Mauer, falls er nach draußen und nach unten blickte.

Genau genommen hatte ich sogar zwei Pläne geschmiedet, um in den Palast einzudringen. Der erste, den ich schon gefasst hatte, ehe ich Cyhan zu seinem König heimgeschickt hatte, bestand darin, die Mauer mithilfe eines Spruchs zu überwinden. Mit etwas Glück konnte ich die Fähigkeiten einer Eidechse imitieren und mich an die Mauer klammern. Der große Nachteil dabei war allerdings, dass ich sehr gut sichtbar und schutzlos wäre, sobald ich die Mauerkrone erreichte. Daher erschien mir die zweite Möglichkeit die bessere.

Auf diese Idee war ich erst vor Kurzem und hauptsächlich aufgrund meines Gesprächs mit Moira Centyr oder ihrem Echo gekommen. Es fiel mir schwer, die beiden voneinander zu trennen. Jedenfalls hatte mir ihre Lektion über den Stein eine neue Idee eingegeben. Der größte Nachteil bestand darin, dass ich nicht sicher war, ob es überhaupt funktionieren werde. Dazu brauchte ich vor allem Zeit. Mit neuen Ideen sollte man es nicht überstürzen.

Sobald ich an der Wand stand, schützte ich mich zunächst mit einer weiteren Illusion, damit der Eindruck entstand, ich sei ein Teil der Mauer, oder vielmehr die Mauer hätte einen unregelmäßigen gerundeten Auswuchs bekommen. Das mochte zwar nicht perfekt sein, aber solange niemand allzu genau hinschaute, konnte ich beliebig lange bleiben, wo ich war, ohne Aufmerksamkeit zu erregen.

Dann konzentrierte ich mich auf das Mauerstück direkt vor mir. Mit dem Magiersinn fand ich heraus, dass die Barriere am Fuß beinahe vier Schritte dick war – einen Schritt weit massiver Stein jeweils an der Außen- und Innenseite, dazwischen befanden sich Kies und Mörtel. Es war schwierig, aber ganz sicher nicht unmöglich, mithilfe meiner Kräfte eine Öffnung zu schaffen. Das Problem lag darin, dass ich es vermutlich nicht lautlos zu tun vermochte und dass ich die Öffnung nicht schließen konnte, ohne eine Menge unordentliche Beweise zu hinterlassen. Vielleicht hätte ich unauffälliger vorgehen können, wenn ich mir ein paar Stunden Zeit genommen hätte und dabei völlig ungestört geblieben wäre, doch damit war nicht zu rechnen.

Ich schloss die Augen und bündelte meine Aufmerksamkeit, bis ich außer der Mauer nichts mehr wahrnahm. Anschließend leerte ich meinen Geist und lauschte auf die Stimme dieses kleinen Abschnitts einer Welt, die eigentlich viel größer war. Im Gegensatz zu dem Stein, den ich in der Hand gehalten hatte, bestand die Mauer aus vielen einzelnen Bröckchen, und das Material zwischen der inneren und äußeren Deckschicht war eine bunte Mischung verschiedener Materialien. Davon ließ ich mich jedoch nicht beirren. Als ich lauschte, hörte ich nach einer Weile einen Chor verschiedener Stimmen im Kopf. Sie alle waren Teile der Wand, zwar unterschiedlich, aber doch vereint. Zusammen bildeten sie eine Harmonie von Wesen, die einem einzigen Zweck dienten. Die Schönheit dieses Chors überwältigte mich beinahe. Einen Moment lang wollte ich ein Teil dieser Melodie sein und mich der stillen Wache der Steine anschließen.

Zum Glück fing ich mich rechtzeitig wieder, konzentrierte mich erneut und erinnerte mich an mein Vorhaben. Nun zog ich die Steine in mein eigenes Selbst und ließ sie zu einem Teil meines Willens werden. Mein Körper war nicht mehr die Grenze meiner Existenz, denn jetzt gehörte auch ein beachtlicher Teil der massiven Steinmauer zu mir. Dann bewegte ich mich und ließ einen anderen Teil von mir passieren. An diesem Punkt kann ich die Erfahrung nicht mehr in Worte kleiden und beschränke mich auf das, was ein Außenstehender wahrgenommen hätte. Als ich mich vorbeugte, teilten sich die Steine vor mir und umströmten mich, als glitte ich durch Wasser. Gleich darauf kam ich auf der anderen Seite heraus.

Dort blendete mich die helle Nachmittagssonne, die auf die Westseite der Mauer schien. Nach der abrupten Trennung von der Steinmauer war ich zunächst etwas desorientiert, weil ich gewissermaßen *weniger* war als gerade eben noch. Mein Selbstgefühl änderte sich jedoch, und kurz danach war ich wieder der alte Mordecai. Ich stand da und blinzelte noch im grellen Sonnenlicht, als mich jemand ansprach. »Verzeihung, mein Lord. Ich habe nicht damit gerechnet, zu dieser Tageszeit andere Besucher im Garten anzutreffen.«

Rasch kam ich wieder zu mir und erblickte eine junge Frau, die mich musterte. Im Geiste verfluchte ich meine Dummheit, doch nun war es zu spät, den Fehler zu korrigieren. Als ich begonnen hatte, war die Umgebung menschenleer gewesen, doch der Weg durch die Mauer musste meine Sinne getrübt haben. Nun hatte mich die Frau völlig überrascht. Was aber noch schlimmer war: Ich hatte meine Verkleidung nicht erneuert und stand nun mit meinem eigenen Gesicht vor der Dame. Meine Gedanken rasten, weil ich ihre Bemerkung sofort richtig einordnen und mir eine Antwort zurechtlegen musste. »Denkt Euch nichts dabei, Lady. Ich träumte nur in der Nachmittagssonne. Ich hoffe doch, ich habe Euch nicht zu sehr erschreckt?«, erwiderte ich ruhig.

Ihre Reaktion und Haltung hatten mir bereits einiges verraten. Sie war zwar wie eine feine Dame gekleidet, aber auch wieder nicht so gut, dass man sie für eine Adlige halten konnte. Selbst ihr Gesicht schien dem zu widersprechen. Ihre Höflichkeit passte eher zu einer Zofe, die einer vornehmen Edelfrau diente. Glücklicherweise war ich im vollen Putz eines hochrangigen Adligen des Reichs erschienen. Meine Kleidung war zwar praktisch, aber von teurer Machart und aus kostbarem Material: Ein schwarzer Samtmantel mit Hermelinbesatz verbarg fast vollständig das weiche Wams aus grau gefärbtem Leder. Meine Stiefel und die restliche Ausstattung machten einen ähnlich kostbaren Eindruck – immerhin wollte ich den König aufsuchen.

»Nein, Ihr habt mich nicht erschreckt. Ich hatte nur nicht damit gerechnet, hier jemanden anzutreffen. Bitte verzeiht mir, dass ich Euer Lordschaft nicht erkannt habe. Es war wirklich nicht meine Absicht, Euch mit meiner vorlauten Anrede in irgendeiner Weise zu beleidigen«, entgegnete sie kleinlaut und senkte den Kopf, nachdem ich einen Blick auf die dunkelbraunen Augen erhascht hatte, in denen freilich nichts von der Demut zu erkennen war, mit der sie mir angeblich zu begegnen suchte.

Inzwischen hatte ich halbwegs die Fassung zurückgewonnen und sah mich mit dem Magierblick rasch in der Umgebung um. Da kein Mensch in der Nähe war, betrachtete ich die Frau etwas genauer. Die einfache, aber teure Kleidung hätte zwar auch einer Adligen gehören können, doch die Haltung und die Muskulatur sprachen eher für eine Dienerin. Noch überraschender war, dass sie mehrere Waffen geschickt am Körper verborgen hatte. Im ersten Moment erinnerte mich diese Bewaffnung an Rose. »Fürchtet Euch nicht, Ihr habt nichts getan, um mich zu beleidigen«, antwortete ich und gab ihr mit meinem Tonfall zugleich zu verstehen, dass meine gesellschaftliche Stellung ihre Ängste durchaus rechtfertigten. »Wenn Ihr mich jetzt entschuldigen wollt, ich kehre nun in meine Gemächer zurück«, fügte ich ein wenig schroff hinzu.

Gewandt trat sie zur Seite, um mich vorbeizulassen. Die Geschmeidigkeit ihrer Bewegungen verblüffte mich. Im Gegensatz zu Rose Hightower wirkte diese Frau gut trainiert, und unter dem Kleid spielten kräftige Muskeln wie stählerne Peitschenschnüre. Ich ließ mir jedoch nichts anmerken und wollte mich so schnell wie möglich von ihr entfernen. Doch kaum dass ich einige Schritte gemacht hatte, sprach sie mich abermals an. »Ich bitte um Verzeihung, Euer Lordschaft, aber wenn ich vielleicht Euren Namen erfahren dürfte?«

Ich blieb stehen, ohne mich umzudrehen. Inzwischen war ich recht sicher, dass sie keine Dienerin sein konnte. Eher schon eine Leibwächterin, die eine reiche Edelfrau beschützen sollte. Ich bot meine ganze Hochnäsigkeit auf und sagte kalt:

»Verratet mir zuerst den Euren, dann verzeihe ich Euch vielleicht Eure Unverschämtheit.« Benchley wäre stolz auf mich gewesen.

Sie antwortete sofort: »Ich bin Ruth, mein Lord, eine Dienerin König Edwards.« Das Fehlen des Ehrentitels bewies, dass sie dem gemeinen Volk angehörte, doch dass sie dem König diente, war dann doch – besonders angesichts ihrer Waffen – eine Überraschung. Rasch änderte ich meine Meinung über sie. Was sie für den König auch tun mochte, es erforderte von ihr, in ausgezeichneter körperlicher Verfassung zu bleiben. Und da Frauen nur selten als Leibwächter eingestellt wurden, musste sie in der Tat etwas Besonderes sein.

»*Shibal*«, sagte ich, drehte mich um und fing sie auf. Mein Spruch hatte sie in Ohnmacht versetzt, ehe sie mich weiter ausfragen konnte. Sanft ließ ich sie auf den Boden gleiten und zog sie zur Wand zurück, durch die ich erst wenige Augenblicke zuvor gekommen war. Hinter einem Gebüsch konnte ich sie vor den Blicken etwaiger Müßiggänger verbergen. Da ich sie ohnehin schon in Schlaf versetzt hatte, ergriff ich die Gelegenheit, die schwere Klinge zu untersuchen, die sie sich an den Oberschenkel geschnallt hatte. Die Waffe maß fast zwei Handspannen und war unerhört scharf. Das gehärtete Metall schimmerte bläulich schwarz. Für eine verborgene Waffe war dies höchst ungewöhnlich.

Vorsichtig schob ich die Klinge in die Scheide zurück und sprach ein Wort, um die Gestalt der Frau zu übernehmen, die vor mir auf dem Boden lag. Dann berührte ich sie an der Kehle und eignete mir auch ihre Stimme an. »Danke, dass du mir deinen Namen verraten hast. Gewiss wäre es höchst ungemütlich geworden, falls jemand danach gefragt hätte«, sagte ich zu ihr. Meine Ohren bestätigten, dass die Stimmimitation einwandfrei funktionierte. Schließlich richtete ich mich auf und ging weiter.

Im Gehen lächelte ich leise in mich hinein. Zu schnell durfte ich nicht ausschreiten, denn nun war ich eine Frau. *Das wird die Sache vermutlich viel einfacher machen*, dachte ich. Wenige Augenblicke später betrat ich durch einen Bogengang das Gästequartier des Königspalasts.

8

Zuversichtlich wanderte ich durch die Korridore und hielt direkt auf die Gemächer des Königs zu. Dabei blieben meine Sinne höchst wachsam, und ich achtete darauf, um alle anderen Menschen auf den Gängen einen weiten Bogen zu machen. Als die Begegnungen allerdings ein- oder zweimal unvermeidlich waren, nickte ich den Betreffenden zu und ging zielstrebig weiter. Wer Ruth auch sein mochte, ich hatte das Gefühl, dass sie nicht ganz unwichtig war und sich im Palast mehr oder weniger frei bewegen durfte. Ich konnte nur hoffen, dass ich niemandem über den Weg lief, der sie gut kannte.

Als ich mich dem Privatquartier des Königs näherte, bemerkte ich eine recht große Zahl von Wächtern. Auf dem ganzen Flur stand in jeder Nische und an jeder Tür ein Posten. So hatte es bei meinem letzten Besuch noch nicht ausgesehen. Natürlich war ich bei jener Gelegenheit leicht berauscht gewesen und hatte mich auf Geheiß des Königs in Begleitung von James Lancaster eingefunden. Gut möglich, dass ich die Wächter damals nicht bemerkt hatte, aber ich glaubte es nicht. *Cyhan hat meine Botschaft übermittelt*, dachte ich und grinste leicht.

Auch bemerkte ich, dass sich die Wachen aufrichteten, wenn ich vorbeikam, und die Gespräche, die sie geführt hatten, sofort einstellten. Das sagte mir alles über Ruths Rolle in diesem Haus, was ich wissen musste. Fortan schritt ich etwas energischer aus und erwiderte kühn den Blick der Wächter, die mich anzusehen wagten. Alle betrachteten mich ruhig und stellten keine Fragen. Jetzt hatte ich keine Zweifel mehr. Ruth war ihre Vorgesetzte oder bekleidete jedenfalls einen viel höheren Rang als sie.

Vor der Tür, die in den privaten Audienzsaal führte, blieb ich stehen. Es war derselbe Raum, in dem mich König Edward vor mehr als einem halben Jahr empfangen hatte. Zwei Männer hielten dort Wache, beide wirkten beunruhigt, als sie mich erblickten. In diesem Augenblick hätte sie ein Gast gebeten, den Kammerherrn des Königs zu rufen und um eine Audienz nachzusuchen oder wenigstens die Gegenwart des Besuchers zu melden. Ruth war jedoch kein Gast, und ich hatte das deutliche Gefühl, dass die Posten keinerlei Einwände erheben würden, wenn ich ohne Erlaubnis in Abwesenheit des Kammerherrn einfach eintrat.

»Du!«, fauchte ich den Mann an, der rechts stand. »Ist in der letzten Stunde jemand gekommen oder gegangen?« Ich hoffte, meine Unsicherheit mit Fragen überspielen zu können.

»Nein, Mylady!«, antwortete er laut.

Ich legte einen Finger an die Lippen, worauf der Wächter sichtlich zusammenzuckte. *Er dachte, ich will ihn schlagen!* Wer Ruth auch sein mochte, sie führte sicherlich ein interessantes Leben. »Nun gut«, sagte ich. »Öffne mir die Tür.« Falls es ein geheimes Signal gab, war es besser, wenn er für mich öffnete. Bei den Wächtern eines Königs konnte man nicht vorsichtig genug sein. Hätte ich versucht, die Tür ohne die entsprechenden Maßnahmen zu öffnen, ich hätte mich sofort verraten.

Er beugte sich vor und öffnete. Falls ein geheimes Klopfzeichen oder ein anderes Signal gegeben werden musste, so bemerkte ich nichts davon. Ich kam mir etwas dumm vor. Ohne ihn eines weiteren Blickes zu würdigen, trat ich ein. Ich wusste bereits, dass sich drinnen nur eine einzige Person aufhielt – wenn ich mich nicht sehr irrte, war es der Kammerherr. Nein, ich muss das richtigstellen. In dem Raum selbst befand sich nur eine Person, aber hinter zwei verborgenen Seitentüren standen mehrere Wächter und beobachteten das Geschehen.

Der Kammerherr fuhr auf, als ich eintrat, und erhob sich rasch aus dem Sessel, auf dem er geruht hatte. »Ich hatte nicht erwartet …«, setzte er an.

»Schon gut«, antwortete ich. »Ist er in seinen Gemächern? Ich muss sofort mit dem König sprechen.« Schon ging ich zur Tür, die zum privaten Salon des Königs führte. Das war mein erster Fehler. Anscheinend stand Ruth doch nicht über dem Kammerherrn. Das hätte ich wissen sollen.

»Ruth! Halt! Was fällt Euch ein!«, rief er empört. Ich spürte, wie sich die Männer hinter der Tür anspannten.

Nun war die Zeit der List vorbei. Ich hatte ehrlich gehofft, König Edward ohne großes Aufhebens erreichen zu können, doch anscheinend sollte mein Wunsch nicht erfüllt werden. »*Shibal!*«, sagte ich laut und legte viel Kraft in dieses Wort. Der Kammerherr ging sofort zu Boden, ebenso drei Männer hinter den Geheimtüren. Der vierte war entweder ein Stoiker oder besaß eine Art geistiger Abschirmung, denn er strauchelte nicht einmal. Die Tür, hinter der er stand, glitt zur Seite, und ein Pfeil war in Richtung meines Kopfes unterwegs, noch ehe ich seine Kameraden endgültig schlafen gelegt hatte.

Seit dem Ende des Krieges gegen Gododdin vor mehr als zwei Monaten hatte ich nicht mehr ernsthaft gekämpft, aber diese Erlebnisse hatten ihre Spuren hinterlassen. Ich genoss den Kampfrausch und sah lächelnd zu, wie der Pfeil von meinem Schild abprallte. Erfreulich fand ich auch die Miene des Bogenschützen, als dieser erkannte, dass er in ungeahnten Schwierigkeiten steckte. Da der Mann gegen meine Sprüche, die den Geist beeinflussten, immun schien, versuchte ich etwas anderes und versiegelte hinter ihm die Tür, durch die er gekommen war, mit einem weiteren Schild. Dann verschloss ich vorsichtshalber die Tür, durch die ich selbst hereingekommen war, und zwar auf die gleiche Weise.

Lächelnd ging ich auf den Wächter zu. Er schoss einen weiteren Pfeil ab und zog das Schwert, als er keinen Erfolg sah. Mit einer raschen Geste und einem geflüsterten Wort entriss ihm meine Magie die Klinge und ließ sie durch die Luft wirbeln. Dann kehrte der Stahl mit der Spitze voran zu ihm zurück und verharrte eine Handbreit vor seinem Gesicht. »Dreh dich bitte um«, wies ich ihn gelassen an. »Leg die Hände hinter den Rücken. Ich würde dir nur ungern wehtun.«

Der arme Kerl war so sehr aus der Fassung, dass er widerspruchslos gehorchte. Ich zückte meinen Dolch, schnitt ihm den Gürtel auf und fesselte ihm damit die Hände. »Leg dich auf den Boden«, befahl ich. Auch dies tat er sofort. »Hör zu«, fuhr ich fort. »Ich verstehe, dass du dich in einer schwierigen Situation befindest. Du bist als Einziger bei Bewusstsein, du bist gefesselt, unverletzt und völlig unversehrt. Es könnte schlecht für dich aussehen, wenn du später befreit wirst. Soll ich dich ein bisschen verprügeln? Ich will dich nicht in Schwierigkeiten bringen, wenn ich es vermeiden kann.« Zwar war jedes Wort ehrlich gemeint, doch für den Wächter war es offenbar zu viel. Er stöhnte auf eine sehr unmännliche Weise, und gleich darauf roch ich Urin.

»Ach, was soll's!«, sagte ich angewidert, als der Fleck auf dem dicken Teppich größer wurde. Ohne weiter auf seine nervöse Blase zu achten, nahm ich mir einen Moment Zeit, um sein Schwert zu zerstören und seine Kleidung zu zerfetzen. Vielleicht reichte das aus, damit er später nicht ausgepeitscht wurde. Dabei fühlte ich mich allerdings nicht gut, weil mein Manöver nur dazu beitrug, seine Angst zu verstärken.

Dann ließ ich ihn liegen und lief durch die Tür zu den privaten Gemächern des Königs. Ich kam durch einen langen Korridor, der kostbar geschmückt war und von dem auf beiden Seiten mehrere Türen abgingen. Inzwischen kamen mir bereits weitere Wächter entgegen, unter denen sich jedoch keine Stoiker befanden. Ich legte sie schlafen, ehe sie mir auch nur nahe kommen konnten. Da meine Verkleidung nicht mehr nützlich war, gab ich sie auf.

Schließlich hielt ich kurz inne, um mit meinem magischen Sinn die Räume in der Umgebung zu erkunden. Das Privatquartier des Königs war ein wahrer Irrgarten von Kammern, Gärten, Badezimmern und Schlafgemächern, doch ich brauchte nicht lange, um den Herrscher aufzuspüren. Er wartete in seinem Schlafzimmer und saß gelassen an einem kleinen Tisch. Dies musste ich dem Mann lassen, er blieb bemerkenswert gefasst, obwohl er glauben musste, dass ihm ein Meuchelmörder auf den Fersen war.

Auf einer gewundenen Route erreichte ich endlich das königliche Schlafgemach. Ich geriet in Versuchung, einige Wände einzureißen und auf geradem Wege einzudringen, überlegte mir dann aber, dass es wohl besser war, diplomatisch vorzugehen. Im Vorraum standen vier Männer, die mir jedoch keine Sorgen machten. Sie waren nicht bewaffnet und schienen lediglich schlichte Kleidung zu tragen. Gelassen öffnete ich die Tür des Salons und trat ein. In diesem Augenblick brach die Hölle los.

Sofort bestätigten meine Augen, was ich mit dem Magierblick bereits wahrgenommen hatte. Diese Männer waren nicht bewaffnet und trugen keine Rüstungen, doch sobald ich eintrat, flammte rings um sie ein grelles Licht auf. Jeder entwickelte eine Aura, deren Farbe sich von der der anderen unterschied … silbern, lavendelfarben, grüngolden und blau. Es waren Anhänger der vier Lichtgötter. *Heilige, wie reizend.*

Einen Moment lang war ich geblendet, als ihre Kräfte über mich hereinbrachen, meinen Schild mit sprühenden Lichtblitzen umhüllten und mich beinahe erdrückten. *Mit so etwas hätte ich rechnen müssen*, dachte ich. Warum hatte ich meinen Stab nicht mitgebracht? Nun saß ich in der Falle. Ich benötigte fast meine gesamte Kraft, um den Schild zu erhalten. Sobald sich meine Wahrnehmung geklärt hatte, erkannte ich, dass mich nur drei von ihnen gepackt hatten, während sich der vierte auf irgendetwas konzentrierte. Der Ausdruck seiner

Augen verriet mir, dass es etwas Unangenehmes sein musste. Da fiel mir der Spruch wieder ein, den ich einst benutzt hatte, um die Schilde meiner Gegner zu durchschlagen. Wenn er jetzt etwas in dieser Art einsetzte, konnte er mich in zwei Teile zerlegen. *Verdammt.*

Einzeln wäre keiner der Heiligen stark genug gewesen, um mich in Gefahr zu bringen, doch zusammen waren sie möglicherweise mehr, als ich verkraften konnte. Einen Vorteil hatte ich allerdings. Sie setzten ihre Magie nur selten ein, während ich daran gewöhnt war, die meine im Alltag zu verwenden. Während sich der vierte im Bunde noch auf seinen Spruch konzentrierte, veränderte ich den kugelförmigen Schild zur Tropfenform und nutzte die Kraft meiner zupackenden Gegner, um mich seitwärts schleudern zu lassen.

Das geschah keinen Moment zu früh, denn nun zuckte ein grüner Lichtstrahl zu der Stelle, wo ich gerade noch gestanden hatte, und durchschlug hinter mir die Steine. Als ich durch die Luft flog, verloren die drei, die mich gehalten hatten, die Orientierung und mussten mich loslassen. Mehr brauchte ich nicht.

Sobald der Ansturm gegen meinen Schild nachließ, schickte ich meine ganze Kraft in einen neuen Spruch: »*Pyrren ni'Tragen.*« Flammen schossen hinüber und erfüllten den gesamten Raum. Zwei Männer hatten ihre ganze Kraft eingesetzt, um mich festzuhalten. Sie besaßen keinen Schild, der sie schützte. Was mit ihnen geschah, war nicht schön anzusehen. Die anderen beiden hatten die eigenen Kräfte besser eingeteilt und wurden infolge der Explosion lediglich gegen die Wand geschleudert.

Einer verlor beim Aufprall die Konzentration und damit auch seinen Schild. Inzwischen stand ich auf der anderen Seite, wo ich nach der Veränderung meiner Abschirmung gelandet war, wieder auf. Es gab keinen Grund, meine Kräfte zu vergeuden. Ich hatte bereits einen Stein in der Hand, richtete mich auf und hauchte ihn kräftig an. »*Tielen striltos*«, sagte ich und jagte ihn quer durch den Raum. Sofort flog der Kopf des ungeschützten Mannes zurück, Blut und Knochen spritzten an die Wand.

Vorsichtig lief ich zu dem letzten Heiligen hinüber, der sich gerade bemühte, einen Abwehrschild aufzubauen. Die ungeschickte Art und Weise, mit der er seine Magie einsetzte, entlockte mir ein böses Lachen, während ich mich ihm näherte. Ich konzentrierte mich und umgab ihn mit einer erdrückenden Blase aus reiner Kraft, die jener ganz ähnlich war, mit der sie vorher versucht hatten, mich festzusetzen. Sein Gesicht wurde bleich vor Anstrengung, als er sich sträubte, um nicht getötet zu werden. »Heute ist kein guter Tag für dich«, erklärte ich ihm lächelnd.

Er schnitt eine Grimasse. »Du kannst nicht siegen. Die Götter haben sich gegen dich vereint.«

Ich erhöhte den Druck um ein weniges. Offensichtlich hatte er noch so viel Kraft übrig, dass er sprechen konnte. »Demnach haben sie beschlossen, den König gegen mich zu unterstützen?« Ich sah mich in dem Raum um und betrachtete die Symbole auf den Gewändern. Doron, Karenth, Millicenth … alle Lichtgötter waren vertreten. Dann wandte ich mich wieder an den Mann vor mir, der die goldene Flamme Celiors auf der Brust trug. »Warum?«, fragte ich.

In seinen Augen flackerte der Wahnsinn. »Du bist eine Abscheulichkeit«, erwiderte er mit zusammengebissenen Zähnen. Einen Moment lang fragte ich mich, wie mein Gesicht wohl ausgesehen haben mochte, als ich seine drei Gefährten getötet hatte. Vermutlich nicht viel hübscher als seines. *Ich bin kaum besser als sie. Wenn man mich bedroht, verwandle ich mich auf der Stelle in einen gnadenlosen Mörder.* Zwar fand ich es widerwärtig, behielt den Druck auf seinen Schild aber bei.

»Wenn mir Celior irgendetwas mitzuteilen hat, dann wäre dies der Zeitpunkt, es mir zu sagen, denn viele weitere Gelegenheiten wirst du nicht bekommen«, entgegnete ich ohne jede äußere Regung.

Seine Augen veränderten sich, und der Blick ging ins Leere, als sein Gott in den Vordergrund trat. Gleichzeitig wurde sein Schild drei Mal so stark. Celior machte keine halben Sachen. »Du trägst Illeniels Untergang in dir, Sterblicher. Du solltest jetzt abtreten und dir weiteres Leiden ersparen«, antwortete er. Aus dem Priester erklang nun die melodische Stimme seiner Gottheit.

»Du zerstörst deine Puppe, wenn du sie zu sehr forderst, Celior«, erwiderte ich. Inzwischen stand mir der Schweiß auf der Stirn, weil ich nach wie vor versuchte, ihn unten zu halten.

»Sein Leben gehört mir, ich kann es nutzen, wie es mir beliebt«, behauptete dagegen die Stimme des Lichtgottes. Aus der Nase und den Ohren des Mannes lief das Blut, da er weit über seine natürlichen Fähigkeiten hinaus in Anspruch genommen wurde.

»Du bist nicht besser als das Miststück von Millicenth, was? Du kümmerst dich nicht um die Menschen, die dich anbeten. Warum tust du dies eigentlich? Du solltest uns gegen die Shiggreth helfen und uns gegen die Nachtgötter und Mal'goroth zur Seite stehen!«, knirschte ich mit zusammengebissenen Zähnen.

Celiors Puppe ging in goldenen Flammen auf, als die Kraft des Gottes deren körperliche Möglichkeiten überforderte. »Kind Illeniels, du hast die Abmachung gebrochen. Du wirst keine Hilfe mehr von uns bekommen. Du musst sterben, ehe Illeniels Untergang uns alle zerstört.«

Eine unglaubliche Kraft wurde nun durch den Körper des armen Mannes geleitet, doch er lag schon im Sterben. Auch ich zitterte vor Anstrengung, während ich ihn festhielt. Als ich schon dachte, ich würde gleich unter der Belastung zusammenbrechen, zog der Gott seine Kraft abrupt zurück und verschwand. Ich konnte mich gerade noch zurückhalten, ehe ich den Heiligen zerquetschte. Es wäre aber eine sinnlose Geste gewesen, denn dieser Mann war bereits tot. Die Kraft seiner Gottheit hatte ihn ebenso verzehrt, wie der Schmiedeofen eine Kerze zerfließen lässt. Im Handumdrehen war er verbraucht worden. Der Anblick des Toten erfüllte mich mit Zorn. So achtlos durfte kein Mensch benutzt und weggeworfen werden. Marcus hätte es ebenso leicht wie diesen Mann treffen können, der da jetzt tot vor mir lag.

Die Wut war gut, denn sie verlieh mir Kraft. Nach dem Kampf gegen Celior war ich so erschöpft, wie ich seit dem Krieg gegen Gododdin nicht mehr gewesen war. Doch ich durfte hier nicht zusammenbrechen. Schließlich hatte ich noch eine Verabredung. *Verdammt auch, was ist Illeniels Untergang?*, dachte ich. Er hatte es sehr dramatisch betont. *Von Gottheiten habe ich noch nie etwas Angenehmes gehört. Immer geht es um absolute Wahrheiten und Drohungen. Kein Wunder, dass niemand sie zu Festen einlädt.*

Schwer atmend konzentrierte ich mich wieder auf meine Aufgabe und vergewisserte mich, dass der König noch immer ein paar Räume entfernt wartete. Anscheinend hatte er eingesehen, dass er mir nicht mehr entkommen konnte, nachdem seine vier letzten Trümpfe vergeudet worden waren. Ich schritt durch den Raum und öffnete die Tür, die zu seinem Schlafzimmer führte. Es ging einen kurzen Flur hinunter, bis ich die letzte Tür erreichte, die uns noch trennte. Mein Schild stand nach wie vor, doch fiel es mir immer schwerer, ihn zu halten.

Das war ein schlechtes Zeichen. Gewöhnlich bemerkte ich die Anstrengung, den Schild zu erhalten, nicht einmal nach einem anstrengenden Tag. Dies bedeutete, dass ich praktisch am Ende meiner Kräfte war, und das verhieß, umgeben von Feinden, keine günstige Ausgangsposition. Ich beschloss, etwas zu versuchen, das ich bisher nur ein einziges Mal getan hatte, als ich viel Kraft hatte aufbieten müssen, um die verbliebenen

Soldaten Gododdins in den Fluss zu jagen. Ich stimmte mich auf den dumpfen Herzschlag der Erde unter mir ein, öffnete mich und zog meine Kraft daraus. *Bitte teil deine Kraft mit mir*, dachte ich, auch wenn ich keine Worte dafür formen musste. Vielmehr verband sich mein Geist mit etwas, das viel größer war als ich selbst. So viel größer sogar, dass es für mich als Menschenwesen ganz und gar fremdartig wirkte. Einen Moment lang wurde ich zu einem Teil davon und fühlte mich stärker und schwächer zugleich. Die Energie durchströmte mich, doch mein sterbliches Fleisch war schwach, ganz anders als der Stein und das Eisen, die normalerweise zu mir gehörten. Dann brach ich ab und kehrte innerlich taumelnd in die Gegenwart zurück.

Ich schwankte sogar einige Sekunden, während ich mich wieder an meine menschliche Gestalt gewöhnte. *Das ist beim letzten Mal nicht passiert.* Anscheinend war es bereits gefährlich, meine neuen Gaben in kleinem Maßstab einzusetzen. Immerhin hatte ich mein Ziel erreicht, denn mein Körper war von neuer Energie erfüllt. Ich fühlte mich leicht und frisch, als hätte ich die ganze Nacht durchgeschlafen. *Dafür gibt es sicherlich Grenzen.*

Dies war jedoch nicht der richtige Augenblick für innere Debatten und Seelenerkundungen. Darum raffte ich mich auf und öffnete die Tür. Ein langer Schritt noch, und schon stand ich im Schlafzimmer des Königs Edward Carenval. Ich muss gestehen, dass ich die Möblierung durchaus beeindruckend fand. Alles war tatsächlich so gut eingerichtet, wie man es von dem Schlafgemach eines Königs erwartet hätte. Seidentapeten schmückten die Wände, schön gepolsterte Sitzmöbel waren im Raum verteilt. Sein Bett stellte ein Kunstwerk dar, jeder der vier Pfosten war liebevoll geschnitzt und einem Lichtgott nachempfunden.

Ich ließ mir einen Augenblick Zeit, die Pracht in mir aufzunehmen. Sogar der Parkettboden war ein Kunstwerk. Endlich richtete ich den Blick auf den Mann, der ruhig in einem bequemen Sessel wartete. Neben ihm stand ein kleiner Tisch mit einem Glas Wein. Äußerlich schien er völlig gelassen, wenn man bedachte, wie ich eingetroffen war, doch als er am Wein nippte, bemerkte ich, dass die Flüssigkeit im Glas zitterte. »Kommt, setzt Euch«, lud er mich ein.

Ich dachte an das letzte Treffen und lächelte unwillkürlich über die Aufforderung, bei ihm Platz zu nehmen. »Einige Eurer Diener benahmen sich da draußen recht ungehobelt. Ich hoffe, Ihr bildet sie in Zukunft besser aus.« Ich ließ mich auf der anderen Seite des Tischs nieder.

»Heutzutage ist es schwierig, gute Diener zu finden«, stimmte er zu. »Möchtet Ihr etwas Wein?«

Nachdem ich mir so viel Mühe gegeben hatte, hier anzukommen, hatte ich nicht die geringste Lust, mich auch noch vergiften zu lassen. »Nein danke, ich habe jetzt keinen Durst.«

»Das verstehen wir«, erwiderte König Edward. »Glücklicherweise ist das ein Leiden, das wir derzeit nicht teilen.« Er prostete mir zu und nahm einen großen Schluck, mit dem er das halbe Glas leerte. Ich konnte es ihm nicht verdenken. Ich an seiner Stelle wäre unglaublich nervös gewesen.

»Mir scheint, Cyhan hat Euch meine Botschaft überbracht?«, fragte ich.

Er sah mich scharf an, die blauen Augen hefteten sich auf mein Gesicht. »Ja, das hat er getan. Wir sind überrascht, dass Ihr ihn freigelassen habt.«

Ich lächelte unfreundlich. »Ihr habt doch selbst erwähnt, wie schwer es ist, gute Bedienstete zu finden. Ich dachte, es sei eine Geste des guten Willens, ihn unversehrt zurückzuschicken.«

Hoffnung flackerte in seiner Miene auf und verbarg sich in Windeseile wieder. Wahrscheinlich erkannte er jetzt, dass ich nicht gekommen war, um ihn zu ermorden. »Dürfen wir dies als Hinweis auffassen, dass Euch an Dingen wie gutem Willen noch immer etwas liegt?«

Ich lachte. »Euer Majestät, da tut Ihr mir aber Unrecht. Ihr werdet doch hoffentlich nicht an meiner Loyalität zweifeln?«

»Wir müssten lügen, wenn wir verleugnen wollten, dass wir uns da Gedanken machen. Euer Sieg über die Eindringlinge aus Gododdin hat uns in eine missliche Lage gebracht. Unsere Beziehung war ohnehin schon angespannt. Nun müssen wir entweder anerkennen, dass Ihr ein Held des Reichs seid, oder Euch als Bösewicht darstellen und rasch ersetzen. Wir haben durchaus bemerkt, dass Ihr keinerlei Anstalten gemacht habt, Euch zu verneigen oder uns als Euren Lehnsherrn anzuerkennen, als Ihr den Raum betratet«, entgegnete er.

Erschrocken stellte ich fest, wie schnell er in die Offensive ging, nachdem ihm bewusst geworden war, dass ich ihn nicht töten wollte. Wahrscheinlich war er nach so vielen Jahren als Herrscher ein harter Verhandlungspartner geworden. Ich beschloss also, ihn rasch in die Schranken zu weisen. »Wir sind hier allein, niemand beobachtet uns. Ich habe keinen Anlass für förmliche Gesten gesehen.« Dies war zugleich eine nüchterne Aussage und eine Herausforderung. Nach einer langen Pause fügte ich hinzu: »Sire.«

Edward zog die Augenbrauen hoch. »Ihr spielt ein gefährliches Spiel, Mordecai. Seid Ihr sicher, dass Ihr dies wirklich tun wollt? Möglicherweise wird es für Euch leichter, wenn Ihr die Gleichung sofort vereinfacht.«

Hat er mir gerade vorgeschlagen, ich sei besser dran, wenn ich ihn töte?, überlegte ich. *Das hat wohl Mut erfordert.* Nach kurzem Überlegen antwortete ich: »Jede Entscheidung zieht ihre eigenen Konsequenzen nach sich. Mir liegt an der Sicherheit des Reichs. Ein Bürgerkrieg würde uns in diesem Moment nur ausnahmslos in den Untergang reißen. Es dient dem Interesse aller, wenn wir zusammenarbeiten.«

Ich konnte fast sehen, wie sich die Rädchen in seinem Kopf drehten. »Beratet Ihr Euch immer noch häufig mit James?«, fragte er. Für König Edwards Verhältnisse war das eine äußerst direkte Frage, deren Bedeutung sogleich völlig klar war. Er wollte wissen, ob ich einen älteren und weiseren Ratgeber hatte.

Ich nickte. »Selbstverständlich. James und ich, wir stehen uns sehr nahe. Der Mann war wie ein Vater zu mir, und das besonders nach meinem schmerzlichen Verlust.« Nebenbedeutungen schwangen in meiner Antwort mit.

Die Augen des Königs flackerten kurz auf, als er sich erinnerte, dann zeigten sie tiefes Mitgefühl. »Ah ja, wir haben vom Tod Eures Vaters gehört und sprechen Euch unser Mitgefühl aus. Wie wir hörten, war es ein unglücklicher Unfall.«

Mein Vater war durch die Pfeile eines königlichen Wächters verletzt worden, als wir uns aus den Lagerhäusern des Königs in Lothion gewisse Vorräte besorgt hatten. Edward musste sich natürlich fragen, ob ich einen Groll gegen ihn hegte, auch wenn ich für die Ereignisse im gleichen Maße verantwortlich war wie er selbst. Ich schluckte und antwortete gleichmütig: »Ja, Euer Majestät, das ist ein schreckliches Unglück gewesen. Ich bin sicher, dass alle Beteiligten bedauern, was geschehen ist.«

Wieder trank Edward einen großen Schluck Wein. Seine Hand zitterte nicht mehr, daher durfte ich annehmen, dass er sich endlich entspannt hatte. »Ihr habt uns ein interessantes Rätsel aufgegeben, junger Illeniel. Die Vertreter aller vier Kirchen drängen mich, Euch hinrichten zu lassen. Sie behaupten, Ihr hättet während der Schlacht eine Art Ketzerei begangen. Unterdessen habe ich viele ausführliche Berichte über einen erstaunlichen Sieg gegen das Heer von Gododdin erhalten. Cyhan sagte mir, Ihr hättet Eure Bindung aufgelöst und wärt verrückt geworden.«

Ich nickte. »Ich habe die Bindung tatsächlich gebrochen, und es ist kein Geheimnis, dass sich die Götter gegen mich gewandt haben. Anscheinend gefällt es ihnen nicht, wenn ihr Hab und Gut Anzeichen von Unabhängigkeit zeigt.«

»Trotz Eures dramatischen Auftritts heute kommt Ihr mir nicht wie ein Verrückter vor«, bemerkte er.

»Auch ich selbst denke nicht, dass ich das bin.« Mit einem Blick zur Tür fügte ich hinzu: »Eure Männer werden gleich angreifen. Dort draußen stehen recht viele.« Tatsächlich bereiteten sich zwanzig Krieger darauf vor, den Raum zu stürmen, und weitere bezogen ihren Posten in den königlichen Gemächern. »Es wäre sinnvoll, sie wissen zu lassen, dass Ihr wohlauf seid, ehe jemand verletzt wird.«

»Einen Moment noch.« Sofort schritt der König zur Tür und brüllte etwas hinaus. Ich war beeindruckt, denn ich hatte nicht erwartet, dass dieser schmächtige Körper solche Töne hervorbrachte. »Alles, was geschehen sollte, ist bereits ohne eure Mitwirkung geschehen, ihr Trottel! Kehrt auf eure Posten zurück … und jemand soll das hier aufräumen!« Ich nahm an, er deutete auf die vier toten Heiligen. Dann kehrte er zu seinem Stuhl zurück und füllte sein Weinglas auf. »Habt Ihr dieses Durcheinander angerichtet und mit Blut und Feuer das Zimmer da draußen ruiniert?«

Ich staunte über den Mann, der auf so skurrile Weise den Tod von vier Gefolgsleuten kommentierte. Nun ja, die Heiler waren eher Verbündete als Gefolgsleute gewesen, und ich war keineswegs gekommen, um dem Mann Manieren beizubringen. »Sie haben mich gezwungen. Mir wäre es lieber gewesen, ich hätte niemanden töten müssen«, entgegnete ich.

Edward warf mir einen seltsamen Blick zu. »Wir glauben Euch. Manchmal muss man eben ein paar Eier zerbrechen, um ein Omelett zuzubereiten.«

»Stört es Euch nicht, dass es die Euren waren?«, fragte ich.

»Nein, das waren bestenfalls geborgte Leute, und da Ihr so umgänglich seid, denken wir allmählich, dass wir ohne sie womöglich besser dran sind. Letzthin wurden sie ein wenig unvernünftig«, erwiderte er.

»Haben die Kirchen etwa versucht, dem König Zugeständnisse abzuringen?«

»Nach dem Tod Eures Vaters sind sie in der Tat frech geworden. Ohne Magier waren wir gezwungen, auf sie zurückzugreifen, wenn wir magische Hilfeleistungen brauchten. Besonders als wir dachten, wir bräuchten Schutz.« Er starrte mich an.

Seine Erklärung klang falsch. Ich konnte es nicht genau benennen, aber mir war klar, dass er nicht die Wahrheit sagte ... oder jedenfalls nicht die ganze Wahrheit. »Wenn Ihr magische Unterstützung hättet, müsstet Ihr ihnen nicht so weit entgegenkommen. Zumindest könntet Ihr ein Gleichgewicht herstellen und ihre Energien auf einen anderen Gegner lenken.« Ich wollte ihm verdeutlichen, dass ich mir meines Werts durchaus bewusst war – immer vorausgesetzt, wir beschlossen, miteinander auszukommen.

»Diese Tatsache ist uns keineswegs entgangen. Allerdings müssen wir gestehen, dass wir ungemein neugierig waren, was Eure Motive angeht. Soweit wir es wissen, sind Euch Eure Untertanen wichtiger als die Macht. Einen Bürgerkrieg vermeiden zu wollen, mag ein löbliches Motiv sein, aber wir fragen uns immer noch, ob dies Eurer Meinung nach ein ausreichender Grund ist, diesen Kurs zu steuern, wenn man bedenkt, wie sehr Ihr gerade im Vorteil seid.« Das war eine äußerst direkte Frage. Der König hatte gerade offen zugegeben, dass er verletzlich war. Früher hätte ich so etwas für undenkbar gehalten.

»Mir reicht es aus«, erwiderte ich. »Meine Frau erwartet unser erstes Kind, und ich möchte lieber eine friedliche Lösung anstreben, als meinen Sohn in einer Welt aufwachsen zu lassen, die von Zwietracht zerrissen ist. Die wirkliche Frage ist doch, ob Ihr unsere Differenzen beizulegen wünscht oder nicht.«

»Bisher hielten wir dies nicht für möglich, doch Ihr seid jetzt sehr überzeugend gewesen, Mordecai. Die Proklamation, die Euch zum Gesetzlosen erklärt hat, beruhte gewiss auf einem Missverständnis, das wir sofort beheben wollen. Ebenso müssen wir eine passende Belohnung für den Helden finden, der unser Reich gerettet hat. Würden Euch zwei Wochen ausreichen, um Euch auf etwas Pomp und Gepränge vorzubereiten? Das Volk liebt es, einen echten Helden zu feiern.« Er schenkte mir ein Lächeln, das mir einen Schauer über den Rücken jagte. Hin und wieder hatte auch ich vor schwierigen Entscheidungen gestanden, doch dieser Mann hier traf sie ganz ohne Hemmungen und Reue. Ich konnte mir vorstellen, dass er auf genau diese Weise lächeln mochte, nachdem er ein ganzes Heer in den Tod geschickt hatte. Diese Kaltschnäuzigkeit seinem Volk gegenüber reizte mich abermals zum Zorn.

»Das klingt ganz entzückend, Euer Majestät. Gern will ich diese Neuigkeiten auch an James Lancaster übermitteln. An eines möchte ich Euch jedoch erinnern. Auf eine Hinterlist werde ich keineswegs freundlich reagieren. Was heute hier geschehen ist, war vor allem eine Warnung. Vergesst das nicht.« Meine Antwort auf sein kaltes Lächeln war ein wildes Grinsen.

Daraufhin stand Edward abrupt auf, während in seinen Augen echte Wut blitzte. »Drohungen nehmen wir nicht auf die leichte Schulter, junger Illeniel. Das solltet Ihr Euch gut einprägen. Wir werden auch nicht als Handlanger eines anderen Herrn regieren. Wenn Ihr dies vorzieht, dann solltet Ihr auf der Stelle eine endgültige Klärung der Angelegenheit herbeiführen.« Dabei klopfte er sich leicht auf die Brust. »Können wir uns darauf verlassen, dass Ihr Euren Treueid ernst nehmt oder nicht?«

Ich mochte den Mann nicht, doch seinen Mut musste ich bewundern. Nach kurzem Zögern sagte ich: »Ja, Euer Majestät, das könnt Ihr.« Ich stand auf, um zu gehen. Auch jetzt verneigte ich mich nicht vor ihm.

Er kniff die Augen zusammen. »Hat Euch jemand kommen sehen?«

»Nein, sofern Ihr die vier Heiligen nicht mitzählt.«

Er grinste. »Ausgezeichnet. Das erleichtert mir die Sache. Wir halten dieses Treffen geheim. Glaubt Ihr, Ihr könnt gehen, ohne erkannt zu werden?«

»Gewiss.« Ich zog mir die Kapuze über den Kopf. Natürlich hatte ich nicht die Absicht, mich auf eine so einfache Verkleidung zu verlassen, doch ich wollte meine anderen Methoden für mich behalten. Niemand hatte beobachtet, wie ich meine Tarnung aufgehoben hatte. Falls sich aber doch herumsprach, wie Ruth gegen die Wächter Magie eingesetzt hatte, würden allerdings einige interessante Spekulationen aufkommen.

»Ausgezeichnet«, gab er zurück. »Wir freuen uns schon darauf, Euch in zwei Wochen in der Hauptstadt wiederzusehen.« Als ich mich daraufhin entfernte, hörte ich ihn hinter mir Befehle brüllen. »Hol mir jemand den Baron Arundel her ... ich habe ein Wörtchen mit ihm zu reden!« Ich fragte mich, wie er Sheldon nun erklären würde, dass sich das Blatt gewendet hatte. Bei unserer letzten Begegnung hatte ich dem Baron seine ganze Habe geraubt, und Penny hatte ihn vor seinen Männern gedemütigt. Das konnte er mir unmöglich verzeihen – mal ganz abgesehen davon, dass ich ihm alle seine Gefolgsleute gestohlen hatte.

Diese Unterhaltung verlief sicher nicht angenehm für ihn. Unterdessen bewegte ich mich vorsichtig durch den Palast und benutzte dabei das Antlitz eines Wächters als Tarnung. Der Rückzug war wesentlich leichter, als es der Weg hinein gewesen war.

9

Am Abend kehrte ich nach Hause zurück. Ich hatte ein schlechtes Gewissen, weil ich nicht geblieben war und mit Marc gegessen hatte, doch ich wollte Penny möglichst schnell die Neuigkeiten übermitteln. Wenn alles verlief wie geplant, würden wir Marc ohnehin bald wieder aufsuchen.

Sie nahm meinen Bericht nicht ganz so begeistert auf wie erwartet. »Der König verlangt von dir, dass du in zwei Wochen in der Hauptstadt erscheinst?«

Zwar war Pennys Gedächtnis völlig in Ordnung, doch wiederholte sie aus irgendeinem Grund gern etwas Offensichtliches. »Ja, in zwei Wochen«, bestätigte ich.

»Glaubst du wirklich, er heißt dich einfach so in seiner Herde willkommen?«, fragte sie skeptisch.

Ich seufzte. »Ich habe ihm verdeutlicht, dass es Konsequenzen haben werde, sollte er es nicht ernst meinen.«

»Du meinst, du hast ihm gedroht«, sagte sie tonlos.

»Im Grunde schon«, gab ich zu.

Sie wechselte das Thema. »Wie viele Leute hast du umgebracht, um bis zu ihm zu kommen?« Diese Frage ging mir so sehr auf die Nerven, dass ich eigentlich gar nicht darauf antworten mochte.

»Vier«, erwiderte ich möglichst ruhig.

Sie zog eine Augenbraue hoch. »War es das wert?«

»Es waren Heilige, die für die Götter gearbeitet haben. Mir blieb nichts anderes übrig.«

»Das waren Menschen, und du sagtest, du könntest zum König vordringen, ohne erwischt zu werden«, erinnerte sie mich.

Wut und Schuldgefühle stiegen in mir empor. »Wäre es dir

lieber, wir würden wieder einen Krieg führen? Ich musste den König sprechen, und es musste zu meinen eigenen Bedingungen geschehen, wenn ich ihn überzeugen wollte.«

Sie wusste, dass ich kurz vor einer Explosion stand, und schenkte mir einen warmen Blick. »Ich mache dir keine Vorwürfe, Mordecai, aber ignorieren kann ich es auch nicht. Als deine Frau und Gefährtin muss ich doch sicher sein, dass du dich auf das konzentrierst, was wirklich wichtig ist. Hör also auf, dich zu verteidigen, und denke gründlich nach. Ist es das wert gewesen? Haben wir etwas gewonnen, das vier Menschenleben wert war, oder hätten wir besser etwas anderes versuchen sollen? Ich erwarte doch gar nicht, dass du vollkommen bist. Ich will nur sicher sein können, dass du nicht die Leute vergisst, die unter unseren Entscheidungen leiden.«

Irgendwo im Hinterkopf registrierte ich, dass sie recht oft die Wörter »unser« und »wir« benutzte. Sie gab sich große Mühe, das Gespräch fortzusetzen, statt einfach einen Streit vom Zaun zu brechen. Ich holte tief Luft. »Ich glaube immer noch, dass es das wert war, auch wenn ich es bedaure. Vielleicht hätte ich es vermeiden können, sie zu töten, wenn ich einen besseren Weg gefunden hätte, aber ich bin nicht sicher …«

Sie kam zu mir und umarmte mich. »Tu das nicht. Niemand ist vollkommen. Ich will nur sicher sein, dass du im Auge behältst, was es kostet.«

»Ich habe den Wächter am Abend unseres Überfalls auf das königliche Lagerhaus nicht vergessen«, versicherte ich ihr. »Gerade sein Tod setzt mir immer noch mehr zu als alle anderen.«

»Es tut mir leid, Mort«, fiel sie mir ins Wort. »Ich wollte nicht den Eindruck erwecken, dass ich dir nicht traue. Lass uns essen. Dieses Gespräch ist schon unerfreulich genug verlaufen. Was sollen denn Dorian und Rose denken, wenn sie uns da unten sehen?« Sie fasste mich am Arm und zog mich zur Tür.

»Verdammt noch mal, Frau, nun entscheide dich doch!«,

rief ich. »Gerade eben hast du mich dazu gebracht, an mir selbst zu zweifeln, und jetzt versuchst du schon wieder, mich aufzuheitern.« Ich zeigte ihr eine Mischung aus Schmollmund und verschlagenem Grinsen.

Wir gingen nach unten, und als wir dort ankamen, waren unsere düsteren Mienen tatsächlich der zuversichtlichen Haltung gewichen, die man von dem Grafen und der Gräfin di'Cameron erwarten durfte.

Die nächste Woche über legte ich mich ins Zeug, so gut es nur ging. Tatsächlich gelang es mir, die erste Rüstung zu vollenden und bei Dorian anzuprobieren. Er suchte es zwar zu verbergen, doch sein Gesichtsausdruck erinnerte mich an ein Kind, das zu viele Süßigkeiten bekommen hat und nun hofft, niemand werde es bemerken. Wir brauchten eine Viertelstunde, um sie anzulegen.

»Wie fühlt sich das an?«, fragte ich.

Dorian antwortete nicht sofort, sondern wich etwas zurück, ließ die Arme kreisen und machte einen schnellen Ausfallschritt. Er schien sehr zufrieden zu sein. Ich musste lachen, als er mit seinen Aufwärmübungen begann.

»Willst du jetzt mit mir reden, oder übst du einen Tanz für den Ballabend?«, neckte ich ihn.

Er grinste jungenhaft. »Ich könnte jetzt durchaus tanzen! Wie hast du das gemacht? Die Rüstung ist sogar noch leichter als das Kettenhemd, das du für mich magisch aufgeladen hast.«

Die Rüstung passte mir zwar nicht, aber ich hatte sie schon einmal ausprobiert und die Verzauberungen erschaffen, die diese Wirkung hervorriefen. Sie waren neuartig, und ich war auf Dorians Reaktion gespannt. »Die Rüstung ist nicht leichter als eine gewöhnliche Rüstung«, belehrte ich ihn. »Du hast dich beklagt, weil du in dem Kettenhemd, das ich für dich hergestellt hatte, das Gefühl bekamst, zu leicht zu sein und umhergeworfen zu werden. Deshalb habe ich die Masse der Rüstung nicht verringert.«

»Masse?«, fragte er neugierig.

Ich seufzte. In der Schule hatte er selten gut aufgepasst, sofern es nicht gerade um Militärgeschichte gegangen war. »Die Masse verleiht deiner Rüstung Gewicht. Dadurch wird sie schwer.«

»Sie fühlt sich aber gar nicht so schwer an. Dieses geringe Gewicht kommt mir fast so vor, als trüge ich überhaupt nichts außer meinem Gambeson und ein bisschen Leder.«

»Es ist alles noch da, ich habe die Rüstung nur so verzaubert, dass sie sich zumindest teilweise mit dir bewegt«, erklärte ich. Es war eine ungeheuer komplizierte Verzauberung gewesen, an der ich länger als an der Herstellung der Rüstung selbst gearbeitet hatte. Wie so oft war auch dies eine der Leistungen, die niemand wirklich zu würdigen wusste.

»Wie das?«, fragte Dorian, bereute es aber fast sofort wieder, die Frage gestellt zu haben.

Da ich endlich jemanden hatte, der mir zuhören wollte, setzte ich zu einer ausführlichen Erklärung an. »Die Rüstung speichert die Energie deiner nach unten gerichteten Bewegungen wie eine Feder. Sobald du dich in eine Richtung bewegst, die der Schwerkraft entgegengesetzt ist, wird die Energie freigegeben. Das Ergebnis ist, dass du immer noch die Trägheit von achtzig Pfund Metall an dir hast und dich trotzdem nicht anstrengen musst, wenn du diese Masse mit der Kraft deiner Muskeln bewegst.«

»Mort!«, unterbrach er mich mit schmerzlich verzogener Miene.

Seine Augen verrieten mir, dass schon wieder die Pferde mit mir durchgegangen waren. Ich begann noch einmal von vorn. »Die Rüstung nutzt Magie, damit du dich leichter bewegen kannst. Sie ist tatsächlich so schwer wie eine normale Rüstung, aber du musst das Gewicht nicht allein tragen.«

Dorian zog die Augenbrauen hoch. »Das ist wundervoll. Ich nehme an, sie ist auch so schwer zu durchbohren wie das Kettenhemd, das du für mich geschmiedet hast?«

Ich kicherte. »Ich wüsste nicht, wie man dieses Material überhaupt durchbohren könnte. Wenn wirklich etwas stark genug ist, um durchzuschlagen, dann wäre es dir sowieso egal, weil dich der Aufprall bereits töten würde, ehe die Rüstung beschädigt wird.«

»Was ist mit einer deiner Zauberklingen?«, fragte er.

Nachdenklich kniff ich die Augen zusammen. »Sogar das ist sehr unwahrscheinlich. Die Schneide müsste genau im richtigen Winkel auftreffen, und den Hieb müsste man mit einer Kraft führen, die über das hinausgeht, was ein normaler Mann aufbieten kann.«

»Und wenn er nun eine magische Rüstung trägt, die sich mit ihm bewegt?«, bohrte Dorian weiter und beugte den Arm.

Ich schüttelte den Kopf. »Nein, die Rüstung verstärkt nicht deine Kraft. Sie hilft dir nur bei den Bewegungen. Es reicht nicht.«

Er schien enttäuscht. Man konnte beinahe meinen, er versuche sich einen Weg auszudenken, um sich selbst zu töten. Endlich rückte er mit seinen Gedanken heraus. »Das ist alles wirklich schön, aber ich frage mich, ob du deine Zeit damit verbringen solltest, hier unten Rüstungen zu schmieden.«

»Ich bin allein und brauche Hilfe. Ich brauche Männer, die als ebenbürtige Gegner die Shiggreth bekämpfen können. Nein, vergiss das – ich brauche Männer, die in der Lage sind, einen Shiggreth in kleine Stücke zu hacken. Ich selbst kann immer nur an einem Ort sein, aber die Feinde sind zahlreich. Das Tal ist weitläufig, und es gibt mehrere Dörfer, die wir …«

Dorian unterbrach mich mit erhobener Hand. »Das verstehe ich, Mort. Ich bin derjenige, der es dir ursprünglich gesagt hat, erinnerst du dich? Du musst darauf vertrauen, dass die Menschen deine Stärke sind.«

»Genau!«, stimmte ich zu. »Aber sie brauchen das richtige Werkzeug, wenn sie bei den Feinden, gegen die wir jetzt antreten müssen, etwas ausrichten wollen.«

Dorian nickte. »Da hast du recht. Auf diese Weise kannst du jedoch nur eine geringe Zahl von Rüstungen herstellen. Selbst mit deinen Fähigkeiten dauert es zu lange. Wie viele willst du denn bauen, und was willst du erreichen?«

»Zwanzig oder so, für eine handverlesene Gruppe von Anführern und Kriegern. Es soll eine Art neuer Ritterorden werden.« Dabei zögerte ich ein wenig, denn bis jetzt hatte ich meine Idee noch geheim gehalten. Als ich sie laut aussprach, klang es ein wenig nach den Geschichten, die ich früher immer gelesen hatte. Ich fürchtete, ausgelacht zu werden.

Allerdings hätte ich mir keine Sorgen machen müssen. Dorians Phantasie war wesentlich reicher als meine eigene, und trotz all seiner Klugheit besaß er eine Einfachheit, die es ihm sehr leicht machte, solche Dinge zu glauben. In seinen Augen flammte die Begeisterung auf, kaum dass ich ausgesprochen hatte. »Das ist brillant!« Drei Worte nur, mehr brauchte es gar nicht, um meinen Traum in seiner Miene wiederzuerkennen.

»Nicht, dass du auf falsche Ideen kommst, es soll kein militärischer Orden im üblichen Sinne werden. Ich setze die Männer als Protektoren ein, als Hüter der Menschen«, erklärte ich ruhig. Eigentlich wollte ich Dorians Begeisterung ein wenig dämpfen, musste jedoch zugeben, dass sie ansteckend war. Schon oft hatte er ausgesprochen, was mein inneres Kind dachte.

»Dann schickst du sie also hinaus, und sie streifen durch das Land und beschützen die Einwohner vor untoten Ungeheuern und Banditen«, rief er.

»Ja, so ungefähr …«

»Und sie schwören dir die Treue, Mort – dem Verteidiger Lothions!« Dorian schritt jetzt aufgeregt hin und her. Nichts, was ich noch sagen konnte, drang zu ihm durch. Sein Kopf war voller Visionen von Rittern, Heldentaten und edelmütigen Gesten. Während ich ihn beobachtete, lächelte ich in mich hinein. Falls ich noch weitere neunzehn Männer wie ihn fand, war mein Traum vielleicht doch nicht so dumm.

»Der Mann, dem sie die Treue schwören sollten, wäre eigentlich ...« Ich hätte hier den König nennen müssen, wusste aber bereits, dass dies keine gute Idee war. »Vielleicht sollten sie James Lancaster die Treue schwören«, fügte ich also hinzu.

Er hielt inne und funkelte mich an. »Wenn du so etwas noch einmal sagst, verhau ich dich!«

»Hast du etwas gegen James?«

»Nein, du Dummkopf! Ich weiß, dass du bescheiden sein willst, aber es ist allmählich an der Zeit, dich zu dem zu bekennen, was du getan hast. Du hast ein Heer von mehr als dreißigtausend Gegnern besiegt, das Reich gerettet und die Herzen Tausender Einwohner gewonnen. Glaubst du denn wirklich, du könntest einen neuen Ritterorden gründen und ihn jemandem anders übergeben? Glaubst du, das inspiriert die Menschen?«, fragte er zornig.

»Also gut, du hast ja recht«, beschwichtigte ich ihn. Ich wusste, dass es sinnlos war, mit ihm zu streiten, sobald er sich derart aufregte.

»Stimme mir nicht laut zu, während du insgeheim hoffst, ich werde bald den Mund halten! So machst du das immer. Ich mag kein Genie sein, aber ich bin klug genug, um deine herablassende Art zu durchschauen. Hör zu ... die Menschen brauchen Vorbilder ... ebenso wie Schutz. Wir haben gerade einen gewaltigen Angriff abgewehrt. Viele Menschen haben liebe Angehörige verloren. Die erste Ernte ist fast vollständig ausgefallen, und wir sind nicht die Einzigen, die wissen, dass da draußen noch eine Menge Untote frei herumlaufen. Deine Idee ist brillant, und genau das brauchen die Menschen. Sie brauchen Hoffnung. Nichts aber weckt die Hoffnung so sehr wie ein Held, und du willst ihnen gleich zwanzig geben. Sie brauchen aber auch einen Helden als Anführer. Jemanden, den jeder kennt. Jemanden, von dem die Menschen glauben, dass er in der Lage ist, alles zu tun. Falls du es noch nicht bemerkt hast, dieser Mann bist du, Mort.« Er stupste mich kräftig mit dem Zeigefinger.

Manchmal brachte mich Dorian sehr in Verlegenheit, sogar wenn wir allein waren. Ich versuchte, das Thema zu wechseln. »Da hast du gerade einen wichtigen Punkt benannt, Dorian. Ganz abgesehen von dem Oberbefehlshaber braucht der neue Orden einen Hauptmann. Was du da sagst, ist wahr, und natürlich will ich, dass du dieser Hauptmann bist.«

Er blinzelte. »Ja, das dachte ich mir schon. Die Frage ist aber, wen du sonst noch einsetzen willst. Du brauchst noch neunzehn andere, wenn du eine Truppe von zwanzig Männern aufstellst.«

Darüber hatte ich bereits nachgedacht. Es war schwierig, denn ich musste genau auswählen. Ich brauchte Männer, die sich im Kampf bewährt hatten. Veteranen, die zudem vertrauenswürdig waren. In meiner Livree dienten inzwischen eine Reihe fähiger Krieger, aber bei vielen war ich mir nicht sicher, wem sie letztlich treu ergeben waren. Nicht wenige waren ehemalige Söldner mit fragwürdigem Hintergrund. Mörder zu finden, das war kein Problem. Jedoch solche Männer wie Dorian zu finden, war äußerst schwierig. Bisher waren mir nur zwei Namen eingefallen. »Joe McDaniels und Harold Simmons«, schlug ich vor.

»Joe kommt nicht infrage«, widersprach Dorian. »Er ist zu alt und muss sich um die Gastwirtschaft kümmern. Sosehr ich den Mann auch mag, ich würde ihm in seinem Alter nicht mehr solche Aufgaben anvertrauen. Harold dagegen könnte eine gute Wahl sein. Wie kommst du auf ihn?«

»Er ist noch jung und hat einen klaren Blick. Du hast in der letzten Zeit mehrmals seine Geschicklichkeit mit den Waffen erwähnt. Außerdem ist er in Washbrook geboren. Also kennt er die Menschen hier, und sie vertrauen ihm. Noch wichtiger ist allerdings, dass er sich besser um sie kümmern wird als irgendein Neuzugang aus der Hauptstadt«, erklärte ich.

Dorian nickte. »Deine Gedanken kann ich nur unterstützen. Unter den neuen Wächtern kenne ich vielleicht noch ein oder zwei andere, die infrage kommen könnten. Ich arbeite mit ihnen und sage dir Bescheid, ob sie geeignet sind.«

»Wunderbar. Ich möchte ohnehin, dass du sie ausbildest«, stimmte ich zu.

»Das war mir klar, aber du hast eine Kleinigkeit ausgelassen«, erwiderte er.

Verblüfft starrte ich ihn an. »Was denn?«

»Wie willst du den neuen Orden nennen?«

»Oh«, machte ich betreten. Ich hatte keine Ahnung, und es dauerte nicht lange, bis er meinen leeren Blick richtig deutete.

»Ha! Keine Sorge! Schon seit unserer Kindheit habe ich von so etwas geträumt«, versicherte er mir. Meine lange Erfahrung mit ihm sagte mir, dass es keinerlei Grund gab, deswegen beruhigt zu sein. Dorian holte tief Luft. »Die Magischen Wächter Lothions!«, verkündete er, als stünde er auf einer Bühne.

Ich stöhnte. »Magische Wächter?«

»Nun ja, schließlich gibst du ihnen magische Schwerter und Rüstungen«, erklärte Dorian. »Nicht? Na gut. Wie wäre es dann mit: ›Die Hüter der Flamme?‹«

»Was für eine Flamme?«

»Die Flamme des Lebens, die in uns allen brennt. Wir sollen doch die Menschen vor den Untoten beschützen, oder?«

»Ich weiß nicht ... ich dachte eher an einen kürzeren Namen«, überlegte ich. »Lass uns in Ruhe darüber nachdenken, wir müssen es ja nicht überstürzen. Außerdem wollte ich dich noch etwas fragen.«

»Was denn?«

»Ich habe diese Rüstung für dich gefertigt. Du wirst sie

jetzt zwar tragen, aber ich habe das Gefühl, es reicht immer noch nicht. Du hast schon einmal mit einer verzauberten Rüstung gegen die Shiggreth gekämpft. Was hätte dir am meisten geholfen?« Ich formulierte es ausführlich, damit er die Frage richtig verstand.

Mein Freund schürzte einen Moment lang die Lippen und dachte nach. »Am meisten hat geholfen, dass dein Vater sie mit Öl übergossen und angezündet hat, nachdem sie mich bewusstlos geschlagen hatten.«

Bei diesem Gedanken lächelte ich wehmütig. »Wenn ich ihn zurückholen könnte, damit er uns folgt und uns jedes Mal heraushaut, sobald wir in Schwierigkeiten geraten ... ich würde es sofort tun und deinen Vater gleich mitbringen. Wären die beiden noch da, hätten wir es viel leichter.«

Dorian grinste, obwohl auch seine Augen traurig blickten. »Nun ja, das Zweitbeste wäre etwas, das verhindert, dass ich von der schieren Anzahl der Gegner zu Boden gerissen und überwältigt werde. Auf Pennys Kräfte war ich immer neidisch, damals, als sie noch deine Anath'Meridum war. Wäre ich so stark gewesen wie sie, man hätte mich nicht niederzwingen können.«

Ich zuckte zusammen. »Kommt nicht infrage. Ich werde die Bindung auf keinen Fall erneuern. Mit dir nicht und mit niemandem sonst.«

»Verstehe«, erwiderte Dorian hastig. »Aber gibt es nicht noch einen anderen Weg?«

Nachdenklich runzelte ich die Stirn. »Ich weiß nicht. Vielleicht ... ja. Ich will sehen, ob ich mir etwas ausdenken kann.«

10

Am nächsten Tag legte ich eine Pause ein und ging nach draußen, um mir einen abgeschiedenen Ort zu suchen. Ich wollte noch einmal mit Moira sprechen. Sobald ich mir eine passende Stelle im Wald ausgesucht hatte, setzte ich mich und rief sie wortlos herbei. Wahrscheinlich hätte ich ebenso leicht einen stillen Raum in der Burg nehmen können, doch es war schönes Wetter, und da schien es mir passender, sie in einer natürlichen Umgebung zu rufen. Binnen weniger Augenblicke erschien sie auch und stieg lautlos aus der Erde empor.

»Brauchst du mich wieder?«, fragte sie. Heute bestanden ihre Augen aus durchsichtigen blauen Steinen, die ein wenig trüb wirkten. Ich fragte mich, ob sie mit diesen Augen auch wirklich sehen konnte oder ob sie nur der äußeren Imitation dienten. Es schien, als werde ihr Körper jedes Mal, wenn ich sie rief, aus dem Material erschaffen, das gerade zur Hand war.

»Ich wollte unser Gespräch fortsetzen, denn ich habe noch mehr Fragen. Es macht dir doch nichts aus?«

»Ob es mir etwas ausmacht?« Sie lächelte belustigt. »Vergiss nicht, dass ich kein lebender Mensch bin. Ich bin die Erinnerung an einen Menschen und existiere nur, weil deine Willenskraft der Erinnerung Leben einhaucht.«

»Nun, du musst doch wenigstens einige Gefühle haben. Gerade hast du gelächelt, und wie sich schon gezeigt hat, äußerst du manchmal ganz entschieden deine Meinung«, entgegnete ich.

»Verwechsle den Schein nicht mit der Wirklichkeit«, sagte sie. »Du kannst das Bild eines Menschen malen, und doch ist es nur Öl auf Leinwand. Viel mehr als das bin ich auch nicht.«

»Soll ich wirklich glauben, du wärest lediglich eine Art

Uhrwerk? Willst du mir allen Ernstes sagen, du hättest keine Gefühle?«, fragte ich rundheraus.

Sie starrte mich an. »Nein. Ich glaube, ich habe schon Gefühle. Wie du bin auch ich ein Opfer der Illusion. Wenn wir reden, während du deine Aufmerksamkeit auf mich richtest, fühle ich mich beinahe wie damals, vor langer Zeit. Dabei weiß ich aber auch, dass es nur eine Illusion ist, denn sobald du deinen Willen von mir abwendest, zerfalle ich wieder zu Staub.«

»Und wenn ich meine Konzentration bei dir lasse? Anscheinend strengt es mich nicht weiter an. Du könntest vielleicht auch wieder leben«, schlug ich vor.

»Nein!«, fiel sie mir laut ins Wort. »Das könnte ich nicht ertragen. Je länger ich hier bin, desto klarer werden meine Erinnerungen, und desto stärker wird der Schmerz.«

»Aber du hattest Erfolg. Ich könnte mir vorstellen, dass es ein paar gute Dinge geben muss, an die du dich gern erinnerst«, wandte ich ein.

»Ich habe gesiegt«, bestätigte sie, »aber das ist nicht unbedingt das Gleiche wie Erfolg. Ich habe alles verloren, was ich durch den Kampf zu bewahren suchte, aber ich habe gesiegt. Als ich mich am Ende entschied, waren fast alle, die ich kannte und die mir wichtig waren, schon tot, und der einzige Grund zum Kämpfen, den ich noch hatte, war …« Sie hielt inne. Ihre Miene verriet mir, dass sie weiter gegangen war als beabsichtigt.

»Verzeih mir, dass ich so neugierig bin«, entschuldigte ich mich. Innerlich fragte ich mich allerdings, was sie hatte sagen wollen.

»Es ist nicht deine Schuld. Ich bin noch nicht bereit, die schmerzlichsten Teile meiner Geschichte zu offenbaren, aber eines Tages werde ich es vielleicht tun.« Sie schloss die Augen und senkte den Kopf, als müsste sie sich mit den Geistern ihrer verstorbenen Freunde und Verwandten ins Benehmen setzen.

Ich wartete einen Augenblick, ehe ich fortfuhr: »Es gibt einen ganz praktischen Grund dafür, dass ich deine Ruhe gestört habe.«

Die Erinnerung von Moira Centyr öffnete die Augen. »Gut. Der Grund für meine Existenz ist rein praktischer Natur. Daher ist es auch besser, bei praktischen Dingen zu bleiben.« Als ich in diese fremdartigen Steinaugen blickte, berührten mich unversehens doch die Gefühle, die ich in ihnen entdeckte. Dieses Mal hielt ich mich jedoch zurück.

»Als Penny und ich aneinander gebunden waren, erlangte sie eine große Körperkraft und war sehr schnell. Cyhan sagte mir, das sei eine Nebenwirkung der Bindung. Ihre zusätzlichen Kräfte standen in einem direkten Verhältnis zu meiner Kraft«, erklärte ich. »Verstehst du, wie dies zustande kommt?«

»Nein. Ich kann zwar Vermutungen anstellen, doch zu meiner Zeit gab es keine solchen Bindungen. Das wäre für die beiden beteiligten Menschen gefährlich gewesen, es hätte sie sinnlosen Risiken ausgesetzt, und wie du schon herausgefunden hast, schränkt es die Empfänglichkeit des Magiers ein. Warum fragst du?«

»Ich dachte, es könnte nützlich sein, wenn andere Krieger einen solchen körperlichen Vorteil besitzen, falls es einen Weg gibt, ihnen die Kräfte zu übertragen, ohne mein eigenes Leben zu gefährden.« Noch während ich sprach, kam es mir albern vor. »Das ist eine dumme Frage, oder?«

Sie lachte und zeigte mir die weißen Kieselzähne, indem sie den Mund öffnete. »Keineswegs. Du willst einfach nur einen *targoth cherek* erschaffen.« Meine Kenntnisse des Lycianischen waren gut genug, um den Begriff zu verstehen: Erdhüter. Was es bedeutete, war mir allerdings nicht klar.

»Ich glaube, ich weiß nicht, was das ist«, räumte ich ein.

»Das überrascht mich nicht«, entgegnete sie. »Seit der letzte Erzmagier in die Erde überging, gab es nicht mehr viele.«

»Meinst du damit dich selbst?«, fragte ich.

»Ja. Gareth Gaelyn und ich sind die Letzten gewesen, die solche Bindungen erschaffen haben«, erklärte sie.

»Demnach waren es Männer?«

»Gelegentlich auch Frauen. Sie bekamen die Macht, die Sicherheit ihrer Schutzbefohlenen zu gewährleisten.«

»Waren sie den Anath'Meridum ähnlich?«, fragte ich.

Sie runzelte die Stirn. Ihre nachdenkliche Miene war fast völlig menschlich, auch wenn die Wangen und Lippen aus derart außergewöhnlichem Material bestanden. »Nein. Soweit ich weiß, wurden die Anath'Meridum nach dem Großen Sturz von den Magiern geschaffen. Dies hat zweifellos dazu dienen sollen, die Kirchen und die Menschen der damaligen Zeit zu beruhigen. Wahrscheinlich wurden sie durch die *targoth cherek* inspiriert.«

Sie hielt einen Moment inne, ehe sie es mir näher erklärte. »Trotz der oberflächlichen Ähnlichkeit waren sie etwas ganz anderes als eure Bindungsgefährten. Jeder *targoth cherek* bekam die Macht, einen Erzmagier zu beschützen. Sie dienten als Leibwächter und waren keine Scharfrichter.«

An dieser Stelle musste ich sie einfach unterbrechen. »War ihr Leben mit dem Erzmagier verbunden, dem sie dienten?«

Moira schnaubte, was angesichts ihrer Gestalt recht seltsam wirkte. »Keineswegs. Sie sind mit der Erde und nicht mit anderen Menschenwesen verbunden gewesen. Wir waren nicht so dumm, die Leben zweier Menschen auf so dumme Weise miteinander zu verknüpfen.«

»Warum wurden nach dem Krieg gegen Balinthor keine mehr erschaffen?«

»Es gab keine Erzmagier mehr«, erklärte sie beiläufig. »Die neuen Anath'Meridum haben dafür gesorgt.«

»Dann konnte nur ein …«, setzte ich an.

»Ganz recht, nur ein Erzmagier konnte die Bindung zwischen einem sterblichen Wesen und der Erde vollziehen«, beantwortete sie meine unvollendete Frage.

»Hm«, machte ich weise, während ich über ihre Worte nachdachte.

»Du verstehst nicht den Grund, nicht wahr?«, fragte sie ironisch.

»Nein«, gab ich zu.

»Eine solche Bindung wie die zwischen dir und deiner Frau kann nur zwischen zwei Wesen erschaffen werden, die damit einverstanden sind. Ein Magier ist nicht in der Lage, mit der Erde in Verbindung zu treten – so wenig wie alle anderen. Nur ein Erzmagier vermag mit der Erde zusammenzuarbeiten und sich mit ihr auszutauschen, damit die Bindung entsteht«, erklärte sie.

Allmählich begriff ich, was sie sagte, doch ich hatte noch viele weitere Fragen. »Waren die *miellte*, die du vorher erwähnt hast, diese Wächter? Waren sie ebenfalls *targoth cherek*?« Diese Aufpasser hatten ja die Erzmagier davor bewahrt, ihre Kräfte völlig zu erschöpfen.

Moira lachte. »Nein, das wäre auch sinnlos gewesen. Die *miellte* waren selbst Magier, und eine solche Bindung hätte die Fähigkeit beschränkt zu lauschen und sich mitzuteilen, ebenso wie dich deine Bindung daran gehindert hat, die Erde zu hören. Eine Bindung mit der Erde oder etwas anderem hätte den *miellte* daran gehindert, den Geist des Erzmagiers zu hören, auf den er aufpassen musste.«

Jetzt, da sie es laut aussprach, begriff ich es. »Dann wurden die *targoth cherek* also als Hüter erschaffen?«

»In gewisser Weise«, bestätigte sie. »Sie dienten fast ausschließlich als Leibwächter für die ein oder zwei Erzmagier, die zu jeder gegebenen Zeit lebten.«

Nun wurde es Zeit, auf den Punkt zu kommen. Dies alles klang für mich, als sei die Erdbindung, die sie beschrieb, recht gut für meinen Zweck geeignet, doch musste ich die Wirkung ganz genau begreifen und erfahren, wie sie erschaffen wurde. »Um es genauer zu sagen: Gibt es eine Grenze für die Zahl dieser Erdbindungen, die ein Erzmagier erschaffen kann, und könnten irgendwelche Nachteile auftreten?« Aus Erfahrung wusste ich, dass es immer irgendwo einen Haken gab.

Die Augenbrauen – oder das, was bei ihr die Augenbrauen darstellte – schossen nach oben. »Willst du so etwas wirklich versuchen? Du hast doch gerade erst damit begonnen, den Umgang mit deinen Fähigkeiten zu erlernen.«

»Seit ich von meinen magischen Gaben erfahren habe, ist mein Leben unruhig verlaufen. Das Einzige, was ich sicher weiß, ist, dass ich selten so viel Zeit habe, wie ich brauche. Wenn ich mich nicht nach vorn bewege, erwischen mich die Feinde, ehe ich erfahren habe, wie ich ihnen begegnen kann«, antwortete ich.

»Du hast gerade ein Heer von dreißigtausend Kriegern vernichtet. Wie viele Feinde sind noch da?« Es war nicht nur eine Frage, die ich in ihren Augen sah, es war auch eine Herausforderung.

»Mehr als zu Beginn. Diese Männer sind nie meine Feinde gewesen. Mein wahrer Feind war immer der Nachtgott hinter ihnen. Seit ich sein Heer aufgehalten habe, ist Mal'goroth stärker geworden, und die Shiggreth, die er erschaffen hat, laufen durch das Land. Selbst jetzt noch vermehren sie sich an irgendeinem Ort, wo ich sie nicht sehen kann.«

»Sind sie deine einzigen Feinde?«

Ihre Frage verlieh meinen Ängsten eine Stimme, und auf einmal wusste ich, dass mein ungutes Gefühl berechtigt war. »Nein, es gibt noch weitere. Bei den anderen Nachtgöttern bin ich sicher, und ich nehme an, selbst die Lichtgötter sind nicht neutral. Auch sie können anscheinend bösartig werden. Darüber hinaus habe ich keine Ahnung, aber ich muss annehmen, dass ich unter den Menschen noch eine zusätzliche Anzahl von Gegnern habe.«

Sie nickte. »Du hast recht, wenn du die Lichtgötter fürchtest. Möglicherweise sind sie sogar deine schlimmsten Feinde.

Ob sie für die Menschen bösartig sind, weiß ich nicht, aber dir sind sie gewiss nicht wohlgesinnt.«

Diese Bemerkung erinnerte mich an die Begegnung im Königspalast. »Ich habe kürzlich mit Celior gesprochen. Er sagte etwas, das ich nicht verstanden habe.«

»Sie geben selten etwas Hörenswertes von sich«, meinte sie.

»Er behauptete, ich trüge Illeniels Untergang in mir und sollte sterben, bevor ich uns noch alle zerstöre«, berichtete ich. »Hast du schon einmal davon gehört?«

Sie schwieg eine lange Zeit, und beinahe fand ich mich schon damit ab, keine Antwort zu bekommen. »Ich habe davon gehört. Mein Mordecai, derjenige, der vor langer Zeit gestorben ist, hat es einmal erwähnt«, sagte sie und blickte in die Ferne, als erinnere sie sich an Zeiten und Orte, die weit in der Vergangenheit lagen. Wahrscheinlich dachte sie an ihren Geliebten – den Illeniel, den sie damals gekannt und der meinen Namen getragen hatte. Endlich starrte sie mich wieder an. »Ich weiß nicht, was er damit meinte. Es hatte mit einem Geheimnis zu tun, das deine Familie hütet. Er wollte mir nur verraten, dass es ein alter Familienfluch war, der auf den Gründer, den ersten Illeniel, zurückgeht.«

Noch mehr Geheimnisse. Das kann ich wirklich gut gebrauchen, sagte ich im Stillen zu mir. »Wie kann ich es herausfinden?«, fragte ich laut, wenngleich eher zu mir selbst als zu ihr.

»Das liegt ganz bei dir. Vielleicht wirst du es nie erfahren, aber wenn es so wichtig ist, müsste deine Familie irgendeine Art von Aufzeichnung besitzen«, sagte sie.

»Vielleicht im Haus meines Vaters«, dachte ich laut nach. Dort gab es immer noch vieles, was erforscht werden musste. Ich hatte gerade erst begonnen, die Oberfläche der Bibliothek anzukratzen. Genau genommen hatte ich bisher nicht mehr als vier Bücher gelesen – eines über Geschichte, eines über Teleportkreise und zwei über die Anwendung von Illusionen. Die letzten beiden hatte ich noch nicht einmal ganz verstanden und umgesetzt. Ich schüttelte den Kopf. »Du hast mich abgelenkt. Ich wollte etwas über die Beschränkungen und Nachteile wissen, die mit den *targoth cherek* zusammenhängen.«

Sie lächelte. »Es ist aber nicht meine Aufgabe, deiner Konzentration zu helfen. Außerdem ist nur einer von uns ganz und gar wirklich. Deshalb kann man mir keine Vorwürfe machen.« Dann wurde sie ernst. »Um deine Frage zu beantworten – ja, es gibt Beschränkungen und Nachteile, sogar schwerwiegende. Du erinnerst dich sicher an den Stein, mit dem ich dich beim letzten Mal arbeiten ließ. Nehmen wir ihn als Beispiel. Der Stein, so klein er auch war, besaß eine gewisse latente Kraft und ein winziges eigenes Bewusstsein. Als du ihm zugehört hast, bestand deine Aufgabe darin, den Stein zu einem Teil deiner selbst zu machen, ihn in dein Bewusstsein aufzunehmen und als eigenen Körperteil zu betrachten. Das Risiko, das ich beschrieben habe, bestand vor allem darin, dass du dich versehentlich zu einem Teil des Steins machen konntest statt andersherum. Daran erinnerst du dich doch, oder?«

»Gewiss«, antwortete ich sofort.

»Du solltest dich auch an den Verlust deiner selbst erinnern, als du versucht hast, auf den Wind zu lauschen, und deine Grenzen überschritten hast. Ein Erlebnis wie dieses ist ein Grund dafür, dass es sehr wichtig sein kann, einen *miellte* in der Nähe zu haben. Ariadne hat dir das Leben gerettet, als sie deine Aufmerksamkeit erregt und dich zurückgeholt hat. Das gleiche Prinzip gilt auch für die Arbeit mit der Erde. Ein kleiner Stein stellt nur ein geringes Risiko dar, denn dort fällt es dir leicht, dein Selbst zu wahren. Ein großer Stein dagegen vergrößert das Risiko, denn es fällt dir schwerer, ihn in dich aufzunehmen, ohne ein Teil von ihm zu werden. Verstehst du das so weit?«

Es kam mir ganz folgerichtig vor, also nickte ich.

»Es gibt zwei Faktoren, die wichtig sind, wenn man eine Bindung erschaffen will. Einer betrifft die Person, mit der man sich verbinden will, und vor allem die Frage, wie widerstandsfähig deren Bewusstsein ist, sobald eine enge Verbindung zu etwas so Fremdem wie der Erde entsteht. Der zweite Faktor hat mit dem Erzmagier und auch damit zu tun, wie groß der Teil der Erde sein soll, den er an die Person binden will. Je größer dieser Teil ist, desto mächtiger wird der *targoth cherek*, und desto schneller läuft auch die Übertragung ab. Diese Wesen können von selbst die Bindung nicht brechen und auch nicht das Ausmaß der Erdkraft verändern, an das sie gebunden sind. Schließlich werden sie selbst zu Geschöpfen der Erde, oder sie kommen dem jedenfalls sehr nahe. Sie werden zu Golems, zu intelligenten und bewussten Kreaturen aus Stein mit nur geringem eigenem Willen und wenig Bewusstsein für sich selbst. An diesem Punkt kann man nicht mehr viel tun, um sie zurückzuholen.«

Ich erinnerte mich an den Golem im Haus meines Vaters in Albamarl. »Wie Magnus«, sagte ich.

»Was?« Sie fuhr auf. »Woher kennst du diesen Namen?«

Ausführlich berichtete ich ihr von dem Wesen, das die Bibliothek meines Vaters bewachte. Dabei ließ ich allerdings weitgehend aus, wie er Rose auf den Kopf gestellt hatte, obschon ich immer noch lächeln musste, wenn ich mich erinnerte. Als ich geendet hatte, war Moira sehr still, und ihre Miene wirkte ernst.

»Ich hätte nicht damit gerechnet, diesen Namen noch einmal zu hören, aber jetzt leuchtet es mir ein … der arme Magnus«, sagte sie nach einer Weile.

»Kanntest du ihn?«

»Er war der einzige *targoth cherek*, den ich je geschaffen habe, und außerdem ein enger Freund. Er war ein edelmütiger Mann. Ich hatte gehofft, ihn zu befreien, ehe es zu spät war, aber dann entglitt mir alles. Ich habe ihn fortgeschickt, um meinen Mordecai zu beschützen, als die Lage verzweifelt wurde. Vermutlich hatte er damit Erfolg, denn sonst wärst du nicht hier.« Ihre Stimme klang belegt, Kristalltränen bildeten sich in den Augenwinkeln.

Ihr Kummer hätte mich mitfühlender stimmen sollen, doch meine Neugierde gewann die Oberhand. »Was meinst du damit, dass du ihn befreien wolltest? Gibt es denn eine Möglichkeit, das zu verhindern, was mit ihm geschieht?«

»Ja«, antwortete sie. »Der Erzmagier, der die Bindung geschaffen hat, muss sie wieder auflösen, ehe der Punkt überschritten ist, an dem es keine Umkehr mehr gibt. Damals galt dies zwar als gefährlich, doch die meisten, die in *targoth cherek* verwandelt worden waren, wurden befreit, ehe sie einen dauerhaften Schaden erlitten. Es kam nur selten vor, dass einer seinem Schicksal so überlassen blieb wie Magnus. Dies war stets die Folge einer vorsätzlichen Grausamkeit – oder aber der Erzmagier starb, ehe die Bindung gebrochen werden konnte.« Die Schuldgefühle und der Kummer waren ihr deutlich anzusehen.

»Es tut mir leid.« Ich war mit meiner Frage zu weit gegangen.

»Das ist nicht deine Schuld. Seit damals habe ich nicht mehr daran gedacht. Erst jetzt, als ich seinen Namen hörte, fiel es mir wieder ein. Ich bin grausam gewesen, und meine Liebe zu deinem Namensvetter war so groß, dass ich die Folgen nicht bedachte. Ich schickte Magnus, um ihn zu beschützen, und wusste dabei schon, dass ich später wahrscheinlich nicht mehr zurückkehren konnte, um die Bindung aufzulösen. Es war eine selbstsüchtige Bitte, und doch gelobte er, es zu tun. Das ist meine Schuld und nicht dein Fehler.« Sie war auf die Knie gesunken, das steinerne Kleid hatte sich um sie ausgebreitet wie Wasser auf dem Boden, die Haltung verriet ihre Niedergeschlagenheit.

»Moira«, begann ich, doch sie fiel mir ins Wort.

»Würdest du mir erlauben, jetzt zu gehen? Lass mich ins Nichts zurückkehren und vergessen. Diese Erinnerungen sind zu schmerzlich. Bitte!« Sie blickte zu mir hoch, und ich konnte es ihr nicht verwehren.

»Ruh dich aus, Moira, ich rufe dich ein andermal«, sagte ich zu ihr. Noch ehe ich ganz ausgesprochen hatte, war sie verschwunden. Dieses Mal hatte sie es so eilig, dass sie nicht einmal den Körper, den sie erschaffen hatte, in die Erde zurückfließen ließ. Das vollkommene Ebenbild einer knienden Frau blieb auf dem weichen Boden zurück. Fast hätte man meinen können, sie sei noch da, aber mit dem Magiersinn spürte ich, dass sie längst verschwunden war.

Eine Weile saß ich noch dort, starrte die Gestalt an, die sie zurückgelassen hatte, und machte mir Gedanken über die Frau, die sie gewesen war. Offensichtlich wurde sie von ganz eigenen Dämonen gehetzt und von Erinnerungen heimgesucht, die sie lieber vergessen wollte. Ihre Geschichte war bereits beendet, doch meinetwegen war sie immer wieder gezwungen, zurückzukehren und alles erneut durchzumachen, und zwar weder eindeutig lebendig noch richtig tot. Ich spielte mit dem Gedanken, sie nicht mehr zu rufen, doch meine Bedürfnisse waren zu groß und ihr Wissen zu wertvoll. Ganz gleich, wie sehr ich sie in Frieden lassen wollte – was sie mich lehren konnte, war viel zu wichtig, um es zu ignorieren. *Eines Tages werde ich dies wohl auf meine eigene Liste der Dinge setzen, die ich bereue – ich foltere eine Frau aus der Vergangenheit mit ihren Erinnerungen, damit sie mich anleitet.*

Ich stand auf und kehrte heim. Im Wald gab es an diesem Tag nichts mehr zu erfahren.

11

Mehrere Tage vergingen, an denen ich Moira nicht wieder rief. Zwar hatte ich Dutzende Fragen, doch irgendetwas sagte mir, ich solle warten. Ich fand, dass sie wenigstens dies verdiente. So konzentrierte ich mich auf die Aufgaben, die direkt vor mir lagen, und begann mit der Arbeit an einer zweiten Rüstung, für die ich Harold Simmons' Maße benutzte. Dorian war so freundlich gewesen, sie mir zu besorgen. Natürlich hatten wir Harold nicht verraten, wozu wir sie brauchten. Wir hatten uns darauf verständigt, die Pläne für meinen neuen Ritterorden geheim zu halten, bis sie wirklich ausgereift waren.

Das hielt Dorian aber nicht davon ab, Harold eine anstrengende persönliche Ausbildung zukommen zu lassen. Der Mann hätte mir leidtun können, doch anscheinend freute er sich sogar über die Aufmerksamkeit. Er genoss es sichtlich, auf dem Hof halb zu Tode zu schwitzen. *Manche Leute sind eben Masochisten*, dachte ich. Dabei übersah ich, dass ich in der Schmiede wahrscheinlich Tag für Tag genauso schwitzte. Das war ja etwas ganz anderes.

Heute arbeitete ich schwer daran, das Metall zu formen, das Harold später tragen würde. Während meine Hände beschäftigt waren, schweiften meine Gedanken ab. Ich dachte an die bevorstehende Reise nach Albamarl. Dort wollte ich unter anderem auch einen Schmied suchen, der bereit war, in meine Dienste zu treten. Möglicherweise war es schwer, einen Handwerker zu überzeugen, zu uns umzuziehen, zumal einen, der bereits erfolgreich in der Hauptstadt arbeitete. Vielleicht war es auch besser, einen jungen Gesellen zu fragen, der die Lehrzeit erst vor Kurzem beendet hatte und für neue Aufgaben fern von der Hauptstadt bereit war.

Andererseits war nicht auszuschließen, dass ich neben einem Gesellen tatsächlich noch einen Meister gewinnen konnte. Abgesehen von meinen persönlichen Projekten gab es viel Arbeit in Washbrook, und seit mein Vater nicht mehr lebte, war ich im Grunde der Einzige weit und breit, der in der Lage war, mit Metall zu arbeiten. Dank meiner Fähigkeiten und mithilfe einiger Tricks konnte ich so gut wie alles sehr schnell erledigen, wurde aber leider immer wieder abgelenkt. Hilfe benötigte ich sowieso. Hoffentlich fand ich jemanden, der auch als Waffenschmied Erfahrung hatte. Ihm konnte ich das Schmieden der Großschwerter überlassen, die ich später verzaubern wollte.

Das Metall, das vor mir lag, war schon wieder erkaltet. Statt es erneut zu erwärmen, legte ich es weg und trat nach draußen, um mir die Hände und das Gesicht zu waschen. *Vielleicht sollte ich mir eine abgeschiedene Stelle suchen, ehe ich meine neue Idee ausprobiere*, dachte ich. Mit einem Handtuch, das ich herausgebracht hatte, trocknete ich mir die Hände und das Gesicht ab. In diesem Augenblick spürte ich einen durchdringenden Blick im Rücken. Mit dem Magierblick konnte ich leicht den Mann ausfindig machen, der mich beobachtete. Er stand an einem Fenster des Bergfrieds.

Da ich ein Adliger und der einzige bekannte Magier war, zog ich natürlich viele Blicke auf mich, doch irgendetwas an diesem Mann erregte meine Aufmerksamkeit. Ich betrachtete ihn genau, ohne aufzublicken und ohne ihn merken zu lassen, dass ich jetzt auch ihn im Auge behielt. So konnte ich bestimmen, dass er recht unauffällig war, mittelgroß und von mittlerem Alter, zwar noch nicht alt, aber auch ganz sicher nicht mehr jung. Sein Haar wurde schütter, ohne meine natürlichen Augen konnte ich die Haarfarbe jedoch nicht erkennen.

Dann wurde mir bewusst, was meine Aufmerksamkeit erregt hatte. Um seinen Körper strömte eine feine Aura der Macht, die meinem eigenen Schild vielleicht ähnlich, aber doch viel feiner war. Mein Schild war hell und schimmerte, wenn ich ihn mit dem Magierblick betrachtete. Seine Aura war trüb und schattig, fast nicht zu bemerken. Er behielt seine Kraft dicht über der Haut, und die Hülle war so fein gewoben, dass ich kaum verstehen konnte, wozu sie dienen mochte. Offensichtlich war dies aber kein Schutzschild.

Endlich gewann meine Neugierde die Oberhand, und ich drehte mich um. Sofort fand mein Blick das Fenster, an dem er stand, doch war dort niemand. Dies stand in krassem Gegensatz zu meinem Magierblick, mit dem ich ihn immer noch an der Stelle stehen und auf mich herabblicken sah. Ich blinzelte und versuchte, den Menschen zu erkennen, der dort sein musste. Da spürte ich, auch wenn ich es nicht sah, wie der Fremde überrascht die Augenbrauen hochzog, als staune er darüber, dass ich ihn bemerkt hatte.

Ich ging zu der Tür, die nach drinnen führte. »He, warte! Ich muss mit dir reden!«, rief ich nach oben. Ich war nicht ganz sicher, warum ich dachte, der Mann werde auf mich hören, aber schaden konnte es nicht. Jedenfalls hatte ich keine große Lust, ihm hinterherzujagen. Ob er sichtbar war oder nicht, ich war sicher, dass er mir nicht mehr entkommen konnte, nachdem ich ihn erst einmal bemerkt hatte.

Dies erwies sich allerdings als eine überhebliche Annahme. Während ich über den Hof rannte, verblasste er. Mein letzter Eindruck war, dass er die Augen schloss und danach einfach nicht mehr da war. Ich blieb wie angewurzelt stehen. *Das ist nicht möglich, oder doch?*, staunte ich und öffnete meinen Geist so weit, wie es nur möglich war, um die ganze Umgebung sorgfältig abzusuchen. Dabei achtete ich besonders darauf, dass es keine leeren Stellen gab, die auf die Anwesenheit von Shiggreth hindeuteten. Ich fand nichts.

Soweit ich es sagen konnte, war der Fremde ganz einfach verschwunden. Im Laufe einiger weniger Sekunden war er von »unsichtbar für normale Menschen« zu »vielleicht habe ich es mir nur eingebildet« gewechselt. Trotzdem hatte ich inzwischen genug Vertrauen in meine Sinne gefasst, um keinerlei Zweifel zu hegen. Er war ohne Zweifel da gewesen, und das eröffnete mir einige unerfreuliche Möglichkeiten. »Er war da, aber nicht sichtbar … nicht für die normalen Augen«, überlegte ich laut. »Sobald er bemerkte, dass ich auf ihn aufmerksam wurde, zog er sich entweder blitzschnell zurück oder fand einen Weg, sich nicht nur vor dem gewöhnlichen Auge, sondern auch vor dem Magierblick zu verbergen.«

Ich glaubte nicht, dass er teleportiert war. Dabei hätte ich doch etwas gespürt. Und ich bezweifelte, dass er mitten in einem Korridor meiner eigenen Burg einen Kreis angelegt hatte. Dennoch entschloss ich mich, die Sache sofort zu überprüfen, und ging weiter nach drinnen, um die Stelle zu untersuchen, an der ich ihn entdeckt hatte.

Eine Minute später stand ich genau dort, wo er gewesen war. Es gab keinen Kreis. Ich suchte den Korridor und die Räume in der Nähe ab, konnte aber auch dort nichts finden. Dennoch war er verschwunden. Nachdem ich in der letzten Zeit Illusionen studiert hatte, war mir durchaus bewusst, wie leicht man mithilfe der Magie das Auge täuschen konnte. Doch ich kannte keinen Weg, jemanden – auch für einen scharfen Blick – völlig unauffindbar zu machen. Davon abgesehen konnte ich mir einfach nicht vorstellen, wie er sich vor meinem Magierblick zu verbergen vermochte. Selbst die Shiggreth hinterließen eine leere Stelle, die ich spüren konnte, wenn ich mich konzentrierte.

Also ist er immer noch da, oder? Bei diesem Gedanken juckte die Stelle zwischen meinen Schulterblättern. Ich überprüfte noch einmal meinen Schild und marschierte rasch zum Übungshof. Sobald ich meinen kräftigen Freund bemerkt hatte, rief ich: »Dorian!« Überrascht schaute er auf und gab seinen Männern einige Anweisungen, ehe er zu mir kam.

»Du scheinst besorgt.« Mein Freund hatte einen Hang zur Untertreibung.

»In der Burg gibt es einen Eindringling«, sagte ich ohne Umschweife.

»Was?«

Ich berichtete ihm, was geschehen war. Es dauerte länger als erwartet. Dorian hatte unzählige Fragen, und meine Schilderung war alles andere als klar, da er von der Magie nicht die geringste Ahnung hatte. Endlich fasste er die Geschichte für mich zusammen: »Du weißt also nicht, ob immer noch jemand da ist oder ob er doch schon fort ist, und es kann auch sein, dass du es dir nur eingebildet hast, weil du ihn gar nicht mit den Augen wahrgenommen hast.«

»Das trifft es recht gut, nur dass ich es mir nicht eingebildet habe. Hier war jemand, und er hat eine Art von Magie verwendet«, erwiderte ich. »Was sollen wir deiner Ansicht nach tun?«

Dorians Miene sprach Bände. Er riss den Mund und die Augen weit auf. »Ein feindlicher Magier läuft in der Burg herum, und du fragst mich, was wir tun sollen? Wenn du ihn nicht finden kannst, dann habe ich bestimmt keine Ahnung, wie …« Er riss die Augen noch weiter auf. »Geh zu Penny! Bleib bei ihr, bis ich dich aufsuche.«

»Was?«, antwortete ich verwirrt. »Warum Penny?«

»Sorge du einfach dafür, dass ihr nichts passiert! Ich kümmere mich um den Rest!«, rief Dorian zurück. Schon eilte er zum Übungshof zurück, und noch ehe ich die Treppe erreicht hatte, brüllte er Anweisungen für die Bewaffneten, die dort trainierten. Ich rannte in die entgegengesetzte Richtung und verfluchte mich selbst, weil ich nicht an Penny gedacht hatte. Das war ein Zeichen meiner zunehmenden Eitelkeit. Ich war überzeugt gewesen, der Eindringling hätte es nur auf mich abgesehen. Unterwegs suchte ich sie mit meinem Magiersinn und fand sie auch sogleich. In meinen Gedanken war sie nie weit entfernt, deshalb konnte ich sie leicht entdecken.

Drinnen nahm ich immer zwei Stufen auf einmal und erreichte rasch das Stockwerk, in dem wir wohnten. Ich rief ihren Namen. Sie war im Kinderzimmer und vermutlich schon wieder mit dem Dekorieren beschäftigt. Ein Nest bauen, wie sie es nannte. Soweit ich es sagen konnte, war sie allein. Der einzige andere Mensch in der Nähe war eine Magd, die am anderen Ende des Korridors die Zimmer reinigte. Als ich vorbeirannte, steckte sie neugierig den Kopf zur Tür heraus. Ihre Fragen ließ ich unbeantwortet.

Ohne abzubremsen, stürmte ich in unsere Gemächer und hätte beinahe Penny umgeworfen, die gerade in die andere Richtung lief. »Was, zum Teufel …?«, schrie sie. In der Hand hielt sie ein Schwert, das noch in der Scheide steckte.

»Verdammt, du hättest mich fast aufgespießt!«, beklagte ich mich. Dabei übersah ich die Tatsache, dass mich mein Schild höchstwahrscheinlich geschützt hätte. *Andererseits habe ich ihre Klinge verzaubert. Gut möglich, dass sie meinen Schild durchschlagen hätte.* Ich musste an meinen Kampf gegen Devon Tremont denken.

Penny zog eine Augenbraue hoch. »Deshalb nehme ich es erst aus der Scheide, wenn ich ganz sicher bin, etwas vor mir zu haben, das zu zerschneiden sich lohnt«, erwiderte sie schnippisch und fuchtelte vor meiner Nase damit herum.

Innerlich lächelte ich. *Mein Mädchen ist ziemlich schlagfertig, und dafür liebe ich sie,* dachte ich, nahm ihre Hand und baute mit einem Wort und einem Gedanken einen Schild um uns herum auf. Nachdem ich die Treppe heraufgestürmt war, ging mein Atem immer noch schwer.

»Willst du mir nicht verraten, was los ist?«, fragte sie.

Ich holte tief Luft. »Ich habe jemanden in der Burg entdeckt, der mich beobachtet hat. Dorian meinte, ich sollte zuerst nach dir sehen.« Ich keuchte immer noch und musste mir eingestehen, dass dies nicht eben die vollständigste Antwort war, die ich je gegeben hatte.

»Demnach willst du mich vor deinem heimlichen Bewunderer beschützen?«, fragte sie.

Ich musste lachen, was es mir schwerer machte, wieder zu Atem zu kommen, aber inzwischen hatte ich mich schon einigermaßen erholt. »Vielleicht.« Ich grinste. »Der Eindringling hat irgendeine Art von Magie benutzt und konnte sich vor mir verbergen. Ich glaube, Dorian hielt dich für ein wichtiges Ziel und dachte, ich sollte mich zuerst um dich kümmern.«

Penny tätschelte die sanfte Schwellung ihres Bauchs. »Ich bin bestimmt ein wichtiges Ziel und dazu auch noch jeden Tag leichter zu treffen.«

Ich hätte mir ja denken können, dass sie dieses Thema ansprechen würde. Frauen versäumten anscheinend niemals eine Gelegenheit, die Aufmerksamkeit auf ihren runden Bauch zu lenken, obwohl sie sich sonst über jede Gewichtszunahme ausgiebig beklagten. »So dick bist du doch noch gar nicht.« Auch das war nichts als eine Halbwahrheit, die jedoch unter meine Pflichten als Ehemann fiel. »Du erwähnst da aber etwas Wichtiges. Solltest du in deinem Zustand wirklich Stahl in die Hand nehmen und gegen unbekannte Feinde kämpfen?«

»Soll ich mich lieber hinlegen und warten, bis mich jemand angreift?«

Na gut, ich musste zugeben, dass es von dieser Warte aus betrachtet nachvollziehbar war. »Ich hab's verstanden«, lenkte ich ein.

»Wirklich? Ich hab da so ein komisches Gefühl im Bauch«, erwiderte sie.

Ich stöhnte. »Wie lange willst du noch darauf herumreiten? Das ist nicht witzig.«

»Schön. Aber wenn du den Spielverderber gibst, wird sich deine Prinzessin auf keine Abenteuer mit dir mehr einlassen«, neckte sie mich.

Offensichtlich war Penny in einer eigentümlichen Stimmung – wie schon so oft seit Beginn ihrer Schwangerschaft. Ich starrte sie an und fragte mich, ob sie noch bei Trost war. »Du bist keine Prinzessin, und selbst wenn ich ein Abenteuer bestehen wollte, würde ich dich nicht mitnehmen, denn schließlich bist du schwanger.«

Sie sah mich angespannt an, und es dauerte einen Moment, bis mir bewusst wurde, wie still sie geworden war. Sie hatte die Augen weit aufgerissen und war den Tränen nahe. Es lief mir kalt über den Rücken, weil ihre Stimmung so schnell umgeschlagen war. »Bin ich wirklich schon so … dick?«, fragte sie. Ihre Unterlippe bebte.

Oh, verdammt noch mal!, dachte ich. »Nein, nein, das meinte ich doch nicht!« Glücklicherweise traf in diesem Augenblick ein Wächter ein und klopfte an. Erfreut über die Ablenkung öffnete ich rasch.

»Mylord«, meldete er sich. »Wo soll ich meinen Posten beziehen?«

Ich wusste im ersten Augenblick nicht, worum es ging, dann erkannte ich aber, dass offenbar Dorian ihn geschickt hatte, um unsere Gemächer zu bewachen. Nach kurzem Überlegen fiel mir sogar sein Name ein. »Barnabas, richtig?« Ich schnippte mit den Fingern.

»Ja, Euer Lordschaft«, antwortete er zögernd.

»Komm herein. Du kannst dich direkt hier an der Tür aufstellen.« Normalerweise hätte ich ihn draußen auf dem Gang postiert, doch wenn der Eindringling Magie benutzte, war der Wächter ein leichtes Ziel. Außerdem konnte er, wenn er drinnen war, gleich dazu beitragen, Pennys Gemütsverfassung zu stabilisieren.

Danach gingen wir in den Vorraum unseres Schlafzimmers und setzten uns. Wir hielten Händchen, während ich meinen Magiersinn schweifen ließ und versuchte, die Bewegungen unserer Wächter in der Burg zu verfolgen. Anscheinend hatte Dorian eine Durchsuchung aller Räume angeordnet.

»Glaubst du, der Eindringling war ebenfalls ein Magier?«, fragte Penny nach einer Weile.

»Eigentlich dürfte es keine anderen Magier geben«, antwortete ich, obwohl es ohne Zweifel welche gab. Der verstorbene Devon Tremont war ein schlagendes Beispiel dafür gewesen. »Wir haben allerdings gesehen, dass diese Annahme nicht unbedingt zutrifft. Andererseits könnte es sich auch um einen Heiligen gehandelt haben.«

»Und wenn er einer war?«

»Dann ist er uns nicht freundlich gesinnt. Die Nachtgötter sind ganz gewiss unsere Feinde, und anscheinend wollen mich jetzt auch die Lichtgötter töten.« Wieder klopfte es an der Tür. »Du kannst sie hereinlassen«, wies ich den Wächter an. »Das werden nur meine Mutter und ein paar weitere Bewaffnete sein.«

Barnabas öffnete und ließ fünf Wächter, die meine Mutter eskortierten, ins Zimmer. Sie war nicht erfreut, dass man sie unversehens aus ihrem Haus geholt und gezwungen hatte, Hals über Kopf zur Burg zu marschieren. »Was ist denn hier los, Mordecai?«, fragte sie mich.

»Ich habe einen Eindringling in der Burg entdeckt, der jedoch geflohen ist. Dorian hat die Wächter geschickt, um dich zu beschützen. Anscheinend dachte er, du seist hier bei uns gut aufgehoben.« In diesem Punkt war ich ganz seiner Meinung, und ich wusste auch die Tatsache zu schätzen, dass er nicht weniger als fünf Wächter gesandt hatte, um Miriam sicher zu eskortieren. »Trägst du noch die Halskette, die ich dir geschenkt habe?«, fragte ich.

»Die habe ich niemals abgenommen«, erwiderte sie empört. Vielleicht sollte ich an dieser Stelle noch erwähnen, dass ich adoptiert war und als Einzelkind meiner Mutter immer sehr nahegestanden hatte.

Ich ignorierte ihre gereizte Stimmung und erklärte ihr die Situation. Dorian und Rose gesellten sich zu uns, als ich geendet hatte. Mir fiel auf, dass er sie persönlich begleitet hatte. »Wir haben niemanden gefunden«, berichtete er.

Damit hatte ich auch nicht gerechnet, und doch setzte es

mir zu. *Wer es auch gewesen sein mag, er kann sich erheblich besser tarnen als ich*, dachte ich. Das war kein beruhigender Gedanke. Bisher hatte ich die Heiligen immer als eher ungeschickte Menschen kennengelernt, sofern es nicht darum ging, Kranke zu heilen. Ihre Götter hatten kein großes Interesse daran, sie üben zu lassen, bis sie mithilfe der geborgten Kräfte etwas Sinnvolles tun konnten. »Damit habe ich gerechnet, aber ich bin dir trotzdem dankbar, dass du gründlich gesucht hast«, erwiderte ich. »Glaubst du wirklich, Penny oder meine Mutter könnten in Gefahr sein?«

»Ich hielt es für viel zu gefährlich, irgendetwas anderes anzunehmen«, entgegnete er.

Das fand ich bemerkenswert, zumal ich nicht daran gewöhnt war, dass Dorian schneller als ich zu Schlussfolgerungen gelangte. Ich sprach meine Zweifel offen aus. »Es gelingt mir nicht ganz, deine Beweggründe nachzuvollziehen.«

Dorian bedachte mich mit einem Blick, der mir zu sagen schien, ich sei wohl schwachsinnig zur Welt gekommen. Dann erklärte er es mir. »Mort, du darfst nicht vergessen, dass die Thornbears die Lancasters schon seit mehreren Generationen nicht nur auf der Burg Lancaster beschützen. Ich habe da eine Menge von meinem Vater gelernt. Was wäre denn die einfachste Art, dich zu treffen?«

Da begriff ich, in welche Richtung sich seine Gedanken bewegten, auch wenn ich nicht zustimmen konnte. »Das mag vielleicht der Wahrheit entsprechen, aber jeder, der meine Angehörigen verletzt, müsste doch mit meiner unerbittlichen Rache rechnen.«

Dorian schnaubte. »Ich glaube nicht, dass die Nachtgötter deine Rache fürchten, aber darum geht es jetzt auch gar nicht. Wer dich kontrollieren will, denkt zwangsläufig darüber nach, deine Angehörigen zu entführen.«

Seine Worte trafen mich wie ein Blitzschlag. Sofort wurde mir klar, wie dumm ich mich verhalten hatte. Rose klopfte mir auf die Schulter. »Das liebe ich so an Dorian. Er ist oft viel klüger, als man es ihm auf den ersten Blick zugestehen mag.«

Beinahe tat er mir leid. Gerade hatte er die Situation noch gelassen beherrscht, jetzt aber lief er peinlich berührt puterrot an. Mit den Lippen formte er ein »O«, als er Rose anstarrte. Schließlich wandte er sich kopfschüttelnd wieder an mich. »Wie auch immer, ich glaube, deine Mutter sollte ein benachbartes Zimmer beziehen, und wir täten gut daran, an beiden Türen und der Treppe, die hierherführt, zusätzliche Wachen aufzustellen.«

»Nützt das überhaupt etwas, wenn sich der Eindringling bewegen kann, ohne entdeckt zu werden?«, fragte ich. Meiner Ansicht nach waren Wächter nicht sehr hilfreich, sobald die Magie ins Spiel kam.

»Er könnte zwar hereinschleichen, aber hier draußen kann er wenigstens niemanden ohne Handgemenge ausschalten. Wenn du in der Nähe bist, wäre dies das Dümmste, was er überhaupt tun kann.« Dorians Gesicht nahm allmählich wieder die übliche Färbung an.

Sein Vertrauen in meine Fähigkeiten schmeichelte mir sehr, und ich musste zugeben, dass es ein gutes Argument war. »Also schön, einverstanden. Was sollten wir deiner Meinung nach sonst noch tun?«

Meine Mutter hatte etwas beizusteuern. »Nun wartet mal einen Augenblick!«, unterbrach sie. »Wollt ihr mir sagen, ich müsste in die Burg umziehen?« Natürlich war sie nicht glücklich darüber, das kleine Haus verlassen zu müssen, das sie zusammen mit meinem Vater bewohnt hatte. Dorian und ich wechselten hilflose Blicke. Keiner von uns wollte derjenige sein, der sie überredete.

Glücklicherweise schaltete sich hier Rose ein. »Miriam, es tut mir leid, aber ich fürchte, Dorian hat recht. Willst du denn, dass dich jemand als Werkzeug benutzt, um deinen Sohn zu etwas zu zwingen?« Ich wollte ihr beipflichten, doch Pennys warnender Blick hieß mich schweigen.

»Nein, natürlich nicht«, entgegnete meine Mutter nach kurzer Überlegung. »Ich glaube nur, es wäre nicht gut, wenn ich so aufdringlich bin. Sie sind erst ein paar Monate verheiratet, und jetzt muss sich Penelope damit abfinden, dass ihre Schwiegermutter ihr zur Last fällt.«

Nun ergriff Penny das Wort. »Nein, Miriam, das ist doch überhaupt kein Problem. Ich fände es schön, wenn du in unserer Nähe bist.«

Ich beobachtete die beiden genau. Auf die Idee, dass dies der Grund für die Weigerung meiner Mutter war, ihr Haus zu verlassen, wäre ich nie gekommen. Da der Schleier von meinen Augen genommen war, beobachtete ich nun auch Penny. Vielleicht hatte sie wirklich Schwierigkeiten damit, auch wenn sie es jetzt bestritt. Je mehr ich über die Welt der Frauen lernte, desto weniger verstand ich.

Am Ende willigte meine Mutter ein, in die benachbarten Räume zu ziehen, und schwor dabei hoch und heilig, wir würden ihre Anwesenheit gar nicht bemerken. Die ganze Sache war mit einigen Umarmungen und sogar mit ein paar Tränen verbunden, während die drei Damen einander versicherten, wie innig sie sich liebten. Unterdessen hatte ich mich mit Dorian leise über die Einzelheiten unserer Vorkehrungen abgestimmt, die sich vor allem darum drehten, dass die Wächter meine Frau und meine Mutter keine Sekunde aus den Augen ließen.

Einen gangbaren Weg, einen Heiligen aufzuhalten, der sich so gut verbergen konnte, erkannte ich nicht. Deshalb kümmerten wir uns um die zweitbeste Lösung und sorgten dafür, dass es so gut wie unmöglich war, die Frauen zu entführen.

Später an diesem Abend lag ich im Bett, hörte Penny beim Schnarchen zu und staunte über die Wendungen, die mein Leben nahm. Vor ein oder zwei Jahren hätte ich nie geglaubt, dass mich die Macht so verletzlich machen konnte. Ich beschloss, in der Bibliothek meines Vaters nach Anleitungen zu suchen, wie ich meine Angehörigen besser beschützen konnte. Eine Art Wachspruch, der mich auch im Schlaf alarmierte, sobald jemand eindrang, wäre nützlich gewesen. Im Moment konnte ich allerdings kaum schlafen. Die Angst vor dem Verfolger war anscheinend zu meiner neuen Bettgefährtin geworden.

12

Das weiche Betttuch lag auf Cyhans nackter Haut. Der große Mann hatte sich trotz der kühlen Nacht nur mit einem dünnen Laken zugedeckt. Sein Körper brachte weit mehr Hitze hervor, als er benötigte.

Wenn er nach oben blickte, freute er sich, wieder daheim zu sein, sofern man sein Zimmer im Palast tatsächlich als eine Heimat bezeichnen konnte. Eigentlich war es kaum mehr als eine vorübergehende Unterkunft. Trotzdem, zwei Monate im Kerker hatten eine große Sehnsucht nach einem ordentlichen Bett mit frischer Wäsche in ihm geweckt. Nicht, dass er so etwas jemals zugegeben hätte, wenn jemand anders in Hörweite war.

»Ich werde alt«, dachte er laut nach. Die Zelle in Lancaster war gar nicht so schlecht gewesen, wenn man sie mit anderen Gefängnissen verglich. Der gute Herzog hatte zwar dafür gesorgt, dass er genügend zu essen und täglich frisches Wasser bekam. Aber besonders gemütlich war es deshalb noch lange nicht gewesen.

Obwohl er in seinen gewohnten Unterschlupf zurückgekehrt war, fand er keinen Frieden. Mordecais Worte ließen ihm keine Ruhe. Cyhan war immer stolz darauf gewesen, seinem Herrn treu zu dienen. Er hatte eine Generation von Anath'Meridum ausgebildet, als man noch annehmen konnte, dass man sie brauchte, und dem König weiter gedient, als diese Aufpasser überflüssig geworden waren. Auch war er stolz darauf, keinerlei Zweifel mehr empfunden zu haben, nachdem er den Treueschwur geleistet hatte. Sein Leben hatte auf Prinzipien und unbedingter Loyalität beruht.

Klugheit und Gewandtheit mussten freilich einem höheren

Zweck dienen. Es nützte nicht viel, wenn man eine Entscheidung immer und immer wieder infrage stellte, nachdem sie einmal gefallen war. Doch je älter er wurde, desto schwerer fiel es ihm, an diesen starren Prinzipien festzuhalten. Das Leben schien ziemlich entschlossen, ihm die Grautöne ins Fell zu gerben.

Weiches Mondlicht strömte von dem Balkon, auf dem man den königlichen Garten überblicken konnte, ins Zimmer. Ein leises Flackern, und er öffnete langsam die Augen. Hatte gerade etwas vorübergehend das Licht blockiert? Er blieb still liegen und konzentrierte sich auf das Gehör. Wenn ein Eindringling im Zimmer war, wusste seine Hand bereits, wo die Klinge wartete. Noch war es nicht nötig, nach ihr zu greifen.

Ein Hauch von Sandelholz wehte ihm in die Nase, worauf er im Zwielicht lächeln musste. Dann presste jemand die scharfe kühle Schneide eines Dolchs an seinen Hals, und schließlich beugte sich ein Schatten über ihn. »Bist du verweichlicht, *zaihar*?«, ließ sich eine leise und doch temperamentvolle Stimme vernehmen.

»Wärst du gekommen, um mich zu töten, so hättest du kein Parfüm aufgelegt«, gab er zurück, ohne sich zu bewegen.

»Wenn ich dich töte, wird es geschehen, während der Jasmin blüht und deine Nase von dem Duft erfüllt ist.« Sie beugte sich vor, bis er im schwachen Licht ihr Gesicht erkennen konnte.

Die Haare fielen herab, als sie den Kopf neigte, und der Geruch von Sandelholz verstärkte sich noch. Langsam strich ihr Cyhan über den Schenkel und verfolgte die Kurven mit der Hand. Das Messer drückte fester gegen seine Kehle, die scharfe Klinge warnte ihn. »Vorsicht, *zaihar*, dein Leben liegt in meiner Hand.« Ihr Gesicht war nur noch ein paar Fingerbreit von seinem entfernt.

»Dieses Risiko gehe ich ein«, entgegnete er, während seine Hand im Dunklen die empfindlicheren Regionen ihres Körpers erkundete. Gleich darauf keuchte die Frau, und der Druck der Klinge ließ einen Augenblick lang nach. Blitzschnell entriss er ihr den Dolch und warf ihn durch den Raum. Darauf entbrannte ein kurzer Ringkampf, der ihm ein paar Prellungen und einen Kratzer einbrachte. Bis auf ein dünnes Nachthemd war seine Gegnerin nackt.

Die Frau war viel stärker, als man meinen konnte, und obendrein eine geschickte Ringerin, für ihn aber trotzdem keine ebenbürtige Gegnerin. Schließlich war er beinahe doppelt so schwer wie sie. Er nahm sie in einen Würgegriff und presste sie auf die Matratze. Mit der zweiten Hand forschte er weiter, obwohl sie knurrte: »Bist du in meiner Abwesenheit verweichlicht, Ruth?«

Darauf biss sie ihn, was jedoch eher zärtlich war. »Lass mich los, und ich zeige dir, wie weich ich bin«, neckte sie ihn.

Er tat es, und obwohl er sofort reagierte, konnte sie ihm eine kräftige Ohrfeige versetzen. Er hatte vergessen, wie schnell sie war. Den Schlag ließ er ungesühnt und zog sie kräftig an sich, um sie zu küssen. Mehrere Minuten vergingen, bis sie wieder das Wort ergriff. »Ich dachte, du kommst nicht mehr zurück«, sagte sie.

»Beinahe wäre ich auch nicht gekommen«, gestand er. »Was hättest du dann getan?«

Sie hatte ihn längst mit den Beinen umschlungen und drückte ihn nieder, beugte sich vor und flüsterte ihm ins Ohr: »Ich hätte in diesem Königreich von einem Ende bis zum anderen eine Spur von Blut und toten Männern hinterlassen, um deinen Mörder zu finden.«

»Und wenn ich gar nicht tot gewesen wäre?« Er hielt sie an den Hüften fest. Das Nachthemd war bereits während ihres Kampfes zerfetzt worden.

»Dann hätte ich dich eigenhändig getötet.« Sie knabberte an seinem Ohr.

Er lächelte, antwortete aber nicht, weil er den Moment nicht zerstören wollte. Eine lange Zeit verging, bis sie die Unterhaltung wieder aufnahmen, denn sie hatten Dringenderes zu tun.

Schließlich beruhigten sie sich wieder und lagen eng umschlungen auf Cyhans zerwühltem Bett. »Ich dachte schon, du bist mir böse«, sagte er und bezog sich damit auf die Tatsache, dass er schon zwei Wochen in der Hauptstadt verbracht hatte, ehe Ruth sich entschieden hatte, ihn zu besuchen.

Sie schnaubte. »Das war ich auch, aber du bist anscheinend viel zu vernagelt gewesen, um die Botschaft richtig zu verstehen.«

Er grunzte nur und äußerte sich nicht weiter dazu.

»Außerdem gehe ich bald weg«, fuhr sie fort. »Das wollte ich aber nicht tun, ohne mich zu verabschieden.«

Er stemmte sich auf einem Ellenbogen hoch, um sie besser ansehen zu können. »Hat es damit zu tun, dass man dich neulich ohnmächtig im Garten gefunden hat?«

Sie schnitt eine Grimasse. Das war ihr peinlichstes Versagen gewesen, seit sie vor mehr als zehn Jahren in den Dienst des Königs getreten war. »Vermutlich hätte er mir diesen Auftrag sowieso erteilt, und dieses Ereignis hat ihn gewiss nicht davon abgebracht.«

Cyhan fragte nicht, worum es bei ihrem Auftrag ging. Sie hätte es ihm ohnehin nicht verraten.

»Ich brauche mehr Einzelheiten«, verlangte sie stattdessen.

Er holte tief Luft. Irgendwie hatte er schon angenommen, dass es darauf hinauslaufen werde. In der Brust spürte er eine unbehagliche Regung, schob das Gefühl jedoch beiseite. »Wann brichst du auf?«, fragte er, obwohl er die Antwort bereits kannte. Wenn sie am nächsten Morgen abreiste, erreichte sie die Burg Cameron einen Tag vor der öffentlichen Zeremonie mit Mordecai in der Hauptstadt. Sie wäre also dort, während der neue Lord Cameron nicht auf der Burg weilte.

»Das kann ich nicht beantworten«, entgegnete sie. »Ich muss wissen, wie sie ist.«

»Du meinst natürlich meine letzte Schülerin«, erwiderte er direkt.

Sie nickte. »Ihrem Ehemann bin ich schon begegnet.«

»Nach dem ersten Anschein darfst du ihn nicht beurteilen. Es ist, als steckten zwei verschiedene Menschen in ihm. Hart gibt er sich, wenn er unter Druck steht, aber naiv wirkt er, wenn er es sich leisten kann.«

»Er schien recht befähigt zu sein, aber jetzt muss ich etwas über seine Frau erfahren«, drängte sie.

Weil er nicht dort sein wird, dachte Cyhan bei sich. »Sie ist kein Schwächling. Ich habe sie gut ausgebildet, aber sie ist jung und unerfahren. Sie besitzt Kampfgeist, stellt ohne die Bindung aber keine Gegnerin für dich dar.«

»Den Berichten nach ist sie schwanger«, erklärte Ruth.

»Wahrscheinlich trifft das zu«, bestätigte er. »Nach der Schlacht habe ich sie nicht mehr gesehen, und sobald ich eingesperrt war, hielten sie mich nicht mehr auf dem Laufenden.«

»Das macht die Sache vielleicht schwieriger.« Sie starrte ihn an.

»Warum?«, wollte Cyhan wissen.

»Frauen kämpfen härter, wenn ihr Nachwuchs in Gefahr ist«, erklärte sie. »Mich wundert, dass du das vergessen hast. Was denkst du denn, warum Elena die Bindung gebrochen hat?«

»Hast du schon daran gedacht, eines Tages selbst Kinder zu haben?« Er begriff nicht, warum er ihr diese Frage stellte.

In der Dunkelheit riss Ruth die Augen weit auf. »Ist das deine Art, mir einen Antrag zu machen?«

Er biss die Zähne zusammen. »Wie würde deine Antwort lauten, wenn es einer wäre?«

Sie entspannte sich. »Das weiß ich nicht. Vielleicht würde mir die Antwort leichter fallen, wenn du jünger wärst«, zog sie ihn auf.

Schmerzhaft verkrampfte sich seine Hand auf ihrem Arm, bis er sich schließlich wieder entspannte und den Blick abwandte. »Du brauchst eine neue Arbeit«, sagte er endlich.

Ruth lachte, umarmte ihn und legte sich weich auf ihn. Es war eine sinnliche und warme Geste. »Machst du dir Sorgen um mich oder um die Gräfin?«

Er knirschte mit den Zähnen. »Um beide. Sie sind gute Menschen.«

»Sie müssen nichts weiter tun, als Seine Majestät glücklich zu stimmen. Dann wird niemand Tränen vergießen«, erwiderte sie. »Hast du Zweifel, was deinen Schwur angeht?«

Dieser Frage wich er aus. »Ich bin des Blutvergießens müde. Vielleicht sollten wir in den Ruhestand gehen.«

Er konnte ihr Gesicht nicht sehen und bemerkte nicht den bekümmerten Ausdruck. Als sie wieder sprach, ließ sie sich nichts anmerken. »Menschen wie wir gehen doch nicht in den Ruhestand, *zaihar*. Wir sterben so, wie wir gelebt haben.«

»Hör auf, mich so zu nennen. Ich bin nicht mehr dein Lehrer.«

»Du meine Güte, bist du aber giftig heute Nacht! Dabei dachte ich, du sorgst dich um mich«, entgegnete sie.

»Falls du im Laufe deiner Mission irgendwann Mordecai begegnen solltest … kämpfe nicht gegen ihn«, antwortete er, ohne auf ihre Bemerkung einzugehen.

»Hast du so wenig Vertrauen zu mir?«

Cyhan runzelte die Stirn. »Er ist zu gefährlich, und dies ganz besonders, wenn er glaubt, seine Familie sei in Gefahr. Falls ihm überhaupt jemand eine Klinge zwischen die Rippen stößt, dann sollte ich es sein. Wenigstens das bin ich ihm schuldig.«

Ruth küsste ihn auf das Kinn und das Ohr. »So melancholisch oder poetisch habe ich dich noch nie erlebt. Du hast sie wirklich ins Herz geschlossen, was?«

Leicht schüttelte er den Kopf. »Nein. Ich habe in der letzten Zeit lediglich über verschiedene Dinge nachgedacht.«

»Grüble nicht so angestrengt.« Sie strich mit den Fingern zart über seinen Bauch. »Nein, das nehme ich zurück«, hauchte sie ihm heiser ins Ohr. »Streng dich so sehr an, wie du nur kannst.«

»Solltest du dich nicht vor dem morgigen Tag ausruhen?«, fragte Cyhan.

Ruth lachte. »Ausruhen kann ich mich noch, wenn ich tot bin.« Sie hielt ihn fest und fuhr mit den Fingern über seine Brust, bis sie den eisernen Anhänger fand. Es war das verzauberte Schmuckstück, das Mordecai ihm gegeben hatte, um seinen Geist zu schützen. »Was ist das?«, fragte sie.

»Etwas, das du brauchen wirst.« Er löste den Knoten im Nacken. »Es verhindert, dass Magie oder sonst etwas dein Bewusstsein beeinflusst. Hättest du es neulich getragen, dann hättest du kein Nickerchen im Garten gemacht.« Er drehte sich um und legte ihr den Anhänger an.

»Woher hast du das?«

»Mordecai hat es für mich gemacht«, berichtete er kichernd. »In den nächsten Tagen wirst du es viel eher brauchen als ich.«

Ungläubig starrte sie ihn an. »So etwas gibt er einem Mann, der ihn zu töten versucht hat?«

Cyhan schüttelte den Kopf. »Er hat diese Anhänger für alle Einwohner hergestellt, um sie vor den Shiggreth zu schützen. Diesen hier gab er mir vor dem Bruch der Bindung und ehe ich ihn töten wollte.«

»Trotzdem durftest du ihn behalten?«

»Du müsstest ihn besser kennen, um das zu verstehen.« Er blickte jetzt in weite Fernen.

»Er muss ein Dummkopf sein«, meinte sie.

Cyhan kehrte aus den Abgründen seines Geistes zu ihr zurück, küsste sie und drückte sie sanft auf das Kissen. »Vielleicht«, murmelte er leise zu sich selbst. »Aber ich bin mir nicht mehr ganz sicher.«

13

Die Tage vergingen wie im Fluge, was wohl vor allem daran lag, dass ich härter arbeitete als jemals zuvor. Ich wollte unbedingt die zweite Rüstung vollenden, ehe ich in die Hauptstadt aufbrach. Die jüngste Bedrohung und meine Ängste hatten mir wieder einmal deutlich vor Augen geführt, wie dringend ich Hilfe brauchte. Ich konnte nicht überall zugleich sein und jederzeit alle beschützen.

Ein Klopfen an der Tür der Schmiede lenkte mich ab. »Komm herein, Lisette«, sagte ich. Ich hatte die Dienerin bereits erkannt, obwohl sie noch gar nichts gesagt und die Tür noch nicht einmal geöffnet hatte.

Sie steckte den Kopf herein. »Verzeiht mir, Euer Lordschaft, aber Sir Dorian bat mich, Euch zu sagen, dass es Zeit für die Planungssitzung sei.« Aus irgendeinem Grund fiel mein Blick auf das helle Band, mit dem sie sich die Haare zusammengebunden hatte. Gelegentlich ist meine Wahrnehmung sehr scharf. Penny behauptete immer, dabei seien gewöhnlich hübsche Frauen im Spiel, aber das galt nur manchmal.

»Ist das ein neues Haarband, Lisette?«, fragte ich, als ich ihr nach draußen folgte.

Sie errötete. »Ja, Euer Lordschaft. Ich dachte allerdings, dass Ihr solche Kleinigkeiten gar nicht bemerken würdet.«

»Demnach musst du einen Bewunderer haben«, überlegte ich. »Ist es einer der Burschen aus dem Dorf?« Dabei lachte ich beinahe über mich selbst, denn ich redete wie ein alter Mann, obwohl ich nicht einmal zwanzig Jahre zählte.

Die Rötung vertiefte sich. »Nein, Euer Lordschaft, es ist ein Bewaffneter.« Verlegen senkte sie den Kopf noch tiefer, bis ich die Augen nicht mehr sehen konnte.

»Es gibt keinen Grund, verlegen zu sein, das ist doch ganz natürlich. Magst du ihn denn?« Ich fühlte mich mies, kaum dass ich gefragt hatte. Ich hatte sie so sehr bedrängt, dass sie kaum noch zu sprechen vermochte und nur stumm nickte.

Also versuchte ich, sie zu beruhigen. »Tut mir leid, Lisette, ich hätte nicht so neugierig sein dürfen. Aber wenn er dich schlecht behandelt, dann lass es mich wissen. Ich dulde keine Übergriffe meiner Männer.«

Aus irgendeinem Grund riss sie diese Bemerkung sofort aus ihrer Verlegenheit. »O nein, Euer Lordschaft! Harold würde mich nie schlecht behandeln. Er ist ein wahrer Edelmann, wenn schon nicht der Geburt nach, dann auf jeden Fall in seinem Wesen.« Sobald sie den Satz beendet hatte, wurde ihr klar, dass sie mehr gesagt hatte als beabsichtigt. Wieder verfiel sie in ein ängstliches Schweigen.

Der Name überraschte mich. »Harold Simmons?«

Sie nickte.

»Nach allem, was ich gehört habe, ist er ein guter Mann.« Inzwischen hatten wir die Treppe erreicht, wo sich unsere Wege trennten. Irgendwie hatte ich das Gefühl, die Unterhaltung schrecklich verpfuscht zu haben, zumal sie knickste und durch den Korridor floh. Ich hatte mich immer noch nicht daran gewöhnt, dass mich die Menschen fürchteten.

Gleich darauf betrat ich unser Planungszimmer. Seit einiger Zeit gab es hier sogar einen eigenen Tisch und Stühle, sodass wir nicht mehr die Haupttafel in der großen Halle benutzen mussten. Die meisten Plätze waren bereits besetzt: Dorian, Rose, Penny und Harold Simmons waren zugegen. Dorian hatte vorgeschlagen, Harold an diesem Tag hinzuzuziehen, da er für unsere Pläne in der Zukunft noch wichtig werden würde. Also war es besser, mit seiner Einweisung so früh wie möglich zu beginnen.

»Entschuldigt, dass ich zu spät komme«, sagte ich.

Penny verdrehte die Augen, und Rose schnitt eine kleine

Grimasse, doch Dorian ergriff als Erster das Wort. »Nun, da du jetzt eingetroffen bist, können wir ja beginnen.«

Ich setzte mich. »Ihr wisst alle, warum wir hier sind. Der jüngste Vorfall mit dem Eindringling hat gewisse Fragen aufgeworfen. Wir müssen Vorkehrungen für die Zeit treffen, während ich in der Hauptstadt bin.«

»Die Sicherheit.« Penny sprach es für mich aus.

»Genau«, bestätigte ich. »Dorian, du sagtest, du hättest dir einen Plan überlegt. Kannst du ihn erläutern?«

Dorian stand auf. Irgendwie brachte er es nicht über sich, im Sitzen zu allen im Raum zu sprechen. »Zuerst einmal müssen wir entscheiden, wer in die Hauptstadt reist und wer hierbleibt.«

»Wäre es nicht einfacher, wenn alle mit mir kommen?«, fragte ich.

Dorian funkelte mich an, weil ich ihn so früh unterbrochen hatte. »Vielleicht«, antwortete er. »Aber du bist in der Hauptstadt beschäftigt und abgelenkt. Es besteht auch die Möglichkeit, dass es Intrigen gibt, während du dort bist. Meiner Ansicht nach wäre es einfacher, wenn du dich auf die wichtigen Angelegenheiten konzentrierst und so wenig Menschen wie möglich mitnimmst.«

»Das wären dann vor allem Mort und ich?«, erkundigte sich Penny.

Dorian schüttelte den Kopf. »Nein, Penny, es tut mir leid. Mir wäre lieber, wenn Mort, abgesehen von seiner Ehrenwache, allein reist.«

»Bin ich hier nicht stärker gefährdet, wenn Mort nicht da ist?«, fragte sie.

»Nein«, antwortete er. »Für einen Feind in der Hauptstadt ist es wesentlich schwieriger, in dieser Entfernung hier irgendwelche Pläne umzusetzen.«

So leicht ließ sich meine Frau allerdings nicht von ihren Ideen abbringen. »Was ist mit dem geheimnisvollen Heiligen?«

»Auch dafür habe ich eine Lösung gefunden. An dem Tag, an dem Mort aufbricht, ziehst du mit Miriam und den Wächtern nach Lancaster um«, erklärte er. »Niemand außerhalb dieses Raumes wird erfahren, dass du weggehst, bis es zu spät ist. Wir wissen zwar nicht, was die Feinde vorhaben, aber wir müssen annehmen, dass ein plötzlicher Ortswechsel alle Pläne, die sie haben könnten, erheblich stört, zumal sie nicht wissen, wohin du gegangen bist.«

Ich unterbrach ihn ein weiteres Mal. »Lancaster ist allerdings ein ziemlich naheliegendes Ziel.«

»Das ist es, aber solange sie nicht sicher sind, können sie nichts tun, sofern sie überhaupt in der Lage sind, die Entfernung schnell genug zu überwinden. Falls sie Penny folgen, sind sie immer noch auf unvertrautem Gelände. Sie wissen nicht, in welchen Räumen deine Angehörigen wohnen, wie lange sie bleiben und wo die Wachen stehen.«

Harold schaltete sich ein. »Wer bewacht die Gräfin?« Es klang gleichmütig, obwohl er offensichtlich nervös war, weil er mit seinen Vorgesetzten an einem Tisch saß.

»Das übernehme ich selbst«, erwiderte Dorian. »Du wirst dem Grafen zugeordnet, während er in der Hauptstadt ist.«

»Bei allem Respekt, Sir Dorian, Ihr wärt doch sicher besser dazu geeignet, den Grafen zu beschützen«, widersprach der junge Harold.

Ich kicherte. »Ich glaube, du hast seine Prioritäten missverstanden, Harold. Dorian schickt dich mit mir, weil er glaubt, bei mir sei die Gefahr nicht ganz so groß.«

»Oh.« Der junge Krieger bemühte sich, seine Enttäuschung rasch zu verbergen.

»Nimm es nicht so schwer, Harold«, munterte Dorian ihn auf. »Immerhin führst du die Abteilung an, die unseren berühmten Grafen bewacht. Das ist für einen jungen Mann wie dich eine hohe Auszeichnung.«

Nun ergriff Rose das Wort. »Nach dem, was du bisher gesagt hast, meinst du wohl, ich sollte bei Penny und Miriam bleiben?«

Zum ersten Mal, seit er begonnen hatte, sah Dorian Rose direkt an. Bis zu diesem Punkt hatte er den Blickkontakt mit ihr strikt gemieden, zumal ihn dies regelmäßig derart aus der Fassung brachte, dass er nicht mehr klar sprechen konnte. »Ähm … ja! Genau das meinte ich, und es war sehr klug von dir, dass du … dass du klugerweise …« Es gab eine unbehagliche Pause. Schließlich wandte er den Blick ab und versuchte es noch einmal. »Ja. Entschuldigung, ich habe den Faden verloren.«

Penny, die auf der anderen Seite des Tischs saß, lächelte mich an. Natürlich fand sie all das höchst unterhaltsam. Ich dagegen litt mit meinem Freund, der so sehr in Verlegenheit geraten war. Rose brach das Schweigen: »Normalerweise hätte ich nichts dagegen, aber in diesem Fall muss ich, glaube ich, Mordecai begleiten.«

Dorian hatte sich noch nicht ganz erholt, deshalb stellte ich die naheliegende Frage: »Warum?«

»Ich zähle nicht zu den Hauptzielen, daher droht mir kaum Gefahr, und ich habe in der Stadt einige Angelegenheiten zu regeln. Unter anderem werde ich dir helfen, einen neuen Schmied zu finden«, erklärte sie.

Das hatte ich völlig vergessen, obwohl ich sie erst am Vortag in genau dieser Frage um Rat gebeten hatte. »Welche anderen Dinge hast du dort zu erledigen?«, erkundigte ich mich.

Sie lächelte. »Da du wieder in der Gunst des Königs stehst, scheint es mir, als müsste auch mein Dorian nicht mehr lange ein Gesetzloser bleiben. Ich dachte, ich rede mit meinem Vater über einige persönliche Angelegenheiten.« Die Art und Weise, wie sie »mein Dorian« sagte, verriet jedem Anwesenden überdeutlich, was sie für ihn empfand. Es war das erste Mal, dass sie so offen ihre Gefühle für ihn zeigte.

Dorian schien einem Gehirnschlag nahe zu sein. »Das

klingt gut«, sagte er überraschend verständlich. »Hat sonst noch jemand Einwände oder etwas zu klären?« Er stammelte zwar nicht, aber sein Gesicht war dunkelrot angelaufen.

Ich konnte nicht anders und hob die Hand wie ein Schuljunge. »Ja, ich habe mich gerade gefragt, wann du endlich mit Lord Hightauuu!« Penny hatte mir unter dem Tisch einen deftigen Tritt versetzt. Allerdings hatte ich eher aus Überraschung denn vor Schmerzen aufgeschrien, denn wie üblich hatte ich mich mit einem Schutzschild umgeben.

»Gibt es sonst noch etwas, Euer Lordschaft?«, fragte Penny mit hochgezogener Augenbraue.

Ehe ich antwortete, warf ich ihr einen scharfen Blick zu. »Eigentlich schon, da wäre noch etwas … Harold!«

Der arme Harold fuhr auf, als hätte ich ihm eine Ohrfeige versetzt. »Ja, Euer Lordschaft?«

»Verstehst du, in welcher Position du dich jetzt befindest?«, fragte ich ihn.

Verständnislos sah er mich an. In gewisser Weise erinnerte er mich sehr an Dorian, obwohl es auch große Unterschiede zwischen den beiden gab. »Tut mir leid, Euer Gnaden, ich bin nicht sicher, was Ihr meint«, sagte er endlich.

»Es gibt einen Grund dafür, dass du zu diesem Treffen eingeladen wurdest. Mir fehlen Männer, auf die ich mich unbedingt verlassen kann. Dorian hat mir in der letzten Zeit viel Gutes über dich erzählt, und ich habe mich auch selbst etwas umgehört. Du scheinst ein untadeliger Mann und geschickt mit den Waffen zu sein«, fuhr ich fort.

Bisher hatte ich keine Frage gestellt, weshalb Harold kaum mehr sagen konnte als: »Vielen Dank, Euer Lordschaft.«

»Kurz und gut, ich benötige deine Dienste, und zwar nicht nur in deiner gegenwärtigen Position als Bewaffneter«, erklärte ich ihm. Dann beschrieb ich den neuen Ritterorden, den ich gründen wollte.

Als ich beinahe geendet hatte, sprang Harold auf. »Bitte

um Verzeihung, Sir, aber das kann doch nicht Euer Ernst sein!«

Ich war verblüfft. Da ich seinen Standpunkt nicht verstand, nahm ich an, er wolle der Gründung des Ordens widersprechen. Dorian legte mir eine Hand auf den Arm, ehe ich fortfahren konnte. »Wir meinen es ernst. Ehe du dich selbst ausschließt, solltest du noch einmal darüber nachdenken, wie du dich erst vor Kurzem im Krieg gegen Gododdin geschlagen hast. Lord Cameron hat seine Entscheidung nicht leichtfertig getroffen, und das solltest du berücksichtigen, ehe du seine Beweggründe hinterfragst.« Erst als Dorian gesprochen hatte, dämmerte mir, dass sich Harold gegen seine Zugehörigkeit, aber nicht gegen den Orden selbst ausgesprochen hatte.

»Hast du die Absicht, diese Ernennung abzulehnen?«, fragte ich den jungen Harold ernst und schenkte ihm einen strengen Blick.

Harold sank auf ein Knie, als hätte ihn ein Axthieb getroffen. »Nein, mein Lehnsherr, ich nehme selbstredend jede Aufgabe an, die Ihr mir anvertraut, soweit ich dazu überhaupt befähigt bin.«

Mit hochgezogenen Augenbrauen blickte ich Dorian an. Ich hatte nicht damit gerechnet, dass Harold derart wortgewandt war. »Nun gut, erhebe dich jetzt. Wir werden morgen den Ritterschlag vornehmen, und heute Abend magst du dich zur Nachtwache zurückziehen und dich vorbereiten.«

Er stand auf und ging mit Dorian und Rose hinaus, während ich einen tiefen Blick mit Penny wechselte. Sobald alle draußen waren, fragte ich: »Bist du auch ganz bestimmt mit diesem Plan einverstanden?«

Sie kam näher, ich nahm sie in die Arme. Dann legte sie den Kopf in den Nacken und blickte mich nachdenklich an. »Ich wäre zwar lieber bei dir, sehe aber die Notwendigkeit ein. Lass mich nur nicht zu viele Nächte allein verbringen, sonst bekommst du es mit einer sehr reizbaren schwangeren Frau zu tun, wenn du zurückkehrst.«

Sie lehnte sich an meine Brust, und ich neigte den Kopf, um die Wange auf ihr weiches braunes Haar zu legen. So blieben wir einige Augenblicke stehen, bis wir endlich zur Tür traten. Penny drehte sich noch einmal um und runzelte die Stirn. »In diesem Raum liegt viel zu viel Staub. Ich muss Lisette beauftragen, ihn gründlich zu reinigen.«

Mir taten die Bediensteten auf der Burg fast leid. Da Penny selbst einmal als Dienerin gearbeitet hatte, waren ihre Ansprüche sehr hoch. »Geh nicht so hart mit ihr ins Gericht, meine Liebe. Ich finde es gar nicht so schlimm«, antwortete ich.

»Du bist zu freundlich. Schau doch mal in die Ecken. Der Staub liegt dort so hoch, dass du die Fußabdrücke erkennen kannst.«

Ich musste zugeben, dass sie recht hatte. »Aber schimpf nicht zu sehr mit Lisette. Sie ist eine verliebte junge Frau. Es könnte sein, dass sie ein wenig abgelenkt ist.« Damit führte ich Penny hinaus, und da wir dem Raum den Rücken kehrten, sah ich nicht den Staub, in dem sich etwas regte, und die neuen Fußabdrücke, die sich zeigten, sobald wir uns entfernten.

14

An diesem Abend kehrte ich noch einmal zu meiner Arbeit in der Schmiede zurück. Ich stand kurz davor, die Rüstung, die ich für Harold vorgesehen hatte, zu vollenden. Wenn er in Albamarl mein Leibwächter sein sollte, dann musste er gut aussehen und ordentlich ausgerüstet sein. Außerdem hatte ich den Eindruck, dass es Lisette gefallen würde, ihren jungen Verehrer in seiner neuen Aufmachung zu sehen. Mindestens, bis sie zu riechen begann. Bei diesem Gedanken kicherte ich in mich hinein. Sogar magische Rüstungen neigten dazu, die Nase nach einer Weile zu beleidigen.

Meine günstigste Schätzung ging immer noch davon aus, dass die Rüstung erst nach Harolds Ritterschlag vollendet werden würde. Hoffentlich schaffte ich es aber wenigstens, ehe wir in die Hauptstadt aufbrachen. Er musste es eben verstehen. Es war ohnehin eine Überraschung, denn er hatte keine Ahnung, dass ich die Absicht hatte, alle meine Ritter auf diese Weise auszustatten.

Die Arbeit war unbequem und umständlich. Ein zweites Paar Hände hätte ich wirklich gut gebrauchen können. Ich spielte mit dem Gedanken, die Wächter hereinzurufen, die Dorian draußen postiert hatte, wollte aber meine Geheimnisse zu diesem Zeitpunkt noch niemandem verraten. Dann fiel mir etwas ein. »Moira«, rief ich leise und fragte mich, ob sie gereizt reagierte, wenn ich sie bei einer so geringfügigen Aufgabe um Hilfe bat.

Fließend und anmutig stieg sie aus der gestampften Erde auf dem Boden hervor. »Nein, das erzürnt mich nicht«, beantwortete sie meine unausgesprochene Frage. »Allerdings hätte ich nie gedacht, dass diese Erscheinung, die mein Wissen birgt, eines Tages als Gehilfin eines Schmieds Verwendung finden könnte.«

Sie hielt das heiße Metall mit Händen, die keine Hitze spürten, und sah mir bei der Arbeit zu. Heute bestanden ihre Augen aus zwei Stücken glänzender Schlacke. Sie wirkten ein wenig trüb und grau, ganz ähnlich wie polierter Hämatit. Wir schwiegen eine Weile, während ich mich ganz auf meine Aufgabe konzentrierte und den glühenden Stahl glättete und ausstrich, bis er die richtige Form bekommen hatte. Schließlich hielt ich inne und ließ das Metall abkühlen. Die Pause nutzte ich, um es zu messen. Dieses Stück sollte zu einem Teil der Beinschienen werden, die den Unterschenkel abdeckten. Es musste genau dem Stück entsprechen, das bereits für das andere Bein angefertigt worden war.

In der Zwischenzeit betrachtete Moira den Brustharnisch und den Vorderflug, die ich bereits fertiggestellt hatte. Sie strich mit den Händen über das Metall und untersuchte die Linien der Verzauberungen, die ich bisher schon angebracht hatte. Ich spürte ihr Erstaunen, als sie es sich näher ansah. »Dies muss dir im Vergleich zu den Verzauberungen deiner Zeit recht unbeholfen erscheinen«, bemerkte ich.

Sie hob den Kopf. »Keineswegs. Was du hier getan hast, ist etwas Neues und ganz anders als alles, was zu meinen Lebzeiten entstanden ist. Die komplizierten Verzauberungen sind gewiss kein Kinderspiel. Deine Begabung hätte dir zu meiner Zeit den Ehrentitel eines Magierschmieds eingetragen. Wo hast du das gelernt?«

Ich war nicht sicher, wie ich auf ihr Lob reagieren sollte. »Ich habe nur mit dem gearbeitet, was ich über Schutzsprüche und ähnliche Dinge bereits wusste. Allerdings hätte ich mich einige Male beinahe selbst in die Luft gejagt.« Dabei musste ich an meine ersten Versuche denken, Wärmeenergie zu speichern.

»Selbst damals war die Zahl der Männer, die begabt genug

waren, um so etwas zu erschaffen, verschwindend gering. Allein das hätte dich schon zu etwas Besonderem gemacht, ganz unabhängig von deiner Kraft als Magier oder deinem Potenzial als Erzmagier. Deine Vorfahren wären stolz auf dich gewesen«, erklärte sie.

»Bisher habe ich es nur geschafft, eine Menge unschuldige Menschen zu töten. Ich verstehe nicht, wie das zu deiner Einschätzung passt«, erwiderte ich verbittert. Aus irgendeinem Grund hatte mich ihr Lob wütend gemacht.

»Ich will nicht über den Wert deiner Taten mit dir streiten. Auch deine Vorfahren haben Schuld auf sich geladen«, entgegnete sie. »Die Illeniels waren wegen der vielen Magierschmiede und geschickten Beschwörer berühmt, die sie im Laufe der Zeit hervorgebracht haben. Es ist interessant zu sehen, dass sich diese Eigenschaften auch in dir zeigen, obwohl du keine förmliche Anleitung und Ausbildung genossen hast.«

»Das trifft nicht ganz zu«, erwiderte ich abweisend.

»Warum?«

»Seit ich kräftig genug war, den Blasebalg zu bedienen, hat mich mein Vater sein Handwerk gelehrt. Ich habe ihn mein Leben lang mit Eisen arbeiten sehen, und als ich schließlich alt genug war, zeigte er mir alles, was er wusste.«

»Aber glaubst du wirklich, dies könne das hier erklären?« Lachend deutete sie auf die Rüstung, die hinter ihr auf dem Tisch lag. »Bist du dir überhaupt der Tatsache bewusst, dass du mehr als bloße Magie nutzt, um das Metall zu formen?«

»Ich verzaubere doch nur meine Hände, damit sie stärker sind und die Hitze aushalten. Mehr ist gar nicht daran«, entgegnete ich unwirsch.

»Es steckt noch ganz anderes dahinter«, beharrte sie und nahm das Stück in die Hand, an dem ich gerade gearbeitet hatte. »Glaubst du denn, Metall ließe sich so leicht und anmutig formen, nur weil du deine Hände verstärkt hast? Du sprichst mit dem Material, während du arbeitest. Es geht nicht so tief wie neulich bei dem Stein, aber leise und fein lockst du das Metall, bis es sich unter deinen Fingern richtig formt.«

Verblüfft starrte ich sie an, denn ich erkannte sofort, dass sie die Wahrheit sagte.

Sie legte das Metall weg und deutete auf meinen Stab, der neben der Tür lehnte. »Und was ist das da? Schau dir die Runen an. Ist dir bewusst, dass ihre geometrische Anordnung perfekt sein muss? Wo ist der Meister, der dich dies gelehrt hat?«

Darauf hatte ich eine Antwort. »Die Lehrer des Herzogs haben mich die Mathematik gelehrt. Sie war schon immer eines meiner liebsten Fächer.«

»Und daher weißt du also, wie man eine Rune schaffen muss, um die Kraft richtig zu kanalisieren? Stimmt dich das nicht nachdenklich? In einer Zeit, da die Magie fast völlig ausgestorben ist, erscheinst du, ein Wunderkind – ganz ohne Lehrer. Deine magischen Kräfte können sich mit den größten Magiern messen, von denen ich je gehört habe, und außerdem besitzt du ein erstaunliches Potenzial als Erzmagier. Du erscheinst und besiegst den einzigen anderen lebenden Magier, der gerade dabei war, einen Nachtgott zu beschwören, um zu vollenden, was Balinthor zu meiner Zeit begonnen hat. Dann entdeckst du die verlorene Kunst der Verzauberung und setzt sie ein, um ein Heer von mehr als dreißigtausend Mann zu bekämpfen. Und all das in einer Spanne von weniger als zwei Jahren. Solltest du dich nicht allmählich selbst fragen, warum du gerade jetzt hier bist?«

Darüber hatte ich noch gar nicht nachgedacht, aber ich hatte natürlich auch nicht ihren Blickwinkel eingenommen. Als junger Mann ohne Anleitung konnte ich kaum beurteilen, was ich geleistet hatte. Moira betrachtete die Dinge dagegen vor dem Hintergrund einer Blütezeit der Menschheitsgeschichte, die seit mehr als tausend Jahren vergessen war.

»Ich bin eben das, was ich bin«, erwiderte ich. »Da du es mir jetzt verdeutlicht hast, finde ich es selbst auch seltsam, aber wie hätte ich die Gaben hinterfragen sollen, mit denen ich geboren wurde? Mir erschien das alles ganz natürlich. Worauf willst du nun hinaus?«

Sie schwieg eine Weile, ehe sie antwortete: »Ich weiß es nicht, aber ich glaube, du solltest dir bewusst sein, dass du auch in meiner Zeit ein höchst ungewöhnlicher Magier gewesen wärst. Dies weckt in mir den Verdacht, dass irgendeine Macht die Hand im Spiel hat, und das sollte dich vorsichtig stimmen.«

Ich schnaubte. »Ich habe mir schon die halbe Welt und den ganzen Himmel zu Feinden gemacht. Soll ich wirklich noch vorsichtiger sein?«

Moira senkte den Kopf und betrachtete den Boden. Als sie mich wieder ansah, sagte sie: »Berücksichtige es einfach und sei wachsam. Wer auch immer diesen Kurs für dich festgelegt hat, beschreitet den Weg schon seit mehr als tausend Jahren. Solange du nicht weißt, ob seine Absichten böse oder wohlwollend sind, solltest du sehr aufmerksam bleiben, damit du nicht verleitet wirst, etwas zu tun, das du nicht tun willst.«

»Illeniels Untergang«, murmelte ich.

»Gut möglich, dass es damit zu tun hat«, stimmte sie zu.

»Aber du weißt nichts darüber?«, fragte ich noch einmal.

Bedauernd schüttelte sie den Kopf. »Leider nicht. Du musst es allein herausfinden.«

Ich hatte genug von Geheimnissen und Verschwörungen und beschloss, das Thema zu wechseln und über praktische Dinge zu sprechen. »Ich habe noch eine andere Frage für dich«, begann ich.

Sie antwortete nicht, sondern schenkte mir stumm ihre ganze Aufmerksamkeit.

»Wirst du mich lehren, die Bindung zwischen einem Sterblichen und der Erde zu erschaffen? Wirst du mir zeigen, wie ich einen *targoth cherek* erschaffen kann?«

»Das werde ich tun«, antwortete sie. »Aber nur unter einer Bedingung.«

»Wie lautet sie?«

»Du musst mir versprechen, niemals absichtlich einen Menschen seinem Schicksal zu überlassen, wie ich es mit Magnus getan habe«, sagte sie.

Ich konnte ihre Beweggründe verstehen, doch die Erfahrung hatte mich schon einige schwere Lektionen gelehrt. »Darauf kann ich mich nicht einlassen«, erwiderte ich.

Sie riss die Steinaugen weit auf. »Warum nicht?«

»Längst schon habe ich die dunkle Seite des Lebens kennengelernt und werde nicht auf das Vorrecht verzichten, meine Entscheidungen jederzeit selbst zu treffen, auch wenn sie falsch sein sollten. Du musstest zwischen deinem Geliebten und dem Wohlergehen deines Hüters wählen, und so etwas könnte auch mir bevorstehen. Wenn du mich dies lehrst, dann sollst du es aus freien Stücken tun, und ich verspreche dir, nach bestem Wissen und Gewissen zu prüfen, wie ich meine Fähigkeiten mit dem größten Nutzen für alle einsetze.« Ich blickte ihr tief in die Augen.

»Du hast an Weisheit gewonnen«, sagte sie schließlich. »Nun gut, ich will es dich lehren, und die Konsequenzen deiner Taten wirst du dann selbst tragen müssen.«

»Ich weiß dein Vertrauen zu schätzen.«

»Zuerst musst du verstehen, dass du nur einen gewissen Anteil der Erd-Macht an einen bestimmten Menschen binden kannst. Je größer dieser Anteil ist, desto schneller wird der Betreffende unwiderruflich zu einem Teil der Erde selbst«, begann sie.

Ich nickte. »Das hast du schon in unserem letzten Gespräch angedeutet.«

»Außerdem setzen dir auch deine eigenen Fähigkeiten gewisse Grenzen. Entscheidend ist, wie viel Energie du selbst kontrollieren kannst, ohne deine Menschlichkeit zu verlieren.

Du bist zwar in der Lage, mehr als einen *targoth cherek* zu erschaffen, aber die Summe der Energie, die du an sie bindest, kann nicht die Grenzen deiner eigenen Fähigkeiten überschreiten. Ist das klar?«

Es schien mir nachvollziehbar. »Ich kann also nur eine bestimmte Menge Energie binden, und ich kann mich entscheiden, diese Energie auf verschiedene Personen aufzuteilen, solange ich in den Grenzen bleibe, die mir meine eigenen Fähigkeiten setzen?«

»Ja. Ein wenig Energie für viele oder viel Energie für wenige. Im Idealfall solltest du so wenig wie möglich verwenden, um dein Ziel zu erreichen. Dies verlängert auch die Zeit, die dein *targoth cherek* seine Menschlichkeit bewahren kann. Wenn du vernünftig bist, dann werden sie Jahrzehnte leben, ehe sie zu leiden beginnen. Du musst sie auch warnen, dass sie ihre Kräfte klug einsetzen sollten. Wenn sie nämlich ständig auf diese Macht zurückgreifen, verwandeln sie sich schneller.«

Erst spät am Abend zog ich mich zurück, doch ich verspürte so viel Hoffnung für die Zukunft wie schon lange nicht mehr. Auch wenn ich die Kräfte, die um mich her wirkten, nicht ganz und gar verstand, so wusste ich doch, dass ich für die Zukunft umso besser gerüstet war, je mehr ich lernte.

Penny grollte, als ich mir einen Teil der Decke aneignen wollte. »Decken sind nur für Ehemänner, die zu einer vernünftigen Stunde ins Bett kommen.«

»Ehemänner?«, kicherte ich. »Wie viele gibt es denn?« Ich schmiegte mich an ihre warme Rückseite.

»Schon bald wird es einen weniger geben, wenn du noch öfter das Abendessen versäumst und mich allein ins Bett gehen lässt ... wie eine alte Jungfer«, erwiderte sie mürrisch.

15

Meine Träume waren voller Trommelschläge. Männer marschierten, Feuer fiel vom Himmel, und die Trommler schlugen einen höllischen Rhythmus, bis ich erwachte. Das tiefe Dröhnen der Instrumente wich dem Pochen an der Tür, was mich für sich genommen schon erschreckte. Dann erinnerte ich mich an die Wächter, und mein Magiersinn bestätigte mir, dass sie noch immer dort waren.

Dabei war Penny nirgendwo zu entdecken, und draußen war es noch dunkel. Die Morgendämmerung hatte noch nicht begonnen. *Warum ist sie so früh aufgestanden?*, fragte ich mich, während ich zur Tür tappte. *Wahrscheinlich weil sie mit den Hühnern ins Bett geht.* Ich öffnete die Tür und funkelte Dorian an, der draußen stand. »Ich hoffe, du hast einen verdammt guten Grund dafür«, grollte ich.

Wie üblich war er zu so früher Stunde schon ausnehmend guter Dinge. »Guten Morgen, mein Sonnenschein!«, rief er.

Das reichte mir. Ich knallte die Tür zu und marschierte zum Bett zurück. »Von Sonnenschein ist weit und breit nichts zu sehen, du Dreckskerl!«, rief ich über die Schulter.

»Sag das mal Harold«, rief er durch das dicke Holz herein.

Ich blieb auf halbem Wege stehen und wartete, bis mein benommener Verstand diese Aussage verarbeitet hatte. Ich hatte Harold Simmons aufgetragen, Nachtwache zu halten, was bedeutete, dass er nicht geschlafen, sondern meditiert hatte, um sich auf den Ritterschlag am Morgen vorzubereiten. Ich grinste böse in mich hinein. *Na ja, dann gibt es hier wenigstens einen, der noch weniger geschlafen hat als ich.* Dann erinnerte ich mich, dass die Zeremonie im Morgengrauen genau bei Sonnenaufgang stattfinden sollte. Vorübergehend lag meine selbstsüchtige Seite mit der nachsichtigen im Streit und drängte mich, die Veranstaltung mindestens bis zum Mittag zu verschieben, wenn ich auch wusste, dass dies respektlos gewesen wäre.

Selbst wenn viele Menschen andere Vorstellungen hatten, das Leben eines Adligen besteht nicht nur aus Parademärschen und Rosenblüten. Einige Lords hätte es vielleicht nicht weiter gekümmert, aber ich wollte nicht so achtlos mit den Menschen umgehen, die mir dienten. *Nicht so wie der Baron Arundel,* dachte ich. Also kehrte ich zur Tür zurück und öffnete sie. »Manchmal hasse ich dich«, verkündete ich meinem besten Freund. Er lächelte immer noch … dieser Schuft.

»Sei nur froh, dass ich es war«, sagte er.

»Was meinst du damit?«

»Penny wollte einen Eimer Wasser über dir auskippen lassen, weil du so spät ins Bett gekommen bist«, kicherte er.

»Und du hast beschlossen, mich lieber persönlich zu wecken?«, fragte ich.

»Nein. Ich dachte mir, du könntest den Diener verletzen, wenn du so gewaltsam aus dem Schlaf geschreckt wirst«, erwiderte er.

»Ah, Dorian, du willst doch immer nur mein Bestes, was? Trotzdem werde ich dich genüsslich umbringen, wenn wir gefrühstückt und Harolds Ritterschlag vollzogen haben. Dieses Erlebnis möchte ich mir nicht verderben«, sagte ich mit gespieltem Ernst.

»Erst der Ritterschlag, dann das Frühstück«, korrigierte mich Dorian. »Harold darf erst wieder essen, wenn er geweiht ist.«

Ich hielt das zwar für eine barbarische Sitte, aber damit war ich wohl allein. »Hilf mir beim Ankleiden. Je eher ich dort hinuntergehe, desto eher können wir alle essen«, sagte ich grob. Dorian ging mir zur Hand, weil ich noch keinen richtigen Leibdiener hatte und Penny streikte. Während ich mich vorbereitete, wachte ich allmählich auf, und als ich halbwegs genießbar war, bekam ich wegen meiner schlechten Laune sogar Schuldgefühle. Nicht, dass ich es Dorian verriet. Er musste lernen, Rücksicht zu nehmen – aber Harold wollte ich Gerechtigkeit widerfahren lassen.

Wir gingen nach unten zu der kleinen Kapelle, die bei der Renovierung der Burg repariert worden war. Auch wenn ich die Göttin nicht mehr verehrte, fand die Zeremonie doch üblicherweise in ihrem Namen statt. Ich war in Versuchung gewesen, ihre Anbetung gänzlich zu untersagen, hatte mich aber schließlich darauf beschränkt, mit wüsten Drohungen alle Priester zu vertreiben, die sich als Pfarrer für die Kapelle beworben hatten. Daher gab es in Cameron und Washbrook keinen ansässigen Priester mehr. Dem Volk gegenüber hatte ich meine Position zwar noch nicht offiziell verkündet, war jedoch ziemlich sicher, dass einige Gerüchte bereits die Runde machten.

»Wie willst du die Gelübde sprechen?«, fragte Dorian. Er meinte natürlich die Bezüge auf die Göttin, die üblicherweise dazugehörten.

»Millicenth soll zur Hölle fahren, wenn es nach mir geht«, schimpfte ich.

Dorian zuckte zusammen. Sein Blick wanderte nach oben, und ich war sicher, dass er sich in diesem Augenblick fragte, ob nicht gleich Blitze einschlagen würden. »So was darfst du nicht sagen, Mort!«

»Verdammt will ich sein, wenn ich das nicht darf!«, schimpfte ich. »Sie ist nicht mehr die Millicenth, über die wir früher so manches gelernt haben. Sie hat Marcus fast zerstört, und Penny wäre tot, wenn es nach der Göttin gegangen wäre. Wenn sie oder ein anderer Gott meine Achtung gewinnen wollen, dann sollten sie sich auch wie Götter benehmen und nicht wie missratene Gören.«

Dorian war kreidebleich. Ich ersparte ihm die Mühe, sich

eine Antwort zurechtzulegen, und betrat die Kapelle. Harold kniete bereits im Inneren, eine einsame Kerze war die einzige Lichtquelle. Als er uns hörte, richtete sich der junge Mann sofort auf. Ich war ziemlich sicher, dass er gerade gegen den Schlaf angekämpft hatte.

Während ich ihn dort betrachtete, dachte ich noch einmal über meine Ziele nach. Harold war jung, sogar noch jünger als Dorian und ich. Er war voller Begeisterung und hing dem unvernünftigen Glauben an, alles werde sich zum Besten wenden. Vielleicht erkannte ich auch nur meine eigene frühere Naivität in ihm wieder. Ganz sicher war ich mir nicht. Trotzdem, ich fragte mich, welche Auswirkungen unsere heutigen Entscheidungen auf seine Zukunft haben mochten.

Ich ging nach vorn in die Kapelle und blieb vor ihm stehen. Er kniete wieder wie zuvor und hatte den Kopf gesenkt. »Hebe den Kopf, Harold Simmons«, forderte ich ihn auf. Als er mich ansah, setzte ich meine Willenskraft ein und sprach das Wort »*Lyet*«, um alle Kerzen im Raum zu entfachen. Warmes goldenes Licht umgab uns und schimmerte auf den bronzenen Kerzenständern und den Kirchenbänken aus Eiche.

»Wir haben uns heute hier an diesem Ort versammelt, um einen neuen Ritterorden zu begründen. Er soll sich dem Schutz der Unschuldigen und der Verteidigung der Hilflosen widmen. Dieser Orden bezieht seine Kraft aus der Erde, und darum sollen seine Ritter auch die Hüter der Erde genannt werden. Deine erste Pflicht als Mitglied wird es sein, die Menschheit vor allem zu beschützen, was ihr schaden will. Diese Aufgabe hat Vorrang vor allen Verpflichtungen und Bündnissen gegenüber sterblichen Menschen, was sogar meine Person einschließt. Falls du diese Ehre annehmen willst, Harold, so wirst du der erste Ritter sein, den dieser Orden beruft, und der zweite, der ihm angehört. Wünschst du noch immer, aufgenommen zu werden?«

»Ja, mein Lord«, antwortete er. Der Anblick seines ernsten

Gesichts brachte mich beinahe aus der Fassung. Ich hatte etwas Zeit darauf verwandt, die Zeremonie anzupassen und das einzuschließen, was mich Moira am Vorabend gelehrt hatte. Außerdem hatte ich einige Worte verändert. Hoffentlich konnte ich mich noch richtig an den neuen Text erinnern.

»Sir Dorian, tretet neben mich.« Ich winkte meinem Freund, der hinter Harold wartete. Er kam zu mir und baute sich neben mir auf dem Podium auf.

»Dorian, Ihr sollt in Zukunft als Großmeister des Ordens dienen. Übernehmt Ihr diese Pflicht?«, fragte ich.

»Ich übernehme sie, mein Lord«, antwortete er.

»Der junge Mann vor mir erscheint mir würdig, in unseren neuen Orden aufgenommen zu werden. Glaubt Ihr, dass er in Geist und Körper dazu geeignet ist?«

»Das glaube ich, mein Lord«, bestätigte Dorian.

»Gebt mir das Schwert, Sir Dorian«, verlangte ich. Dieser Teil der Zeremonie entsprach den üblichen Gebräuchen, und er hielt mir die Scheide mit dem Langschwert griffbereit hin. Ich nahm das Schwert und zog es in einer fließenden Bewegung aus der Scheide. Dann hielt ich die Klinge hoch, bis die Spitze nach oben zeigte und sich das Heft auf einer Höhe mit meinen Augen befand. »Seit langer Zeit ist das Schwert des Ritters das Symbol für den Glauben und das Vertrauen, die er dem Lehnsherrn und den Göttern entgegenbringt. Die Ritter des Steins erhalten ihre Kraft von der Erde selbst und nicht von einer himmlischen Macht. Ihr schwört mir nun die Treue und verpflichtet Euch, die Menschheit zu beschützen – und wenn nötig, sogar gegen die Götter selbst. Wollt Ihr mir dies schwören, Sir Dorian?«

Dorians Miene zeigte eine Mischung widerstreitender Gefühle. Ich fürchtete schon, er werde zurückschrecken, nachdem ich diese Worte gewählt hatte, doch dann reckte er das Kinn, und die Farbe kehrte in seine Wangen zurück. Endlich antwortete er: »Ich schwöre es, ich werde meinen Schwur halten, und auch wenn mich die Götter verfluchen, ich werde meine Pflicht erfüllen.«

Ich blickte auf Harold hinab, dessen blondes Haar im Kerzenschein beinahe zu glühen schien. »Willst auch du den Schwur leisten, Harold?«

Er zögerte keine Sekunde. »Ich schwöre es.«

»Dank der Macht, die ich als Herr von Cameron habe, und dank der Macht, die mir die Erde selbst geschenkt hat, schlage ich Euch nun zum Ritter.« Leicht berührte ich mit dem Schwert nacheinander seine Schultern. »Sir Harold, erhebt Euch und nehmt Euer Schwert.« Der junge Krieger vor mir stand auf, und ich überreichte ihm die blanke Klinge. Er hatte Tränen in den Augen.

Dorian trat hinter ihn und kniete nieder. Zuerst war ich nicht sicher, was er tat, aber dann erkannte ich, dass er Harolds Stiefeln die Sporen anlegte. *Diesen Teil vergesse ich immer*, schalt ich mich selbst. Dann stand Dorian auf und stattete Harold mit Schwertscheide und Gürtel aus, damit unser neuer Ritter seine Waffe verstauen konnte. Als Dorian fertig war, versetzte er Harold einen kräftigen Schlag zwischen die Schulterblätter, der den jungen Mann beinahe niederstreckte. Auch dies entsprach der Tradition. Es war der freundschaftliche Knuff eines älteren Ritters für einen neuen Gefährten. »Willkommen, mein Bruder«, sagte er und umarmte ihn.

»Eines muss noch getan werden«, erklärte ich den beiden. Sie sahen mich fragend an. Gewöhnlich war die Zeremonie an diesem Punkt beendet. »Der Orden des Steins ist mehr als nur ein Name. Da ihr jetzt eure Eide abgelegt habt, schenke ich euch einen kleinen Teil der Kraft der Erde. Dies ist jedoch mit gewissen Gefahren verbunden, und eines Tages müsst ihr diese Kraft wieder abgeben, damit ihr nicht selbst zu einem Teil der Erde werdet. Seid ihr bereit?«

Nach kurzem Überlegen nickten beide und antworteten mit »Ja«.

»Ich muss mit der Erde sprechen. Wenn ich so weit bin, reiche ich euch stumm meine Hände. Jeder von euch nimmt eine Hand und antwortet mit diesen Worten: ›Ich nehme diese Gabe freiwillig an und gebe sie freiwillig zurück, wenn die Zeit abgelaufen ist.‹ Habt ihr verstanden?« Wieder nickten die beiden.

Wie Moira es mir gezeigt hatte, setzte ich mich hin, um nicht zu stürzen, falls sich mein Bewusstsein zu weit entfernte, und öffnete mich innerlich. *Moira, wache über mich*, rief ich im Geiste. In dieser Zeremonie würde sie als meine *miellte* fungieren. Sie strömte neben uns aus dem Stein empor. Dieses Mal bestand sie vollständig aus grauem Granit. Ich spürte mehr, als dass ich sah, wie die Männer vor mir überrascht zusammenzuckten. Sie blieben jedoch tapfer stehen.

»Du kannst fortfahren«, sagte sie laut.

Das dumpfe Pochen der Erde schwoll an, sobald ich mich darauf konzentrierte, bis es alle anderen Geräusche zu übertönen schien. Als ich lauschte, schien mir fast, ich könnte es verstehen, obwohl es ganz anders war als eine menschliche Stimme. Ich erweiterte meinen Geist und bemühte mich zugleich, das Gleichgewicht zu halten, wie sie es mich gelehrt hatte. »Achte auf deine Mitte«, hatte sie mir am vergangenen Abend gesagt. »Nimm so viel in dich auf, wie du kannst, aber lass dich nicht selbst von der Erde aufnehmen.«

Daran hielt ich mich, bis ich den Eindruck hatte, nur noch aus einem riesigen Herz aus Stein zu bestehen, das im Gleichklang mit einem uralten kosmischen Rhythmus schlug. Als sich meine Gedanken auflösten und beinahe irgendwo in der Weite untergegangen wären, hielt ich inne und verharrte an der Stelle, wo ich war. *Jetzt bereiten wir die Gabe vor*, dachte ich und teilte meine irdische Weite im Geiste in drei Teile auf – zwei sehr kleine und einen riesigen, der übrig blieb. Sobald ich bereit war, streckte ich die beiden kleineren Teile nach oben und nach außen in eine Welt hinein, die ich sehen, aber kaum verstehen konnte. Ich hob meine Arme und reichte sie den beiden Wesen, die für eine Weile zu meinen Gefährten werden sollten.

Sie griffen ihrerseits mit weichen Gliedmaßen danach und gaben Geräusche von sich, die ich nicht zu hören vermochte. Ich spürte jedoch, dass sie die Gabe annahmen. Dann vernahm ich eine Art Klicken, als die Bindungen entstanden und ein kleiner Teil von mir selbst ihrer Obhut übergeben wurde. Es war vollbracht. Mit Augen, die mir fremd vorkamen, betrachtete ich den eigenartigen Raum, in dem ich mich befand, und fragte mich, welchem Zweck er dienen mochte. Da ich mein Ziel erreicht hatte, wusste ich nicht mehr, was zu tun war. Dann berührte mich ein anderer Geist. *Mordecai, es ist vorbei, du musst nun zu dir selbst zurückkehren. Lass die Erde los und geh in die Welt der Menschen.*

Der Klang meines Namens weckte eine Resonanz in mir, und allmählich nahm ich auch wahr, wo ich mich befand. Mir war einen Augenblick lang schwindlig, während die Welt wieder in den alten Zustand zurückkehrte. Ich betrachtete meine Hände. Alles schien auf einmal so klein zu sein. Endlich zog ich leicht, um Dorian und Harold zu verstehen zu geben, dass sie loslassen konnten. Beide schienen benommen. Sie brauchten einen Augenblick, ehe sie reagierten.

Ich blickte zu Moira hinüber. *Mir geht es jetzt wieder gut, danke*, sagte ich ihr im Geiste. Nickend versank sie im Steinboden. Ich wandte mich an die beiden Ritter. Da ich die Verbindung zur Erde gelöst hatte, war ich auch mit ihnen nicht mehr verbunden, konnte aber erkennen, dass sie mit etwas anderem verknüpft waren und eine fast unmerkliche Kraft ausstrahlten.

»Mort«, setzte Dorian an und starrte mich an. Anscheinend fehlten ihm die Worte. Harold versuchte es nicht einmal.

»Immer mit der Ruhe. Ihr fühlt euch jetzt anders, und ihr werdet eine Weile brauchen, um euch daran zu gewöhnen«, erklärte ich ihnen. Dies wusste ich von Penny, die mit mir eine Bindung eingegangen war.

»Ja, ich fühle mich anders«, stimmte Harold zu.

»Ihr seid tatsächlich anders. Ihr seid stärker als vorher, wahrscheinlich auch schneller. Außerdem besitzt Ihr zusätzliche Kraftreserven und ermüdet nicht so leicht. In Zeiten der Not könnt Ihr die Erde selbst zu Hilfe rufen, um die Kräfte noch weiter zu verstärken, doch wäre es unklug, dies zu tun. Je mehr Ihr diese Kräfte über das hinaus benutzt, was Ihr jetzt schon besitzt, desto schneller werdet Ihr Euch verändern«, erwiderte ich.

»Ich verändere mich?«, fragte er.

»Ihr versteinert«, antwortete ich. »Die Kraft, die Ihr jetzt besitzt, könnt Ihr Jahrzehnte benutzen, ohne in Gefahr zu geraten. Irgendwann aber werdet Ihr Veränderungen bemerken, und wenn das geschieht, ist es Zeit, Euch zurückzuziehen und die zusätzliche Kraft aufzugeben. Ich werde Euch dann helfen, die Bindung aufzulösen.«

Dorian grinste. »Sind wir jetzt das, was Penny war?« Während er sprach, ballte er langsam die Hand zur Faust und entspannte sie wieder. Anscheinend dachte er angestrengt darüber nach, wie er seine neuen Kräfte am besten erproben konnte.

»Nicht ganz«, erläuterte ich. »Du bist nicht direkt an mich gebunden. Wenn einer von uns stirbt, ist dies nicht automatisch auch für den anderen das Todesurteil. Ihr seid an die Erde gebunden. Die Kraft, die euch die Erde schenkt, ist vermutlich derjenigen ähnlich, die Penny von mir bekam. Aber es gibt auch gewisse Unterschiede. Einer davon ist der, dass ihr Gefahr lauft zu versteinern, wenn ihr die zusätzlichen Kräfte allzu oft anruft.«

»Das kommt mir gar nicht so übel vor«, antwortete Dorian. »Ein Krieger aus Stein wäre so gut wie unverwundbar.«

»Ein Mann aus Stein kümmert sich nicht um das, was du

liebst. Kinder kann er auch nicht bekommen«, antwortete ich unverblümt.

Dorian wurde sehr nachdenklich, als er dies hörte. Den Moment, als er an Rose zu denken begann, konnte ich mühelos an seinem geröteten Gesicht ablesen.

Auch Harold entging dies nicht. »Vielleicht wäre es besser, die Sache mit den Kindern möglichst schnell zu erledigen, Sir Dorian. Einfach nur, um sicher zu sein.«

Das war das erste Mal, dass ich bei Harold so etwas wie Humor entdeckte, und ich konnte ihm nur beipflichten. »Hüte deine Zunge … Bruder«, fauchte Dorian den jüngeren Mann jedoch wütend an.

Zusammen verließen wir die Kapelle. »Rose will sich mit ihrem Vater treffen«, überlegte ich laut. »Ich frage mich, was das zu bedeuten hat.« Dorian warnte mich mit einem Blick, die Spekulationen keinen Schritt weiterzutreiben. Ich erfüllte ihm den Wunsch, weil er meiner Ansicht nach für einen Tag schon genügend Aufregung gehabt hatte. Draußen erwarteten uns Penny und Joe McDaniel.

»Ist die geheime Zeremonie beendet?«, fragte sie.

Dorian suchte angestrengt nach einer Ablenkung und klopfte Harold kräftig auf den Rücken. »Darf ich dir unseren neuen Ritter vorstellen?«, rief er. Leider hatte er seine Kräfte unterschätzt. Harold flog mit dem Gesicht voran gegen die andere Wand des Korridors. Hätte Penny im Weg gestanden, dann hätte er sie gerammt.

»Ihr zwei solltet wohl etwas vorsichtiger sein, bis ihr euch darauf eingestellt habt«, riet Penny. Sie warf mir einen traurigen Blick zu. Beklagt hatte sie sich zwar nie, aber ich wusste doch ganz bestimmt, dass sie die Bindung vermisste, die sie als Anath'Meridum zu mir gehabt hatte. »Lasst uns frühstücken«, fuhr sie fröhlich fort.

Als wir den Speisesaal betraten, wurden Jubelrufe laut. Penny wich zurück und hob zusammen mit der Menge die

Hände. Anscheinend hatte sie das Ganze organisiert. »Drei Mal Hoch auf Sir Harold!«, rief sie, und die Leute antworteten. Drei Mal jubelten sie, und jedes Mal färbte sich Harolds Gesicht vor Verlegenheit eine Spur dunkler.

Dorian lächelte so strahlend, dass es für zwei gereicht hätte. Mein Freund war überhaupt nicht schüchtern, solange sich die Aufmerksamkeit auf jemand anders richtete. Schon führte er unseren neuen Ritter durch die Reihen zur Haupttafel hinüber, damit ihm alle auf den Rücken klopfen konnten. Währenddessen betrachtete ich Penny mit ganz neuen Augen. Sie verstand es immer wieder, mich zu überraschen. Ich hätte nicht damit gerechnet, dass sie eine solche Feier organisierte.

Da sie es nun aber getan hatte, war völlig klar, dass irgendjemand es hatte tun müssen. Mir war es leider nicht eingefallen. Wieder einmal war ich dankbar, dass sie eingewilligt hatte, mich zu heiraten. Als ich sah, wie die Menschen auf ihre Begeisterung reagierten, freute ich mich sogar noch mehr. Falls mir jemals etwas zustieß, würden sie ohne Murren auch ihr folgen, denn sie hatte längst die Herzen der Menschen erobert.

Als wir den anderen folgten, drehte sie sich zu mir um und suchte lächelnd meinen Blick. Ihr Bauch und andere, noch interessantere Stellen waren angeschwollen, doch in den Augen lag das mädchenhafte Funkeln, das ich immer geliebt hatte. Anscheinend verriet ihr meine Miene, was ich dachte, denn sie beugte sich vor und küsste mich liebevoll. »Du siehst so glücklich aus«, flüsterte sie mir direkt ins Ohr. Anders hätte ich sie gar nicht verstanden, so laut war es im Raum.

In diesem Moment erkannte ich es endlich. Trotz des Krieges, der noch nicht lange vorüber war, trotz des Todes meines Vaters und trotz all der schrecklichen Dinge, die sich ereignet hatten, war ich glücklich. Mein Volk jubelte – wenn auch nicht für mich, sondern für jemand anders. Doch ich war glücklich. Ich hatte ein Zuhause, Freunde, Liebe und eine wachsende kleine Familie. Natürlich gab es Schwierigkeiten, die wir meistern mussten, aber im Augenblick erschienen sie mir alle klein. Mit dem König musste ich einen Frieden aushandeln und mich anschließend bemühen, das Volk vor ein paar unnatürlichen Feinden zu beschützen. Das kam mir kinderleicht vor.

»Das liegt daran, dass ich glücklich bin!«, rief ich zurück, um den Lärm zu übertönen. Sie lachte, und dann setzten wir uns und genossen das beste Frühstück seit Jahren.

Manchmal ist ein Morgen doch nicht ganz so schlecht, wie er am Anfang noch ausgesehen hat.

16

An diesem Abend ging ich früh zu Bett. Ich hatte Harolds Rüstung beizeiten vollendet, und er und Dorian hatten sich zurückgezogen, um die endgültigen Anpassungen vorzunehmen. Infolgedessen war ich pünktlich zum Essen erschienen und hatte einen ruhigen Abend mit Penelope verbracht. Kurz und gut, der Tag war fast ebenso gut verlaufen wie der Morgen.

Am folgenden Tag standen Penny und ich früh auf. Alle Vorbereitungen waren bereits getroffen worden, doch wir wollten noch einmal gut frühstücken, ehe wir uns vor meiner Reise nach Albamarl voneinander verabschiedeten. Rose und Dorian waren fast so zeitig auf den Beinen wie wir, noch verdächtiger war jedoch, dass sie gemeinsam eintrafen. Ich sah meinen Freund scharf an, als er Rose zum Tisch führte, und wurde mit hellroten Wangen belohnt.

Penny versetzte mir einen Stoß mit dem Ellenbogen, worauf ich von ihm abließ und ein Lächeln aufsetzte. »Zieh ihn ja nicht auf, Mort!«, zischelte sie mir ins Ohr. »Er ist schrecklich verlegen, und sie hat Monate gebraucht, um ihn so weit zu bekommen.«

Erstaunt sah ich Penny an. *Sie haben das seit Monaten geplant!*, dachte ich bei mir. Ich fragte mich, ob Dorian Rose nur abgeholt hatte oder ob er die ganze Nacht in ihrem Zimmer … doch ich schüttelte den Kopf. Nein, das war nicht möglich. Es konnte einfach nicht sein. »Heißt das etwa …«, begann ich neugierig.

Hoffnungslos sah sie mich an. »Nein! Und hör auf, so dumm zu grinsen!«, sagte sie. Ich gehorchte, und wir setzten ganz alltägliche Mienen auf, als Rose und Dorian sich zu uns gesellten. Penny war allerdings nicht wirklich wütend. Auch sie hatte Mühe, die Fassung zu bewahren.

Mit einem Ausdruck ungeheurer Konzentration rückte Dorian Roses Stuhl zurecht. Dabei wirkte er wie ein Mann, der wusste, dass etwas Schreckliches geschehen würde, wenn er auch nur einen kleinen Moment lang nicht aufpasste. Ich bemühte mich sehr, ihn nicht anzustarren, doch offenbar hatte niemand meiner Mutter Bescheid gesagt. Sie saß den beiden gegenüber und beobachtete sie wohlwollend.

»Es wird aber auch Zeit, dass du anfängst, sie standesgemäß zu umwerben, Dorian«, bemerkte Miriam. Er lief rot an, und ich musste mich hastig meinem Teller widmen, um nicht laut herauszuplatzen und ihn noch weiter in Verlegenheit zu bringen.

Mein Freund trat einen Schritt zurück und prallte mit einer Dienstmagd zusammen. Das arme Mädchen verlor das Tablett, stolperte und versuchte, es noch aufzufangen. Frisch gebackenes Brot flog in alle Richtungen. Trotz seiner Unbeholfenheit in gesellschaftlichen Fragen war Dorian niemals ungeschickt gewesen. Mit erstaunlicher Gewandtheit streckte er hilfreich die Hand aus, damit sie nicht vollends stürzte.

Natürlich landete seine Hand mitten auf ihrem Busen, worauf das Mädchen erschrocken zurückfuhr. Inzwischen hatte ich es aufgegeben, die vielen Schattierungen von Rosa und Rot zu verfolgen, die sich in Dorians Gesicht abwechselten. Er war jedoch noch lange nicht fertig. Als das Mädchen nun rückwärts zu kippen drohte, sprang er los, drehte sich und fing sie auf. Dabei nahm sein Gesicht die Farbe von Roter Bete an. Der Lärm im Speisesaal erstarb völlig, als alle Dorian beobachteten, der hinter der Haupttafel stand und das Mädchen auf beiden Armen hielt.

Da sich alle auf ihn konzentrierten, gab es in Dorians Kopf einen Knacks. Er hatte den Zustand, den man als abgrundtiefe Verlegenheit bezeichnen konnte, längst überschritten, und nun zerbarst sein Verstand wie Glas auf einem Stein. Er starrte eine ganze Weile zurück, dann setzte er zu einem Tänzchen an, als wäre er auf einem Dorffest. Nach ein paar Schritten drehte er sich, stellte das Mädchen wieder auf den Boden, hielt sie aber an einer Hand fest und ließ sie wirbeln, als sei sie seine Tanzpartnerin.

Am Ende ließ er ihre Hand los und verneigte sich in aller Form vor ihr. Das Mädchen hatte sich rasch gefangen und erwiderte die Geste mit einem bemerkenswert anmutigen Knicks. Daraufhin setzte donnernder Applaus in dem Raum ein, sogar einige Hochrufe waren zu hören. Penny und Rose standen auf und klatschten Beifall, und ich wäre fast vom Stuhl gefallen. Ich hatte Tränen in den Augen und befürchtete schon, ich könnte mich buchstäblich totlachen.

Dorian hob ein heruntergefallenes Brot auf und setzte sich triumphierend. »Dieses Brot ist wirklich gut«, verkündete er ganz ruhig. »Möchtest du ein Stück, Rose?« Er bot ihr davon an.

Auch sie hatte vor Lachen fast die Fassung verloren, doch blieb sie ungeheuer geistesgegenwärtig. »Vorher würde ich gern unter vier Augen ein Wörtchen mit dir reden«, meinte sie augenzwinkernd.

Dorians Verstand war inzwischen nahezu in der üblichen Verfassung, doch diese Bemerkung verschlug ihm gleich wieder die Sprache. Offenen Mundes starrte er sie an.

Dann tat Rose etwas sehr Bemerkenswertes. Sie streckte die Hand aus, schloss zärtlich Dorians Mund, beugte sich vor und küsste ihn sachte auf die Lippen. Es war ein kurzer Kuss, der jedoch keinen Zweifel an ihren Gefühlen offenließ.

Sobald sie sich zurückzog, konnte mein Freund wieder klar sehen. »Wollen wir morgen ausreiten?«, fragte er scheinbar ungerührt.

»Das wird nicht möglich sein«, antwortete sie lächelnd. »Ich reise doch in einer Stunde in die Hauptstadt.«

Dorians Mut blieb ungebrochen. »Und wenn wir beide

wieder hier sind?« Es war totenstill im Saal, weil alle die Ohren anstrengten, um den Wortwechsel zu verfolgen.

Roses neckische Seite hatte schon wieder die Oberhand gewonnen. »Vielleicht …«, antwortete sie schüchtern.

Das war mehr, als Penny ertragen konnte. »Rose!«, fauchte sie.

»Das war doch ein Scherz!«, protestierte sie. »Natürlich bin ich dazu bereit, Dorian«, versicherte sie ihm, ehe sie sich wieder an Penny wandte. »Zweifellos hat er bemerkt, dass ich nur gescherzt habe.«

»Da wäre ich nicht so sicher«, gab Penny zurück. »Ich kenne ihn schon fast mein ganzes Leben lang und weiß, dass er manchmal ausgesprochen schwer von Begriff ist.«

Dorian sah mich Hilfe suchend an, während die beiden über ihn sprachen, als sei er nicht da. Ich zuckte nur mit den Achseln und stopfte mir ein Stück Brot in den Mund. Wer war ich schon, dass ich in Bezug auf Frauen jemandem Ratschläge geben konnte? Kauend deutete ich auf das Essen. »Du solltest zulangen, solange sie nicht auf dich achten. Sonst hast du später Hunger«, lud ich ihn ein.

Es dauerte noch fast zwei Stunden, bis wir endlich aufbrechen konnten, aber schließlich waren wir alle vor dem Kreis versammelt, der uns nach Lancaster bringen würde. Da ich der Einzige war, der die Teleportkreise aktivieren konnte, musste ich Penny und ihre Begleitung zunächst nach Lancaster bringen, ehe ich zurückkehrte, um mit denen, die mich begleiten würden, nach Albamarl zu springen.

Wir hatten niemanden eingeweiht, dass Penny und Miriam so überraschend Lancaster besuchen wollten. Unserem Plan entsprechend würde ich Joe McDonald und einige Bedienstete unterrichten, ehe ich den letzten Sprung nach Albamarl machte. Falls es jemand auf Penny oder meine Mutter abgesehen hatte, wurde sein Plan nun empfindlich gestört werden.

Während des Krieges gegen Gododdin hatte ich im Burghof ein Gebäude errichten lassen, um die Kreise abzuschirmen, die nach Lancaster, Arundel und noch zu einigen anderen Orten führten. Später hatte ich die Scheune durch einen massiven Steinbau ersetzen lassen, dessen Doppeltür sogar Fuhrwerke passieren konnten. Die größeren Kreise waren in diesem Gebäude in eigenen Räumen mit gemauerten Wänden untergebracht. Zusätzlich konnte jeder Raum mit einer schweren Holztür verriegelt werden.

Ich hatte auf eine sehr unangenehme Weise gelernt, was passieren konnte, wenn ein Feind in der Lage war, einen Kreis zu benutzen und in mein Haus einzudringen. Der Eindruck war sogar so stark gewesen, dass ich Tag und Nacht innerhalb des Gebäudes eine Wache aufstellte, um für den Fall vorzusorgen, dass Türen und Schlösser nicht ausreichten.

Endlich trat ich mit Penny und Miriam in den Kreis, der nach Lancaster führte. Dorian hatte sich mit seiner schimmernden neuen Rüstung vor uns aufgebaut, hinter uns warteten vier weitere Männer, die er als Begleitung ausgewählt hatte. Ich konzentrierte mich, sprach ein einziges Wort, und schon waren wir in Lancaster. Auf mein Drängen hin hatte auch James seinen Kreis gesichert, doch ich konnte den Zugang von innen aufsperren und uns in den Hof entlassen.

Der dort postierte Wächter hatte nicht mit uns gerechnet und sah uns erschrocken an. Wenn jemand unerwartet eintraf, handelte es sich gewöhnlich nur um mich oder höchstens um mich und zwei weitere Begleiter. Heute kamen wir mit fünf Bewaffneten durch die Tür, und einer von ihnen sah aus, als könnte er es mit einem ganzen Heer aufnehmen.

»Ich bin es, Willem! Du musst kein Hornsignal geben!«, rief ich rasch. Der arme Kerl hatte das Instrument schon fast an die Lippen gesetzt, ehe er mich bemerkte.

Mit erhobenem Horn hielt er inne, riss sich endlich von Dorians Anblick los und nahm nun auch mich wahr. Sobald er mich erkannte, entspannte er sich. »Oh, Ihr seid es, Lord Cameron!«, antwortete er sofort. »Warum bringt Ihr gleich eine kleine Armee mit? Ihr habt mich fast zu Tode erschreckt.«

Dorian lachte in seiner Rüstung. Da er das Visier geschlossen hatte, wusste Willem nicht, wer darin steckte. Nun hob er es und grinste den Wächter an. »Was denn, keine herzliche Begrüßung für einen alten Freund?«

»Dorian!«, rief der Mann. »Woher habt Ihr diese Rüstung?«

Zwar war ich stolz, dass meine Arbeit eine so aufgeregte Reaktion weckte, doch hatte ich noch Dringenderes zu tun. Während sie einander ins Benehmen setzten, umarmte ich meine Mutter und wandte mich danach an Penelope. »Ich werde dich vermissen«, sagte ich.

»Es ist ja nur eine Woche … ungefähr«, antwortete sie. »Es wird schön sein, mit Genevieve und Ariadne zu plaudern. Ich habe die beiden nun schon seit fast zwei Monaten nicht mehr gesehen. Um dich mache ich mir dagegen viel mehr Sorgen. Versuche nur, keinen Bürgerkrieg anzuzetteln, während du in Albamarl bist.«

Sie lächelte dabei, doch es war ihr ernst. Meine Mutter beugte sich vor und unterbrach uns. »Denk aber auch an Lady Rose. Wenn du einen Krieg beginnst, wird sie Dorian niemals heiraten können.« Vermutlich spielte sie darauf an, dass Roses Vater ein enger Vertrauter des Königs war. Ich bezweifelte stark, dass die Missbilligung des Vaters Rose davon abhalten werde, denjenigen Mann zu heiraten, den sie haben wollte, musste aber zugeben, dass die Lage durchaus heikel werden konnte.

»Dann werde ich mich bemühen, mit dem Krieg so lange zu warten, bis sie verheiratet sind. Ist das in Ordnung?«, scherzte ich.

Natürlich wählte Dorian genau diesen Augenblick, um sich wieder in unsere Unterhaltung einzuschalten. »Wer heiratet?« Fragend blickte er in die Runde.

»Im Augenblick niemand, mein Freund«, erwiderte ich. »Könntest du den Herzog und die Herzogin von mir grüßen? Ich fürchte, ich muss mich jetzt auf den Weg machen.« Glücklicherweise ließ er sich ablenken.

»Gewiss«, sagte er.

Ich beugte mich vor und gab Penny einen raschen Kuss, ehe ich wieder den Raum betrat, in dem der Kreis auf mich wartete. Mit einem letzten Winken verschwand ich, ehe Dorian weitere Fragen stellen konnte. Die Damen mochten ihm erzählen, was sie wollten, ich hatte schon nichts mehr damit zu tun.

In der Burg Cameron versammelte ich Harold, Rose und meine eigenen vier Wächter um mich herum. Der Kreis, der zu meinem Haus in Albamarl führte, war kleiner, deshalb konnte ich bei jedem Mal nicht mehr als zwei Personen mitnehmen. Vor dem ersten Sprung wandte ich mich an Joe McDaniel. »Ich werde mindestens eine Woche fort sein. Sagt möglichst bis heute Abend niemandem, dass Penny und Miriam in Lancaster sind. Falls jemand etwas plant, dann sollen es die Gegner so schwer haben wie möglich.«

»Keine Sorge, Euer Lordschaft! Dorian wird schon gut auf sie aufpassen, und ich werde schweigen wie ein Grab – mindestens bis zum Abendessen.«

Dann transportierte ich meine Begleiter nach Albamarl. Zuerst waren Harold und die Wächter an der Reihe, ganz zuletzt sprang ich mit Rose allein. »Seid Ihr bereit, meine Dame?«, fragte ich und bot ihr den Arm.

Sie zog eine Augenbraue hoch. »Dieses Benehmen unterscheidet sich stark von dem letzten Mal, als ich mit dir durch ein Portal gegangen bin.«

Ich hatte den Vorfall ganz vergessen, und als ich mich jetzt erinnerte, war ich peinlich berührt. Damals hatte ich es sehr eilig gehabt und sie recht grob nach Cameron befördert. Noch schlimmer, ich hatte ihr sogar einen Klaps auf den Hintern versetzt – wie ein Kutscher, der sein Maultier antreiben wollte, damit sie sich bewegte. Das war jedenfalls die Erklärung gewesen, die ich Penny gegeben hatte. Ich errötete. »Es tut mir leid, Rose. Ich hätte mich schon viel früher entschuldigen müssen.«

Sie hakte sich ein und trat mit mir zusammen in den Kreis. »Das ist nicht nötig. Du hast damals unter großem Druck gestanden. Ich habe dir nur deutlich machen wollen, dass ich es nicht vergessen habe.«

Ich überlegte noch, sie zu fragen, was sie damit meine, doch dann dachte ich, dass ich es wahrscheinlich gar nicht wissen wollte. Mit einem einzigen Wort brachte ich uns nach Albamarl.

17

Penelope sah, wie Mordecai in den Kreis trat und verschwand. Auf einmal schmerzte es sie, dass sie keine Zeit gehabt hatten, sich ausgiebig zu verabschieden. Dann spürte sie eine sanfte Hand auf der Schulter. »Es wird nicht leichter«, erklärte Miriam ihr. »Royce ist oft in die Stadt gereist, um Material einzukaufen, und ich musste jedes Mal zwei Wochen ohne ihn auskommen.«

Penny fragte sich, ob ihre Schwiegermutter damit darauf hinauswollte, dass die Reisen ihres Gatten doppelt so lange gedauert hatten. Doch dann schob sie den Gedanken als kleinliche Rechnerei beiseite. »War er oft fort?«, fragte sie stattdessen.

»Mindestens zweimal im Jahr«, entgegnete Miriam. »Manchmal ist er aber mit wundervollen Geschenken zurückgekehrt ... genau wie Mordecai.«

Penny lächelte sehnsüchtig. »Dein Sohn ist wirklich etwas Besonderes, nicht wahr?«

Miriam liebte nichts mehr, als Komplimente über ihren Sohn zu hören. Sie hakte sich bei Penny ein, ehe sie antwortete: »Ja, aber sag ihm das nicht zu oft, sonst steigt es ihm zu Kopfe.«

Dorian drehte sich zu ihnen um. »Wenn die Damen bereit sind, können wir nach drinnen gehen und die Gastgeber begrüßen«, schlug er vor.

»Gewiss doch ...«, begann Penny, konnte den Satz jedoch nicht vollenden, denn auf einmal explodierte die ganze Welt. Chaos umfing sie, alles war verschwommen, das Bewusstsein verließ den Körper, und die Bilder der Zukunft blühten vor ihr auf. Eine halbe Ewigkeit schien zu vergehen, während sie die gewalttätigen Szenen hilflos betrachten musste. Zuletzt sah sie, wie sich die Realität in zwei mögliche Wege verzweigte. Einer war dunkel und kaum zu erkennen, der andere schien dagegen etwas Hoffnung zu verheißen. Am Wendepunkt der Möglichkeiten stand Mordecai, der einen Mann mit schütterem Haar an der Tunika gepackt hatte.

In Morts Augen flackerten Mordlust und ein Zorn, den sie noch nie zuvor an ihm wahrgenommen hatte. »Du hast sie getötet, Prathion!«, sagte er verbittert. »Du hast sie beide getötet.«

Die Augen des verängstigten Mannes traten hervor. »Bitte, ich habe eine Familie«, flehte er.

Als Mordecai das Wort »Familie« hörte, lachte er. Es war ein so übler Laut, dass Penny ihn nie wieder zu hören hoffte. Flammen sprossen aus Mordecais Händen, während er lachte. Sie verbrannten ihn zwar nicht, doch der Mann, den er festhielt, war keineswegs so glücklich. »Die Familie ist das Letzte, was du zu deiner Verteidigung vorbringen solltest!«, rief er, und dann schrien beide Männer, einer vor Wut und der andere vor Schmerzen und Angst. Glücklicherweise endete die Vision, ehe es vorbei war.

Als Penny zu sich kam, hockte sie auf den Knien, und Miriam hielt sie mit kräftigen Armen fest. »Alles in Ordnung, Mädchen?«, fragte Miriam. Doch in diesem Augenblick beschloss Pennys Magen, dass es ihm reichte, und sie übergab sich auf den Boden.

Es dauerte einige Minuten, bis das Würgen aufhörte. Dann ließ sie sich von Miriam beim Aufstehen helfen. »Tut mir leid, ich weiß wirklich nicht, was da über mich gekommen ist«, sagte sie.

»Schon gut. Ich habe mir nur Sorgen um dich gemacht. Du hast die Augen verdreht, und ich dachte, du hättest einen Anfall. Beinahe hätte ich dich nicht auffangen können, als du zusammengebrochen bist«, sagte die ältere Frau. »Lass uns nach drinnen gehen und etwas Wasser holen. Du willst dir doch sicher den Mund ausspülen.«

Als sie losgingen, hielt Penny Miriams Hand fest. »Ja, das wäre bestimmt eine gute Idee«, antwortete sie. Dorian blieb nicht weit entfernt auf der anderen Seite und war bereit, ihr zu helfen, falls sie wieder zusammenbrach. Als sie losgingen, nahmen die vier Wächter sie in die Mitte.

Einige Minuten später saß sie in der großen Halle der Burg Lancaster an einem Tisch und trank aus einem metallenen Becher Wasser. Der frische Trank half ihr, wieder zu sich zu kommen, doch ihre Gedanken rasten. *Was soll ich tun?*, dachte sie. *Mir bleibt so wenig Zeit.* Unterdessen setzte Dorian mit leiser Stimme James über die jüngsten Ereignisse ins Bild und erklärte ihm, warum sie ihn so unerwartet aufgesucht hatten.

Eine besonders lebhafte Erinnerung ließ Penny abermals in Tränen ausbrechen. Mit dem Ärmel tupfte sie sich die Augen ab und hoffte, niemand habe es bemerkt. *Wenn sie ahnen, dass ich weiß, was geschehen wird, wird alles nur noch schlimmer.* Sie wandte sich an Miriam. »Könntest du jemanden bitten, Ariadne zu mir zu rufen?«

»Sie ist schon da, Penny.« Miriam nickte und blickte an Pennys linker Schulter vorbei.

»Oh, natürlich. Danke, Miriam.« Sie stand auf und ging rasch zu Ariadne.

»Geht es dir auch gut, Penelope? Ich habe gehört …«, begann Ariadne.

Penny warf ihr einen Blick zu, der keinen Widerspruch duldete. »Ariadne, vertraust du mir?«, sagte sie leise.

»Ja, natürlich«, antwortete die junge Frau.

»Hast du Schreibzeug in deinem Zimmer?«, fragte Penny.

»Nicht viel, nur einen Stift und Papier«, erwiderte Ariadne.

»Nein, das macht mir überhaupt nichts aus. Lass es uns ansehen«, sagte Penny übertrieben laut und fasste Ariadne am Arm. »Ich bin gleich wieder da«, entschuldigte sie sich bei den anderen Anwesenden. Genevieve war inzwischen eingetroffen und schien besorgt, nickte aber zustimmend. Miriam staunte nur und begriff es nicht.

Sobald sie in Ariadnes Zimmer eingetroffen waren, vergeudete Penny keine Zeit und setzte einen Brief auf. »Für wen ist er?«, wollte die jüngere Frau wissen.

»Für Mordecai, aber du darfst es niemandem verraten«, erwiderte Penny.

»Du bist so schrecklich ernst. Gibt es denn nicht irgendetwas, das ich tun kann?«

»Nein, du hast schon genug getan, aber du musst mir ein paar Dinge versprechen«, verlangte Penny.

Ariadne warf Penny einen nachdenklichen Blick zu. »Genauso verbissen bist du auch an dem Abend gewesen, als du versucht hast, Devon Tremont beim Tanz umzubringen.«

Ariadnes scharfe Wahrnehmung war zwar überraschend, doch Penny durfte ihre Unterstützung jetzt auf keinen Fall verlieren. Sie versuchte es mit Ehrlichkeit. »Die beiden Gelegenheiten ähneln sich auch in gewisser Weise, Ariadne. Du musst mir vertrauen.«

»Warum?«, fragte die jüngere Frau.

Penny holte tief Luft. »Ich traue allen, die hier sind, aber ich habe etwas gesehen, und wenn sie es zu früh erfahren, wird das die Zukunft verändern. Verstehst du?«, fragte sie nervös.

Ariadne nickte. »Hattest du eine Vision?«

»Ja. Deshalb bin ich im Hof zusammengebrochen. Sie kam, gleich nachdem Mordecai aufgebrochen war, und das macht alles noch viel schwieriger«, erklärte Penny.

»Weil du ihm etwas mitteilen musst?«

»Ja«, bestätigte Penny drängend. »Ich muss ihm eine Botschaft schicken. Und diese Botschaft muss ihn erreichen, wenn er zurückkehrt, und ich muss es tun, ohne jetzt im Moment irgendjemanden misstrauisch zu machen.«

»Sollte das nicht auch mich mit einschließen?«, fragte Ariadne.

»Ich möchte nur, dass du ein paar Stunden lang mein Geheimnis hütest«, sagte Penny zu der jungen Frau. »Danach spielt es keine große Rolle mehr, weil das Schlimmste schon passiert sein wird.«

»Warum soll ich das Schlimmste geschehen lassen?«

Penny zuckte mit den Achseln. »Es ist nicht für alle das Schlimmste, nur für ein paar, aber wenn es nicht geschieht, müssen alle sterben.«

Ariadne kniff die Augen zusammen. »Wen meinst du mit *allen*?«

»Alle.«

»Alle in Lothion?«, bohrte Ariadne.

»Alle«, entgegnete Penny.

»Alle in Gododdin?«

»Alle Menschen«, ergänzte Penny. »Ich spreche über die mögliche Auslöschung der ganzen Menschheit.«

Ariadne Lancaster richtete sich auf, ehe sie antwortete: »Das klingt ziemlich dramatisch, doch ... ich kenne dich, also stelle ich mein übliches Misstrauen zurück. Aber mal etwas anderes und vorausgesetzt, ich helfe dir – wer sind denn eigentlich die Menschen, denen bald etwas Schreckliches zustoßen wird?«

Penny schüttelte ablehnend den Kopf. Sie wagte es nicht, etwas zu sagen.

»Ist es so schlimm?«

Nun war der Punkt gekommen, an dem sogar Penny der Mut verließ. Sie sank in sich zusammen und brach in Tränen aus. Ariadne musste sie eine Weile trösten, ehe sie sich wieder fing. »Willst du mir helfen?«, fragte sie, sobald sie sprechen konnte.

»Mir bleibt wohl nichts anderes übrig, wenn ich dir glaube. Was soll ich für dich tun?«, fragte Ariadne resigniert.

»Lass mich den Brief zu Ende schreiben. Dann versiegele ich ihn und gebe ihn dir. Morgen oder übermorgen musst du jemanden beauftragen, ihn zu Joe McDaniel in Washbrook zu bringen. Verrate niemandem, worüber wir gesprochen haben.«

»Das ist gar nicht so schwer«, bemerkte Ariadne.

Penny lachte verbittert. »Das wird sich ändern, weil bis dahin einiges geschehen wird. Bitte verrate niemandem, was ich gesagt habe«, bat sie eindringlich.

Ariadne umarmte sie. »Ich weiß nicht, welche Bürde du jetzt trägst, Penny, aber ich lass dich nicht im Stich. Vertrau mir.«

Daraufhin musste Penny schon wieder weinen, doch sie kämpfte die Tränen nieder, nickte nur und schrieb den Brief zu Ende. Sie hatte Mühe, sich zurechtzulegen, was genau sie aufschreiben wollte. Wenn es zu viel war, würde Mort sich zu früh zusammenreimen, was geschehen würde, und wenn es zu wenig war, würde er sich weigern, das Notwendige zu tun. Am Ende beließ sie es bei einer Botschaft, die kurz und einfach war, und vertraute darauf, dass Mordecai ihren Rat nicht in den Wind schlagen würde. *Ich werde so oder so nicht erfahren, wie es ausgeht*, dachte sie wehmütig.

Kurz danach kehrten sie in die Haupthalle zurück, wo sich Penny noch einmal höflich für ihre kurze Abwesenheit entschuldigte. Anscheinend waren inzwischen alle um sie besorgt. Weiteren Nachfragen bezüglich ihrer möglichen Krankheit wich sie aus, indem sie Müdigkeit vorschützte. »Wenn es Euch nichts ausmacht, möchte ich mich jetzt zur Ruhe begeben«, sagte sie zu Genevieve.

»Aber natürlich!«, stimmte die Herzogin mitfühlend zu. Sie verschwendete keine Zeit und rief einen Diener, der sie zu den Gästezimmern führen sollte.

»Ich gehe mit«, verkündete Miriam und übernahm die Rolle der Beschützerin. »Ich kann doch meine Tochter nicht alleine lassen.«

Penny war zwar dankbar für die Geste, wünschte sich aber zugleich, sie könne Miriam davon abbringen, und wusste doch, dass es ihr kaum gelingen würde. Dorian und die Wächter machten sich bereit, um sie durch die Korridore zu begleiten. »Das ist doch nicht nötig«, protestierte Penny. »Dorian, du reichst mir als Begleitung. Lass doch deine Männer etwas ausruhen.«

Dorian zögerte kurz. »Tut mir leid, Penny, ich muss darauf bestehen. Ich habe Mort versprochen, dass wir dich ständig bewachen.« Er nahm den Helm ab, während er sprach, da es in der Burg sehr unhöflich gewesen wäre, ihn auf dem Kopf zu behalten.

Sie seufzte bedauernd. Natürlich hatte sie gewusst, dass es nicht klappen würde, aber sie hatte es wenigstens versuchen müssen. So nahm sie Miriam am Arm und ließ sich durch den Korridor führen.

»Penny, du zitterst ja wie Espenlaub. Was ist denn nur los mit dir?«, fragte Miriam beunruhigt.

»Keine Sorge. Nach dem Zwischenfall im Hof muss ich wohl nur etwas essen. Mein Magen fühlt sich so leer an«, log sie. In Wirklichkeit machte ihr Bauch einen Eindruck, als hätte sie einen Ameisenhaufen verspeist. Unterwegs fiel Penny etwas ein, und als sie den Kopf drehte, bemerkte sie, dass Dorian den Helm unter dem Arm trug. »Dorian, könntest du bitte den Helm aufsetzen?«, bat sie ihn.

Der große Mann sah sie schief an und erklärte ihr, was offensichtlich war. »Wir sind in der Burg, Penny.«

Sie ließ nicht locker. »Wenn du schon meinst, du müsstest mir den ganzen Tag folgen und den Leibwächter spielen, dann bestehe ich darauf, dass du wenigstens die Rüstung trägst, die mein Ehemann für dich angefertigt hat.«

Er starrte sie lange an, gab aber schließlich nach und setzte den Helm auf. »So, ist das besser?«, fragte er ein wenig herablassend.

»Ja«, antwortete sie. »Aber du solltest auch das Visier herunterklappen.«

»Das ist doch nicht dein Ernst«, erwiderte er ungläubig.

Sie blieb stehen und zwang Miriam damit, ebenfalls innezuhalten. »Es ist mir sogar absolut ernst, Dorian. Wenn du nicht das Visier herunternimmst, gehe ich keinen Schritt weiter.« Inzwischen starrten alle sie an, auch Morts Mutter war höchst verwundert. Da sie keine vernünftige Begründung für ihr Benehmen vorweisen konnte, zeigte Penny ihre ganze Verzweiflung in Form einer wilden Miene und einiger weiterer Tränen.

Miriam winkte Dorian, ihr lieber nachzugeben. »Nun klapp schon das verdammte Visier herunter, Dorian. Wir müssen sie ins Zimmer bringen.« Mit einem Blick gab Miriam ihm allerdings zu verstehen, dass sie sein Erstaunen gut nachvollziehen konnte.

Dorian fügte sich, auch wenn seine Körpersprache zeigte, wie albern er das alles fand. Penny war es egal, sie war nur froh, dass er voll gerüstet war. Ein paar Minuten später erreichten sie das Gästezimmer.

Sobald sie drinnen waren, suchte Penny das Schlafzimmer auf, während drei Wächter im Vorraum Aufstellung nahmen. Der vierte wachte draußen auf dem Flur. Miriam schenkte ihr immer noch ihre ganze Aufmerksamkeit. »Leg dich doch ein Weilchen hin«, schlug die ältere Frau vor.

Penny hatte ein schlechtes Gewissen, weil sie Miriam derart erschreckt hatte. Sie umarmte ihre Schwiegermutter und sagte leise: »Es tut mir leid, dass ich ein solches Aufhebens gemacht habe, aber ich bin gar nicht krank.«

Morts Mutter beäugte sie misstrauisch. »Was heißt das denn nun wieder?«

Penny ging zur Tür und blickte hinaus. Dorian wollte schon wieder das Visier heben. »Ich sagte, du sollst dein verdammtes Visier unten lassen!«, fauchte sie. Dorian funkelte sie an und klappte den Gesichtsschutz herunter. Penny schloss die Tür und wandte sich wieder an Miriam. »Mort hat dir doch bestimmt erzählt, dass ich hin und wieder Visionen habe«, begann sie.

Miriam riss die Augen weit auf. »Im Burghof?«, fragte sie.

Penny nickte.

»Und … wie schlimm ist es?«, wollte die ältere Frau wissen.

»Es ist schlimm, aber ich kann dir nicht verraten, was geschehen wird und wann es so weit ist. Du musst mir vertrauen.«

»Was soll das bedeuten?«, fragte Miriam.

»Es bedeutet, dass du auf mein Zeichen warten sollst. Etwas Schreckliches wird geschehen, und vielleicht sage ich einige Dinge, die dir unverständlich erscheinen. Aber ich möchte, dass du nicht darauf achtest und mir weiter zur Seite stehst.«

»Solche Dinge wie … das mit Dorians Visier?«

»Ja.«

»Also wird es zu Gewalttaten kommen?«, fragte Miriam.

Ein Klopfen an der Außentür unterbrach sie. Die Frauen hielten den Atem an und lauschten auf das, was sich gerade im Vorraum abspielte. Einer der Wächter wechselte ein paar Worte mit einem Neuankömmling, doch sie konnten nicht verstehen, was gesprochen wurde. Gleich darauf klopfte Dorian an die Schlafzimmertür. »Verzeihung, die Damen«, sagte er höflich.

Penny öffnete rasch. Inzwischen war sie sehr nervös und aufgeregt. »Ja?«, antwortete sie.

Dorian hatte das Visier noch immer unten, dahinter klang seine Stimme seltsam gedämpft. »James hat einen seiner Männer geschickt und bittet mich, ihn in seinen Gemächern aufzusuchen«, berichtete er.

Penny schluckte schwer, ehe sie antworten konnte. Ihr Mund war ausgetrocknet. »Dann musst du gehen«, sagte sie.

Dorian hob die Hand zum Helm. »Was ist damit?«

Beinahe hätte Penny gelacht. Sie beherrschte sich und kämpfte die aufkeimende Hysterie nieder. »Lass das Visier unten, bis du bei James bist. Ich erwarte aber nicht von dir, dass du es auch unten lässt, wenn du mit ihm sprichst«, erwiderte sie.

Wieder einmal seufzte Dorian. Obwohl Penny gesund und munter wirkte, litt sie offenbar unter irgendeiner Art von Anspannung, die ihr eigenartige Gedanken eingab. »Der Wächter, der die Botschaft überbracht hat, bleibt an meiner Stelle hier, bis ich zurückkehre«, sagte er.

»Das ist ganz in Ordnung so«, willigte sie ein.

Dorian drehte sich um und schritt hinaus. Er kam sich lächerlich vor, als er mit heruntergeklapptem Visier durch die Burg marschierte. Im Vorbeigehen betrachtete er kurz den Wächter, den James geschickt hatte, um ihn zu rufen. Irgendetwas an seinem Gesicht störte ihn, doch er konnte sich nicht recht zusammenreimen, was es war. Jedenfalls kannte er den Kerl nicht.

Sobald er fort war, kehrte Penny in den Vorraum zurück. Sie war viel zu aufgeregt, um eingesperrt im Schlafzimmer auszuharren. Ihre Gegenwart ließ das Geplauder der Wächter verstummen, und dann breitete sich ein unbehagliches Schweigen in dem Raum aus. Sie mussten nicht lange warten. Zwei Minuten nachdem Dorian gegangen war, klopfte es abermals.

Der neue Wächter, der draußen stand, öffnete die Tür, ohne die Antwort abzuwarten, und ließ eine sehr ungewöhnliche Frau eintreten. Sie trug weiches Leder wie ein Jäger, hatte aber mehr Stahl angelegt, als man in diesem Beruf benötigte. Die Haare waren schwarz und gelockt und wären ihr bis auf die Schultern gefallen, wenn sie sie nicht zu einem straffen Pferdeschwanz gebunden hätte. Sie betrat das Zimmer, als sei sie hier zu Hause.

Als Penny den Blick dieser seltsamen Frau bemerkte, lief ihr ein Schauer über den Rücken. *Die Frau bringt den Tod*, dachte sie. Das Wissen um die Dinge, die bald eintreten würden, trug allerdings nicht dazu bei, ihre Meinung zu ändern. »Halt«, sagte sie auf einmal, ehe die Frau selbst die Stimme erheben konnte. »Ich möchte, dass ihr Männer hinausgeht, damit wir ungestört reden können.«

Ein Bewaffneter, der in der Nähe stand – er hieß Samuel –, antwortete ihr: »Ich glaube nicht, dass Sir Dorian dies gutheißen würde.« Vielleicht hätte er noch mehr gesagt, doch auf einmal steckte ein Dolch in seinem linken Auge. Es ging so schnell, dass ein paar Sekunden lang niemand außer Penelope reagierte.

Sie verfügte zwar nicht mehr über die überragende Kraft und Schnelligkeit, die sie als Mordecais Anath'Meridum besessen hatte, doch einer der besten Krieger Lothions hatte sie ausgebildet, und sie hatte schon vorher geahnt, was geschehen würde. Als der erste Dolch auf Samuel zugeflogen war, hatte sie bereits ein Messer mit einer langen Klinge aus dem Rock gezogen. Zwar konnte sie Samuel nicht mehr retten, doch gelang es ihr, das zweite Wurfmesser in der Luft abzulenken, ehe es einen weiteren Wächter traf.

Es war still im Raum, als Samuel langsam zusammenbrach und im Todeskampf zuckte. Cole, der zweite Wächter, bemerkte mit einiger Verspätung, dass ihn beinahe die nächste Klinge getroffen hätte. Die seltsame Frau warf Penny einen anerkennenden Blick zu. »Nicht schlecht. Wie ich sehe, hat Cyhan dich gut ausgebildet.«

Der herablassende Tonfall dieser Frau ging Penny gehörig auf die Nerven. Sie wollte nichts lieber, als ihr eine Lektion erteilen, beherrschte sich jedoch. »Das ist ein Fehler. Niemand muss mehr sterben, wenn du es mich erklären lässt«, sagte sie.

Die dunkelhaarige Frau zog zwei große Messer, deren Klingen beinahe drei Handspannen maßen, und trat vor. »Ich fürchte, die Zeit der Plaudereien ist vorbei, meine Liebe.«

Man musste es den beiden übrigen Wächtern hoch anrechnen, dass sie keine Sekunde zauderten. Cole zog das Schwert, als die Frau vortrat, und der Mann neben ihm folgte seinem Beispiel. Sie waren jedoch hoffnungslos unterlegen. Die Gegnerin machte einen Ausfallschritt in Pennys Richtung, Cole fiel darauf herein und sprang zur Seite, um seine Schutzbefohlene zu decken. Die Frau nutzte seine unsichere und hastige Bewegung, um ihm die Kehle durchzuschneiden. Dann wich sie einem Hieb des zweiten Wächters aus, indem sie sich duckte, trat nahe an ihn heran und stach nach seinem Bauch.

Dieser Angriff war jedoch ein reines Ablenkungsmanöver, denn ihre Klinge konnte seinen Harnisch nicht durchbohren. Dennoch zuckte er instinktiv zusammen und zog sich zurück – oder vielmehr, er versuchte es, doch sie klemmte seinen linken Fuß mit ihrem eigenen Stiefel ein. Dann versetzte sie ihm einen leichten Stoß, sodass er rücklings hinfiel. Sie folgte der Bewegung und nutzte sein eigenes Gewicht aus, damit er sich zusammen mit ihr abrollte. Penny war unterdessen über Cole hinweggesprungen, ihre eigene Klinge verfehlte nur knapp den Rücken der Frau, als sie wegrollte.

Die Fremde landete mehrere Schritte entfernt in der Hocke, doch der Mann, den sie zu Fall gebracht hatte, rührte sich nicht mehr. Eines ihrer beiden langen Messer steckte unter dem Kinn, während sich unter ihm bereits eine Blutlache ausbreitete. Schockiert starrte Penny ihn an. Den Angriff, dem er zum Opfer gefallen war, hatte sie nicht einmal wahrgenommen, geschweige denn erwartet. Ihre drei Wächter waren tot, und vermutlich galt das Gleiche auch für denjenigen, der ursprünglich vor der Tür gestanden hatte. Damit war der Kampf vorbei, es sei denn, sie wollte sich der Frau allein entgegenstellen.

Angesichts ihrer Schwangerschaft wäre das jedoch sehr dumm gewesen. Die Frau war gefährlicher als jeder andere, den sie je gesehen hatte, was vielleicht sogar Cyhan einschloss.

Ohne die Schnelligkeit und Stärke, die sie als Anath'Meridum besessen hatte, konnte sie diese Gegnerin nicht besiegen. Das hieß aber noch lange nicht, dass sie sich einfach ergab. *Wie drückt Mort es immer aus? Dummheit vergeht nicht. Ich glaube, das gilt wohl auch für mich selbst. Wenn ich sie nicht direkt überwältigen kann, dann kann ich doch wenigstens dafür sorgen, dass sie mich unterschätzt.*

Penelope wich seitlich aus und zog sich stetig von der Frau zurück, bis sie wieder an der Stelle stand, wo es begonnen hatte. Cole lag hinter ihr reglos auf dem Boden. Noch ehe sie etwas sagen konnte, ergriff die andere Frau das Wort. »Ich bin nicht hier, um dich zu töten«, erklärte sie.

Penny wusste dies bereits, stellte sich aber unwissend. »Wer bist du?«, fragte sie.

Die Frau lachte. »Ich heiße Ruth. Wenn du den Dolch weglegst, tue ich dir nichts.«

»Und wenn nicht?«

»Dann ramme ich dir vielleicht das Knie in den dicken Bauch«, entgegnete Ruth höhnisch. »Du willst doch sicher nicht das Baby in Gefahr bringen, oder?«, sagte sie voller falscher Anteilnahme.

Penny versuchte es mit einer Finte. »Der König wäre sehr ungehalten, wenn mir oder meinem Kind etwas zustieße.«

Ruth trat vor, ohne sie einer Antwort zu würdigen. Penny wich sofort wieder aus, trat jedoch unglücklich auf Coles Leichnam und stolperte. Ruth sprang sofort vor, weil sie Penny jetzt für angreifbar hielt, riss jedoch überrascht die Augen auf, als Penny anmutig auf ein Knie sank, den Dolch hob und auf Ruths Bauch zielte. Sie wand sich wie eine Katze und vermied es mit knapper Not, aufgeschlitzt zu werden, doch die Lederkleidung war bereits zertrennt, und sie trug eine tiefe Schnittwunde davon. Die Ausweichbewegung hatte sie aus dem Gleichgewicht gebracht, und nun ging sie ungeschickt neben der schwangeren Frau zu Boden.

Penny fluchte, weil ihr Dolchstoß Ruth nicht voll getroffen hatte, doch sie setzte sofort nach und versuchte, die Gelegenheit weiter zu nutzen. Als Ruth stürzte, beugte sich Penny nach links und drosch der Angreiferin den linken Ellenbogen in die Seite. Wäre sie etwas wendiger gewesen, dann hätte sie sich ein besseres Ziel suchen können, doch der Bauch behinderte ihre Bewegungen. Immerhin stieß die Gegnerin ein schmerzliches Grunzen aus, als der Ellenbogen sie traf. Nun zog Penny auch die rechte Hand herum und wollte Ruth mit der Klinge treffen, ehe diese sich erholte.

Ruth hatte sich jedoch schon in Bewegung gesetzt und rollte sich zur Seite ab, ehe Pennys Klinge sie verletzen konnte. Gleichzeitig holte Ruth aus und traf Pennys Schläfe mit dem Bein. Der Tritt warf Penny zur Seite, sie prallte gegen den hölzernen Rahmen der Tür, welche die beiden Räume verband. Bevor sie wieder klar sehen konnte, traf sie ein zweiter Tritt, den sie nicht einmal hatte kommen sehen, und schleuderte sie auf den Boden zurück, noch ehe sie ganz aufgestanden war.

Gleich danach war es vorbei. Ruth hatte ihr die langen Beine um die Hüften geschlungen und einen Arm um den Hals gelegt, der Penny die Kehle zuquetschte. Sie bekam keine Luft mehr, und ihr Kopf fühlte sich an, als könnte er gleich explodieren. »Für diesen Schnitt wirst du büßen, Miststück«, hauchte ihr Ruth ins Ohr. »Du hast mich so wütend gemacht, dass ich dich glatt erwürgen könnte.«

Penny wollte antworten, doch der Druck auf die Kehle war zu groß. Sie konnte nicht einmal krächzen und spürte, dass ihr Gesicht rot angelaufen war. Die Welt wurde dunkel.

Dann flog die Schlafzimmertür auf, und Miriam mischte sich ein. Die ältere Frau hatte das Schlafzimmer nach Waffen abgesucht, nichts gefunden und sich schließlich mit dem einzigen brauchbaren Gegenstand im Raum begnügt, einem zierlichen Holzstuhl, der am Schreibtisch gestanden hatte. Wütend holte sie mit dem Stuhl aus und schlug auf Ruths Rücken ein. »Lass sofort meine Tochter in Ruhe!« Leider war sie keine geübte Kämpferin.

Der Druck auf Pennys Kehle ließ sofort nach, als Ruth sie freigab und zur Seite sprang. Miriam versuchte noch, den herabsausenden Stuhl abzufangen, ehe er Penny traf, hatte jedoch nur teilweise Erfolg. Penny verspürte einen neuen Schmerz, als das schwere Holz auf ihre Beine prallte. Ruth lächelte und ging mit einer Klinge in der Hand auf Miriam los – wie eine Katze, die gerade eine neue Maus zum Spielen gefunden hat. »Ich muss euch wirklich nicht beide am Leben lassen.«

Entsetzt musste Penny zusehen, wie Ruth Anstalten machte, Miriam anzugreifen. *Nein! Das sollte doch nicht geschehen!* Doch ihr Körper weigerte sich störrisch, den Befehlen zu gehorchen. Sie brachte es einfach nicht fertig aufzustehen, und sie konnte Miriam auf keinen Fall rechtzeitig erreichen, um sie zu retten.

18

Von Zweifeln geplagt schritt Dorian durch die Burg. Irgendetwas an dem Wächter, der ihn zu James gerufen hatte, war ihm eigenartig vorgekommen, doch er konnte es nicht ganz bestimmen. Erst als er die Gemächer des Herzogs schon fast erreicht hatte, dämmerte es ihm.

Er hatte den Wächter nicht erkannt. Er hatte ihn noch nie zuvor gesehen, obwohl er in Lancaster aufgewachsen und mit den Wächtern ausgebildet worden war. Zumindest das Gesicht hätte ihm doch bekannt vorkommen müssen. Natürlich bestand immer die Möglichkeit, dass der Herzog neue Bewaffnete in Dienst nahm, doch im Gegensatz zu Washbrook gab es in Lancaster keinen großen Zustrom neuer Siedler. Die Wahrscheinlichkeit war also eher gering.

Ich kehre lieber um, dachte er und ging den gleichen Weg zurück, den er gekommen war. Je länger er lief, desto drängender wurde sein Gefühl, und nach zwanzig Schritten rannte er schon. *Lass das Visier unten*, hatte sie ihm gesagt. *Verdammt, Penny! Du hast es gewusst!* Eine Minute später bog er um die Ecke des Ganges, auf dem sich ihr Zimmer befand. Und nun sah er seine Befürchtungen bestätigt. Es gab keinen Grund dafür, dass vier fremde Wächter vor dem Zimmer standen.

Trotz der Unterhaltung mit Mordecai besaß Dorian noch immer kein verzaubertes Großschwert, und jetzt war er ausnahmsweise dankbar dafür, weil der Flur nicht der rechte Ort war, eine so sperrige Waffe zu schwingen. Er brüllte, zog Langschwert und Dolch und griff sofort an, denn diese Männer wollten sicherlich nichts anderes, als die Frauen verschleppen, die zu beschützen er geschworen hatte.

Die Wächter erschraken und griffen ihrerseits zu den Waffen. Sie trugen nur Schwerter und Knüppel und wünschten sich sehr, sie hätten Schilde, als Dorian auf sie losging. Dennoch stellten sie sich dem Angreifer.

Sie hätten auch gleich die Waffen strecken können, denn die Klingen nützten ihnen nichts. Dorian ignorierte ihre Angriffe ganz und gar und verließ sich darauf, dass ihn die Rüstung schützen werde. Außerdem konzentrierte er sich ausschließlich auf die eigene Klinge und hatte im Handumdrehen die vier Gegner getötet oder tödlich verwundet. Zwei weitere waren in Pennys Zimmer eingedrungen und hatten die Tür hinter sich verriegelt. Anscheinend waren sie nicht bereit, für ein Gemetzel herzuhalten.

Panisch rüttelte er an der Tür, weil er wusste, dass sich Penny und Miriam schutzlos im Zimmer befanden. Natürlich widerstand die Tür seinem ersten Versuch, sie zu öffnen. Verzweifelt schlug er mit der Faust, die im Panzerhandschuh steckte, auf die Tür ein. Splitter und Holzstücke flogen in alle Richtungen. Die Tür bebte im Rahmen, als hätte er einen Rammbock eingesetzt. Dorian trat zurück und warf sich mit der Schulter voran gegen die hölzerne Barriere. Tatsächlich zerbarsten einige Balken, und beinahe brach die Tür in sich zusammen. Durch einen Spalt schoss eine Klinge heraus, die ihn verletzen sollte, von seinem Brustharnisch jedoch harmlos abprallte.

Er holte mit dem Schwert aus und zerhackte die halb zerstörte Tür. Mühelos schnitt der verzauberte Stahl durch das Holz, als zerteile er Brot mit einem Messer. Nur noch einige Sekunden, und er konnte den Raum betreten. Er war so sehr darauf versessen, Penny und Miriam zu erreichen, dass er den Mann mit dem schütteren Haar nicht bemerkte, der keine drei Schritte entfernt auf dem Gang sichtbar wurde und in einer fremden Sprache zu reden begann.

Durch die Lücken im Holz konnte Dorian die Toten erkennen, die dort am Boden lagen. Überall war Blut, und Penny wurde gerade von einer Frau mit dunklem Haar sorgfältig gefesselt. Weiter hinten lag Miriam reglos am Boden. Die beiden Männer waren eifrig dabei, Möbel vor die beinahe zerstörte Tür zu schieben.

Der Mann auf dem Korridor, den Dorian immer noch nicht bemerkt hatte, warf ihm einen seltsamen Blick zu, da die Worte keine sichtbare Wirkung erzielt hatten. Schließlich biss er sich auf die Lippen und versuchte etwas anderes. Ein Blitz schoss zu dem großen Krieger hinüber.

Dorian zuckte, als der Stromschlag durch seine Rüstung fuhr. Obwohl er in einem Metallgehäuse steckte, überlebte er, denn Mordecais Verzauberungen fingen einen großen Teil des Angriffs ab. Zuckend sah er sich über die Schulter zu dem Mann um, der ihn offensichtlich töten wollte. Er verschwendete keine Zeit und warf seinen Dolch nach dem Fremden, um ihn so lange abzulenken, bis er sich durch die Tür gearbeitet hatte.

Seltsamerweise zuckte der Mann mit dem schütteren Haar nicht zusammen, er duckte sich auch nicht und schien lediglich überrascht, als der Dolch in seiner Schulter stecken blieb. Nun stieß er einen Schmerzensschrei aus und taumelte frustriert rückwärts, eine Hand auf die Wunde gepresst. Unterdessen bahnte sich Dorian einen Weg durch die zerstörten Möbel. Die Frau hatte Penny inzwischen gefesselt, baute sich hinter den beiden Kriegern auf und trieb sie an, ihn draußen zu halten.

Sie war jedoch mit dem Ergebnis unzufrieden und sah sich um, bis sie ein schweres Tischbein fand. Als Dorian endlich in den Raum eindrang, schlug sie zu. Es war kein ausholender Hieb, wie man es hätte erwarten können, sondern eher ein Stoß wie mit einem Speer. Normalerweise hätte ein solcher Schlag eine enorme Kraft übertragen, wenn das ganze Gewicht des Angreifers hinter der kleinen Spitze lag. Sie griff so schnell und mit einer solchen Kraft an, dass Dorian sich nicht mehr ducken konnte, zumal er sich noch nicht aus den zerbrochenen Möbelstücken befreit hatte, und traf mit dem Ende des Tischbeins die Gesichtspartie seines Helms.

Dieser Hieb hätte ihn auf der Stelle getötet, wenn er nicht das Visier heruntergeklappt hätte. Allerdings reichte die Wucht aus, um Dorian rückwärts über die Holztrümmer stolpern zu lassen. Die beiden Kampfgefährten der Frau vergeudeten keine Zeit, folgten ihren Anweisungen und schleppten die gefangenen Frauen rasch hinaus.

Dorian wollte aufstehen, doch Ruth ließ ihm keinen Raum. Sie war durch die Tür gesprungen und um ihn herumgelaufen. Immer noch hielt sie das Tischbein wie eine Keule fest und schlug wie wild nach seinen Beinen, den Armen und dem Kopf und sorgte dafür, dass er das Gleichgewicht nicht wiederfand. Während sie ihn schwitzend angriff, grinste sie böse und suchte ständig nach verwundbaren Stellen. Ihre Schläge schienen bei dem mächtigen Krieger nicht viel zu bewirken, wenn man einmal davon absah, dass er nicht mehr auf die Beine kam. Seine Rüstung wies keine Dellen auf und war nicht einmal angekratzt.

»Walter!«, rief sie. »Kannst du nicht etwas gegen dieses Metallbiest tun?« Erst jetzt bemerkte sie, dass der Magier auf der anderen Seite des Ganges verwundet am Boden lag und sich gerade wieder aufrappelte. Der Anblick lenkte sie ab, und den nächsten Hieb mit dem Tischbein fing Dorians gepanzerte Faust ab. Sie wollte ihm die Keule entreißen, doch jetzt entwickelte er ungeahnte Kräfte.

Mit einem Ruck richtete sich Dorian ganz auf und zog Ruth an sich heran. Dann packte er viel schneller, als sie es für möglich gehalten hatte, ihre Kehle mit der linken Hand und zog ihr Gesicht dicht vor den Helm, während er aufstand. Wie ein emporsteigender glänzender Koloss hielt Dorian sie in der Luft, wo sie verzweifelt strampelte. Durch die Schlitze im Visier sah sie sein Gesicht, und der Ausdruck seiner Augen erschreckte sie.

»Wenn du eine dieser Frauen auch nur verletzt hast, reiße ich dir den Kopf von den Schultern!«, grollte er mit zusammengebissenen Zähnen. Dann drehte er sich zu den beiden Männern um, die Penny und Miriam trugen. »Legt sie sofort ab, sonst töte ich dieses Miststück.« Unschlüssig starrten sie ihn an.

Ruth funkelte sie an, während ihr Gesicht rot anlief und die Augen hervortraten. Keuchend versuchte sie, etwas zu sagen. Da er dachte, sie wollte einen entsprechenden Befehl erteilen, lockerte Dorian den Griff weit genug, damit sie sprechen konnte. »Gib mich frei, du Narr, sonst lasse ich sie töten, und …«, würgte sie. Dorian gab ihr nicht die Gelegenheit, den Satz zu beenden. Er machte zwei lange Schritte, hob sie noch höher und schmetterte sie gegen die Steinwand.

»Dann stirbst du zuerst!«, brüllte er. Inzwischen war er völlig außer sich. Die Männer, die Penny und Miriam gehalten hatten, ließen die Gefangenen auf den Boden sinken. Auf einmal vernahm Dorian eigenartige Worte. Ein Vorschlaghammer aus reiner magischer Energie traf seine Kniekehlen und warf ihn erneut zu Boden. Im Sturz ließ er Ruths Kehle los, doch sein Panzerhandschuh hatte ihr tiefe blutige Kratzer am Hals zugefügt. Sie brachte sich taumelnd in Sicherheit.

Dorian rollte sich ab und kam wieder hoch. Der beinahe kahlköpfige Magier wandte sich ihm zu, während Ruth drei Schritte entfernt würgte und keuchte. Dorian sprang ihn an, prallte jedoch gegen einen unsichtbaren Schild, der ihm den Weg versperrte. Er tastete und entdeckte, dass die Barriere offenbar den ganzen Korridor ausfüllte. Penny und Miriam befanden sich auf der anderen Seite … zusammen mit den Feinden.

Der Magier, der anscheinend Walter hieß, lächelte und wich langsam durch den Gang zurück. Ruth kam unsicher auf die Beine und schnappte laut nach Luft. Die beiden verbliebenen Soldaten, die sie mitgebracht hatten, hoben Penny und

Miriam wieder hoch. Verzweifelt drosch Dorian mit der Faust gegen die unsichtbare Barriere. Walter zuckte unter dem heftigen Schlag sichtlich zusammen.

Zwei rasche Schritte, und Dorian hatte sein Schwert geborgen. Er hatte genug Zeit mit Mordecai verbracht, um zu wissen, welche Wirkung verzauberte Klingen sogar auf den Schild eines Magiers haben konnten. Also holte er noch einmal aus, durchschnitt, was ihn behinderte, und der Widerstand verschwand. Walter riss vor Angst die Augen weit auf.

»Lauft!«, rief der Magier voller Panik. »Ich kann ihn nicht aufhalten!«

Dorian hatte den Sprüchewirker fast erreicht, als ihn ein weiterer Blitz traf und vorübergehend betäubte. Sein ganzer Körper kribbelte, und die Schmerzen raubten ihm für eine Sekunde die Sinne. Dann rückte er weiter vor. »Das wirst du mir büßen«, verkündete er drohend.

Walter taumelte ängstlich zurück. Nach Dorians Treffer mit dem Dolch war der Oberkörper des Mannes voller Blut. Verzweifelt stieß der Magier in einer unbekannten Sprache eine scharfe Wortfolge aus. Dorian machte sich auf einen magischen Angriff gefasst, der allerdings ausblieb. Daraufhin sprang er mit einem Schrei vor, um den älteren Mann zu packen, verlor jedoch schlagartig das Gleichgewicht und stürzte auf den Boden, der auf einmal so glatt war wie Eis.

Nun folgte der Magier eilig seinen Gefährten und wiederholte die Beschwörung noch einmal im Gehen. Zehn Schritte weit bedeckte zwischen ihm und dem hilflosen Dorian Eis den Boden.

»Verdammt!«, rief Dorian, der sich abermals bemühte, Hände und Beine aufzustützen. Verzweifelt strampelte er und fiel gleich wieder hin. Seine Wildheit verhinderte geradezu, dass er auf dem Eis einen Halt fand. Mit jeder Sekunde, die verstrich, wurden Penny und Miriam weiter verschleppt.

Außer sich schlug Dorian so heftig mit der Faust auf den

Boden, dass die Eissplitter in alle Richtungen davonflogen. Endlich konnte er auf dem festen Grund darunter stehen. Da fiel ihm etwas ein. Er schlug noch einmal mit beiden Fäusten zu, um das Eis zu sprengen, und binnen einer Minute oder sogar noch schneller hatte er den vereisten Bereich überwunden und folgte den Entführern. Als er um eine Ecke kam, fand er nichts außer einem leeren Gang. Die Gegner waren nirgends zu entdecken.

Er wandte sich in die Richtung, in die sie sich wahrscheinlich bewegt hatten, doch auch auf der Treppe entdeckte er keine Spur von ihnen. Dann blickte er zurück, suchte die Umgebung ab und kontrollierte die Türen, an denen er vorbeikam. Auf dem Boden bemerkte er Blut, das vermutlich von dem Magier stammte. Anscheinend war der Mann schwer verletzt. Sechs Schritte vor dem Zugang zur Treppe brach die Blutspur jedoch ab.

Mir zusammengekniffenen Augen untersuchte er den Boden und hoffte, einen Hinweis zu finden. Während er noch darauf starrte, erschien ein zweiter Blutfleck wie durch Zauberhand. Er blickte nach oben, weil er annahm, sie hätten irgendwie die Wände erklommen, sah dort jedoch nichts. Daraufhin machte Dorian einen weiteren Schritt und näherte sich der geheimnisvollen Erscheinung. Er hörte jemanden schwer atmen … vielleicht waren es sogar mehrere Menschen.

Auf einmal veränderte sich das Licht, und er stand vor der ganzen Gruppe. Anscheinend hielt Ruth den Magier auf den Beinen. Der Mann sagte: »Verdammt, warum gibst du nicht einfach auf?« Wieder sprach er ein fremdes Wort aus, und abermals wurde Dorian von einem Blitz umhüllt, der ihm schmerzhafte Stiche durch den ganzen Körper jagte. Dieses Mal hörte der elektrische Schlag nicht sofort auf, sondern hielt anscheinend eine Ewigkeit an, während ihn der Magier voller Verzweiflung und Angst angriff. »Du müsstest längst tot sein!«, rief der Mann beinahe schluchzend.

Doch Dorian stürzte nicht, obwohl der Rauch von seiner Rüstung aufstieg und sein Körper unkontrolliert zitterte. Allmählich taten die Stromschläge aber doch ihre Wirkung, auch wenn die Rüstung das Schlimmste abfing. Schließlich war es sogar für ihn zu viel, und er verlor das Gleichgewicht und brach auf dem Steinboden zusammen. So still lag er da, als hätten die Muskeln nach den heftigen Krämpfen beschlossen, sich auszuruhen. Beinahe verlor er das Bewusstsein.

Die Frau zog den erschöpften Magier weiter zur Treppe. Der Mann war offenbar völlig außer sich und stieß wilde Schreie aus. »Hör auf damit, du verdammter Feigling!«, schrie sie ihn an. »Was ist nur los mit dir?«

»Ich habe noch niemals jemanden getötet«, antwortete der Magier mit einer Stimme, die nach tiefer Hoffnungslosigkeit klang.

»Dann hat sich doch nichts geändert, du Schwachkopf!«, rief sie. »Er atmet ja noch.«

Die Stimmen entfernten sich, als sie die Treppe hinunterstiegen. Dorian hatte unterdessen Mühe, sich zu bewegen. Sein Körper fühlte sich wie Marmelade an, er war verzweifelt und konnte nichts tun. *Beweg dich, verdammt! Beweg dich!*, schrie er innerlich seine störrischen Muskeln an. Langsam gehorchten ihm die Gliedmaßen wieder. Mehrere Minuten vergingen, endlich konnte er wieder kriechen und bewegte sich sofort zur Treppe.

Fünf Minuten später konnte er gehen und versuchte, die Treppe hinabzusteigen. Mehr als einmal knickten seine Beine ein, und er stürzte zwei oder drei Schritte weit hinab, ehe er liegen blieb. Doch er gönnte sich keine Pause. *Du willst wissen, warum ich nicht aufgebe?*, dachte er. *Ganz einfach – weil du meine Freunde verschleppt hast.*

Als er unten ankam, konnte er sich beinahe wieder auf seine Beine verlassen. Auch hier gab es Blutspuren, die ihm die Verfolgung erleichterten. »Das solltest du mal untersuchen lassen«, sagte er leise zu sich selbst, meinte damit aber den Magier, den er verletzt hatte. »An so was kann man leicht verbluten.«

Er folgte der Spur bis in den Burghof. Hier waren die Blutflecken und die Stiefelabdrücke der Männer, die Penny und Miriam trugen, sogar noch leichter zu erkennen. Anscheinend hatte sie aber niemand sonst bemerkt. »Alarm! Feinde im Bergfried! Schließt die Tore!«, rief Dorian. »Sie haben die Gräfin verschleppt!«

Sofort rannten Männer herbei, auf den Wällen wurden die Wächter munter, besetzten die Schießscharten und beobachteten das Gelände in der Nähe. Andere näherten sich Dorian, als er, inzwischen wieder festen Schritts, über den Hof marschierte und der Blutspur folgte. Sie stellten ihm Fragen, für die er keine Zeit hatte. »Schließt das verdammte Tor, vielleicht sind sie noch hier drinnen!«, befahl er. »Schwärmt aus und durchsucht das Gelände, bis ihr sie habt. Sie sind unsichtbar.« Endlich gehorchten die Männer und setzten sich in Bewegung.

Sie warfen ihm eigenartige Blicke zu, als hätte er den Verstand verloren. »Es ist ein Magier oder ein Diener der Nachtgötter, der die Macht hat, sich unsichtbar zu machen. Sie müssen noch hier sein!« Er deutete auf den Bereich, in dem sich die Gegner gewiss befanden. In diesem Moment erschien auf der festgetretenen Erde der Stiefelabdruck eines Mannes, der eine schwere Last trug. Da er genau in diese Richtung gedeutet hatte, sahen es auch einige Wächter, die erstaunt keuchten.

Dorian zögerte nicht, sondern steckte das Schwert in die Scheide, damit er nicht versehentlich Penny oder Miriam traf, und hielt auf die Stelle zu, wo die Feinde standen. In diesem Augenblick brach die Hölle los.

Ein Schatten fiel über sie, und als er aufblickte, erkannte er ein Geschöpf, das unmittelbar den Legenden und Sagen entsprungen schien. Das Wesen war mindestens zwanzig Schritt lang und sank herab. Dunkelgrüne Schuppen schimmerten in der Nachmittagssonne, wo die Flügel deren Licht nicht verdeckten.

Dorian starrte das Wesen ungläubig an. »Ein Drache?«, murmelte er verblüfft. Die Männer von Lancaster stießen ängstliche und entsetzte Schreie aus und flohen. Ein solches Wesen hatten sie noch nie gesehen, und doch rannten sie instinktiv davon. Binnen Sekunden war der Burghof leer, und Dorian stand allein im Freien.

Das schuppige Ungeheuer landete mit geradezu außerordentlicher Anmut und Sanftheit und berührte kaum den Boden, als es sich niederließ. Die Vorderbeine waren fast so dick wie Dorians Oberkörper, und doch machte es fast kein Geräusch, bis es das Maul öffnete und ein herausforderndes Brüllen ausstieß.

Mit knirschenden Zähnen kämpfte Dorian gegen seinen Instinkt an. Obwohl seine Beine zitterten, weigerte er sich standhaft, den Blick abzuwenden. Irgendwie hatte auch das Schwert den Weg in seine Hand gefunden. Alle bewussten Gedanken waren ihm vergangen, aber tief in sich spürte er trotz seiner Angst eine mächtige Wut. Dorian ging vorwärts. Der erste Schritt war langsam und zögernd, aber jeder weitere, der folgte, wurde fester und selbstsicherer, bis er kühn und mit ungebeugtem Haupt in Richtung des mächtigen Tieres ausschritt. »Drei Mal will ich verdammt sein, ehe sich mir etwas wie du in den Weg stellen darf!«

Da richtete sich der Drache auf seinen vier Beinen hoch auf, holte tief Luft und starrte Dorian direkt an, der zusammenzuckte und stehen blieb, als das Ungeheuer das Maul öffnete und eine lodernde Feuerlanze ausstieß, die ihn einhüllte.

Dorian bückte sich, hielt den Kopf unten und schirmte das Visier mit den Armen ab, bis der Feuerstoß abklang. Allerdings spürte er keine Hitze. Anscheinend bewahrte ihn seine Rüstung gleichermaßen vor körperlichen und magischen Angriffen. Gegen die Flammen bewährte sie sich sogar noch besser als gegen die Blitze. Er richtete sich wieder auf, machte einen Ausfallschritt und griff das riesige Ungeheuer an, um ihm mit dem Schwert die Brust zu durchbohren.

Erschrocken stellte er jedoch fest, dass er ohne den geringsten Widerstand zustechen konnte, als sei der Drache lediglich aus Rauch erschaffen worden. Licht und Schatten wirbelten um ihn herum, als er auf der anderen Seite wieder zum Vorschein kam. Ein Blick zurück zeigte ihm, dass der Drache nun hinter ihm tobte, doch als der peitschende Schweif durch seine Brust fuhr, begriff er endlich, dass dieses Wesen nicht mehr als eine Illusion war.

So achtete er nicht weiter auf das Ungeheuer und eilte zum Haupttor. Da er nicht mehr vom Drachen abgelenkt wurde, erblickte er sogleich die Entführer, die gerade durch den Zugang hinausliefen. Das Fallgatter war halb gesenkt, hatte jedoch ein Stück über dem Boden angehalten, als werde es von einer unsichtbaren Kraft blockiert. Der Magier stand mit rotem Gesicht schwitzend daneben. Offensichtlich fanden seine Kräfte nun ihre Grenzen, da er gleichzeitig die Illusion erhalten und das Fallgatter festhalten musste.

Dorian verschwendete keine Zeit und rannte hinterher. Zuerst nahm er sich den Magier vor, der zu gefährlich war, um ihn zu ignorieren. Der ältere Mann sah ihn kommen. Der Schweiß lief ihm über die Wangen, während er versuchte, zu viele Dinge gleichzeitig zu tun. Er befand sich schon fast unter dem schweren Fallgatter aus Stahl, als Dorian ihn erreichte, und er hatte es aufgegeben, die Illusion des Drachen weiter zu erhalten.

Am Ende sah der Fremde ein, dass er nicht fliehen konnte, ließ die magische Barriere unter dem Fallgatter verschwinden und warf sich auf den Boden, um sich abzurollen, ehe die Sperre den Boden erreichte. Leider schaffte er es nicht ganz. Eine schwere Stahlspitze durchbohrte seinen rechten Oberschenkel und hielt ihn fest.

Zugleich hinderte das Gitter Dorian auch daran, die Männer zu verfolgen, die Penny und Miriam verschleppten. Er konnte beobachten, wie jemand vom Waldrand herbeiritt und eine Reihe von Pferden mit sich führte. Die Angreifer hatten das alles offenbar sorgfältig geplant. Binnen weniger Augenblicke würden sie ihre Opfer auf die Pferderücken setzen, und dann schwanden die Aussichten, sie zu fangen, endgültig dahin.

Wütend schlug Dorian auf die Metallstangen ein, die ihn daran hinderten, die Verfolgung aufzunehmen. Zwar war das Schwert verzaubert und rasiermesserscharf, doch das Metall schien ihm zu massiv, um es durchzuschneiden, und die Klinge drang nur einen Fingerbreit in die dreifach so dicke Stange ein. Vor ihm lag der Magier und stöhnte laut. »Hebt das Fallgatter!«, schrie Dorian und wusste schon, dass es vergeblich sein würde. Der Anblick des Drachen hatte die Torwächter verschreckt. Wahrscheinlich war niemand mehr in Hörweite.

Er steckte das Schwert in die Scheide und betrachtete nachdenklich die Barriere. Aus Erfahrung wusste er, dass sie viele Tonnen wog. Sie war so gebaut, dass man sie im Notfall auch schnell herablassen konnte, und das schiere Gewicht hinderte die Feinde daran, sie zu heben. Seit dem Tag, an dem die Bindung zur Erde entstanden war, hatte Dorian zwar bemerkt, dass seine Kräfte und seine Ausdauer erheblich zugenommen hatten, doch dies hier schien sogar ihm unmöglich.

In der Ferne luden die Entführer Penny und Miriam auf die wartenden Pferde. »Zum Teufel mit dem, was möglich ist«, sagte er und bückte sich, um das Fallgatter unten zu packen. Er holte tief Luft und schob es hoch, hielt den Rücken gerade und die Arme gespannt, während die Beine nach oben drückten. Zuerst geschah gar nichts, doch während er sich bemühte, hörte er unter sich ein dumpfes Pochen wie von einem mächtigen Herz, das im gleichen Takt schlug wie seines. *Gib mir die Kraft*, dachte er.

Irgendetwas antwortete auf seinen Ruf, denn er spürte, wie die Energie seine Gliedmaßen erfüllte. Das Gesicht lief rot an, und die Beine zitterten, doch das Fallgatter hob sich tatsächlich. Tief aus seinem Innern drang ein gedehnter Schmerzensschrei hervor, als er sich streckte und die Sperre hob. Sobald sie in Brusthöhe war, ging es leichter. Er wagte nicht innezuhalten und nutzte den Schwung, um sich unter das mächtige Stahltor zu stellen, das er weiter hochstieß.

Die Zeit hielt inne, als er die mächtige Sperre über sich hielt. Allein dieses Gewicht hätte ihn bereits zermalmen müssen. Er blickte nach unten zu dem Magier, der ihn beobachtete. »Wenn du dich bewegen willst, wäre dies ein guter Augenblick«, knirschte er mit zusammengebissenen Zähnen. Nun dämmerte es dem Fremden, und er kroch weg und hinterließ eine Blutspur auf dem Boden.

Sobald der Mann frei war, trat Dorian hinaus und ließ die Barriere wieder los. Das schwere Fallgatter krachte hinter ihm auf den Boden. Er betrachtete den Magier, der auf der anderen Seite lag, und war nicht sicher, ob der Mann überhaupt noch bei Bewusstsein war. »Lass dir von ihnen helfen, wenn sie die Angst vor deinem Drachen überwunden haben. Dann darfst du vielleicht weiterleben. Ich will mit dir reden, wenn ich wieder da bin.« Der Magier nickte, obwohl er anscheinend schon fast im Sterben lag.

Dorian wandte sich jedoch ab und rannte zu den Männern und Pferden hinüber, die schon fast zum Aufbruch bereit waren. Sie standen mehr als fünfzig Schritte entfernt, einer der Reiter hielt Penny vor sich fest. Miriam lag quer auf einem anderen Pferd. Das betrachtete er als schlechtes Zeichen, denn auf diese Weise beförderte man gewöhnlich nur Tote.

Normalerweise war es schwierig, in voller Rüstung zu rennen, und meist blieben derlei Aktivitäten auf sehr kurze Vorstöße beschränkt. Im Kettenhemd, das die meisten Bewaffneten trugen, fiel es nicht leicht, weil das Gewicht der Rüstung den Träger behinderte. Die Plattenrüstung, die er jetzt trug, hätte noch unangenehmer sein müssen, allerdings nicht wegen des Gewichts, da die Platten sogar ein wenig leichter waren als die Ketten, sondern weil die Rüstung dem Träger nicht viel Spielraum für schnelle Bewegungen ließ. Mort hatte jedoch wieder einmal ein Wunder gewirkt. Die Rüstung war wundervoll geschmiedet und bewegte sich zusammen mit dem Körper recht geschmeidig. Beim Rennen war sie immer noch hinderlich, aber da sie seine eigenen Bewegungen bereitwillig übernahm, hatte er fast das Gefühl, gänzlich ohne Rüstung zu laufen.

Perfekt war es trotzdem nicht, und er war immer noch langsamer als in gewöhnlicher Kleidung. Fünfzig Meter wären für einen normalen Angriff nicht zu weit gewesen, doch die Reiter trieben die Pferde gerade zu einem leichten Galopp an und entfernten sich bereits von ihm. Auch wenn es hoffnungslos schien, er rannte trotzdem weiter.

Dorian dachte an nichts anderes, nur an das Rennen. Er war nie ein besonders schneller Läufer gewesen, doch war er groß, gut trainiert und ganz sicher keine Schnecke. Sein Atem ging schneller, als die Beine ihn mit gleichmäßigen Tritten vorwärts trugen. Eine Minute verging, und immer noch rannte er. Die Reiter waren nicht weiter entfernt als zu Beginn. Die Gruppe vor ihm bestand aus sechs Pferden mit Reitern sowie einigen freien Tieren. Wahrscheinlich gehörten Letztere den Männern, die er getötet hatte. Ein Pferd trug eine doppelte Last, einen Bewaffneten und Penny, ein anderes nur Miriam, die wie eine Tote festgezurrt war.

Da Penny und ihr Entführer zusammen auf einem Tier saßen, musste die ganze Truppe langsamer reiten, und so unglaublich es schien, er konnte sogar Schritt halten. Er trieb sich noch härter an und hoffte, zu ihnen aufzuschließen, obwohl er sich im Hinterkopf immer wieder fragte, wie lange er wohl durchhalten werde.

Anscheinend stellten die Entführer ganz ähnliche Überlegungen an. Zwei Reiter, die vorher mit den Pferden aus dem Wald gekommen waren, drehten sich ungläubig um und beobachteten den rennenden Verfolger. Es war lächerlich. Ein Mann in schwerer Rüstung konnte doch keinesfalls mit Pferden mithalten, selbst wenn die Tiere, wie in diesem Fall, nur mit mäßigem Tempo liefen. Dennoch holte der Verfolger auf.

Einer der Reiter rief seinen Gefährten etwas zu, drehte um und wollte Dorian abfangen. Er zog das Schwert und ließ sein Pferd in vollem Galopp laufen, um direkt auf den Irren zuzuhalten, der ihnen folgte. Da Dorian nur noch vierzig Schritt entfernt war, konnte er sein Pferd nicht einmal auf die höchste Geschwindigkeit antreiben. Allerdings war es auch nicht nötig.

Dorian näherte sich dem Mann, der das Pferd herumdrehte und ihn über den Haufen reiten wollte. Überraschend schnell schrumpfte die Distanz zwischen ihnen. Dorian bremste nicht ab, sondern steuerte gezielt das Pferd an, statt ihm auszuweichen. Nur wenige Sekunden später ragte das Tier hoch vor ihm auf, und der Reiter beugte sich zur Seite, um mit dem Schwert zuzuschlagen. Kurz bevor sie aufeinanderprallten, versuchte das Pferd, die Richtung zu wechseln, um dem Zusammenstoß zu entgehen, doch Dorian ließ es nicht zu und rammte das Tier.

Das arme Pferd stieg hoch, als sie einander begegneten, er prallte unter den ausschlagenden Hufen gegen die rechte Schulter des Tiers, das beinahe das Gleichgewicht verlor. Unvermittelt richtete er sich auf, sobald er unter dem Pferd war, und legte seinen ganzen Schwung in die Bewegung. Dabei kam er fast zum Stillstand, doch nachdem er einige Schritte wie ein Betrunkener getaumelt war, fand er den Rhythmus wieder und rannte weiter. Das Pferd, das er gerammt hatte, war nirgendwo zu sehen. Er hielt nicht inne, um über dieses Rätsel nachzudenken, sondern konzentrierte sich allein darauf, Penny und ihre Entführer einzuholen. Nach dem Zusammenprall hatten sie schon wieder einige Dutzend Schritt wettgemacht.

Dorian rannte. Er schnaufte jetzt schwer und taumelte sogar manchmal, wurde jedoch nicht langsamer. Sein Mund schmeckte nach Blut und Eisen, die Lungen keuchten wie alte Blasebälge, doch er rannte weiter. Die Entführer begingen nicht den Fehler, noch jemanden zu schicken, um ihn aufzuhalten. Ruth blickte sich jedoch mehrmals nach ihm um. Offenbar staunte sie über seine Beharrlichkeit, und sie war gewiss keine Frau, die leicht zu überraschen war. Bei diesem Gedanken musste Dorian grinsen.

Die Jagd ging weiter, lange Minuten verstrichen. Am Waldrand angekommen, etwa eine Meile von Lancaster entfernt, bogen die Reiter ab und verließen die Straße. Jetzt folgten sie einem kleinen Weg. Wahrscheinlich hatten sie sich diesen Fluchtweg vorher zurechtgelegt, um den Streifen oder den Verfolgern zu entgehen. Nur mit Dorian hatten sie nicht gerechnet. Der gewundene kleine Pfad und die hier und dort überhängenden Zweige zwangen die Entführer, langsamer zu reiten, und nun holte Dorian rasch auf. Er war höchstens noch zehn Schritt von dem hintersten Pferd entfernt, einem frischen Zelter, der an das Reittier eines Bewaffneten gebunden war. Der Mann hatte die Zügel locker vorne am Sattel befestigt, um die Hände frei zu haben, während er nervös den stetig aufschließenden Dorian beobachtete.

Die Miene des Reiters zeigte nackte Angst, als Dorian sich näherte, bis er das freie Pferd beinahe berühren konnte. Mit einer eleganten Bewegung zog Dorian das Schwert herum und durchtrennte das Bein des Tiers ein gutes Stück über dem Boden. Es kreischte vor Schmerzen und stürzte, riss dabei am Zügel, der am Sattel des vorderen Tiers hing, und das Chaos nahm seinen Lauf. Sekunden später lagen beide Pferde und der unglückliche Reiter am Boden.

Dorian achtete nicht mehr auf das Blutbad und rannte weiter, wobei er über eines der gestürzten Pferde springen musste. Es tat ihm leid, dass er die Tiere getötet hatte, doch in diesem Moment zählte nur eines – die beiden Menschen, die zu beschützen seine Aufgabe war.

Ruth ritt ganz vorn, sie hatte Penny vor sich und schätzte immer wieder nervös ab, wie weit Dorian noch entfernt war. Wie Dorian besorgt feststellte, hatte sich ihre Miene verändert. Es war nicht mehr das Gesicht eines Menschen, der verzweifelt zu fliehen suchte, sondern der Ausdruck eines Gegners, der seinen nächsten Schachzug plant. Sie zog das Schwert und schnitt den Führstrick durch, mit dem Miriams Pferd an ihres gebunden war. Das führerlose Pferd irrte zur Seite ab. Dann drehte sie sich wieder nach vorn, beugte sich nach links und streckte den Schwertarm aus, als wollte sie einen unsichtbaren Feind treffen.

Dieses Verhalten verwunderte Dorian, bis er das Seil sah, das sie im Vorbeireiten durchtrennte. Dann spürte er das Grollen im Boden. Es war einer der ältesten und einfachsten Tricks: eine Todesfalle aus Baumstämmen, die links neben dem Weg aufgetürmt waren. Sobald das Seil zerschnitten war, kippten die Stützen weg, die das Holz hielten, und die Stämme rollten abwärts auf den Pfad, wo sie wie eine Woge aus Bäumen Pferde und Menschen nur so wegfegten. Ruth war die Einzige, die entkam, und natürlich nahm sie Penny mit.

Das Pferd, das Miriam trug, stürzte sofort, als ihm die ersten rollenden Stämme die Beine wegrissen. Glücklicherweise war es bereits langsamer geworden, und Dorian war schon fast neben ihm, als die hölzerne Kaskade eintraf. Er sprang und fing Miriam auf, gerade als sie vom Pferderücken rutschte. Da er nicht wusste, was er sonst tun sollte, legte er sie auf den Boden und schirmte sie mit dem eigenen Körper ab. Dank seiner schnellen Reaktion und mit einer Portion Glück gelang es ihm tatsächlich, sie hinzulegen und zu schützen, ehe die restlichen Stämme herabdonnerten.

Die Bäume, die über den Weg polterten und hüpften, waren beinahe zwei Handspannen dick. Manche sprangen über ihn hinweg, einige streiften seine Schultern und den Rücken. Die Schläge hatten eine gewaltige Kraft und drückten Dorian schwer zu Boden, bis er fürchten musste, Miriam unter sich zu zerquetschen. Dann hörte es auf, und im Wald breitete sich Schweigen aus.

Seine Arme waren bis über die Ellenbogen in den Boden gerammt worden, und ein Knie hatte eine tiefe Grube ins Erdreich gebohrt. Irgendwie waren er und Miriam dennoch unversehrt geblieben, auch wenn er immer noch nicht sicher war, ob sie überhaupt noch lebte oder ob er sich damit aufgehalten hatte, eine Tote abzuschirmen. Alle anderen, die verbliebenen Reiter und die Pferde, waren in alle Richtungen davongeflogen oder lagen mit gebrochenen Knochen auf dem Weg. Wahrscheinlich waren sie allesamt tot, nur ein einzelnes Pferd wieherte noch erbärmlich im Todeskampf.

Vorsichtig richtete sich Dorian auf, befreite sich und schüttelte den Dreck ab, ehe er Miriams reglosen Körper aufhob. Er trug sie zum Wegrand und legte sie sanft in den Farn, etwas abseits der Stelle, die von den Baumstämmen zerwühlt worden war. Nun bemerkte er, dass Blut über seine Rüstung lief und beide Panzerhandschuhe benetzte. Irgendwo im Innern der scheinbar unzerstörbaren Hülle blutete er, wahrscheinlich sogar aus mehreren Wunden. Allerdings konnte er keine Stelle erkennen, wo die Rüstung beschädigt oder auch nur eingedellt war.

Lediglich eine einzige Reiterin war entkommen – Ruth, die Penny weiter verschleppte. Die beiden waren zwar nicht mehr zu sehen, doch Dorian hörte noch das Pferd, das sie davontrug. Er stand auf und lief in die Richtung, in die sie auf dem Weg verschwunden waren. Sein Körper war eine pochende und schmerzende Masse, und jetzt, da er nicht mehr rannte, wunderte sich Dorian, wie er es überhaupt so weit geschafft hatte. Erschöpfung und Müdigkeit bekamen für ihn eine ganz neue Bedeutung.

»Schneller … ich muss schneller laufen«, sagte er sich und befahl den Beinen, sich eilig zu bewegen. Zwar war jeder Schritt eine Qual, und doch gehorchten die Beine, auch wenn er nicht über einen raschen Trott hinauskam. So ging es mehrere Minuten, während sich das Pferd weiter und weiter entfernte. Schließlich konnte er überhaupt nichts mehr hören, trotzdem ging er weiter.

Nachdem er eine unbestimmbare Weile nichts außer seinem mühsamen Atem und das Klirren der Rüstung beim Gehen vernommen hatte, bemerkte er ein neues Geräusch. Es war der Schrei eines verletzten Pferdes, darauf folgte ein satter Plumps, als sei etwas Schweres auf den weichen Boden gefallen. Darauf waren Pennys lautstarke Flüche zu hören, die mitten im Wort abbrachen. Dann herrschte Schweigen.

Ohne es selbst zu bemerken, hatte Dorian wieder zu rennen begonnen. Eine ungeahnte Kraft beflügelte ihn, und sein geschundener Körper reagierte und stürzte weiter. Blutstropfen spritzten von seinen Händen, als er Arme und Beine schneller bewegte. Er stürmte los, und sogar die Schmerzen waren fast vergessen.

»Schneid mir die Fesseln auf!«, hatte Penny gerufen. »Ich kann helfen. Erlaube mir wenigstens, mich selbst zu verteidigen!«

Er wusste, dass er ihnen ganz nahe war, und dann sah er die Gestalten vor sich auf dem Weg. Viele Gestalten. Sie liefen in die gleiche Richtung wie er und wandten ihm größtenteils den Rücken zu. Als er sich näherte, drehten sich einige um, und die gefühllosen Mienen zeigten ihm, was sie waren. *Shiggreth!*

Die Erinnerungen an jene Nacht vor mehr als einem Jahr, als er vor Washbrook gegen ein ganzes Rudel gekämpft hatte, erwachten wieder. Alles an ihnen war ihm vertraut – die eigenartigen, unnatürlichen Bewegungen und die ausdruckslosen Gesichter. Mit einer fließenden Bewegung zog er das Schwert und pflügte durch sie hindurch, ohne langsamer zu werden. Wer sich ihm in den Weg stellte, wurde niedergemacht.

Das Gedränge der Shiggreth schien unermesslich groß, doch endlich brach er durch und stand auf einer kleinen Lichtung im Wald. Penny und Ruth befanden sich neben einem verkrüppelten Pferd in der Mitte. Das arme Tier war in einen kleinen verborgenen Graben getreten und hatte sich beide Vorderbeine gebrochen. Hinter den Frauen lauerten weitere Untote, und auch an den Seiten rückten sie vor. Im Handumdrehen waren die drei Menschen ganz und gar umzingelt.

Das ist übel, wirklich übel, dachte er bei sich. Binnen Sekunden erreichte er die Frauen, die mit ihm zusammen wortlos ein Dreieck bildeten und nach außen blickten. Ruth hatte Penny bereits die Fesseln durchgeschnitten und ihr ein Schwert gegeben. Anscheinend wusste sie genug über die Shiggreth, um zu erkennen, dass ihre persönlichen Angelegenheiten nicht mehr von Belang waren.

Dorian schätzte, dass die Gegner mindestens zweihundert Köpfe zählten, und das war nicht gerade ermutigend. »Ich habe das Gefühl, dies gehörte nicht zu deinem Plan«, sagte er über die Schulter hinweg.

»Nein«, antwortete Ruth. »Es kommt mir sogar wie ein geplanter Angriff vor.«

»Bisher haben sie nie den Eindruck erweckt, sie könnten planen«, warf Penny ein.

»Nach den Überlieferungen sind sie genauso intelligent wie Menschen«, erwiderte Ruth. »Wenigstens hat mir das mein Lehrer erzählt«, fügte sie hinzu.

»Wer war dein Lehrer?«, fragte Penny.

»Cyhan«, antwortete Ruth.

»Das erklärt so einiges«, murmelte Dorian. Kaum hatte er

ausgesprochen, da rückten die Shiggreth auch schon gegen sie vor. Danach hatte keiner von ihnen mehr Zeit zum Reden.

Die Schlacht, wenn man es überhaupt so nennen konnte, verlief kurz und erbittert. Auf dem freien Gelände, umgeben von Feinden und mit reichlich Platz, um sich zu bewegen, wünschte Dorian, er hielte das Großschwert in Händen, über das er mit Mort gesprochen hatte. Dies wäre die perfekte Situation für eine solche Waffe gewesen. Nun aber musste er mit dem Langschwert zurechtkommen und hatte nicht einmal einen Schild oder Dolch zur Ergänzung bei sich.

Er war der Einzige, der vor der schwächenden Berührung der Gegner geschützt war. Trotz ihrer Bemühungen wurden Penny und Ruth fast sofort bezwungen. Die Feinde schleppten die hilflos zappelnde Ruth fort. Der Stahl der Menschen zerteilte Fleisch, das keinen Schmerz spürte. Auch Penny verließ nach mehreren Berührungen die Kraft, und sie brach zusammen. Möglicherweise wäre auch sie fortgeschleppt worden, doch Dorian stand über ihr und hackte alle Arme und Beine ab, die sie erreichen wollten.

So focht er allein und kämpfte eine Zeitspanne lang, die er selber nicht bestimmen konnte. Es kam ihm wie eine Ewigkeit vor. Trotz ihrer Zahl und obwohl sie in wahren Trauben an ihm hingen, vermochten ihn die Gegner nicht niederzureißen, wie sie es schon einmal getan hatten. Hände packten ihn an den Armen und Beinen, und doch konnte er sich entziehen und schleppte sie mit sich, während er ihre Artgenossen in Stücke hackte. Schneidend und fluchend kämpfte er unter dem Gewicht ihrer großen Zahl weiter, bis er endlich spürte, wie sie seine Beine hoben und Penny unter ihm wegzogen.

Er kämpfte weiter, obwohl er wusste, dass er längst verloren hatte. Sie war schon tot und mit ihr das Kind seines besten Freundes. Tränen quollen ihm in die Augen, er weinte vor Kummer und Zorn, als die Meute auch ihn hochhob. Sonne und Himmel schienen seine Tragödie zu verspotten, während die unzähligen Gegner versuchten, ihm die Rüstung von den Gliedmaßen zu reißen. Hoffnungslos wütete er, und es dauerte noch lange, bis sich wieder Schweigen über die Bäume senkte.

19

Ich brauchte mehrere Sprünge, um meine gesamte Begleitung in das Haus in Albamarl zu befördern. Zuerst waren Sir Harold und meine Ehrengarde an der Reihe, zuletzt nahm ich Lady Rose mit. Einschließlich Harold waren zehn Männer bei mir, alle bewaffnet und kampferprobt. Im Gegensatz zu den meisten anderen Adligen in Albamarl verfügte ich inzwischen über eine stattliche Anzahl erfahrener Krieger – alles Männer, die dem Tod schon einmal ins Auge geblickt hatten und bereit waren, es wieder zu tun.

Dorian und Harold hatten längere Zeit damit verbracht, sich genau zu überlegen, wen sie mir mitgeben wollten. Ich hatte keinen Zweifel daran, dass einige meiner Begleiter aussichtsreiche Kandidaten für die Aufnahme in den Orden der Ritter des Steins waren.

Lange betrachtete Marc Sir Harold, der die verzauberte Rüstung trug, und dann auch die anderen Männer, die mich begleiteten. »Planst du eine Invasion der Hauptstadt?«, fragte er schließlich.

Ich lachte. »Noch nicht. Ich glaube, ich kann dem König so weit trauen, dass er seinen Teil der Vereinbarung einhält.«

»Zehn Männer reichen nicht aus, wenn er sie bricht. Nicht einmal, wenn der da unter ihnen ist.« Er deutete auf Harold. »Wo hast du die Rüstung her?«

»Das erkläre ich dir später. Im Augenblick sollte es reichen zu sagen, dass Sir Harold noch viel gefährlicher ist, als man meinen könnte«, entgegnete ich.

»Freut mich, Eure Bekanntschaft zu machen, mein Lord.« Höflich verneigte sich Harold vor Marcus.

Nun schenkte Marc ihm seine volle Aufmerksamkeit. »Ich

bin kein Lord mehr. Diesen Titel habe ich aufgegeben. Trotzdem freue ich mich, Euch kennenzulernen, auch wenn man uns nicht förmlich vorgestellt hat.« Bei der letzten Bemerkung starrte er mich eindringlich an. »Wenn du schon anfängst, Leute zum Ritter zu schlagen, solltest du aber auch ein besseres Benehmen an den Tag legen, Mort«, fügte er an meine Adresse gerichtet hinzu.

»Da du deinen Titel aufgegeben hast, wie du es ausdrückst, muss er dir auch niemanden vorstellen«, wandte Rose boshaft lächelnd ein.

Marc zuckte sichtlich zusammen. »Autsch, Rose! Wie ich sehe, hast du deine Schlagfertigkeit nicht verloren.« Er winkte uns, ihm durch den Korridor zu folgen, der zum Erdgeschoss führte. »Wollt ihr Wein trinken? Da ich schon einmal hier war, habe ich mir die Freiheit genommen, Morts Weinkeller aufzufüllen.«

Ich warf ihm einen scharfen Blick zu.

»Keine Sorge, ich hab's nicht übertrieben. Unser Versprechen gilt weiter«, versicherte er mir rasch.

Einige Minuten später saßen wir alle im vorderen Salon des Erdgeschosses und tranken Wein. Ich wollte auch die Ehrengarde einladen, doch Harold erklärte mir, dabei würden sich die Männer nur befangen fühlen. Stattdessen teilte er sie auf die Gästezimmer auf.

»Es gab hier eine Menge Aufregung, seit du zurückgesprungen bist«, begann Marc.

»Es sind doch erst zwei Wochen, und ich hätte nicht gedacht, dass ein heimlicher Bewohner meines Hauses in dieser Zeit besonders viel erleben kann«, bemerkte ich grinsend.

Düster erwiderte er meinen Blick. »Es war nicht unbedingt die angenehme Art von Aufregung, wenn du verstehst, was ich meine.«

»Dann hören wir besser auf zu plaudern, und du weihst uns ein«, antwortete ich.

Schnaubend unterdrückte Lady Rose ein Lachen, hielt jedoch den Mund und ließ Marc reden. »Baron Arundel wurde hingerichtet«, begann jener unverblümt. Ich riss die Augen auf, doch Rose beugte sich vor und legte mir eine Hand auf den Mund, ehe ich ihm ins Wort fallen konnte. Nebenbei bemerkte ich, dass sie angenehm nach Lavendel roch.

Marc fuhr fort: »Vor zwei Wochen, gleich nach dem Treffen mit dir, verkündete der König, der Baron sei in den Palast eingedrungen und habe versucht, ihn während einer Privataudienz zu töten. Angeblich war dies Baron Arundels Reaktion auf den Beschluss, er werde wegen seines feigen Verhaltens während des Krieges gegen Gododdin seine Ländereien verlieren.«

»Das ist doch Blödsinn!«, rief ich.

Rose sah mich verstimmt an. »Würdest du ihn bitte ausreden lassen?«

Ich hielt den Mund, Marc blickte einige Male zwischen uns hin und her und verkniff sich ein Lächeln. Schließlich fuhr er fort: »Er wurde im Palast auf frischer Tat ertappt. Wie Seine Majestät verlauten ließ, tötete er vier Priester, einen aus jeder Kirche, und versuchte anschließend, dem König das Leben zu nehmen. Mehrere Wächter hielten ihn auf. Nach deren Bericht waren das Blut und die Zerstörungen in der Nähe der königlichen Gemächer durchaus bemerkenswert. Ich bin sicher, dass du über diese Vorfälle absolut nichts weißt, nicht wahr, Mordecai?«

»Du weißt verdammt gut, was da drin passiert ist. Ich hab's dir selbst erzählt.«

Rose unterbrach uns. »Marcus, reiz ihn nicht noch mehr. Was ist sonst noch passiert?«

»Der arme Sheldon wurde in Haft genommen, in Eisen gelegt und am nächsten Tag zum Galgen geführt. Er war gefesselt und geknebelt und wurde ohne weiteres Aufhebens gehenkt. Sogar die letzten Worte hat man ihm verwehrt«, berichtete

Marc lächelnd. »Wenn ihr mich fragt, einen Besseren als ihn hätte es gar nicht treffen können.«

Sheldon war der Vorname des Barons, wie ich aus unseren ebenso kurzen wie unerfreulichen Begegnungen vor einem halben Jahr wusste. »Aber er war ein Lord!«, protestierte ich. »Gibt es denn keine Regeln, wenn Adlige hingerichtet werden sollen?« Die Tatsache, dass er unschuldig war, ließ ich unerwähnt, denn ich bewegte mich lange genug in den Kreisen der Mächtigen, um zu wissen, dass Schuld und Unschuld bei den Herrschenden als bewegliche Güter galten.

»Der König behält sich die Ahndung von Kapitalverbrechen persönlich vor«, unterrichtete uns Rose. Auf Kapitalverbrechen stand, wie man sich leicht denken kann, die Todesstrafe. Sie fuhr fort: »Wenn es um Hochverrat oder direkte Angriffe auf seine Person geht, ist er berechtigt, den Obersten Gerichtsherrn zu übergehen und den Verbrecher ohne Verhandlung direkt zu bestrafen.«

In einem außerordentlichen Anflug von Weisheit hielt ich den Mund und durchdachte die Angelegenheit. Offensichtlich war Sheldon unschuldig im Sinne der Anklage gewesen, aber das spielte keine Rolle. Wichtig war nur die Frage, warum der König ihn nach unserem Gespräch hingerichtet hatte.

Marc ergriff als Erster wieder das Wort. »Du bist ein Dorn im Auge Seiner Majestät gewesen, doch nach eurer Begegnung hat sich die Lage verändert. Wenn er davon ausgeht, dass er aus deinen heldenhaften Bemühungen im Krieg Kapital schlagen kann, bist du für ihn von großem Wert.«

»Was Lord Arundels Position auf einen Schlag unterminiert hat«, fügte Rose hinzu.

Marc nickte. »Außerdem hat es bei Edward ein ziemlich großes Durcheinander gegeben, für das er eine Erklärung brauchte.«

»So hat er beschlossen, zwei Fliegen mit einer Klappe zu schlagen«, ergänzte sie. »Man könnte auch sagen, er hat eine

Fliege erschlagen und damit zwei Probleme gelöst.« Die beiden nickten, lächelten weise und waren anscheinend mit sich und ihrer Klugheit sehr zufrieden.

Wie ein Schüler, der sich beim Lehrer bemerkbar machen will, hob ich eine Hand. Doch niemand achtete auf mich. »Wirklich erstaunlich ist allerdings, wie schnell er nach Morts Abschied zu einer Entscheidung gelangt ist«, erklärte Marc.

»Entschuldigt bitte«, sagte ich.

Abermals ignorierten sie mich. Rose sprach sofort weiter: »Er herrscht schon lange als König, aber es ist wirklich erschreckend, wie rasch er auf eine so elegante Lösung gekommen ist. Die meisten Menschen hätten gezaudert und gezögert.«

»He!«, rief ich und wedelte mit der Hand zwischen den beiden. Jetzt waren sie endlich so freundlich, mir neugierige Blicke zuzuwerfen. »Könntet ihr politischen Genies mir das alles vielleicht in Begriffen erklären, die auch ein ehemaliger Gemeiner verstehen kann?«

»Ich hätte dich niemals als Gemeinen bezeichnet«, wandte Marc ein.

Rose schürzte nachdenklich die Lippen. »Na ja, du musst schon zugeben, dass er manchmal ein bisschen gemein sein kann.«

Marc kicherte. »Stimmt schon, aber das hätte ich nie so auszudrücken gewagt.«

»Du hast es doch gerade getan!«, beklagte ich mich. »Außerdem ist es, soweit ich weiß, keine Schande, ein Gemeiner zu sein, und nach meiner Begegnung mit Sheldon halte ich die Zugehörigkeit zum Adelsstand auch nicht unbedingt für etwas, mit dem man prahlen sollte.«

Rose klopfte mir auf die Schulter. »Sei nicht so pikiert, wir ziehen dich doch nur auf. Immerhin bekleidest du hier unter uns den höchsten Rang, und Marcus ist jetzt der Gemeine.«

Marc zuckte zusammen, als er daran erinnert wurde, und

griff das vorherige Thema wieder auf. »Die Lady will dir damit sagen, dass der König beschlossen hat, die Situation zu vereinfachen, nachdem er mit dir Frieden geschlossen hatte. Hätte er dich einfach nur in die Herde aufgenommen und dich gelobt, weil du ein Held bist und Gododdin besiegt hast, dann wäre Sheldon in eine sehr unglückliche Lage geraten. Zwischen den Adligen hätte es eine Spaltung und Machtkämpfe geben können. Eine Menge anderer Lords hätten mit Arundel Mitgefühl gehabt, nachdem du ihn so gedemütigt hast.«

»Er hat sein eigenes Volk im Stich gelassen«, erinnerte ich ihn.

»Das weiß ich, aber du musst begreifen, dass dies für viele Lords nicht mehr als eine Kleinigkeit ist gegenüber der Tatsache, dass du ihn vor seinen Dienern gedemütigt und beraubt hast. Du hast ihm den Besitz genommen und ihn mit nichts als den Kleidern, die er am Leibe trug, davongejagt. Und zwar ist das darum besonders schlimm, weil der Mann, der ihm all das angetan hat, möglicherweise als Gemeiner betrachtet werden könnte, so wie du es gerade ausgedrückt hast«, erklärte Marc.

»Und nachdem der König Arundel hingerichtet hat, schließen sie mich nun ganz unbefangen ins Herz?«, fragte ich sarkastisch.

»Nicht unbedingt«, erwiderte Rose. »Dies ist aber eine unmissverständliche Botschaft, dass der König ernsthaft vorhat, dich zu belohnen. Er beseitigt deinen wichtigsten Rivalen und beantwortet zugleich die Frage, wie im Königspalast mehrere Menschen gewaltsam zu Tode kommen konnten. Das wird jeden nachdenklich stimmen, der geneigt sein könnte, Krach zu schlagen, denn sie alle wissen nun ganz genau, auf wessen Seite der König steht.«

Das klang alles recht hübsch und einleuchtend, aber es gefiel mir nicht. Wie schon so oft wurden auch hier die Menschen mit der Einstellung behandelt, die ein Schachspieler seinen Figuren gegenüber hat. »Dann steht doch alles zum Besten für mich«, sagte ich verbittert.

»Weitgehend, ja«, stimmte Marc zu.

»Und wenn ich eines schönen Tages unbequem werde?«, fragte ich spitz.

»Mit dieser Möglichkeit muss jeder rechnen, der eine herausragende Position bekleidet. Gewöhnlich gibt es zwei sinnvolle Strategien, um damit umzugehen«, antwortete er.

Er hielt inne, worauf ich ihn unverwandt anstarrte. Ich hatte keine Lust auf Frage- und Antwortspiele. Endlich beschloss er, auch ohne eine Aufforderung von mir weiterzusprechen.

»Zuerst einmal solltest du um jeden Preis dafür sorgen, dass du nicht unbequem wirst, wie du es nennst.« Wieder hielt er inne, und wieder starrte ich ihn an.

Rose zwinkerte mir zu. »Und zweitens, Marcus?«, fragte sie unverdrossen.

»Danke, Rose«, entgegnete er. »Die zweite Methode besteht darin, immer einen Vorkoster zu schicken, ehe du essen möchtest, eine Menge Männer wie Sir Harold hier in der Nähe zu haben und immer ein Kettenhemd zu tragen.«

Ich zog eine Augenbraue hoch. »Wenn ich mich recht erinnere, hast du das nie getan.«

»Ich war auch nicht wichtig genug«, erwiderte er offen. »Du dagegen hast mehr Aufmerksamkeit auf dich gezogen, als der König derzeit selbst genießt. Es zahlt sich immer aus, wenn man auf das Schlimmste vorbereitet ist.«

»Du wirst dich freuen zu hören, dass du in dieser Hinsicht mit Dorian absolut übereinstimmst«, meinte ich trocken.

»Setzt mich auch mit auf die Liste«, warf Harold ein, der zum ersten Mal das Wort ergriff.

»Wie würde es Euch gefallen, mein Vorkoster zu sein?«, gab ich zurück. Dabei lächelte ich allerdings, um ihm zu zeigen, dass ich es nicht ernst meinte.

20

Ich saß in dem privaten Empfangszimmer, in dem ich König Edward zum ersten Mal begegnet war, damals, als James und ich ein wenig berauscht gewesen waren. Dagegen war ich jetzt vollkommen nüchtern und auf das Schlimmste gefasst. Harold und ein weiterer meiner Bewaffneten warteten draußen bei den Wächtern des Königs. In der Gegenwart Seiner Königlichen Majestät durften nur die höchsten Adligen Waffen tragen. Ich hatte darauf verzichtet – teils, weil es als höflich galt, und teils, weil ich ohnehin keine Waffen brauchte.

Am Vortag hatte ich direkt nach meiner Ankunft einen Boten zum Palast geschickt, um mich beim König anzumelden. Doch er hatte meinen Mann mit der Einladung zurückgesandt, ihn am nächsten Morgen aufzusuchen, um die Einzelheiten der Zeremonie zu meinen Ehren zu besprechen. Nun saß ich ihm gegenüber an einem kleinen Tisch und sah ihm zu, wie er vorsichtig eine Tasse heißen Tee trank.

»Ihr habt Euren Tee nicht angerührt«, bemerkte er freundlich mit einem Blick auf meine Tasse.

»Verzeiht mir, Euer Majestät, aber mein Magen ist heute sehr empfindlich«, erwiderte ich, ehe ich die Tasse an die Lippen hob. Rose hatte mir versichert, es sei höchst unwahrscheinlich, dass Edward mich an diesem Punkt und unter diesen Umständen vergiften werde, aber ich konnte mich dennoch nicht überwinden zu trinken. Ich neigte die Tasse, als nippte ich daran, öffnete jedoch nicht den Mund, sondern baute zwischen meinen Lippen und der Flüssigkeit einen kleinen Schild auf, um mich vor einem möglicherweise vorhandenen Gift zu schützen. Litt ich unter Verfolgungswahn? Vielleicht, aber das war mir vollkommen gleich.

König Edward beobachtete mich gelassen, obwohl mir irgendetwas sagte, dass er mein Täuschungsmanöver durchschaut hatte. Er lächelte, ehe er weitersprach: »Wir sind erfreut, dass Ihr so schnell zurückgekehrt seid.«

»Ich ziehe es vor, so wenig Zeit wie möglich zu verschwenden, Euer Majestät, und dies insbesondere dann, wenn es dabei um Eure Zeit geht«, antwortete ich mit höflicher Zurückhaltung.

»Nun seid Ihr also hier, und wir möchten die Zeremonie in zwei Tagen abhalten. Das sollte genügend Vorlauf sein, damit die meisten hiesigen Adligen ihre Angelegenheiten ordnen und anwesend sein können. Wir hoffen, so viele wie möglich von ihnen zu sehen«, erklärte er.

Ich hätte die Sache am liebsten auf der Stelle hinter mich gebracht und wäre sofort wieder nach Hause zurückgekehrt, aber mit dieser Verzögerung hatte ich schon gerechnet. »Von öffentlichen Ehrungen und Lobpreisungen halte ich nicht viel, Euer Majestät. Ist es wirklich nötig, ein solches Schauspiel zu veranstalten?«

»Neben vielen anderen Gaben besitzt Ihr einen scharfen Verstand, Mordecai, aber Fragen wie diese erinnern mich daran, dass Ihr nicht unter Adligen aufgewachsen seid«, erwiderte er. Ich wollte antworten, doch er hob eine Hand und fuhr fort: »Öffentliche Zeremonien und Veranstaltungen sind ebenso ein Teil des Herrschens wie Ratssitzungen und private Treffen. In gewisser Weise sind sie sogar noch wichtiger, da sie den Platz des Herrschers in den Köpfen der Untertanen zu festigen vermögen. Außerdem erinnern sie die Adligen an ihre eigene Stellung im Verhältnis zum König und zu demjenigen, der geehrt wird. An der Bedeutung solcher Ereignisse dürft Ihr niemals zweifeln.«

Ich fand Edwards Vortrag etwas herablassend. Der Zorn, den ich am vorhergehenden Tag empfunden hatte, erwachte wieder. »Sollte Arundels Hinrichtung ebenfalls als Erinnerung dienen?«, fragte ich. Meine Stimme klang gleichmütig, doch in meinen Augen lag ein gefährlicher Schimmer.

Er schien sich darüber zu amüsieren. »Man sollte doch meinen, dass Ihr darüber erfreut seid. Immerhin war uns bekannt, dass zwischen Euch und dem verstorbenen Baron nicht gerade eitel Sonnenschein geherrscht hat.«

Ich starrte ihn an, ehe ich sprach: »Mir gefällt nicht, wenn Menschen wie Schachfiguren herumgeschoben werden, nur weil es irgendjemandem gerade in den Sinn kommt.«

Darauf lief Edward rot an und legte die Stirn in Falten. »Wenn Ihr so viele Winter erlebt und so viele Freunde und Verbündete begraben habt wie ich, wenn man Euch betrogen und hier- und dorthin gelenkt hat, wie es mir geschehen ist, dann dürft Ihr über mich urteilen. Wenn Ihr alt und müde seid, nachdem Ihr viele Jahre die Macht ausgeübt habt, dann dürft Ihr beurteilen, wo genau ich auf der Skala zwischen Gut und Böse anzutreffen bin. Bis dahin allerdings könnt Ihr Eure verdammten Ansichten für Euch behalten.«

Natürlich bemerkte ich, dass der König während seiner Tirade auf das herrschaftliche »Wir« verzichtet hatte. Irgendwie empfand ich das als einen kleinen Sieg. Meine Wut verflüchtigte sich ein wenig, und ich konnte wieder klar denken. »Euer Majestät, dabei unterstellt Ihr, ich könnte überhaupt so lange leben. Angesichts meiner Stellung sind die Aussichten, dass ich ein hohes Alter erreiche, nicht sehr gut.« Dabei wechselten wir einen Blick. Ich war sicher, dass er nicht nur meine Entschlossenheit, sondern auch meine Aufrichtigkeit bemerkte.

In seinen Augen flackerte die Wut, als er mich ansah, dann wich der Ausdruck einem hämischen Grinsen. »Verlasst Euch nicht darauf, Mordecai. Ich habe einmal genau das Gleiche gesagt, und doch bin ich immer noch da, obwohl ich die Blüte meines Lebens längst überschritten habe.«

Ich lächelte grimmig. »Falls ich das Glück haben sollte,

lange genug zu leben, um Euch zu beurteilen, so werdet Ihr vermutlich nicht mehr zugegen sein, um Euch meine Schilderung Eurer Fehler anzuhören«, sagte ich.

»Überheblicher Hund!«, schrie er. »Wenn Ihr so lange lebt, dann seid Ihr genauso düster und abgestumpft wie ich, und Ihr werdet wünschen, irgendwo noch einen Schatten von mir zu finden, bei dem Ihr Euch für Eure Unverschämtheit entschuldigen könnt!« Wir funkelten einander einen Moment lang an, dann jedoch mussten wir beide kichern. Es war ein dunkles Lachen, geboren aus Wut und Anspannung, aber es löste die gefährliche Spannung zwischen uns auf – zumindest für den Augenblick.

Kurz danach zog ich mich zurück. Keiner von uns wollte das Geplauder fortsetzen. Wir mochten einander nicht, doch solange wir halbwegs zivilisiert zusammenarbeiten konnten, kam es darauf gar nicht an.

Später an diesem Tag ergriff ich die Gelegenheit, in der Bibliothek einige Nachforschungen anzustellen. Ich hoffte, noch ein Buch über Illusionen zu finden, vielleicht auch ein paar Erklärungen, wie sich jemand vor meinem Magierblick verbergen konnte. Die Erinnerung an den Fremden auf der Burg Cameron beschäftigte mich nach wie vor. Die Magier der alten Zeiten sollten doch wissen, wie man so etwas zuwege brachte.

Nachdem ich ein paar Stunden lang vergeblich gesucht hatte, machte ich eine unerwartete Entdeckung. Gerade hatte ich einige Bücher zurückgestellt, die ich zuletzt durchgesehen hatte, da bemerkte ich an der Wand hinter dem Bücherregal etwas Seltsames. Dort waren die Runen anders angeordnet.

Sämtliche Steine, aus denen das Haus bestand, waren verzaubert, was dazu führte, dass Objekte mit einer magischen Aura nicht sonderlich auffielen. Hier aber entdeckte ich nun in mehreren Steinen eine ganz andere Anordnung von Runen. Es schien fünf Punkte zu geben, die keinerlei Verbindung zur

Umgebung aufwiesen. Den Grund konnte ich mir allerdings nicht vorstellen. Ich betrachtete das Gebilde eine ganze Weile, ehe ich beschloss, etwas möglicherweise Dummes zu tun. Penny hätte sicherlich Einwände erhoben, doch sie war nun einmal nicht da und konnte mir keine Ratschläge erteilen, und ich musste eben das Beste tun, was mir einfiel. In diesem Fall sagte mir meine Eingebung, ich sollte mit den Fingerspitzen der linken Hand die fünf Punkte miteinander verbinden. Natürlich hatte ich keine Ahnung, was danach geschehen würde, aber es konnte doch wohl kaum etwas allzu Schlimmes sein, oder?

Leise lachte ich über mich selbst. »Manchmal muss man sich eben wie ein Idiot benehmen«, sagte ich zu niemand im Besonderen. Ich streckte die Hand aus und setzte die Fingerspitzen auf die betreffenden Punkte. Rings um meine Hand entstand ein Glühen, das nicht nur dem Magierblick sichtbar war, und ich spürte ein Kribbeln in der Hand. Einen Moment lang geschah nichts weiter, bis mir auffiel, dass ich den Atem angehalten hatte. Ich atmete seufzend aus, nahm die Hand weg und trat zurück.

Das Glühen verblasste rasch. Ich vermutete schon, ich hätte etwas falsch gemacht, doch da klickte es in der Wand, worauf ein Stück der Mauer samt Bücherregal lautlos zur Seite glitt. Sekunden später starrte ich in einen kleinen, aber hell erleuchteten Raum, den ich trotz der vorherigen gründlichen Suche übersehen hatte. »Verdammt will ich sein«, murmelte ich.

Sobald ich eingetreten war, schloss sich die Wand hinter mir wieder. Darüber sorgte ich mich zwar ein wenig, andererseits durfte ich aber hoffen, dass ich genauso leicht wieder herauskam. Falls nicht, stand mir später noch ein lustiges Abenteuer bevor.

Der Raum, in dem ich mich nun befand, war nicht groß, er maß höchstens drei mal drei Schritte. Verzauberte Lampen spendeten helles Licht. Sie waren meinen eigenen in der Werkstatt recht ähnlich, doch schien mir die Magie etwas anders gewirkt.

An der hinteren Wand stand eine lange Bank, auf der verschiedene kleine Werkzeuge, vor allem zierliche Hämmer und Meißel, abgelegt waren. Diese Gerätschaften wären nützlich gewesen, um kleine Schmuckstücke oder vielleicht Holz zu bearbeiten, sofern man gern schnitzte. Bis auf ein winziges silbernes Objekt hatten sie allesamt keinerlei magische Eigenschaften. Ich trat näher heran.

Das silberne Ding war so groß wie ein kleiner Federkiel, dem ein großer Teil der Feder fehlte. Es maß etwa eine Handspanne und hatte einen Durchmesser von zwei Fingern. Das eine Ende war stumpf, das andere lief in einer anmutigen Spitze aus. Das ganze Objekt war anscheinend aus reinem Silber geschmiedet, allerdings nicht poliert. Außerdem war es von dem einen bis zum anderen Ende mit komplizierten winzigen Runen bedeckt.

Zunächst begriff ich nicht, wozu es dienen sollte. Dann bemerkte ich, dass die Runen in einer vertrauten Weise angeordnet waren, auch wenn sie viel kleiner waren als diejenigen, die ich schon einmal betrachtet hatte. Sie entsprachen fast vollkommen den Runen, die ich auf meinen Magierstab gesetzt hatte. Das winzige Silberding kanalisierte also die Energie mithilfe von Runen und ermöglichte eine sehr feine Kontrolle der Kräfte. Nur die Größe versetzte mich immer noch in Erstaunen.

Mein Stab war groß, damit ich einen Energiestoß über eine weite Strecke aussenden oder meine Kraft in einem rasiermesserscharfen Strahl bündeln konnte, um den Schild eines Gegners zu durchschlagen. Einen so kleinen Runenkanal zu schaffen, erschien mir sinnlos. Ich nahm das Gerät in die Hand und wog es vorsichtig, etwa so wie einen Stift oder einen Pinsel. Schließlich zog ich es leicht über die Bank und gab ein winziges Maß an Energie hinein. Sofort entstanden auf der Bank anmutige Linien, die viel zarter und eleganter waren als jene, die ich bisher nur mit meinen Fingern erzeugt hatte. In diesem Moment verstand ich die Funktionsweise.

Es musste eine Art Griffel sein. Jedenfalls fiel mir kein besserer Name dafür ein. Sehr viel früher hatten die Menschen ähnliche Metallgeräte benutzt, um Briefe in Ton- oder Wachstafeln zu ritzen, ehe weithin das Papier in Gebrauch gekommen war. Dieses Werkzeug funktionierte ganz ähnlich, nur dass man magische Runen mit ihm wesentlich schneller, leichter und präziser als mit der bloßen Hand erzeugen konnte. Als ich es sah, fragte ich mich, warum ich nicht schon längst darauf gekommen war, so etwas für mich selbst herzustellen. Es schien so ungeheuer nützlich, dass ich mir im Geiste einen Tritt versetzte. *All die Zeit, die ich damit hätte sparen können!*, dachte ich.

Ich steckte es mir in die Gürteltasche. Wenn nötig, konnte ich ein solches Ding auch selbst herstellen, aber es gab keinen Grund, warum ich nicht dasjenige benutzen sollte, das ich gefunden hatte. Dann richtete ich meine Aufmerksamkeit auf den Raum. Abgesehen von dem Griffel schienen mir die einzigen interessanten Objekte hier ein in Silber gebundenes Buch und ein kunstvoll geschnitztes Holzkästchen zu sein. Zuerst heftete ich den Blick auf die Kiste, denn die künstlerische Vollkommenheit der Schnitzereien raubte mir den Atem.

Vorsichtig öffnete ich sie und betrachtete voller Verwunderung den Inhalt. Die Schachtel war mit weichem Stoff ausgeschlagen, der vor Alter trocken und spröde war. Darin lagen mehrere schlichte Goldringe. Alle trugen identische winzige Runen, die auf eine ganz ungewöhnliche Art angeordnet waren. Es sah nach einer Verzauberung aus, in der jedoch nur noch sehr wenig restliche Magie übrig war.

In die Runen waren lycianische Buchstaben eingebettet, die das Wort »Illeniel« ergaben. Als ich einen Ring vorsichtig herumdrehte, entdeckte ich im Inneren einen weiteren lycianischen Schriftzug. Die Worte waren zwar winzig, schienen aber »vertrauenswürdiger Gast« zu bedeuten. *Eine seltsame Inschrift für einen Goldring*, dachte ich.

Ich zählte die Ringe und stellte fest, dass sich zwanzig davon in dem Kästchen befanden. Ursprünglich mochten es sogar noch mehr gewesen sein. Über diesen Fund dachte ich eine Weile nach, bis ich es auf ein anderes Mal verschob. Ich hatte das Gefühl, mir werde die Bedeutung der Ringe schon noch klar werden – wahrscheinlich im Schlaf oder beim Baden. Wenn ich mich entspannte, hatte ich immer die besten Ideen.

Schließlich richtete ich meine Aufmerksamkeit auf das Buch. Bisher hatte ich mich zurückgehalten, denn normalerweise hätte ich es als Erstes betrachtet. Ich hatte es mir jedoch aufgehoben, weil ich annahm, es könne eine ganze Weile dauern, bis ich seinen Wert eingeschätzt hatte.

Es war recht kompakt, höchstens eine Handspanne breit und nur geringfügig höher. Trotz des silbernen Einbands war es kaum mehr als zwei Fingerbreit dick und hätte mühelos in eine Hemdtasche oder einen kleinen Beutel gepasst. Der Einband war mit Runen bedeckt, deren Zweck ich jedoch nicht erkennen konnte. Die Anordnung war ganz anders als alles, was mir bisher begegnet war, sodass ich nicht einmal einzuschätzen vermochte, ob sich das Buch gefahrlos öffnen ließe.

»Die Runenmuster könnte ich noch ein ganzes Jahr anstarren, ohne zu verstehen, wozu sie gut sind«, sagte ich laut, als würden meine Gedanken überzeugender sein, wenn ich sie aussprach. »Früher oder später muss ich das Risiko eingehen, und das Einzige, was ich nicht im Überfluss habe, ist Zeit.« Ich sprach es aus und war mir sicher, dass es zutraf. *Trotzdem ist es dumm, so ein Ding zu öffnen, ohne wenigstens einen Zeugen zur Hand zu haben, falls etwas Schlimmes passiert*, sagte ein Stimmchen in meinem Hinterkopf. Rasch schickte ich es in den Keller meines Bewusstseins und sperrte es ein, damit es mich nicht mehr belästigte.

»Was du heute kannst besorgen …«, sagte ich, löste die Metallklammer, die das Buch zusammenhielt, und klappte es auf. Im gleichen Augenblick schlängelten und wanden sich die Runen, als lebten sie. So etwas hatte ich noch nie beobachtet. Ein goldenes Licht drang aus dem Metall, und ich hatte den Eindruck, das ganze Buch ruckte in meinen Händen hin und her. Das erschreckte mich so sehr, dass ich es beinahe fallen ließ. Ich knirschte mit den Zähnen, zwang mich zur Ruhe und sah zu, wie das Buch heranwuchs, bis es beinahe doppelt so groß war wie zuvor. Sobald es die endgültige Größe erreicht hatte, beruhigten sich die Runen, und das Buch schien unbewegt wie zuvor. Ich seufzte gedehnt und dankbar, weil ich in keine Falle getappt war.

Sobald ich das Titelblatt betrachtete und die Worte las, schlug mein Herz schneller: *Verzeichnis der Verzauberungen.* Mir fiel Moiras Bemerkung ein: *Die Illeniels waren wegen der vielen Magierschmiede und geschickten Beschwörer berühmt, die sie im Laufe der Zeit hervorgebracht haben.* Das Buch war der erste deutliche Hinweis auf diese Eigenschaften. Nichts, was ich sonst in der Bibliothek entdeckt hatte, wies auch nur indirekt auf die Geheimnisse der Verzauberungen hin, ganz zu schweigen von einer umfassenden Liste. Verzweifelt hatte ich versucht, eine Anleitung für diese vergessene Kunst zu finden, und letzten Endes einige Sprüche gewissermaßen neu erfinden müssen.

Nachdenklich blätterte ich das Buch durch und fragte mich, was ich entdecken würde. Eine Seite trug den Titel »Anleitung für raumübergreifende Lagervorrichtungen«. Die Magie kam mir fremdartig vor, andererseits erkannte ich gewisse oberflächliche Ähnlichkeiten mit den Teleportkreisen. Auf einer anderen Seite fand ich die Risszeichnung einer »selbstverriegelnden Tür«, auf einer weiteren einen Plan für ein »Stasisfeld«, was auch immer das sein mochte.

Eine flüchtige Untersuchung zeigte mir, dass dieses Buch nur wenige Anweisungen oder Erläuterungen enthielt. Der vorherige Besitzer hatte offenbar Wert auf ein leicht transportables und strapazierfähiges Buch gelegt und keine großen Erklärungen benötigt. Es war ein Buch für jemanden, der in der Kunst der Verzauberung schon recht bewandert war, denn es enthielt lediglich Formeln und Diagramme der fertigen Sprüche.

Trotzdem, ein Buch mit vollständigen Entwürfen war mir lieber als eine Einführung ohne praktischen Nutzwert. Bislang hatte ich ja schon die Grundlagen ohne Hilfe entdeckt oder, wie ich hoffte, zumindest einen großen Teil davon. Ich war sicher, dass ich dank meines jetzigen Wissens leicht herausfinden konnte, wie die Verzauberungen funktionierten. Viele Entwürfe waren denjenigen ähnlich, die ich bereits erschaffen hatte. Ich klopfte mir im Geiste auf die Schultern. *Nicht schlecht für einen Anfänger*, dachte ich.

Nach einer Weile beschloss ich, den geheimen Raum zu verlassen, ehe jemand nach mir suchte. Als ich das Buch zuklappte, schrumpfte es wieder auf die anfängliche Größe zusammen. Das war ein erstaunlicher Effekt, den ich leider immer noch nicht ergründen konnte. Dann sah ich mich um und suchte den Mechanismus, der die Tür von innen öffnete.

Glücklicherweise kam man ebenso leicht heraus wie hinein. Auf der Wand befand sich eine ähnliche Figur wie draußen. Ich hob die Hand, um sie zu berühren, doch dann fiel mir etwas ein, und ich hielt inne. Da ich mich in einem Geheimzimmer befand, sollte es doch eine Möglichkeit geben, mich – ehe ich die Tür öffnete – zu vergewissern, dass dort draußen niemand stand. Normalerweise hätte ich einfach meinen Magiersinn benutzt, um dies zu überprüfen, doch er versagte, als ich es versuchte.

Oft erlebte ich Fehlschläge, die nicht weiter verwunderlich waren, aber dies hier war eine Ausnahme. Ich konnte nichts spüren, was sich außerhalb der geheimen Kammer befand. Es war, als hätte ich eine kleine Blase der Realität betreten, die von einer unendlichen Leere umgeben war. Nun, da ich genauer auf diese Wahrnehmung achtete, erschrak ich.

Das Gefühl erinnerte ein wenig an meine erste Begegnung mit den Shiggreth, deren körperliche Gegenwart ich nur als Leere empfunden hatte. Dies war ähnlich, nur dass die Leere jetzt die ganze Welt umfasste. Das Einzige, was ich noch wahrnahm, war der winzige Raum, in dem ich mich befand. Mein Herz raste, ich geriet vorübergehend in Panik, das Blut rauschte mir in den Ohren. Dann überwand ich meine Furcht. Es war noch nie meine Art gewesen, meinen Verstand von der Furcht wegfegen zu lassen.

Langsam atmete ich durch und legte die Hand auf die Punkte, um mit den Fingerspitzen die Verzauberung der Tür zu aktivieren. Sobald die Finger den Stein berührten, entstand wieder das gleiche Kribbeln wie zuvor, und ich konnte die Welt jenseits des kleinen Raumes wahrnehmen. Die Tür öffnete sich nicht, denn ich hatte die Hand noch nicht zurückgezogen, doch die Verbindung zwischen mir und der Verzauberung hatte meine Fähigkeit, die Außenwelt wahrzunehmen, wiederhergestellt.

Interessant, dachte ich bei mir. *Die Verzauberung lässt den Raum für den Magierblick unsichtbar werden, daher kann man auch nicht mehr die Außenwelt wahrnehmen, wenn man sich in ihm befindet.* Es war eine raffinierte und klug durchdachte Arbeit, deren Schöpfer ich nur bewundern konnte. Der Raum war von außen unsichtbar, und wer sich darin befand, vermochte zu erkennen, was draußen vor sich ging, ehe er die Tür öffnete, auch wenn er in diesem Moment wahrscheinlich für den Magierblick sichtbar wurde.

»Man kann wohl nicht alles haben«, sagte ich mir und zog

die Hand zurück. Einige Sekunden später öffnete sich die Tür, und ich trat in die Bibliothek. Hinter mir schloss sich die Tür wieder, und sobald sie versperrt war, konnte ich den geheimen Raum nicht mehr spüren. *Das ist wirklich eine kluge Arbeit*, dachte ich. Hoffentlich wurde die Konstruktion in dem Buch beschrieben, das ich dort gefunden hatte. Entscheidend war das aber nicht, denn wenn nötig konnte ich die Runen direkt von den Wänden abkopieren. Ich war sicher, diese Technik eines Tages noch brauchen zu können.

Schließlich drehte ich mich um und ging zur Tür. Ich spürte Marc, der gerade die Treppe heraufkam. Seine energischen Schritte verrieten mir, dass es etwas Wichtiges zu besprechen gab.

21

Ich traf Marc vor der Bibliothek und tat so, als sei ich überrascht, ihn dort zu sehen. So verhielt ich mich oft – ich spielte den Überraschten, wenn mir jemand begegnete. Das beruhigte den Betreffenden. Schon früh war mir bewusst geworden, wie sehr es die Menschen verunsicherte, wenn ich ihre Bewegungen spüren konnte, sobald sie in der Nähe waren. Niemand fühlt sich gern ständig beobachtet. Natürlich überwachte ich nicht pausenlos alle Menschen in meiner Umgebung. Gewöhnlich empfand ich die Eindrücke wie den Hintergrundlärm in einem vollen Raum. Man hört die Stimmen, erfasst aber nicht, was die Leute sagen, solange man einzelne Anwesende nicht bewusst belauscht. Mit dem Magierblick war es ähnlich. Ich konnte mich auf bestimmte Personen konzentrieren und bis zu einer Entfernung von einer Meile so viel sehen, wie ich wollte. Doch in der Praxis war es unmöglich, alles gleichzeitig zu beobachten. Dabei wäre ich verrückt geworden.

Hätten sie gewusst, wie viel ich zu sehen vermochte, die Bewohner der Burg Cameron hätten sich sehr unwohl gefühlt, auch wenn das Leben der meisten Menschen unendlich langweilig verlief. Meist tat ich aber so, als sei meine Wahrnehmung nichts Besonderes, um niemanden zu beunruhigen.

»Spiel nicht den Überraschten, wenn du mich siehst«, sagte Marc, als könne er meine Gedanken lesen.

Ich runzelte die Stirn. »Was meinst du damit?«

»Du übertreibst es immer. Da nur ich hier bin, kannst du dir die Mühe sparen. Ich weiß, dass du mich im ganzen Haus sehen kannst, also tu nicht so erstaunt, wenn wir uns begegnen.«

Gegen seine Argumente konnte ich nichts einwenden. *Der Kerl kennt mich einfach zu genau*, dachte ich grinsend. »Du bist viel klüger, als gut für dich ist. Das weißt du hoffentlich?«, erwiderte ich.

Er gab vor, sich angestrengt zu konzentrieren, legte eine Hand ans Kinn und stemmte die andere in die Hüfte. »Daran habe ich auch schon gedacht«, meinte er selbstgefällig. »Ich versuche aber, mit meinen Gaben nicht zu sehr zu protzen, andere könnten sich sonst unterlegen fühlen.«

Ich lachte. »Willst du mir verraten, was du herausgefunden hast, oder den ganzen Tag mit Selbstbeweihräucherung verbringen?«

Nun erweckte er den Eindruck, als müsse er ernsthaft über meine Worte nachdenken. »Schwierig«, antwortete er schließlich. »Aber die wirklich interessante Frage ist doch, woher du weißt, dass ich etwas herausgefunden habe.«

»Magie«, entgegnete ich sofort. »Außerdem die Tatsache, dass du dir ein Buch unter den Arm geklemmt hast und dringend nach mir suchst.«

Er betrachtete das Buch, das er bei sich hatte. »Da hast du mich wohl erwischt.« Dann ging er an mir vorbei in die Bibliothek, die ich gerade verlassen hatte. »Komm mit, ich zeige es dir.« Er setzte sich an den nächsten Lesetisch. Ich folgte ihm und zog mir einen Stuhl heran. »Gestern Abend habe ich einige vielversprechende Bücher in mein Zimmer mitgenommen, um sie noch vor dem Einschlafen durchzusehen. Dies hier habe ich in einem davon gefunden.« Er zog ein ordentlich gefaltetes Blatt hervor. Es war offenbar alt und vergilbt.

»In welchem Buch hat es gesteckt?«, fragte ich.

Er hob den Band hoch, den er mitgebracht hatte. Der Titel lautete: *Illustrierter Führer der Vogelwelt Lothions*.

»Warum hast du dir überhaupt die Mühe gemacht, dieses Buch aufzuschlagen?«, fragte ich neugierig.

Marc lächelte verlegen. »Manchmal bin ich es müde, all

diese ernsten Wälzer durchzublättern. In diesem Buch hier gibt es zahlreiche schöne Illustrationen, die liebevoll mit der Hand gemalt sind. Ich habe es mir nur zum Vergnügen angesehen.« Er zuckte mit den Achseln.

Ich schüttelte den Kopf. Obwohl wir seit fast zwanzig Jahren Freunde waren, hätte ich nie vermutet, dass er sich für Vögel interessierte. Vielleicht war ich doch nicht so aufmerksam, wie ich bisher gedacht hatte. Vorsichtig entfaltete ich das spröde Blatt und konnte sogleich erkennen, dass es sich um einen Brief handelte. Die Handschrift kam mir bekannt vor.

Mein lieber Freund,

ich kann an dieser Stelle nicht viel sagen, denn ich fürchte, dieser Brief wird Dich nie erreichen. Ich nehme an, Du hast meine letzten Mitteilungen bekommen, auch wenn ich noch keine Antwort erhalten habe. Das ist heutzutage ja nicht ungewöhnlich. Ich bin sicher, dass man meine Korrespondenz sehr genau überwacht. Gut möglich, dass man Deine Antworten gestohlen hat, damit ich sie nicht zu sehen bekomme.

Vendraccus bewegt sich jetzt viel freier. Vermutlich wird er bald versuchen, mich von meinem Platz zu stoßen. Niemand ist mehr da, dem ich trauen kann. Es behagt mir nicht, so düster zu sein, aber ich fürchte, dies wird mein letzter Brief sein. Eine Quelle, die Vendraccus nahesteht, gab mir Hinweise, die für Dich wichtig sein könnten, auch wenn ich die Bedeutung nicht verstehe. Ich bin nicht einmal sicher, ob dies der Wahrheit entspricht. Meine eigenen Spione sind nicht vertrauenswürdig und machen mir möglicherweise irreführende Mitteilungen.

Man trug mir zu, Vendraccus habe von seinem Gott den Auftrag bekommen, etwas zu suchen, das man »Illeniels Untergang« nennt. Mein Informant war nicht sicher, was dies eigentlich sein soll. Aus der Unterhaltung, die er belauschen konnte, sei jedoch hervorgegangen, es könne sich um etwas Lebendiges handeln wie einen Menschen oder eine Kreatur. Ob Dir dies hilft oder nicht, weiß ich nicht. Ich habe jedenfalls angenommen, der Name sagt Dir etwas.

Viel Glück. Ich kann Dir gar nicht beschreiben, wie viel mir Deine Freundschaft über die Jahre bedeutet hat, zumal ich jetzt allein und von Fremden umgeben bin.

V.

Einen Brief wie diesen hatte ich schon einmal entdeckt, bei meiner ersten Erkundung des Hauses im Schreibtisch meines Vaters. Ich war mir sicher, dass er auf die gleiche Weise mit einem einzigen Buchstaben unterzeichnet gewesen war. Damals hatte ich nicht genau gewusst, wer den Brief geschickt hatte, doch aus dem Inhalt dieser Mitteilung schloss ich, dass es sich wohl wirklich um Valerius gehandelt hatte, den letzten König Gododdins. Ich hatte keine Ahnung, wie sich die beiden Männer angefreundet hatten, doch das Leben meines Vaters war mir nach wie vor größtenteils ein Rätsel.

Ich sah Marc an. »Weißt du, was das zu bedeuten hat?«

Ratlos schüttelte er den Kopf.

»Ich auch nicht«, räumte ich ein. »Doch anscheinend pflegte mein Vater eine langjährige Freundschaft mit dem König von Gododdin.«

Daraufhin seufzte Marc ausgiebig. »Ich hatte wirklich gehofft, dass du damit etwas anfangen kannst.«

»Das ist doch nicht deine Schuld«, beruhigte ich ihn. »Bisher sind die Götter meine einzigen Informationsquellen über diese Angelegenheit gewesen, und wir wissen ja, wie unzuverlässig sie sind.«

Marc sah mich scharf an. »Das kannst du laut sagen.«

Ich grinste. »Das musst du für mich unbedingt aufschreiben und unterzeichnen. Wenn du das nächste Mal störrisch bist, kann ich es bestimmt gut gebrauchen.«

Wieder schüttelte er den Kopf. »Du hast ja völlig recht. Alles, was du über Illeniels Untergang weißt, hast du von den Göttern erfahren – zuerst von Celior, jetzt indirekt von Mal'goroth. Ich sollte viel eher die Kirchenarchive durchforsten und nicht diese Bibliothek.«

»Ich glaube nicht, dass deine Suche hier eine reine Zeitverschwendung ist«, wandte ich ein. »Immerhin ist dies die einzige bekannte Bibliothek der Illeniels und somit ein naheliegender Ansatzpunkt für die Suche.«

»Das ist schon wahr«, stimmte er zu, »und ich habe tatsächlich viele interessante Kleinigkeiten herausgefunden, während ich mich umgesehen habe. Irgendwann müssen wir uns mal ein oder zwei Wochen Zeit nehmen. Sicher würdest du über die allgemeinen Hintergründe zu den Magiern, Göttern und sogar zu solchen Leuten wie Dorian, die du hier finden kannst, staunen.«

»Dorian?«

»Ja«, antwortete er selbstgefällig. »Soweit ich es sagen kann, ist Dorian ganz genau das, was deine Ahnen einen Stoiker genannt haben.« Er verschränkte die Arme vor der Brust und wartete darauf, dass ich die unvermeidliche Frage stellte.

Ich winkte lässig ab. »O ja, das wusste ich schon. Ich habe in Vestrius' Tagebuch etwas über sie gelesen, aber natürlich würde ich auch gern die Bücher sehen, in denen du diese Hinweise gefunden hast. Da gibt es sicher noch eine Menge mehr zu erfahren.« Natürlich wusste ich, dass ihn meine Wortwahl ärgerte, aber wozu hat man Freunde?

»Manchmal bist du wirklich ein Spielverderber, weißt du das?«, meinte er resigniert.

Ich zwinkerte ihm zu. »Neulich hat mir ein Freund geraten, ich übertriebe es mit meiner Schauspielerei und solle einfach nur ehrlich sein. Ich hielt das für einen guten Rat.«

Marc schnitt eine maßlos überzogene schmerzliche Grimasse, als hätte mein Scherz sein feinsinniges Gefühl für Humor verletzt. Ehe er sich eine gute Replik zurechtlegen konnte, erschien jedoch Rose in der Tür. »Allem Anschein nach führen die Gentlemen nichts Gutes im Schilde«, bemerkte sie.

Marc hob beide Hände. »Ausnahmsweise trifft mich überhaupt keine Schuld, aber in Bezug auf unseren Freund, den angehenden Charakterdarsteller, bin ich mir nicht ganz so sicher.« Er zeigte mit dem Finger auf mich.

Meine Antwort beschränkte sich auf eine hochgezogene Augenbraue. Rose ignorierte jedoch unser Geplänkel. »Ich muss meinen Vater besuchen. Wäre einer der Herren bereit, mich zu begleiten?«

Ich wusste genau, dass sie keine Angst hatte, allein durch die Straßen von Albamarl zu gehen. Als wir das letzte Mal hier gewesen waren, hatte sie sich schließlich in der Nacht und ohne Begleitung durch die halbe Stadt bewegt. Sie war einfach nur höflich und bot uns vielleicht auch eine Gelegenheit an, uns etwas Bewegung zu verschaffen. Hätte sie wirklich eine Begleitung gebraucht, dann hätte sie auch einen meiner Wächter mitnehmen können.

Ich blickte zu Marc hinüber, der mich fragend ansah. Wir kannten einander gut genug, um mit einem einzigen Blick ein ganzes Gespräch führen zu können. Ich wäre eingesprungen, wenn er keine Lust gehabt hätte hinauszugehen, doch er war dazu bereit. Also antwortete er ihr: »Ich komme mit, Rose. Ich wollte sowieso in die Stadt gehen, und ich wüsste niemanden, in dessen Begleitung ich dies lieber täte.«

»Danke für das Angebot, Rose, aber ich lasse euch lieber allein gehen. Ich habe noch einiges zu erledigen«, sagte ich gleich darauf.

»Noch mehr Nachforschungen?«, erkundigte sie sich.

»Im Grunde ja«, erwiderte ich. »Ich habe in der Bibliothek einige interessante Hinweise gefunden und würde gern verschiedene Ideen ausprobieren.«

»Er will experimentieren. Das ist es, was er wirklich meint«, kicherte Marc. »Wahrscheinlich werden wir umso sicherer sein, je weiter wir uns vom Haus entfernen, Rose.«

»Ich hatte gar nichts Gefährliches geplant«, warf ich ganz ernst ein.

»Ja, klar, ich glaube dir das auch«, erwiderte er. »Aber ich habe Mutter ein Versprechen gegeben, das ich nicht brechen kann.«

Neugierig starrte ich ihn an. »Was hast du Genevieve denn versprochen?«

Nun setzte er eine Unschuldsmiene auf. »Tja, sie sagte, sie musste dich einmal beim Tee anbrüllen, als sie zu Besuch bei dir war. Anscheinend hattest du dich kurz zuvor bei einem Experiment beinahe selbst in die Luft gejagt und warst nun halb taub. Ich habe ihr also versprochen, deine Nähe zu meiden, falls du weitere Experimente durchführst. Sie hat sich große Sorgen gemacht ...«

Ich war absolut sicher, dass sie ihm ein solches Versprechen niemals abverlangt hätte. Je länger ich darüber nachdachte, desto unsicherer wurde ich allerdings. Immerhin war er ihr Sohn.

Rose lachte und rief: »Oh, das ist noch gar nichts! Du hättest ihn sehen sollen, als er zum ersten Mal versucht hat, dieses Haus zu betreten! Er hätte sich beinahe selbst gebraten, und danach standen ihm noch stundenlang die Haare zu Berge.«

Das Gespräch entwickelte sich rasch zu einem einzigen ausgedehnten Scherz, der allein auf meine Kosten ging. »Ich hätte doch gedacht, ihr zwei habt einander diese Geschichten schon oft genug erzählt«, unterbrach ich.

Rose schenkte mir ein Lächeln. »Dir ist doch klar, dass wir manchmal auch noch über andere Dinge sprechen müssen? Du bist beileibe nicht unser einziges Gesprächsthema.«

»Nein, das hatte ich auch nicht angenommen«, erwiderte ich verblüfft. Meine legendäre Gewitztheit hatte mich im Stich gelassen, daher beschränkte ich mich darauf, sie zur Tür zu begleiten.

Rose hakte sich anmutig bei Marc ein, als die beiden die Bibliothek verließen. Da sie gerade ein ausnehmend spannendes Gesprächsthema gefunden hatten, plauderten sie angeregt weiter, während sie sich entfernten. Ich konnte sie immer noch hören, als sie die Treppe hinuntergingen. Marc erzählte gerade eine weitere Geschichte. »Du hättest ihn an dem Tag sehen sollen, als er Penny erklären wollte, dass er ein Magier ist. Beinahe hätte er sie davon überzeugt, dass er mit den Kräften der Finsternis arbeitete, und als ich sie aus dem Zimmer rennen sah, dachte ich schon, er hätte sie angegriffen.«

Es dauerte mehrere Minuten, bis ich meine Aufmerksamkeit wieder auf das in Silber gebundene Buch richten konnte, das ich bei mir hatte. Jetzt hatte ich den Rest des Tages für mich, und ich wollte die freie Zeit nicht verschwenden. Ich zückte den silbernen Griffel, blätterte das Buch durch und überlegte, was ich als Erstes versuchen wollte.

22

Ich musste blinzeln, weil die Sonne wie ein rachsüchtiger Gott herunterbrannte. Manche Menschen mögen sonnige Tage, ich fand sie eher lästig. Die Barden sangen von wolkenlosem Himmel und hellem Sonnenlicht, ich dagegen bevorzugte ein paar Wolken und ein wenig Schatten. Nicht, dass ich etwas gegen das Sonnenlicht hatte, das nach dem Winter eine angenehme Abwechslung darstellte – nur wurde es mir manchmal etwas zu viel. Besonders wenn mich Hunderte oder gar Tausende Menschen anstarrten.

Die vielen Augen, die mich beobachteten, machten mich natürlich nervös, und da von oben die Sonne herunterstrahlte, konnte ich die Gesichter kaum erkennen. Natürlich hätte ich die Augen schließen und auf den Magierblick zurückgreifen können, doch manchmal ist es unerlässlich, gewisse Dinge mit den natürlichen Augen zu betrachten, und eine Meute von Fremden, die mich anstarrten, stand ganz oben auf dieser Liste.

»… während Baron Arundel seine Untertanen im Stich ließ und den bösen Feinden auslieferte, hielt dieser Mann hier die Stellung und verteidigte sie!« König Edward hob die Stimme und winkte aufgeregt in meine Richtung, obwohl er gleich neben mir stand. »Dieser Mann harrte aus, um sein Volk und das des Nachbarn zu schützen … und um uns alle zu verteidigen! Die ganze Zeit war der feige Baron hier bei uns und verbreitete Lügen und Zwietracht. Unerschütterlich erfüllte dieser Mann, der Graf di'Cameron, dem Königreich und der Krone gegenüber seine Pflicht, und damit hat er uns alle gerettet.«

Es fiel mir schwer, nicht nervös von einem Fuß auf den anderen zu trampeln, während ich dort neben ihm stand. Es war mir viel unangenehmer, als ich vermutet hätte, auf diese Weise zum Ziel eines schier unerschöpflichen Stroms von Lobpreisungen und Komplimenten zu werden. Außerdem hätte ich mir nie träumen lassen, mir eines Tages einmal ein solches Trommelfeuer von Halbwahrheiten und Übertreibungen anhören zu müssen. Nun ja, der letzte Teil entsprach immerhin der Wahrheit. Vieles von dem, was ich vorher gehört hatte, war jedoch frei erfunden gewesen.

Anscheinend entpuppte sich der verstorbene Baron nunmehr als ein ungeheurer Schurke und Feigling, denn er war nicht nur vor der Gefahr davongelaufen und hatte sein Volk im Stich gelassen, sondern musste obendrein auch als ein dreister Lügner gelten, der unermüdlich darauf hingewirkt hatte, unseren Helden, also mich, zu beseitigen, um sich dessen Ländereien anzueignen. Unberücksichtigt blieb dabei allerdings, dass mein Land an den Herzog von Lancaster gefallen wäre, sofern man mir den Titel genommen hätte. Jedenfalls ging die Geschichte dahin, dass unser weiser und guter König den Baron zur Rede gestellt hatte, als er von dessen Ränken erfahren hatte. Natürlich hatte der böse Baron versucht, den guten König zu töten, sobald ihm bewusst geworden war, dass dieser nicht auf die ungeheuerlichen Lügen hereinfallen würde.

All dies hatte ganz folgerichtig zum heutigen Tag geführt, an dem ich, der treue Diener – für meinen tapferen Dienst zum Schutze und Wohle des Königreichs, das ich vor verräterischen Feiglingen und mächtigen Heeren behütet hatte – meine verdiente Belohnung erhielt. Die Geschichte war mit derart viel Zuckerguss hergerichtet worden, dass ich beinahe schon die Mahnung meiner Mutter hören konnte, ich werde Bauchschmerzen bekommen, wenn ich noch länger zuhörte.

Einerseits brach mir Sheldons plötzliche Hinrichtung nicht das Herz, andererseits war ich jedoch der Ansicht, man hätte ihn für seine Feigheit nicht gleich hängen müssen. Obendrein wusste ich ja ganz genau, dass er nur gehenkt worden war, um den Weg für meine heutige Ehrung zu ebnen. In diesem Augenblick wurden meine Gedankengänge jäh unterbrochen – Harold rempelte mich am Ellenbogen an. Tatsächlich hatte ich nicht mitbekommen, was der König gerade gesagt hatte. Ich sah ihn fragend an.

»Kniet vor dem König nieder«, flüsterte Sir Harold. Mir wurde bewusst, dass ich beinahe einen schweren Fehler begangen hätte. Hastig kniete ich nieder und hoffte, die Menge hatte mein Zögern nicht bemerkt.

Daraufhin zog Edward einen schlichten Goldreif hervor, der mit einem großen blauen Saphir geschmückt war. Er hatte ihn eigens für den heutigen Tag als Symbol für die Lobpreisungen, die mir zuteilwurden, anfertigen lassen. Sanft drückte er mir den Reif auf die Stirn und legte mir die Hände auf den Kopf. »Nehmt dies als kleines Unterpfand unserer Dankbarkeit für Eure Dienste. Hiermit ehren wir Euch für Euren Sieg und ernennen Euch zum Beschützer des Nördlichen Königreichs. Außerdem übertragen wir Euch die Ländereien, die früher Eurem Nachbarn, dem verstorbenen Baron Arundel, gehört haben, auf dass Ihr sie für Eure eigenen Vasallen benutzt.«

Als er geendet hatte, legte er mir die Hände auf die Schultern und gab mir mit einer Bewegung zu verstehen, dass ich mich wieder erheben durfte. Sobald ich stand, empfand ich eine Woge von Widerwillen. Die Abscheu galt einerseits der ganzen Zeremonie, anderseits aber auch mir selbst, weil ich einfach so mitmachte. Es war nichts als eine riesige Lüge, um das Volk zu beschwichtigen und die Unterstützung für einen König zu verstärken, den ich nicht ausstehen und noch weniger achten konnte.

Als ich den Kopf wieder hob, bemerkte ich, dass Cyhan hinter unserem Monarchen stand. Unsere Blicke begegneten sich, und ich sah, dass er spürte, was in mir vorging. Ein fast unmerkliches Kopfschütteln warnte mich, ja nicht den Mund aufzureißen. Ich holte tief Luft. Er hatte natürlich recht. *Ein* falsches Wort in diesem Moment konnte einen Bürgerkrieg auslösen, und ich war doch schließlich hier, um genau dies zu verhindern.

Währenddessen staunte ich über seine Gelassenheit. Beim letzten Mal hatte er mich gewarnt, unsere nächste Begegnung werde sehr unfreundlich verlaufen, und nun stand er als Leibwächter ruhig neben dem König. Ich konnte nur annehmen, dass sein Eid, dem Monarchen zu dienen, Vorrang vor dem Eid hatte, ungebundene Magier hinzurichten. *Ich möchte wetten, dass er deshalb nachts nicht schlafen kann*, dachte ich und schenkte Cyhan ein höfliches Lächeln, sobald der König den Blick von mir nahm. Damit ließ ich den Krieger wissen, dass ich seine Nachsicht und seinen Rat zu würdigen wusste.

»Vielleicht möchte unser Held ein paar Worte an die Menge richten?«, lud mich der König freundlich ein.

»Gewiss, Euer Majestät«, antwortete ich sofort. Er trat zur Seite, und ich drehte mich zu den Zuschauern um. Die Sonne schien mir nicht mehr ins Gesicht, daher konnte ich jetzt besser sehen. »Unser König hat mich heute geehrt, aber ihr müsst wissen, dass diese Ehre nicht allein mir gebührt. Kein Mann kann für sich allein ganz Lothion verteidigen. Dies war nur möglich, weil viele Hunderte oder gar Tausende Männer und Frauen geholfen haben. Menschen wie ihr, die ihr heute hier versammelt seid. Ich habe nicht mehr und nicht weniger getan als das, was jeder andere treue Bürger unseres Landes auch tun würde.«

Ich war sehr in Versuchung, damit fortzufahren, dass sie meinem Beispiel folgen sollten, falls wieder einmal das Unglück unser Land heimsuchte, doch ich hielt mich zurück, denn ich wusste, dass Edward dies sehr ungnädig aufgenommen hätte. Schon meine Bemerkung, die Ehre gebühre nicht mir allein, sondern müsse mit denen geteilt werden, die mir dienten, hatte ihn ein wenig beleidigt. Trotz Cyhans stummer Warnung erwachte mein Zorn, doch ich kühlte schlagartig ab, als ich in der Menge einen jungen Mann bemerkte, der mich anstarrte.

Es war ein geradezu unwirklicher Moment, die Welt schien sich langsamer zu drehen, und alles kristallisierte in diesem Augenblick. Vor mir standen Hunderte Menschen, doch ein paar Sekunden lang bemerkte ich nur diesen einen jungen Mann mit den hellblonden Haaren, dessen Blick mich schier zu verbrennen drohte. Einen so verzehrenden Hass konnte nur jemand empfinden, der mich für die Verkörperung alles Bösen auf der Welt hielt. In diesem zeitlosen Moment sah ich ihn deutlich vor mir und bemerkte sogar das Messer, das er unter dem zerlumpten Hemd verbarg. Dieser Mann, der noch jünger zu sein schien als ich selbst, schien nur aus einem einzigen Grund hier zu sein. Er hoffte, mir nahe genug zu kommen, um mich töten zu können.

Es war ein erschreckender Gedanke, und ich wusste mit einer Gewissheit, die der reine Verstand nie erreichen konnte, dass er der Wahrheit entsprach. Was immer seine Gründe sein mochten, dieser Mann wollte meinem Leben unbedingt ein Ende setzen. Irgendwo in der Menge ertönte eine Frauenstimme. Es war nur eine Stimme unter vielen, doch er kannte sie und drehte sich zu dem Mädchen um, das ihn gerufen hatte. Als er den Blick auf sie heftete, sah ich auch sie.

Sie war jung und ähnelte ihm – *wahrscheinlich war es seine jüngere Schwester*, dachte ich. Sie drängelte sich durch die Menge, um neben ihn zu treten. Ihre Miene sprach von tiefer Furcht und Sorge. *Sie will ihn aufhalten*, erkannte ich schnell. Die Menge jubelte, während mir der König die Hand auf die Schulter legte. Doch unbemerkt von allen anderen spielte sich in der Menge dieses kleine Drama ab, das nur ich verfolgen konnte.

Der König ergriff wieder das Wort, ich hörte aber nicht mehr zu, sondern konzentrierte mich allein auf den jungen Mann und seine Schwester. Jetzt hatte sie ihn erreicht, und nun stritten sie sich mitten auf dem überfüllten Platz. Ihm dämmerte, dass sie seine Gelegenheit zunichtegemacht hatte. Er ließ die Schultern hängen, wandte sich ab und ließ sich von ihr wegführen. Dabei wechselte sie einen Blick mit mir. Ich hatte gehofft, meine Miene zeige ihr, wie dankbar ich ihr war, doch auch ihr Gesicht war von einer Wut und einem Hass erfüllt, die ebenso heftig loderten wie bei ihm.

Was habe ich nur getan, dass mich die beiden jungen Fremden so verabscheuen?, fragte ich mich. Wieder knuffte mich Sir Harold am Ellenbogen. Der König hatte das Podium verlassen, nun sollten wir ihm folgen. Ich setzte mich in Bewegung, richtete jedoch einen Teil meiner Aufmerksamkeit weiterhin auf den jungen Mann und seine Schwester. Sie entfernten sich inzwischen mit den anderen Zuschauern.

Ich war sicher, dass ich sie im Geiste verfolgen konnte, solange ich nicht abgelenkt wurde und sie nicht zu weit wanderten, befürchtete aber, dass der König verschiedene Dinge mit mir besprechen wollte, sobald wir außer Sichtweite der Zuschauer waren.

Ich hätte mir keine Sorgen machen müssen. Sobald wir den Palast betreten hatten, wandte sich Edward an mich. »Wir haben heute Nachmittag noch viel zu erledigen und wollen Euch nicht weiter aufhalten. Unser Verwalter schickt später jemanden mit den Dokumenten zu Euch, die Ihr lediglich unterzeichnen müsst.«

»Welche Dokumente?«, fragte ich.

»Urkunden und Briefe, die mit den Euch zugesprochenen Ländereien des verstorbenen Barons zusammenhängen.« Er lächelte, was mich jedoch keineswegs beruhigte, sondern eher nervös machte.

»Selbstverständlich, Euer Majestät.« Ich verneigte mich ehrerbietig. Innerlich war ich noch immer abgelenkt, weil ich den jungen Mann und seine Schwester verfolgte, die sich stetig entfernten. Glücklicherweise nickte der König nur, und gleich darauf war ich wieder allein. Ich wartete, bis Edward ganz außer Sichtweite war.

Dann marschierte ich zu Harolds Entsetzen forsch in die Richtung des Mannes, den ich verfolgen wollte. »Exzellenz!«, sagte er, um meine Aufmerksamkeit zu erregen.

»Was ist?«, erwiderte ich unwirsch.

»Könntet Ihr mir sagen, wohin Ihr wollt?«, fragte er.

»Ich habe etwas zu erledigen. Wir treffen uns nachher im Haus«, unterrichtete ich ihn.

»Ich begleite Euch, Euer Lordschaft«, sagte er fest.

»Nein, das tut Ihr nicht«, erwiderte ich.

»Lord Dorians Anweisungen waren unmissverständlich, Sir«, erklärte er fast verlegen. »Es ist meine Pflicht, Euch zu beschützen, ganz gleich unter welchen Umständen.«

»Wer ist Euer Lehnsherr?«, fragte ich ihn.

»Ihr seid es, mein Lord«, erwiderte er prompt.

»Und ich befehle Euch, zu meinem Haus zurückzukehren und dort auf mich zu warten«, sagte ich streng.

»Diesem Befehl darf ich nicht gehorchen, Euer Lordschaft«, gab er zurück.

Ich lachte. »Seid froh, dass ich so nachsichtig bin.« Damit entfernte ich mich durch die Menge. »Die meisten Lords hätten Euch für diese Aufsässigkeit schon vierteilen lassen.« Ehe der Mann antworten konnte, streckte ich die Hand aus, berührte einen Fremden und sprach einen lycianischen Satz. Sofort verwandelte ich mich in den Mann, den ich gerade berührt hatte. Der arme Harold war gründlich verwirrt.

Ehe er sich sammeln konnte, hatte ich mich schon entfernt und jemand anders berührt. Ich wechselte die Erscheinungsformen so schnell wie andere Leute ihre Hemden. Bald hatte ich meine Wächter und vor allem Harold vollständig abgehängt. Beinahe hatte ich ein schlechtes Gewissen, denn er würde vor Sorge fast krank sein, bis ich zurückkehrte. *Tut mir leid, Harold*, dachte ich.

Im Geiste überwachte ich immer noch den jungen Mann und seine Schwester. Sie entfernten sich weiter und hatten schon fast das Stadttor – und damit die Grenzen meiner Wahrnehmung – erreicht. Ich verfolgte sie im Dauerlauf, wo es möglich war, um zu ihnen aufzuschließen. Bald war ich nahe genug und musste mir über meine Reichweite keine Gedanken mehr machen. Schnellen Schritts folgte ich ihnen und bemühte mich, auf den stark bevölkerten Straßen niemandes Aufmerksamkeit zu erregen und mit keinem Menschen zusammenzuprallen.

Ich hatte angenommen, sie wollten die Stadt verlassen, doch dann bogen sie kurz vor dem Tor ab und hielten auf eines der ärmsten Stadtviertel zu, eine Ansammlung brüchiger Hütten, die dicht vor der Stadtmauer standen. Ich folgte ihnen und prägte mir die Straßennamen ein, bis sie ein kleines, windschiefes Häuschen betraten, in dem sie auch blieben. Gleich danach hatte ich sie eingeholt.

Eine Weile trödelte ich in der Nähe des Hauses herum und beschloss endlich, einfach dort vorzusprechen. Da ich die Gestalt eines Fremden angenommen hatte, sollte eigentlich nichts weiter passieren. Ich klopfte einige Male fest an und wartete. Nach einer Minute ging die Tür auf, jedoch nur einen Spalt, und die junge Frau spähte heraus. »Kann ich Euch helfen, Sir?«, fragte sie.

»Ja, meine junge Dame, das könnt Ihr hoffentlich. Würdet Ihr mir verraten, wie diese Adresse hier lautet?«, erwiderte ich formvollendet. Die Adresse benötigte ich für den nächsten Teil meiner List.

Sie öffnete die Tür einen Spalt weiter, was vermutlich auf meine höfliche Frage zurückzuführen war. »Dies ist die Hausnummer vierzehn im Rotvogelweg, Sir. Aber warum fragt Ihr?«, antwortete sie höflich.

Ich tippte mir an den Kopf. Beinahe hätte ich den Hut gelüftet, doch ich war nicht sicher, ob meine falsche Erscheinung überhaupt einen Hut besaß – und wusste auch nicht, was passieren würde, wenn ich versuchte, die Illusion eines Huts zu lupfen. »Verzeiht die Störung, Madam. Ich bin Stephen Dryer und suche meinen Freund John Wheeler.« Natürlich entsprach das alles nicht der Wahrheit, aber manchmal ist eine falsche Behauptung besser als eine Frage, wenn man an Informationen gelangen wollte.

Sie schürzte die Lippen. »Ich fürchte, hier gibt es niemanden dieses Namens, Sir. Hier wohnen die Tuckers.«

Enttäuscht sah ich sie an. »Seid Ihr sicher? Dies ist die Adresse, die man mir genannt hat, und ich weiß nicht, wo ich ihn sonst suchen soll. Könnte er vielleicht einer Eurer Nachbarn sein?«

Mitfühlend sah sie mich an. »Ich kenne den Namen nicht. Könntet Ihr ihn vielleicht beschreiben?«

Innerlich lächelte ich. Die Adresse und den Nachnamen kannte ich nun bereits, alles andere war lediglich Zuckerguss für den fertigen Kuchen. »Gewiss, Madam. Er ist ein junger Bursche, jünger als ich, dem Gesicht nach etwa siebzehn Jahre alt. Er hat hellbraune Haare, braune Augen und ist ungefähr so groß.« Ich zeigte ihr mit ausgestreckter Hand vor dem Gesicht die geschätzte Größe ihres Bruders.

Sie runzelte die Stirn. »Das klingt ganz nach meinem Bruder, Sir, aber er heißt Peter und nicht John, also wird er wohl nicht der Gesuchte sein.«

Aufgeregt riss ich die Augen auf. »Ist Euer Bruder da, Miss? Vielleicht kennt er den Mann, den ich suche … dürfte ich ihn vielleicht kurz sprechen?«

Sie zögerte und dachte über meine Bitte nach. »Nun ja, Sir, er ist zwar da, aber er ist gerade nicht in der Stimmung, Besucher zu empfangen«, entgegnete sie schließlich.

Enttäuscht sah ich sie an. »Bitte, Miss, das würde mir viel bedeuten.«

»Na schön, ich will ihn holen«, erwiderte sie seufzend.

»Leider sind wir nicht auf Besucher eingerichtet, deshalb müsst Ihr hier draußen warten.«

Ich beruhigte sie, dass mir dies nichts ausmache, und sie schloss die Tür. Innerlich beglückwünschte ich mich selbst. Wenn es um das Betören und Umwerben von Frauen ging, war ich zwar lange nicht so erfahren wie Marc, aber ich konnte ganz allgemein recht gut mit Menschen umgehen. Nach ein oder zwei Minuten öffnete sich die Tür wieder, dieses Mal sogar bis zum Anschlag. Vor mir stand Peter Tucker, der Mann, dem ich hierher gefolgt war. Sehr glücklich schien er nicht, als er mich sah.

Er wäre sogar noch viel unglücklicher, wenn er wüsste, wer ich wirklich bin, dachte ich, streckte die Hand aus und ließ mir nichts anmerken. Ein Lächeln hätte ihn angesichts seiner derzeitigen Stimmung nur unnötig gereizt. »Entschuldigt die Mühe, die ich Euch mache. Ich heiße Stephen Dryer und suche meinen Freund John Wheeler.«

Vorsichtig schüttelte er meine Hand und war dabei nicht freundlicher, als es unbedingt sein musste. »Anscheinend habt Ihr Eure Zeit verschwendet, denn hier in der Nähe gibt es niemanden dieses Namens. Was wollt Ihr denn von ihm?«, fragte er.

»Ich wollte ihm nur ein Angebot übermitteln. Er sucht ja schon seit einer ganzen Weile eine Arbeit, wie er mir sagte. Nun wollte ich ihm Bescheid geben, dass er eine Stelle finden könnte, aber er ist … ach, egal«, sagte ich, als bereute ich meine Worte schon wieder.

In Peters Augen flackerte Interesse auf, als er etwas von einer Arbeit hörte. »Was für eine Anstellung ist es denn? Vielleicht habe ich Interesse daran«, meinte er.

Ich zögerte und dachte nach, als müsste ich mir die Sache gründlich überlegen. »Nun ja, ich weiß nicht, ob ich Euch dies überhaupt mitteilen darf, da mir nicht bekannt ist, wie viele Männer sie suchen …« Ich ließ den Satz unvollendet, als sei ich unsicher geworden.

»Natürlich will ich nicht Euren Freund verdrängen, aber falls mehr als ein Mann gebraucht wird, käme mir ein wenig Arbeit sehr gelegen«, erklärte er vorsichtig, als hätte er Angst, mich zu vertreiben. Nun, da ich ihm den Köder gezeigt hatte, war es an der Zeit, ihn auch den Haken schlucken zu lassen und zu sehen, welche Neuigkeiten ich angeln konnte.

Ich musterte ihn von oben bis unten. »Ihr scheint ein anständiger Kerl zu sein, und es ist gut möglich, dass ich John erst in ein paar Tagen finde. Da ich nicht weiß, ob das Angebot überhaupt so lange gilt, kann ich eigentlich auch Euch helfen.« Meine Gedanken rasten, während meine Zunge arbeitete. Ich brauchte eine Arbeit, die diesen jungen Mann gut beschäftigte. Seine Reaktion würde mir viel über ihn verraten, aber selbst wenn er nichts weiter von sich gab, eröffnete mir ein passendes Angebot die Möglichkeit, das Gespräch noch eine Weile in Gang zu halten. Leider wusste ich sehr wenig über ihn, sah man einmal davon ab, dass er nicht besonders muskulös war.

»Was für eine Arbeit ist es denn?«, fragte er etwas besorgt. Als er sprach, hob er die Hand zum Gesicht und kratzte die Stoppeln seines keimenden Barts. Dabei bemerkte ich den Tintenfleck.

»Nun ja, bevor Ihr Euch zu sehr freut, sollte ich Euch wohl sagen, dass für diese Aufgabe nur jemand infrage kommt, der des Schreibens und Lesens kundig ist.«

»Ha!«, rief Peter aufgeregt. »Das ist überhaupt kein Problem.«

»Wirklich?« Ich tat überrascht, weil weniger als ein Drittel der Gemeinen lesen konnte.

»Mein Vater hat es mich gelehrt, und ich habe sogar einmal eine Weile als Schreiber gearbeitet«, erklärte er stolz.

Ich grinste und klatschte mir auf das Bein. »Dann könnte dies Euer Glückstag sein«, erwiderte ich munter. »Ein Adliger sucht einen Boten und dazu einen jungen Schreiber. Die Bezahlung soll sogar recht gut sein.«

Die junge Schwester hatte hinter der Tür gelauscht. Diese Neuigkeit war einfach zu schön, sie konnte nicht weiter stumm in der Ecke stehen. Ihr Kopf erschien im Türrahmen. »Das wäre wundervoll, Peter. Denk doch nur, was wir …«

»Lily!«, fauchte er. »Geh rein und hör auf zu lauschen!« Sie zuckte zusammen, als er sie so anfuhr, verschwand mit eingezogenem Kopf und schloss hinter sich die Tür. Dann drehte er sich wieder zu mir um. »Welcher Adlige ist es?«

»Der neue Beschützer des Nördlichen Königreichs«, antwortete ich laut. »Graf di'Cameron, aber bittet mich nicht, Euch seinen Vornamen zu nennen. Ich kann ihn nicht richtig aussprechen«, erklärte ich ihm begeistert und beobachtete ihn genau, um seine Reaktion einzuschätzen. Die Mühe hätte ich mir sparen können, denn er verbarg seine Abscheu nicht.

Peter spuckte angewidert auf den Boden. »Pah! Lieber würde ich den Rest meines Lebens Mist schaufeln, als für diesen blutdürstigen Hurensohn irgendeine Arbeit zu übernehmen!«, verkündete er.

Schockiert sah ich ihn an. »Also, ich hätte nicht damit gerechnet, dass Ihr so beleidigt seid …« Ich hoffte, er werde seine Gründe näher erläutern.

Peter öffnete den Mund, schloss ihn wieder und dachte nach. Schließlich antwortete er: »Es tut mir leid, Ihr könnt ja nichts dafür. Ihr solltet jetzt lieber Euren Freund suchen.« Damit drehte er sich um und wollte wieder ins Haus zurück. Seine Erschütterung war nicht zu übersehen.

»Ich nenne Euch für alle Fälle noch die Einzelheiten, falls Ihr es Euch anders …« Die Tür fiel zu, ehe ich ganz ausgesprochen hatte. Verdutzt starrte ich sie einen Moment an. Ich hatte gehofft, mehr herauszufinden. *Zum Teufel damit*, dachte ich und klopfte noch einmal an.

Lily öffnete, und dieses Mal gab sie sich keine Mühe, sich hinter der Tür zu verbergen. »Es tut mir leid, Peter ist an der Arbeit nicht interessiert.«

»Hier, ich gebe Euch wenigstens die Adresse, falls er es sich doch noch anders überlegt. Möglicherweise gibt es dort auch eine Arbeit, für die Ihr infrage kämet«, fügte ich hinzu.

Nun wirkte ihre Miene verschlossen. »Für diesen Dreckskerl arbeiten wir auf keinen Fall«, entgegnete sie gleichmütig. Jetzt klang ihre Stimme stahlhart.

Damit hatte sich meine List erledigt, und es gab nicht mehr viel Hoffnung, noch etwas aus ihnen herauszubekommen. Daher versuchte ich es mit einer direkten Frage: »Aber warum denn nicht?«

Wieder veränderte sich ihre Miene. Nun war es nicht die unbändige Wut, die ich bei ihrem ersten Blick bemerkt hatte, sondern eher Verzweiflung und Ablehnung, ein kühlerer Zorn, den man einem Fremden durchaus offenbaren konnte. »Er hat unseren Großvater getötet«, sagte sie kalt und schloss die Tür. Nun gab es keinen Zweifel mehr, dass die Unterhaltung vorbei war.

Ich blieb noch eine Weile stehen, ehe ich mich zum Gehen wandte. Es lief mir kalt den Rücken hinunter, wie betäubt ging ich nach Hause. *Er hat unseren Großvater getötet*, sagte sie immer wieder im Inneren meines Kopfes. Ich war nicht sicher, wer ihr Großvater gewesen war, aber ich bekam schreckliche Schuldgefühle. Ich hatte schon so viele Menschen getötet und kannte nur die Namen der wenigsten.

Ohne auf die Umgebung zu achten, lief ich ziellos umher, während sich meine Gedanken im Kreis drehten. *Er hat unseren Großvater getötet.* Ich fragte mich, wie viele Familien mich in Gododdin verfluchen mochten, denn ich hatte noch viel mehr Männer aus jenem Land getötet. Oder jedenfalls traf dies zu, sofern die Angehörigen überlebt hatten und mich hassten. Andererseits hatte Mal'goroth gedroht, die Familien aller Soldaten zu opfern, die ich getötet hatte.

Die Erinnerungen an das vergangene Jahr erwachten – Erinnerungen an die Menschen, die gestorben waren. *Hier woh-*

nen die Tuckers, hatte sie gesagt. Innerlich schrie ich auf, als es mir einfiel. »Jonathan Tucker!«

Als ich im letzten Jahr meine Waren aus dem königlichen Lagerhaus geholt hatte, war bei der magischen Zerstörung eines Stahltors versehentlich ein alter Wächter ums Leben gekommen. Das schwere Metallgatter war mit unglaublicher Wucht nach innen geflogen und hatte ihm dabei den Kopf abgetrennt. Auf das Hemd war der Name »Jonathan Tucker« genäht gewesen. War ich also gerade dem Mädchen begegnet, das diesen Namen eingestickt hatte? Auf einmal quälte mich das Bild eines dreizehnjährigen Mädchens, das fleißig arbeitete und das Hemd des Großvaters flickte.

Hatten die Geschwister noch andere Angehörige? War der alte Mann der einzige Ernährer gewesen? Musste der junge Peter nun dringend eine Arbeit finden, um die Schwester zu unterstützen? Diese und viele andere Fragen belasteten mein Gewissen. Meine Hilfe würden die beiden ganz sicher nicht annehmen. Ich lief noch eine weitere Stunde ziellos umher, bis ich den Entschluss fasste, ihnen wenigstens auf indirekte Weise beizustehen.

Das vertrieb zwar nicht die schwarzen Wolken aus meinem Herzen, munterte mich aber so weit auf, dass ich endlich nach Hause zurückkehren konnte. Harold war ganz außer sich und überglücklich, als er mich sah. Da ich sein Lord war, musste er seine Ansichten allerdings für sich behalten, und er konnte meiner Miene entnehmen, dass es nicht ratsam war, mich zu behelligen, nachdem ich mich abgesetzt hatte.

Ich ignorierte seine Fragen, zog mich in mein Zimmer zurück und verriegelte hinter mir die Tür. Dann starrte ich lange Zeit die Decke an.

23

Der nächste Tag begann mehr oder weniger genau so, wie ich es erwartet hatte. Rose und Marc waren bester Laune und für meinen Geschmack viel zu geschwätzig. Während des Frühstücks achtete ich kaum auf sie. Irgendwann bemerkten sie meine Zurückhaltung und stellten mir gezielte Fragen. Marc hätte vermutlich noch gewartet, weil er mich und meine Stimmungen gut genug kannte, doch Rose ließ sich nicht beirren.

»Erzählst du uns nun, was mit dir los ist, oder willst du den ganzen Tag herumbrüten?«, fragte sie.

Mein erster Impuls war, ihr eine heftige Antwort zu geben. Ich wollte unbedingt jemanden verletzen und meinen Gefühlen Luft machen, doch ich verzichtete darauf. Stattdessen erinnerte ich sie lieber an das Lagerhaus, das wir überfallen hatten, und an den Mann, den ich getötet hatte. Es war derjenige, dessen Leichnam zu verstecken sie vorgeschlagen hatte.

»Machst du dir immer noch Vorwürfe wegen etwas, das vor einem Jahr geschehen ist?«, fiel sie mir ins Wort.

»Nein, aber wenn du mich aussprechen lässt, erkläre ich es dir«, knirschte ich gereizt. »Vielleicht erinnerst du dich nicht, aber der Mann, den ich getötet habe, hieß Jonathan Tucker.«

Ich sah es ihr sofort an – sie wollte einwenden, ich hätte ihn gar nicht getötet. Marc kam ihr glücklicherweise zuvor und legte ihr einen Finger auf die Lippen. So klug Rose auch war, sie hatte das Problem immer noch nicht erfasst.

»Gestern sind mir seine Enkelkinder begegnet«, fuhr ich endlich fort. Dann hielt ich wieder inne. Die beiden starrten mich erstaunt an. Rose hatte sich die Hand auf den Mund gelegt. So schockiert hatte ich sie noch nie gesehen. »Sie heißen Peter und Lily Tucker und hassen mich mit tiefer Inbrunst.

Gestern bei der Zeremonie hat Peter auf eine Gelegenheit gewartet, mir ein Messer zwischen die Rippen zu jagen, doch seine Schwester konnte ihn überreden, nach Hause zurückzukehren.«

»Wie hast du ihre Namen erfahren?«, wollte Rose wissen.

»Ich habe einen anderen Mann nachgeahmt und bin ihnen bis nach Hause gefolgt«, erklärte ich. Dann schilderte ich die Unterhaltung mit den beiden.

Marc pfiff anerkennend durch die Zähne. »Das war sehr geistesgegenwärtig, mein Freund.«

»Aber leider weiß ich noch immer nicht, wie ich ihnen helfen kann«, erwiderte ich. »Anscheinend brauchen sie dringend Geld, und wie es aussieht, hat keiner der beiden eine Arbeit.«

Rose stand auf und nahm meine Hände. »Steh auf«, sagte sie streng. Ich erfüllte ihr den Wunsch, obwohl ich nicht genau wusste, was sie vorhatte. Erst umarmte und drückte sie mich, dann küsste sie mich auf die Wange. »Du bist ein mitfühlender Mann, Mordecai. Ich verstehe, warum Penny dich liebt, aber du kannst nicht die Last der ganzen Welt auf deinen Schultern tragen.«

Ich erwiderte die Umarmung. »Was soll ich denn tun? Mich einfach nicht darum kümmern?«

Sie ließ mich nicht los. »Nein. Überlasse es einfach mir. Ich kenne die Stadt, und mein Vater verfügt über die Mittel, ihnen zu helfen. Ich sorge dafür, dass sich ihr Schicksal zum Besseren wendet, und sie werden nie erfahren, dass du es veranlasst hast.« Ein neues Paar Arme umfing mich. Marc hatte sich zu uns gesellt.

»Das kann ich nur unterstützen«, pflichtete er Rose bei.

»Na gut!«, antwortete ich etwas gereizt und befreite mich von den beiden. Wenn man Freunde wie sie hatte, war es schwer, in Verzweiflung zu versinken. »Unterrichte mich aber über alles, was du herausfindest und wie du ihnen hilfst«, bat ich Rose.

»Selbstverständlich«, versprach sie mir. »Du kannst dich darauf verlassen, dass ich diskret vorgehen werde.«

Auf dem Flur klopfte jemand an. Die Tür des Esszimmers stand offen, doch Harold hatte an den Türrahmen gepocht, um sich anzumelden, da wir offensichtlich in ein privates Gespräch vertieft waren. Eins musste ich ihm lassen: Trotz all seiner Muskelkraft war Harold ein sehr rücksichtsvoller Mensch. »Verzeihung.« Er trat ein. »Ich hoffe, ich störe nicht, aber ich habe schrecklichen Hunger.«

»Nein, kommt nur herein und esst ein wenig«, sagte Marc. »Ihr könnt es ruhig hören.« Er deutete auf einen Stuhl und schob ihm einen Teller hinüber. Rose und ich setzten uns ebenfalls, und nach ein paar Minuten hatten sie und Marc Harold eingeweiht.

»Deshalb seid Ihr also gestern davongelaufen und habt mich dort stehen lassen«, bemerkte Harold, nachdem sie geendet hatten.

»Ja, so kann man das wohl sehen«, gab ich zu. Er war immer noch wütend, hatte aber gewisse Schwierigkeiten, seine Verärgerung dem Lehnsherrn offen zu zeigen. Ehrlichkeit, Integrität und die Achtung vor meiner Stellung fochten einen schweren Kampf in ihm aus.

»Ich wünschte wirklich, Ihr hättet mir gesagt, was Ihr vorhabt«, sagte er schließlich. »Es ist meine Aufgabe, Euch zu beschützen, und wenn Ihr mir nicht vertraut, muss ich dabei scheitern.«

Seine Worte beeindruckten mich, offenbar wohnte zwischen diesen Ohren ein kluger Verstand. »Das sehe ich ein, Harold. Übrigens vertraue ich Euch, aber als Ihr mir sagtet, Ihr könntet meinem Befehl nicht gehorchen, hatte unsere Unterhaltung ein Ende. Versteht Ihr den Grund?«

Er schüttelte den Kopf. »Lord Dorian hat mir gesagt ...«

»Lord Dorian – Unfug!«, fiel ich ihm ins Wort. »Ich verstehe, warum er Euch diesen Auftrag gegeben hat, aber wenn es wirklich darauf ankommt, müsst Ihr wissen, wer letztlich die Entscheidungen trifft, auch wenn es Eurer eigentlichen Aufgabe widerspricht.«

»Ja, Euer Lordschaft«, antwortete er noch immer ein wenig verdrossen.

»Mag sein, dass Ihr mich für etwas unbarmherzig haltet, aber nichts, was hier geschieht, ist normal. Viele Dinge erfahre ich, bevor jemand anders sie bemerkt. Wenn Ihr mir wirklich dienen wollt, müsst Ihr hinnehmen, dass ich manchmal einen Befehl erteile, der Euch unverständlich vorkommt. Könnt Ihr damit leben?«

»Ja, Sir«, antwortete er.

Ich sah ihn freundlich an. »Es tut mir leid, dass ich Euch in diese Situation gebracht habe, Harold. Ich will versuchen, dies in Zukunft zu vermeiden. Außerdem werde ich Euch besser informieren, wann immer es möglich ist.«

Danach war die Spannung zwischen Harold und mir fast verflogen. Schließlich stand Rose auf und trat zur Tür. »Was hast du heute vor, Rose?«, fragte Marc.

»Ich habe immer noch keinen Schmied gefunden, der nach Washbrook umziehen will, also begebe ich mich lieber gleich auf die Suche«, verkündete sie.

»Wir bleiben aber sicher noch zwei Tage hier«, erklärte ich ihr.

Sie runzelte die Stirn. »Ich dachte, du hast in Albamarl nichts mehr zu tun.«

»Das habe ich auch nicht, aber ich möchte die Zeit sinnvoll nutzen. Daheim lenken mich viele Dinge ab, hier dagegen ist es einigermaßen ruhig. Ich dachte, ich gönne mir noch zwei Tage, um die Bibliothek zu erforschen und an ein paar Dingen zu arbeiten, von denen ich in der letzten Zeit erfahren habe.« Genauer gesagt, ich wollte einige der fremdartigen Verzauberungen, die ich in dem Buch gefunden hatte, untersuchen und durchschauen.

»Verstehe«, antwortete sie. »Vielleicht finde ich deinen Schmied, ehe du damit fertig bist.«

»Wenn nicht, komme ich in einer Woche noch einmal her«, versprach ich. »Das ist ja kein großer Aufwand für mich.«

Dann ging sie, und ich begab mich in die Bibliothek. Marc hatte eine Art Plan entwickelt, wie er sich der Kirche Celiors annähern konnte. Er hoffte, irgendwie Zugang zu ihrem Archiv zu erhalten. Ich hatte ihn bereits gefragt, ob er meine Hilfe brauchte, doch er weihte mich in seinen Plan nicht ein, und deshalb ließ ich ihn in Ruhe. Wenn er wirklich meine Hilfe benötigte, würde er schon darum bitten.

So war ich mit Harold allein. Nein, das sollte ich klarstellen – ich war allein, während der gute Harold damit beschäftigt war, den Wächtern, die wir aus Washbrook mitgebracht hatten, die Langeweile auszutreiben. Ich empfand viel Mitgefühl für ihn, aber dann richtete ich meine Aufmerksamkeit auf ganz andere Dinge.

Schon seit Stunden versuchte ich, die »raumübergreifende Lagervorrichtung« zu begreifen. Viele Runen fanden auch bei den Teleportkreisen Verwendung, doch die genaue Funktionsweise erfasste ich einfach nicht. Ein großer Teil des Problems war wohl darin zu sehen, dass ich nicht wusste, was das Ding überhaupt tat, und deshalb fand ich auch die Zeichnung verwirrend.

Die Verzauberung war ähnlich wie bei den Teleportkreisen in zwei Abschnitte unterteilt, die jedoch ständig aktiviert blieben. Das war der einfache Teil. Schwierigkeiten hatte ich damit, dass sich die eine Hälfte nach einem mathematischen Algorithmus ständig zu verändern schien. Noch schlimmer, dieser Algorithmus hing auch noch von der geografischen Position der ersten Hälfte der Verzauberung ab.

»Das ist doch Unfug«, sagte ich mir, während ich mir zum hundertsten Mal mit gespreizten Fingern durch die Haare fuhr. »Das ist ja ganz so, als sollte die eine Hälfte dieser Vorrichtung ständig fixiert bleiben, während sich die andere andauernd bewegt.« Es ist gar nicht so schlecht, ab und zu mal laut mit sich selbst zu reden. Manchmal versetzt einen das in die Lage, endlich etwas zu erkennen, das die ganze Zeit schon auf der Hand lag.

»Ich kann gar nicht glauben, dass ich so dumm gewesen bin«, schalt ich mich selbst. Die Mathematik hatte mir den Blick dafür verstellt, wie die Vorrichtung funktionierte. Ein Ende wurde um eine verschließbare Öffnung angelegt, etwa um einen Ring mit einem Scharnier. Jede andere runde Öffnung war ebenfalls geeignet. Wenn dieses Ende geöffnet wurde, war der Zauber aktiviert und bildete eine Verbindung zwischen zwei Räumen. Ein Beutel oder ein Koffer konnte so ein stabiles Portal zwischen dem jeweiligen Standort und dem Lagerraum an einem anderen Ort erzeugen.

Da ich nun begriff, wozu das Ding diente, fielen mir sofort eine Menge Verwendungszwecke ein. Ich griff nach unten und betastete den kleinen Lederbeutel an meinem Gürtel. Darin befand sich eine geringe Zahl von Eisenkugeln, die mit Energie aufgeladen und bereit waren zu explodieren, wenn ich sie aktivierte. Ich hatte sie während des letzten Krieges so nützlich gefunden, dass ich jederzeit einen Vorrat von ihnen zur Hand hatte. Doch die Gefahr, die entstand, wenn ich sie ständig mit mir herumtrug, beunruhigte mich. Mithilfe dieses Zaubers konnte ich sie anderswo an einem sicheren Ort lagern und hatte trotzdem jederzeit Zugriff darauf, sobald ich sie brauchte.

Ich dachte noch einige Minuten über die Anwendungsmöglichkeiten nach. Ein tragbarer Lagerbehälter, der schwere oder gefährliche Gegenstände aufnahm, war nur eine von vielen Möglichkeiten. Eine andere wäre es, eine tragbare Mündung an einem anderen Ort als in einer Kiste oder einem Kasten zu erzeugen. Wenn sich das unbewegliche Ende unter Wasser befand, beispielsweise am Grund eines Flusses, lieferte das bewegliche Ende einen endlosen Strom von Frischwasser. Ich war kein Fachmann für den Ackerbau, konnte mir aber gut vorstellen, dass man sich auf diese Weise viele Schwierigkeiten ersparte, die sonst auftraten, wenn man Gräben ausheben musste, um die Felder zu bewässern.

Außerdem ließ sich der Zauber leicht verändern, um beispielsweise ein dauerhaftes Portal zu erschaffen – ein Tor zwischen zwei verschiedenen Orten. Damit vermochten meine magisch nicht begabten Freunde selbstständig zwischen verschiedenen Orten zu springen, und ich musste nicht mehr die Kreise für sie aktivieren. Meine Phantasie ging förmlich mit mir durch, während ich über die Vielzahl von Möglichkeiten nachdachte. Ich träumte davon, ein Haus zu bauen, in dem sich jeder Raum an einem anderen Ort befand. Dann könnte ich aus dem Küchenfenster auf den Strand und vom Schlafzimmer aus in einen Bergwald blicken. Unzählige Gedanken schossen mir durch den Kopf.

Anschließend verbrachte ich noch einige Stunden damit, den Aufbau genau zu untersuchen, ehe ich meinen tragbaren Lagerraum erschuf. Ich ließ Harold einen Wächter in die Stadt schicken, der mir einen stabilen Lederbeutel und eine armierte Kiste kaufen sollte. Sobald ich beides hatte, verbrachte ich den Abend damit, sie mittels der Verzauberung miteinander zu verbinden. Der Griffel, den ich entdeckt hatte, erleichterte mir die Arbeit sehr. Damit konnte ich im Handumdrehen präzise Runen schreiben und wesentlich schneller arbeiten als gewöhnlich.

Dennoch war ich erst mitten in der Nacht mit dem ersten Projekt fertig. Voller Stolz betrachtete ich den schlichten Lederbeutel auf dem Tisch. Er machte nicht viel her, doch ich wusste, wie viel Magie in ihn hineingeflossen war. Da wünschte ich mir, Penny sei hier, damit ich es ihr zeigen konnte. »Egal«, sagte ich mir. »Wir sehen uns ja in ein oder zwei Tagen ohnehin, und dann ist sie sicher ebenso aufgeregt wie ich.«

Ich stellte sie mir vor, wie sie lächelnd die Hand auf den schwellenden Bauch legte. Dabei dachte ich an unser Kind, und dies brachte mich auf eine weitere Nutzanwendung für mein neues Spielzeug.

»Abfallbeseitigung«, sagte ich laut. Darüber musste ich lachen, und dann wurde mir bewusst, dass ich vor Schlafmangel ein wenig albern zu werden schien. Wahrscheinlich war es schon nach Mitternacht. Ich beschloss, zu Bett zu gehen, musste aber, als ich durch den Flur zu meinem Zimmer lief, immer noch lachen.

Der Wächter, den Harold vor meinem Raum postiert hatte, sah mich seltsam an, als ich ihm kichernd eine gute Nacht wünschte und die Schlafzimmertür hinter mir schloss.

24

Am nächsten Tag nahm ich mir die selbstverriegelnden Türen vor. Dieser Zauber war erheblich einfacher als erwartet und ungefähr so aufregend, wie der Name schon klang. Im Grunde war es nur eine Methode, um eine Tür oder eine ähnliche Barriere automatisch zu verschließen, nachdem sie eine gewisse Zeit nicht benutzt worden war.

Besonders faszinierend fand ich die Möglichkeit, eine Verzögerung vorzusehen, ehe sich die Tür tatsächlich schloss. Man konnte die Zeitspanne anpassen. Eine gewöhnliche Tür ging bereits Sekunden nach der Benutzung zu, man konnte aber auch eine Spanne von einer Minute, von Stunden oder noch längeren Zeiten einrichten. Natürlich wollte ich keine Tür konstruieren, die sehr lange wartete, ehe sie sich schloss, doch ich konnte mir eine Reihe von Verzauberungen vorstellen, bei denen es nützlich wäre, die Reaktion erst nach einer Verzögerung auszulösen.

Eine Falle beispielsweise oder irgendein Ereignis, das in regelmäßigen Abständen stattfinden sollte … wieder schwirrte mein Kopf vor Ideen. Je mehr ich lernte, desto mehr Möglichkeiten stellte ich mir auch vor, um die Elemente zu verschiedenen Zwecken unterschiedlich zusammenzufügen.

Den größten Teil des Tages verbrachte ich damit, an diesen Ideen zu arbeiten und mir Notizen zu machen, weil ich nichts vergessen wollte. Rose und Marc waren wegen verschiedener Angelegenheiten unterwegs, sodass ich nur selten gestört wurde.

Am Abend unternahm ich einen halbherzigen Versuch, den Zauber zu verstehen, der die Geheimkammer vor meinem Magierblick verbarg. Bald stellte ich jedoch fest, dass die

Sache schwieriger war als erwartet, und beschloss, mir dieses Problem für später aufzuheben. Anscheinend waren mir für diesen Tag die klugen Ideen ausgegangen.

Nach dem Abendessen mit Rose, Marc und Harold zog ich mich früh zurück. Ich freute mich schon darauf, am nächsten Morgen nach Hause zurückzukehren. Ursprünglich hatte ich mit dem Gedanken gespielt, meinen Aufenthalt um zwei Tage bis auf eine ganze Woche zu verlängern, doch vermisste ich Penny. Zudem konnte ich auch auf der Burg Cameron an den Zaubersprüchen arbeiten. Dort musste ich lediglich mit mehr Ablenkungen rechnen.

Mit dem Gedanken an selbsttätig schließende Türen schlief ich ein. Ich lachte, als ich mir die Reaktionen der Menschen vorstellte, wenn die Türen ohne äußere Einwirkung hinter ihnen zufielen. Was soll ich sagen? Manchmal bereiteten mir so kleine Dinge die größte Freude.

Am nächsten Morgen stand ich früh auf und freute mich auf die Rückkehr. Rose hatte mir berichtet, sie suche immer noch nach einem passenden Schmied und ich solle ohne sie nach Cameron springen. Ich versprach ihr, mich in einer Woche zu vergewissern, ob sie bis dahin jemanden gefunden hatte.

Harold ließ seine Männer kurz nach dem Frühstück antreten. Offenbar war ich nicht der Einzige, der sich darauf freute, nach Hause zu kommen. Die meisten Bewaffneten hatten sicherlich ebenso wie ich Angehörige, die sie möglichst bald wiedersehen wollten. Ich verabschiedete mich von Marc und Rose und kehrte mit Harold und den Bewaffneten zur Burg Cameron zurück.

Wie üblich stand ein Wächter in dem Gebäude, in dem sich die Teleportkreise befanden. Er wandte sich an mich, kaum dass ich die erste Gruppe Wächter hergebracht hatte. »Verzeihung, Euer Lordschaft!«, begann er nervös.

»Einen Moment«, entgegnete ich. »Lass mich erst die anderen Männer holen.« Nach zwei Minuten war ich damit fertig, entließ die Bewaffneten und wandte mich wieder an ihn. »Also gut, du hast mir anscheinend etwas mitzuteilen …«

»Ja, Exzellenz. Joe McDaniel trug mir auf, Euch zu sagen, dass Ihr ihn aufsuchen sollt, sobald Ihr hier seid und ehe Ihr irgendetwas anderes tut«, antwortete der Mann, wie es ihm befohlen war.

»Richte Joe aus, dass ich zu ihm komme, sobald ich aus Lancaster zurück bin. Dort wartet eine Dame auf mich«, erklärte ich ihm.

»Verzeihung, Sir, aber Joe sagte, er müsse Euch unbedingt vorher sprechen. Es sei sehr wichtig.« Er fühlte sich eindeutig nicht wohl in seiner Haut, als er mir dies mitteilte.

»Nun ja, Joe hätte eigentlich erst morgen oder übermorgen mit mir rechnen können. Ein paar Minuten werden wohl nichts ausmachen. Ich spreche mit ihm, sobald ich wieder hier bin …« Damit betrat ich eilig den Raum, dessen Kreis nach Lancaster führte. Ehe der arme Kerl den Mut fand, weiter auf seinem Anliegen zu beharren, war ich schon verschwunden.

Eilig sperrte ich die Tür auf, die den Kreis in Lancaster schützte, und trat hinaus. Heute bewachten nicht weniger als drei Männer das Gebäude, was meines Wissens sehr ungewöhnlich war. Sobald ich heraustrat, nahmen zwei von ihnen Haltung an, während der dritte das Horn an die Lippen setzte und ein lautes Signal gab.

»Das ist doch nicht nötig!«, sagte ich sofort.

Der Hornist war fertig und setzte das Instrument ab. »Verzeihung, Sir, aber der Herzog hat befohlen, dass wir Signal geben, sobald Ihr erscheint.«

Ich runzelte die Stirn. »Was ist denn los?« Als ich die Anspannung der Männer bemerkte, standen mir die Haare zu Berge.

»Der Herzog wird es Euch erklären, Sir«, erwiderte er betreten.

»Schön.« Ich marschierte zur Tür des Bergfrieds. Ehe ich sie erreichte, wurde sie von innen geöffnet, und Ariadne schoss heraus. Sie rannte so schnell, wie eine junge Frau in langen Röcken überhaupt laufen konnte, was in meinen Augen erstaunlich schnell war. Ehe ich sie begrüßen konnte, umarmte sie mich fest und presste das Gesicht an meine Schulter.

»Es tut mir so leid, Mordecai«, weinte sie in mein Hemd. Meine bösen Vorahnungen verdüsterten sich noch um einiges und wichen dann echter Angst. So hatte ich Ariadne seit ihrer Kindheit nicht mehr weinen sehen, und damals war es um einen toten Hund gegangen. Doch irgendetwas sagte mir, dass ihre jetzige Erregung nichts mit Haustieren zu tun hatte.

»Wo ist Penny?«, fragte ich sofort. Jetzt lief es mir kalt über den Rücken. Ariadne sagte etwas, doch ich konnte es nicht richtig verstehen, weil mein Hemd ihre Stimme dämpfte, und außerdem weinte sie auch noch. Dann öffnete sich die Tür abermals, und James näherte sich uns mit zorniger Miene.

»Ariadne! Ich hatte dir doch gesagt, du solltest drinnen bleiben. Du machst ja alles nur noch schlimmer.« James sprach laut, seine Stimme überschlug sich beinahe.

Mit rotgeweinten Augen wandte sie sich an ihn. »Ich musste ihn doch sehen, Vater. Ich musste ihm sagen, wie leid es mir tut.«

Die nächsten Worte sprach er mit einem Ton mühsam beherrschter Wut, bei dem sogar ich zusammenzuckte. »Geh sofort in dein Zimmer.«

»Aber Vater!«

»Geh!«, schrie er.

Da gab sie endlich auf und rannte zum Burgfried. Ich sah James fragend an. Es war ungewöhnlich, dass er so streng mit seinen Kindern umging. »Wo ist Penny?«

Seine Miene wechselte im Handumdrehen von Zorn zu

Müdigkeit und Kummer. »Kommt herein, Mordecai. Lasst uns bei Tisch reden, damit es alle hören können. Auch Eure Mutter will Euch unbedingt sehen.«

Ich folgte ihm in die leere Halle. Meine Ängste wurden immer größer. »Wo ist Penny?«, fragte ich noch einmal.

»Wir wollen uns zuerst setzen, Junge«, sagte er jovial. Offensichtlich wollte er mich beruhigen, aber das brachte mich nur noch weiter auf.

Ich wich seiner freundlichen Hand aus. »Wo ist Penny, verdammt? Ich mache keinen Schritt mehr, solange Ihr mir keine Antwort gegeben habt!«

Seine Miene verriet nichts, doch da ich wusste, wie gut er sich beherrschen konnte, rechnete ich mit dem Schlimmsten. »Sie wird vermisst, Mordecai. Nun kommt, setzt Euch, damit wir Euch berichten können, was wir wissen.«

Mit raschen Schritten lief ich durch die große Halle. Ich wollte auf der Stelle alles erfahren. Als ich durch die Tür in den Speisesaal platzte, war James bereits zehn Schritte hinter mir. Der Raum war leer – bis auf die einzigen Gäste, die an der Haupttafel saßen. Die Gesichter erkannte ich sofort: Da waren meine Mutter, Lady Thornbear, Genevieve, William Doyle, der Jagdvogt des Herzogs, außerdem Sir Andrew, der neue Seneschall der Burg Lancaster. Besonders fielen mir aber diejenigen auf, die fehlten. Weder Penny noch Dorian waren zugegen, ebenso vermisste ich sämtliche Wächter, die ich mitgeschickt hatte.

Die Anwesenden schienen nicht besonders glücklich, mich zu sehen. Die meisten wichen meinen Blicken aus, und alle Gesichter waren von schmerzlichen Gefühlen gezeichnet. Nur meine Mutter erwiderte offen meinen Blick. »Was ist passiert? Wo ist Penny?«, fragte ich, sobald ich mich dem Tisch bis auf drei Schritte genähert hatte.

Genevieve ergriff als Erste das Wort. »Sie wurde entführt, Mordecai. Sehr bald nach ihrer Ankunft wurden sie und Eure

Mutter aus dem Gästezimmer verschleppt, in dem wir sie untergebracht hatten.«

Ich wandte mich an meine Mutter. »Offensichtlich hatten die Verbrecher keinen Erfolg. Aber wo ist Penny, und warum ist Dorian nicht hier, um mir alles zu erklären?«

Meine Mutter stand auf und kam zu mir. »Ich wurde schwer verletzt, mein Sohn, doch Dorian konnte mich retten. Danach ist es allerdings nicht mehr gut verlaufen.«

Mit einem Achselzucken befreite ich mich aus ihrer Umarmung und wich einen Schritt zurück. Ich war viel zu aufgeregt, um eine Umarmung über mich ergehen zu lassen. »Wie sind die Angreifer hereingekommen? Woher wussten sie, dass ihr hier seid?« Tausend Fragen schossen mir durch den Kopf.

Darauf antwortete James, der inzwischen hinter mir stand: »Sie hatten magische Unterstützung. Es war eine Art Zauberer, der ihre Gegenwart verbergen konnte. Sie sind völlig unbemerkt hereingekommen, und wäre Dorian nicht gewesen, so wären sie ebenso unbehelligt wieder verschwunden.«

Ich hatte den Eindruck, die Wände regten sich rings um mich auf eine Weise, als atmete der ganze Bergfried ein. Meine Gefühle gerieten außer Kontrolle, blieben den anderen aber verborgen, da ich mich äußerlich zusammennahm. Tief in meinem Innern hörte ich jedoch Schreie, die auf keinen Fall nach draußen dringen durften, weil ich sonst nie die Antworten erfahren würde. Nur nicht in Panik geraten … *noch* nicht. »Warum ist Dorian nicht hier und erklärt mir alles? Wo ist er?«

Wieder machte meine Mutter einen Schritt auf mich zu, umarmte mich dieses Mal aber nicht. »Wir sind nicht sicher, Mordecai. Lass es mich von Anfang an erklären.« Das tat sie dann auch. Ich hielt den Mund, während sie sprach, obwohl ich am liebsten aufgesprungen wäre und gebrüllt hätte. Mit jedem Augenblick, der verging, wurde die Geschichte schlimmer. Penny war entführt worden, offenbar hatte eine Irre meine

Mutter niedergestochen. Die Wächter waren tot, und Dorian musste wie ein Wilder gekämpft haben, um die Feinde aufzuhalten.

Ein Drache war erschienen und hatte die Männer des Herzogs verscheucht, allerdings hatte er sich hinterher als Illusion entpuppt. Dorian war jedoch standhaft geblieben und hatte sich irgendwie einen Weg durch das geschlossene Fallgatter gebahnt, den feindlichen Magier verwundet und mehrere Berittene verfolgt. Außerdem hatte er Miriam gerettet. Sie hatte aufgrund der Stichwunde das Bewusstsein verloren und war neben einem nur selten benutzten Pfad im Gebüsch lebendig aufgefunden worden. Die Wunde war erstaunlich schnell verheilt, aber niemand wusste, wie oder wann das geschehen sein konnte.

Von Dorian und Penny fehlte jede Spur. Nein, ganz stimmte das nicht – man hatte sogar eine Menge Spuren entdeckt, und im Wald hatten zuckende Tote und Leichenteile gelegen. Die Shiggreth hatten den Entführern aufgelauert. William, der Jäger und Fährtenleser des Herzogs, wusste zu berichten, dass es mehrere hundert Shiggreth gewesen seien. Man habe jedoch nur noch die von Dorian zerstückelten Überreste einiger Dutzend Ungeheuer gefunden, die zu klein gewesen waren, um noch jemandem gefährlich zu werden.

Wichtiger war, dass man die Leichen von Penny und Dorian ebenso wenig entdeckt hatte wie die Frau, die die Entführung anscheinend organisiert hatte. Dafür gab es nur eine einzige denkbare Erklärung. Wir alle wussten, was mit den Opfern der Shiggreth geschah.

»Mordecai! Sieh mich an!«, rief meine Mutter. Sie stand vor mir, und ich hatte den Eindruck, dass sie schon seit einer ganzen Weile versuchte, meine Aufmerksamkeit zu erregen. Ich erwiderte ihren Blick und blinzelte einige Male.

»Was ist?« Meine Stimme klang so heiser, als hätte ich lange kein Wasser mehr getrunken.

Sie war erleichtert. »Ängstige uns doch nicht so. Du hast eben die Augen geschlossen, und auf einmal hat alles gebebt. Ich dachte schon, du lässt noch die Burg über uns zusammenbrechen.«

»Wirklich?«, gab ich benommen zurück. Es klang ruhig, doch mein Herz war in Aufruhr. Außerdem konnte ich mich nicht erinnern, irgendetwas zum Beben gebracht zu haben.

Mühsam sammelte ich meine Gedanken, wandte mich an James und bekam endlich eine Frage heraus. »Ihr sagtet, der Magier sei verletzt worden. Habt Ihr ihn gefangen? Lebt er noch?«

»Ja, er sitzt im Verlies. Genau dort, wo wir Cyhan eingesperrt hatten«, antwortete er.

»Wie haltet Ihr ihn fest?« Ich war neugierig, wie es ihnen gelungen sein mochte, einen Mann mit magischen Fähigkeiten an der Flucht zu hindern.

»Wir haben seine Wunden versorgt und ihn betäubt. Er ist gefesselt und geknebelt. Wenn er wach genug ist, geben wir ihm etwas zu essen und zu trinken und geben ihm abermals ein Gift. Seit seiner Gefangennahme war er kaum mehr als ein paar Stunden bei Bewusstsein«, erklärte er mir.

Das überraschte mich. Es galt gemeinhin als eine heikle Angelegenheit, jemanden mit Gift zu betäuben. Man konnte den Betreffenden dabei leicht töten oder für immer gefühllos machen. »Wer besitzt denn die Fähigkeit, so etwas zu tun?«, fragte ich.

»Das bin ich«, sagte Lady Thornbear. Erstaunt starrte ich sie an. Ich hätte nie vermutet, dass sie solche Fähigkeiten besaß.

Nun ergriff die Herzogin das Wort. »Elise hat die Heilkunst von ihrer Mutter gelernt und oft zu unserem Wohl eingesetzt. Auch Gram wusste ihre Fähigkeiten mehr als einmal zu schätzen, wenn er verwundet worden war.« Gram war der Vorname des verstorbenen Lord Thornbear. Er war Dorians

Vater. Elise war Lady Thornbear, doch ich hatte noch nie gehört, wie jemand diesen Namen benutzt hatte.

Ich schob meine Überraschung beiseite. »Ich will mit diesem Zauberer sprechen.« James reagierte mit Besorgnis auf mein Verlangen.

Lady Thornbear schaltete sich ein. »Im Augenblick ist er bewusstlos. Wahrscheinlich wacht er erst in einigen Stunden wieder auf. Damit habt Ihr noch ein wenig Zeit, Euch zu orientieren.«

Ihre Miene verriet mir, dass sie fürchtete, ich könnte ihn gleich an Ort und Stelle umbringen. Allerdings war ich der Ansicht, dass ein paar Stunden mehr oder weniger daran nicht viel ändern würden. Ich wandte mich an William Doyle. »Habt Ihr die Gegend abgesucht, wo sie verschwunden sind?«

»Selbstverständlich, mein Lord«, erwiderte er prompt.

»Konntet Ihr die Fährte nicht verfolgen?«, erkundigte ich mich.

»Nach der Schlacht haben sich die Shiggreth verstreut und sind auf vielen Wegen durch den Wald geflohen. Ich konnte nicht erkennen, wohin sie Dorian und die Gräfin verschleppt haben«, antwortete er.

»Habt Ihr persönliche Habseligkeiten gefunden?«

»Leider nein, Euer Lordschaft. Nur ein paar Fetzen von ihrem Kleid und einen Dolch, sonst nichts.«

»Keinen Schmuck? Die Gräfin trug eine Halskette, die ich ihr gefertigt hatte«, unterrichtete ich ihn.

»Nein, Euer Lordschaft«, gab er zurück.

Eine winziger Funke der Hoffnung glomm in mir. Seit ich die verzauberten Halsketten zum Schutz unserer Einwohner hergestellt hatte, war bei den wenigen Begegnungen mit den Shiggreth sehr deutlich geworden, dass die Untoten diese Verzauberung nicht mochten. Nach Dorians legendärem Kampf gegen sie waren nur wenige Männer verschleppt worden, und in allen Fällen hatten wir die Halsbänder nicht weit von den

Stellen entfernt entdeckt, wo sie sich verwandelt hatten. Anscheinend fanden sie die Halsbänder unerträglich, sobald sie die Seiten gewechselt hatten, und legten sie ab. Wenn Penny ihres noch trug, war sie vielleicht doch nicht verwandelt worden und demnach noch am Leben.

Dorian trug zwar keine Halskette, doch da er ein Stoiker war, brauchte er auch keinen Schutzzauber. Ich fragte mich, wie es ihm in Gefangenschaft der Shiggreth ergehen werde. Ob er den Verstand verlor? Er hatte ja keine Halskette, die man einfach abreißen konnte. Ich war immer noch nicht sicher, warum sie der schützende Zauber so sehr störte, nachdem die Verwandlung schon stattgefunden hatte.

Nachdenklich betrachtete ich die Anwesenden. »Ich gehe jetzt hinaus und sehe mir die Stelle an, wo der Überfall stattgefunden hat. Während wir darauf warten, dass der gefangene Magier erwacht, möchte ich gern irgendetwas tun. Stillsitzen kann ich ganz sicher nicht.« Ich warf einen Blick zu William Doyle und deutete auf die Tür. »Lasst uns aufbrechen.« Ich war schon auf dem Weg, ehe er auch nur aufgestanden war.

Mit meinem Magierblick konnte ich erkennen, dass er sich an den Herzog wandte, der nickend einwilligte, dann eilte er mir hinterdrein.

25

Als ich vom Bergfried zum Haupttor über den Burghof lief, betrachtete ich aufmerksam den Boden. William ging schweigend neben mir. Offensichtlich hatte er meine Stimmung genau erfasst. Unterwegs kamen wir an den Ställen vorbei, die ich jedoch keines Blickes würdigte. Ich wollte nicht reiten, sondern bis zum Ende der Fährte und wahrscheinlich darüber hinaus den Boden genau untersuchen.

»Erzählt mir, was Ihr über die Ereignisse hier wisst«, forderte ich ihn auf. William war ein kluger Mann und lieferte mir nur die Einzelheiten, die zu unserem jeweiligen Standort gehörten. Sobald wir das Tor hinter uns gelassen hatten, zeigte er mir den Bereich, wo sie aufgestiegen und fortgeritten waren.

»Und Dorian war zu Fuß unterwegs?«, fragte ich.

Er nickte. Ich ging kommentarlos weiter. William führte mich zu dem Pfad, wo die Entführer von der Straße abgebogen und durch den Wald gelaufen waren. Sowohl mit den Augen als auch mit dem Magiersinn betrachtete ich das Gelände. Zwar war ich selbst nicht sicher, was ich eigentlich suchte, wollte aber keinesfalls etwas übersehen. Leider fand ich nichts, was William nicht schon längst bemerkt hatte.

»Was ist das hier? Da ist der Boden aufgewühlt.« Ich deutete auf die Stelle vor uns.

»Mit eigenen Augen habe ich es nicht beobachtet, doch einige Männer auf den Wällen haben zugeschaut. Nach ihren Berichten haben die Feinde einen Reiter zurückgeschickt, um Dorian aufzuhalten. Dieser Reiter griff ihn mit gezogener Waffe an, und wenn man den Zeugen glauben kann, schleuderte Lord Dorian ihn durch die Luft.« William zögerte, weil er nicht sicher war, ob ich etwas so Phantastischem würde Glauben schenken.

»War der Mann zuvor vom Pferd gestiegen?«

»Nein, Euer Lordschaft. Die Leute, die Dorian beobachtet haben, behaupten, er habe das Pferd samt Reiter in die Höhe gehoben und über die Schulter hinter sich geworfen«, erläuterte er.

Ich blieb stehen und legte eine Hand auf die Erde. Ich konnte nicht ahnen, was mein Freund in diesem Moment durchgemacht hatte, wusste aber, dass er alles gegeben hatte. Über die Vorstellung, dass er ein ganzes Pferd durch die Luft geschleudert hatte, hätte ich lachen können, doch die Befürchtung, er sei inzwischen tot, trieb mir allen Humor gründlich aus. So richtete ich mich auf und ging weiter. Trotz meiner Gefühle verspürte ich immer noch nicht den Drang zu weinen. Innerlich war ich taub und spürte nicht mehr als ein kaltes Feuer in meinem Bauch.

William führte mich und zeigte mir die Stelle, wo sie Miriam gefunden hatten, und anschließend auch den Ort, an dem sie sich zuletzt verteidigt hatten. Dort sah ich mich genau um. »Was ist mit den Körperteilen geschehen, die Ihr hier gefunden habt?«

»Der Herzog ließ sie einsammeln und verbrennen«, erwiderte William.

Ich nickte zustimmend. »Lasst mich einen Augenblick allein, William«, bat ich ihn.

Ohne ein weiteres Wort zog sich der Jäger auf dem Weg ein Stück zurück und wartete in höflicher Entfernung. Für einen Mann, der so wenig Worte machte, verstand sich William bemerkenswert geschickt darauf, meine Absichten zu erkennen. Die scharfe Wahrnehmung war ihm sicherlich nützlich, wenn er Wild beobachtete und verfolgte.

Ich schloss die Augen, um mich besser auf den Magierblick zu konzentrieren, holte tief Luft und suchte mit meinem Geist die Umgebung ab. Ich hoffte, einen Hinweis darauf zu finden, in welche Richtung sie sich gewandt hatten, und wusste im Grunde schon, dass dies ein Schuss ins Blaue war. Nach einer Viertelstunde, als ich schon fast aufgeben wollte, entdeckte ich dann doch einen schwachen magischen Schimmer. Dort war etwas zu Boden gefallen.

Die Stelle befand sich ein paar hundert Schritte nördlich von uns, und ich hatte eine üble Vorahnung, was ich dort finden würde. Ich wollte es nicht wissen und musste es doch mit eigenen Augen betrachten.

Ich winkte William und deutete nach Norden, um ihm zu zeigen, wohin ich wollte, dann zwängte ich mich durchs Unterholz. Ich brauchte fast zwanzig Minuten, um die Stelle zu erreichen, wo das Objekt lag, und je näher ich kam, desto mehr verschloss ich mein Bewusstsein, um es nicht sehen zu müssen. Endlich stand ich direkt davor und konnte es nicht länger hinausschieben. Vor meinen Füßen lag eine silberne Halskette mit einem verzauberten Anhänger. Die erste ihrer Art, die ich je gemacht hatte. Das Schmuckstück, das ich Penny als Schutz gegeben hatte.

Ich kniete nieder, hob es vorsichtig aus dem Laub auf und legte es mir auf die flache linke Hand. Die Kette war gerissen, als hätte sich die Trägerin nicht mit dem Verschluss aufhalten wollen. Im Geiste sah ich sie, wie ihre Augen glasig wurden, als die Lebenskraft aus ihr wich, bis sich die tote Hand hob und das letzte lästige Erinnerungsstück an ihr früheres Leben zurückblieb. Das Wesen, das sie nun war, hatte den Anhänger vom Hals entfernt und so weit wie möglich weggeworfen.

Jetzt strömten mir die Tränen über das Gesicht, doch ich achtete nicht darauf, sondern stand nur da und überlegte mir, was ich tun konnte. Ohne Penny kamen mir allerdings alle Wege dunkel und sinnlos vor. *Ich werde sie hetzen, sie alle*, dachte ich. Die Shiggreth waren eine Landplage, die alle Menschen zerstörte. Viel zu lange hatte ich abgewartet. Jetzt hatten meine

Frau und das ungeborene Kind den Preis für mein Zaudern bezahlt. Aber schließlich würde ich auch sie finden. *Und dann muss ich auch sie verbrennen*, dachte ich gleich darauf. Mit dem ungebetenen Gedanken raste die Wut wie eine Flutwelle durch mich hindurch, während meine Seele alle Schleusen öffnete.

Die Luft färbte sich rot, während das Blut der Erde hochkochte, meinen Geist erfüllte und alle Zweifel wegwischte. Mein Herz schlug laut wie Donner, und mein Körper schwoll an, als mir der Zorn ungeahnte Kräfte verlieh. Eine leise Stimme in meinem Kopf warnte mich. Ich verlor die Selbstbeherrschung, doch das war mir egal, es spielte keine Rolle mehr. Die Macht erfüllte mich und schenkte mir Möglichkeiten, die der verzehrenden Wut entsprachen. Meilenweit konnte ich alles unter mir überblicken, tief drunten spürte ich das Blut der Erde, die vor Wut und Schmerzen aufschrie – ebenso wie ich selbst.

Rings um mich schrumpfte die Welt mit jedem Herzschlag, bald konnte ich bis Albamarl und noch weiter blicken. Das Reich der Menschen war auf einer dünnen Schicht aus hartem Stein gebaut, der kaum die heiß-wütige Hölle darunter verdecken konnte. Es brauchte nicht viel, um die Raserei zu entfesseln und die ganze Erde mit Feuer und Magma rein zu fegen. Kaum war mir dieser Gedanke gekommen, da wusste ich auch schon, dass ich es würde tun müssen. Viel zu lange hatte ich geschlummert, viel zu lange hatte ich geschlafen, während die Welt kalt und fremd geworden war. Meine Aufgabe wäre es, sie rein zu waschen.

Auf einmal spürte ich eine Berührung. Es war die lange, schlanke Hand einer Frau. Ich blickte hinab und sah überrascht, dass mein Arm rot und geschwollen war. Er schien aus geschmolzenem Stein zu bestehen. Darauf lag eine Hand, die zu einem braunen Arm gehörte. Es war Moira Centyr. »Hör auf, Mordecai, dies ist nicht der richtige Weg«, wies sie mich sanft zurecht.

Mit Tränen in den Augen sah ich sie an. Meine Tränen fielen zu Boden und setzten das trockene Laub in Brand. Moira war winzig, so klein war sie mir noch nie vorgekommen. »Wer ist Mordecai?«, fragte ich sie. Der Name kam mir bekannt vor, hatte aber im Grunde keine Bedeutung mehr.

»Mordecai ist der Mann, der du einmal gewesen bist. Der Mann, der du auch bleiben musst«, antwortete sie traurig. »Lass nicht zu, dass dein Zorn alles zerstört, was du so mühsam aufgebaut hast.«

Ihre Worte weckten Erinnerungen, und auf einmal verstand ich meinen Zorn. »Sie müssen bestraft werden«, erklärte ich ihr.

»Nein«, erwiderte sie. »Nicht alle. Wenn du dies tust, werden alle sterben. Hat es deine Mutter verdient, so zu leiden?«

Als sie diese Worte aussprach, erschien vor mir ein Gesicht. Ich erinnerte mich an Miriam. Ich wollte sie nicht verletzen, und doch konnte ich meine Wut nicht bezähmen. »Ich kann jetzt nicht mehr innehalten«, wandte ich ein.

»Das musst du aber, Mordecai. Lass deine Wut los. Du darfst deine Menschlichkeit nicht aufgeben, noch nicht. Lass das Feuer abkühlen. Weißt du noch, wie dein Vater über Nacht den Ofen abgedeckt hat? Entspanne dich. Das Feuer wird nicht sterben. Lass es schlummern, es muss nicht so heiß brennen.« Ihre Worte beruhigten mich, und ich atmete wieder, auch wenn mir dies sehr ungewohnt vorkam.

Nach einer unbestimmbaren Zeitspanne kam ich zu mir. Moira redete die ganze Zeit mit mir, erinnerte mich an Einzelheiten aus meinem menschlichen Leben und half mir, zu dem alten Blickwinkel zurückzufinden. Als ich wieder bei Sinnen war, staunte ich über die Veränderungen meines Körpers.

Anscheinend bestand ich aus geschmolzenem Stein. Ich war heiß und glühte wie das Eisen, das man aus dem Schmiedeofen zog. Da ich mich beruhigt hatte, kühlte ich etwas ab, und die Farbe wechselte zu einem stumpfen Orange. Ich war auch größer als sonst, mindestens zweieinhalb mal so groß wie ein Mann, und alles andere kam mir entsprechend kleiner vor. Da ich wieder so denken konnte wie zuvor, geriet ich angesichts dieser körperlichen Veränderungen fast in Panik. Ich hatte keine Ahnung, wie ich wieder zu Fleisch und Blut werden sollte.

Verzweifelt blickte ich auf Moira hinab. »Was soll ich jetzt tun?«

»Ich bin erleichtert, dass du endlich wieder zu dir kommst«, antwortete sie.

»Und das hier?«, fragte ich voller Panik und hob meine riesige Steinhand.

»Du bist jetzt wieder du selbst, und der nächste Schritt sollte dir keine Mühe bereiten«, sagte sie. »Falls du dich nicht erinnerst: Beinahe hättest du alles Leben auf der Erde ausgelöscht. Ich glaube, wir brauchen jetzt einen Augenblick, um unsere Fassung zurückzugewinnen.«

»Könntest du mir wenigstens erklären, wie ich so geworden bin?«, fragte ich.

»Ich weiß nicht genau, wie du das alles bewirkt hast«, erklärte sie mit einem seltsamen Unterton. »Wenn jemand so mit der Erde verschmilzt, wie du es getan hast, geht sein Bewusstsein völlig in der Erde auf. Er verliert alle früheren Gefühle. Du aber hast deine Gefühle irgendwie auf alles andere übertragen. Sogar ich bin wütend geworden. Du bist kein Teil der Erde geworden, sondern hast die Erde zu einem Teil deiner selbst gemacht.«

»Was soll das heißen?«, fragte ich.

»Ich weiß es nicht«, gab sie zu. Es klang beinahe übellaunig. »Ich weiß nur dies eine, dass du eigentlich nicht mehr du selbst sein dürftest. Du bist zu weit gegangen – und das ist noch weit untertrieben. Du müsstest jetzt so sein wie ich.«

Ich betrachtete meinen Körper. »Anscheinend sind wir uns recht ähnlich.«

»Das meine ich nicht«, fauchte sie. »Ich bin nicht real. Ich bin der Schatten einer Person, die einmal existierte. Du dagegen bist immer noch du selbst.«

»So kann ich nicht nach Lancaster zurückkehren«, erklärte ich ihr.

Sie seufzte, soweit man überhaupt von einem Elementarwesen sagen kann, dass es seufzt. »Du hast deinen Körper verändert. Das war eine Nebenwirkung deiner Verbindung mit der Erde. Hättest du weitergemacht, dann hätte dein Körper die menschliche Form vollständig verloren und wäre von der Erde nicht mehr zu unterscheiden gewesen. Verstehst du das?«

Ich nickte. »Wie kann ich das rückgängig machen?«

»Idiot«, schalt sie mich. »Kaum zu glauben, dass du so viel tust und doch unfähig bist, die Grundbegriffe des Gestaltwandelns zu meistern.«

»Ich hatte nicht gerade sehr gesprächige Lehrer«, entgegnete ich sarkastisch.

»Schließ die Augen und stell dir vor, wie du vorher gewesen bist«, erklärte sie, ohne auf meine Bemerkung einzugehen. »Blende alles außer dir selbst aus, trenne die Verbindungen zu allem anderen. Du darfst an nichts denken, mit Ausnahme deines Körpers, und es muss der Körper sein, an den du dich erinnerst. Höre auf das Wesen deines augenblicklichen Selbst und forme es sanft, bis du wieder der bist, der du früher einmal warst.«

Ich dachte nach, ehe ich antwortete: »Kann ich etwas verändern?«

»Was meinst du damit?«, fragte sie mit gerunzelter Stirn.

»Mir ist zum Beispiel ein Zahn abgebrochen«, sagte ich. »Könnte ich mir vorstellen, dass er wieder heil ist?«

»Du besitzt jetzt den Körper eines Riesen, der aus Stein und Magma besteht, und willst wirklich wissen, ob du einen Zahn im Mund heilen kannst?« Ihre Miene war nicht besonders mitfühlend.

»Ja.«

Sie starrte mich lange an und überlegte, ehe sie weitersprach: »Ja, du könntest deinen Körper mit einem vollendeten Zahn neu erschaffen, aber so etwas ist nicht ungefährlich. Du musst dich an deinen Körper erinnern, nicht nur im Geiste, sondern im Gefühl. Wenn du einen Fehler machst, kannst du sterben. Der Versuch, die Erinnerung zu verändern, könnte mit einem tragischen Fehlschlag enden.«

Ich presste meine Granitlippen zusammen. »Gerade erst habe ich herausgefunden, dass meine Frau und mein bester Freund tot sind. Es ist mir völlig egal, ob ich scheitere.« Damit schloss ich die Augen, folgte ihren Anweisungen und dachte an mich, wie ich früher gewesen war. Zuerst geschah gar nichts, bis ich auf meinen Körper hörte. Sobald ich dessen Stimme im Kopf vernahm, veränderte ich mich. Es war ein erschreckendes Gefühl, denn ich war ein Riese aus Stein, weil das Lied meines Körpers genau dies sagte. Und indem ich das Lied veränderte, würde ich wieder zu dem Menschen aus Fleisch und Blut werden, an den ich mich erinnerte.

Schon als ich die Augen öffnete, war ich wiederhergestellt, und der Zahn war nicht mehr abgebrochen. Ich lächelte. Außerdem wusste ich jetzt, wie dünn der Grat zwischen Wirklichkeit und Illusion war. Mein Körper war tatsächlich ein Ergebnis meiner Visionen. Wenn ich die Art und Weise veränderte, wie ich mich im Geiste sah, dann veränderte ich mich dementsprechend auch äußerlich.

Da fiel mir ein, dass es sinnvoll wäre, meine Theorie zu überprüfen. Ich schloss die Augen, doch Moira störte meine Konzentration. »Tu das nicht«, warnte sie mich.

»Was soll ich nicht tun?«

»Versuch das nicht. Du hast noch nicht genug gelernt. Das Gestaltwandeln ist in gewisser Weise die einfachste Kunst, und doch ist es mit den größten Gefahren verbunden. Das Einzige, was du ernsthaft versuchen solltest, solange du die Grundlagen nicht gründlich gelernt hast, ist die Rückkehr zu deiner richtigen Gestalt«, antwortete sie.

»Woher wusstest du, was ich gedacht habe?«

»Ich helfe dir als deine *miellte*, weil du unbedingt eine brauchst. Also höre ich dir so gut zu, wie ich nur kann«, sagte sie.

»Bist du in der Lage, meine Gedanken zu lesen?«, fragte ich neugierig und innerlich ein wenig beunruhigt.

Sie lächelte. »Nicht direkt. Ich kann ahnen, was du vorhast, und deine Gefühle spüren, aber ich weiß nicht genau, was du denkst.«

Aus irgendeinem Grund war genau dies der Punkt, an dem meine vertrauten menschlichen Gefühle wieder einsetzten. In der Gestalt eines Erdgiganten hatte ich nur Zorn empfunden – das vorherrschende Gefühl während meiner Verwandlung. Jetzt war ich wieder Fleisch und Blut und empfand die gewohnte Bandbreite. Sofort spürte ich auch wieder den Kummer, in dem ich unterging wie in einem tiefen Meer. »Kannst du auch jetzt meine Gefühle wahrnehmen?«, fragte ich mit einer Stimme, die nichts verriet.

Moira bestand zwar aus Erde, doch ihr Gesicht war so fein gezeichnet wie das einer sterblichen Frau. Die Augen zeigten tiefes Mitgefühl. »Ja, ich spüre deinen Kummer. So etwas habe ich auch selbst erlebt.«

»Aber die Frage in meinem Herzen hörst du nicht?«

»Nein.«

»Heute habe ich gesehen, welche Kräfte ich besitze. Meine Macht ist so groß, dass ich alles zerstören konnte, und doch vermochte ich diejenigen nicht zu schützen, die mir am nächsten standen. Ich will den Grund dafür wissen. Warum ist dies so?« Während ich diese Frage stellte, erwachte auch wieder mein Zorn, doch dieses Mal ließ ich mich nicht davon mitreißen.

Moiras Miene veränderte sich, als sie die Frage hörte. Sie wurde ernst. »Hör mir zu, Sohn des Illeniel, und ich schildere dir, was zu lernen mich lange, lange Zeit, bevor du geboren wurdest, einen hohen Preis kostete. Die Fähigkeit, etwas zu zerstören, ist die geringste und zugleich die erste Form der Macht, die in Erscheinung tritt. Sogar ein Kind, so schwach es auch sein mag, ist fähig, etwas zu zerstören. Wenn du deine Begabung nutzt, um etwas zu erbauen, zu erschaffen oder wiederherzustellen, setzt du die höheren Formen der Macht ein. Sie erfordern Zeit und Übung, um zu reifen.«

Trotz meines Zorns und meiner Sorgen hörte ich aufmerksam zu. Auch in diesem Augenblick arbeitete mein Verstand, und ich tat in Gedanken bereits den nächsten Schritt. »Was ist mit der Macht, etwas zu beschützen?«, fragte ich.

Sie schloss die Augen. »Das ist eine Illusion. Es gibt keine Macht, etwas zu beschützen. Du kannst nur zerstören oder etwas Neues erschaffen. Schutz ist möglich, wenn du den Verstand und die Macht klug einsetzt, um auf alles einzuwirken, was dich verletzen könnte, aber kein Ergebnis der Macht selbst.«

»Das ist doch Unsinn. Wenn du etwas zerstören oder jemanden töten willst, und ich hindere dich daran, so habe ich doch meine Macht ausgeübt und ihn geschützt.«

»Wie würdest du denn versuchen, mich an etwas zu hindern?«, erwiderte sie. »Du müsstest mich entweder vernichten oder wenigstens die Drohung der Vernichtung einsetzen, um meine Handlungen zu beeinflussen. Der Schutz eines Menschen oder einer Sache ist vielleicht eine zweitrangige Folge, aber nicht das erste Resultat der Macht. Macht kann nur erschaffen oder zerstören.«

Ich wollte ihr nicht zustimmen, erkannte aber keinen Fehler in ihren Überlegungen. Da ich müde war, beschloss ich, die Diskussion auf einen anderen Tag zu verschieben. »Deine Antwort gefällt mir nicht, aber ich bin zu müde, um weiter zu streiten.«

Sie fuhr fort: »All das steht zudem im Widerspruch zu einer anderen Tatsache, die dir bewusst sein sollte.«

»Was meinst du?«

»Wie gesagt, ein Erzmagier besitzt keine Macht, sondern er wird selbst zu der Macht. Was du benutzt, gehört dir nicht, du borgst es dir nur aus, und wenn du zu viel benutzt, wird es dich verschlingen. Vergiss das nicht.«

Ich knirschte mit den Zähnen, sagte aber nichts dazu. Mir war völlig klar, was sie meinte, und doch blieb ich davon überzeugt, dass dies noch lange nicht alles sein konnte. Immer wieder stieß ich darauf, dass die Macht einen Preis hatte und dass mich die Macht, die ich einsetzte, das Leben kostete, wenn ich so viel einsetzte, wie nötig war, um ein Wesen wie Mal'goroth oder die Lichtgötter aufzuhalten. Zugleich begriff ich, dass es in diesem Spiel viele unbekannte Faktoren gab, und nicht einmal Moira war über die Grenzen oder Möglichkeiten der Macht eines Erzmagiers völlig im Bilde. Wäre dies der Fall gewesen, dann hätte sie erklären können, was gerade mit mir geschehen war. Doch sie hatte ihre Unsicherheit eingeräumt. *Und ich bin nicht nur ein Erzmagier*, dachte ich mir. Ich besaß eigene magische Kräfte, auch wenn sie gegenüber manchen Feinden, die gegen mich angetreten waren, winzig erscheinen mochten.

Außerdem wusste ich, dass der Verstand Antworten hervorbringen konnte, die der reinen, brutalen Kraft unzugänglich waren. Moira unterschätzte sicherlich die Bedeutung der Intelligenz, denn ihre ganze Ausbildung hatte ihr vor Augen geführt, dass ein Erzmagier, der seine Kräfte entschlossen einsetzte, zugleich sein Denkvermögen beeinträchtigte. Die logische Folgerung war, dass all die Macht von einem gewissen Punkt an sinnlos war, sobald nämlich das Denkvermögen und die Willenskraft eines Menschen in Mitleidenschaft gezogen wurden.

Doch weigerte ich mich, diese Idee zu akzeptieren. Aus meiner Lehrzeit in der Schmiede wusste ich, dass kleine Anwendungen der Kraft manchmal eine große Wirkung entfalten konnten. *Der geschickte Einsatz der Macht erweitert die Möglichkeiten.* Ich kehrte Moira den Rücken und trat den Rückweg nach Lancaster an. »Du kannst jetzt gehen, Moira«, sagte ich knapp. Meine Geduld und Höflichkeit waren verbraucht. Es war mir einerlei.

Irgendwo in der Tiefe, an einem dunklen Ort, erwachte etwas. Es regte sich voller Unruhe und streckte den Körper, der sich fast ein Jahrtausend nicht mehr gerührt hatte. Die ganze Welt hatte gebebt, als wollte sie die Ketten des Schlafs abschütteln und alles mit Feuer auslöschen. Zwar war dies alles jetzt wieder ruhig, doch es lag eine Erwartung in der Luft, als sei die Welt nur vorübergehend verstummt, um auf ein großes Ereignis zu warten.

Langsam schüttelte das Wesen den Staub von seiner uralten Gestalt und strebte dem Tageslicht und der frischen Luft entgegen. Es war hungrig, denn es hatte seit fast tausend Jahren nichts mehr gegessen.

26

Zusammen mit William kehrte ich zur Burg des Herzogs zurück. Ich war nicht sicher, was er gesehen oder gespürt hatte, aber das wusste ich ja im Grunde selbst nicht genau. Nicht nur meine äußere Gestalt, sondern auch mein Bewusstsein war verändert gewesen, und die Erinnerungen waren mir fremd. Auf dem Rückweg schwieg William sich aus, und ich gab von mir aus nichts preis. Allerdings entging mir nicht, dass er auf Abstand blieb und den Bogen mit einer Anspannung hielt, die ich vorher nicht bemerkt hatte.

Die Wächter am Haupttor schienen erschüttert. Ich hatte das unbestimmte Gefühl, ich selbst sei der Grund dafür, sagte jedoch nichts, sondern ging einfach weiter. Als ich den Zugang zum Bergfried erreichte, kam mir James entgegen. »Habt Ihr das Erdbeben gespürt?«, fragte er.

Damit konnte er nur das Erlebnis meinen, das ich vor einer Stunde gehabt hatte. »Ja.«

»Es hat hier noch nie ein Erdbeben gegeben. Habt Ihr eine Ahnung, was es verursacht haben könnte?« Er war voller Sorge und Kummer.

»Nein, eigentlich nicht«, log ich. Vermutlich würde er die Wahrheit ohnehin bald erfahren, wenn er es nicht sowieso schon ahnte. Ich hatte jetzt nur noch ein einziges Ziel, neben dem kaum etwas anderes eine Bedeutung hatte.

Anscheinend störte ihn meine gelassene Antwort. »Was ist das für eine Miene? Ihr scheint darüber nicht sonderlich besorgt.«

Ich zuckte mit den Achseln. »Nein, bin ich auch nicht.« Ich wich ihm aus und ging weiter.

»Wohin wollt Ihr?«

»Ich habe vor, mit dem Magier zu reden, den Ihr gefangen habt«, erwiderte ich ruhig.

Obwohl James älter und erfahrener war und sich äußerlich nichts anmerken ließ, spürte ich doch seine Unsicherheit, als er weitersprach. Sie schlug sich deutlich in seiner Aura nieder, die mir mein Magierblick zeigte. »Er ist noch nicht erwacht.«

Ich blieb stehen, drehte mich aber nicht zu ihm um. »Lügt mich nicht an, James. Ich verstehe, was Ihr tun wollt, aber bitte lügt mich nicht an.« Nach einer kurzen Pause ging ich weiter, ohne seine Reaktion abzuwarten.

Er machte keine Anstalten, mir zu folgen, rief mir jedoch hinterher: »Was habt Ihr vor?«

Ich antwortete nicht oder jedenfalls nicht so laut, dass er es hören konnte. Fast unhörbar murmelte ich: »Ich werde ihm nur ein paar Fragen stellen.« *Und herausfinden, wer hinter der Ermordung meiner Frau und meines ungeborenen Kindes steckt.* Eine kalte Ruhe hatte mein Herz verschluckt. Geblieben waren nichts als eiskalter Zorn und Entschlossenheit. »Dann verbrenne ich seine Körperteile … aber nicht zu schnell. Ich will es ja nicht überstürzen.« Ich lächelte.

Als ich durch die Korridore lief und mich der Treppe näherte, die zum Verlies führte, hielten mich meine Mutter und Genevieve auf. Doch sie waren die Letzten, mit denen ich jetzt sprechen wollte. Ich wich ihnen aus und blockierte mit einem Wort den Gang, indem ich ein unsichtbares Kraftfeld entstehen ließ. Meine Vernunft war größtenteils dahin, doch ich wollte sie nicht sehen lassen, was unten geschehen würde. *Sie bleiben besser hier oben*, dachte ich bei mir.

Ich hatte die Treppe schon fast erreicht. Ein Teil in mir war ganz und gar ruhig und beobachtete unbeteiligt, was geschah. Wären Marc oder Rose zur Stelle gewesen, sie hätten mich vielleicht beruhigen können, doch sie waren zu weit entfernt, um mir zu helfen. *Penny wäre sogar noch geeigneter.* Bei diesem Gedanken krampfte sich mein Magen zusammen. Innerlich spürte ich einen eiskalten, schmerzenden Klumpen, vor dem geistigen Auge loderten Flammen.

Als ich um eine Ecke bog, sah ich Ariadne vor der Tür stehen, hinter der die Treppe zum Verlies begann. »Mordecai, ich muss mit dir reden.«

»Mach mir bitte Platz«, sagte ich tonlos.

»Ich muss aber mit dir reden«, gab sie energisch zurück. Von dem Mädchen, das sich vor dem Vater fürchtete, war nichts mehr zu sehen. Ich fragte mich, wann sie wohl zur Frau gereift war. Gerade eben noch war sie Marcs lästige kleine Schwester gewesen. Der Teil in mir, der sich darüber wunderte, hatte in diesem Augenblick jedoch nicht das Sagen. Ich hatte keine Zeit, meinen Kindheitserinnerungen nachzuhängen ... das war vorbei.

Ich wusste schon, dass sie eine der Halsketten trug, die ich hergestellt hatte, deshalb sparte ich mir die Mühe, sie in Schlaf zu versetzen. Ich wollte sie zwar nicht verletzen, doch meine Geduld war nur von kurzer Dauer. »*Borok Ingak*«, sagte ich und zerschmetterte die Tür hinter ihr mit einer Genauigkeit, zu der ich vor einem Jahr noch nicht imstande gewesen wäre. Da ihr schlagartig die Stütze im Rücken genommen wurde, taumelte sie zurück und wäre vielleicht sogar die Treppe hinuntergefallen, doch war ich bereits zu ihr geeilt und hielt sie an der Hand fest. »Vorsicht. Marc würde es mir nie verzeihen, wenn ich dich versehentlich verletzte«, sagte ich sanft, während ich sie von der Tür wegzog.

Ihr erschrockener Blick sagte mir alles, was ich wissen musste. Offenbar hatte mich mein Tonfall verraten. Ich war wie ein wildes Tier – noch schlimmer, ich war sogar von dem Verlangen erfüllt, einen Mord zu begehen. »Mort, du musst mir zuhören!«, rief sie, als ich sie zurückstieß und einen Schild einsetzte, um hinter mir die Türöffnung zu versperren.

Dann kehrte ich ihr den Rücken und stieg die Treppe hinab. Der ruhige Teil in mir bemerkte, dass die dunkle Treppe als Gleichnis für meinen eigenen Abstieg in die Finsternis gelten konnte. »Du willst dabei gewiss nicht zusehen, Ariadne«, sagte ich, als ich weiterging. Eigentlich war es mir egal, ob sie es hörte oder nicht.

»Penny hat dir eine Nachricht hinterlassen! Hast du sie schon gelesen?«, schrie sie zurück. Das Kraftfeld dämpfte ihre Stimme, doch ich verstand die Worte ganz genau. Wie aus eigenem Antrieb hielten meine Füße inne.

»Was?« Aufgebracht drehte ich mich um. Das arme Mädchen, so schön es auch war, weinte haltlos.

»Sie hat dir eine Nachricht hinterlassen. Joe McDaniel sollte sie dir geben.«

Meine Wut wich einer ganz gewöhnlichen Gereiztheit. »Die werde ich später noch lesen. An diesem Punkt kann mich nichts und niemand umstimmen.«

Wieder wollte ich mich abwenden, doch nun rief sie: »Sie hatte eine Vision! Sie wollte, dass du den Brief liest, ehe du irgendetwas anderes unternimmst. Sie hat es gewusst, Mordecai! Sie hat es gewusst!«

»Sag mir doch einfach, was darin steht, verdammt!« Ich entfernte den Schild von der Tür und kehrte zu ihr zurück, obwohl ich nichts lieber wollte, als unser Gespräch beenden, damit ich hinuntergehen und die Sache zu Ende bringen konnte. Meine Hände zuckten vor Ungeduld.

»Das weiß ich doch nicht!«, entgegnete sie verzweifelt. »Ich weiß es nicht. Sie wollte es mir nicht verraten, aber du solltest es unbedingt lesen. Sie wusste, was geschehen würde, und bestand darauf, dass du allein ihre Mitteilung sehen darfst.«

Zum ersten Mal, seit ich beschlossen hatte, den Mann im Verlies langsam zu Tode zu foltern, hielt ich inne und dachte tatsächlich nach. *Wenn sie es gewusst hatte, dann musste sie auch einen Plan gehabt haben*, dachte ich. *Das kann bedeuten, dass sie gar nicht tot ist, aber aus irgendeinem Grund nicht will, dass jemand anders davon erfährt.* Wenn ich dies unterstellte, konnte ihre

Nachricht das Ziel haben, mich vor einem Fehler zu bewahren. Mutmaßungen brachten mich allerdings kaum weiter, solange ich den Brief nicht gelesen hatte.

Ich betrachtete Marcs Schwester. Sie schien am Boden zerstört, Tränen liefen ihr über die Wangen, und die Augen waren geschwollen. Ich hatte sie offenbar sehr erschreckt. Trotzdem war mein Herz nicht fähig, viel Mitgefühl aufzubieten. Jedenfalls noch nicht. Dennoch umarmte ich sie. »Es tut mir leid, dass ich dich so in Angst versetzt habe.« Dann schob ich sie fort und machte mich auf den Weg zu den Teleportkreisen. Ich musste mit Joe sprechen. »Bestell deinem Vater, dass ich die Rechnung für die Tür übernehme«, sagte ich abwesend.

Zuerst antwortete sie nicht, doch als ich mich ein Stück entfernt hatte, murmelte sie hinter mir: »Die verdammte Tür stört doch niemanden, am wenigsten meinen Vater. Wir wollen nur, dass du nicht den Verstand verlierst, Mordecai.« Vermutlich dachte sie, ich hätte es nicht gehört. Doch es war ganz gleich.

Aufgeregt schritt Joe vor dem Gebäude mit den Teleportkreisen hin und her. Als ich durch die Doppeltür trat, war er sehr erleichtert. »Den Göttern sei Dank, dass Ihr zurückkehrt!«

Erbost starrte ich ihn an. »Eigentlich solltet Ihr es besser wissen und nicht die Götter preisen, wenn ich in der Nähe bin, Joe.«

Erschrocken lenkte er ein: »Das ist … nur so eine Redensart.«

»Dann ändert sie. Wo ist die Nachricht, die sie Euch geschickt hat?«, sagte ich unwirsch.

»Wisst Ihr, ich habe den größten Teil des Tages damit verbracht, hier draußen auf Eure Rückkehr zu warten, und Ihr müsst natürlich gerade dann auftauchen, wenn ich auf dem Abort bin«, antwortete er nervös. Sein etwas fremdländischer Akzent wurde dann stärker, wenn er aufgeregt war. Endlich griff er in die Jacke und zog einen versiegelten Umschlag hervor.

Ich nahm ihn entgegen und marschierte los, während er neben mir hertrabte. »Ich esse in meinen Gemächern«, unterrichtete ich ihn.

»Verzeihung, Sir?«

»Ich bin in meinen Gemächern und denke nach.« Ich hielt den Brief hoch und wedelte damit. »Ich habe vermutlich eine Menge Stoff zum Nachdenken. Sorgt dafür, dass ich nicht gestört werde, es sei denn, man bringt mir Essen und Wein.«

»Selbstverständlich, Euer Lordschaft.« Als wir den Bergfried betraten, verschwand er in Richtung der Küche, um meine Anweisungen an den Koch weiterzugeben. Ich hatte ein schlechtes Gewissen, weil ich ihn so unwirsch behandelt hatte. Joe war mein Freund, und ich hatte ihn nur selten so grob angefasst. Hoffentlich verstand er es.

Dann schob ich alle anderen Gedanken weg und stieg die Treppe zu den Gemächern hinauf, die ich bis vor Kurzem noch mit meiner Frau geteilt hatte. Bei diesem Gedanken knirschte ich schon wieder mit den Zähnen.

Sobald ich die Tür hinter mir geschlossen hatte, öffnete ich den Umschlag, den Joe mir gegeben hatte. Er war mit einem Stück Wachs versiegelt, das Penny sorgfältig darauf gepresst hatte. Der Abdruck im Wachs entsprach dem zierlichen Siegelring einer Frau, er war klein und zeigte das Wappen der Camerons. Mit angehaltenem Atem brach ich das Siegel und las den Brief.

Mein Liebster,

ich weiß, wie verzweifelt und zornig Du bist, denn ich habe die Ereignisse gesehen, die zu diesem Augenblick geführt haben. Dagegen weiß ich nicht, wie Du auf diese Worte hier reagieren wirst. Ich hoffe, Du beherzigst meinen Rat und tust das, was für alle das Beste ist. In meiner Vision gab es auch eine Variante, in der Du diesen Brief nicht erhalten hast, und was ich dort sehen musste, gefiel mir überhaupt nicht. Du darfst Dich auf keinen Fall von Deinem Zorn blenden lassen, denn wenn das geschieht, reißt Du uns alle mit in einen Untergang, der mit Deinem eigenen beginnt.

Der Mann, den ich kenne und liebe, ist leidenschaftlich. Lass nicht den Mut sinken. Ich habe gesehen, was geschehen wird, wenn Du Deinen dunklen Impulsen nachgibst. Es ist ein öder und leerer Weg, und Du wirst dort nicht mehr der Mann sein, den ich geliebt habe. Wenn Du nicht verzweifelst, besteht noch Hoffnung. Mehr kann ich nicht sagen.

Ich muss mich entschuldigen, weil ich Dir jetzt nichts Greifbares zu bieten habe. Das meiste von dem, was ich gesehen habe, darf ich Dir nicht verraten, um nicht die Dinge zu verändern, die ich noch nicht erkennen kann. Du musst mir wieder einmal vertrauen. Allerdings kann ich sagen, dass ich keine Ahnung von alledem hatte, bis Du uns in Lancaster verlassen hast. Wahrscheinlich war dies auch gut so, denn ich hätte es vermutlich nicht für mich behalten können, hätte ich es vorher gewusst. Du hättest mich durchschaut und mir das Geheimnis entlockt und damit wahrscheinlich alle in den Untergang gestürzt.

Nun kommt der wichtige Teil, von dem abhängt, ob sich alles doch noch zum Besseren wendet. Lass Dich von Deinem Zorn nicht überwältigen. Der Magier in Lancasters Verlies ist nicht Dein Feind. Er heißt Prathion, und wenn Du Dein Herz öffnest, könnte er sogar Dein wichtigster Verbündeter werden. Frage ihn, wer Miriam geheilt hat; seine Antwort sollte Dir helfen, es zu verstehen.

Räche Dich auch nicht am König. Das kann warten. Deine Antworten findest Du vorerst bei den Shiggreth.

Das ist alles. Ich kann nicht mehr sagen und Dir auch keinen Trost bieten. Lass nicht zu, dass der Kummer Dein Herz und Deine Seele verhärtet. Du bist nicht der Erste und wirst nicht der Letzte sein, der eine Tragödie erlebt, aber von jetzt an können Deine Handlungen sehr dazu beitragen, die Zahl der Menschen zu verringern, die ihre Liebsten verlieren müssen. Gib nicht die Hoffnung auf. Zeige der Welt das freundliche Herz, das ich immer geliebt habe.

Alles Liebe
Penelope

PS: Wenn Du meinen Rat in den Wind schlägst, wirst Du es für den Rest dieses Lebens und im ganzen nächsten Leben bereuen, falls es ein solches gibt. Ich meine es ernst.

Als ich die Nachbemerkung las, musste ich trotz meiner Tränen lächeln. »Deine Handschrift ist immer noch grauenhaft, meine Liebste«, sagte ich zu mir selbst. Mein Kichern verwandelte sich in ein ersticktes Schluchzen. Nach einer Weile fing ich mich wieder, holte tief Luft und faltete das Blatt ordentlich zusammen, um es auf meinen Schreibtisch zu legen. Es sollte auf keinen Fall durch eine Achtlosigkeit oder eine falsche Entscheidung verschmutzt oder beschädigt werden. Sobald es sicher abgelegt war, brach ich auf dem Boden zusammen. Dort blieb ich lange liegen. Meine Sorgen drohten, die Vernunft zu überwältigen, doch ich sträubte mich. *Das wollte sie nicht*, sagte ich mir.

Sie wollte, dass ich nachdenke, und zwar gründlich, ermahnte ich mich selbst. »Ich kann dir nicht versprechen, dass ich immer freundlich und mitfühlend sein werde«, sagte ich, als stünde sie vor mir. »Aber ich lasse mich auch nicht von der Wut übermannen. Ich werde so kalt und klug sein wie eine Schlange, bis ich meine Rache bekomme. Die Gerechtigkeit kann mir gestohlen bleiben. Wer für dies alles verantwortlich ist, der soll auch dafür büßen.« Dabei biss ich die Zähne zusammen.

Ich blieb noch eine Weile auf dem Boden liegen, bis ein

Diener klopfte und das Essen brachte, um das ich zuvor gebeten hatte. Ruhig und gefasst öffnete ich die Tür, äußerlich ließ ich mir nicht anmerken, welcher Aufruhr in mir tobte. Nachdem ich gegessen hatte, verbrachte ich den Rest des Tages mit Nachdenken. Ich musste meine nächsten Schritte sorgfältig planen, um den Feinden meine Absichten nicht zu verraten.

Am Abend holte ich den silbernen Griffel hervor, den ich gefunden hatte, und begann mit der Arbeit an einem Gegenstand, der sich als nützlich erweisen konnte. Es waren mehrere Versuche nötig, bis die Anordnung der Runen gut ausgewogen war, doch glücklicherweise konnte ich das Hilfsmittel an mir selbst erproben, um mich zu vergewissern, dass es richtig wirkte. Die letzten Anpassungen waren schwieriger, da ich das Gerät nicht versehentlich aktivieren und mich selbst verletzen wollte. Während der Arbeit sicherte ich mich zwar mit dem stärksten Schild, den ich erschaffen konnte, aber ich war trotzdem nicht sicher, ob er mich bei einer so kleinen Entfernung überhaupt schützen konnte, falls ich einen Fehler machte.

Um Mitternacht war ich fertig und hatte den Eindruck, meine Pläne seien so weit gediehen, wie es überhaupt möglich war. Ich beschloss, ins Bett zu gehen.

Ich hatte mich entschieden, jeden Schritt so sorgfältig und gewissenhaft zu tun, als sei es ein Ritual. Genauso hielt ich es mit meiner Ruhepause. Ich wusch mich, zog die schmutzige Kleidung aus und achtete darauf, nichts zu vernachlässigen. Fast fühlte ich mich, als sei ich Penny gegenüber verpflichtet, auch die einfachsten Verrichtungen des Lebens mit größter Sorgfalt zu erledigen. Sie hätte gewollt, dass ich auf mich achtgab. Trotzdem brauchte ich eine halbe Flasche Wein, bis mich endlich der Schlaf übermannte, und meine Träume waren alles andere als erbaulich.

27

Früh am nächsten Morgen kehrte ich guter Dinge nach Lancaster zurück. Auf mein Äußeres hatte ich besondere Sorgfalt verwendet, und als ich dort erschien, war auch jedes kleinste Härchen am richtigen Platz. Mein Bart und der Schnurrbart waren sorgfältig getrimmt, und meine Kleidung schien makellos. Wieder hatte ich das Gefühl, Penny hätte es so gewollt. Nach einigem Nachdenken kam ich allerdings darauf, dass dies zugleich eine Methode war, um meine Gefühle unter Kontrolle zu halten.

James empfing mich kurz nach meiner Ankunft. Er würdigte meine Aufmachung mit einem wohlwollenden Blick. »Heute seht Ihr besser aus, Mordecai.«

»Ja, Durchlaucht, es geht mir auch viel besser. Ich hoffe, Ihr könnt mir mein gestriges Verhalten verzeihen. Ich war sehr mitgenommen«, antwortete ich höflich.

»So ernst müsst Ihr nicht sein, wir sind doch miteinander verwandt.« Tatsächlich war seine Gattin meine Tante, was ich allerdings erst vor zwei Jahren erfahren hatte.

»Die Förmlichkeit ist wohl meine Art, damit zurechtzukommen, Sir. Ich hoffe, Ihr versteht dies. Im Augenblick kann ich es mir nicht erlauben, meinen Gefühlen freie Bahn zu lassen«, entgegnete ich.

»Bezieht sich dies auf das Erdbeben, das wir gestern erlebt haben?«

Anscheinend hatte William mehr gesehen, als ich angenommen hatte, und natürlich hatte er mit seinem Lehnsherrn gesprochen. Sogar ohne Williams Bericht wäre James selbstverständlich fähig gewesen, die entsprechenden Schlussfolgerungen zu ziehen. »Ich ließ mich hinreißen. Das

Schlimmste ist aber jetzt vorüber, macht Euch bitte keine Sorgen. Ich werde nicht zulassen, dass so etwas noch einmal geschieht«, versicherte ich ihm.

James' Blick war voller Mitgefühl. »Es wird ganz gewiss noch mehr geschehen, Junge. Ihr wisst es seit dem Tod Eures Vaters. Es wird Euch nicht loslassen.«

»Wie hat es Lady Thornbear aufgenommen?«, fragte ich überraschend. Ich kam mir etwas selbstsüchtig vor, noch nicht eher an sie gedacht zu haben. Immerhin hatte sie ihren Sohn verloren. Ich war schließlich nicht der Einzige, der Kummer hatte.

Der Herzog biss die Zähne zusammen. »Sie hält sich mit bewundernswerter Tapferkeit, so wie alle Angehörigen ihres Hauses. Trotzdem setzt es ihr sehr zu. Vor gerade mal zwei Jahren hat sie Gram verloren, und jetzt trifft es ihren Sohn. Bisher blieb sie die meiste Zeit in ihren Gemächern, Genevieve und Eure Mutter haben sie jedoch öfter aufgesucht.«

Ich nickte und wusste nicht, was ich sagen sollte. Wir gingen zur großen Halle. James erkundigte sich, ob ich schon gegessen hätte. Das war nicht der Fall, also frühstückten wir zusammen im Sonnenzimmer. Irgendwie sorgte er dafür, dass uns alle anderen in Ruhe ließen, obwohl sie mich sicher sehen wollten. Besonders galt das natürlich für meine Mutter – aber noch war ich nicht in der Lage, mich ihren Gefühlen auszusetzen. Meine eigenen waren schon beinahe mehr, als ich ertragen konnte.

Beim Essen redeten wir kaum, aber schließlich brachte ich den Grund für meine frühe Ankunft zur Sprache. »Ich bin jetzt bereit, mit dem Magier zu sprechen«, verkündete ich unumwunden.

James stellte seinen Teller zur Seite. »Ihr habt die arme Ariadne gestern zu Tode erschreckt.«

»Ich muss mich bei ihr entschuldigen und – auch bedanken. Wäre sie nicht gewesen, ich hätte vermutlich einen schweren Fehler begangen«, erwiderte ich. »Außerdem möchte ich Euch die beschädigte Tür ersetzen.«

Er winkte ab. »Keine Sorge, wir haben zusammen schon zu viel durchgemacht, um uns wegen einer Tür zu streiten. Ich bin nur neugierig, was Ariadne Euch erzählt hat, denn seit gestern habt Ihr Euch sichtlich beruhigt.«

Verlegen schlug ich die Augen nieder. »Sie hat mich nur an ein paar Dinge erinnert, die Penny gesagt hat. Das hat schließlich zu der Frage geführt, was Penny von meinem Vorhaben gehalten hätte.« Ich hatte ihm die Wahrheit gesagt, wenngleich nur grob zusammengefasst. Dabei hatte ich jedoch verschwiegen, dass die Einzelheiten aus Pennys Vision stammten.

Wir redeten noch eine Viertelstunde weiter, bis ich mich entschuldigte und meine Mutter aufsuchte. Es hatte ja keinen Zweck, das Unvermeidliche noch weiter aufzuschieben. Sie saß allein in dem Zimmer, das Genevieve ihr zur Verfügung gestellt hatte. Mir entging nicht, dass es sich direkt neben der Suite des Herzogs befand und dass zwei Wächter davor postiert waren.

Sie traten wortlos zur Seite, als ich mich näherte, denn sie kannten mich. Ich klopfte an. Ich wusste bereits, dass sich Miriam darin befand und wach war, wollte sie aber trotzdem nicht erschrecken. »Ja?«, rief sie einige Augenblicke später.

»Ich bin's, Mutter. Darf ich eintreten?«, fragte ich.

»Natürlich.« Sie zog den Riegel zurück. »Ich hatte mich schon gefragt, ob du hier heute auftauchen würdest.«

Ernst sah ich sie an. »Mein gestriges Verhalten tut mir leid. Ich war völlig außer mir.«

Sie nickte. »Ich glaube, das haben alle begriffen, und was Reaktionen angeht, die aus Kummer geboren werden, so war deine sicher nicht weit von dem entfernt, was andere getan hätten.« Sie kam zu mir und umarmte mich, nachdem ich die Tür geschlossen hatte.

Ich hielt sie schweigend fest. Ganz egal, wie alt ich sein

mochte, diese einfache Geste tröstete mich immer noch. Allerdings bemerkte ich, wie zierlich sie war. War sie schon immer so schmächtig gewesen? »Ich war so dumm, dass ich nicht einmal gefragt habe, wie deine Genesung verläuft. Wie schwer warst du verletzt?«

Sie ließ mich los und kehrte zu dem Tisch zurück, an dem sie gesessen und gestickt hatte. Ihre Hände konnten nie lange untätig bleiben. »Ich weiß es nicht genau«, antwortete sie. »Ich zeige dir die Narbe, wenn es dich nicht in Verlegenheit bringt, den Busen deiner alten Mutter zu betrachten.«

Sie entblößte Oberkörper und Bauch, und als ich es sah, keuchte ich geradezu vor Schreck. Vom Bauch, knapp über dem Nabel, verlief bis zu den Rippen auf der rechten Seite eine lange silbern schimmernde Linie. Es war eine hässliche Wunde gewesen, doch noch überraschender war der Umstand, dass sie völlig verheilt zu sein schien. »Tut es noch weh?«, fragte ich sofort. Sie zog bereits das Unterhemd herunter, um sich wieder zu bedecken.

Miriam schnitt eine Grimasse. »Ja, es schmerzt noch. Das tiefere Gewebe ist nicht völlig verheilt, soweit ich das sagen kann.«

»Aber wie ist das möglich?«

»Das Letzte, was ich noch weiß, ist, dass mich die hässliche Klinge der Frau aufgeschlitzt hat, wie man es mit einer Sau im Schlachthaus tut. Ich hatte dann so lange versucht, meine Därme drinnen zu halten, bis ich ohnmächtig wurde. Als ich aufwachte, lag ich schon wieder hier im Bett, und die Wunde war geschlossen.«

Ich stellte ihr ein paar weitere Fragen, und sie beschrieb mir nun ausführlich, was sich ereignet hatte: Pennys Bemerkungen über Dorians Visier, die Art und Weise, wie die Entführer eingedrungen waren, und dann der Kampf. Ihrer Schilderung konnte ich entnehmen, dass Penny die folgenden Ereignisse vorhergesehen hatte. *Aber warum hat sie sie dann nicht verhindert?*, überlegte ich. Sie hatte ihren Tod nahen sehen und hätte sich nur verstecken müssen, statt offenen Auges ins Verderben zu gehen. Was konnte denn nur so entsetzlich sein, dass sie den eigenen Tod als das kleinere Übel willig hinnahm?

Ich hob den Kopf, weil mir bewusst wurde, dass ich die letzten Bemerkungen meiner Mutter nicht gehört hatte. »Verzeihung?«, sagte ich.

»Ich habe gefragt, was du denkst.«

»Ich habe mir überlegt, dass ich deine Wunde gründlich untersuchen sollte«, sagte ich, um meine Zerstreutheit zu überspielen.

»Tut das weh?«, fragte sie nervös.

Ich zog meinen Stuhl näher heran. »Eigentlich nicht, es sei denn, ich muss etwas in Ordnung bringen.«

»Vielleicht sollte ich mich dann lieber hinlegen«, schlug sie vor. Ich hätte mich selbst ohrfeigen können, nicht darauf gekommen zu sein.

»Das ist eine gute Idee«, stimmte ich zu. Sobald sie es sich auf dem Bett gemütlich gemacht hatte, setzte ich mich neben sie und legte ihr eine Hand auf den Bauch. Dann konzentrierte ich mich mit geschlossenen Augen ganz auf den Magierblick und untersuchte sie. Ich hoffte, auf nichts Schwieriges zu stoßen, denn sonst hätte ich meinen Körper verlassen müssen, wie ich es bei Penny auch getan hatte. Wie ich bereits wusste, war dies nicht ungefährlich.

Nach einigen Minuten war ich zufrieden. Der Schnitt hatte die Haut, das Fettgewebe und die Bauchmuskeln durchtrennt. Auch die Leber und ein Lungenflügel waren beschädigt, doch diese Verletzungen waren bereits versorgt worden. Der Bauchmuskel war noch nicht völlig verheilt und bereitete ihr Schmerzen. Ich dämpfte die Nervenimpulse der Region und fügte behutsam die losen Enden zusammen.

Als ich die Augen wieder öffnete, bemerkte ich, dass sie

mich die ganze Zeit aufmerksam beobachtet haben musste. »Ich glaube, ich habe das Problem gefunden. Es war nichts Ernstes, aber es hätte dir noch längere Zeit wehgetan.«

»Weißt du, wie ich geheilt wurde?«, fragte sie.

»Magie«, antwortete ich nur. »Allerdings verstehe ich den Grund nicht.«

Sie legte eine Hand auf die meine. »Du wirst es schon noch herausfinden.«

Ich lächelte sie an. »Ganz bestimmt.«

»Aber tu bis dahin nichts Unüberlegtes, ja?«, warnte sie mich.

»Ich kann mich heute viel besser beherrschen.«

Sie schüttelte den Kopf. »Das heißt natürlich nicht, dass du nicht die bestrafen sollst, die dahinterstecken. Aber du solltest dich vergewissern, ob du auch wirklich die Schuldigen vor dir hast, ehe du etwas tust, das sich nicht rückgängig machen lässt.«

»Ich verstehe«, versicherte ich ihr.

Trotzdem fuhr sie fort: »Und wenn du ganz sicher bist, dann sorge dafür, dass sie nie wieder eine Gelegenheit finden, jemanden zu verletzen, den wir lieben.«

Wenigstens in dieser Hinsicht waren wir uns völlig einig.

Lady Thornbear und ein Wächter des Herzogs gingen mir voran, als ich die Zelle aufsuchte. Der Gefangene war gefesselt, man hatte ihm die Augen mit einer Binde verdeckt. Als wir eintraten, stöhnte er leise. In der Zelle stand ein weiches Bett. Ich sah Dorians Mutter fragend an.

»Ich wollte nicht, dass er vor Eurer Rückkehr stirbt«, erklärte sie. »Hätten wir ihn auf dem Boden liegen lassen, so hätte er gewiss Geschwüre bekommen und wäre an einer Infektion gestorben.«

Ich nickte. »Ist er wach?«

»Er müsste bald zu sich kommen, aber das spielt keine große

Rolle mehr. Nach einer Woche mit diesen Giften ist sein Geist verwirrt, und selbst wenn er wach sein sollte, wird es Stunden dauern, bis er wieder ganz bei Sinnen ist«, erwiderte sie.

Ich sah Lady Elise in einem ganz neuen Licht. In meiner Kindheit war sie einfach nur Dorians Mutter gewesen – streng, aber freundlich und liebevoll. Jetzt musste ich das Bild durch die Tatsache ergänzen, dass sie auch eine Kräuterkundige war und mit Gift umzugehen wusste. Irgendwie wollten sich die beiden Facetten nicht zu einem Bild zusammenfügen.

»Habt Ihr so etwas schon einmal getan?«, fragte ich, ohne richtig darüber nachgedacht zu haben.

Ein Funke glomm in ihren Augen. »Noch nie bei einem Magier – das hat es viel schwieriger gemacht. Sagt mir, wenn Ihr herausfindet, wer ihn geschickt hat, dann stelle ich etwas Besonderes her, das Ihr ihm geben könnt.«

Es schauderte mich, als sie dies sagte. Dann erinnerte ich mich daran, dass diese Frau gerade ihren Sohn verloren hatte. *Wahrscheinlich will sie sich ebenso dringend rächen wie ich.*

»Ich werde ihn auf die Burg Cameron bringen«, erklärte ich ihr und nickte dem Wächter zu. »Da er noch nicht ganz bei sich ist, brauche ich etwas Hilfe, um ihn zu bewegen.«

Sie sah mich fragend an. »Seid Ihr sicher, dass dies eine kluge Idee ist? Ihr habt im Bergfried kein Verlies.«

»Das Verlies hat ihn doch auch nicht hier gehalten, Mylady. Ihr seid es gewesen, oder vielmehr Eure Künste brachten es fertig. Ich werde ihn genau beobachten und ihn mit anderen Mitteln festsetzen.« Schon beugte ich mich vor und legte dem Gefangenen ein zierliches silbernes Halsband an. Dabei bewegte ich mich äußerlich entspannt, war in Wirklichkeit aber sehr vorsichtig.

»Was ist das?«, fragte Elise Thornbear.

»Etwas, das ich entworfen habe«, entgegnete ich selbstgefällig. »Es hält ihn fest, bis ich über sein Schicksal entschieden habe.«

»Ist es gefährlich?«

»Sehr.«

Sie lächelte. »Ihr seid immer ein guter Junge gewesen, Mordecai. Mein Sohn hat viel von Euch gehalten.«

»Ich war nie so gut wie Dorian, aber er war mir stets ein Vorbild für das, was einmal aus mir werden konnte«, erwiderte ich vollkommen aufrichtig.

Zu meiner Überraschung beugte sich Lady Thornbear vor und gab mir einen Kuss auf die Wange. Es war eine unverhoffte, sanfte Geste, und ich spürte auch einen Hauch ihrer Tränen. »Danke, Mordecai. Nehmt dies hier.« Sie drückte mir ein kleines Fläschchen in die Hand.

Ich fragte nicht, doch schon meine Miene und die hochgezogene Augenbraue mussten meine Neugierde ausgedrückt haben.

»Es schmeckt süß wie Honigschnaps. Ihr könnt ein Getränk damit würzen oder es als süße Zutat für den Nachtisch benutzen. Wer es zu sich nimmt, fällt in einen tiefen Schlaf, aus dem er nie wieder erwacht«, erklärte sie leise.

»Warum ich?«

»Wenn jemand diejenigen findet, die dafür verantwortlich sind, dann seid Ihr es. Ich glaube zwar nicht, dass Ihr es noch brauchen werdet, wenn Ihr sie entdeckt habt, aber manchmal ist auch für einen Magier die heimliche Vorgehensweise die beste«, antwortete sie.

»Wie lange dauert es, bis es Wirkung zeigt?«

Ihre Augen funkelten im Zwielicht. »Das ist eine gute Frage. Mindestens einen Tag, manchmal zwei, wenn die Dosis nicht sehr hoch war.«

»Einen Tag, bis sie einschlafen, oder einen Tag, bis sie zu atmen aufhören?«, fragte ich, um sicher zu sein.

»Einen Tag, bis sie schlafen, der Tod tritt erst einige Stunden später ein.«

Ich runzelte die Stirn. »Das kommt mir recht langsam vor.«

»Ihr müsst noch viel lernen. Geschwindigkeit ist meist nicht der beste Freund des Giftmischers. Langsam, aber sicher, das ist die Regel. So gewinnt Ihr außerdem Zeit, Euch zu entfernen und jeden Verdacht zu vermeiden. Die Menschen geben eher der letzten Mahlzeit als der vom Vortag die Schuld.«

Je mehr ich über Lady Thornbears heimliche Leidenschaft erfuhr, desto mehr ängstigte sie mich auch. Wie konnte eine Frau, die so raffiniert und mit tödlicher Zielstrebigkeit vorging, zugleich diejenige sein, die meinen Freund Dorian erzogen hatte?

Anscheinend sah sie mir meine Verwirrung an, denn sie tätschelte beruhigend meine Wange. »Keine Sorge, Mordecai. Wir alle müssen zu verschiedenen Zeiten unterschiedliche Rollen übernehmen. Manche Menschen unterscheiden nicht zwischen dem, was sie tun, und dem, was sie sind. Verwechselt Eure Rolle also nicht mit Euch selbst. Ich habe zwar viele Dinge getan, aber ich *bin* doch nichts davon. Ich bin Lady Elise Thornbear. Ich war Heilerin, Ehefrau und Mutter, aber manchmal, wenn es nötig ist, bin ich eben auch eine Giftmischerin.«

Ihre Worte berührten mich, weil ich sie sofort als wahr erkannte und wusste, dass ich sie nie mehr vergessen würde. »Danke, Elise.« Zum ersten Mal im Leben sprach ich sie beim Vornamen an. »In unserer Kindheit seid Ihr immer freundlich zu uns gewesen, es sei denn, Strenge war vonnöten. Ich habe nie Zweifel an Euch gehabt, welche geheimen Fähigkeiten Ihr auch besitzen mögt.«

Dann wandte ich mich an den Wächter. »Hilf mir, ihn aufzurichten. Ich möchte ihn zur Burg Cameron bringen und in ein weiches Bett legen, ehe er ganz zu sich kommt.«

28

Der Mann, den ich mitgebracht hatte, ruhte in dem Bett, in das ich ihn gelegt hatte, und war immer noch nicht richtig zu sich gekommen. Hin und wieder öffnete er die Augen und starrte ins Leere. Die Pupillen waren stark geweitet, der Blick schien nicht scharf zu sein. Nach einer Woche unter Drogen war er sichtlich verwirrt. Ich machte mir Sorgen, die Behandlung könne sein Gehirn dauerhaft geschädigt haben. Dann sagte ich mir: *Warum sollte es mich kümmern, wenn er einen Schaden davonträgt?*

Es klopfte. Ich wusste bereits, dass Lisette draußen stand. »Komm herein«, rief ich zur Tür. Sie trat mit mehreren anderen Dienerinnen ein, die eine große kupferne Badewanne und Handtücher mitbrachten. »Stellt die Wanne dort ab.« Ich deutete auf eine Seite des Raumes.

Kurz danach traf auch Harold ein. Seine Blicke folgten Lisette, die emsig wirtschaftete. Ich sagte nichts, um die beiden nicht in Verlegenheit zu bringen, zumal er nicht einmal wusste, dass ich längst über ihre Beziehung im Bilde war. Schließlich riss er sich von ihr los und wandte sich an mich. »Ich verstehe immer noch nicht, warum Ihr ihn hier im Zimmer behaltet, Euer Lordschaft.«

Ich seufzte. »Ich habe keinen Kerker, und selbst wenn ich einen hätte, würde er dort vermutlich krank werden. Soweit ich es erkenne, hat er eine Menge Blut verloren, bevor er seine Beinwunde verschließen konnte. James sagt, er sei eine Weile unter dem Fallgatter eingeklemmt gewesen.«

»Ihr braucht ihn doch nur gerade so lange wach und ansprechbar zu halten, wie es nötig ist, um ihm zu entlocken, was er weiß.« Anscheinend dachte er, ich wollte den Magier anschließend hinrichten lassen.

»Ich habe gar nicht die Absicht, ihn zu töten«, sagte ich nur. Harold war schockiert, was ich ihm angesichts meines Verhaltens vom Vortag nicht einmal vorwerfen konnte. Immerhin hatte ich kurz davor gestanden, etwas viel Schlimmeres zu tun, als nur jemanden hinzurichten. Die Erinnerung ließ mich schaudern, und so musste ich die Visionen von Feuer und Folter gewaltsam unterdrücken, die mir noch immer sehr wünschenswert vorkamen.

Harold zappelte aufgeregt und redete endlich weiter. Ich war ziemlich sicher, dass er die ersten Bemerkungen, die ihm in den Sinn gekommen waren, verworfen hatte, und empfand Bewunderung für seine Selbstbeherrschung. »Ich nehme an, Ihr habt einen guten Grund, ihn ins Bett zu legen und zu pflegen, bis er wieder gesund wird.«

»In der Tat, den habe ich. Ich werde ihn für mich arbeiten lassen, denn ich glaube, lebendig nützt er mir mehr als tot. Die Zeit wird es zeigen.«

Harolds Augenlid zuckte. »Was ist mit Lord Dorian? Und mit Eurer Frau?«

Da riss mir der Geduldsfaden. Abrupt sprang ich auf und wandte mich an den jungen Mann, den Dorian zu meinem Schutz abkommandiert hatte. Mit zwei Schritten stand ich so dicht vor ihm, dass sich unsere Nasen fast berührten. Harold war groß, seine Augen befanden sich fast auf gleicher Höhe mit meinen, und in den Schultern war er viel breiter als ich. »Reizt mich nicht, Harold, und verdammt sollt Ihr sein, wenn Ihr damit andeuten wollt, meine Gefühle für meine Frau oder meinen Freund wären unaufrichtig oder nicht tief genug.«

Einen Moment lang erwiderte er meinen Blick, ehe er die Augen niederschlug. »Verzeihung, mein Lord. Es steht mir nicht zu, auf diese Weise mit Euch zu sprechen.«

Rasch gewann ich mein Gleichgewicht zurück. »Eines Tages wird es Euch zustehen, Harold. Ich weiß Eure Aufrichtigkeit zu schätzen, aber Ihr kennt mich noch nicht gut genug.« Ich legte ihm eine Hand auf die Schulter. »Helft mir, ihn auszuziehen. Gleich wird das warme Wasser gebracht.«

Weit riss er die Augen auf. »Sollten wir das nicht die Dienstmädchen tun lassen?«

Ich hatte Mühe, ernst zu bleiben. »Hm, da habt Ihr recht. Ich werde Lisette bitten, ihn zu entkleiden. Vielleicht kann sie ihm auch beim Baden helfen.«

Er schüttelte den Kopf. »Nein, das wäre auch nicht recht.« Ein paar Minuten später hatten wir ihn ausgezogen und für das Bad vorbereitet. Unser Gefangener hatte die Augen geöffnet und schien einigermaßen wach zu sein, doch wann immer er etwas sagen wollte, kam nur Unsinn heraus. Harold betrachtete das gekrümmte und geschwollene rechte Bein des Mannes. Eine lange, silbrig schimmernde Narbe beschrieb die Stelle, wo ihn das Fallgatter durchbohrt hatte. »Das sieht schlimm aus«, meinte er.

»Damit habt Ihr wohl recht«, stimmte ich zu. »Mal sehen, was ich tun kann. Sorgt dafür, dass mich niemand stört, bis ich fertig bin.«

»Woher weiß ich, wann Ihr fertig seid?«

»Ich werde mich einfach umsehen und mit Euch reden.« Lächelnd zwinkerte ich ihm zu. Harold schüttelte den Kopf. Natürlich hätte er gern eine Bemerkung über meine Selbstherrlichkeit gemacht, doch er hielt den Mund. Ich setzte mich vor das Bett und schloss die Augen, richtete den Blick nach innen und konzentrierte mich auf den Mann, der da vor mir lag.

Sein Herz schlug stark, der Körper war vom Fieber heiß. Die Wunde schien infiziert zu sein, doch ich war mir nicht sicher, was ich dagegen tun sollte. Also untersuchte ich sein Bein und das Gewebe rings um die Verletzung, um zu ermitteln, ob es dort größere Probleme gab. Der gebrochene Oberschenkelknochen war drauf und dran, schief zusammenzuwachsen. Daneben hatte sich ein Abszess gebildet, und dort entdeckte ich einen Fremdkörper.

Ich veränderte meine Wahrnehmung und erforschte den betroffenen Bereich etwas genauer. Ein Steinchen hatte sich dort festgesetzt, von dem aus die Entzündung ihren Ursprung nahm. Eine große Tasche voller Eiter und Körperflüssigkeit war rings um das Steinchen entstanden. Es würde eine Weile dauern, aber früher oder später musste ihn die Infektion umbringen, wenn der Abszess nicht geöffnet und der Stein entfernt wurde. Wenn er dies überlebte, würde er mit dem schlecht verheilten Knochenbruch höchstwahrscheinlich hinken. Glücklicherweise waren das beides Probleme, die ich leicht beheben konnte.

Ich beschloss, zuerst den Knochen zu behandeln. Die Säuberung der Wunde war eine recht schmutzige Angelegenheit, die bis nach dem Bad warten konnte. Ich überlegte kurz, ob ich ihn die Schmerzen spüren lassen sollte, während ich den Knochen richtete. Der Mann war wach genug, die zu erwartenden Schmerzen mussten schrecklich sein. Nach einem kurzen moralischen Ringen dämpfte ich die Nervenimpulse im Bein und rückte die Knochen zurecht. Mit einem hörbaren Klicken brach die halb verheilte Stelle. Harold keuchte erschrocken. Dann richtete ich die Enden richtig aus und fügte sie behutsam zusammen. Es war vielleicht nicht ganz so gut wie nach ein oder zwei Monaten natürlicher Heilung, doch die Verbindung stellte sich als so stark heraus, dass er mühelos laufen konnte. Die Entzündung und die Schwellung, die mit ihr verbunden waren, würden dies jedoch vorläufig noch verhindern.

Ich öffnete die Augen und sah Harold an. »Das war's für den Augenblick.«

»Ich habe eine Gänsehaut bekommen«, gab der große Krieger zu.

Darüber musste ich kichern. »Helft mir, ihn in die Badewanne zu stecken.« Harold trat hinter den Magier und legte ihm die Arme um die Brust, dann hoben wir ihn hoch. Ich nahm die Beine und bugsierte sie in die kupferne Wanne. »Achtet auf den Kopf. Ich weiß nicht, ob er selbst über Wasser bleiben kann.«

Überraschenderweise brachte es der Magier tatsächlich fertig, mit eigener Kraft zu sitzen, sodass wir ihn nicht ständig vor dem Ertrinken retten mussten. Sein Mund arbeitete, seltsame Geräusche kamen heraus, doch ich konnte ihn immer noch nicht richtig verstehen.

Eine halbe Stunde später hatten wir ihn wieder ins Bett gesteckt. Nun roch er erheblich besser. »Wie stark ist Euer Magen?«, fragte ich Harold.

Er schnitt eine Grimasse. »Bisher dachte ich immer, mich könnte nichts erschüttern, aber allmählich beschleicht mich der Verdacht, dass ich wohl kaum ertragen werde, was Ihr vorhabt.«

»Ich muss jetzt den Eiter aus der Wunde treiben und sie säubern.«

»Ich hole Joe, der Euch helfen kann. Er hat schon öfter kleinere Verletzungen der Soldaten versorgt, und sein Magen ist der stärkste weit und breit«, entgegnete er.

»Das soll mir recht sein«, willigte ich ein. Zwanzig Minuten später stand Joe McDaniel neben mir.

»Ich warte draußen, falls Ihr mich braucht.« Damit ging Harold hinaus.

»Schickt mir Lisette herein«, rief ich ihm hinterher. »Ich brauche noch mehr heißes Wasser und Handtücher. Wenn sie mir alles gebracht hat, soll sie bei Euch warten, falls wir noch etwas benötigen.« Ich lächelte in mich hinein. *So haben sie etwas Zeit zum Plaudern.* Auf den angenehmen Gedanken folgte ein schmerzhafter Stich, weil ich nie mehr mit Penny schwatzen würde. Zähneknirschend schob ich den Gedanken weg und konzentrierte mich auf meine Aufgabe.

Ich blickte dem Verletzten in die Augen. »Vermutlich seid Ihr immer noch verwirrt, aber ich muss die Beinwunde säubern. Versteht Ihr das?«

Der Mann nickte und grunzte etwas. Der Kopf war zur Hälfte kahl, und die verbliebenen Haare waren grau. Ich hätte ihn auf etwa vierzig Jahre geschätzt. »Haltet die Handtücher und das Wasser bereit, um die Flüssigkeiten aufzuwischen, wenn ich die Wunde reinige«, trug ich Joe auf.

»Müsst Ihr denn nicht erst ein Messer erhitzen?«, fragte er.

»Nicht, wenn ich es auf meine Weise mache. Schaut zu. Ihr werdet gleich eine Öffnung sehen.« Ich schloss die Augen, entspannte und konzentrierte mich. Innerhalb seines Beins schuf ich einen Kanal vom Abszess bis zur Haut und erzeugte dort eine Öffnung. Dann zog ich den kleinen Stein durch den Kanal heraus. Sobald sich der Fremdkörper bewegte, strömte der Eiter aus dem Loch, und ein übler Gestank drohte, meine Konzentration zu stören.

Ich überwand mich jedoch und führte den Stein sachte nach draußen, dann entfernte ich den restlichen Eiter und die blutigen Körperflüssigkeiten, um auch den Abszess zu bekämpfen. Als ich fertig war, ließ ich eine kleine Öffnung, damit auch die Flüssigkeiten, die sich noch nachträglich in der Wunde bildeten, abfließen konnten. Mit der Infektion musste sein Körper selbst fertigwerden. Ich hatte alles getan, was ich überhaupt tun konnte.

Schließlich öffnete ich die Augen und wandte mich an Joe. »Ich glaube, das war es.«

»Mordecai, für einen so jungen Mann kennt Ihr Euch mit derartigen Wunden viel zu gut aus«, bemerkte der ältere Mann.

Ich nickte. »Nach dem Krieg gegen Gododdin musste ich mehr Erfahrungen sammeln, als mir lieb war.« Das entsprach durchaus der Wahrheit, denn auch wenn wir gesiegt hatten, waren auf unserer Seite zahlreiche Kämpfer verwundet worden und hatten entzündete Wunden davongetragen. Leider waren viele von ihnen gestorben, ehe ich Bücher mit Hinweisen gefunden hatte, wie man solche Wunden am besten behandelte.

Mein Gefangener beobachtete mich aufmerksam und mit einer gewissen Neugierde. Er öffnete und schloss den Mund, es kam aber nur ein heiseres Krächzen heraus. Unverdrossen versuchte er es weiter, bis ich endlich ein einziges Wort verstehen konnte: »Danke.«

Aus irgendeinem Grund machte mich seine Dankbarkeit wütend. »Bedankt Euch nicht bei mir. Vielleicht töte ich Euch doch noch für das, was Ihr getan habt.« Aufgeregt sprang ich auf und ging hinaus. Lisette stand draußen und redete mit Harold. »Gib ihm etwas zu essen«, befahl ich ihr.

Dann wandte ich mich an Harold. »Behaltet ihn im Auge. Ich muss mich eine Weile ausruhen. Wenn er versucht, die Halskette abzunehmen, scheucht Ihr alle sofort hinaus.«

Befremdet sah er mich an. »Darf ich nach dem Grund fragen?«

»Ihr seid mir lieber, wenn Ihr noch alle Gliedmaßen am Leib habt«, erwiderte ich barsch. »In ein paar Stunden bin ich wieder da.« Damit entfernte ich mich. Ich musste an die Luft, um meine Gedanken zu ordnen. Hoffentlich war der Gefangene fähig, mit mir zu sprechen, wenn ich wieder hier war.

29

Obwohl ich es anders geplant hatte, kehrte ich erst viel später zurück. Nach einem schnellen Mittagessen schlief ich ein und ruhte mehrere Stunden. Mir war gar nicht bewusst gewesen, wie müde ich war, doch die jüngsten Sorgen und Ereignisse hatten mir in der vergangenen Nacht den Schlaf geraubt. Als ich das Zimmer wieder betrat, dunkelte schon der Abend.

Harold hielt noch immer Wache und schien erfreut, mich zu sehen. »Er hat geredet«, unterrichtete er mich.

»Warum habt Ihr nicht nach mir geschickt?«

»Das habe ich getan, doch man sagte mir, dass Ihr schlaft. Daher beschloss ich zu warten«, erwiderte er.

Der Schlummer hatte meine Stimmung verbessert, deshalb widersprach ich nicht. »Was hat er gesagt?«

»Ich habe ihm nur meinen Namen genannt«, erklärte der Mann auf dem Bett.

Ich achtete nicht auf ihn, sondern konzentrierte mich weiter auf Harold, der nach einigen Augenblicken begriff, dass es seine Antwort war, auf die ich wartete. »Das war alles, er hat seinen Vornamen gesagt, und ich sagte ihm, er solle den Mund halten, bis Ihr Zeit hättet, mit ihm zu sprechen.«

Ich nickte. »Das habt Ihr gut gemacht. Wartet draußen auf dem Flur, ich will jetzt allein mit ihm reden.«

Nachdem der kräftige Ritter gegangen war, richtete ich meine Aufmerksamkeit auf den Mann, der mich vom Bett aus stumm beobachtete. »Wie heißt Ihr?«

»Walter«, antwortete er nur. Ich sah ihm an, dass er in Versuchung war, mir zu antworten, er habe dies auch schon Harold gesagt, doch dann gewann die Vernunft die Oberhand.

»Und Euer Nachname?«

»Thatcher.« Das Flackern seiner Aura verriet mir, dass er log.

Ich überlegte, ob ich ihn fortfahren lassen sollte, um zu sehen, welche Geschichten er sich ausdachte, aber das hätte mir nicht viel genützt. »Lügt mich nicht an, Walter. Das ist ein schlechter Beginn für unsere Unterhaltung.«

Er lächelte nervös. »Entschuldigung. Ich musste es einfach versuchen.«

»Meine Frau ist tot, Walter. Es ist ein Wunder, dass Ihr überhaupt noch lebt, und ich bin im Augenblick nicht in der Lage, irgendeine Art von Humor zu ertragen«, erklärte ich ihm schroff.

»Warum habt Ihr mich geheilt?«, fragte er.

In diesem Augenblick musste ich meine ganze Selbstbeherrschung aufbieten, um ihn nicht zu töten. »Wenn Ihr mir Euren Namen nicht sagt, wird es unangenehm, und ich werde es noch mehr als ohnehin schon bereuen, Euch geheilt zu haben.«

»Walter Prathion«, antwortete er.

»Schon besser«, gab ich zurück. »Ich bin sicher, dass Ihr Euch über Eure Situation Klarheit verschafft habt.«

Walter nickte. »Ich kann nicht viel spüren. Meint Ihr dies hier?« Er berührte die Halskette, die ich ihm am Vortag angelegt hatte.

»Ja, es ist der Grund dafür, dass Ihr nichts ausrichten könnt. Das Halsband schränkt Eure magischen Fähigkeiten ein.«

Er runzelte die Stirn. »Wo habt Ihr ein solches Ding bekommen?«

»Ich habe es gestern Abend hergestellt«, erwiderte ich. *Dazu habe ich die Halskette meiner toten Frau benutzt*, fügte ich im Geiste hinzu. Allerdings hatte ich die Verzauberung vollständig verändert, damit sie das Bewusstsein, mit dem sie verbunden war, ganz und gar vor der Welt abschirmte und die magischen Sinne und Kräfte blockierte. Diesen Nebeneffekt hatte ich bemerkt, als ich das Halsband für Penny hergestellt hatte, und es war der Hauptgrund dafür gewesen, dass ich niemals selbst einen der Anhänger angelegt hatte. Diese Wirkung hatte ich genutzt und verstärkt, um Walters Kräfte einzudämmen. Außerdem hatte ich die Spange durch eine meiner Sprengkugeln ersetzt. Damit es nicht während der Arbeit in meinen Händen explodierte, hatte ich mit dem Metall in der Halskette und in der Eisenkugel gesprochen, bis die Stücke nahtlos miteinander verschmolzen waren. Das Ergebnis war ein Halsband, das zwei miteinander verflochtene Verzauberungen enthielt. Wenn eine von ihnen zerbrach, oder wenn man den Ring von außen zerstörte, explodierte es. Nur ein Erzmagier war fähig, das Halsband gefahrlos abzunehmen.

»Ich hielt die Kunst, solche Gegenstände herzustellen, für vergessen«, stotterte er.

Sofort unterbrach ich seinen Gedankengang. »Ich bin nicht bereit, Euch meine Geschichte oder meine Fähigkeiten zu schildern. Heute seid Ihr es, der sich erklären muss. Das Halsband schränkt Eure Fähigkeit ein, Energien zu spüren oder zu manipulieren. Mit der Zeit könnt Ihr vielleicht die Barriere durchbrechen, die es um Euer Bewusstsein erschafft, aber das wäre dann auch das Letzte, was Ihr vollbringt.«

Walter starrte mich schweigend an. *Dies ist nicht das erste Mal, dass er mit dem Tod bedroht wird.* Ich schob den Gedanken beiseite. »Wenn Ihr die Halskette mit Gewalt zerbrecht, ob magisch oder physisch, wird sie Euch töten. Wenn Ihr flieht, hebe ich den Zauber auf, und sie wird Euch ebenfalls töten. Auch wenn Ihr versucht, die Spange zu öffnen, wird sie Euch töten. Und wenn Ihr Euch durch Zufall mit der Kette irgendwo verfangt und sie reißt, dann werdet Ihr genauso sterben.«

Resigniert schloss Walter die Augen. »Ich sollte das vielleicht nicht fragen, aber gibt es denn auch eine Möglichkeit, die Halskette abzunehmen, ohne die Explosion auszulösen?«

Ich lächelte. »Ja. Mir sind sogar zwei Methoden bekannt.

Die bessere besteht darin, sie abzunehmen, ohne die Verzauberung zu aktivieren. Die zweite liefe darauf hinaus, Euch den Kopf abzuschlagen, damit die Kette unzerstört abfallen kann.«

Er berührte die silberne Kette. »Ihr hättet mich töten sollen«, sagte er düster. In seinen Augen lag eine tiefe Trauer. »Ich bin beinahe in Versuchung, es jetzt selbst zu tun.«

Ich musste mich sehr beherrschen, um mir nichts anmerken zu lassen. »Das ist ganz und gar Eure Entscheidung.« Ich verbarg meine Nervosität. »Aber solange Ihr es nicht tut – wer hat Euch bezahlt, damit Ihr meine Frau und meine Mutter verschleppt?«

»Niemand«, erwiderte er. »Ich wurde nicht bezahlt. Es war ein Befehl König Edwards. Das sagten mir jedenfalls seine Agenten.«

Damit hatte ich gerechnet, auch wenn ich angenommen hatte, es werde viel länger dauern, bis ich die Antwort erfuhr. »Sogar der König bezahlt seine Diener. Ihr seid doch nicht wochenlang durch meine Burg geschlichen, weil Euch der Ruhm, dem Herrscher zu dienen, als Lohn ausreicht«, entgegnete ich verbittert.

»Er verfügt über meine Frau und meine Kinder.«

Ich verstummte und suchte seinen Blick. In seiner Antwort hatte ich zwar keine Täuschung entdeckt, und doch stimmte sie mich misstrauisch. Die Behauptung, er habe unter Zwang gehandelt, war die einzige Erklärung, die ihn ein wenig zu entlasten vermochte. Ich fragte mich jedoch, ob er nicht eine Methode kannte, seine Täuschungsmanöver zu verbergen. Er hatte ja bereits bewiesen, dass er gewisse Arten der Magie beherrschte, von denen ich nichts wusste. Schließlich ergriff ich wieder das Wort. »Das ist eine recht naheliegende Ausrede.«

Er blieb unbeeindruckt. »Es ist die einzige, die ich habe.«

Daraufhin beschloss ich, die Sache vorerst auf sich beruhen zu lassen. »Wie lange habt Ihr uns hier beobachtet?«

»Fast zwei Monate«, antwortete er sofort.

»Wie genau lauteten Eure Befehle?«, fragte ich.

Walter zögerte. »Wenn der König herausfindet, dass ich gefangen genommen wurde und mit Euch geredet habe, wird er eines meiner Kinder töten oder etwas noch Schlimmeres tun.«

Ich beugte mich vor und sah ihn fest an. »Meine Frau und mein ungeborenes Kind wurden dank Eurer Bemühungen in die Reihen der lebenden Toten aufgenommen. Früher oder später muss ich sie fangen und verbrennen, damit sie ihren Frieden findet. Da fällt es mir schwer, Mitgefühl mit Euch zu haben.«

Er riss die Augen weit auf. »Die Shiggreth?«

Mir war noch nicht in den Sinn gekommen, dass er gar nicht wusste, was nach seiner Gefangennahme mit seinen Kumpanen und den Entführten geschehen war. »Sie sind wenige Meilen von Lancaster entfernt in einen Hinterhalt geraten. Keiner ist lebendig entkommen.«

Walter schien ehrlich erschrocken. »Das wusste ich nicht.«

Aus irgendeinem Grund erinnerte mich sein Kummer an die Nacht, in der ich den Wächter vor dem königlichen Lagerhaus getötet hatte. Natürlich hatte ich niemanden verschleppt, doch in jener Nacht waren eine Reihe von Menschen gestorben. Begonnen hatte es mit Jonathan Tucker, und schließlich hatte es auch meinen Vater getroffen. »So etwas geschieht eben, wenn man ein Risiko eingeht und das Leben anderer Menschen gefährdet, Walter. Früher oder später wird jemand verletzt.«

»Ihr habt Eure Mutter nicht erwähnt«, sagte er ganz unvermittelt. »Was ist aus Miriam geworden?«

Es überraschte mich, dass ein völlig Fremder ihren Namen benutzte, doch dann erinnerte ich mich, dass er uns zwei Monate lang genau beobachtet hatte. Pennys Worte fielen mir ein: *Frage ihn, wer Miriam geheilt hat; seine Antwort sollte dir helfen, es zu verstehen.* »Ihr seid es gewesen, der sie geheilt hat, nicht wahr?«

Er schlug die Augen nieder. »Ja. Ruth – das ist die Söldnerin, die unsere Gruppe befehligte – hatte sie niedergestochen.«

»Warum habt Ihr Euch die Mühe gemacht?«

»Ich wollte das alles nicht tun. Miriam war eine sanfte Seele. Ich wollte nicht, dass sie oder sonst jemand aus Eurer Familie verletzt wird«, erwiderte er leise.

In diesem Augenblick erwachte in mir ein wenig Mitgefühl für den Mann. »Wie heißen Eure Kinder?«, fragte ich daraufhin.

»Elaine ist die Älteste. Sie wird dieses Jahr sechzehn. George ist im letzten Monat elf geworden.«

Diesen Namen hatte ich in den Briefen meines Vaters gelesen. »George – ist Euer Sohn nach Eurem Vater benannt?«

Walter sah mich an. »Nein. George war mein älterer Bruder.«

Das überraschte mich. Ich hatte angenommen, der George Prathion, den mein Vater gekannt hatte, sei der Vater dieses Mannes gewesen. Diesen Umstand prägte ich mir ein, ehe ich die nächste Frage stellte. »Wann habt Ihr Eure Kinder zum letzten Mal gesehen, Walter?«

»Vor vier Jahren.«

Ich stand auf. »Ich weiß nicht, ob ich Euch glauben kann, Walter. Aber wenn Ihr die Wahrheit sagt, dann werde ich mein Möglichstes tun, damit ihnen nichts geschieht.«

Der ältere Magier sah mich aufmerksam an, Hoffnung und auch Furcht standen ihm ins Gesicht geschrieben. Ich wandte mich ab und öffnete die Tür. »In ein paar Tagen sehe ich wieder nach Euch. Ruht Euch aus und erholt Euch, dann reden wir weiter. Solltet Ihr zu fliehen versuchen oder nicht hier sein, wenn ich zurückkehre, dann werde ich annehmen, dass Ihr gelogen habt, und Euch töten.« Ich schnippte mit den Fingern, um meinen Standpunkt zu verdeutlichen. Seinen Blick spürte ich noch im Rücken, als ich die Tür schloss.

30

Ich verließ den Teleportkreis und sah mich um. Binnen Sekunden wusste ich, dass das Haus leer war. Rose und Marc waren irgendwo unterwegs. *Das kommt mir ungelegen*, dachte ich. Ich hatte gehofft, beide im Haus anzutreffen, denn dies hätte mir meine Aufgabe erleichtert. Sie mussten erfahren, was mit Dorian und Penny geschehen war. Im Grunde meines Herzens war ich aber auch erleichtert, denn ich fürchtete das Gespräch mit ihnen. Trotzdem, früher oder später musste ich es ihnen berichten. Das konnte mir niemand abnehmen.

Da erregte ein Stück Papier meine Aufmerksamkeit. Es war an den Rahmen der Tür geheftet, die zum Flur führte, und dergestalt aufgehängt, dass ich es bei meiner Ankunft keinesfalls übersehen konnte. Ich nahm den Zettel ab und erkannte Roses elegante Handschrift.

Lieber Mordecai,

es tut mir leid, dass niemand hier ist, um Dich zu begrüßen, aber ich habe beschlossen, in mein eigenes Haus zurückzukehren. Ich war schon eine ganze Weile nicht mehr dort, und es gibt einige Dinge, die meiner Aufmerksamkeit bedürfen. Wenn Du mich dringend sprechen möchtest, such mich bitte dort auf. Meine Adresse lautet Hightowerstraße 17, das ist nicht weit vom Stammsitz der Hightowers entfernt. Du wirst Dich sicher daran erinnern, weil Du einmal dort eingebrochen bist.

Marc war seit mehreren Tagen nicht mehr hier, und es könnte noch eine weitere Woche dauern, bis er zurückkehrt. Er hat einen Plan geschmiedet, um Zugang zu gewissen religiösen Archiven zu bekommen. Mehr will ich hier gar nicht sagen, aber falls er bis dahin immer noch nicht zurückgekehrt ist, unterrichte ich Dich gern ausführlich über alles, sobald wir uns wiedersehen. Ich bin seinetwegen sehr besorgt, denn wie üblich ist seine Idee kühn und wagemutig und natürlich auch gefährlich.

Außerdem habe ich einen geeigneten Schmied für Dich gefunden. Er heißt Gavin Traylor und ist ein recht erfahrener Handwerker. Er hat bei Brian Turbrook gelernt, dem Waffen- und Rüstungsschmied König Edwards. Seine Fähigkeiten sind herausragend, er hätte schon längst zum Meister befördert werden müssen. Ich glaube, deshalb will er nun auch die Hauptstadt verlassen. Ich vermute, sein Lehrer hält ihn an der kurzen Leine, um keine unwillkommene Konkurrenz zu bekommen.

Jedenfalls bietet Dir seine schwierige Lage eine wundervolle Gelegenheit. Er war sofort bereit, Deine Bedingungen zu akzeptieren, und müsste in ein oder zwei Wochen in Washbrook eintreffen. Jedenfalls will er sich sofort auf den Weg machen, sobald er seine Angelegenheiten geregelt und das Werkzeug und seine Siebensachen eingepackt hat.

Es gibt noch mehr gute Neuigkeiten. Peter und Lily Tucker haben wenige Tage, nachdem Du aufgebrochen bist, bei uns vorgesprochen. Anscheinend haben sie es sich anders überlegt und wollen nun doch in die Dienste Eurer Exzellenz treten. Ich war nicht sicher, wie Du Dich entschieden hättest, hielt es aber für sinnvoll, ihnen ein Angebot zu machen und Deine Bedingungen zu nennen. Auch sie dürften schon nach Washbrook unterwegs sein. Ich habe zu Peter gesagt, dass Du noch einen weiteren Boten bräuchtest, und Lily könne auf der Burg sicher eine Anstellung finden.

Was ihre Motive angeht, so kannst Du sicher sein, dass mehr dahintersteckt, als man auf den ersten Blick erkennt.

Schließlich und endlich solltest Du erfahren, dass ich mit meinem Vater bezüglich eines gewissen Freundes gesprochen habe. Er hat sehr aufgeschlossen reagiert. Hoffentlich kannst Du dafür sorgen, dass Dorian bald in die Hauptstadt reist. Dies dürfte Dir angesichts Deiner Begabungen doch nicht schwerfallen. Sag es auch Penny, wenn Du sie siehst. Sie ist sicher ebenso aufgeregt wie ich selbst. Wir müssen noch so viel planen und vorbereiten. Aber verrate Dorian noch nichts. Ich will mir die Überraschung nicht verderben.

Mit besten Grüßen
Lady Rose Hightower

Die unschuldige Hoffnung, die aus Roses Brief sprach, brach mir geradezu das Herz. Meine Augen wurden feucht, als ich in dem schwach beleuchteten Flur stand. Ich musste ihr die Neuigkeiten mitteilen, auch wenn das gewiss ihre Träume zerstörte. Dann fragte ich mich, wie Marc es aufnehmen mochte. Zwei unserer besten und ältesten Freunde waren tot. Würde es die Genesung dessen, was ihm die Göttin angetan hatte, gefährden?

Das alles war viel zu viel, um es allein zu bewältigen. Wir mussten uns gegenseitig helfen. Ich konnte nicht neben meiner eigenen auch noch ihre Bürde tragen. Schließlich stieg ich die Treppe zum Erdgeschoss hinunter und ging zur Tür. Da ich nicht wusste, wo Marc steckte, wollte ich zunächst Rose aufsuchen.

Mit höchster Wachsamkeit verließ ich das Haus und beobachtete mit dem Magiersinn die Umgebung, so weit ich nur konnte. Vor allem war ich neugierig, ob irgendjemand das Haus überwachte. In den benachbarten Gebäuden hielten sich zwar einige Menschen auf, doch keiner von ihnen ließ erkennen, dass er an mir interessiert war oder meine Anwesenheit auch nur zur Kenntnis nahm. Gemächlich wanderte ich durch die Stadt und verzichtete darauf, meine äußere Erscheinung zu verändern. Soweit der König betroffen war, hatte ich noch nicht einmal den Rückweg nach Hause angetreten.

Roses Haus stand nicht weit von dem Turm entfernt, in dem ihr Vater wohnte. Ich wusste, dass sie mehrere eigene Anwesen besaß, obwohl ihre Eltern noch nicht verstorben waren. Die Hightowers waren äußerst begütert und konnten es sich erlauben, schon zu Lebzeiten des Lords einige Besitztümer auf die Tochter zu überschreiben. Für eine Frau ihres Standes bewohnte sie ein eher bescheidenes Haus, das jedoch in gutem Zustand war.

Die meisten Häuser in der Stadt waren mit großen eisernen Türklopfern ausgestattet, hier jedoch gab es eine schön geschmiedete Messingglocke. Ich zog an dem kleinen Seil, und das Metall gab einen melodischen Klang von sich, der wundervoll zu Rose zu passen schien.

Nur wenige Atemzüge später öffnete eine Frau mit sorgfältig frisiertem Haar die Tür. »Guten Tag, Sir. Wie kann ich Ihnen helfen?«

»Ich möchte Lady Rose Hightower besuchen«, entgegnete ich höflich und gab mir Mühe, Benchleys Tonfall zu imitieren. *An diesen aufgeblasenen Spitzbuben habe ich schon eine ganze Weile nicht mehr gedacht. Was mag er wohl treiben?*

Rasch musterte die Frau meine Aufmachung. »Wen darf ich melden, Sir?« Sie selbst trug ein enges dunkelblaues Kleid mit hellblauen Besätzen. Hätte sie nicht eine praktische Schürze darüber getragen, ich hätte sie für eine Adlige gehalten.

»Bitte richten Sie ihr aus, dass Graf di'Cameron sie sprechen möchte, falls sie anwesend ist«, antwortete ich.

Daraufhin öffnete sie die Tür ein Stück weiter. »Ihr könnt drinnen warten, Euer Lordschaft. Ich unterrichte die Lady sofort.« Sie bugsierte mich in ein kleines Wartezimmer in der Nähe der Eingangstür.

Als sie gegangen war, betrachtete ich die Möbel. Wie erwartet, war der Raum gut eingerichtet. Stil und Schmuck entsprachen natürlich nicht dem Königspalast, doch alles war, zumindest meiner Meinung nach, viel besser ausgewählt und geschmackvoller arrangiert. Ich ließ mich auf einem bequemen Stuhl nieder und wartete. Die Polster waren mit einem gemusterten grünen Stoff bezogen, der perfekt zum Rest des Raumes passte.

Ich musste nicht lange warten. Kaum dass ich mich gesetzt hatte, erschien wieder die Frau, die mich hereingebeten hatte. »Lady Rose empfängt Euch in ihrem Schlafgemach«, erklärte sie. Ihr Tonfall gab mir zu verstehen, dass sie lieber Dung gekaut hätte, als mir diese Einladung zu überbringen. Mit eindeutig missbilligender Miene, die sie nur unzulänglich vor mir verbarg, fügte sie hinzu: »Wenn Ihr mir folgen wollt?« Damit drehte sie sich um und führte mich durch das Haus.

Es war nicht groß, wir brauchten nur wenige Sekunden, um besagtes Schlafzimmer zu erreichen. Die Tür stand offen, und sobald Rose uns hörte, rief sie: »Ich bin so froh, dass du wieder da bist, Mordecai! Bitte komm herein.«

Ich schenkte der Dienerin ein gewinnendes Lächeln und trat ein. Sie kam mit herein, offenbar weil sie die Vorstellung nicht ertragen konnte, mich mit Rose im Schlafzimmer allein zu lassen. *Wahrscheinlich hält sie alle Männer für wilde Tiere, die nur auf eine Gelegenheit lauern, über eine Lady herzufallen.* Dann fiel mein Blick auf Rose, und ich hielt den Atem an.

Sie stand vor einem großen Fenster, durch das die Nachmittagssonne hereinfiel. Eine andere Frau kniete hinter ihr, den Mund voller Nadeln, und stellte mit dem Kleid, das Rose trug, irgendwelche geheimnisvollen Dinge an, von denen nur Frauen etwas verstanden. Das Kleid selbst war atemberaubend. Es war aus gelbem Stoff und mit rosafarbenen Rosen geschmückt. Der Saum war viel zu lang, also konnte es kein Ballkleid sein, mal ganz zu schweigen von der Schleppe. *Schleppe?* Mir gefror das Gehirn, doch meine Augen forschten weiter. Der Ausschnitt war zwar gewagt, aber nicht unverschämt, der anmutige Hals und ein Teil der Schultern blieben frei. Darüber ringelten sich Roses dunkle Locken. Allerdings waren ihre Haare nicht sorgfältig frisiert und nicht einmal gebürstet. Vielmehr hatte sie ein unordentliches Knäuel auf dem Kopf zusammengerafft und provisorisch festgesteckt.

Sie suchte meinen Blick. »Nun? Was sagst du dazu?« Dabei strahlte sie beinahe wie ein kleines Mädchen.

Ich war wie vor den Kopf geschlagen. Was sie da anprobierte, konnte nur ein Hochzeitskleid sein. Wie ich die Familie kannte, hatte es wahrscheinlich schon die Mutter oder die Urgroßmutter getragen, und sie ließ es sich gerade anpassen. Erfreut sah sie meine schockierte Miene. »Das nehme ich mal als ein Kompliment«, sagte sie.

Mein Mund arbeitete, während meine Gedanken rasten. Es galt, den tragischsten Augenblick, den ich mir überhaupt vorstellen konnte, ein wenig abzumildern. »Aber er hat dir doch … noch nicht mal einen Antrag gemacht.« Mehr bekam ich nicht heraus.

Roses Blick wanderte zu ihrer Zofe und dann zu der jungen Frau, die das Kleid anpasste. »Mistress Kenwick, dies wäre ein guter Augenblick für eine Pause. Angela, könntet Ihr Mistress Kenwick in den Salon führen und ihr Erfrischungen anbieten? Ich möchte ungestört mit meinem Gast reden.«

Angela, die mich hereingeführt hatte, nickte und bugsierte die Schneiderin hinaus. »Ich lasse lieber die Tür offen, Mylady«, erwiderte sie.

»Macht sie bitte zu.«

Angela schürzte unglücklich die Lippen, befolgte dann aber die Anweisung. Nun war ich mit Rose allein. Wieder suchte ich ihren Blick und setzte an, etwas zu sagen, doch sie kam mir zuvor. »Vater sagt, er würde Dorian gern wiedersehen, was einem direkten Einverständnis so nahe kommt, wie ich es mir nur wünschen kann. Ich glaube, danach wird es nicht mehr lange dauern.«

»Trotzdem, das … kommt jetzt etwas plötzlich«, stotterte ich.

Rose verließ den Platz am Fenster und kam zu mir, um mich freundlich zu empfangen, indem sie mir die Arme um die Schultern schlang. »Nur die Ruhe, Mordecai. Ich weiß, dass es ein Jahr oder sogar noch länger dauern kann. Ich warte schon Jahre, und der Rest ist bloß ein Kinderspiel. Es nützt doch nichts, wenn man völlig unvorbereitet ist.«

»Jahre?«

Sie löste sich von mir und sah mich ernst an. »Seit ihn seine Eltern zu uns geschickt hatten, damit er unter der Anleitung meines Vaters etwas lernt.«

Das war in der Tat schon einige Jahre her. Dorian war damals erst dreizehn gewesen, wenn ich mich recht erinnerte. »Er hat mir erzählt, dass er früher kaum mit dir gesprochen hat.«

Sie lachte. »Richtig, er hat kaum gesprochen. Ich bin ihm gefolgt und habe ihn oft geneckt. Ein so ernster junger Mann, der sich so leicht in Verlegenheit bringen ließ, war mir noch nie begegnet.« In ihren Augen glomm ein Funke, als sie sich erinnerte.

Offenbar war sie drauf und dran, mir noch mehr zu erzählen, doch dann fiel ich ihr ins Wort. »Rose.«

Sie verstummte und musterte nachdenklich mein Gesicht. Die Begeisterung hatte ihren gewohnten Scharfsinn weggefegt, doch jetzt hörte sie aufmerksam zu. Binnen weniger Sekunden las sie die traurige Geschichte an meiner Miene ab, und ihre eigene verfinsterte sich. Es war, als seien Regenwolken an einem sonnigen Himmel aufgezogen. »Was ist passiert?«

Während der letzten zwei Tage hatte ich mich gut beherrscht, doch ihre einfache Frage brachte mich aus dem Gleichgewicht. Mit Tränen in den Augen wandte ich mich ab. »Ich weiß nicht, wie ich es erklären soll, Rose.«

Ihre Stimme wurde hart. »Wie schlimm ist es?«

»Sie sind beide tot, Rose. Penny und Dorian. Alle beide.«

Irgendwie bekam ich diese Worte heraus. Mein Herz war schwer wie Blei, als ich sie aussprach.

Ich hatte mich halb von ihr abgewandt, doch mein Magierblick zeigte mir, wie sie die schreckliche Neuigkeit aufnahm. Ein fast unmerklicher Schauder durchlief sie, und dann wurde sie ganz still, als sei sie aus Stein gemeißelt. Eine Weile rührte sie sich überhaupt nicht und schien nicht einmal zu atmen, nur ihr Herz raste wie wild. Als sie sich endlich wieder bewegte, geschah es mit fließender Anmut und größter Konzentration.

Sie setzte sich auf ein kleines Sofa, das etwa drei Schritte entfernt stand, und blickte zum Fenster. Ihr Gesicht blieb mir verborgen, ich konnte aber spüren, dass sie die Augen geschlossen hatte, als sie weitersprach. »Bitte erzähl mir, was geschehen ist … solange ich noch meine Fassung wahren kann.«

Ich konnte nicht anders, ich bewunderte ihre Tapferkeit und wünschte, ich hätte mich auch nur halb so gut geschlagen, als ich von dem Verlust erfahren hatte. Langsam und behutsam berichtete ich ihr alles und verschwieg ihr nichts. Es war nicht zu erkennen, ob sie ungeduldig auf die Einzelheiten wartete, denn sie unterbrach mich nicht und sagte kein einziges Wort.

Erst als ich geendet hatte und ein drückendes Schweigen herrschte, ergriff sie endlich wieder das Wort. »Danke, Mordecai. Das hast du gut gemacht.« Langsam stand sie auf und nickte mir zu. »Für mich ist dies alles noch neu. Wenn es dir nichts ausmacht, wäre ich jetzt gern eine Weile allein.« Sie hatte die Hände in den Falten des Kleides verborgen. Mit dem Magierblick sah ich, dass sie zitterten.

Ich machte einen Schritt auf sie zu. »Rose …«

»Nein, Mordecai, bitte«, unterbrach sie mich. »Komm bitte morgen wieder. Ich brauche etwas Zeit, um mich zu sammeln.« Das Zittern breitete sich von den Händen aus und erfasste nach und nach den ganzen Körper.

Ihre klare Antwort ließ mich zögern, und ich dachte schon daran zu gehen. Das wäre sicherlich leichter gewesen, als den Sturm zu ertragen, den sie jetzt noch eisern im Zaum hielt – hinter den Augen. Dann erinnerte ich mich an die Nacht, die ich allein in meinem Zimmer verbracht hatte, nachdem ich beinahe einen Mord begangen hätte, um meine Rachsucht zu befriedigen, statt mich meinem Kummer zu stellen, und ich näherte mich ihr ein Stückchen weiter. *Du musst es nicht ganz allein tragen.*

»Bitte geh jetzt, Mordecai. Du verstehst es nicht. Dies ist nicht die Art, wie meine Familie mit so etwas umgeht«, sagte sie herrisch, wurde jedoch von einem heftigen Schluchzen erschüttert. Sie schwankte, und ich fing sie auf, ehe sie stürzte.

»Nein, Mordecai«, schrie sie mein Hemd an. »So gehen wir nicht damit um!« Sie weinte und schalt mich zugleich. »Ich bin eine Hightower, wir trauern nicht vor anderen …« Sie schluchzte und schlug auf mein Hemd ein.

Ich hielt sie fest, bis sie nur noch leise weinte. »Dann muss deine Familie einen besseren Weg finden«, entgegnete ich leise. Sie weinte noch lange, bis die Nachmittagsschatten länger wurden und sich in der Dämmerung auflösen. Schließlich schwieg sie, und ich hielt sie einfach nur fest und streichelte ihre Haare. Draußen war die Sonne hinter dem benachbarten Dachfirst versunken, und die Stadt hielt in Erwartung der Nacht den Atem an.

»Ich kehre jetzt lieber nach Hause zurück«, sagte ich schließlich zu ihr.

Sie nickte. Ihre Augen waren geschwollen und gerötet. So aufgelöst, mit wirrem Haar und verweintem Gesicht, hatte ich sie noch nie zuvor gesehen. An einem anderen Tag hätte ich vielleicht gelacht. Sie begleitete mich selbst zur Tür, während Angela missbilligend zusah. Ich konnte mir nicht ausmalen, was in der Dienerin vorgehen mochte.

Als ich schon vor der Tür stand, fasste sie mich an der

Hand. »Geh nicht zu weit weg. Ich will dich morgen sehen. Sorg dafür, dass ich dich finden kann.«

»Ich muss mich auf die Suche nach Marc machen, er weiß noch nichts von alledem.«

Sie ließ meine Hand los. »Dabei kann ich dir helfen.«

Ich lächelte leicht. »Also morgen.« Damit wandte ich mich ab und kehrte in mein eigenes Stadthaus zurück. Hinter mir schloss sich die Tür, ging jedoch gleich wieder auf.

»Mordecai?«

Ich sah mich über die Schulter zu der ungekämmten Lady Rose um, die mir von der Schwelle aus nachblickte. »Ja?«

»Danke«, sagte sie und schloss die Tür nun endgültig.

Ich ging weiter in die aufziehende Abenddämmerung hinein.

31

Am nächsten Morgen lag ich noch im Bett, als Rose vor meiner Tür auftauchte. Nein, das trifft nicht ganz zu. Ich sollte wohl besser sagen, dass Rose mich im Bett antraf, als der Morgen gerade erst an der Tür vorsprach. Der Morgen war wenigstens so höflich gewesen, vorher anzuklopfen. Sie aber hatte darauf verzichtet.

Mit kleinen Augen starrte ich die rot gekleidete Frau an, die am Fußende meines Nachtlagers stand. »Verdammt, wirst du wohl aufhören, am Bett zu rütteln!«

»Na gut. Ich bin gleich wieder da«, entgegnete sie ungerührt.

Das weckte mich schlagartig, und mit mir erwachte auch mein Misstrauen. »Wo willst du hin?«

Sie grinste boshaft. »Wasser holen.«

Ich richtete mich auf. »Also gut, ich bin wach. Geh raus, damit ich mich anziehen kann.« Sie verschwand sofort, und ich stand auf, obwohl ich das Gefühl hatte, die Sonne werde erst in einer Ewigkeit aufgehen. Am Vorabend war ich lange wach geblieben und hatte versucht, den Zauber für das sogenannte Stasisfeld zu verstehen. Entweder dieses Rätsel, oder ich wäre losgezogen und hätte den Königspalast niedergebrannt. Pennys Nachricht war in dieser Hinsicht allerdings sehr deutlich gewesen – ich sollte mir den König für später aufheben. Das war auch ganz in Ordnung, denn ich wusste ja, wo Seine Majestät wohnte, und er würde sicher nicht so bald umziehen.

Lange hatte ich mir den Kopf noch über den Zauber zerbrochen und war daher erst spät ins Bett gegangen. Wenn ich mich einmal in ein Problem verbissen hatte, fiel es mir häufig schwer, wieder davon abzulassen. In diesem Fall hatte ich keine

Mühe damit gehabt, die Runen auf die richtige Weise anzuordnen. Zwar war es eine komplizierte Anordnung, die sich aber wiederholte, sodass ich sie mir leicht einprägen konnte. Allerdings begriff ich einfach nicht, was sie letzten Endes bewirkte.

Schließlich hatte ich mit dem Griffel und einer kleinen Holzschachtel ein funktionierendes Modell erschaffen. Das Feld sollte angeblich das Innere der Schachtel durchdringen, wenn es aktiviert wurde, so viel war klar. Trotzdem schien mit den Dingen, die ich in die Kiste schob, nichts weiter zu geschehen – weder vorher noch nachher und auch nicht während der Zeit, in der das Feld aktiviert war. Schließlich war ich verwirrt und enttäuscht ins Bett gegangen.

Lady Rose wartete unten in der Küche auf mich. Sie hatte einen Korb mitgebracht, aus dem sie verschiedene Dinge nahm und auf dem kleinen Frühstückstisch ausbreitete. »Fühl dich wie zu Hause«, murmelte ich.

Sie sah mich scharf an. »Du bist schmal geworden. Wie viele Mahlzeiten hast du ausgelassen, seit du es weißt?«

»Das geht dich überhaupt nichts an«, erwiderte ich abweisend, setzte mich und aß die Hörnchen, die sie mitgebracht hatte. Tatsächlich konnte ich mich nicht erinnern, wann ich das letzte Mal etwas gegessen hatte.

»Die schmecken viel besser, wenn du ein wenig Marmelade draufstreichst«, schlug sie vor.

Ich war nicht in der Stimmung für Süßigkeiten. »Ich esse sie lieber so, wie sie sind«, nuschelte ich mit vollem Mund. Wahrscheinlich konnte sie kein Wort verstehen. Dann nahm ich mir Tee und verbrannte mir prompt die Zunge.

»Lass dir Zeit, das Essen läuft nicht weg«, ermahnte sie mich lächelnd.

Ich schluckte und nippte vorsichtig an dem Tee, ohne mich erneut zu verbrühen. »Ich hatte nicht damit gerechnet, dass du das Frühstück mitbringst.«

»Penny würde nicht wollen, dass du verhungerst. Betrachte es als kleines Dankeschön«, antwortete sie.

Ich schnaubte. »Ein Dankeschön? Wofür?«

»Gestern«, sagte sie nur.

»Dazu sind Angehörige da.«

»Angehörige?«

Sie zog eine Augenbraue hoch.

Ich folgte ihrem Beispiel, um ihr zu zeigen, dass sie nicht die Einzige mit beweglicher Mimik war. »Meine Familie war nicht groß, deshalb zähle ich seit meiner Kindheit meine Freunde immer mit. Herzlichen Glückwunsch, wir haben dich adoptiert. Möchtest du meine kleine Schwester, meine Nichte oder meinte Tante sein?«

»Tante? Die Schwester wäre mir lieber.« Sie rümpfte die Nase.

»Also bist du meine kleine Schwester«, entschied ich.

»Ich bin aber etwas älter als du«, erinnerte sie mich.

»Keine Sorge, ich verrate es niemandem.«

Darüber lachte sie sogar. Natürlich würden wir noch lange brauchen, bis wir wieder guter Dinge waren, aber ich war fest entschlossen, der Verzweiflung nicht nachzugeben. »Weißt du, was Angehörige sonst noch tun?«, fragte ich.

Sie hatte gerade einen Schluck Tee getrunken und schüttelte stumm den Kopf.

Ich kniff die Augen zusammen. »Sie zahlen es den anderen heim.«

Wieder zog sie die einsame Augenbraue hoch. »Was glaubst du, warum ich heute Rot trage?«

Eine halbe Stunde später liefen wir durch die Stadt und geradewegs zum Tempel des Eisengottes Doron, wenn ich Rose glauben konnte.

»Würdest du mir erklären, warum er es für sinnvoll hielt, bei den Eisenbrüdern unterzukommen?«, fragte ich sie.

»Er dachte, er könne sie besonders leicht hereinlegen«, erklärte sie.

Damit hatte sie freilich bei Weitem noch nicht genug getan, um mir den ganzen Plan begreiflich zu machen. »Du sagtest doch, er wollte das Archiv von Karenth dem Gerechten erforschen. Warum ist er dann hier?« Ich deutete auf das große, gedrungene Gebäude an der rechten Straßenseite. Der größte Teil Albamarls war aus dem roten Granit erbaut, den man in der Nähe fand, doch dies war für die Eisenbrüder nicht gut genug gewesen. Sie hatten eine Menge langweiligen grauen Granit herbeigeschleppt, um die Wände zu verkleiden. Wahrscheinlich war es nicht gerade billig gewesen, den gewünschten deprimierenden Anblick zu erzeugen. Ich wäre jede Wette eingegangen, dass der übliche rote Granit unter der Verkleidung vorherrschte.

»Er gibt sich als Priester Dorons aus, der das Archiv von Karenth sehen will«, erklärte sie.

»Demnach glaubte er, es wäre schwieriger gewesen, sich gleich als Priester von Karenth auszugeben? Nimmt die Gefahr der Entdeckung nicht zu, wenn er hier bei den Doroniten lebt?« Ich hatte noch einige weitere Fragen, doch ich beherrschte mich.

Rose seufzte. »Frag ihn das, wenn du ihn siehst.«

Ich grunzte. »Mal sehen, ob ich ihn von hier aus entdecke.« Mit geschlossenen Augen erweiterte ich den Magierblick und tastete den Tempel vor uns ab. Er war größer, als es den Anschein hatte. Das Gebäude war nur die Spitze eines weitläufigen unterirdischen Komplexes. Ein Teil davon befand sich sogar direkt unter uns. Es gab Mönchszellen, Lagerräume und verschiedene Wohnquartiere. Außerdem lebten dort eine Menge Leute. Ich schätzte, dass sich zurzeit etwa dreihundert Menschen in dem Gebäude aufhielten, obwohl nicht einmal eine Andacht stattfand.

»Es gibt wesentlich mehr doroniotische Priester, als ich vermutet hätte«, sagte ich schließlich.

»Doroniotisch?«

»Ich weiß, sie nennen sich die Eiserne Bruderschaft oder Doroniten, aber mir gefällt ›doroniotisch‹ einfach besser. Das klingt ein bisschen wie ›idiotisch‹.«

Rose stöhnte. »Hast du ihn gefunden?«

»Noch nicht. Es ist schwieriger, wenn so viele andere Menschen in der Nähe sind. Ich muss jeden Einzelnen untersuchen.« Wieder schloss ich die Augen. Mehrere Minuten später hatte ich ihn entdeckt, wenngleich mich die Situation verwirrte, in der er sich befand. Anscheinend steckte er in einer der Zellen, die durchreisenden Glaubensbrüdern als Unterkunft dienten. Aber er hatte Gesellschaft. Beim ersten Mal hatte ich ihn übersehen, weil ich davon ausgegangen war, er müsse allein sein. *Das war wohl ein Irrtum.* »Ich habe ihn gefunden.«

»Was macht er?«, fragte Rose.

Ich war hin- und hergerissen zwischen dem Wunsch, die Privatsphäre meines Freundes zu schützen, und dem Impuls, heftig zu kichern. Wenn es eine Priesterin mit gewissen Begierden gab, dann konnte man sicher sein, dass Marc sie fand. Ich sah Rose an und kratzte mich am Kopf. »Er ist in eine Diskussion mit den Kirchenleuten vertieft.«

Sie musterte mich kritisch. »Er ist nur ein paar Tage da und legt schon die Frauen flach?«

Ich geriet stellvertretend in Verlegenheit. »Für ihn ist das eine eher lange Zeit. Woher weißt du überhaupt, was er tut?«

Sie hob einen Finger. »Erstens, ich weiß ja, dass er Frauen mag. Zweitens, deine Augen sind nach rechts abgeirrt, als du gesprochen hast.«

Das machte mich neugierig. »Woher weißt du, dass er Frauen mag?« Soweit es mir bekannt war, hatte sie keine seiner Freundinnen gekannt.

»Du achtest auf die Augen«, entgegnete sie. »Dies und die Haltung sagen mir alles, was ich wissen muss.«

»Haltung?«

»Die Menschen beugen sich vor, wenn sie an etwas interessiert sind.«

Ich speicherte diese Hinweise, ohne genauer darüber nachzudenken. Ich wollte gar nicht wissen, was Rose im Laufe der Jahre in meinen Augen gelesen hatte. »Du hast richtig geraten, was Marcs Beschäftigung angeht«, bestätigte ich.

»Warten wir hier, bis er herauskommt?«

»Lieber nicht. Lass uns reingehen und ihn suchen«, erwiderte ich.

Rose schüttelte den Kopf. »Wenn du kein Magier wärst, würde ich sagen, du bist verrückt. Wie willst du das schaffen, ohne ihn bloßzustellen?«

»Vertraust du mir?«

Sie suchte meinen Blick. »Mehr als jedem anderen lebenden Menschen.« Dann wandte sie den Blick ab. Obwohl sie sich so meisterlich beherrschte, waren manche Dinge einfach zu schmerzlich, um ausgesprochen zu werden, und hier draußen auf der Straße wollten wir beide nicht in Tränen ausbrechen.

»Da drüben unter der Straße befindet sich ein leerer Lagerraum.« Ich deutete auf eine Gasse, die neben dem Tempel verlief. »Dort können wir hinein, ohne von irgendjemandem bemerkt zu werden, und von dort aus ist es nicht weit bis zu den Zellen, in denen die Priester schlafen.«

Gleich darauf standen wir neben dem Gebäude in der Gasse, die ich ihr gezeigt hatte. »Ich sehe keinen Eingang«, meinte Rose.

»Es gibt auch keinen. Der Raum liegt unmittelbar unter uns«, informierte ich sie.

Sie riss die Augen weit auf. »Wie tief unter uns?«

»Etwa zwanzig Schritt. Willst du jetzt mitkommen, oder wartest du lieber hier oben?«

»Ich komme mit. Was soll ich tun?«, fragte sie.

Ich war überrascht, wie bereitwillig sie sich darauf einließ. »Solltest du mich nicht wenigstens warnen, nichts Dummes zu tun?«

Ihre Miene wurde weicher. »Ich bin nicht Penny, mein Lieber. Wenn es um die Magie geht, kannst du selbst urteilen, aber falls du dieses Kleid hier beschädigst, übe ich blutige Rache.«

Bei dieser Bemerkung hätte ich zugleich lachen und weinen können. Ich schob meine Gefühle weg und schritt zur Tat. »Du musst nahe bei mir sein, damit es funktioniert.«

»Wie nahe?«, fragte sie.

»Ich bin nicht sicher. Wahrscheinlich müssen wir Körperkontakt haben«, erklärte ich.

Sie kam und legte mir die Arme um die Hüften. »Reicht das so?«

Meiner Ansicht nach wäre es genug gewesen, wenn wir uns an den Händen gehalten hätten, aber das sagte ich ihr nicht. Ich umarmte sie ebenfalls und versuchte, mich zu konzentrieren. Es dauerte länger als gewöhnlich. Rose roch äußerst angenehm.

Schließlich schob ich auch diese Gedanken beiseite und lauschte auf den Untergrund. Es war eine komplizierte Mischung aus Pflastersteinen über Kies und Sand, darunter befand sich eine Schicht Lehm, dann gewachsener Fels. Ich bemühte mich, das alles in mich aufzunehmen und Rose zugleich als getrenntes Wesen bestehen zu lassen. Was geschehen mochte, wenn ich versehentlich die Grenzen zwischen uns verwischte, stellte ich mir lieber gar nicht erst vor.

Gleich darauf sank ich zusammen oder vielmehr: Ich versank in dem, was ich vorher den Boden genannt hatte. Rose rührte sich nicht, und ich musste mich sehr anstrengen, damit sie mit mir hindurchglitt. Das klingt wahrscheinlich gerade so verwirrend, wie es tatsächlich war. Es war schon schwer, mir dies im Geiste vorzustellen, und die Sprache ist nicht geeignet, die Vermischung der Perspektiven zwischen belebter und unbelebter Materie zu beschreiben.

Schließlich erreichten wir die Decke des Lagerraums, die so niedrig war, dass wir ohne tiefen Sturz auf den Boden gelangten. Ich brauchte noch einen Augenblick, um mich von dem Gestein und der Erde zu lösen und mein Bewusstsein in den Normalzustand zu versetzen. Sobald ich wieder die alte Perspektive eingenommen hatte, wurde mir bewusst, dass ich immer noch Rose umarmte.

Es fühlte sich gut an, ihr so nahe zu sein, und im ersten Augenblick wollte ich sie nicht loslassen. Sofort hasste ich mich für diesen Gedanken und zog die Arme zurück. »Wir können uns jetzt loslassen.«

»Ich war nicht sicher«, gestand sie. »Das ist das seltsamste Erlebnis meines Lebens gewesen. Es fühlte sich an, als seien die Steine und die Erde um uns geströmt.« Staunend starrte sie die Decke an. »Ich kann mir gar nicht vorstellen, wie die Welt für dich aussieht.«

»Was meinst du damit?«

»Du hast die Macht, die Welt rings um dich zu verändern, bis sie deinen Vorstellungen entspricht. Ich weiß nicht, ob ich diese Macht klug einsetzen würde, wenn ich sie hätte.«

Ich bin auch nicht sicher, ob ich es tun würde, dachte ich bei mir. »Ich hab's mir nicht ausgesucht. Jetzt kann ich mich nur noch bemühen, sie auf bestmögliche Weise zu nutzen.« Das mochte zwar eine höchst anspruchsvolle Bemerkung sein, aber ich wusste nicht, wie ich es sonst ausdrücken konnte.

»Du wirst Erfolg haben, Mordecai. Du bist ein guter Mann.« Dabei tätschelte sie meine Wange.

Ich musste an meinen toten Freund denken. »Lange nicht so gut wie Dorian.«

»Das ist wahr«, stimmte sie traurig zu. »Er war der treueste, ehrlichste und ritterlichste Mann, den ich je kennengelernt habe. Nicht nur in Worten und Taten, sondern er war durch und durch ehrenhaft. Nein, du bist nicht so gut, wie er es war.«

Diese Schilderung ging mir dann doch ein wenig zu weit, mochte sie auch in jeder Hinsicht zutreffen.

»Trotzdem, ich glaube, du bist einer der Besten, wenn es darum geht, die Bürde dieser Macht zu tragen«, fügte sie hinzu. »Was dir diese Macht an Entscheidungen und Verantwortung auferlegt, würde jemanden zerstören, der so rein war wie er. Deine Macht und deine Ziele erfordern Leidenschaft, Anpassungsfähigkeit und Gerissenheit.«

Ich hatte keine Lust, diese philosophische Diskussion in einem schimmeligen Lagerraum fortzusetzen, obwohl mich ihre Worte durchaus berührten. »Lass uns Marc finden, bevor wir noch den ganzen Tag verplaudern.«

»Und wenn uns jemand sieht? Wir passen nicht recht hierher.« Rose deutete auf ihr rotes Kleid. Es war praktisch geschnitten, doch die Farbe und die Frau, die es trug, würden auf jeden Fall Aufmerksamkeit erregen.

»Auf dem Gang ist niemand. Falls hier jemand unterwegs sein sollte, hält er sich über uns auf. Ich glaube, ich kann uns in den Raum bringen, ohne irgendjemandem zu begegnen«, erklärte ich. Es war sehr nützlich, dass ich die Gänge erkunden konnte, ohne sie tatsächlich zu betreten, und noch nützlicher war, dass ich die Standorte aller Bewohner erkennen konnte.

Ich öffnete die Tür und führte sie hinaus. Wir hatten es nicht weit, und ein paar Gangbiegungen später erreichten wir schon den Flur, der zu den Zellen führte, wo Marc gerade emsig beschäftigt war. Unbemerkt erreichten wir seine Tür. Die gedämpften Geräusche, die bis auf den Flur drangen, bewiesen, dass wir an der richtigen Stelle waren.

»Und was jetzt?«, fragte Rose.

»*Shibal*«, sprach ich energisch in die Richtung der Tür. Drinnen veränderten sich die Geräusche, weil einer der Partner schlagartig jegliche Aktivitäten einstellte. Marc trug natürlich ein von mir hergestelltes Halsband. Die Tür hatte kein Schloss, war aber von innen verriegelt. Ein weiteres Wort, und der Riegel war entfernt. Rose und ich traten rasch ein und schlossen hinter uns die Tür.

»Mistkerl!«, rief Marc heiser. »Du Drecksack, du hast mich fast zu Tode erschreckt.«

»Das sehe ich«, erwiderte ich mit einem bezeichnenden Blick auf die Frau, die neben ihm zusammengebrochen war.

»Jungs, benehmt euch«, ermahnte uns Rose. Sie beugte sich vor und zog eine Decke über die nackte Frau. Seltsamerweise war ich enttäuscht, aber das musste niemand erfahren. Rose wandte sich an Marc. »Und du – bedeck doch das Ding da, das niemand sehen will.«

Ich stand hinter ihr und streckte ihm die Zunge heraus. »Du musst wissen, dass es eine ganze Reihe von Damen gibt, die da ganz gegensätzlicher Ansicht sind«, erwiderte er voll verletzter Eitelkeit, bedeckte dann aber doch seine Blöße. »Ihr habt hoffentlich einen guten Grund, ohne anzuklopfen in das Zimmer eines jungen Priesters zu stürmen.«

Wie üblich lächelte ich über das Geplänkel, bis ich mich erinnerte, was ich ihm sagen musste. »Den haben wir. Ich kann nicht allzu lange in der Stadt bleiben und wusste nicht, wann du ins Haus zurückkehrst.«

»Dann müssen es aber wichtige Neuigkeiten sein. Wollen wir gleich hier reden? Wie lange bleibt sie ohnmächtig?« Sanft tätschelte er das Hinterteil der Frau, die neben ihm lag.

»Eine Stunde oder etwas länger, aber meine Neuigkeiten können warten. Es wird eine Weile dauern, über alles zu sprechen«, entgegnete ich.

Marc überlegte schnell. »Von mir aus können wir uns auch im Haus treffen. Sagen wir gegen Mittag?«

Meiner Schätzung nach war es kurz vor neun. »Kannst du denn fortgehen, ohne deine Tarnung zu gefährden?«

»Gewiss, ich bin sogar öfter unterwegs. Die Mönchszelle ist

nur eine Art freundlicher Aufmerksamkeit für einen durchreisenden Bruder.« Er machte eine ausholende Geste, als bewohne er ein fürstliches Gemach.

»Warum musstest du eigentlich hier absteigen?«, erkundigte ich mich misstrauisch.

Er grinste. »Das verbessert meine Tarnung. Ich durfte unzählige Dinge lernen, während ich zusammen mit den Eisenbrüdern gespeist und gelebt habe.«

»Und?«

Er schnitt eine Grimasse. »Außerdem ist dein Haus recht unfreundlich gegenüber Fremden – wie zum Beispiel der süßen Marissa hier, für die du nicht persönlich gebürgt hast.«

Rose schaltete sich ein. »Können wir uns das Geplauder für später aufheben, meine Herren?« Ich gewann den Eindruck, dass sie sich in dieser Umgebung nicht wohlfühlte.

»Also zur Mittagsstunde.« Ich sah Marc an. Er nickte und zog Marissa an sich, als wolle er sie liebkosen, während wir zur Tür unterwegs waren.

Rose hielt schockiert inne. »Kennst du denn überhaupt kein Schamgefühl? Das Mädchen ist immer noch ohnmächtig!«

Marc ließ sich nicht erschüttern. »Das ist widerlich. Du solltest dir den Kopf auswaschen, weil du so schmutzige Gedanken hast. Natürlich hatte ich die Absicht, sie vorher aufzuwecken.« Dann legte er den Kopf schief, als müsste er nachdenken. »Andererseits finde ich deine Idee gar nicht so schlecht, so pervers sie auch sein mag.«

Ich schob Rose hinaus, ehe sie ihn noch getötet hätte, und gab mir Mühe, nicht laut aufzulachen. »Dieser Mann ist unglaublich!«, sagte sie, während wir rasch durch den Flur liefen.

»Sch-scht«, machte ich. »Lass uns warten, bis wir an einem Ort sind, wo wir ungestört reden können.«

Immerhin, es gelang ihr, den Mund zu halten, bis wir den

alten Lagerraum erreichten. »Dein Freund ist ein Halunke«, sagte sie schlicht.

»Wie du mir erst kürzlich gesagt hast, bin ich auch nicht gerade ein Heiliger«, entgegnete ich.

Darauf legte sie die Stirn in Sorgenfalten. »Glaubst du wirklich, er hat sie geweckt?«

Nun musste ich wirklich lachen. *Sie macht sich Sorgen, er könnte über das schlafende Mädchen herfallen*, dachte ich. »Soll ich es überprüfen?«, bot ich ihr an. »Ernsthaft?« Bislang hatte ich mich sehr bemüht, Marcs Zimmer nicht zu beobachten.

Rose war unschlüssig. »Nein.« Sie biss sich auf die Lippe. »Ja, doch. Aber spiel nicht den Voyeur.«

»Na gut. Ich muss mich konzentrieren«, verkündete ich viel dramatischer, als es notwendig gewesen wäre. Ich zog mich einen Schritt von ihr zurück, obwohl das bei einer so geringen Entfernung gar nicht nötig war. Nach ein paar Sekunden machte ich ein erstauntes Gesicht. »Oh, das ist ja raffiniert«, sagte ich laut.

»Hör auf hinzuschauen!«, ermahnte mich Rose. »Hat er sie nun geweckt oder nicht?«

»Ich glaube, sie ist zwar noch nicht richtig wach, aber ich bin ziemlich sicher, dass sie gleich ganz bei der Sache sein wird«, erklärte ich entschieden. »Aber jetzt wollen wir an die Oberfläche …«

Rose beäugte mich misstrauisch. »Wie genau weckt er sie?«

Ich sah nach oben, um ihrem Blick nicht zu begegnen. »Nun, er küsst sie … gewissermaßen.«

Rose errötete, bis die Hautfarbe ihrem Namen entsprach. »Das reicht. Lass uns gehen.«

Ich lachte so laut, dass ich mich mehrere Minuten lang nicht konzentrieren konnte. Irgendwann stimmte Rose mit ein.

32

Marc traf eine halbe Stunde vor der Mittagszeit ein, als wir die Vorbereitungen für das Essen fast abgeschlossen hatten. Wir hatten unterwegs eingekauft, und Rose hatte ihre Kochkünste erprobt und die Speisen aufgewärmt, während wir warteten.

Allerdings gingen ihre Fertigkeiten leider kaum über die Kunst hinaus, den Tisch zu decken. Obwohl wir lediglich frische Würste und Brot erstanden hatten, war es ihr gelungen, die Würste beim Aufwärmen in der Pfanne anbrennen zu lassen. Glücklicherweise hatte sie darauf verzichtet, auch das Brot aufzuwärmen.

So verunsichert wie nach dieser Erfahrung hatte ich sie noch nie gesehen, denn gewöhnlich war sie der Inbegriff von Geschicklichkeit und Ausgeglichenheit. Mir war noch nie in den Sinn gekommen, dass sie dank ihrer behüteten Kindheit verschiedene Fähigkeiten nicht erworben haben könnte, die für die meisten Menschen von meiner Herkunft selbstverständlich waren.

Zwar galt das Kochen vorwiegend als weibliche Domäne, doch eine Vielzahl der Männer in Washbrook beherrschte zumindest die Grundbegriffe, einige von ihnen sogar weitaus mehr. Wie ich aus eigener Erfahrung wusste, war beispielsweise Joe McDaniel ein hervorragender Koch. Auch mein Vater hatte sich darauf verstanden, die Pfanne zu schwingen. All das behielt ich geflissentlich für mich, während ich Rose half, die Schweinerei aufzuräumen.

Marc kam in die Küche geschlendert, als ich die verkohlten Teile der Würstchen abschnitt, um sie noch einmal aufzuwärmen. Außen waren sie teilweise schwarz, innen jedoch noch roh. Marc hatte natürlich keine Ahnung, dass Rose für dieses

Missgeschick verantwortlich war. Offensichtlich hätte er nie erwartet, dass sich Rose überhaupt als Köchin versuchte.

»Was stinkt hier so?«, fragte er, als er eintrat.

Ich warf Rose einen raschen Blick zu, ehe ich antwortete: »Ich war abgelenkt und habe die Würstchen zu lange in der Pfanne gelassen. Sie sind angebrannt, ehe ich es bemerkt habe.«

Er grinste. »Dabei hast du immer damit angegeben, du seist ein guter Koch. Du hättest Penny mitbringen sollen. Sie weiß wenigstens, was man mit einem Herd anfangen kann.«

Rose schob sich aufgeregt an ihm vorbei. »Ich gehe raus, brauche frische Luft. Ich bin gleich wieder da.«

»Was ist denn mit ihr los?«, fragte Marc, als sie gegangen war.

»Abgesehen von der Tatsache, dass sie es war, die die Würstchen verbrannt hat, eigentlich nicht viel, du Idiot«, sagte ich.

Er zuckte zusammen. »Autsch. Ich muss mich wohl entschuldigen, wenn sie zurückkehrt.«

»Das solltest du lieber nicht tun, nachdem ich die Schuld auf mich genommen habe«, entgegnete ich.

Darauf musterte er mich von oben bis unten. »Ihr wirkt heute beide sehr gereizt. Was gibt es denn Neues?«

Ich drehte die Würstchen in der Pfanne um, weil ich Roses Fehler nicht wiederholen wollte. Glücklicherweise verschaffte mir dies auch einen Vorwand, meine Reaktion auf seine Frage zu überspielen. »Das heben wir uns besser auf, bis du alles erzählt hast. Ich wüsste gern, was du herausfinden konntest«, sagte ich über die Schulter.

Er schwieg, und beinahe konnte ich hören, wie es in ihm arbeitete. Er kannte mich lange genug, um zu wissen, dass ich etwas Wichtiges hinauszögerte. Schließlich entschied er sich, mein Verhalten zu ignorieren und mitzuspielen. »Ich habe in der letzten Woche verschiedene interessante Dinge erfahren«, begann er.

»Ehrlich? Mir kam es so vor, als hättest du dich darauf konzentriert, eine gewisse doroniotische Priesterin inwendig und auswendig kennenzulernen«, bemerkte ich.

Nachdenklich legte er sich einen Finger auf die Lippen. »Doroniotisch, das gefällt mir. Klingt schön. Aber du irrst dich. Marissa ist keine Geistliche.«

»Die nötige Verzückung zeigt sie aber auf jeden Fall.« Auf diese Erwiderung war ich richtig stolz.

Marc lachte. »Da muss ich dir sogar zustimmen. Ich habe sie geradezu ins Herz geschlossen. Tatsache ist aber, dass der Eisengott in den höheren Rängen seiner Anhänger keine Frauen duldet. Außerdem ist da noch die Kleinigkeit, dass sie eine ergebene Anhängerin Celiors ist.«

Ich drehte mich um und starrte ihn an. »Warte mal, damit ich das recht verstehe – du gibst dich als Eisenbruder aus, um Zugang zum karenthischen Archiv zu gewinnen, und gehst mit einer Priesterin Celiors ins Bett. Habe ich das jetzt richtig dargestellt, oder gibt es noch einige andere Dinge, über die ich verwirrt sein sollte?«

»Genauer gesagt, ich bin ein durchreisender Priester aus Vermingham«, berichtigte er mich.

»Verzeihung, mein durchreisender Priester ... unter welchem Namen trittst du dort eigentlich auf?«

»Marc.«

»Bist du sicher, dass niemand die Verbindung zwischen deinem Gesicht und diesem Namen herstellt? Letztes Jahr hast du als neuer Heiliger Millicenths eine Menge Aufsehen erregt«, erinnerte ich ihn.

»Deshalb habe ich mir Dorons Tempel ausgesucht und mache einen Bogen um Millicenths Anhänger. Außerdem benutze ich lieber meinen eigenen Namen, weil ich mir damit eine Lüge spare.«

»Wie meinst du das?«

Mit ernster Miene setzte er zu einem Vortrag an. »Zuerst einmal muss ich mir keine Sorgen machen, nicht zu reagieren, wenn jemand aus der Ferne meinen falschen Namen ruft. Zweitens entspricht dies meiner dritten Regel beim Lügen.«

Solche Unterhaltungen hatten wir schon öfter geführt, allerdings konnte ich mich nicht erinnern, wie die dritte Regel lautete. Nach einer kurzen Pause erbarmte er sich meiner und erklärte dies auch ohne Rückfrage. »Die dritte Regel lautet so: Wenn eine Lüge nicht den Regeln eins und zwei entsprechen kann, dann sollte sie so unverschämt oder unglaublich sein, dass niemand an ihr zweifelt. Meinen eigenen Namen zu benutzen, ist so dermaßen albern, dass jeder, der es hört, diese Möglichkeit sofort verwerfen wird, denn ich würde doch angesichts meiner früheren Bekanntheit niemals meinen eigenen Namen benutzen, um den Priester eines anderen Glaubens zu verkörpern.« Er verschränkte die Arme vor der Brust und sah mich selbstgefällig an.

»Hilf mir mal mit den beiden ersten Regeln«, erwiderte ich nur. Ich wollte ihm nicht die Genugtuung geben, mich auslachen zu können.

»Die erste Regel lautet: Du sollst nicht lügen, und wenn doch, dann höchstens durch Auslassung. Regel zwei besagt: Wenn du schon lügen musst, dann schließe immer so viel Wahrheit ein, wie es nur möglich ist«, ratterte er los.

»Es macht mir Sorgen, dass du dir diese Regeln so gut eingeprägt hast.«

»Davon profitierst auch du. Nachdem ich mich selbst enterbt habe, könntest du in Erwägung ziehen, mich als Meisterspion in Dienst zu nehmen. Ich glaube, in dieser Hinsicht bin ich wirklich begabt«, erklärte er bescheiden.

»Da würde ich nicht widersprechen.« Rose stand in der Tür. Sie wirkte erheblich gefasster als noch vor einigen Augenblicken.

Marc verneigte sich vor ihr. »Danke, Mylady.«

»Zurück zu dem, was du entdeckt hast«, drängte ich ihn.

»Oh, richtig. Nachdem ich das Empfehlungsschreiben der Gemeinde in Verningham vorgelegt hatte, waren die Brüder so freundlich, mir hier im Tempel von Albamarl ein Quartier anzubieten, und von da an …«

»Was denn für ein Empfehlungsschreiben?«, unterbrach ich.

»Ein Empfehlungsschreiben von Abt Simon in Verningham«, erklärte er.

»Wie hast du das bekommen?«, wollte ich wissen.

Er schnaubte nur. »Ich habe es gefälscht, Mort. Willst du mich ständig unterbrechen, oder darf ich fortfahren? Das zieht sich sonst beträchtlich in die Länge.«

»Entschuldige.« Ich prägte mir die Tatsache ein, dass Marc über Begabungen verfügte, die mir trotz unserer langjährigen Freundschaft noch nicht bekannt waren.

Er funkelte mich einen Moment lang an, dann öffnete er den Mund, als wollte er weitersprechen. Als ich schwieg, fuhr er endlich fort: »Von dort aus suchte ich den Tempel von Karenth auf, stellte mich als reisender Gelehrter vor und erhielt die Erlaubnis, im Archiv zu forschen.«

Über diese Frechheit und seinen Erfolg konnte ich nur staunen, doch im Laufe der Jahre hatte ich gelernt, bei Marc immer mit Überraschungen zu rechnen. Ehe ich Gelegenheit bekam, eine weitere Frage zu stellen, fuhr er fort: »Also habe ich mit der Suche begonnen und rasch herausgefunden, dass der Tempel eine Fundgrube an Büchern und schimmeligen Schriftrollen ist. Ich würde den größten Teil meines Lebens brauchen, um alles zu erforschen, und könnte trotzdem die Informationen übersehen, die wir benötigen. Deshalb habe ich mir kundigen Rat gesucht.«

Rose schluckte ein Stückchen verbrannte Wurst, an dem sie gekaut hatte, und unterbrach ihn. »Du meinst, du hast dich darauf verlegt, mit einigen Frauen zu schlafen.«

Marc sah sie empört an. »Marissa ist nicht irgendeine Frau. Sie ist ein vielversprechender Stern in der Kirche Celiors und obendrein eine vorzügliche Historikerin.«

Rose verdrehte die Augen, sagte aber nichts weiter.

»Wie auch immer, ich lernte Marissa im Archiv kennen, und es stellte sich heraus, dass nicht viele Männer ihr Interesse an alter Kirchengeschichte teilen. Sie war sehr gern bereit, mich umfassend aufzuklären und mir zu helfen, Antworten auf alle meine Fragen zu finden«, verkündete er.

»Was hatte eine Priesterin Celiors im karenthischen Archiv zu suchen?«, fragte ich.

Er deutete auf mich. »Siehst du, da zeigt sich deine ganze Ahnungslosigkeit. Dieses Archiv ist eine gemeinsame Einrichtung aller vier Tempel. Die Karenthier sind lediglich die Hüter.«

»Und was hast du nun herausgefunden?«, fragte ich ungeduldig.

Marc runzelte die Stirn. Offensichtlich verdarb ich ihm die mühsam zurechtgelegte Geschichte. »Na gut, um es abzukürzen – Marissa hat mir geholfen, einige Nachforschungen über die Anfangszeit der Stadt direkt vor und unmittelbar nach dem Großen Sturz anzustellen. Leider war über Moiras Schlacht gegen Balinthor nicht viel Nützliches zu finden, sieht man einmal von den üblichen Berichten ab. Anscheinend beschwor sie einen Riesen aus Erde und Stein herauf, der gegen Balinthor kämpfte und ihn schließlich auch bezwang. Obwohl sie siegte, wird sie später nicht mehr erwähnt, also nehme ich an, dass sie während oder kurz nach der Schlacht gestorben ist.«

»So könnte man es ausdrücken.«

Er warf mir einen seltsamen Blick zu. Bisher hatte ich noch niemandem, nicht einmal ihm, von meinen Unterhaltungen mit Moira Centyr erzählt. Ich wollte ihm allerdings nicht den Spaß verderben, denn es war schwer genug gewesen, nach seinem Zusammenbruch eine sinnvolle Beschäftigung für ihn zu finden. »Weißt du denn etwas darüber?«

»Nicht viel, aber was du herausgefunden hast, stimmt mit dem überein, was ich selbst gelesen habe«, antwortete ich. *Das ist ein geeignetes Beispiel für die Anwendung der zweiten Regel beim Lügen*, dachte ich bei mir.

Kurz darauf fuhr er fort: »Eine Information, auf die ich gestoßen bin, betrifft die Illeniels, die im Chaos während des Krieges gegen Balinthor etwas Wichtiges hierher transportiert haben. Etwas, das sie Fremden oder böswilligen Göttern nicht in die Hände fallen lassen wollten.«

Höchst interessiert beugte ich mich vor. »Fahre fort.«

Marc lächelte. »Anscheinend beobachteten die frühen Kirchen alle verbliebenen Magier sehr genau, als der Krieg vorüber war. Mehrere Sendschreiben schildern ihre Aktivitäten, insbesondere im Hinblick auf die Illeniels. Soweit ich es mir zusammenreimen konnte, wurde etwas, das sie ›Illeniels Untergang‹ nannten, nach Albamarl geschafft.«

»Wenn das zutrifft, dann müsste es sich heute höchstwahrscheinlich hier in diesem Haus befinden«, überlegte ich.

»Vorausgesetzt, es gibt nicht irgendwo ein geheimes Lager«, warf Rose ein.

»Das ist wahr.« Andererseits bezweifelte ich, dass meine Vorfahren etwas derart Wichtiges außerhalb des Hauses aufbewahrt hatten. Gewöhnlich besteht der beste Schutz, den ein Magier bieten kann, in seiner eigenen Gegenwart. »Was hast du sonst noch herausgefunden?«

»Damals glaubten die Geistlichen, Balinthor habe es vor allem auf Illeniels Untergang abgesehen, und sein Versuch, die Menschheit auszulöschen, sei nur ein zweitrangiges Ziel gewesen, das hauptsächlich seiner Rachsucht geschuldet war.«

Das war mir neu. Moira hatte nicht viel darüber gewusst, ganz zu schweigen davon, dass es dem Nachtgott so wichtig gewesen sei. Ich musste sie später eingehend dazu befragen, denn anscheinend hatten die damaligen Priester viel mehr über das Schicksal der Illeniels gewusst als die Magier ihrer Zeit. »Darüber müssen wir ein andermal nachdenken. Gibt es sonst noch etwas?«

»Ich bin nicht sicher, ob es wichtig ist, aber ich finde es auf jeden Fall interessant. Anscheinend unterhalten die Eisenbrüder im Nordwesten – im Wald – einen geheimen Stützpunkt«, erwiderte er.

Rose schaltete sich ein. »Wie geheim?«

»So geheim, dass nicht einmal die anderen Kirchen davon wissen«, erklärte er mit einem boshaften Lächeln.

»Wie hast du das herausgefunden?«, erkundigte ich mich.

»Das war reiner Zufall. Hätte ich nicht beschlossen, bei den Doroniten unterzukommen, ich hätte nie davon erfahren. Zufällig hörte ich neulich im Speisesaal, wie sich jemand beklagte. Das weckte mein Interesse, und von da an musste ich nur noch genau hinhören.«

»Hast du eine Ahnung, was sie dort treiben?«

»Absolut nicht«, räumte er ein. »Sie schicken alle paar Wochen eine kleine Lieferung Vorräte und Bedarfsgüter hin, und wer dort zum Wachdienst eingeteilt wird, findet es anscheinend ungeheuer langweilig.«

Ich holte tief Luft. »Nun gut, wenn das alles ist, was du zu erzählen hast, dann sollte ich dich jetzt über die jüngsten Ereignisse in Lancaster unterrichten.«

»Gut. Allmählich mache ich mir ernstlich Sorgen, weil ihr zwei so angespannt seid«, erwiderte er sanft.

Hilfe suchend wandte ich mich an Rose, deren Miene mir jedoch sagte, dass ich die Geschichte allein erzählen müsse. Ich holte noch einmal tief Luft und begann dann: »Nachdem ich letzte Woche Penny und Dorian nach Lancaster gebracht hatte, nahmen die Dinge eine schlimme Wendung. Sie wurden in ihrem Gästezimmer überfallen. Miriam zog sich eine

Stichwunde zu und wurde zusammen mit Penny entführt.« Marc riss die Augen auf, unterbrach mich jedoch nicht.

»Dorian verfolgte sie und konnte Miriam retten. Ich glaube, er hätte beinahe auch Penny gerettet, doch dann wurden sie im Wald von einer großen Gruppe Shiggreth umzingelt und überwältigt. Er, Penny und die meisten Entführer haben den Tod gefunden oder sogar ein noch schlimmeres Schicksal erlitten«, schloss ich.

Wie es seiner Erziehung entsprach, blieb mein Freund äußerlich gefasst. Dann stellte er zunächst einige Fragen, die ich so gut wie möglich beantwortete. Im Laufe einer halben Stunde berichtete ich ihm, was seither geschehen war, unterschlug dabei aber die Tatsache, dass ich um ein Haar die ganze Welt zerstört hätte, und erwähnte lediglich den überlebenden Zeugen, den ich im Zorn beinahe ermordet hätte. Ich erzählte ihm von Walter und meinen Überlegungen, er könne in Zukunft noch nützlich sein.

Als er keine Fragen mehr und ich nichts weiter zu ergänzen hatte, schwiegen wir eine Weile. Rose war in der Nähe geblieben und beobachtete uns. Sie hatte die ganze Zeit nichts gesagt. Ich vermutete, dass sie noch nicht bereit war, über dieses Thema zu sprechen.

Schließlich lehnte sich Marc auf dem Stuhl zurück und sah mich an. »Weißt du, was das bedeutet?«

Ich hatte eine Ahnung, was er sagen wollte, und nickte nur.

»Es gibt einen gewissen König, der getötet werden sollte«, fuhr er fort.

Rose beugte sich vor. »Ja!«, stimmte sie mit großem Nachdruck zu.

Ich stand auf und schritt umher, weil ich nicht mehr ruhig sitzen konnte. »Ich bin ganz eurer Meinung, aber er ist nicht der einzige Gegenspieler, und er sollte auch nicht das erste Ziel sein.«

»Die Shiggreth?«, fragte Marc.

Ich nickte. »Sie standen ohnehin schon auf der Liste. Jetzt sind sie nach ganz oben gerückt. Ich will mir Edward bis zum Schluss aufheben.«

»Warum?«, fragte er.

»Weil irgendjemand mit ihnen redet«, warf Rose ein. »Sie hätten nicht wissen dürfen, dass die Agenten des Königs ausgerechnet an diesem Tag und an diesem Ort mit Flüchtlingen unterwegs waren. Das bedeutet, dass sie entweder Spione in herausragenden Positionen haben oder dass jemand eine Art Bündnis mit ihnen geschmiedet hat und sie mit Nachrichten versorgt. Das kann aber nur jemand aus der unmittelbaren Umgebung des Königs sein.«

»Richtig«, bestätigte ich. »Bislang war es nicht mehr als ein Krieg der Menschheit gegen die Geschöpfe der Finsternis. Jetzt sieht die Sache komplizierter aus. Wahrscheinlich hat sich jemand von unserer Seite mit den Kräften des Bösen verbündet. Wir müssen wissen, wer es ist, ehe wir den König vom Thron jagen.«

Marc konnte uns mühelos folgen und war uns sogar schon voraus, um den besten Plan zu entwerfen. »Wir brauchen jemanden im Palast«, schlug er vor.

»Wolltest du dich nicht als Meisterspion bewerben?«, erinnerte ich ihn.

Er schüttelte den Kopf. »In diesem Fall bin ich die falsche Wahl. Unter den Adligen bin ich viel bekannter als bei den Geistlichen.«

Rose pflichtete ihm bei. »Nimm's nicht persönlich, Marc, aber abgesehen von deiner Bekanntheit wurdest du auch als Adliger in der Provinz erzogen. Wir brauchen jetzt aber jemanden, der die Stadt, die Menschen, die hier leben, und insbesondere den Palast genau kennt.«

Die beiden wechselten einen Blick. Wie üblich, wenn es um Intrigen ging, stimmten sie miteinander völlig überein.

»Willst du damit andeuten, *du* könntest die Informationen gewinnen, die wir brauchen?«, fragte ich Rose.

Als sie lächelte, hatte sie ihr gewohntes Selbstvertrauen offenbar schon wieder zurückgewonnen. »Natürlich kann ich das. Marcus muss weiter versuchen, den Priestern ihre Geheimnisse zu entlocken. Ich nehme an, er steht dicht davor, etwas ganz Wichtiges zu entdecken.«

»Bist du nicht doch zu bekannt, um einfach so in den Palast zu schleichen?« Das war genau das Argument, mit dem sich Marcus selbst ausgeschlossen hatte.

Wieder zog sie die Augenbrauen hoch. »Wer hat denn etwas von Hineinschleichen gesagt? Meinst du wirklich, mir fiele nichts Besseres ein? Ich werde über meine zahlreichen Bekannten herausfinden, was wir wissen müssen. Es ist sicher nicht weit von der Wahrheit entfernt, wenn ich behaupte, alle wichtigen Menschen in der Stadt zu kennen – und wenn nicht, dann kenne ich doch mindestens jemanden, der sie kennt.«

Es lief mir kalt über den Rücken. Rose konnte richtig furchterregend sein, wenn sie sich ein wenig Mühe gab. Dann wurde mir bewusst, dass ich als Einziger noch keine Aufgabe hatte. »Womit beschäftige ich mich in der Zwischenzeit?«, überlegte ich.

Marc grinste hämisch. »Du könntest dich mit meinem Vater beraten. Das letzte Treffen ist schon ein paar Tage her, und ich nehme an, er hat inzwischen einiges in Erfahrung gebracht.«

»Was meinst du damit?«, fragte ich.

»Mein Vater geht gern auf die Jagd. Ich würde behaupten, dass er sich im Wald fast so gut auskennt wie sein Jagdvogt William, und William ist nicht der einzige Jäger in seinen Diensten. Ich fresse einen Besen, wenn er inzwischen nicht wenigstens ein paar Spuren gefunden hat«, erklärte er nicht ohne einen gewissen Stolz.

»Du hast hier doch gar keinen Besen«, wandte ich ein.

Er stöhnte ausgiebig. »Das ist doch nur eine Redensart. Wie auch immer, du bist so sehr daran gewöhnt, wie ein Magier zu denken, dass du glaubst, gewöhnliche Menschen seien ohne die Magie völlig hilflos. Er hat sicher nicht die Hände in den Schoß gelegt, während du fort warst, aber er könnte deine Hilfe brauchen, sobald er die Feinde entdeckt.«

33

Am nächsten Morgen kehrte ich nach Lancaster zurück. Wir hatten bis spät in die Nacht geredet, am Ende jedoch keine besseren Lösungen gefunden als diejenigen, auf die wir schon zuvor gekommen waren.

Sobald ich aus dem Teleportkreis trat, bemerkte ich zwei Männer, die in dem Gebäude Wache hielten. Sie hatten mich bereits gesehen und öffneten die Münder, um etwas zu sagen. Ich kam ihnen zuvor. »Du da!«, rief ich scharf. »Wo hält sich der Herzog gerade auf?«

Der angesprochene Mann schien recht dienstbeflissen, was sicherlich auch auf mein herrisches Auftreten zurückzuführen war. »Er müsste im Bergfried sein, Euer Lordschaft. Zu dieser frühen Stunde sitzt er wahrscheinlich noch beim Frühstück.« Tatsächlich war ich recht zeitig eingetroffen.

»Ausgezeichnet.« Ich machte mich sofort auf den Weg.

Der Mann rief mir hinterher: »Er sagte, er wolle mit Euch sprechen, sobald Ihr eintrefft.«

Ich lachte und ging weiter. Im Bergfried steuerte ich sofort die große Halle an. Die Leute, denen ich begegnete, zeigten mit Fingern auf mich und tuschelten, was mich auf die Idee brachte, in der letzten Zeit ein wichtiges Gesprächsthema gewesen zu sein. Ich achtete nicht darauf. Als ich in die große Halle trat, war die Wirkung genau gegensätzlich. Alle Gespräche erstarben, und eine tiefe Stille senkte sich über den Raum, während ich zur Haupttafel schritt.

James stand auf und begrüßte mich mit einer Umarmung. Als er seinen Kopf dicht neben meinen hielt, sagte er leise: »Wo, zum Teufel, habt Ihr in den letzten zwei Tagen gesteckt?«

»Ich musste einen Magier verhören, verschiedene Leute instruieren und Hinweise sammeln. Darf ich annehmen, dass in meiner Abwesenheit einiges geschehen ist?« Ich bemühte mich nicht, leise zu sprechen. Die Leute brauchten schließlich etwas zum Tratschen.

Der Herzog setzte sich wieder. »Glaubt Ihr, eine Gruppe Bewaffneter könnte in meine Burg eindringen, meine Gäste angreifen und ermorden und anschließend fliehen, ohne dass ich etwas unternehme?«

»Die Angreifer sind alle tot«, erwiderte ich. »Mit Ausnahme des Magiers«, fügte ich hinzu.

James beugte sich vor. »Was habt Ihr denn von Eurem neuen Gast erfahren?«

»Seine Lage ist schwieriger, als es anfangs den Anschein hatte, und unsere Feinde sind mächtiger, als wir dachten«, antwortete ich schlagfertig. Womöglich hatte ich zu viel Zeit in Roses Gesellschaft verbracht.

Der Herzog kniff die Augen zusammen. »So ist es immer. Wie sehen die Einzelheiten aus?«

Ich schüttelte den Kopf. »Nicht hier, Durchlaucht. Diese Angelegenheit erfordert ebenso viel Feingefühl, als wollte man mit dem König persönlich sprechen.«

James riss einen Moment lang die Augen auf, ließ sich darüber hinaus aber nicht anmerken, ob er meine Andeutung verstanden hatte. Dann erzählte er rasch und mit dem gewohnten Nachdruck, was auf seiner Seite geschehen war. »Die Erkenntnis, dass Hunderte Shiggreth ungehindert durch mein Land streifen, hat mir sehr missfallen. Auch Master William und meine anderen Förster waren nicht gerade erbaut. Obwohl sich die Feinde große Mühe gegeben haben, ihre Spuren zu verwischen, konnten wir sie vermutlich ausfindig machen.«

Ich zeigte ihm meine Zähne, was nur bei höchst oberflächlicher Betrachtung als Lächeln durchgehen konnte. »Marc sagte mir schon, dass Ihr sie entdeckt habt«, erwiderte ich.

Da wanderte ein Schatten so schnell über James' Gesicht, dass die meisten Beobachter es sicher nicht bemerkt hätten. »Wie geht es meinem Sohn?«

»Recht gut«, antwortete ich. »Er versteht sich auf Intrige und Heimlichkeit so gut wie eine Ente auf das Schwimmen im Wasser. Im Augenblick hat er in Albamarl zu tun und deckt für mich Geheimnisse auf. Noch wichtiger ist, dass er sich meiner Ansicht nach von dem erholt, was ihm zugestoßen ist.«

Er nickte und entgegnete mit großem Ernst: »Das müsst Ihr mir später ausführlich erzählen.«

»Das werde ich gern tun.«

Dann griff er das vorherige Gesprächsthema wieder auf. »William und ich haben uns die größte Mühe gegeben, die Shiggreth zu finden.«

»Nach diesen schrecklichen Ereignissen hat mein Mann mehr Zeit im Wald verbracht als daheim«, ergänzte Genevieve, die sich uns von hinten genähert hatte. Ich tat so, als sei ich erschrocken. Sie beugte sich vor und küsste mich auf die Wange. »Neffe«, sagte sie nur.

»Durchlaucht«, erwiderte ich. »Hoffentlich könnt Ihr mir die Grobheit verzeihen, mit der ich Euch neulich begegnet bin.«

Sie hob eine Hand, als wollte sie eine Fliege verscheuchen. »Unsinn, Ihr habt Euch nichts zuschulden kommen lassen.«

»Danke«, antwortete ich.

James unterbrach uns. »Wie ich schon sagte, wir haben alles abgesucht, aber die Spuren verliefen in so vielen Richtungen, dass wir sie zunächst nicht finden konnten.«

»Wie ist es Euch dann doch noch gelungen?«, erkundigte ich mich.

»Ginge es um ein kluges Tier, man würde die Gegend in einem großen Bogen umkreisen, bis man die Stelle findet, wo die Fährte wieder herauskommt. Dies waren jedoch keine Tiere, sondern intelligente Wesen, die meilenweit auf unterschiedlichen Wegen geflohen sind. William und ich mussten das Land in Abschnitte aufteilen und jeweils einige Männer abkommandieren. Trotzdem fanden wir zunächst nichts, bis wir das Hügelland erreichten.«

»Ich hätte angenommen, dass Ihr gleich dort und nicht im Wald beginnt«, warf ich ein.

James seufzte. »Mit diesem Gedanken hatte ich tatsächlich gespielt. Andererseits konnte ich den Wald aber nicht unberücksichtigt lassen, sonst wären die Feinde nahe an der Burg gewesen, während wir sie weit entfernt suchten.«

Ich musste zugeben, dass er damit recht hatte.

»Als wir im Westen die Hügel durchkämmten, haben wir mehrere Männer verloren«, fuhr er fort. »Ich musste die Suchtrupps auf jeweils fünf Mann verstärken. Am nächsten Tag verlor ich eine ganze Gruppe. Da wusste ich, dass wir dem Ziel nahe waren.«

»Sie waren ziemlich kühn, aber ihnen muss doch klar gewesen sein, dass sie damit auch ihren Standort verrieten«, überlegte ich laut.

James schnaubte. »Sie waren verzweifelt und wussten, dass wir uns ihnen näherten. So war es nur noch eine Frage der Zeit. An diesem Punkt mobilisierte ich alle Bewaffneten. Wir durchkämmten die Hügel und drehten dabei jeden Stein um.«

»Wann war das?«

»Gestern«, erklärte er lächelnd. »Wir haben den Unterschlupf gefunden. Es gibt dort eine Höhle, in die sie sich verkrochen haben. Meine Männer haben sie jetzt umzingelt.«

»Und wenn es noch einen weiteren Ausgang gibt?« Ich war besorgt, die Feinde könnten heimlich entwischen und Lancaster angreifen, während unsere Kräfte am Eingang der Höhle konzentriert waren.

»Auf diese Idee bin ich schon gekommen«, beruhigte er mich. »Ich habe gestern eine Nachricht an Euch geschickt und Euch um Männer und Hilfe gebeten.«

Ich runzelte die Stirn. »Ich war noch nicht zu Hause, bin aber sicher, dass Sir Harold an meiner Stelle entsprechend antworten wird.«

»Seine Antwort kam schon gestern am späten Abend. Er versprach, noch vor der Mittagsstunde mit so vielen Männern hier einzutreffen, wie er entbehren kann, ohne Washbrook und die Burg Cameron zu gefährden.«

»Dann ist er jetzt bereits unterwegs«, bemerkte ich. »Wann wollt Ihr aufbrechen?«

»Sobald er hier ankommt.«

Abrupt stand ich auf. »Ich muss noch einige Vorkehrungen treffen.«

James kicherte humorlos. »Das müsst Ihr immer. Der Himmel behüte uns. Beeilt Euch lieber. Ich werde die Männer nicht aufhalten, falls er vor Euch hier erscheint.«

Walter hob den Kopf, als ich den Raum betrat, in dem ich ihn unter Hausarrest gestellt hatte. »Wie geht es Euch?«, fragte ich ihn. Er wirkte müde, dunkle Ringe hingen unter seinen Augen. Trotzdem hatte ich irgendwie den Eindruck, dass er sich langsam erholte.

»Viel besser, seit das Fieber gesunken ist«, erklärte er. »Allerdings muss ich zugeben, dass ich mich mit diesem Halsband blind und hilflos fühle.« Er deutete auf die Halskette, die seinen Magierblick und die magischen Kräfte blockierte.

Vorher hatte ich mit den Wächtern und den Helfern gesprochen, die seine Wunden versorgten, und bereits erfahren, dass seine Genesung Fortschritte machte. Am Vortag war das Wundfieber endlich gesunken, was man wohl als Zeichen dafür deuten durfte, dass er wahrscheinlich überleben würde. Allerdings war er noch immer sehr geschwächt. »Könnt Ihr reiten?«

Er schnitt eine Grimasse. »Angenehm wird es nicht, aber es müsste gehen.«

»Was haltet Ihr von den Shiggreth?«

»Das Gleiche wie jeder andere anständige Mann. Sie sind eine Abscheulichkeit und bedrohen uns alle«, antwortete er sofort. Nach einer Pause fügte er hinzu: »Außerdem habe ich eine Heidenangst vor ihnen.«

»Das ist zwar eine einleuchtende Antwort, aber ich muss einwenden, dass die meisten anständigen Männer nicht einmal wissen, dass sie existieren.« Ich setzte mich neben ihn, um sein Gesicht aus der Nähe zu betrachten, während wir uns unterhielten.

Ängstlich sah er mich an. »Demnach habt Ihr sie gefunden, oder?«

»James Lancaster hat sie aufgespürt«, ließ ich ihn wissen. »Ihr sollt sehen, was heute geschieht. Es ist sogar möglich, dass ich Eure Hilfe brauche.«

Er deutete auf das verletzte Bein. »Ich bin dem Tod mit knapper Not entronnen und fürchte, nicht mehr viel für Euch tun zu können, zumal ich dies hier trage.« Er deutete auf die Halskette.

»Wusstet Ihr, dass mein Vater mit Eurem älteren Bruder befreundet war?«

Er nickte.

»Warum habt Ihr es nicht erwähnt?«, fragte ich neugierig.

»Ich bin Euer Gefangener. Alles, was ich sage, könnte den Eindruck erwecken, ich wollte mich nur herauswinden. Außerdem habt Ihr Euren Vater nicht gekannt, deshalb gibt es keine Möglichkeit, die Behauptung zu beweisen«, antwortete er sachlich.

Diese Antwort gefiel mir. »Könnt Ihr mir etwas versprechen, wenn ich Euch die Kette abnehme?«

Misstrauisch beäugte er mich. »Vielleicht. Es kommt darauf an, um was es sich handelt. Außerdem frage ich mich, welchen Wert mein Versprechen für Euch haben kann.«

Ich war nicht sicher, was ich darauf antworten sollte, vertraute aber dem, was Penny mir geschrieben hatte. Ohnehin stellte ich fest, dass ich Walter umso weniger hasste, je länger ich mit ihm redete. Er war sicherlich kein Mann, der zu Gewalttaten und Aggressionen neigte. Eher kam er mir wie ein Feigling vor, auch wenn ich keine Grundlage für ein solches Urteil hatte. Auf jeden Fall gewann ich den Eindruck, dass er ein mitfühlender Mann war, dem man übel mitgespielt hatte. »Der Wert Eures Versprechens hängt ganz davon ab, ob Ihr es erfüllt. Wenn Ihr mich hintergeht, werdet Ihr keine zweite Gelegenheit bekommen«, erwiderte ich ernst.

»Wenn Eure Forderungen meinem Wunsch widersprechen, meine Familie zu schützen, werde ich Euch mein Wort nicht geben. Wenn ich es aber gebe und später entdecke, dass meine Familie durch mein Versprechen gefährdet wird, werde ich es auf der Stelle brechen. Bin ich damit ein Ehrenmann, dem Ihr vertrauen könnt?«

Ich musste an Cyhan und seine feierlichen Schwüre denken. Hätte ich den Krieger nicht gekannt, so hätte ich eine andere Antwort gegeben, aber nun war ich klüger. »Das klingt genau nach dem Ehrenmann, dem ich vertrauen würde. Helft mir jetzt, Walter, und wenn es möglich ist, will ich später alles tun, um Eure Familie in Sicherheit zu bringen.«

Er seufzte. »Gut. Dann sagt mir, was Ihr verlangt.«

»Schwört mir, dass Ihr nicht flieht und Eure Kräfte nicht einsetzt, um gegen mich zu arbeiten. Schwört mir, dass Ihr meine Befehle befolgen werdet, solange sie Eure Familie nicht gefährden. Schwört mir dies, und ich entferne das Halsband.«

Während ich sprach, beobachtete mich Walter aufmerksam, und als ich fertig war, sagte er: »Ich schwöre es.« Einen Augenblick später fügte er hinzu: »Jetzt verstehe ich, warum Euch der König fürchtet.«

»Was meint Ihr damit?«

»Wäre er wie Ihr, dann hätte er meine Familie nicht als Geiseln genommen. Es wäre einfach nicht nötig gewesen«, erklärte er.

»Ihr kennt mich nicht, Walter«, antwortete ich.

Er lachte. »Ganz im Gegenteil. Ich habe fast zwei Monate lang alle Eure Bewegungen beobachtet. Ich glaube sogar, Euch recht gut zu kennen. Eure Leute vertrauen Euch, und Eure Bewaffneten würden für Euch durchs Feuer gehen, wenn Ihr sie darum bittet.«

Das Lob klang aufrichtig, und doch fühlte ich mich unbehaglich. *Was ist mit meiner Frau?*, dachte ich bei mir. *Der letzte Teil des Märchens sollte doch so lauten, dass meine Frau die Schönste im ganzen Land ist und dass uns alle um unser Glück beneiden.* Ich schluckte den bitteren Geschmack hinunter, den ich plötzlich im Mund spürte.

So verzichtete ich auf eine direkte Antwort und streckte nur den Arm aus, um das Halsband zu berühren. Fast mühelos stellte ich mich auf dessen Stimme ein, und gleich darauf war es zu einem Teil von mir geworden. Ich zog es auseinander, als bestünde es aus Weichkäse statt aus Metall. Sobald ich es ihm abgenommen hatte, schob ich die Enden wieder zusammen, damit sich das Silber verbinden konnte, als wäre es niemals getrennt gewesen.

Walter beobachtete mich aufmerksam. »Wie habt Ihr das gemacht? Ich kann nicht einmal spüren, dass Ihr irgendwelche Kräfte eingesetzt habt.«

»Ich höre einfach zu«, erwiderte ich geduldig.

Er schnaubte. »Wäre meine Frau hier, so würde sie sagen, dass ich damit auf keinen Fall als jemand infrage komme, der Euch dies nachmachen könnte.«

Ich lachte höflich, fühlte mich aber nicht sonderlich gut, als ich an seine Frau dachte. Nach einem Blick auf die Halskette hielt ich es für ratsam, vorsichtshalber die Eisenkugel zu entfernen. Das Letzte, was ich jetzt brauchen konnte, war eine zufällig ausgelöste Explosion. Ich wiederholte den Vorgang und trennte die Eisenkugel von der silbernen Spange.

Da sein Magierblick wieder erwachte, konnte Walter nun

auch die Energie spüren, die in dem Objekt gespeichert war. »Hättet Ihr dieses Ding zum Knall gebracht, falls ich das Halsband zerbrochen hätte? Da wäre nichts mehr von mir übrig geblieben. Wie habt Ihr es geschafft, so viel Energie darin zu speichern?«

»Diese Unterhaltung heben wir uns lieber für einen anderen Tag auf.« Ich war nicht bereit, ihm zu schildern, wie ich die Kunst der Verzauberung wiederentdeckt hatte. »Ich stecke das lieber weg.« An einem sicheren Ort hatte ich eine Kiste mit ähnlichen Sprengkugeln deponiert, und die Gürteltasche erlaubte es mir, sie zu lagern und herauszuholen, ohne sie ständig mit mir herumzutragen. Da Walter mich gerade so aufmerksam beobachtete, wollte ich ihm allerdings noch etwas anderes verdeutlichen.

Mit einem einzigen Wort bildete ich einen Schild um die Eisenkugel und verdoppelte ihn. Sobald ich sicher war, dass die Abschirmung stark genug war, zog ich die entsprechende Glaskugel aus der Tasche und zerbrach sie rasch, während ich ein zweites Wort sprach. Lautlos explodierte die Eisenkugel.

Die Explosion war unerhört heftig und hätte beinahe sogar meine Fähigkeit überstiegen, sie in dem faustgroßen Schild in meiner Hand einzudämmen. Äußerlich blieb ich völlig ruhig und gelassen, doch ich hätte mir um meinen Gesichtsausdruck keine Sorgen machen müssen. Walter sah nichts anderes als die brodelnde Kugel aus Licht und Flammen, die ich vor mir hielt. Er war mehrere Schritte weggesprungen und hatte sich instinktiv mit einem eigenen Schirm geschützt. »Gütige Herrin, beschütze uns!«, rief er. Ich machte mir Sorgen, er könne sich selbst verletzen, wenn er mit dem angeschlagenen Bein solche Sätze machte.

»Entschuldigung, ich wollte Euch nicht erschrecken«, log ich, denn genau das war meine Absicht gewesen. Dann ging ich lässig zum Fenster und erzeugte vorsichtig eine kleine Öffnung in einer Seite des Schildes, um die stark komprimierte

Kugel aus reiner Energie und Eisensplittern zu entlassen. Mit großer Kraft zischte der Inhalt der Sphäre in die Luft vor der Burg hinaus. Hätte ich mich nicht auf den Rückstoß gefasst gemacht, er hätte mich durch den ganzen Raum geschleudert. Ich hoffte, meine Demonstration hatte bei Walter den gewünschten Eindruck hinterlassen.

Sonst sagte er zwar nichts, ich konnte ihm aber ansehen, dass er angestrengt nachdachte. Vermutlich hatte er meine Botschaft verstanden, die in Worte gekleidet ungefähr so geklungen hätte: *Komm ja nicht auf die Idee, mich zu hintergehen, denn wenn ich beschließe, deinetwegen etwas zu unternehmen, wird es nicht schwieriger sein, als wollte ein gewöhnlicher Mensch nach einer Fliege schlagen.* Andererseits war denkbar, dass er jetzt endgültig überzeugt war, ich hätte nicht alle Tassen im Schrank. In diesem Fall lief es aber auf das Gleiche hinaus.

34

Erst am späten Nachmittag ritten wir endlich in die Hügel im östlichen Teil von James' Ländereien hinaus. In der Ferne am Horizont erhoben sich die Elentirberge. Angeblich waren diese Berge vor langer Zeit von dem ersten Magier erschaffen worden, der den Namen Illeniel getragen hatte. Allerdings wusste niemand genau zu sagen, warum er es eigentlich getan hatte. Die meisten Menschen hielten die Geschichte für ein bloßes Märchen, doch nachdem ich beinahe ganz Lothion zerstört hätte, war ich durchaus geneigt, sie für wahr zu halten.

Walter und ich waren mit den Teleportkreisen rasch nach Lancaster gesprungen und hatten uns in den Stallungen des Herzogs zwei Pferde ausgeliehen. Kurz nach uns war auch Sir Harold mit etwa fünfhundert meiner Bewaffneten eingetroffen. Als ich sah, wie schnell sie einberufen worden waren, wurde mir wieder einmal bewusst, wie sehr der Krieg mein Anwesen verändert hatte.

Nicht ohne Ironie stellte ich fest, dass ich jetzt mehr Soldaten besaß als mein Lehnsherr, der Herzog von Lancaster. Glücklicherweise waren wir Freunde, sonst hätte er womöglich Anstoß daran genommen.

Ich beobachtete Walter genau. Wir mussten vier Stunden reiten, um die Gegend zu erreichen, wo sich die Shiggreth angeblich in einer Höhle verschanzt hatten. Er wirkte müde. »Was macht Euer Bein?«, fragte ich.

Er lächelte, was jedoch die dunklen Ringe unter den Augen nur noch deutlicher hervortreten ließ. »Es tut höllisch weh«, antwortete er ehrlich.

»Wir werden heute Abend hier lagern, sodass Ihr Euch ausruhen könnt, ehe wir morgen in die Höhle vorstoßen«, erklärte ich.

»Eine friedliche Nacht auf nackter Erde wird mir sicherlich guttun«, erwiderte er sarkastisch. Trotz seines Tonfalls hatte ich das Gefühl, dass er sich nicht beschweren wollte. Es war nur seine Art, ein Gespräch zu führen.

James und Harold hatten während des Marschs – die meisten Soldaten mussten zu Fuß laufen – über die Pläne für das Lager gesprochen. Sobald wir eintrafen, schickte James eine Abteilung los, um die Männer am Höhleneingang abzulösen, während die Haupttruppe unser Lager einrichten sollte. Sie räumten in einem weiten Bereich die Steine und das Buschwerk weg, das hier überall wuchs, und bauten die Zelte auf. Dann hoben sie Latrinen aus und teilten rings um das Lager Wachtposten ein.

Insgesamt hatten wir siebenhundert Mann aufgeboten. Fünfzig davon hielten am Höhleneingang Wache, weitere hundert sicherten das Lager. Das schien zwar übertrieben, doch wir wollten während der Nacht keine unliebsamen Überraschungen erleben, und die besonderen Fähigkeiten der Shiggreth erschwerten die Aufgabe der Wächter.

Trotz dieser Vorsichtsmaßnahmen gab es sicher nicht viele unter uns, die in dieser Nacht ruhig schliefen.

Wider Erwarten sank ich in einen tiefen Schlaf und hätte mich sogar gut erholt, hätte nicht irgendwann jemand an meinem Schlafsack gerüttelt. »Zum Teufel, was willst du?«, fauchte ich und fuhr zornig auf.

Ein junger Soldat blickte auf mich herab. »Mylord, die Shiggreth haben uns umzingelt. Wir werden angegriffen!« Er sprach mit schriller Stimme und schien der Panik nahe.

Sofort sprang ich auf, verhedderte mich prompt in den Decken und wäre beinahe wieder hingefallen. »Danke«, erwiderte ich hastig. »Wo ist Sir Harold?«

»Auf der Ostseite des Lagers. Dort sind die Feinde am stärksten, doch sie haben uns bereits auf beiden Seiten umzingelt, und einige sind sogar schon durchgebrochen«, antwortete er.

Ich fluchte lautlos und stolperte aus dem Zelt, um mir ein Bild von der Lage zu machen. Draußen sah ich ein wirres Durcheinander rennender Gestalten und tanzender Fackeln und Laternen. Trotz unserer Beleuchtung war es schwer, mehr als zwanzig Schritt weit zu blicken. Die Männer rannten hin und her, überbrachten Befehle und gerieten mitunter einfach in Panik. Mehr als alles andere brauchten wir Licht.

Ich schloss die Augen und überprüfte mit dem Magierblick das Lager. Unsere Soldaten konnte ich leicht erkennen, doch bei den Shiggreth war es schwieriger. Immerhin hatte ich gelernt, sie als leere Flecken wahrzunehmen. Was ich herausfand, war nicht gerade ermutigend. Im Osten hielten unsere Linien, weil Harold in dieser Gegend unterwegs war und die Kämpfer ermunterte. Dort hatte es bereits heftige Kämpfe gegeben, doch noch gelang es ihm einigermaßen, die Ordnung aufrechtzuerhalten.

Die Westflanke unseres Lagers stellte das reinste Chaos dar. Dort hatten zwar weniger Untote angegriffen, doch sie würden die Verteidiger gewiss bald überrennen. *Eins nach dem anderen*, sagte ich mir. »*Lyet bradek searus ni pyrren!*«, rief ich, hob den Stab und zielte auf den Himmel. Ein weißer und goldener Strahl schoss nach oben und bildete eine riesige grelle Lichtkugel, die mehrere hundert Schritte über dem Boden schwebte. Es sah so aus, als sei dort eine kleine Sonne aufgegangen. Nun war alles in ein kaltes gelbes Licht getaucht.

Im ganzen Lager jubelten die Männer, denn sie wussten jetzt, dass ich erwacht war. Als ich mich umsah, bemerkte ich Walter, der neben mir stand. »Wo habt Ihr diesen Spruch gelernt?«, fragte er. »Ich habe noch nie davon gehört.«

Ich runzelte die Stirn. »Ich habe ihn auch gerade erst erfunden«, sagte ich und ging zur Westseite des Lagers. »Folgt mir, die Männer brauchen Hilfe.«

Gleich darauf hatte ich das Chaos erreicht, das man unsere westliche Verteidigungslinie nennen mochte. Das Licht trug wenig dazu bei, meine Ängste zu besänftigen, denn jenseits der Kämpfe spürte ich Hunderte von Gegnern, die nach vorn drängten, und ringsherum wurden überall Männer von den Kreaturen zu Boden gezogen, die ihnen sämtliche Kräfte raubten.

Unmittelbar vor mir brach gerade ein Krieger zusammen, und fünf Untote rannten auf mich zu. Ehe ich reagieren konnte, zuckte ein Blitz an meinem Kopf vorbei, verzweigte sich und traf die Geschöpfe. Leider flackerte der Blitz und verschwand, kaum dass er die Shiggreth erreichte, denn sie besaßen die Fähigkeit, magische Energie zu absorbieren.

»Sie fressen wirklich die Magie auf«, sagte Walter hinter mir.

»Das tun sie«, bestätigte ich. Penny und ich hatten diese Lektion eines Nachts vor einem Jahr gelernt, und es hätte uns fast das Leben gekostet. »Ihr müsst einen Runenkanal benutzen«, fügte ich hinzu, hob den Stab und zielte auf die anrückenden Kreaturen. »*Pyrren ni tragen thylen!*«

Eine grelle Lichtfackel schoss aus dem Stab hervor und verzehrte den Untoten, der uns am nächsten war. Die Flammen waren so heiß, dass alles in der Nähe binnen Sekunden zu Asche zerfiel. Leider waren sofort die nächsten zur Stelle, und ich konnte den Stab nicht lange genug weglegen, um das zu erledigen, was nötig war. »Hier!« Während einer kleinen Atempause drückte ich Walter den Stab in die Hand. »Haltet sie einen Moment ab. Ich muss etwas tun.«

»Ich weiß aber nicht, wie ich den Stab benutzen soll!«, antwortete er ängstlich und sah mich panisch an.

Weitere Shiggreth stürzten in unsere Richtung, binnen Sekunden würden sie uns überrennen und töten, wenn er es nicht schnell lernte. Ich stellte mich neben ihn, griff mit einer Hand zu und hob den Stab, bis er auf einer Höhe mit den Ungeheuern war. Ich hatte schon zu viele Schlachten erlebt, um jetzt in Panik zu geraten. »Also, Walter, Ihr tut einfach, was ich Euch sage. Ihr könnt jeden Spruch einsetzen, den Ihr benutzen wollt, aber Ihr müsst Euch vorstellen, dass die Energie durch Eure Hände und den Stab läuft, als wäre er eine Rohrleitung, die Eure Kräfte bündelt und ausrichtet«, erklärte ich ihm ruhig.

»Wirklich jeden Spruch?«, fragte er unsicher.

»Jeden Spruch«, bestätigte ich. »Ihr müsst Euch aber rasch entscheiden, denn sie haben uns fast erreicht.«

Er zögerte kurz, und ich dachte schon, er sei vor Schreck erstarrt, doch im letzten Augenblick begann er die Lippen zu bewegen. Ein Blitz zuckte aus dem Ende des Stabes, verzweigte sich und traf die anrückenden Ungeheuer. Ehe er erstarb, lagen zehn Shiggreth am Boden und waren kaum mehr als rauchende Haufen verkohlten Fleisches. Walter machte einen Schritt vorwärts. Seine Angst war nun der Begeisterung gewichen.

Ich legte ihm eine Hand auf die Schulter. »Geht nicht weiter, Walter. Wir versuchen, eine Abwehrlinie zu halten und wollen sie nicht in die Flucht schlagen. Das gelingt bei diesen Wesen ohnehin nicht.«

Er blieb stehen, nickte, biss sich auf die Lippen und blickte nach vorn.

»Seht Euch immer auch nach hinten um, denn diese Wesen schleichen sich heimlich an, und Ihr könnt dem Magierblick nicht immer trauen«, fuhr ich fort. Er befolgte meinen Ratschlag, doch der Bereich hinter uns war sicher. »Und jetzt verbrennt Ihr die nächsten, die uns angreifen. Verliert nur nicht den Kopf und verfolgt sie auch nicht. Und vergesst nie, Euch nach jedem zweiten Schuss umzudrehen.«

Ich beobachtete ihn ein oder zwei Minuten lang, bis ich

sicher war, dass er sich selbst und unsere unmittelbare Umgebung schützen konnte. Dann öffnete ich den Beutel, der durch einen Zauber mit einer Truhe voller gefährlicher Objekte verbunden war. Ich griff hinein und zog eine Handvoll dunkler Eisenkugeln heraus. Sie schimmerten leicht unter dem grellen Licht der künstlichen Sonne über uns.

Ich hob den ersten an die Lippen und blies leicht darauf. »*Tielen striltos*«, sagte ich scharf und jagte ihn in die Dunkelheit. Ehe er sein Ziel erreichte, hatte ich bereits einen anderen gehoben, den ich auf einem Kurs aussandte, der etwas vom ersten abwich.

Sekunden später gab es an unserer Westflanke einige starke Explosionen, als die Kugeln nacheinander detonierten. Ich schoss sie so weit wie möglich hinaus, um nicht unsere Männer zu gefährden, die verzweifelt versuchten, die Untoten abzuwehren. Aber das war nicht leicht, und ich musste fürchten, in manchen Fällen auch einige unserer eigenen Männer getötet zu haben. Wieder verspürte ich die vertrauten Schuldgefühle, obwohl ich mir sagte, dass die meisten, die auf diese Weise umkamen, von den Angreifern sowieso getötet worden wären.

Nach einer Weile gingen mir die Eisenkugeln aus, und ich griff in den Beutel, um eine weitere Handvoll hervorzuholen. Dieses Mal hatte ich mehr Spielraum und konnte die Explosionen noch weiter draußen auslösen. Es donnerte, und Feuer erhellte das Schlachtfeld, während ich methodisch alles zerstörte, was sich in einem zweihundert Schritt weiten Radius westlich von unserem Lager befand. Als ich aufhörte, bewegte sich dort überhaupt nichts mehr.

Schließlich wandte ich mich wieder an Walter, der sich schwer auf meinen Stab stützte. Ich nahm ihm den Stab ab und zog mir einen seiner Arme über die Schulter. »Lehnt Euch an«, sagte ich leise. »Wir müssen auf der anderen Seite des Lagers aushelfen.«

Müde antwortete er: »Allmählich glaube ich, dass Ihr kein Mensch seid.«

Halb ging er selbst, halb schleppte ich ihn mit, als wir uns auf das Gelände zubewegten, wo Harold noch kämpfte. »Macht Euch das Bein Schwierigkeiten?«, fragte ich.

»Mein Bein ist in Ordnung«, erwiderte er. »Eher ist es die Magie. Ich glaube, ich habe mich verausgabt. Wie kommt es, dass Ihr noch nicht erschöpft seid?«

Ich lachte nicht ohne Bitterkeit. »Ich habe Euch die schwierigere Aufgabe übertragen. Meine Eisenkugeln explodieren ganz von selbst. Ihr musstet viel mehr Kraft aufwenden, um die Gegner abzuhalten.« Walter antwortete zwar nicht, doch ich konnte erkennen, dass er mir nicht ganz glaubte.

Auf der anderen Seite des Lagers befand sich die Abwehrlinie in einem besseren Zustand, doch auch dort waren bereits Anzeichen des Zerfalls zu erkennen. Sir Harold stolzierte hin und her und griff gelegentlich auch selbst ein, um die Untoten zu zerlegen, wo sie die menschlichen Verteidiger zu überwältigen drohten. Leider wurden unsere Krieger nicht nur an einer Stelle überrannt, und Harold konnte unmöglich überall zugleich sein. Da draußen rückten mindestens tausend Shiggreth gegen uns vor.

Da die Abwehrlinie auf dieser Seite noch intakt war, musste Walter nicht noch einmal mit dem Stab arbeiten. Ich holte weitere Eisenkugeln hervor und zerstörte systematisch alles auf der Ostseite des Lagers.

Nach wenigen Minuten war es vorbei, und ich stand mit Walter allein auf weiter Flur. Die Soldaten beobachteten uns stumm, die Augen vor Schrecken und Furcht weit aufgerissen. Ein Angriff untoter Ungeheuer, dann eine Menge Feuer und Explosionen – dies hinterließ, wie ich aus Erfahrung wusste, bei den meisten Menschen einen bleibenden Eindruck.

Ich blickte in die Runde zu den Männern hinüber, die mich anstarrten. Nach ein paar Augenblicken grinste ich und rief:

»Und das blüht euch, wenn ihr mich mitten in der Nacht aufweckt, verdammt!«

Noch ein paar Sekunden lang herrschte Schweigen, dann begannen die ersten Männer zu kichern. Es war ansteckend, und bald lachten alle, die noch lachen konnten. Ich kehrte ins Zelt zurück, wo Harold mich kurz danach aufsuchte.

»Was tun wir jetzt?«, fragte er einfach.

»Wir räumen ihre und unsere Leichen, die im Lager liegen, weg. Achtet darauf, dass die Männer sie nicht ungeschützt berühren. Sie sind immer noch gefährlich. Stellt neue Wachen auf und sichert das Lager. Sobald das erledigt ist, sollen sich alle, die keinen Dienst haben, wieder schlafen legen«, befahl ich.

»Sollten wir die Toten nicht verbrennen?«, fragte er besorgt.

Ich seufzte müde. »Ja, aber erst morgen früh. Nicht heute im Dunklen. Das Licht da oben brennt nur noch zwanzig Minuten oder so.« Ich deutete auf die helle Kugel, die ich geschaffen hatte. Ich hatte sie absichtlich sehr hoch fliegen lassen, damit die Untoten sie nicht ausschalten konnten. Inzwischen hatte ich erkannt, dass dies für jede nächtliche Schlacht eine gute Idee war.

»Aber was ist mit denen, die …«, wollte er fragen.

»Die Wachhabenden können sie im Auge behalten. Wenn sich ein Toter erhebt und umherläuft, sollen sie ihn in Stücke hacken. Wir verbrennen sie bei Tageslicht. Die Männer brauchen Schlaf.« Als ich ihm die letzten Anweisungen gab, kroch ich bereits in den Schlafsack. Auch ich war erschöpft, nachdem ich meine magische Energie eingesetzt hatte, doch Walter schien viel schlimmer dran zu sein.

»Aber …«, wollte er einwenden.

Ich schloss die Augen. »Wendet Euch an James. Weckt mich nicht, solange wir nicht wieder angegriffen werden.« Danach ging er, und bald darauf schlief ich ein.

35

Am nächsten Morgen stand ich früh auf, hatte aber Erbarmen mit Walter und ließ ihn länger ruhen. Der arme Mann war nach den Anstrengungen der vergangenen Nacht völlig erschöpft.

James und Harold beaufsichtigten das Einsammeln der Leichen und Leichenteile. Anscheinend hatten beide nach dem Angriff überhaupt nicht mehr geschlafen. Sie wirkten erschöpft und müde.

»Wie viele haben wir verloren?«, fragte ich James.

»Etwas mehr als hundertfünfzig Mann«, antwortete er sofort. »Vor dem Angriff auf das Lager haben sie die Männer ausgelöscht, die gestern Abend ihre Höhle bewacht hatten.«

Ich schnitt eine Grimasse. Wir durften es uns nicht erlauben, die Krieger so schnell zu verlieren. Die Shiggreth konnten ihre Reihen viel leichter aufstocken als wir. »Wenigstens gibt es einen Lichtblick«, bemerkte ich.

»Welchen denn?«, wollte Harold wissen.

»Wenn sie die Abteilung vor der Höhle zuerst erledigt haben, dann dürfen wir den Schluss ziehen, dass sie verzweifelt sind und dass dieser Zugang der einzige ist. Sofern sich diejenigen, die nach der letzten Nacht noch übrig sind, nicht davongestohlen haben, sitzen sie jetzt fast alle in der Falle«, erklärte ich.

»Es könnte auch sein, dass sie die Wachabteilung beseitigt haben, um genau diesen falschen Eindruck zu erwecken«, warnte James.

Ich seufzte. »Wenn sie so schlau sind, werden wir allerdings große Schwierigkeiten bekommen. Hoffentlich sind sie es nicht.«

James nickte, sprach aber trotzdem weiter. »Hoffnungen und Wünsche sind ein guter Weg, viele Männer umzubringen.«

»Das klingt ein wenig nach Dorian«, entgegnete ich mit säuerlichem Grinsen.

»Eher klingt es wohl nach Gram Thornbear, von dem ich den Ausspruch zum ersten Mal gehört habe«, berichtigte er mich.

Sir Harold schaltete sich wieder ein. »Also gut, nehmen wir mal an, sie wollen uns glauben machen, es sei der einzige Zugang. Warum sollten sie das tun? Welchen Vorteil hätten sie davon?«

James kam mir zuvor. »Möglicherweise planen sie eine Hinterlist. Sie könnten die Höhle einstürzen lassen, uns festsetzen oder uns zwischen ihren beiden Abteilungen aufreiben.«

»Die wichtigste Frage ist doch, wie viele von ihnen noch da sind«, gab ich zu bedenken.

»Letzte Nacht haben wir mehr als tausend dieser Dreckskerle gezählt«, meinte Harold. »Na ja, Mordecai hat sie gezählt«, fügte er hinzu.

»Werdet mir nur nicht pedantisch, Harold«, ermahnte ich ihn.

»Wir können frühestens morgen etwas unternehmen, ganz gleich, was wir entscheiden«, fuhr James fort und brachte uns auf das eigentliche Thema zurück. »Wir brauchen den Rest des heutigen Tages, um die Leichen einzusammeln.«

»Sie müssen verbrannt werden«, fügte ich hinzu.

»Richtig«, bekräftigte er, »und das dauert sogar noch länger. Wir benötigen viel Arbeitskraft, um Holz zu sammeln und einen so großen Leichenhaufen zu verbrennen.«

»Ich bin nicht sicher, inwiefern uns ein Heer überhaupt noch etwas nützen kann, wenn wir in die Höhle eindringen«, überlegte ich laut.

»Leider können wir sie ja nicht aushungern«, meinte James verbittert.

Der Einwand stimmte mich nachdenklich. Ich hob eine Hand, um die Diskussion vorübergehend zu unterbrechen. »Das wissen wir nicht. Aber eigentlich wissen wir so gut wie gar nichts über sie. Die Leichen könnten auch verwesen und nach einer Weile nutzlos werden. Womöglich benötigen sie ja tatsächlich irgendeine Art von Nahrung.«

»Damit meint Ihr uns«, schnaubte Harold.

»Vielleicht, vielleicht auch nicht. Wir wissen es nicht«, antwortete ich ihm. »James, könntet Ihr einen zerschnittenen Shiggreth in Quarantäne halten, statt ihn mit den anderen zu verbrennen? Wenn wir fertig sind, nehmen wir ihn mit nach Lancaster. Ich will herausfinden, ob er irgendwann seine Beweglichkeit verliert und verwest.«

James sah mich nachdenklich an. »Dann brauchen wir einen, der nicht ganz und gar zerstückelt ist. Wenn sie wirklich verhungern können, ist denkbar, dass sie sich eine ganze Weile halten werden.«

Sir Harold steuerte einen neuen Gedanken bei. »Es klingt jetzt vielleicht abwegig, aber wie wollt Ihr ein Wesen fangen, dessen Berührung wir nicht ertragen?«

James lächelte. »Ha! Wir benutzen Netze. Sobald wir eine dieser Kreaturen gefangen haben, fesseln wir sie mit Seilen. Danach binden wir sie auf eine Trage und schleppen sie nach Lancaster. Dort sollten das Verlies und zwei Wächter ausreichen.«

»Eigentlich würde ich für diese Wesen lieber eine besondere Zelle konstruieren, aber vorübergehend können wir eines in Eurem Kerker festsetzen«, fügte ich hinzu.

»Also zurück zur ursprünglichen Frage. Was tun wir heute?«, fragte Harold.

Wir schwiegen eine Weile. Selbst der gewöhnlich so tatkräftige Herzog sah mich fragend an und wartete. »Die Männer sollen hier aufräumen und die Leichen verbrennen. Ich gehe mit Harold und einer kleinen Abteilung zum Eingang. Wenn wir die Abwehr, die sie dort eingerichtet haben, beseitigen können, wagen wir uns ein wenig weiter vor. Falls nicht, ziehen wir uns zurück und warten, bis die Aufräumarbeiten erledigt sind.«

Überraschenderweise stimmten sie mir beide zu. »Wie viele Krieger braucht Ihr?«, fragte Harold.

»Etwa fünfzig, würde ich sagen. Ich würde diejenigen bevorzugen, die am besten bewaffnet sind, und jeden ausschließen, der nicht über ein volles Kettenhemd verfügt. Je weniger entblößte Haut, desto besser«, wies ich ihn an.

Zwei Stunden später waren wir so weit und starrten in die dunkle Mündung der Höhle. Der Eingang war drei Schritte hoch und mehr als doppelt so breit. Die Morgensonne beleuchtete die ersten fünf oder zehn Schritte, dahinter lag alles im Dunkeln. Von draußen konnte man nicht viel erkennen, wenn man allein auf das gewöhnliche Augenlicht angewiesen war.

Glücklicherweise traf das aber nicht auf mich zu. Die Abteilung, die mit der Bewachung des Eingangs betraut war, zog sich zurück und ließ uns den Vortritt. Sie würden den Dienst wieder aufnehmen, sobald wir drinnen waren. Ich bemerkte, dass James sie mit Onagern und Ölfässern ausgerüstet hatte. Falls die Shiggreth noch einmal auszubrechen versuchten, würden die Männer den ganzen Eingang in Brand setzen. Hoffentlich gerieten sie nicht in Panik, wenn wir wieder herauskamen.

Harold stupste mich an. »Was seht Ihr?«

Ich funkelte ihn an. »Ich kann erheblich mehr sehen, wenn man mich nicht stört. Lasst mich jetzt in Ruhe.« Wieder schloss ich die Augen und durchsuchte die Höhle. Der Haupttunnel lief mehr als hundert Schritte geradeaus und war weitgehend eben. Ich hatte Mühe, die Shiggreth ausfindig zu machen, konnte aber erkennen, dass einige von ihnen etwa fünfzig Schritt entfernt neben einer hölzernen Vorrichtung standen, die verdächtig …

»Ballisten!«, rief ich.

»Sie heißen Onager, Euer Lordschaft«, berichtigte mich Harold. Er bezog meine Bemerkung auf die Katapulte des Herzogs.

Manchmal ging er mir gehörig auf die Nerven, obwohl er es gut meinte. »Das weiß ich schon. Ich rede aber jetzt über die Waffen in der Höhle.«

»Was?«

Walter nickte zustimmend. »Ihr habt recht. Die Shiggreth haben dahinten Ballisten aufgebaut. Anscheinend wollen sie jeden, der in die Höhle eindringt, mit einem dicken Schaft aus Holz und Stahl empfangen.«

Zuerst war ich überrascht, denn ich hatte noch nie mit einem anderen Magier zusammengearbeitet, doch es war schön, jemanden zu haben, der das Gleiche sehen konnte wie ich. »Ich zähle zwei«, bemerkte ich.

»Ich auch«, stimmte Walter zu. »Mindestens zwanzig Gegner verstecken sich in den Nischen hinter den Ballisten.«

Ich konnte erkennen, dass sich dort einige Shiggreth aufhielten, wusste aber nicht genau, wie viele es waren. Überrascht fragte ich mich, wie er sie so leicht auseinanderhalten konnte. »Wie weit könnt Ihr mit dem Magierblick sehen?«, fragte ich ihn.

Erstaunt sah er mich an. »Etwa sechshundert Schritt oder so.«

Das war erheblich weniger als meine eigene Reichweite, und trotzdem konnte er die Shiggreth deutlicher erkennen. »Interessant«, entgegnete ich. »Ich kann zwar weiter sehen, aber ich mache sie da drin nicht deutlich genug aus, um sie zu zählen.«

Er lachte befreit. »Das liegt wohl daran, dass ich ein Prathion bin. Wir sind bekannt dafür, dass wir uns ein wenig von den anderen Familien unterscheiden.«

»Inwiefern?«, wollte ich wissen.

»Nun, Ihr habt schon beobachtet, wie ich meine Unsichtbarkeit nutze«, antwortete er. »Oder vielmehr, Ihr habt mich dabei nicht gesehen.«

»Ich wollte Euch ohnehin noch bitten, mich dies zu lehren«, erwiderte ich.

Er schüttelte den Kopf. »Ich will es versuchen, aber wahrscheinlich könnt Ihr es nicht erlernen. Nur wenige Magier, die nicht zu den Prathions gehörten, sind jemals dazu fähig gewesen.«

»Wirklich?«

»Ja. Die Prathions waren, wie man mich lehrte, für ihre Fähigkeit berühmt, sich unsichtbar zu machen. Die Illeniels dagegen waren wegen ihrer teuflischen Verzauberungen bekannt«, erklärte er. »Und für ihre übermenschliche Stärke.«

Seine beiläufigen Kommentare erlaubten mir einen ganz neuen und ungeahnten Einblick in die Welt der Legenden und des Volkswissens. Nicht zum ersten Mal bedauerte ich die Tatsache, dass ich meinen Vater nicht gekannt hatte. Dann schob ich diese Gedanken beiseite und kehrte in die Gegenwart zurück. »Wie hängt Eure Fähigkeit, Euch unsichtbar zu machen, mit dem Aufspüren der Shiggreth zusammen?«

»Da sie die magische Energie aufsaugen, sind sie für den Magierblick im Grunde schwarz, sofern man überhaupt von Farben sprechen kann. Meine Unsichtbarkeit wirkt aber anders, weil ich das Licht und manchmal sogar die Magie in der Nähe umlenke. Doch ich kann begreifen, was sie tun. Vermutlich könnte ich dank meiner Fähigkeit sogar ihr Wesen nachahmen oder mich wenigstens ihrer Erscheinung annähern«, erwiderte er.

Diese Idee fand ich faszinierend. »Zeigt mir das.«

»Gut«, willigte er ein. »So sieht es aus, wenn ich mich unsichtbar mache.« Er verschwand, doch mit dem Magierblick konnte ich ihn noch immer erkennen.

»Verdammt!«, rief Harold. »Könnt Ihr uns nicht vorwarnen, ehe Ihr so etwas tut?« Ich musste lachen, weil er so nervös wurde.

Walters körperlose Stimme antwortete ihm: »Wir reden doch schon die ganze Zeit darüber. Ich dachte, Ihr wäret darauf gefasst.«

»Achtet nicht auf ihn«, erwiderte ich. »Fahrt bitte fort.«

»So sieht es aus, wenn ich auch für den Magierblick unsichtbar bin.« Nun verschwand sein Körper für mich auch auf dieser Ebene.

»Deshalb hatte ich Euch nicht entdecken können, als Ihr mein Haus ausspioniert hattet. Warum habt Ihr Euch nicht die ganze Zeit auf diese Weise versteckt?«, fragte ich.

»Weil ich im Moment blind bin«, erklärte er. »Wenn ich für das normale Auge unsichtbar bin, kann ich zwar selbst nichts mehr sehen, aber immer noch den Magierblick nutzen. Wenn ich mich ganz unsichtbar mache, bin ich völlig blind. Ich stolpere im Dunklen einher und habe nur noch den Tastsinn und das Gehör, die mich leiten können.«

»Könnt Ihr sichtbar werden, aber für den Magierblick unsichtbar bleiben?«, fragte ich ihn.

Er überlegte. »Das weiß ich nicht«, antwortete er schließlich. »Ich habe noch nie daran gedacht, es zu versuchen. Bisher gab es auch keinen Grund dafür.«

»Versucht es.« Gleich darauf erschien sein Körper wieder, doch mit dem Magierblick vermochte ich ihn immer noch nicht zu spüren. »Ich glaube, das macht Ihr richtig«, entgegnete ich. »Ich frage mich, ob sie Euch für einen der ihren halten würden.«

Er schüttelte den Kopf. »Natürlich nicht, denn sie sehen nicht so aus. Eher schon so.«

Er tat etwas, und ich spürte die Veränderung. Nach wie vor

sah ich ihn mit den Augen, doch meinem magischen Sinn erschien er anders. Er war ihnen jetzt ähnlicher – ein Ort, der nicht da war –, so als sei vor mir unvermittelt ein leerer Raum entstanden. »Ihr habt recht, aber ich verstehe nicht, wie das entsteht.«

Er löste den Spruch auf. »Betrachtet mich mit den Augen, dann zeige ich es Euch.«

Ich nickte.

»Gut. So sieht mich ein normaler Mensch.« Er schien sich nicht zu verändern. »Jetzt nehmt an, das sichtbare Licht sei die Magie, und Ihr betrachtet mich mit dem Magierblick. So sehen die Shiggreth aus.« Sein Gesicht und der Körper wurden schwarz.

Es war nicht die übliche Schwärze, die man erzeugt, indem man schwarze Farbe aufträgt. Vielmehr war er durch und durch schwarz und reflektierte überhaupt kein Licht. Es war, als zeichnete sich vor mir ein Loch ab, das die Gestalt eines Mannes hatte.

»So wirken die Shiggreth auf den Magierblick«, erklärte er. »Das hier ist die Unsichtbarkeit.« Er verschwand, und ich sah die Objekte hinter ihm.

»Allmählich begreife ich es«, antwortete ich langsam. »Wenn Ihr unsichtbar seid, dann seid Ihr durchsichtig. Aber die Shiggreth sind anders. Die Magie geht nicht durch sie hindurch, sondern wird absorbiert.«

»Genau«, bestätigte er.

Ich blickte wieder zu den Feinden hinüber und verstand nun etwas besser, was ich mit dem Magierblick wahrnahm. Es fiel mir zwar immer noch nicht leicht, sie zu zählen, aber das konnte ich vermutlich noch lernen. Harold unterbrach mich, indem er mich knuffte.

»Verzeihung, das ist sicher ganz interessant, aber wie kommen wir an den Ballisten vorbei?« Dann erinnerte er sich und fügte hinzu: »Euer Lordschaft.«

Ich lächelte ihn an. »Das erledigt Ihr für uns.«

»Verzeihung?«

»Der Eingang wird nur von etwa zwanzig Gegnern bewacht. Ich würde gern mal sehen, wie Ihr mit der neuen Erdbindung und dieser Rüstung kämpft«, sagte ich.

Er glotzte mich an. »Zwei Magier und fünfzig Bewaffnete sind hier, und ich soll allein angreifen?«

»Seid doch ehrlich«, entgegnete ich. »Glaubt Ihr wirklich, zwanzig von denen da wären ein Problem für Euch? Letzte Nacht habt Ihr gegen wesentlich mehr Gegner gekämpft.« *Immer zuerst an den Stolz appellieren,* dachte ich.

Er seufzte entnervt. »Zwanzig kann ich vermutlich ohne Schwierigkeiten ausschalten, aber sie haben da drin auch zwei Ballisten.« Bei diesem letzten Wort hob er deutlich die Stimme.

Ich warf ihm einen Blick zu, der ihm deutlich sagte, was ich von seinem Mut hielt. »Ich habe die Rüstung geschmiedet, die Ihr tragt, und wenn ich der Ansicht wäre, etwas so Einfaches wie eine Balliste könnte sie durchschlagen, dann hätte ich Euch nie gebeten, einen solchen Angriff vorzutragen.«

»Ihr macht Witze.« Er starrte mich ungläubig an.

Ich antwortete nicht, sondern ging auf ihn zu. »Gebt mir eine Armbrust.« Wie es der Zufall wollte, besaß niemand eine solche Waffe. Ein Soldat sagte, gegen die Untoten seien Armbrüste nicht wirkungsvoll, und rannte los, um eine aus einem Vorratswagen zu holen. Ein paar Minuten später kehrte er mit einer gefährlich aussehenden Waffe zurück, die einen stählernen Bogen hatte. »Lade einen Bolzen und spanne die Sehne«, trug ich ihm auf. Er gehorchte. Sobald er fertig war, befahl ich: »Ziel jetzt auf Sir Harold und schieß.«

»Wie bitte, Sir?«, fragte er erschrocken. Auch Harold zuckte zusammen.

»Es wird ihm nicht wehtun …«, setzte ich an, doch dann gab ich es verzweifelt auf. »Gib her.« Ich nahm ihm die Waffe ab und zielte auf Harolds Brust.

Eins musste ich Harold lassen: Obwohl er fürchtete, hingerichtet zu werden, wimmerte und bettelte er keineswegs. »Sir, könntet Ihr Euch das nicht noch einmal überlegen?«

»Unsinn.« Ich drückte auf den Abzug und hielt im letzten Moment inne. »Du da!«, rief ich einem Soldaten zu, der an der Seite stand. »Tritt hinter mich, denn der Bolzen könnte abprallen.« Hastig gehorchte der Mann.

Harold starrte mich an. »Ihr begeht einen schrecklichen Fehler, Euer Lordschaft«, redete er auf mich ein.

Ich lachte. »Das will ich doch nicht hoffen, Harold, denn sonst verliert Ihr Euren Posten.« Ich zog ab, und dann geschahen mehrere Dinge gleichzeitig. Der Bolzen traf ihn aus der kurzen Entfernung und konnte wie erwartet die Rüstung nicht durchbohren. Vielmehr zersprang er in tausend Stücke. Die Wucht des Aufpralls warf Harold ein Stück zurück, und irgendjemand stieß einen grässlichen Schrei aus.

Die Männer lachten nervös, als Harold sich wieder aufrichtete. Er sah sich wild um, nachdem er dem Tod so knapp entronnen war, und starrte die Stelle an, an der der Bolzen die Rüstung hätte durchbohren müssen. »Himmel, hilf!«, sagte er leise.

Ich klopfte ihm auf die mit Stahl geschützte Schulter. »Seht Ihr? Ich habe doch gesagt, dass nichts passiert. Schließlich habe ich die Rüstung oft erprobt, ehe ich sie Euch übergab.«

»Das hättet Ihr mir auch vorher verraten können«, beschwerte er sich.

»Mir hat mal jemand erklärt, dass eine Vorführung mehr sagen kann als tausend Worte«, entgegnete ich freundlich. »Oder waren damit Bilder gemeint? Ich vergesse das immer. Ich glaube, ich habe es von Dorian.«

Er schüttelte den Kopf. »Ich glaube kaum, dass Dorian so etwas gesagt hat, Sir.«

»Wahrscheinlich habt Ihr recht«, stimmte ich zu. »Übrigens, warum habt Ihr so gekreischt? Das klang ja wie ein kleines Mädchen.« Auch wenn mich der Schrei erschreckt hatte, mit einer solchen Bemerkung hätte ich ihn nicht in Verlegenheit bringen dürfen.

»Sir, ich glaube, das ist Walter gewesen«, gab er zurück.

Ich drehte mich um. Tatsächlich hatte sich Walter auf den Hosenboden gesetzt und fächelte sich mit beiden Händen Luft ins Gesicht. Wie ein weidwundes Reh schaute er zu mir auf. »Wenn ich länger in Eurer Nähe bleibe, bekomme ich eines Tages bestimmt noch einen Herzinfarkt.«

36

Kurz danach war Harold bereit, sich in die Höhle des Löwen zu wagen, sofern man behaupten konnte, dass Löwen Belagerungswaffen besaßen und den Tod nicht fürchteten. Wir kauerten am Eingang und waren bereit, ihm zu folgen, sobald er die Ballisten ausgeschaltet hatte. Ich war allerdings der Ansicht, dass er unsere Hilfe gar nicht benötigte, sofern nicht etwas Unvorhergesehenes geschah.

»Bereit?«, fragte er mich zum zweiten Mal. Harolds Pupillen waren geweitet, sein Atem ging stoßweise. In den Kämpfen, die wir bisher erlebt hatten, ob vor Kurzem oder vor einigen Monaten beim Angriff Gododdins, hatte ich nie einen Grund gesehen, an seiner Tapferkeit zu zweifeln. Jetzt gewann ich allerdings den Eindruck, dass er übermäßig aufgeregt sei. Vermutlich war ein hitziges Gefecht etwas anderes als der Auftrag, ganz allein zwei geladene Ballisten auszuschalten.

»Ja, nur zu«, ermunterte ich ihn.

»Jetzt?«, fragte er, um sich noch einmal zu vergewissern.

»Wann immer Ihr bereit seid«, erklärte ich. »Geht los und macht sie fertig.«

»Also gut, ich bin bereit für den Angriff«, erklärte er.

»Dann geht doch endlich, verdammt!«, schrie ich ihn an. Trotz meiner aufgebrachten Antwort kicherte ich innerlich. Ich hätte mir keine Sorgen machen müssen, denn er war dermaßen mit Energie aufgeladen, dass er mich nicht enttäuschte.

Harold rannte wie ein vom Bogen abgeschossener Pfeil los. Er sprang über den Felsbrocken, hinter dem wir kauerten, und flog gut drei Meter hoch durch die Luft. Glücklicherweise hielt die Höhlendecke seinen Steigflug auf, sonst hätten wir ihn womöglich niemals wiedergesehen. Offenbar hatte er sich noch nicht ganz an die zusätzlichen Kräfte gewöhnt, die ihm die Erdbindung schenkte, und seine Nervosität und Begeisterung machten es auch nicht leichter. Ich lachte leise.

Nur gut, dass er beim Aufprall nicht das Bewusstsein verloren hatte. Die Rüstung war so gut, dass ich mir kaum vorzustellen vermochte, wie er darin ums Leben kommen konnte, es sei denn, er hielt längere Zeit inne, bis die Gegner sich einen Weg überlegt hatten, wie sie ihn trotz allem töten konnten. Im Krieg bestand natürlich immer ein gewisses Risiko. Er marschierte aufrecht weiter und setzte den Angriff bis in die Höhle hinein fort. Bisher waren nur ein paar Sekunden verstrichen, und die Feinde hatten noch gar nicht auf sein plötzliches Erscheinen reagiert.

Als er die halbe Entfernung bis zu den Ballisten zurückgelegt hatte, wurde ihm bewusst, dass er beim Aufprall gegen die Decke die Schwerter verloren hatte. Eigentlich war er aber so stark, dass er die Gegner vermutlich auch mit Steinen ausschalten oder ihnen mit bloßen Händen die Gliedmaßen einzeln ausreißen konnte, was dem Angriff für mein Gefühl sogar eine künstlerische Note verliehen hätte. Doch er entschloss sich, zurückzurennen und die Klingen zu holen.

»Was macht der denn da?«, fragte Walter ungläubig.

An diesem Punkt wäre ich vor Lachen fast zusammengebrochen. »Er holt seine Schwerter.«

»Warum, zum Teufel, lacht Ihr so? Seid Ihr verrückt?«, schrie mich der ältere Magier an.

Ich antwortete nicht, weil ich hilflos nach Luft schnappte und nur noch den Arm ausstrecken konnte. »Schaut doch, wie er rennt«, wollte ich sagen, bekam aber kein Wort heraus. Die Shiggreth hatten inzwischen bemerkt, dass sie angegriffen wurden, und schossen einen dicken Ballistenbolzen ab, der Harolds Schulter streifte und ihn umwarf. Dann zerschellte das Geschoss an dem Felsen, der uns schützte.

Walter zog den Kopf noch weiter ein. »Heiliger Bimbam!«,

kreischte er, als Fels- und Holzsplitter auf uns herabregneten. »Das hat ihn umgebracht!«

Ich verstärkte meine Schilde und spähte über den Felsbrocken hinweg. Harold hatte die Schwerter eingesammelt und sprang schon wieder zu den Gegnern hinüber. Innerhalb der Höhle wäre er im Laufschritt vermutlich schneller vorangekommen, doch der Kampfrausch hatte ihn ganz und gar übermannt und schaltete die Vernunft weitgehend aus. Wie durch ein Wunder stolperte er bei seinem zweiten Angriff kein einziges Mal.

Er erreichte die zweite Balliste, als sie auf ihn schoss. Diesem Schuss, den er rechtzeitig bemerkte, konnte er dank seiner übermenschlichen Reflexe jedoch ausweichen. Er trat nach rechts, ließ den mächtigen Bolzen vorbeifliegen und hackte mit seinem verzauberten Schwert auf die Belagerungswaffe ein. Die Klinge traf den großen Bogen, und das Gerät explodierte förmlich, als die Wurfarme mit unglaublicher Wucht vorschnellten.

Die erste der beiden großen Waffen war beinahe wieder geladen, als er sich zu ihr umwandte. Doch die Untoten, die daran arbeiteten, hatten ihm nichts entgegenzusetzen. Ein weiterer Hieb mit der rechten Klinge, und auch diese Balliste war zerstört. Danach lief er nur noch hin und her und erledigte die Untoten, bewegte sich schnell wie ein Wirbelwind und hackte die Gegner in Stücke. Dank seiner größeren Kräfte und der undurchdringlichen Rüstung konnten es die Untoten nicht mit ihm aufnehmen.

Ich wandte mich an den Hauptmann, der die restlichen Männer unserer Abteilung befehligte. »Wartet hier, Hauptmann. Ich erkunde zunächst, ob der Zugang frei ist, ehe wir die restlichen Kämpfer hereinholen.« Dann stand ich auf, hielt den Stab vor mir hoch, um die Schilde zu verstärken, und betrat die Höhle. Walter folgte mir, obwohl ich ihn nicht dazu aufgefordert hatte.

Harold stand keuchend neben den Trümmern einer Belagerungswaffe und den zerstückelten Bedienern. »Sagt kein Wort«, warnte er uns, als wir uns ihm näherten.

Ich lächelte gewinnend. »Ich denke nicht im Traum daran, einen Kommentar abzugeben.«

»Was mich angeht, so ist er verrückt wie eine Märzkatze.« Walter deutete mit dem Daumen auf mich.

Vorwerfen konnte ich es ihm gewiss nicht. In der letzten Zeit hatte ich selbst schon den Verdacht gehabt, ich sei vielleicht nicht ganz richtig im Oberstübchen, und der Verlust von Penny und Dorian hatte einen weiteren Nagel in den Sarg meiner geistigen Gesundheit getrieben. Allerdings war ich noch nicht so ganz bereit, es auch zuzugeben. »Wir wollen das Durcheinander hier erst mal aufräumen, und dann holen wir die Truppe herein. Walter, Ihr seht Euch um, ob tiefer in den Gängen noch mehr von ihnen stecken. Ich beseitige die Toten, damit sie nicht so zerstückelt liegen bleiben.«

Dann zielte ich mit dem Stab nach unten, sprach ein Wort und erzeugte eine weißglühende Flamme, um mich der unschönen Aufgabe zu widmen, die noch zuckenden Teile unserer untoten Feinde zu beseitigen. Der Gestank der brennenden Leichen war zwar widerwärtig, doch zum Glück hatte ich mich längst daran gewöhnt. Nach der Schlacht gegen Gododdin hatte ich schließlich viel Erfahrung darin gesammelt. Damals hatten die Feuer, mit denen die Toten eingeäschert wurden, mehr als eine Woche gebrannt.

Als ich einen Toten in der Nähe der Ballisten erreichte, sprangen meine Flammen plötzlich über, loderten hell auf und leuchteten den ganzen Raum aus. Der Boden war mit einer glitschigen, brennbaren Substanz bedeckt, als hätte jemand ein Fass Öl ausgekippt. Ich ließ meinen Spruch fallen, doch das Feuer breitete sich zwischen den zerstörten Ballisten und dann auch weiter nach vorne aus und folgte kleinen Kanälen, die in den Boden geritzt waren. Ich riss die Augen auf, als mir bewusst wurde, dass ich versehentlich eine Falle ausgelöst hatte. Genau damit hatten die Gegner gerechnet.

»Runter!«, schrie ich Harold und Walter an, als ich zu ihnen rannte. Sie sahen mich verwirrt an und rührten sich nicht. Da mir keine Zeit blieb, etwas anderes zu tun, erschuf ich rings um uns einen Schild und packte sie an den Schultern. »Runter!«, wiederholte ich, und glücklicherweise knieten sie dieses Mal nieder.

»Was ist los?«, fragte Walter. Dann explodierte die ganze Welt. Irgendwie mussten diese Dreckskerle Sprengstoff aus einem Bergwerk ergattert haben. Die dunkelgraue Substanz wurde von der Gilde der Illuminatoren hergestellt, die jedoch nichts davon weitergab, und außerdem von einigen Steinmetzmeistern, die beim Abbau ihres Rohmaterials davon Gebrauch machten. Das Zeug war viel zu gefährlich, um es anderswo einzusetzen, obschon ich von Überlegungen wusste, es irgendwie in Belagerungswaffen zu verwenden.

Wäre ich so dumm gewesen, hier unter Hunderten Tonnen Stein in einer Höhle meine explosiven Eisenkugeln einzusetzen, dann wäre das Ergebnis ganz ähnlich gewesen. Der Eingang brach zusammen, und obwohl wir recht weit vom Explosionsherd entfernt waren, wurden wir von einer wahren Flutwelle von Felsbrocken und Schutt begraben. Der Lärm und die Erschütterungen waren mehr als heftig und hielten noch eine ganze Minute an, nachdem die Explosion vorbei war.

Danach waren wir von der Außenwelt abgeschnitten. Mein Schild hatte uns zwar vor dem Gestein abgeschirmt, doch oben lehnten mehrere große Felsbrocken darauf. Ganz langsam musste ich die Größe und Form des Schilds verändern, bis sie seitlich wegrutschten. Sobald der größte Klotz verschwunden war, konnte ich den Spruch fallen lassen, und wir kletterten hinaus.

Schließlich standen Walter und ich vor einigen Tonnen Felsen, die den Ausgang blockierten. »Das ist eine ganze Menge Gestein«, bemerkte ich.

»Es wird eine Ewigkeit dauern, uns dort durchzuwühlen, und wir wissen nicht einmal, ob nicht die restliche Decke auch noch einbricht, sobald wir es versuchen«, fügte Walter hinzu.

Harold schaltete sich ein. »Es wäre schön, wenn wir Licht hätten. Hier drinnen ist es stockfinster.«

Abermals hatte ich vergessen, dass nicht alle im Dunkeln sehen konnten. Seit Walter bei mir war, vergaß ich es noch öfter, denn er besaß die gleiche Wahrnehmung wie ich. »*Lyet*«, sagte ich leise, worauf am oberen Ende meines Stabes ein helles Licht erschien. »Ist das besser?«

Sir Harold sah sich um, nahm die Umgebung voller Steine, Felsen und noch mehr Steinen in Augenschein und stieß einen Pfiff aus. »Ich hoffe, Ihr habt noch einen weiteren Trick im Ärmel, Exzellenz.«

Tatsächlich sah ich durchaus noch einige Möglichkeiten. Eine bestand darin, einen Teleportkreis zu erschaffen, der uns zu einem meiner Zielpunkte in Cameron oder Lancaster führte. Eine weitere war es, einfach durch den Stein hindurch zu marschieren. Ich war nicht sicher, ob ich es mit zwei Personen schaffen konnte, denn mit Rose war es schon schwierig gewesen, aber nacheinander konnte ich sie ganz gewiss befreien. »Ich kann uns herausbringen«, erklärte ich zuversichtlich, »aber zuerst möchte ich sehen, was sich hier unten sonst noch findet.«

Walter stöhnte. »Ich hatte schon befürchtet, dass Ihr das sagen würdet.«

Wir verbrachten mehrere Minuten damit, die Höhlengänge in der Nähe zu erkunden, und vergewisserten uns, dass in unmittelbarer Nähe keine weiteren Shiggreth lauerten. Anscheinend verzweigte sich die Höhle an mehreren Stellen, doch die Seitenarme führten tiefer im Berg stets zum Hauptgang zurück. Im Grunde gab es, auch wenn es stellenweise verwirrend aussah, nicht sehr viele Orte, die wir erforschen mussten.

Eine kleine Wegstrecke entfernt spürten wir weitere Shiggreth auf. Walter bemerkte sie natürlich als Erster. »In der großen Höhle vor uns sind ein paar hundert«, erklärte er mir.

Sobald ich mich stärker konzentrierte, konnte ich sie ebenfalls erkennen. Das große Gewölbe, in dem sie sich aufhielten, war recht eben und hatte einen glatten Boden. Verglichen mit dem Rest des Höhlensystems erweckte dieser Bereich eindeutig den Eindruck, er sei eigens für menschenähnliche Bewohner eingerichtet worden. Ich betrachtete meine beiden Gefährten. »Ich habe keine große Lust, sie alle zu Asche zu verbrennen.«

Ihre Reaktionen waren unbezahlbar. Walters Augen traten hervor, als wollten sie aus dem Kopf fliehen. »Aber Ihr habt es in Erwägung gezogen?«, fragte er ungläubig.

Harold nahm jetzt einen ganz anderen Standpunkt ein. Nachdem er die Ballisten überlebt hatte, fühlte er sich unverwundbar. »Vielleicht könnte ich sie …«

»Zwanzig oder dreißig vielleicht, aber mehr wohl nicht. Vergesst nicht, was mit Dorian passiert ist«, erinnerte ich ihn.

»Also wollt Ihr sie lieber verbrennen?«

»Oh, das würde ich wirklich gern tun«, antwortete ich. »Allerdings fürchte ich, dass uns die Atemluft ausgeht, wenn ich hier unten zu viel Feuer einsetze.« Ich hatte nicht vergessen, wie Devon Tremont vor zwei Jahren in einem lodernden Feuer zuerst Brandwunden erlitten hatte und dann erstickt war.

Walter seufzte laut. »Ich schlage Euch selbstmörderischen Irren nur ungern etwas vor, aber es könnte sein, dass ich eine bessere Idee habe.«

Interessiert sah ich ihn an. »Ich höre mir gern Eure Vorschläge an.«

»Warum marschieren wir nicht einfach mitten hindurch? Unser letztes Gespräch hat mich auf die Idee gebracht, dass ich uns drei aller Wahrscheinlichkeit nach vor ihrer Wahrnehmung verbergen kann. Wir könnten einfach durchlaufen und die Tunnel dahinter erkunden. Wenn wir nichts Wichtiges finden oder sogar einen Fluchtweg entdecken, lassen wir sie einfach hier drin, bis sie verwesen.«

Zwar war Walter ein Mann, den man leicht übersehen konnte, doch sein Ratschlag war das Vernünftigste, was ich an diesem Tag bisher gehört hatte. Ich fragte mich, ob ich seine Intelligenz unterschätzt hatte. »Das gefällt mir«, lobte ich ihn.

Harold ließ sich dagegen nicht so leicht überzeugen. »Das ist nicht Euer Ernst, oder?«, fragte er.

Walter nickte, und ich antwortete ihm: »Es klingt schlimmer, als es ist. Auf der anderen Seite der Höhle beginnt ein weiterer Tunnel, der anscheinend leer ist. Sie stehen dort drinnen auch nicht eng gedrängt. Wenn Walter tun kann, was er sagt, laufen wir einfach hindurch und sehen uns dort hinten um.«

Walters Plan entpuppte sich als komplizierter, als ich es zunächst angenommen hatte. Wir standen dicht beisammen und hielten uns an den Händen, während der ältere Magier seinen Spruch wirkte. Um uns vollständig vor den Shiggreth zu verbergen, machte er uns für die Magie und das sichtbare Licht unsichtbar, was den unglücklichen Nebeneffekt hatte, auch uns selbst völlig blind werden zu lassen. Auf diese Weise konnten wir uns keinen Weg durch die Feinde bahnen.

»Ich habe das wohl nicht bis zu Ende durchdacht«, räumte Walter ein. »Vielleicht könnten wir einfach nur für die Magie unsichtbar sein, und Ihr löscht Euer Licht, Mordecai.«

Das war eine ebenso schlechte Idee. Ohne mein Licht war die Höhle stockfinster, und wir blieben so blind wie zuvor. Da fiel mir etwas ein. »Ich glaube, ich weiß, warum sie tagsüber kaum herauskommen«, sagte ich.

»Was?«, fragte Walter.

»Die Shiggreth haben bisher fast immer angegriffen und

ließen sich nur blicken, wenn es dunkel war«, erklärte ich. »Die einzige Gelegenheit, als sie auch tagsüber draußen waren, war der Überfall auf Dorian und Penny.«

Harold kannte die Shiggreth zwar besser als Walter, doch auch er verstand nicht, was ich sagen wollte. »Mir ist nicht klar, wie uns das helfen soll.«

Ich hob eine Hand. »Lasst mich zu Ende sprechen. Wir wissen, dass sie keine Probleme mit dem Tageslicht haben, weil sie mindestens einmal tagsüber draußen waren. Warum vermeiden sie es also trotzdem, sich am Tage draußen zu bewegen?«

»Weil sie Geschöpfe der Dunkelheit sind?«, fragte Harold, als sei das eine hinreichende Begründung.

»Nein«, widersprach ich. »Sie benutzen nicht das Licht, sondern die Magie, um zu sehen. Ihre toten Augen sind wahrscheinlich für das normale Licht völlig blind. Sie meiden das Tageslicht nicht, sondern ziehen die Nacht vor, weil sie dann ihren Vorteil nutzen können – sie können sehen, die meisten Menschen aber nicht.«

»Ihr habt uns immer noch nicht erklärt, inwiefern uns das hilft«, beharrte er.

Doch Walter hatte es inzwischen begriffen und nickte eifrig. »Natürlich! Lasst den Stab leuchten, und ich verberge uns vor dem Magierblick, lasse uns aber für das gewöhnliche Licht sichtbar bleiben.«

»Bedeutet die Magie in meinem Stab ein Problem?«, fragte ich.

»Nein«, antwortete Walter. »Ich kann die Magie darin ebenso leicht verbergen wie diejenige, die von unseren Körpern ausstrahlt. Nur das Licht muss ich ungehindert durchdringen lassen.«

Obwohl wir sicher waren, dass wir richtiglagen, taten wir die ersten Schritte in die große Höhle mit erheblicher Nervosität. Ich ging vorn und hielt den Stab hoch, um uns den Weg zu beleuchten, während Walter folgte. Er hatte mir die Hand auf die Schulter gelegt, und den Abschluss bildete Harold auf ganz ähnliche Weise. Es war ein geradezu unwirkliches Erlebnis, zumal ich noch nie unsichtbar durch einen Raum voller Feinde marschiert war, ganz zu schweigen von einer Höhle, die mit untoten Ungeheuern angefüllt war, die den Menschen die Lebenskraft aussaugten. Beinahe hätte ich das Atmen vergessen.

Obwohl der Boden glatt und frei von Hindernissen war, brauchten wir fast zehn Minuten, um die große Höhle zu durchqueren und auf der anderen Seite anzukommen. Unterwegs starrte ich in die Gesichter der Shiggreth und fragte mich, was sie denken mochten oder ob sie überhaupt etwas dachten. Die meisten standen nur reglos da, bewegten sich nicht und redeten auch nicht, flüsterten aber leise mit sich selbst. So war in der großen Höhle ein ewiges Raunen zu hören, ganz ähnlich dem Wind, wenn er durch die Blätter eines Waldes strich.

Als wir den Tunnel auf der anderen Seite erreichten, war ich recht aufgewühlt. Am liebsten hätte ich sie alle vernichtet, nur damit das Geräusch endlich aufhörte. *So wichtig kann unsere Atemluft doch nicht sein, oder?*

Der Tunnel, durch den wir nun liefen, war anscheinend auf natürliche Weise entstanden, ähnlich wie die große Höhle, jedoch glatt geschliffen und begradigt, sodass wir dort viel leichter vorankamen, ohne zu stolpern. Mehr als alles andere überzeugte mich dies davon, dass wir am Ende etwas Wichtiges finden würden.

Nachdem wir etwa hundert Schritte gegangen waren, sagte Walter: »Ich glaube, ich kann den Spruch jetzt fallen lassen.«

»Wartet noch«, warnte ich ihn. »Ich weiß, dass es lästig ist, nichts spüren zu können, aber vor uns könnten noch mehr sein.«

»Wir wissen doch, dass wir sie bemerken, lange ehe sie uns wittern. Sonst wären wir in der Höhle nicht so nahe an sie herangekommen«, widersprach Walter.

Das war völlig richtig, und trotzdem hatte ich eine ungute Vorahnung. »Na gut, dann nehmt den Schild herunter. Wir untersuchen die Umgebung, und sobald wir Gegner spüren, aktivieren wir ihn wieder«, willigte ich ein. Sorgen machte ich mir freilich immer noch.

Gleich darauf tat er es, und mir war, als hätte man mir eine Augenbinde abgenommen. Ich benutzte den Magierblick jetzt schon so lange, dass ich mich geradezu blind fühlte, wenn ich einmal auf ihn verzichten musste, selbst wenn meine natürlichen Augen einwandfrei arbeiteten. Langsam erweiterte ich meine Wahrnehmung und tastete die Gänge hinter uns ab, um wirklich sicherzugehen, dass uns kein Untoter gefolgt war. Anschließend erkundete ich das Gebiet vor uns und stellte rasch fest, dass der Gang in einer größeren Kammer endete, die nicht mehr weit vor uns lag. Es mochten noch siebzig Schritt sein.

Sobald mein Geist diesen Raum berührte, erkannte ich, dass wir einen Fehler begangen hatten. Dort lauerte eine bedrückende Dunkelheit, die ich sogar als körperliche Belastung empfand. Sofort bekam ich das Gefühl, dass von dort aus ein Wesen zu mir zurückstarrte. Ich fühlte mich schrecklich verwundbar. Es war, als könnte diese Kreatur mühelos meine innersten Gedanken erkennen.

Im gleichen Moment erbleichte Walter und riss erschrocken die Augen auf. Er spürte es also auch. Gleich darauf stieß dieses Etwas gegen uns vor, als wollte es in unser Bewusstsein eindringen. Der ganze Körper tat mir weh, als ich mich wehrte und den Eindringling abzuwehren versuchte. Doch ich kämpfte auf verlorenem Posten. Walter sank auf die Knie, und Harold sah uns beide fragend an, weil ihn der stumme Angriff nicht getroffen hatte.

Zähneknirschend konzentrierte ich mich und konnte endlich eine Formel sprechen. »*Cherek Ingak!*« Um uns drei entstand ein unsichtbarer Schild, und auf einmal war der fremde Geist verschwunden. Walter keuchte vernehmlich und atmete tief durch. Auch mein Atem ging schwer.

»Zum Teufel, was war das?«, rief der ältere Magier. Es klang ein wenig panisch, was mich aber nicht verwunderte, weil ich mich ganz ähnlich fühlte.

»Was ist denn los?«, wollte Harold wissen.

»Ich weiß es nicht. Dahinten lauert etwas Böses«, antwortete ich schließlich.

»Das erfüllt mich mit Zuversicht«, sagte Harold. Hätte ich es nicht besser gewusst, ich hätte angenommen, er entwickelte allmählich eine Vorliebe für sarkastische Bemerkungen. Ich verwarf den Gedanken gleich wieder.

»Es sind drei«, fügte Walter hinzu.

Wieder überraschte mich die Schärfe seiner Wahrnehmung. Ich erhielt den Schild aufrecht und untersuchte noch einmal die Höhle, in der sich dieser Schrecken befand, worin auch immer er bestehen mochte. Da ich jetzt beobachten konnte, ohne sofort überwältigt zu werden, erkannte ich, was er meinte. Zwei vierbeinige große Kreaturen befanden sich in der Nähe von … irgendetwas. Das Wesen, das uns beinahe überwältigt hätte, war zwar körperlich klein, wirkte – von meinem Magierblick erfasst – aber riesengroß. Alle drei Wesen absorbierten die Magie und wirkten auf meinen magischen Sinn tiefschwarz.

Harold bemühte sich, ruhig zu bleiben, als er sich wieder an mich wandte. »Was wollt Ihr jetzt tun?« Seine Gefasstheit war bewundernswert. Natürlich konnte er nicht das Gleiche spüren wie wir. Andernfalls wäre er nicht fähig gewesen, so ruhig zu bleiben.

Walter ergriff als Erster wieder das Wort. »Wir müssen umkehren, wir dürfen nicht in der Nähe dieses Wesens bleiben. Ihr könnt uns doch hoffentlich hinausteleportieren, wenn wir in sicherer Entfernung sind, oder?« Verzweifelt sah er mich an. »Ich glaube, es ruft die anderen Shiggreth …«, fügte er hinzu.

Damit war für mich die Entscheidung gefallen. Ich richtete mich auf und sah die beiden an. »Wir müssen das Wesen rasch erledigen, ehe es weiter Hilfe rufen kann.«

Walter sperrte den Mund auf. »Wie bitte?«

»Steht auf«, drängte ich. »Wir müssen uns sofort in Bewegung setzen, solange wir noch einen kleinen Überraschungseffekt auf unserer Seite haben.« *Und ehe ich die Nerven verliere*, fügte ich im Geiste hinzu. Ich konnte mir gut vorstellen, wie leicht es wäre, in Panik zu geraten. Dann würden wir im Dunklen herumstehen und kreischend abwarten, bis uns die Gegner erwischten.

»Was habt Ihr da gerade gesagt?«, fragte mich der andere Magier ungläubig.

37

»Ich sagte, wir gehen den Tunnel hinunter und erledigen das Wesen, solange wir noch die Möglichkeit dazu haben«, erwiderte ich mit einer Ruhe, die ich innerlich keineswegs verspürte. »Wenn Ihr meint, Ihr könnt mich nicht dort hinein begleiten, dürft Ihr gern hierbleiben«, fügte ich hinzu. Dann winkte ich Harold, und wir liefen durch den Gang. Mein Instinkt schrie mich förmlich an, umzukehren und wegzulaufen, doch die Lektion, die lehrte, wie wichtig es war, meine Angst zu überwinden, hatte ich schon mehrmals durchgenommen. Das machte es freilich kaum einfacher.

Es dauerte nicht lange, bis ich hörte, dass Walter uns eilig folgte. Allerdings war er für meinen Magierblick jetzt unsichtbar. Ich war ein wenig erleichtert über seine Gesellschaft. »Ich komme mit«, sagte er hinter uns im Dunklen. »Aber ich bleibe unsichtbar. Ohne einen Stab kann ich nicht gegen solche Wesen kämpfen.«

»Schon gut.« Ich musste zugeben, dass er recht hatte, und nickte. Er marschierte mit uns auf etwas Schreckliches zu und hatte nicht besonders viele Möglichkeiten, sich zu wehren. Je nachdem, wie man es betrachtete, erforderte das sogar mehr Mut, als ich selbst aufbringen musste. »Lasst uns schneller gehen.«

Im Laufschritt eilten wir den Gang hinunter. Harolds Rüstung gab bei diesem Tempo ein fast melodisches Klimpern von sich. So konnten wir natürlich niemanden überraschen. Im Gehen wirkte ich Sprüche und hinterließ alle zehn Schritte glühende Kugeln in der Luft.

»Wozu ist das gut?«, fragte Walter.

»Sobald wir ankommen, werden wir wahrscheinlich durch

das abgelenkt sein, was sich in der Höhle aufhält. Ihr habt erwähnt, dass es um Hilfe gerufen hat. Wenn uns die Shiggreth durch den Tunnel folgen, gehen die Lampen aus, und wir bekommen eine Warnung«, antwortete ich.

»Wenn Ihr gegen das Wesen da kämpft, werdet Ihr sowieso nicht viel gegen die Shiggreth unternehmen können«, wandte er ein.

Ich öffnete den Beutel, zog drei meiner tödlichen Sprengkugeln heraus und reichte sie Walter. »Benutzt irgendeinen Spruch, um sie zu knacken, oder zerquetscht sie irgendwie, damit sie explodieren. Hoffentlich könnt Ihr den Tunnel zum Einsturz bringen, ohne die ganze Höhle zu zerstören.«

Er hielt sie in der Hand, als könnten sie jeden Augenblick Feuer fangen. »Soll ich sie einsetzen, sobald wir drinnen sind?«

Ich schüttelte den Kopf. »Nein. Besser erst, wenn das Licht ausgeht. Es ist sinnlos, einen Einsturz zu riskieren, solange wir keinen guten Grund haben.«

»Warum werfen wir sie nicht einfach in die Kammer und lassen über dem, was da lauert, die Decke zusammenbrechen?«, schlug Harold vor.

»Aus drei Gründen«, antwortete ich. »Erstens: Ich glaube nicht, dass wir damit das umbringen können, was sich dort aufhält. Zweitens: Ich möchte wissen, was es ist. Wenn wir aber jetzt weggehen, dann gehen wir mit vielen offenen Fragen, und mir ist ohnehin schon schwindlig vor lauter Dingen, die ich nicht weiß.« Ich wurde langsamer, weil wir den Zugang der letzten Höhlenkammer fast erreicht hatten. Noch etwa sechs Schritte, und wir würden sie betreten.

»Und der dritte Grund?«, fragte Harold.

Ich hielt inne und blickte Walter an. »Wir sind weit genug. Ihr könnt von hier aus zusehen, aber sorgt dafür, dass uns die anderen Shiggreth nicht behelligen, wenn sie angerannt kommen.« Dann wandte ich mich an Harold. »Ihr geht voran. Da sind zwei ziemlich große vierbeinige Wesen. Versucht, sie von mir abzuhalten, bis ich mit dem Kleinen fertig bin.«

»Was ist der dritte Grund?«, bohrte Harold störrisch nach.

Ich verstärkte meinen Schild und senkte den Magierstab wie einen Speer vor dem Angriff. »Es gefällt mir nicht, vor irgendetwas Angst zu haben!«, rief ich. »Und jetzt setzt Euch in Bewegung!«

Harold hatte das Visier bereits heruntergeklappt. Dahinter hörte ich ihn lachen, als er lossprang. Angst und Aufregung ließen seine Stimme beinahe hysterisch klingen, doch er wusste, worum es ging. »Dann wollen wir dafür sorgen, dass sie Angst vor uns haben!«, rief er zurück.

Harold stürmte in die Kammer, als wollte er ein ganzes Heer attackieren. Ich folgte ihm sofort. Sobald ich drinnen war, zielte ich mit dem Stab auf die zwanzig Schritt hohe Decke und erschuf eine Lichtkugel, die den Raum erhellte. Hoffentlich war sie so hoch, dass die Shiggreth das Licht nicht ersticken konnten.

Der helle Schein erfüllte den ganzen Raum, sobald mein Spruch wirkte. Auf einem behauenen Stein am Ende der Kammer saß ein Geschöpf, das auf den ersten Blick ein kleiner Junge zu sein schien. Hätte er gelebt, ich hätte ihn dem Äußeren nach auf sechs oder sieben Jahre geschätzt. Neben ihm lauerten zwei riesige Bären. Auch sie waren untot. Ich erschrak, weil ich noch nicht an die Möglichkeit gedacht hatte, dass die Shiggreth auch Tiere umwandeln konnten.

Harolds Angriff kam stolpernd zum Erliegen, als wir die Mitte des Raumes erreicht hatten und uns umsehen konnten. Bisher hatte sich keiner der Gegner gerührt. Ich dachte noch über meinen nächsten Schritt nach, als das Wesen plötzlich sagte: »Hallo, Mordecai.«

Erschrocken erkannte ich nun endlich das Gesicht. Es war Timothy, der kleine Junge, den Vater Tonnsdale in Lancaster ermordet hatte. Penny hatte ihn als Einzige bei dem Verbrechen beobachtet, und der tote Junge war auf unerklärliche Weise verschwunden – bis jetzt. »Hallo, Timothy«, erwiderte ich mit einer Selbstsicherheit, die ich keineswegs empfand. »Oder trägst du jetzt einen anderen Namen, bei dem ich dich lieber nennen sollte?«

»Wie mein Name auch gelautet haben mag, er gehört in die Zeit, bevor ich in der Leere verschwunden bin. Timothy sollte für unsere Unterhaltung aber ausreichen«, entgegnete er. Im Gegensatz zu vielen anderen Shiggreth, die ich gesehen hatte, bemühte sich dieser, ein halbwegs menschliches Gesicht zu machen, und setzte beim Sprechen ein groteskes Lächeln auf. Damit sah er allerdings nur noch unheimlicher aus, denn die ungelenken Gesichtsmuskeln erzeugten eine fremdartige Mimik.

»Na gut, bleiben wir bei Timothy«, antwortete ich. »Wie ist dir dies zugestoßen?«

Timothys Augen funkelten im hellen Licht, das von oben herabfiel, und konnten offensichtlich doch nichts sehen. »Willst du wissen, wie das Kind, das Timothy hieß, zu dem hier geworden ist, oder wie aus mir, der ich jetzt in seinem Körper wohne, ein unsterbliches Geschöpf der Leere wurde?«

Diese Unterscheidung lag auf der Hand, auch wenn ich selbst noch nicht darauf gekommen war. Weil mich beide Antworten sehr interessiert hätten, antwortete ich mit lauter Stimme auch: »Beides.«

»Du bist kühn, hierherzukommen und Antworten zu verlangen, Mordecai. Was hast du im Austausch zu bieten?«, fragte der untote Junge.

»Ich habe keine Lust, mit dir zu feilschen. Vielmehr will ich diese Höhle von dem Dreck säubern, der sich hier gesammelt hat. Du darfst lediglich entscheiden, ob du diese Abrechnung ein wenig verzögerst, indem du meine Fragen beantwortest«, erwiderte ich.

Timothy lachte. Es war ein trockenes, kratzendes Geräusch, bei dem ich unwillkürlich die Zähne zusammenbiss. »Du gehst von mehreren falschen Annahmen aus, Magier. Die erste ist die, dass du dich für fähig hältst, mir zu drohen. Die zweite ist die, dass ich keine Nachrichten habe, die dir wichtiger sein könnten als dein eigenes Leben. Dein Vorfahr war genauso dumm.«

Die Andeutung, dass dieses Wesen einmal mit einem meiner Ahnen gesprochen hatte, beunruhigte mich sehr. Zudem nahm ich an, dass es die Wahrheit sagte, was mich auf die Idee brachte, dass es anscheinend lieber mit mir reden als mich in seine Sammlung lebendiger Leichen aufnehmen wollte. »Ich habe nichts zu geben. Was sollte ich schon wissen, das dich interessieren könnte?«

Wieder setzte er das verstörende Lächeln auf. »Wie ich sehe, kannst du dich auch zivilisiert benehmen. Daher schlage ich vor, dass wir abwechselnd fragen, bis einer von uns die Antwort verweigert.«

Unsicher nagte ich an der Unterlippe, doch es dauerte nicht lange, bis ich mich entschieden hatte. »Gut. Dann beantworte zunächst meine erste Frage, anschließend können wir abwechselnd fragen und antworten.«

»Welchen Teil der ersten Frage?«, erwiderte er gerissen.

»Alles und rückhaltlos, sofern du mir beweisen willst, dass es dir Ernst ist«, gab ich sofort zurück.

Timothy runzelte die Stirn. »Du verhandelst hart, aber ich werde dir antworten, obwohl es in Wirklichkeit schon zwei Antworten sind. Timothy, der Menschenjunge, wurde zu dem hier, als ihm Millicenth seine Seele entzog und mir den Weg aus der Leere eröffnete, ihn in Besitz zu nehmen. Sie tat dies mithilfe ihres Jüngers, den du als Vater Tonnsdale kanntest. Du würdest ihn einen Heiligen nennen.« Das Wesen hielt inne, als wüsste es nicht recht, wie es fortfahren sollte.

Schockiert hörte ich, dass Millicenth, die Göttin der Morgendämmerung, unmittelbar an der Entstehung der Shiggreth beteiligt gewesen war. Bisher hatte ich angenommen, dies sei das Werk Mal'goroths. Allerdings verbarg ich meine Überraschung. »Und der Rest deiner Antwort?«, hakte ich nach.

»Ich habe meine Fähigkeiten benutzt, um meine Seele in der Leere zu verbergen und dem Völkermord zu entkommen, den dein verräterischer Vorfahr veranstaltet hat. Dort blieb ich gefangen, bis uns Balinthor vor etwa tausend Jahren freigab. Danach bin ich weitere tausend Jahre oder länger gefangen gewesen, bis mich Millicenth in diesen Körper rief«, erklärte er vorsichtig.

»Zu welchem Zweck bist du aus dieser Leere zurückgekehrt?«, fragte ich.

»Das ist eine ganz neue Frage. Ich glaube, nun bin erst einmal ich an der Reihe, Menschlein«, erwiderte Timothy. »Hast du jemals etwas von Illeniels Verheißung gehört?«

»Nein.« Darauf reagierte ich mit der einzigen Frage, auf die es mir wirklich ankam. »Warum habt ihr den Entführern aufgelauert, die meine Familie schnappen sollten?«

Sofort kam die Antwort: »Um die Gunst des Königs zu gewinnen oder ein Druckmittel gegen dich in die Hand zu bekommen. Hast du das Haus der Illeniels in Albamarl schon vollständig erforscht?«

»Nein«, antwortete ich sofort. Diese Frage fand ich seltsam, weil sie auf ein unerfreuliches Interesse an den Illeniels schließen ließ. Vor dem Hintergrund der letzten Frage überlegte ich nun, was die Shiggreth überhaupt wollten. Das machte es mir noch schwerer, mir meine nächste Frage zu überlegen. »Wie gewinnst du die Gunst des Königs, wenn du meine Familie tötest?«

Timothy schnaubte oder vielmehr, er versuchte es. Am Ende kam ein verstörendes Geräusch heraus. »Du stellst dumme Fragen, Menschlein, und verschwendest deine Informationen. Deine Familie zu töten, verschafft uns weder die Gunst des Königs, noch bekommen wir damit ein Druckmittel gegen dich in die Hand.«

Mein Blutdruck stieg rasch. »Warum hast du sie dann getötet?«, rief ich.

Das Ungeheuer hob eine kleine Jungenhand. »Jetzt bin ich an der Reihe, Sterblicher, und stelle ja nicht meine Geduld auf die Probe. Sagt dir der Begriff ›Illeniels Untergang‹ irgendetwas?«

Ich schluckte meine Verärgerung hinunter und dachte nach. Furcht und Zorn trübten mein Urteilsvermögen, und mir war klar, dass ich einige wichtige Zusammenhänge übersehen haben musste. »Ja. Celior warnte mich, Illeniels Untergang werde alles vernichten. Ich habe allerdings keine Ahnung, worum es sich dabei handelt.« Sobald ich geendet hatte, ging mir endlich ein Licht auf. Mir wurde bewusst, wie dumm ich mich verhalten hatte. »Wo ist meine Frau?«

Das Wesen lächelte boshaft. Wenigstens diesen Gesichtsausdruck konnte es überzeugend darstellen. »Sie traf gestern in Albamarl ein. Wo sie sich jetzt befindet, weiß ich nicht.« Das Wesen hielt nachdenklich inne. »Anscheinend hast du doch ein wenig Hirn im Kopf. Ich hatte schon befürchtet, dass du überhaupt nicht klar denken kannst. Falls Illeniels Untergang in Albamarl versteckt ist, wo würdest du danach suchen?«

Meine Gedanken rasten, nachdem er angedeutet hatte, Penny könne überlebt haben. *Das weiß ich aber nicht genau. Vielleicht hat er sich auch nur auf ihren Leichnam bezogen*, korrigierte ich mich in Gedanken. Trotzdem, es bestand die Möglichkeit, dass sie noch lebte und nun als Trumpfkarte dienen sollte. *Aber wer sind die Mitspieler?* »Das hängt ganz davon ab, wer ihn zuletzt besessen hat. Ansonsten wüsste ich nicht, wo ich beginnen sollte«, antwortete ich ihm. »Was für einen Handel hast du mit König Edward abgeschlossen?« Das war eine gefährliche Frage, denn möglicherweise war es doch jemand anders, und ich hatte eine Antwort ohne Gegenleistung verschwendet. Falls meine Idee zutraf, hatte ich allerdings ein oder zwei Fragen eingespart.

Nach einer fast unmerklichen Pause sagte das Wesen: »Wir haben ihm deine Frau und ihren Wächter im Austausch für Illeniels Verheißung angeboten, die du als Illeniels Untergang kennengelernt hast. Glaubst du, er kann seinen Teil der Abmachung einhalten?«

»Nein«, erwiderte ich aufrichtig. »Ich glaube nicht einmal, dass er eine Vorstellung davon hat, was das überhaupt ist und wo es sich befindet. Warum hast du nicht direkt mit mir verhandelt?«

Das Wesen, das Timothys Körper übernommen hatte, lachte mich aus. »Nach deinem Auftritt hier musste ich zweifeln, ob du überhaupt zu einem vernünftigen Gespräch fähig bist. Der König benötigte ein Druckmittel, um dich unter Kontrolle zu halten, und hat behauptet, er könne dich damit zwingen, das herauszugeben, was wir suchen.« Das Wesen starrte mich eine Weile an. »Warum bist du hergekommen?«

»Um dich zu vernichten«, erwiderte ich offen. »Warum suchst du Illeniels Verheißung?«

»Weil mein Volk leben soll«, erwiderte er. »Können wir dir irgendetwas anbieten, falls du sie findest?«

Es lief mir eiskalt über den Rücken, und zugleich war ich so erregt, als stünde ein Kampf unmittelbar bevor. Unsere Unterhaltung war offensichtlich vorbei, und ich spürte die Gier des Wesens beinahe körperlich. Ich fletschte die Zähne. »Lieber will ich verdammt sein, als mit dir einen Handel abzuschließen, und du wirst diesen Ort nicht lebendig verlassen. Außerdem sind die Shiggreth kein Volk, und du bist nichts als ein künstlich erschaffenes Wesen, das erledigt werden muss.«

Er runzelte die Stirn. »Du irrst dich, Menschlein. Wir haben uns durch eine letzte Verzweiflungstat selbst erschaffen. Wir sind die Geister der She'har.« Während er noch sprach, hob er bereits die Hand und machte Zeichen, die ich nicht erkannte, auch wenn ich die magischen Symbole in der Luft sah.

Ich war schon bereit, zielte mit dem Stab auf das Wesen und schoss einen Strahl aus Feuer und Energie ab. »*Pyrren thylen!*« Diesen Spruch hatte ich schon früher einmal benutzt, und in Verbindung mit meinem Stab hatte er mühelos die Schilde von Heiligen durchbohrt. Dieses Mal löste sich die Energie knisternd auf, sobald sie die glühenden Symbole erreichte, die vor uns in der Luft schwebten. Timothy lachte, als er sah, wie erschrocken und entsetzt ich war.

Die untoten Ungeheuer neben ihm waren nicht untätig geblieben. Sie waren vorgesprungen, bekamen es jedoch mit Harolds Schwertern zu tun. Geduckt wich er einem mächtigen Prankenschlag aus und trennte das Vorderbein des Angreifers an der Schulter ab. Dann drehte er sich um und wollte das zweite Wesen angreifen, das sich jedoch mit überraschender Geschwindigkeit bewegt hatte und ihn mit voller Kraft traf. Er flog wie eine Puppe durch die Luft und prallte auf der anderen Seite gegen die Wand. Es schepperte so laut, dass ich mich fragte, ob er sich von diesem Hieb wieder erholen mochte. Zumindest war er in seiner Rüstung ordentlich durchgeschüttelt worden.

Ich hatte jedoch keine Zeit zum Nachdenken, denn das Wesen in der Gestalt des kleinen Jungen schrieb schon wieder neue Symbole in die Luft. Dieses Mal wanden sich die Zeichen, als bestünden sie aus lebendigem blauem Feuer. Rasch dehnten sie sich aus und griffen nach mir, um meinen Schild wie ein Netz zu umgeben. Ich konnte sie einen Moment lang aufhalten, doch dann fraßen sie sich weiter hinein und verzehrten die Kraft, die ich in meinen Schild schickte. Er brach zusammen. Es war ein seltsames Gefühl, nicht unähnlich der körperlichen Berührung der Shiggreth, obwohl hier lediglich meine magischen Kräfte angegriffen wurden.

Mir blieben nur wenige Sekunden, um zu reagieren. Da ich

das Wesen nicht direkt verletzen konnte, änderte ich die Taktik und richtete meine Kräfte auf den Boden unter ihm. »*Grabol ni'targoth*«, sprach ich rasch und öffnete ein Loch unter dem verhexten Kind. Diesen Spruch hatte ich schon einmal benutzt, um Cyhan festzusetzen. Er funktionierte ebenso gut wie damals. Der untote Sprüchewirker stürzte ins Loch, und die Magie, die meinen Schild zerstörte, verschwand, sobald er die Konzentration verlor.

Ich sprach ein weiteres Wort, um das Loch zu schließen und ihn endgültig festzusetzen, ehe ich mich an den riesigen Bären wandte, der gerade auf mich losging. »*Pyrren thylen*«, sagte ich noch einmal, und dieses Mal drang meine magische Feuerlanze in das Wesen ein und zerteilte das untote Tier in zwei große rauchende Teile. Begeistert sah ich, wie es zerbrach, dann nahm ich mir das zweite Ungeheuer vor, das auf drei verbliebenen Beinen zu mir hergehumpelt kam. Auf einmal erlosch das Licht, das ich heraufbeschworen hatte, und die unterirdische Kammer lag in tiefer Dunkelheit.

»Glaubst du wirklich, ich lasse mich so leicht fangen?«, hörte ich Timothys leise Stimme, als er wie eine Katze von der Decke herabsprang. Er war meiner Grube entkommen, bevor sie sich geschlossen hatte, und stand jetzt direkt hinter mir – so nahe, dass ich den toten Körper riechen konnte. Mein Schild war verschwunden, da seine unmittelbare körperliche Nähe alles absorbierte. Und nun legte mir das Wesen die Hand auf den ungeschützten Hals.

Die Welt verschwand und wich einer schwarzen Leere und einem bösen, hungrigen Wind, der mich verzehrte und mich immer tiefer in die Leere zog, die sich vor mir erstreckte. Ich flatterte in diesem Wind und konnte keinen Halt finden, um den Sturz ins Nichts zu verhindern. In der Ferne hörte ich Harold irgendetwas schreien. Es war aber zu leise, ich konnte es nicht verstehen. Doch ich nahm an, dass ihn der Bär gefunden hatte.

Dann brach unvermittelt die Welt über mich herein. Für meine gewöhnlichen Augen war die Kammer immer noch pechschwarz, doch mit dem Magierblick konnte ich erkennen, dass Harold die Leere festhielt, die die Gestalt eines kleinen Kindes angenommen hatte. In seinem eisernen Griff trat das Wesen verzweifelt um sich und strampelte. Ich krabbelte weg, um etwas Abstand zu gewinnen. Dabei entdeckte ich meinen Stab, der auf den Boden gefallen war.

Trotz meiner Erschöpfung rappelte ich mich auf und erschuf über uns ein neues Licht. Nun begriff ich auch, was geschehen war. Harold hatte in der Dunkelheit gekämpft und den letzten Bären zerstückelt. Eins seiner Schwerter lag in der Nähe des zerhackten Hinterteils auf dem Boden. Da er jetzt wieder sehen konnte, holte er aus, um das untote Kind, das er festhielt, mit dem zweiten Schwert zu töten. Bei diesem Anblick hätte ich beinahe gejubelt.

Leider hatte das Wesen, das sich jetzt Timothy nannte, noch nicht aufgegeben. Als Harold ausholte, um es zu zerhacken, malte es wieder Symbole aus blauem Feuer in die Luft. Diese Zeichen krochen über Harolds verzauberte Rüstung. Sie rauchten und brannten und fanden kleine Lücken, um den verwundbaren menschlichen Körper dahinter zu erreichen. Mit einem schmerzvollen und zugleich wütenden Schrei schleuderte er den kleinen Körper unseres Feindes gut acht Schritte weit quer durch die Höhle. »Verdammt!«, brüllte er wütend. Ich konnte ihm nur aus ganzem Herzen beipflichten.

Nun hob ich meinen Stab und schickte einen Feuerstrahl zu dem Wesen, um es zu verbrennen, ehe es sich mit einem magischen Schild schützen konnte. Allerdings hatte ich nicht genau genug gezielt. Das Wesen sprang mit wahnwitziger Geschwindigkeit auf, ehe ich es noch einmal versuchen konnte. Schneller, als meine Augen in der Lage waren, es zu verfolgen, rannte es auf mich zu, doch bevor es mich erreichte, war Harold zur Stelle, blockierte ihm den Weg und schlug mit dem verbliebenen Schwert zu. Er traf, und ein Arm des Wesens flog durch die Luft, ehe es sich in Sicherheit bringen konnte.

»Ha!«, rief Harold herausfordernd. »Wenn du es mit ehrlichem Stahl zu tun bekommst, dann verlässt dich dein Mut, was?«

Mit ehrlichem verzaubertem Stahl, fügte ich im Geiste hinzu, hielt es aber für ratsam, den Gedanken nicht laut auszusprechen. »Bleibt bei mir, damit ich versuchen kann, es aus der Ferne zu verbrennen«, sagte ich zu ihm.

Endlich gab sich das Ungeheuer, das Timothys Körper übernommen hatte, geschlagen. Ehe ich noch einmal zielen konnte, schoss es davon und floh in den Tunnel, der zurück zu der vorderen Höhlenkammer führte.

»Walter!«, rief ich. »Achtung, hinter Euch!« Die Antwort auf meinen Ruf bestand in einer lauten Explosion, auf die ein mächtiges Donnern folgte. Walter hatte den Tunnel zum Einsturz gebracht. Staub wallte hoch. Wir mussten eine halbe Ewigkeit warten, bis das Knirschen der herabfallenden Steine verhallt war.

Nachdem sich der Staub gelegt hatte, saßen wir drei in der Höhle fest. Es gab kein Durchkommen mehr zur Oberfläche. Der Tunnel, den Walter zerstört hatte, war der einzige Zugang gewesen. Glücklicherweise hatte sich Walter versteckt, und das Wesen war einfach an ihm vorbeigerannt. Im Augenblick waren wir also allein.

Harold brach das Schweigen als Erster. »Was jetzt?«

Ich öffnete meinen Beutel und zog den silbernen Griffel hervor, der rasch zu meinem Lieblingswerkzeug geworden war. Damit konnte ich den Teleportkreis wesentlich leichter erschaffen als mit bloßen Händen oder dem Stab. Ich hielt den Griffel hoch und betrachtete meine müden und erschöpften Gefährten. Furcht ist ein ungeheuer anstrengendes Gefühl. Aus irgendeinem Grund weckte die Müdigkeit der anderen meinen perversen Humor. »Damit«, behauptete ich dramatisch. »Damit können wir uns einen Weg durch den Fels bahnen und den Feinden in den Rücken fallen.« Grinsend wartete ich ihre Reaktionen ab.

Walter sagte gar nichts, sondern sperrte einfach nur den Mund auf. Harold besann sich auf praktische Tätigkeiten und wischte die Schwertklingen sauber, ehe er die Waffen in die Scheide schob und einen Kommentar abgab. »Wie hat Dorian bloß die Kindheit mit Euch überleben können?«

Ich beschloss, meine Einschätzung Harolds zu revidieren. Ohne Zweifel besaß er einen beißenden Sarkasmus. »Das war ein Scherz. Gebt mir eine halbe Stunde Zeit, dann sind wir wieder in Lancaster.«

»Warum bringt Ihr uns nicht ins Lager des Herzogs zurück?«, fragte der kräftige Krieger.

Ich zuckte die Achseln. »Das kann ich nicht. Dort gibt es keinen Kreis.«

»Wenn Ihr hier einen Kreis erzeugt, kann ihn das Wesen vielleicht benutzen«, gab Walter zu bedenken.

Noch einmal öffnete ich meinen magischen Beutel und zog zwei winzige runde Objekte heraus, die in ein kleines Stück Papier eingeschlagen waren. Eines bestand aus Glas, das andere aus Eisen. »Die beiden gehören zusammen«, erklärte ich. »Während des Krieges gegen Gododdin habe ich eine Menge davon hergestellt, und ein paar sind noch übrig. Sie sind der Halskette ähnlich, die ich Euch neulich angelegt habe. Wenn Ihr die Glasperle zerstört, explodiert die Eisenkugel. Ehe wir wegspringen, lege ich die Eisenkugel neben den Kreis. Sobald wir wohlbehalten in Lancaster angekommen sind, zerstöre ich das Glas, und damit ist dann auch der Kreis zerstört.« Ich lächelte selbstgefällig, weil mir eine so elegante Lösung eingefallen war. In Wirklichkeit aber war dies kein so genialer Geistesblitz gewesen, vielmehr hatte ich eine ganze Weile darüber nachdenken müssen, nachdem einige Heilige einen meiner früheren Kreise benutzt hatten, um in die Burg Cameron einzudringen.

Harold pfiff anerkennend durch die Zähne. »Dorian hatte recht.«

»Womit?«, fragte ich.

»Er sagte, Ihr seid viel zu gefährlich, um ohne Kindermädchen herumzulaufen«, erklärte er.

»War das bei der Gelegenheit, als er Euch befahl, auf mich aufzupassen?«

Harold grinste und nickte. Ehe er etwas antworten konnte, meldete sich Walter zu Wort. »Entschuldigung«, begann der Magier freundlich. Sobald er sicher war, dass wir zuhörten, fuhr er fort: »Wie viele explosive Objekte tragt Ihr mit Euch herum? Macht Ihr Euch keine Sorgen, Ihr könntet straucheln und uns alle dem Untergang weihen?«

Ich kicherte über seine altmodische Redeweise, musste aber zugeben, dass die Frage durchaus ihre Berechtigung hatte. Er wusste ja nichts über die magische Beschaffenheit meiner Gürteltasche. Deshalb zog ich den Beutel wieder hervor und öffnete ihn. Statt einer Erklärung schob ich den Arm hinein. Die Tasche war nicht viel tiefer als eine Handbreit, und doch konnte ich den ganzen Arm hineinstecken, bis meine Schulter den Rand berührte. Von außen betrachtet sah es nun ganz so aus, als sei mein Arm amputiert. »Die gefährlichen Überraschungen sind weit entfernt eingelagert«, versicherte ich ihm.

Seine Miene war unbezahlbar, doch ich schenkte mir weitere Erklärungen und machte mich daran, unseren Ausgang zu erschaffen. Keiner von uns hatte Lust, länger als unbedingt nötig in diesem unterirdischen Gefängnis festzusitzen.

38

Cyhan folgte dem König eine lange Treppe hinunter. Man hatte ihn erst spät am Abend gerufen, doch er war daran gewöhnt, zu ungewöhnlicher Stunde den Dienst antreten zu müssen. In den vergangenen Jahren hatte Edward ihn oft zu verschiedenen Zwecken eingesetzt, wenn die meisten gewöhnlichen Bürger längst im Bett lagen. Ungewöhnlich war jedoch, dass der König ihn persönlich auf einen gewundenen Weg führte. Die Treppe, auf der sie sich befanden, verband die Außenmauer des Palasts mit dem Hof, zu dem es einen nur selten genutzten Seiteneingang gab.

Was dies bedeutete, war offensichtlich: Edward wollte sich insgeheim mit jemandem am Tor treffen. Cyhans Aufgabe war es, den Herrscher zu beschützen. Hätte ihm der König eine aktivere Rolle zugedacht, hätte Cyhan eine Vorwarnung und damit mehr Zeit für seine Vorkehrungen bekommen.

Als sie das Tor erreichten, wandte sich der König an ihn. »Diejenigen, mit denen wir uns treffen, sind gefährlich, werden ihr Wort jedoch nicht brechen, wenn ich mich nicht sehr irre. Sie bringen zwei Geiseln mit. Ihr müsst auf sie aufpassen, bis die Priester eintreffen.« Cyhan bemerkte, dass das Tor offen stand und kein Wächter in der Nähe war.

Der erfahrene Krieger begriff es sofort. Dies war nicht das erste Mal, dass er eine solche Aufgabe übernahm. Die Tatsache, dass die Priester die Gefangenen übernehmen würden, bedeutete, dass der König die Gäste heimlich an einem Ort verstecken wollte, wo sie niemand vermutete. Edward hatte im Laufe der Jahre schon eine ganze Reihe solcher Geiseln festgehalten. Erstaunlich war nur, dass der König sie ohne weitere Wächter in Empfang nahm.

»Euer Majestät«, sagte Cyhan vorsichtig. »Ich kann nicht Eure Sicherheit gewährleisten und zugleich die Gefangenen bewachen.«

»Das verstehen wir«, antwortete der König. »Sorge einfach dafür, dass die Gefangenen sicher untergebracht sind, bis die Brüder eintreffen. Heute Abend wird es keinen Verrat geben.«

Abgesehen von unserem eigenen, dachte Cyhan. Angesichts der Tageszeit hatte er eine gute Vorstellung, wer die Gefangenen waren. Für Edwards geradezu besessenes Bedürfnis nach strengster Geheimhaltung fand er jedoch keine Erklärung. Der König verfügte über eine ganze Reihe treu ergebener Wächter, denen man heikle Aufgaben gut übertragen konnte. Doch heute Abend war irgendetwas anders. So anders, dass er die Vorgänge sogar seinen vertrauenswürdigsten Wächtern verheimlichen musste. *Abgesehen von mir, denn ich habe ihm mein Leben verpfändet.*

Sie warteten eine kleine Weile, es war höchstens eine Viertelstunde, bis mehrere stark vermummte Gestalten durch das offene Tor traten. Sie brachten zwei gefesselte Gefangene mit, die sie an kurzen Ketten führten. Insgesamt begleiteten acht Aufpasser die beiden Gefangenen. Auch sie trugen Kapuzenumhänge, doch die Gesichter waren nur teilweise verborgen, und Cyhan war recht sicher, dass er seine Annahmen hinsichtlich ihrer Identität gleich bestätigt sehen würde.

Herrisch trat der König vor. »Zeigt mir ihre Gesichter. Ich muss sicher sein, dass sie diejenigen sind, die ihr herbringen solltet.«

Eine Frau antwortete ihm mit seltsam gepresster Stimme, als sei sie nicht daran gewöhnt, laut zu sprechen. »Selbstverständlich, Euer Majestät, wie Ihr wünscht. Wir wollen keinesfalls, dass Ihr uns betrügerische Absichten unterstellt.« Trotz ihres eigenartigen Tonfalls hatte Cyhan das Gefühl, die Frau zu kennen.

Hände griffen zu und zogen den Gefangenen die Kapuzen

vom Kopf. Nun bestand kein Zweifel mehr an ihrer Identität. Vor ihnen standen die Gräfin di'Cameron und Sir Dorian Thornbear. Anscheinend waren sie unverletzt, doch sie wirkten sehr verstört. Pennys Blick fiel sofort auf Cyhan. »Du Schlange! Ich hätte wissen sollen, dass du hier bist und diesem …«, setzte sie in heftigem Tonfall an, doch sie kam nicht sehr weit.

»Schweig!«, unterbrach sie die Frau mit der seltsamen Stimme und drohte Penny mit erhobenem Finger. Die Gräfin starrte ängstlich und voller Abscheu diesen Finger an, der sich ihrer Wange näherte. Sie schloss den Mund und zog den Kopf zurück, um der Berührung auszuweichen.

Neben ihr sträubte sich Dorian. Er war gefesselt und geknebelt, doch er schaffte es, sich von seinen Wächtern loszureißen und die Frau, die Penny bedrohte, mit der Schulter anzurempeln. Sie stolperte zurück, während die beiden, die seine Ketten hielten, an ihm zerrten, um ihn wieder unter Kontrolle zu bringen. Dabei klappte auch die Kapuze dieser seltsamen Frau zurück, und Cyhan konnte ihr Gesicht im schwachen Mondlicht genau erkennen. Es war Ruth.

Es lief ihm kalt über den Rücken. Eigentlich war es nicht überraschend, sie hier zu sehen, denn er hatte längst erraten, welchen Auftrag sie hatte. Betroffen machte ihn nur ihre Miene oder vielmehr deren Ausdruckslosigkeit. Ihr Blick traf ihn, doch sie erkannte ihn nicht. Dies und die eigenartig veränderte Stimme verrieten ihm mehr als genug. Sie war nicht mehr die Frau, die er einmal geliebt hatte.

»Kettet sie dort an den Pfahl«, befahl Edward ruhig. »Ihr müsst gehen, ehe die anderen kommen.«

»Wir haben unseren Teil der Abmachung erfüllt. Vergiss nicht deinen Teil, König von Lothion«, antwortete das Wesen, das früher Ruth gewesen war.

Im Zwielicht kniff Edward die Augen zusammen. »Halt mir keine Vorträge. Ich habe es nicht vergessen. Verschwindet, ehe ich die Geduld verliere!«

Die Shiggreth antworteten nicht, ließen die gefesselten Gefangenen zurück und waren gleich darauf verschwunden. Cyhan hielt neben seinem König schweigend Wache, während sie auf die Ankunft der Priester warteten. Er ließ Penny und Dorian nicht aus den Augen, war mit den Gedanken jedoch ganz woanders.

Mein König hat ein Bündnis mit den Untoten geschlossen, dachte er bei sich, *und Ruth ist jetzt eine von ihnen.* Diese beiden Gedanken jagten einander in seinem Kopf im Kreis herum. Er fand keinen Ausweg, um dem Schrecken, den sie beschrieben, zu entrinnen. Körperlich und seelisch war er wie betäubt. Sosehr er es versuchte, er sah keinen Sinn in dem, was er da gerade beobachtet hatte. *Ich habe nur noch meinen Eid.*

39

Unsere Ankunft in Lancaster löste eine gewisse Überraschung aus, doch ich hatte nicht viel Zeit für Formalitäten. Sobald wir angekommen waren, eilte ich zum Bergfried und hielt nur an, um dem Wachhabenden eine einzige Frage zu stellen: »Wo befindet sich Genevieve jetzt gerade?«

»Sie ist im Lesezimmer, Sir«, erwiderte der Mann sofort.

Ich wandte mich an Walter und Harold. »Ich suche die Herzogin auf. Beschafft euch etwas zu essen, aber entfernt euch nicht zu weit. Wir reisen gleich weiter.«

In der Haupthalle stieß ich auf Benchley. »Euer Gnaden, wie schön, Euch wiederzusehen«, begrüßte er mich mit echtem Respekt. Seit ich den Titel eines Herzogs trug, vermisste ich seinen sarkastischen Unterton. *Er ist nicht mehr der Alte*, klagte ich stumm.

»Benchley!«, rief ich. »Ich will Ihre Durchlaucht aufsuchen, doch sie wird gleich danach Eure Hilfe brauchen, da sie mehrere Botschaften abschicken wird. Es wäre schön, wenn ihr schon die Boten rufen und dem Stallburschen auftragen könntet, ein schnelles Pferd zu satteln.«

Er schenkte mir ein kleines Lächeln und begleitete mich bis zur Tür des Lesezimmers. »Gewiss, Sir.«

Ich hielt inne. »Jetzt sofort, Benchley. Ich kann auch selbst anklopfen. Ihr müsst mir nicht die Tür öffnen.«

Er hüstelte. »Verzeihung, Sir, aber diese Aufträge habe ich bereits erledigt. Wünscht Ihr immer noch, die Tür selbst zu öffnen, oder habt Ihr eine weitere Anweisung für mich?« Er hatte die Hand schon auf die Türklinke gelegt.

Ich grinste ihn an, beinahe hätte ich schallend gelacht. »Ihr seid ein gerissener Hund. Ich habe Euch vermisst.«

Fragend sah er mich an. »Ich war die ganze Zeit hier, Sir.« Sein Tonfall und die Miene verrieten zwar nichts, doch mein Magierblick zeigte mir ein unverkennbar belustigtes Flackern. *Ich könnte hundert Jahre lernen und würde niemals die sarkastische Eleganz dieses Mannes erreichen*, dachte ich.

So beschränkte ich mich darauf, in die Richtung der Tür zu winken, damit er sie für mich öffnete. Genevieve saß an einem Schreibtisch und war in ein dickes Hauptbuch vertieft. Überrascht hob sie den Kopf. »Ich hatte nicht so bald mit Euch gerechnet. Ist James wohlauf?« Sie hatte sofort bemerkt, dass ich allein gekommen war.

Ich ging um den Schreibtisch und streckte beide Hände aus, die sie zögernd nahm. Dann zog ich sie sanft auf die Füße und umarmte sie. »Penny und Dorian leben noch«, sagte ich leise. Ich hatte es selbst erst vor einer Stunde erfahren und wurde von meinen eigenen Gefühlen überwältigt, indem ich es aussprach.

»Was?« Sie schob mich auf Armeslänge weg. »Wo sind sie? Wie habt Ihr es erfahren?«

»In Albamarl. Der König hat sie …«, setzte ich an. Es dauerte fast eine Viertelstunde, um ihr die Lage zu schildern und zu erklären, woher ich die Neuigkeiten hatte. Meine größte Schwierigkeit war, dass ich wegen der Gefühle, die in mir tobten, kaum sprechen konnte.

Die Herzogin hörte mir geduldig zu und wartete, bis ich meine Geschichte erzählt hatte, ehe sie das Wort ergriff. »Was habt Ihr nun vor?«, fragte sie geradeheraus.

»Ihr müsst eine Nachricht an James schicken. Er glaubt, wir seien in der Höhle gefangen. Er sollte wohl besser hierherkommen. Wahrscheinlich brauche ich bald seine Hilfe«, antwortete ich.

»Und dann?«

Verzweifelt ballte ich die Hände zu Fäusten. »Das weiß ich nicht! Am liebsten würde ich in die Hauptstadt springen und Edward die Därme aus dem Leib reißen!«

Genevieve schüttelte den Kopf. »Ihr wisst, dass Ihr das nicht tun könnt.«

»Warum denn nicht?«, gab ich zurück. »Wenn er nicht mehr sprechen kann, dann kann er sie auch nicht zum Tode verurteilen. Ich muss ihn nur möglichst schnell töten.« Natürlich wusste ich, wie unsinnig dies war, doch ich war nicht in der Stimmung, vernünftig zu reagieren.

»Er spielt dieses Spiel schon länger, als Ihr überhaupt lebt. Wenn Ihr ihn tötet, werden sie sterben. Darauf könnt Ihr Euch verlassen, Mordecai«, erwiderte sie streng.

Die Ohnmacht trieb mir die Tränen in die Augen. »Was würdet Ihr mir raten?«

»Ihr könntet zunächst versuchen, mit ihm zu verhandeln. Offensichtlich benutzt er sie doch als Geiseln, um Euch zur Zusammenarbeit zu zwingen. Je nachdem, was er plant, könnte es besser sein, wenn Ihr vorerst mit ihm zusammenarbeitet, statt das Leben der beiden zu gefährden«, sagte sie nachdenklich.

»Nein«, gab ich sofort zurück. »Walter hat diesen Weg eingeschlagen und seine Familie seit vier Jahren nicht mehr gesehen. Außerdem wird es der König nicht wagen, sie zu töten. Es ist ein Patt. Wenn er sie tötet, übe ich Rache. Ihr Leben ist das Einzige, was ihn schützt.«

Genevieves Stimme klang bitter. »Wer redet vom Töten? Er kann ihnen etwas viel Schlimmeres antun und Euch die Beweise für die Folterungen schicken, um seinen Standpunkt zu bekräftigen. Dies ist kein Märchen, Mordecai. Edward ist zu vielen genau berechneten Grausamkeiten fähig, um Euch gefügig zu machen.«

Natürlich hatte sie recht, und ihre Worte verstärkten noch meine schlimmsten Befürchtungen. Trotzdem war ich nicht bereit, die Situation einfach hinzunehmen. »Er hat mich noch nicht über seine Neuerwerbungen unterrichtet, daher bleibt mir etwas Zeit zum Nachdenken, ehe ich auf seine Forderungen reagieren muss. Was meint Ihr, wie viel Spielraum er mir lässt, ehe er sich mir offenbart?«

Die Herzogin senkte den Kopf. Sie war gerade dabei, einen Brief zu schreiben. »Nicht sehr lange. Er wird seinen Machtanspruch Euch gegenüber so schnell wie möglich festigen. Vor allem, wenn es bereits etwas gibt, das er von Euch verlangen will«, überlegte sie, während sie schrieb.

Ich richtete mich auf. »Ich reise nach Albamarl. Ich will die Zeit, die mir bleibt, nicht verschwenden.«

Sie hob den Kopf. »Soll ich James etwas Bestimmtes ausrichten?«

»Er soll hierbleiben und sich bereithalten. Wenn ich ihn brauche, treffe ich möglicherweise in großer Eile ein und muss ebenso schnell wieder abreisen.« Ich war schon zur Tür unterwegs, hielt aber mit der Hand auf der Türklinke noch einmal inne. »Danke, Genevieve. Ich kann gar nicht oft genug betonen, wie dankbar ich Euch bin.«

Sie ging nicht darauf ein. »Tut nichts Überstürztes, Mordecai. Solange Edward nicht erfährt, was Ihr wisst, könnt Ihr frei handeln. Nachdem er aber mit Euch gesprochen hat, wird man Euer Verhalten genau überwachen und bewerten, und die Konsequenzen werden Dorian und Eure Frau treffen.«

Ich störte Walter und Harold bei ihrem hastigen Essen, und wenige Minuten später standen wir in meinem Haus in Albamarl. Sofort suchte ich Marc und Rose. Eigentlich hatte ich wenig Hoffnung, einen meiner Freunde anzutreffen, doch ausnahmsweise war mir das Glück hold. Marcus lümmelte unten im Salon und hatte ein Bein über die Armlehne eines gut gepolsterten Sessels gelegt. Er hatte eine Weinflasche in der Hand, eine bereits geleerte lag auf dem Boden.

Sobald ich ihn erblickt hatte, bat ich Walter und Harold, uns allein zu lassen. Sie entschuldigten sich und suchten die Küche auf, um das Essen zu beenden, bei dem ich sie in Lancaster gestört hatte. Als sie draußen waren, schloss ich die Tür des Salons.

»Du bist betrunken«, stellte ich vorwurfsvoll fest. Marc starrte mich aus glasigen Augen an, verzichtete jedoch auf eine Antwort. Also fuhr ich fort: »Hast du dich überhaupt bemüht, irgendetwas herauszufinden, während ich fort war? Oder hast du dich die ganze Zeit mit deinen Priesterinnen herumgetrieben?« Ich war sowieso schon der Verzweiflung nahe, und Marcus gerade zu dem Zeitpunkt betrunken vorzufinden, da ich ihn am dringendsten brauchte, das brachte das Fass zum Überlaufen.

Endlich richtete er den Blick auf mich. »Isch bin nischt betrunken. Isch bin ein gottverdammter Ketscher!« Er hob ein Blatt Papier und wedelte damit herum. »Siehst du? Isch kann es beweisen.«

»Du bist ein verdammter Nichtsnutz, das bist du! Leider habe ich nicht mehr viele Freunde. Ich stecke bis über beide Ohren in Schwierigkeiten, und wenn ich deine Hilfe brauche, bist du weg und betäubst dir das bisschen Hirn, das du noch hast, mit Wein!«

»Glaubschu denn, das is mir nich selbs klar?«, rief Marc zurück. »Es hätte mich treffen müssen! Schie waren meine beschten Freunde! Wenn isch noch etwas Glauben in mir hätte, würde ich diese beschissenen Götter anflehen, mich an ihrer Stelle zu nehmen.«

Mein Herz wurde kalt, als ich ihn so reden hörte. »Meinst du wirklich, ich wünschte, du wärst an ihrer Stelle gestorben?« Bekümmert erwiderte er meinen Blick, als ich dies aussprach.

»Nein, du Idiot! *Isch* wünschte, isch wäre an ihrer Stelle gestorben. Du musst schon richtig schuhören.« Abrupt stand er auf und reichte mir das Blatt. »Liesch dasch, verdammt.«

Ich nahm das Blatt entgegen und versetzte ihm einen kräftigen Stoß, damit er wieder auf den Sessel sank, den er so überraschend verlassen hatte. »Setz dich, ehe du dir wehtust.«

Auf dem Blatt entdeckte ich eine recht gut getroffene Zeichnung von Marcs Gesicht. Darüber stand in Großbuchstaben: »Vorsicht! Dieser Mann ist kein Jünger Dorons oder eines anderen Lichtgottes …« Der Rest beschrieb seinen Werdegang als ehemaliger Priester Millicenths und enterbter Sohn des Herzogs von Lancaster. Am Ende wurde er als »Marcus der Ketzer« bezeichnet, und es hieß, man solle ihm keinesfalls Eintritt in einen Tempel der Lichtgötter gewähren.

»Wie hast du das geschafft?«, fragte ich ihn. Meine Verärgerung war vergessen.

»Sie haben mich erwischt, als ich im Arbeitschimmer des Hohepriesters herumgeschnüffelt habe. Isch wollte Listen mit den Dingen finden, die sie zu ihrem geheimen Stützpunkt schicken«, erklärte er. Mittlerweise klang er beinahe nüchtern.

Ich zog eine Augenbraue hoch. »Mich wundert, dass sie dich nicht eingesperrt haben.«

»Ha! Das hätten sie vielleicht sogar getan, aber der pockennarbige Hohepriester war allein.« Er rülpste leise.

»Was hast du getan?«

Er grinste schief. »Ich habe dem fetten Dreckskerl eine runtergehauen. Du hättest sehen sollen, wie überrascht er war!«

»Und dann?«, drängte ich ihn weiter.

»Er hat gekreischt wie ein kleines Mädchen, also habe ich noch einmal zugeschlagen, aber er wollte immer noch nicht Ruhe geben. Schließlich musste ich ihn ordentlich vermöbeln, bis er endlich ohnmächtig wurde. Für einen so schwachen Mann hat er ganz schön was eingesteckt, das muss ich ihm lassen. Na ja, als er dann endlich ruhig war, musste ich blitzschnell verschwinden. Ich hatte Glück, dass ich draußen war, ehe sie alles abgeriegelt haben.« Dann äffte er die Überraschung des Priesters nach. »Hoppla! Verzeihung, Vater, war das Eure Nase?«

Wäre er nüchtern gewesen, wäre es vielleicht sogar lustig geworden. »Wann ist das passiert?«

»Gestern Morgen … am Nachmittag haben sie diese Warnungen hier verteilt. Ich glaube, Marissa will mich auch nicht mehr sehen. Sie weiß ja jetzt, dass ich ein Ketzer bin.« Er sah sich nach der Weinflasche um, die ich längst sichergestellt hatte.

»Hör auf damit«, sagte ich. »Du musst jetzt nüchtern werden.«

»Warum?«

»Dorian und Penny leben noch«, antwortete ich ohne Umschweife.

Er riss die Augen weit auf, dann kamen ihm die Tränen. »Tu mir das nicht an, Mort. Das ist gemein.«

»Das ist kein Witz, du betrunkener Trottel. Sie leben tatsächlich noch und sind irgendwo in der Hauptstadt. Wenn du nüchtern bist, musst du mir zusammen mit Rose helfen, sie zu finden.« Ich beugte mich vor und packte ihn am Hemdkragen. Gleich darauf hatte ich den Anhänger gefunden, den ich ihm geschenkt hatte.

»Was? Ich verstehe das nicht!« Vergeblich versuchte er, mich abzuwehren, während ich den Verschluss des Anhängers öffnete.

»Ich erkläre es dir, wenn du wach bist. Ich habe keine Lust, mich ständig zu wiederholen«, antwortete ich ihm, nahm ihm die Kette ab und trat einen Schritt zurück.

Entsetzt begriff er, dass ich ihn schlafen legen wollte. »Warte, ich habe noch mehr zu erzählen. Ich habe den geheimen Stützpunkt entdeckt. Er ist mehrere Meilen …«

»*Shibal*«, sagte ich leise, und er sank auf dem Sessel zusammen. »Das kannst du mir erzählen, wenn du nüchtern bist.« Danach rief ich Harold herein, der mir half, Marc nach oben in sein Zimmer zu bringen.

Sobald er im Bett verstaut war, fragte Harold: »Was hat das zu bedeuten?«

»Er muss nüchtern sein, und die beste Möglichkeit ist, ihn ausschlafen zu lassen. Hoffentlich ist Rose hier, wenn er aufwacht, damit ich ihnen beiden gleichzeitig alles erzählen kann.« Als wir nach unten gingen, wehte mir aus der Küche ein angenehmer Geruch von Gebratenem entgegen. Sofort knurrte mir der Magen. Es war schon eine Weile her, seit ich das letzte Mal gegessen hatte, und jene Mahlzeit war ein kaltes Frühstück im Lager gewesen. »Was ist das denn?«, fragte ich.

»Offenbar ist Walter ein recht guter Koch«, erwiderte Harold. »Er hat sich in der Speisekammer umgesehen und sich erboten, etwas zu brutzeln.«

Mir lief schon das Wasser im Munde zusammen. Ich beschloss, zunächst zu essen und dann mit magischen Mitteln zu versuchen, Dorian und Penny in der Stadt aufzuspüren. Ich war ziemlich sicher, dass der König sie weit genug weggeschickt hatte, damit ich sie nicht fand, aber versuchen musste ich es auf jeden Fall.

Langsam wich der Nachmittag der Abenddämmerung. Die meiste Zeit verbrachte ich in einer Art konzentrierter Meditation, während ich einen Bereich von einer Meile rings um das Haus absuchte. Wie erwartet, fand ich keine Spur von meiner Frau und meinem Freund, aber ich musste ganz sichergehen. Die Stadt war wesentlich größer, sie maß mindestens zwei Meilen, und dies bedeutete, dass ich vier oder fünf Mal den Standort wechseln musste, um den ganzen Bereich zu erfassen, der sich innerhalb der Stadtmauer befand. *Der König ist sicher nicht so dumm, sie in der Stadt festzuhalten.*

Als die Sonne unterging, war Rose noch nicht zurückgekehrt, was mich in der Annahme bestärkte, dass sie wieder in ihrem eigenen Haus wohnte. Leider konnte ich mich damit nicht abfinden. Ich durfte es mir nicht erlauben, mehrere Tage zu warten, bis sie wieder vorbeischaute, und dies bedeutete, dass ich hinausgehen und sie aufsuchen musste. Normalerweise wäre dies kein Problem gewesen, doch ich wollte den König nicht wissen lassen, dass ich wieder in der Hauptstadt war, und musste dafür sorgen, dass mich niemand bemerkte. Sobald er wusste, dass ich greifbar war, konnte er mich rufen lassen oder eine Botschaft schicken, und meine Handlungsfreiheit wäre stark eingeschränkt. Solange er mich noch nicht gefunden hatte, war es ihm unmöglich, meine Frau und meinen Freund als Druckmittel gegen mich einzusetzen.

Natürlich wurde mein Haus überwacht. Die Männer, die sich draußen herumtrieben, hatte ich mit dem Magierblick längst bemerkt. Auch das Gebäude auf der anderen Straßenseite wurde zur Beobachtung benutzt. Oder die Menschen, die dort lebten, hatten auf einmal ein ungeheures Interesse daran, stundenlang mein Haus anzustarren.

Glücklicherweise stand mir eine Geheimwaffe namens Walter Prathion zur Verfügung. Nach einigem Überlegen hatten wir einen Plan ausgeheckt. Ich verkleidete Harold, damit er wie Marcus aussah, der noch oben schlief. Walter benutzte seine Gabe, um uns beide unsichtbar zu machen, und dann konnten wir hinaushuschen, während Harold die Tür öffnete, als wollte er nachsehen, was gerade so auf der Straße passierte. Sobald wir an ihm vorbei waren, kehrte er ins Haus zurück und schloss die Tür. Wahrscheinlich wussten die Spione des Königs ohnehin schon, dass Marc bei mir wohnte, und wir hatten keinen Schaden angerichtet.

Wir gingen kein Risiko ein. Walter ließ uns unsichtbar bleiben, während wir zu Roses Haus gingen. Es war das erste Mal, dass ich unsichtbar durch eine Stadt wanderte. Das Gefühl war ganz anders als der Marsch mitten durch die Reihen der Shiggreth unter der Erde. Der größte Unterschied war der, dass wir nur für normale Blicke unsichtbar bleiben mussten, den Magierblick jedoch nutzen konnten. Als wir den Menschen auf der Straße auswichen, die nichts von unserer Anwesenheit ahnten, erwachte der Voyeur in mir.

»Ihr könnt auf diese Weise so gut wie jeden Ort erreichen,

nicht wahr?«, flüsterte ich Walter zu, als wir uns endlich Roses Haus näherten.

»Ja, so ziemlich«, erwiderte er.

Ich überlegte, ob ich anklopfen sollte, verwarf den Gedanken aber sofort wieder. Das heimliche Herumschleichen machte mir viel zu viel Spaß. Deshalb setzte ich meinen Magiersinn ein, um mich zu vergewissern, dass sich innen niemand in der Nähe der Tür befand, und verschaffte uns mit ein paar lycianischen Worten Zutritt.

»Ihr kennt eine erstaunliche Zahl von Sprüchen«, bemerkte Walter leise, sobald wir drinnen waren. »Wo habt Ihr das alles gelernt?«

»Einige stammen aus einem Tagebuch, das ich entdeckt habe, die anderen habe ich selbst erfunden. Allerdings musste ich die lycianische Sprache eine ganze Weile studieren, bis ich sie gut genug verstand, um so komplizierte Dinge wie ein Türschloss anzugehen.«

»Ihr könnt Lycianisch?«, staunte er.

Ich runzelte die Stirn. »Ich dachte, das sei ganz einfach notwendig. Trifft das nicht zu?«

»Die Sprache ist seit mehreren Jahrtausenden tot, und in den letzten sechs oder sieben Generationen gab es kaum mehr als eine Handvoll Magier. Die meisten haben einfach nur die nützlichen Sprüche und Phrasen weitergegeben, die sie kannten«, erwiderte er.

In diesem Licht hatte ich die Sache noch gar nicht betrachtet. Nun war ich einigermaßen schockiert. »Na ja, ich nehme an, wenn man unbedingt etwas tun muss, aber die Worte nicht kennt, dann kann man es vermutlich auch ohne Spruch schaffen«, überlegte ich leise.

Walter seufzte und zuckte fast unmerklich mit den Achseln. »Das ist ungeheuer schwierig, ganz zu schweigen von den Gefahren.« Er sagte es in einem Ton, als sei es ganz und gar ausgeschlossen.

Ich beschloss, das Thema nicht weiter zu vertiefen. In der Vergangenheit hatte ich schon einige Dinge ganz ohne Worte bewirkt. Es erforderte zwar erheblich mehr Kraft, aber ich war nie auf die Idee gekommen, es sei gefährlich oder schwierig, sondern hatte es einfach nur für ermüdend gehalten. Irgendwie war mir aber klar, dass Walter entsetzt und wahrscheinlich sogar mit Missbilligung reagiert hätte. Deshalb hielt ich es für besser, nichts weiter zu sagen.

Rose hatte ich mit dem Magiersinn bereits ausfindig gemacht. Wir gingen den Flur hinunter zu dem kleinen Arbeitszimmer, in dem sie gerade etwas las. Bevor wir eintreten wollten, kam mir ein Gedanke. »Ihr müsst doch der größte Spanner auf der Welt sein«, sagte ich zu Walter.

Er hustete unbehaglich. »Nun ja, dafür ließe sich meine Fähigkeit natürlich auch benutzen.«

Ich knuffte ihn. »Ich meinte nicht, dass Ihr für den König Leute ausspioniert. Ich meine Frauen und Mädchen und so weiter.«

»Das würde ich nie tun«, entgegnete er.

»Wollt Ihr damit etwa sagen, Ihr hättet noch nie darüber nachgedacht?«, fragte ich ungläubig. »Seid Ihr nicht ganz bei Trost?«

Er schüttelte den Kopf. »Also gut, ich habe natürlich darüber nachgedacht, aber meine Fähigkeit nie auf diese Weise benutzt.«

»Quatsch«, erklärte ich.

»Hört mir zu, Mordecai«, sagte er. »Ihr könnt doch nicht ernsthaft erwarten, dass ich hier im Flur stehe und dem Mann, den ich mehrere Monate lang beobachten musste, erkläre, wie viel Spaß es mir gemacht hat, umherzuschleichen und Frauen beim Ausziehen zuzusehen … oder?«

Es dauerte einen Augenblick, bis es durch meinen Kopf gesickert war. Endlich begriff ich. »Ihr seid ein perverser Schweinehund! Ihr habt Penny beobachtet, nicht wahr?«

Wäre er nicht unsichtbar gewesen, dann wäre Walter jetzt knallrot angelaufen. »Nein! Genau deshalb will ich nicht darüber sprechen. Ich bin verheiratet und kann Euch versichern, dass ich meine Zeit nicht damit verschwende, heimlich nackte Frauen zu begaffen.«

Ich kniff die Augen zusammen, durch die ich zu diesem Zeitpunkt gar nichts sah. »Ihr habt Eure Frau seit vier Jahren nicht mehr gesehen.«

Nun platzte Walter der Kragen. »Merkt Ihr nicht, wie dumm das klingt? Ihr seid ein Magier. Ihr müsst ja gar nicht unsichtbar sein! Mann, die Frauen müssen nicht einmal ausgezogen sein! Offensichtlich könnt Ihr sie einfach betrachten, wann immer Ihr wollt, ob sie nun bekleidet sind oder nicht. Warum, zum Teufel, regt Ihr Euch dann darüber auf, dass ich mich unsichtbar machen kann?«

Damit lag er vollkommen richtig. Ich kam mir ziemlich dumm vor. »Ihr habt recht, Walter. Nicht, dass ich so etwas tun würde. Ich hatte es nicht richtig durchdacht.«

Inzwischen hatte Rose unbemerkt die Tür geöffnet. »Wenn ich mich recht erinnere, hast du neulich unseren Freund Marcus beobachtet, als er sich mit seiner Freundin hinter einer geschlossenen Tür vergnügte. Wie hieß sie noch? Oh, richtig, Marissa.«

Ich fuhr herum und starrte sie offenen Mundes an. »So war das gar nicht! Du hattest mich aufgefordert, ihn zu beobachten!«

Sie lächelte. »Ich musste mich nicht sehr anstrengen, um dich zu überzeugen, nicht wahr? Du bist sehr ungerecht, Mordecai. Aber in diesem Moment hat dein Gesicht garantiert einen unbezahlbaren Ausdruck. Mach dich doch sichtbar, damit ich ihn bewundern kann.«

40

»Du bist nicht so leicht zu erschrecken, was?«, fragte ich, als wir uns in ihrem Arbeitszimmer niedersetzten. Walter hatte ich ihr bereits vorgestellt.

Rose lachte. »Es ist schwer, erschrocken zu sein, wenn sich die Gauner, die in das Haus eingedrungen sind, im Flur anbrüllen.«

»Wir haben uns nicht angebrüllt«, widersprach ich, worauf sie nur den Kopf schüttelte. »Walter, sagt ihr, dass wir uns nicht angebrüllt haben.« Hilfe suchend sah ich ihn an.

Der ältere Magier zuckte mit den Achseln. »Na ja … wir sind schon ziemlich laut geworden.«

»Schön, dann waren wir also ziemlich laut. Aber deshalb sind wir nicht hier«, antwortete ich verdrossen.

»Du hast sicher bemerkt, dass einige Männer dein Haus beobachten«, bemerkte Rose.

Ich nickte. »Deshalb haben wir Walters Unsichtbarkeit benutzt, um unbemerkt hierherzukommen.«

»Mich wundert, dass du keine Verkleidung eingesetzt oder sie einfach abgehängt hast, sobald du dein Haus verlassen hattest. So haben es Marcus und ich in den letzten Tagen gehalten«, meinte sie.

»Ich fürchte, das reicht in diesem Fall nicht, Rose. Der König darf auf keinen Fall erfahren, dass ich mich in der Stadt aufhalte.«

Das weckte ihr Interesse. »Demnach gibt es wohl einige neue Entwicklungen«, entgegnete sie.

»Ich habe gute und schlechte Neuigkeiten«, sagte ich, weil ich nicht ganz sicher war, wo ich beginnen sollte.

Sie trommelte mit den Fingerspitzen auf den Schreibtisch.

»Das Schlimmste habe ich schon gehört, also musst du mich nicht schonen.«

»Dorian und Penny leben noch und werden möglicherweise in der Nähe der Hauptstadt festgehalten«, berichtete ich ohne weitere Einleitung.

Mit einer Geschwindigkeit, die mich überraschte, stand sie auf und kehrte uns den Rücken. »Walter, könntet Ihr uns bitte allein lassen?«, sagte sie leise.

Er stand auf und ging zur Tür. »Gewiss. Ich warte auf dem Flur.«

Sobald er draußen war, sah sie mich an, und ich erschrak. Wo ich gerade noch eine gefasste Frau in makelloser Haltung gesehen hatte, entdeckte ich nun rote Augen und tränenüberströmte Wangen. »Mordecai, bist du sicher? Wenn das ein Scherz sein soll, dann ist es zu viel für mich.«

Ich schüttelte den Kopf. »Ich habe selbst noch keine Gewissheit, Rose. Ich konnte es erst heute Morgen herausfinden, und die Begleitumstände waren ungewöhnlich, um es zurückhaltend auszudrücken.« Ich durchquerte den Raum und nahm sie in den Arm.

Sie schmiegte den Kopf an meine Brust. »Du hast noch nicht gesagt, was die schlechte Nachricht ist.« Ehe ich antworten konnte, spannte sie sich an und stieß mich fort. »Bei den Göttern! Es ist der König, nicht wahr? Edward hat sie geschnappt!«

Da ich ihr noch keine Einzelheiten verraten hatte, staunte ich sehr über ihre zutreffende Mutmaßung. »Ja. Wie bist du darauf gekommen?«

»Wir hatten doch schon deutliche Hinweise darauf, dass er die Entführer nach Lancaster geschickt hat. Jetzt sagst du mir, die beiden leben noch, nachdem ich vor Kurzem von einem sehr ungewöhnlichen Vorfall gehört habe«, antwortete sie. »Mordecai, hast du eine Ahnung, was er will?«

»Langsam«, antwortete ich. »Ich weiß immer noch nicht, was du erfahren hast.«

»Warum erzählst du mir nicht, wie du herausgefunden hast, dass sie noch leben?«, schlug sie vor.

»Gleich. Aber vorher möchte ich wissen, was du neulich entdeckt hast«, gab ich zurück.

Sie zuckte die Achseln. »Eigentlich war es gar nicht so viel. Der König hat am Nebeneingang des Palasts für mehrere Stunden die Wachen abgezogen. Ich hatte keine Ahnung, warum er das getan hat, aber offensichtlich ging es darum, jemanden insgeheim zu treffen oder etwas heimlich zu bewegen. Nachdem du mir nun berichtet hast, dass die beiden noch leben, kannst du dir sicher denken, welche Erklärung mir eingefallen ist.«

Hätte ich je an Roses scharfem Verstand gezweifelt, dann hätte ich in diesem Moment den Beweis dafür gefunden, dass ich mich irrte. Ihr Verstand war eine besonders scharfe Waffe. Falls wir Dorian retten sollten, konnte man ihn nur bemitleiden. Er wäre gewiss nicht in der Lage, ihr etwas vorzumachen. Nur gut, dass er grundehrlich war. »Ich staune immer noch, wie schnell du zu denken vermagst, Rose«, sagte ich.

Unterdessen stellte sie bereits ihr Äußeres wieder her und tupfte sich die Wangen mit einem kleinen Tuch ab, das sie aus einer Schublade geholt hatte. »Lass mich deine Geschichte hören, Mordecai«, erinnerte sie mich. Ehe ich beginnen konnte, ging sie jedoch zur Tür und öffnete sie. »Ihr könnt wieder hereinkommen, Walter. Vielen Dank.«

Dann schilderte ich ihr unseren verhängnisvollen Vorstoß in die Höhle in der Nähe von Lancaster und beschrieb auch die Begegnung mit dem Wesen, das von Timothys kleinem Körper Besitz ergriffen hatte. Sie hörte aufmerksam zu und ließ mich ausreden, ehe sie wieder das Wort ergriff.

»Hast du mit Marcus gesprochen, seit du gestern in die Stadt zurückgekehrt bist?«

Ich räusperte mich. »Er war so betrunken, dass wir nicht viel geredet haben, aber er müsste bald aufwachen. Ich habe ihn schlafen gelegt, damit er zu trinken aufhört und ausnüchtert.«

Sie runzelte die Stirn. »In der letzten Zeit war er immer nüchtern, als ich mit ihm gesprochen habe. Ist denn etwas passiert?«

»Anscheinend hat ihn der Hohepriester des Eisengottes erwischt, als er dessen Papiere durchwühlte. Und nach seiner Flucht wurde dann seine wahre Identität aufgedeckt. Sie haben ihm einen neuen Namen gegeben.« Dann beschrieb ich ihr seine Erlebnisse.

Rose hielt sich die Hand vor den Mund, als ich geendet hatte. »Das ist schrecklich.«

»Ich hielt es eher für lustig, wollte es ihm gegenüber aber nicht zugeben, solange er betrunken war. Eigentlich war ich auch ein wenig verstimmt.«

»Nein, Mordecai. Manchmal bist du mindestens so schwer von Begriff wie Dorian. Ich denke jetzt an Marissa.« Sie sagte es, als sei damit schon alles erklärt.

Verständnislos starrte ich sie an. »Was ist denn mit Marissa?«

Sie seufzte. »Er war sehr von ihr eingenommen. Ich glaube, sie haben tiefere Gefühle füreinander entwickelt.«

Daraufhin musste ich lachen. »Bist du sicher, dass wir über ein und denselben Mann reden? Er hat die Hälfte aller Edelfrauen in seinem Alter beglückt, und keine von ihnen konnte seine Aufmerksamkeit länger als ein oder zwei Tage fesseln.«

Nun war es an ihr, mich anzustarren, nur dass sie erheblich ernster war.

»Hör mal, Rose«, setzte ich an. »Ich liebe ihn wie meinen Bruder, aber was Frauen angeht, ist er eine Landplage. Ich glaube nicht, dass er auch nur einen Gedanken auf sie verschwendet hat, seit sie ihn hinausgejagt haben.«

»Wir müssen jetzt über viel wichtigere Dinge sprechen, Mordecai«, sagte sie schließlich. »Belassen wir es vorerst dabei, dass du ein Idiot bist, damit wir weiterkommen. Und versprich mir, in diesem Punkt behutsam zu sein, wenn du mit Marcus redest. Kannst du wenigstens das für ihn tun?«

Walter kicherte leise hinter vorgehaltener Hand. Ich warf ihm einen scharfen Blick zu, ehe ich ihr antwortete. »Na gut, dann belassen wir es dabei. Könnten wir nicht in mein Haus gehen und die Unterhaltung zusammen mit Marc fortsetzen, wenn er aufwacht?«

Der Rückweg verlief gleichermaßen ereignislos, auch wenn Rose keinen großen Gefallen daran fand. Da sie nicht über den Magierblick verfügte, war sie völlig blind, solange wir unsichtbar blieben. Für sie stellte es sich so dar, als trüge sie eine undurchlässige Maske und würde an der Hand durch die Stadt geführt werden.

Als wir vor meinem Haus standen, öffnete ich einfach die Tür. Um den Beobachtern eine Erklärung zu liefern, ließ ich Harold hinaustreten und sich umsehen, damit der Eindruck entstand, er habe die Tür geöffnet. Gleich darauf stellte ich allerdings fest, dass es ohnehin keine Rolle mehr spielte.

»Ist Marc wach?«, fragte ich ihn, sobald wir drinnen standen.

Er nickte. »Ja, aber er hat einen höllischen Kater. Er sitzt in der Küche und versucht, etwas zu essen.«

Ich war schon unterwegs. »Gut, dann können wir uns jetzt endlich alle zusammensetzen und uns überlegen, wie wir weiter vorgehen wollen.«

Harold legte mir eine Hand auf die Schulter. »Wartet. Ihr solltet erst einmal diesen Brief lesen. Ich glaube, es ist dringend.«

Mit gerunzelter Stirn sah ich ihn an. »Welchen Brief?«

Er hielt einen versiegelten Umschlag hoch. Sogar im Zwielicht des Flurs konnte ich das Siegel des Königs von Lothion erkennen. »Woher habt Ihr ihn?« Schon hatte ich ein flaues Gefühl im Magen.

»Ein Bote hat ihn überbracht, nachdem Ihr gegangen seid«, erwiderte er.

»Ein Bote? Warum habt Ihr überhaupt geöffnet? Was hat er gesagt? Was habt Ihr gesagt?« Aus den Tiefen meines Bauchs stieg die Panik empor.

Harold warf mir einen seltsamen Blick zu. Erst jetzt wurde mir bewusst, dass ich ihn nicht eingeweiht hatte, wie sehr mir daran gelegen war, meinen gegenwärtigen Aufenthaltsort vor dem König zu verheimlichen. »Er fragte nach Euch, und ich antwortete, dass Ihr nicht da wäret«, erklärte er schließlich.

»Den Göttern sei Dank«, schnaufte ich erleichtert. Es war zwar eine nichtssagende Redewendung, und doch korrigierte ich mich sofort. »Nein, die Götter seien verdammt, aber ein Glück, dass Ihr ihm dies gesagt habt.«

Harold lächelte. »Keine Sorge. Ich versicherte ihm, dass Ihr bald wieder zurückkehrt und dass ich Euch den Brief persönlich übergebe.«

Die nächsten paar Minuten versetzte ich Harold in Angst und Schrecken, indem ich die Seemannssprache benutzte. Er hielt sich zwar die meiste Zeit in der Nähe anderer Soldaten auf, schien von meinem umfassenden Vokabular aber durchaus beeindruckt zu sein. Als ich mich ausgetobt hatte, sagte er: »Allmählich gewinne ich den Eindruck, ich hätte den Brief nicht annehmen sollen.«

Das war zwar leicht untertrieben, aber ich beließ es dabei. »Ihr wusstet es ja nicht. Lasst mich den Brief lesen, danach erkläre ich es Euch.« Ich öffnete den Brief und rechnete mit dem Schlimmsten. Wie üblich wurde ich nicht enttäuscht. Der Brief war an »Seine Exzellenz, den Grafen di'Cameron« gerichtet und ließ an Offenheit nichts zu wünschen übrig.

Seine Majestät, König Edward der Erste, befiehlt Euch zu sich, um äußerst wichtige Angelegenheiten zu besprechen. Es wird schwere Konsequenzen nach sich ziehen, falls Ihr dieser Auf-

forderung nicht nachkommt. Als Hinweis auf den Ernst der Lage schicken wir dieses Unterpfand mit.

Der Rest des Briefs drehte sich um Zeit und Ort. Ich sollte am folgenden Tag um drei Uhr nachmittags erscheinen. Bemerkenswert war allerdings das erwähnte Unterpfand: eine kleine Haarlocke, die der Farbe nach nur von Penny stammen konnte.

Ich hielt den Brief einige Augenblicke lang in der Hand und starrte ihn an, bis es mir vor den Augen verschwamm und ich nichts mehr sehen konnte. Als mir die Tränen kamen, hob ich die Locke hoch, um wenigstens ihren Duft zu riechen, doch inzwischen konnte ich kaum noch durch die Nase atmen. Schließlich hob ich den Kopf, denn mir wurde bewusst, dass mich die anderen umringt hatten. Alle, die sich im Haus befanden, waren da und hatten einen engen Kreis um mich gebildet. Ihre Mienen zeigten mir, dass ich nicht als Einziger litt. Besonders Marc sah aus, als hätte es ihn ebenso schlimm getroffen wie mich. Rose blieb gefasst, doch in ihren Augen glomm ein heftiger Zorn.

Alle sahen mich erwartungsvoll an. Die Last war beinahe mehr, als ich ertragen konnte. Schließlich ging ich voran in die Küche, wo wir uns alle an den Tisch setzten. Ich gab Rose den Brief und wartete, bis sie ihn gelesen hatte. Als sie fertig war, reichte sie ihn Marc, und so ging es weiter, bis die Runde um den Tisch vollendet war.

Walter brach als Erster das Schweigen. »Was wollt Ihr jetzt tun?«

Die Frage erinnerte mich an eine andere Gelegenheit, bei der ich auf ganz ähnliche Weise mit Freunden und Angehörigen am Tisch gesessen hatte, die einen Hinweis von mir erwarteten. Wenn ich mich recht erinnerte, hatten Penny und ich damals Streit gehabt, und die anderen hatten uns in ein Zimmer gesperrt, damit wir uns aussöhnten. Erst danach waren wir in der Lage gewesen, eine Entscheidung zu treffen. Im

Rückblick erschien mir dies wie eine liebe Erinnerung, auch wenn ich damals mindestens so verzweifelt gewesen war wie heute.

Ich griff in den Beutel und zog den Brief hervor, den Penny mir hinterlassen hatte. Einen Abschnitt, der mir besonders ins Auge sprang, las ich mehrmals:

Lass nicht den Mut sinken. Ich habe gesehen, was geschehen wird, wenn Du Deinen dunklen Impulsen nachgibst. Es ist ein öder und leerer Weg, und Du wirst dort nicht mehr der Mann sein, den ich geliebt habe. Wenn Du nicht verzweifelst, besteht noch Hoffnung.

Ich faltete den Brief zusammen und steckte ihn weg, ehe ich mich an meine Freunde wandte. »Zuerst müssen wir unsere Möglichkeiten einschätzen. Legen wir alles auf den Tisch, was wir derzeit wissen.« Langsam und ausführlich beschrieb ich, was ich mit Harold und Walter erlebt hatte. Als ich fertig war, nickte ich Rose zu.

»Ich fürchte, ich kann nicht viel hinzufügen«, sagte sie nachdenklich. »Du bist erst vor zwei Tagen aufgebrochen, und seitdem habe ich nur einen einzigen interessanten Hinweis gefunden.« Sie wiederholte, was sie mir über die Einteilung der Palastwachen am Vorabend erzählt hatte. Marc hatte genau aufgepasst, und sobald sie geendet hatte, war er bereit, seinen Teil beizusteuern.

Er beugte sich vor. »Wie die meisten hier schon wissen, musste ich gestern recht überstürzt den Tempel des Eisengottes verlassen.« Auch er schilderte nun seine Erlebnisse, doch dann fing er meinen Blick ein. »Es gibt da eine Kleinigkeit, die ich bisher noch niemandem verraten habe. Zwischen den Papieren des Hohepriesters habe ich etwas entdeckt.« Er machte eine dramatische Pause.

»Verdammt noch mal, was denn?«, fragte ich ungeduldig.

»Ganz oben auf dem Papierstapel lag ein Dokument, das sich auf eine Zahlung bezog, die vom königlichen Schatzamt kam. Es waren fünfhundert Goldstücke, und mir fiel auf, dass kein Grund für die Zahlung angegeben war.« Er hielt inne.

»Gibt es sonst noch etwas?«, fragte ich.

Er schüttelte den Kopf. »Nein, aber der zeitliche Zusammenhang kommt mir doch recht auffällig vor.«

»Der Schluss liegt nahe, dass der König die Eisenbrüder für die Unterbringung der Geiseln auf dem geheimen Stützpunkt, den du schon erwähnt hast, bezahlt«, sagte Rose schließlich.

Marc nickte. »Ja, aber das ist zunächst nur eine Mutmaßung. Wir wissen zu wenig, um wirklich sicher zu sein.«

Walter zappelte vor Aufregung. »Glaubt Ihr, sie halten dort auch meine Familie fest?«, fragte er mich auf einmal.

»Das weiß ich nicht«, antwortete ich wahrheitsgemäß. Außer Vermutungen und Ahnungen hatte ich nicht viel zu bieten. Ein Blick in die Runde zeigte mir, dass alle auf meine Entscheidung warteten, wie der nächste Schritt aussehen sollte. Ich empfand die Belastung beinahe als eine körperliche Bürde, die mir auf die Schultern drückte. Schließlich holte ich tief Luft und stand auf. »Ich gehe nach oben. Ich muss nachdenken, aber das kann ich nicht, wenn mich alle anstarren. Ich bin gleich wieder da.« Damit verließ ich den Raum.

41

In der Abgeschiedenheit meines Schlafzimmers starrte ich das Bildnis meiner Mutter Elena an, das an der Wand hing. Während ich ihre Gesichtszüge betrachtete, fragte ich mich, was sie zu der Situation gesagt hätte, in der ich mich gerade befand. Außerdem hätte ich zu gern gewusst, wie sie mein bisheriges Verhalten beurteilt hätte. *Sie hat ihr Kind gerettet. Meines ist noch nicht einmal geboren und schwebt schon jetzt in Gefahr*, dachte ich. Da ich sie nie selbst kennengelernt hatte, war mir ihr Gesicht fremd. Ich konnte nicht ahnen, welchen Rat mir diese Frau gegeben hätte.

»Denk nach«, sagte ich laut zu mir selbst. Auf meinen Verstand hatte ich mir immer viel eingebildet, aber jetzt, da ich einen wahrhaft genialen Plan brauchte, fiel mir einfach nichts ein. »Ich habe zwei kluge und einfallsreiche Freunde«, fuhr ich fort und meinte damit Marc und Rose. »Ich habe einen Magier, der sehr daran interessiert ist, die Geiseln des Königs zu befreien, und einen fast unbesiegbaren Krieger, der magische Waffen und eine verzauberte Rüstung trägt. Außerdem habe ich in Lancaster einen starken Verbündeten, der mir mit Männern und auf andere Weise helfen wird.« Nach dieser Bestandsaufnahme fasste ich mein Ziel ins Auge.

Vor allem wollte ich natürlich Penny und Dorian unversehrt herausholen. Sobald das erledigt wäre, könnte ich mich um mein größtes gegenwärtiges Problem kümmern, um den König selbst. *Zum Teufel mit dem Bürgerkrieg*, dachte ich. Edward hatte sich zu einer echten Bedrohung entwickelt, und nun konnte ich ihn nicht mehr als das kleinere Übel betrachten. Da fiel mir noch etwas anderes ein. *Was ist mit Illeniels Untergang?* Dies war doch der wahre Anlass für die Shiggreth gewesen, überhaupt ein Abkommen mit dem König zu schließen. Ich hatte die Suche danach noch nicht aufgenommen und wusste nicht einmal, wie dieses Ding aussah oder ob es sich überhaupt um ein physisches Objekt handelte.

»Das schiebe ich vorerst beiseite. Meine größte Sorge gilt Penny und Dorian, und sobald das erledigt ist, nehme ich mir den König vor. Um den Rest kann ich mich auch später noch kümmern«, sagte ich mir selbst. Danach schritt ich unruhig im Raum hin und her und überlegte mir, welche Hindernisse ihrer Rettung im Weg standen. Zunächst einmal war ich nicht vollkommen sicher, wo sie sich aufhielten. Vieles sprach für den Stützpunkt der Doroniten, aber selbst wenn wir Gewissheit gehabt hätten, hätten wir immer noch nicht gewusst, wo er zu finden war. Marcs Hinweise auf den Standort waren zwar gut, aber auch er war noch nie selbst dort gewesen.

Als wäre das noch nicht schlimm genug, blieben mir weniger als vierundzwanzig Stunden. *Etwa einundzwanzig Stunden*, schätzte ich. Es war schon nach sechs Uhr, und mein Treffen mit dem König sollte am folgenden Nachmittag um drei stattfinden.

Nach einer Weile wurde ich sehr ruhig und gefasst. Diese innere Klarheit rückte alles ins rechte Licht, und endlich nahm eine Idee Gestalt an, die ich behutsam verfeinerte und veränderte, bis sich eine Lösung abzeichnete. *Ich habe keine Gewissheit, und da sie mir fehlt, muss ich einfach entschlossen handeln.* Ich holte tief Luft und ging nach unten.

Die anderen waren in eine Diskussion vertieft. Inzwischen hatten sie sich in den Salon gesetzt, und den Stimmen konnte ich entnehmen, dass sie weit von einer Übereinkunft entfernt waren. Fast klang es, als stritten sie sich.

»Wenn du eine bessere Idee hast, dann lass sie hören, *Lady* Rose«, rief Marc erbost und betonte ihren Titel übertrieben stark.

Rose funkelte ihn an. »Nicht, dass ich gegen einen Königsmord etwas einzuwenden hätte, du blutrünstiger Säufer, aber das löst nicht alle Probleme. Selbst wenn wir ihn töten sollten, werden die Geiseln umkommen. Edward ist kein Narr. Ich bin sicher, dass er Maßnahmen ergriffen hat, um sich auch dann noch zu rächen, wenn ihm selbst etwas zustößt.« Sie sprach scheinbar gleichmütig, doch ihre Worte ließen keinen Zweifel daran, dass sie Marc für beschränkt hielt.

»Wir könnten auch einfach mitspielen«, sagte Walter leise.

»So ist es in den letzten Jahren bei Euch wundervoll abgelaufen, was?«, gab Marc sarkastisch zurück.

Ich war an der Tür stehen geblieben und hüstelte, um ihre Aufmerksamkeit zu erregen, doch sie hörten es nicht. »Wenigstens denkt er an das Wohlergehen seiner Angehörigen und sinnt nicht ausschließlich auf blinde Rache«, antwortete Rose.

»Das reicht jetzt!«, rief ich, und dieses Mal merkten sie auf. Ich trat ganz ein und sah mich um. »Wir haben nicht viel Zeit. Marc, du sagtest, du seist nicht ganz sicher, wo sich der Stützpunkt der Doroniten befindet, richtig?«

Er nickte. »Ja.«

»Ist dir denn bekannt, wer es wissen müsste?«

»Auf jeden Fall der Hohepriester, außerdem der Zahlmeister und auch einige Geistliche, die sich dort beim Wachdienst abwechseln«, erklärte er.

»Wen könnten wir am leichtesten schnappen?«, fragte ich.

Nachdenklich rieb er sich über das Kinn. »Eigentlich keinen, aber die beiden, die ich vom Sehen kenne, sind der Zahlmeister und der Hohepriester, und von diesen beiden dürfte der Zahlmeister das leichtere Ziel sein. Außerdem wird er vielleicht nicht ganz so schnell vermisst.«

»Hast du zufällig gehört, wie lange man braucht, um den Ort zu erreichen?«

Er runzelte die Stirn. »Ganz sicher bin ich nicht, aber nach den paar Bemerkungen, die ich belauschen konnte, scheint es mir, als sei es etwa eine halbe Tagesetappe zu Pferd.«

Sofort wandte ich mich dem nächsten Punkt zu. »Rose, ich brauche einen Unterschlupf außerhalb der Stadt. Nicht zu weit draußen, und es muss möglich sein, unbemerkt Leute hinzubringen.«

»Alle meine Anwesen außerhalb der Hauptstadt liegen leider recht entlegen«, erwiderte sie.

»Das Haus muss dir nicht gehören«, wandte ich ein. »Es sollte nur ein Ort sein, an dem wir nicht beobachtet werden und etwa einen Tag lang ungestört bleiben können.«

Nachdenklich rümpfte sie die Nase. »Reicht dir auch so etwas wie eine Scheune?«

»Das wäre sogar besonders geeignet. Kannst du mir zeigen, wo sie steht?«, fragte ich.

Sie schüttelte den Kopf. »Noch nicht. Ich muss vorher mit jemandem reden, aber ich bin sicher, dass ich in ein oder zwei Stunden etwas Passendes finde.«

Ich überlegte kurz. »Das wird gehen. Mach dich sofort auf den Weg und kümmere dich nicht darum, dass sie dich beobachten. Pass nur auf, dass sie dir nicht folgen.« Ich wandte mich wieder an die anderen. »Ihr schnappt euch den Zahlmeister im Tempel.«

Marc machte eine besorgte Miene. »Wenn wir da reingehen und ihn mitten aus ihrem Tempel holen, gibt es Krawall.«

»Du kennst dich dort aus«, erinnerte ich ihn. »Mit Walters Hilfe könnt ihr ihn finden, ohne selbst entdeckt zu werden. Sucht ihn und holt ihn aus dem Bett. Wenn er einfach nur verschwindet, wird niemand eine Ahnung haben, was wir beabsichtigen.«

»Was werdet Ihr inzwischen tun?«, fragte Harold.

»Ich springe nach Lancaster, aber in weniger als einer Stunde bin ich wieder hier. Sobald Rose zurückkehrt, suche ich ihr Haus auf und warte dort auf euch. Danach gehen wir zu der Scheune oder jedenfalls zu dem Unterschlupf, den sie für uns gefunden hat.«

Da ich lange vor Rose zurück war, nahm ich mir in der Zwischenzeit einen anderen Abschnitt meines Plans vor. James war auf alle meine Bitten bereitwillig eingegangen, hatte sich jedoch recht überrascht gezeigt, als ich ihn um zwei kleine Kisten gebeten hatte. Ich war der Ansicht gewesen, zwei passende Kisten sollte man leicht auftreiben können, doch dies stellte sich nun als außerordentlich schwierig heraus. Genevieve hatte das Problem gelöst, indem sie auf zwei Schmuckkästchen verzichtete.

Ich hatte sie nur widerwillig angenommen, weil ich wusste, dass sie an den Kästchen hing, doch selbst nachdem ich ihr gesagt hatte, dass ich sie verschandeln würde, hatte sie darauf beharrt, dass ich sie nahm. Die Kästchen waren kleiner, als ich es beabsichtigt hatte, erfüllten aber die wichtigste Anforderung, da sie einander in Größe und Form weitgehend glichen. Sie maßen eine Handbreit im Quadrat und waren drei Fingerbreit tief.

Da ich nicht wusste, wie lange Rose noch brauchen würde, nahm ich ein Blatt Papier zur Hand und stellte Berechnungen für die Runen an, ehe ich mit der Arbeit an den Kästchen begann. Dank meiner früheren Versuche wusste ich, dass es sinnlos war, die Runen zu zeichnen, solange ich nicht alles genau geplant hatte.

Rose kehrte zurück, ehe ich den Entwurf vollendet hatte. Ich bat sie, noch ein paar Minuten zu warten. Es hätte mich viel Zeit gekostet, wenn ich später noch einmal ganz von vorn hätte beginnen müssen. Sobald ich die Runen vorgezeichnet hatte, überprüfte ich meine Notizen und schob die Zeichnungen, die Kästchen und den Griffel in meinen Beutel.

»Also gut, ich bin jetzt für den Aufbruch bereit«, sagte ich zu ihr. Sie hatte geduldig gewartet, während ich am Küchentisch gearbeitet hatte.

»Du willst uns wohl nicht verraten, was diese magischen Kritzeleien zu bedeuten haben, oder?«, erkundigte sie sich leicht beunruhigt.

Ich zwinkerte ihr zu. »Du wirst es schon sehen«, antwortete ich viel zuversichtlicher, als mir tatsächlich zumute war. Ich nahm den Stab und ging zur Tür.

»Machst du dir keine Sorgen, dass sie dich gehen sehen?«, fragte sie, als ich die Hand auf die Türklinke legte.

»Nicht dieses Mal«, gab ich zurück. »Es könnte sogar nützlich sein, wenn sie uns verfolgen.«

Wieder einmal sah sie mich mit hochgezogener Augenbraue an. »Du willst uns wohl nicht erklären, was du vorhast, oder?«

Ruhig erwiderte ich ihren Blick. »Manchmal ist es besser, energisch zu handeln. Mit etwas Glück und wenn wir schnell vorstoßen, können wir die Geiseln retten und Edward in seine Schranken weisen. Aber ich kann jetzt nicht alles erklären. Du musst mir einfach vertrauen.«

Sie nickte nachdenklich. »Mir gefällt, wenn du energisch und zuversichtlich bist, Mordecai, aber eine Frage habe ich noch.«

»Welche denn?«

»Woher beziehst du deine Zuversicht? Als du unsere Runde verlassen hast, fürchteten wir schon, du wärst unter der Belastung zusammengebrochen. Dann bist du zielstrebig und voller Tatkraft heruntergekommen. Was hat dir den Schwung zurückgegeben?« Neugierig blickte sie mich mit ihren blauen Augen an. Diese Augen und ihre Klugheit waren die beiden Dinge, die mir immer wieder als etwas Besonderes an Rose auffielen.

Schweigend dachte ich einen Moment lang über ihre Frage nach. »Mir ist bewusst geworden, dass ich etwas unternehmen muss, ganz gleich, was passiert ist, und dass ich der Einzige bin, der die nötigen Entscheidungen treffen kann.«

»Da stimme ich dir zu. Es war nötig, die Selbstvorwürfe zu vergessen und etwas zu tun. Aber warum behauptest du, du seist der Einzige, der die Entscheidungen treffen kann?«

Verblüfft blinzelte ich. »Weil es meine Frau und mein

Freund sind, die …« Ehe ich geendet hatte, hob sie die Hand, und ich fürchtete schon, sie wollte mich ohrfeigen. In ihren Augen funkelte eine unbändige Wut.

Sie holte tief Luft und ließ die Hand sinken. »Mordecai, manchmal verwandelst du dich binnen zweier Sekunden von einem brillanten Mann in einen Idioten. Mach nie wieder den Fehler zu glauben, du seist der Einzige, dem an den beiden liegt. Das ist eine Beleidigung für uns alle.«

Sofort sah ich ein, wie recht sie damit hatte. »Verzeih mir, Rose. Das war gedankenlos. Ich fürchtete schon, du wolltest mich ohrfeigen.«

»Ich war drauf und dran, es zu tun, aber dann dachte ich an deinen Schild«, entgegnete sie. »Wahrscheinlich hätte ich mir nur selbst wehgetan.«

Ich nickte. Und dann musste ich lächeln, weil mir etwas einfiel.

»Was lächelst du denn?«, fragte Rose, als sie meine Miene sah.

Ich lachte. »Ich dachte nur gerade daran, dass Penny mich vermutlich trotzdem gehauen hätte.« Dann öffnete ich die Tür, und wir traten hinaus.

Auf dem Weg zu ihrem Haus gab ich mir keine Mühe, den Männern zu entgehen, die uns folgten. Mit meinem Magierblick konnte ich sie mühelos beobachten. Wir liefen mit eiligen Schritten und schlugen den direkten Weg ein. Die Männer folgten uns in einem gewissen Abstand.

Nachdem wir Lady Roses Haus erreicht hatten, bezogen die Verfolger ihre Stellungen und behielten das Haus im Auge. Sie bemühten sich sehr, sich unauffällig zu verhalten, doch da ich sie längst erkannt hatte, konnten sie sich nicht vor mir verstecken.

»Gibt es hier einen stillen Raum, in dem ich arbeiten kann, bis Marc und die anderen eintreffen?«, fragte ich Rose, sobald wir drinnen waren.

»Du bist dir anscheinend völlig sicher, dass sie tatsächlich den Mann finden werden, den sie schnappen sollen«, meinte Rose.

Ich zuckte die Achseln. »Ich muss mir über andere Dinge den Kopf zerbrechen. Das Schlimmste, was ihnen passieren kann, ist, dass sie entdeckt werden und sich den Weg aus dem Tempel freikämpfen müssen. Da Harold bei ihnen ist, dürfte das nicht weiter schwierig sein.«

»Würde das nicht deinen Plan gefährden?«

»Nur wenn ihre Identität aufgedeckt wird und die Nachricht vor morgen früh den Palast erreicht. Da Walter sie abschirmen kann, wird es aber wohl kaum so weit kommen«, entgegnete ich.

Sie kniff die Augen zusammen. »Du meintest sicher morgen Nachmittag, oder?«

»Nein, ich meinte vor drei Uhr morgens.« Ich lächelte sie an. »Ich muss mich jetzt wirklich an die Arbeit machen. Gibt es hier einen Raum, in dem ich arbeiten kann? Ich brauche nur einen Schreibtisch oder einen normalen Tisch und etwas Ruhe.«

Seufzend führte mich Rose in ihr Arbeitszimmer und stellte mir ihren Schreibtisch zur Verfügung. Dann rief sie ihre Zofe Angela und gab ihr strenge Anweisungen, uns keinesfalls zu stören.

»Uns?«, fragte ich belustigt.

»Allerdings. Ich habe die Absicht, dich genau im Auge zu behalten«, antwortete sie.

Ich setzte mich und holte den silbernen Griffel und die beiden Kästchen hervor. »Wie du willst«, antwortete ich. »Meiner Ansicht nach wirst du dich aber gründlich langweilen.«

Rose sah mich scharf an. »Das bezweifle ich. Die meisten Dinge, die du tust, finde ich äußerst interessant.«

Ich ließ das Gespräch einschlafen und machte mich daran,

die beiden Kästchen mit den Runen zu versehen, die ich zuvor entworfen hatte. Es war die recht einfache Abwandlung eines Zaubers, den ich schon einmal angewandt hatte. Deshalb machte ich mir keine Sorgen, dass es misslang. Meine größte Sorge war vielmehr, ich könnte beim Zeichnen ausrutschen und mich gezwungen sehen, noch einmal von vorn zu beginnen. Ich hatte nicht genug Zeit, mich mit der Korrektur von Fehlern aufzuhalten.

Nach zwei Stunden war ich beinahe fertig. Da fiel mir ein, dass ich noch etwas anderes brauchte. Ich legte den Griffel weg und sah mich um. »Rose …«, begann ich zögernd. »Hast du irgendwo Glasperlen oder Strass?«

Sie warf mir einen seltsamen Blick zu. »Glaubst du wirklich, eine Edelfrau hat so etwas einfach herumliegen?«

Als ich Sprengkugeln aus Eisen herstellen wollte, um sie aus größerer Entfernung zu zünden, war es mir schon einmal schwergefallen, geschnittenes Glas oder Perlen zu finden. Dieses Mal hatte ich etwas anderes damit vor, aber ich brauchte trotzdem etwas, das durchsichtig war und einem Edelstein glich. »Es muss nicht unbedingt Glas sein«, erklärte ich. »Nur etwas, das so ähnlich aussieht.«

»Meinst du einen Edelstein?«

Widerstrebend antwortete ich: »Ja, schon, aber etwas so Wertvolles würde ich nicht gern nehmen.«

»Oh, du meine Güte, warum sagst du das nicht gleich? Lass mich mal da drüben unter den Kissen nachsehen. Da liegen bestimmt ein paar herum. Ich verliere sie nämlich dauernd«, entgegnete sie ungerührt. »Möchtest du einen Diamanten haben, oder hättest du lieber etwas Buntes?« Sie tat so, als wollte sie die Kissen eines Sessels ausklopfen.

»Sehr witzig«, antwortete ich trocken.

Sie richtete sich auf. »Mal im Ernst, ich habe hier kein Glas, aber ich habe ein paar geschliffene Edelsteine, die vielleicht den gleichen Zweck erfüllen. Wenn du zwischen einem Rubin und einem Saphir wählen müsstest, welchen würdest du vorziehen?«

Ich sah sie einen Moment lang nachdenklich an, ehe ich antwortete: »In diesem Fall würde ich mich für einen Rubin entscheiden. Ich glaube, Rot wäre hier die bessere Farbe. Aber es gibt doch sicher noch etwas anderes, das ich …« Sie hatte den Raum verlassen, ehe ich den Satz beenden konnte. *Welche Frau hat geschliffene Edelsteine herumliegen?*, fragte ich mich stumm.

Gleich darauf kehrte sie mit einem Ring und einem verzierten Brieföffner zurück. Mithilfe des Brieföffners verbog sie die weiche goldene Fassung und hebelte den Edelstein aus dem Ring.

»Wessen Schmuck ist das?«, fragte ich erschrocken. Ich kam mir dumm vor, weil ich mir vorgestellt hatte, sie hätte lose Edelsteine im Haus herumliegen. Es war doch klar, dass sie die Steine aus einem Schmuckstück herausbrechen musste.

Sie wandte mir den Kopf zu. Die Zunge lugte auf eine ganz undamenhafte Weise aus dem Mundwinkel hervor, während sie sich konzentrierte. Mühsam unterdrückte ich ein Lachen. Ein paar Sekunden später löste sich der Stein aus dem Ring, und sie fing ihn auf, ehe er auf den Boden fiel. Sie drückte ihn mir in die Hand. »Ist dieser Stein geeignet?«

Ich wog den recht großen, quadratisch geschliffenen Rubin in der Hand. Von Edelsteinen verstand ich nicht viel, aber ich nahm an, dass er mindestens drei oder vier Karat hatte. »Der Stein ist sogar sehr gut geeignet. Bist du sicher, dass du ihn mir geben willst?«

Sie suchte meinen Blick. »Ja. Und jetzt mach dich an die Arbeit, die zu erläutern du dich bisher so beharrlich geweigert hast.«

»Euer Wunsch ist mir Befehl«, erwiderte ich übertrieben förmlich. Dann setzte ich mich wieder, nahm den Edelstein in die Hand und konzentrierte mich auf ihn. Ich lauschte, bis ich seine Stimme hören konnte. Sobald ich ihn ganz und gar erfasst hatte, sprach ich mit ihm, und er teilte sich sauber in zwei Hälften. Der Schnitt war so perfekt, als hätte ein Juweliermeister zwei verschiedene Steine geschliffen und poliert. Die beiden Teile glichen sich vollkommen und hatten jeweils eine glatte Fläche, wo sie vorher verbunden gewesen waren.

Ich legte je einen mitten auf die Deckel der Kästchen und lauschte nun auf das Holz, um sie ein wenig einsinken zu lassen, bis sie fest in der Aussparung klemmten. Manchmal war es durchaus von Vorteil, ein Erzmagier zu sein. Mithilfe der normalen Magie hätte ich einen komplizierten Spruch oder sogar ganz gewöhnlichen Leim benötigt, um die Edelsteine auf den Kästchen zu befestigen. Nachdem ich sie auf diese Weise angebracht hatte, saßen sie so passgenau, dass man fast meinen konnte, sie seien aus dem Holz gewachsen.

Danach brauchte ich noch eine halbe Stunde, um die Verzauberung zu vollenden. Schließlich blickte ich Rose an. »Hast du ein kleines Stück Papier?« Dabei bemerkte ich, dass sie mich nicht mehr beobachtete, sondern den Ring mit der leeren Fassung betrachtete.

»Gewiss.« Sie öffnete neben mir eine Schublade des Schreibtischs, an dem ich saß. Ich kam mir schon wieder dumm vor.

»Wo hast du diesen Ring her?«, fragte ich sie.

Sie hob die Hand, um sich die Haare aus dem Gesicht zu streichen. Diese Geste hatte ich bei Rose noch nie gesehen. Gewöhnlich war sie viel zu beherrscht, um auf diese Weise an ihren Haaren herumzufummeln. »Er lag in meinem Schmuckkästchen.«

»Nein, ich meine *davor*. Wie bist du an den Ring gekommen?«, hakte ich nach, obwohl ich längst begriffen hatte, dass sie der Frage auswich.

»Meine Großmutter hat ihn mir zum sechzehnten Geburtstag geschenkt«, antwortete sie.

Ihre Miene verriet mehr, als sie mit Worten sagen wollte. »Und woher hat sie ihn bekommen?«, fragte ich.

»Sie sagte, mein Großvater habe ihn ihr irgendwann einmal zum Hochzeitstag geschenkt. Sie sind jetzt aber beide tot, deshalb kann ich sie nicht mehr fragen, wie lange es her ist«, antwortete sie. »War es das, was du wissen wolltest?«

Ich fühlte mich schrecklich, weil wir den Ring ihrer Großmutter zerstört hatten. »Warum hast du das getan, Rose? Ich hätte doch auch etwas anderes nehmen können.«

Ehe ich fortfahren konnte, legte sie mir eine Hand auf den Mund. »Nein, Mordecai. Du musst begreifen, dass auch andere Menschen das Recht haben, ein Opfer zu erbringen. Meine Großmutter wäre stolz, wenn sie sehen könnte, dass ihr Ring auf diese Weise verwendet wird, und ich bin gern bereit, ihn herzugeben, wenn ich dafür Dorian und Penny zurückbekomme.«

Ich stand auf und betrachtete diese Frau, die ich schon immer für eine Schönheit gehalten hatte. In den letzten Tagen hatte ich jedoch eine ungeahnte Tiefe in ihr entdeckt. Sie war nicht nur hübsch, sondern auch ein mitfühlendes Geschöpf, das einen edlen Geist besaß, wie man ihn nur selten bei einem Menschen sah, sei es ein Mann oder eine Frau. »Ich bin nicht sicher, ob es überhaupt funktioniert, Rose, und wenn es schiefgeht, dann werden wir keine zweite Gelegenheit bekommen.«

Sie ließ sich nicht beirren. »Ich bin kein kleines Kind, Mordecai. Ich weiß, dass nichts wirklich sicher ist, und mir ist klar, was passieren kann, wenn wir morgen keinen Erfolg haben.« Sie sah mich an. Wir waren uns so nahe, dass ich ihren Atem spüren konnte. Ein langer Augenblick verging, ehe sie sich abwandte und ich erleichtert seufzte. Zu meiner ewigen Schande muss ich gestehen, dass ich auch ein leises Bedauern empfand. »Wozu brauchst du das Papier?«, fragte sie plötzlich und brach damit die Spannung.

»Ich zeige es dir.« Nachdem ich das Blatt zusammengefaltet hatte, öffnete ich ein Kästchen und legte es hinein. Der Rubin im Deckel der zweiten Schachtel begann sofort zu glühen.

»Was hat das zu bedeuten?«

Ich schob ihr die Kiste mit dem glühenden Edelstein hinüber. »Öffne sie.«

Sie blickte hinein und keuchte leise, als sie sah, was sich darin befand. Neugierig nahm sie das zusammengefaltete Papierstück heraus. »Das ist raffiniert«, sagte sie. »Funktioniert es in beiden Richtungen?«

Ich nickte, worauf sie das Blatt wieder in die Kiste zurücklegte. Sobald sie den Deckel schloss, erlosch der Edelstein, und der Stein im Deckel der ersten Schachtel flammte auf. Sie nahm das Papier heraus. »Also kann man die Kästchen benutzen, um Botschaften hin und her zu schicken.«

»Ja, und der Rubin zeigt an, ob eine neue Nachricht eingegangen ist«, fügte ich hinzu.

Rose machte eine nachdenkliche Miene. »Was passiert, wenn beide Schachteln gleichzeitig geöffnet werden? Kann man dann zur anderen Seite durchsehen?«

Ich schüttelte den Kopf. »Es lässt sich immer nur eine öffnen. Es wäre möglich gewesen, das zu bauen, was du beschrieben hast, aber das wäre eine Art Portal geworden, das viel schwieriger zu konstruieren ist. Hier habe ich einen einfachen Teleportzauber benutzt. Könnte man beide Schachteln gleichzeitig öffnen, würde die Verzauberung zerstört werden. Deshalb habe ich einen weiteren Spruch hinzugefügt, der dafür sorgt, dass der zweite Deckel immer fest verschlossen bleibt, solange der erste geöffnet ist.« Ich war stolz auf mich, weil ich eine neue Anwendungsmöglichkeit für die selbstschließenden Türen gefunden hatte, die in dem Buch beschrieben worden waren.

»Ich nehme an, du willst die Schachteln benutzen, um Nachrichten zu schicken«, sagte Rose. Ehe ich antworten konnte, atmete sie scharf ein. Sie machte ein großes »O« mit den Lippen, als es ihr dämmerte. »Deshalb hast du von drei Uhr morgens gesprochen. Du kannst nicht an beiden Orten gleichzeitig sein und schickst sie schon heute los, um Dorian und Penny zu holen.«

Ich bemühte mich, äußerlich ruhig zu bleiben, was mir nicht leichtfiel, da Rose meine Pläne so genau durchschaut hatte. »Du hast recht«, bestätigte ich. »Ich will sie heute Abend schicken, um Penny und Dorian zu retten. Sie müssten dort sein, ehe irgendjemand Alarm schlagen kann. Selbst wenn die Priester oder der König unsere Absichten erkennen, haben wir einige Stunden Vorsprung, ehe sie Gegenmaßnahmen einleiten können.«

»Du sprichst immer von *ihnen*«, bemerkte Rose. »Das scheint zu bedeuten, dass du sie nicht begleiten willst. Wirst du die Verabredung mit dem König wahrnehmen? Aber warum? Du hilfst Penny und Dorian doch viel eher, wenn du hierbleibst und zu ihrer Rettung beiträgst.«

»Ich spiele dabei keine große Rolle. Sobald ich die Nachricht erhalte, dass sie in Sicherheit sind, besuche ich den König, ob der Zeitpunkt für unser Treffen gekommen ist oder nicht. Danach wird er nicht mehr der König sein.«

»Und wenn wir die Gesuchten nicht finden? Sobald der König von dem Angriff auf das Gelände der Doroniten erfährt, wird er annehmen, dass du dahintersteckst. Weißt du, was er dann tun wird?«, fragte sie ausgesprochen besorgt.

Ich zuckte zusammen. »Das kann ich nicht mit Gewissheit sagen.«

Rose funkelte mich an. »Er wird dich bestrafen, indem er sie verletzt. Hast du dir mal überlegt, auf wie viele Weisen sie verstümmelt werden können?«, fragte sie unwirsch.

»Ja«, antwortete ich. »Das habe ich mir sogar sehr genau überlegt. Das ist auch der zweite Grund dafür, dass ich hierbleibe und den König aufsuche. Wenn ich erfahre, dass Penny und Dorian nicht gefunden wurden, sorge ich dafür, dass er keinen Befehl zur Vergeltung gibt. Es ist durchaus möglich, dass sie aufgrund eines schon vorher gefassten Plans sterben, aber dann werden sie wenigstens nicht gefoltert.«

Ihre Miene war ernst, doch nach einem Augenblick entspannte sie sich. »Bist du sicher?«

»Rose, wenn du gefangen wärst, was würdest du von mir erwarten? Soll ich voller Angst abwarten und mich den Forderungen des Königs unterwerfen, oder soll ich alles auf eine Karte setzen, falls auch nur eine kleine Aussicht besteht, dich zu befreien?«

Sie hielt inne und dachte nach. Ich hielt den Atem an, bis sie antwortete. »Ich würde nicht wollen, dass ich als Druckmittel gegen meine Freunde und Verbündeten eingesetzt werde«, sagte sie schließlich. »Mir wäre es lieber, du würdest das Risiko eingehen.«

»Auch wenn die Gefahr besteht, dass du im Falle eines Fehlschlags stirbst?«

»Ja.«

»Dann habe ich mich richtig entschieden. Bis jetzt war ich nicht ganz sicher«, räumte ich ein.

Auf einmal stand Rose auf und hob eine Hand. »Wann hast du das letzte Mal etwas gegessen?«, fragte sie.

Das war eine gute Frage. »Irgendwann um die Mittagsstunde?«, überlegte ich laut.

»Es ist schon nach acht Uhr. Ich besorge dir etwas zu essen, während wir warten«, bot sie an. Ich hoffte, dass sie nicht die Absicht hatte, selbst zu kochen, denn ihr letzter Versuch hatte mir den Appetit auf Würstchen gründlich verdorben.

42

Über das Essen hätte ich mir keine Sorgen machen müssen. Roses Zofe Angela übernahm diese Aufgabe, und bald danach aßen wir Aufschnitt und übrig gebliebenes Brot. Es schmeckte gut, auch wenn es nur Reste waren.

Die anderen kehrten zurück, als ich noch aß. Ich spürte sie lange, bevor sie die Tür erreichten. Im richtigen Moment stand ich auf und ließ sie selbst herein, da ich annahm, dass Angela nicht viel Verständnis dafür aufbringen würde, einer Gruppe von Unsichtbaren die Tür öffnen zu müssen. Sie waren durch Walters Spruch getarnt eingetroffen und brachten noch jemanden mit, den sie sorgfältig gefesselt hatten.

Nachdem sie im Haus waren, steckte ich den Kopf zur Tür heraus, um den Beobachtern einen plausiblen Grund dafür zu geben, dass ich die Tür geöffnet hatte. Dann zog ich mich wieder zurück. »Also habt ihr ihn gefunden!«, rief ich erfreut.

»Ja, haben wir«, antwortete Marc. »Du hast doch hoffentlich nicht daran gezweifelt?«

Ich umarmte ihn, teils weil ich froh war, ihn zu sehen, und teils weil ich die groben Worte bedauerte, die ich ihm vorher an den Kopf geworfen hatte. »Auf diese Idee bin ich nicht im Traum gekommen.« Der Gefangene war so dumm, in diesem Augenblick zu stöhnen und zu versuchen, trotz des Knebels einen Schrei auszustoßen. Ich wandte mich an Walter. »Warum habt Ihr ihn nicht schlafen gelegt?«

Hilflos hob er beide Hände. »Das habe ich nie gelernt.«

Ich nahm ihn beiseite und flüsterte ihm das Wort ins Ohr. »Seid vorsichtig, wie Ihr es einsetzt«, warnte ich ihn. »Meine Freunde tragen Halsbänder, die sie vor derartigen Sprüchen schützen, aber wenn Ihr die Magie nicht ganz gezielt ausrichtet, wird sie alle treffen, die in der Nähe sind.«

»Vorhin im Doronitentempel wäre dieser Spruch äußerst hilfreich gewesen«, meinte er.

Ich kicherte. »Ja. Ich kann gar nicht glauben, dass Ihr bisher ohne den Spruch ausgekommen seid. Wahrscheinlich ist es sogar derjenige, den ich am häufigsten einsetze. Anscheinend habt Ihr ein paar Lücken in Eurer Ausbildung, aber andererseits ... ich selbst habe nie eine richtige Ausbildung genossen. Später sollten wir mal austauschen, was wir wissen.«

Walter warf mir einen seltsamen Blick zu. »Ich kann gar nicht glauben, dass Ihr mir so sehr vertraut. Ich habe Euch doch wirklich nur wenig Grund dafür gegeben.«

Ich zuckte die Achseln. »Mir bleibt kaum etwas anderes übrig, und außerdem trifft Euch ja keine Schuld. Ihr wollt nur Eure Angehörigen zurückbekommen.«

»Glaubt Ihr wirklich, dass sie dort sind?«, fragte er.

»Ich weiß es nicht. Wenn nicht, dann wird man hoffentlich nur mich verdächtigen, und Eure Angehörigen müssen nicht mit Vergeltungsmaßnahmen rechnen«, erwiderte ich. »Wie auch immer, ich werde jedenfalls dafür sorgen, dass er in dieser Hinsicht keine Anweisungen mehr geben kann.«

»Was meint Ihr damit?«

»Kommt mit, ich muss es sowieso allen erklären, ehe wir aufbrechen«, sagte ich und bugsierte ihn und die anderen in die Küche. Sobald sie dort versammelt waren, hob ich die Stimme, damit sie mich gut verstehen konnten. »Rose wird uns gleich aus der Stadt heraus in ein abgelegenes Gebäude führen. Dort konstruiere ich einen Kreis, um den Herzog von Lancaster und einige seiner Männer zu holen, die euch helfen werden. Danach reitet ihr alle zu dem geheimen Stützpunkt der Doroniten.«

Harold unterbrach mich. »Kommt Ihr denn nicht mit?«

»Nein«, antwortete ich. »Ich bleibe hier und kümmere

mich morgen früh um den König, sobald Ihr unsere Freunde befreit habt.«

»Laut Vater Jonas hier dauert der Ritt dort hinaus zehn Stunden.« Marc deutete auf den Gefangenen. »Wie erfährst du, ob wir sie gefunden haben oder nicht?«

Ich holte die Kästchen, die ich verzaubert hatte, und führte sie den anderen vor, wie ich es schon bei Rose getan hatte. Einige Zuschauer stießen erstaunte und anerkennende Pfiffe aus. Walter wirkte stark beeindruckt, und Marc äußerte sich sehr lobend. »Du versetzt mich immer wieder in Erstaunen, mein Freund«, sagte er.

Ein paar Minuten später hatte ich ihnen die Grundzüge des Plans erklärt, und wir bereiteten uns darauf vor, unter dem Schutz von Walters Unsichtbarkeitsspruch aufzubrechen. Rose wies Angela an, die Lampen brennen zu lassen, um den Eindruck zu erwecken, wir seien noch im Haus. Dann gingen wir durch die Gartentür hinaus und liefen leise um das Haus herum zur Straße. Von dort aus war es nicht mehr weit bis zum Haupttor der Stadt.

Dort erlebte ich allerdings eine unangenehme Überraschung. Ich hatte ganz vergessen, dass das Fallgatter nachts heruntergelassen wurde, um die Stadt abzuschotten. Allein wäre ich vermutlich vorbeigekommen, doch es hätte mich überfordert, das Gleiche für alle meine Begleiter zu tun. Sobald er bemerkte, dass ich angehalten hatte, ließ Walter den Unsichtbarkeitszauber fallen, damit wir uns umsehen konnten.

Rose bemerkte meine nachdenkliche Miene und lachte. »Keine Sorge, Mordecai. Dies habe ich bereits bedacht.« Sie führte uns zu der Tür des großen Zwingers, der das Tor beschützte. Dies war der angestammte Wohnsitz der Hightowers, in dem gegenwärtig ihr Vater lebte. Nur wenige Minuten später waren wir an den Wächtern vorbeigekommen und liefen durch die Korridore des Gebäudes.

Im Gegensatz zu dem letzten Besuch, bei dem mich Penny begleitet hatte, ging es jetzt nicht die Treppe hinauf, sondern Rose führte uns auf einem gewundenen Weg bis zu einer kleinen, geschützten Tür.

»Was ist das?«, fragte ich sie. Dank meines Magiersinns wusste ich bereits, dass die Tür vor die Stadtmauer führte, trotzdem konnte ich mir die Frage nicht verkneifen.

»Ein privater Zugang«, erklärte sie freundlich. »So können wir jederzeit die Stadt verlassen.«

»Unterläuft das nicht die Verteidigung im Falle einer Belagerung?«, fragte ich.

Sie lachte. »Schwerlich. Die Tür befindet sich außerhalb des inneren Fallgatters, das jetzt geschlossen ist, aber noch innerhalb des äußeren Fallgatters, das gewöhnlich offen steht. In Kriegszeiten wäre das äußere Fallgatter immer noch offen, aber die Tore wären geschlossen. Wenn ein Eindringling am Tor vorbeikommt, wird hinter ihm das äußere Fallgatter gesenkt, und die Männer hinter den Mordlöchern sorgen dafür, dass er nicht einmal lange genug lebt, um seinen Fehler zu bereuen. Diese Ausfallpforte wurde eingerichtet, damit wir die Toten wegräumen oder in der Nacht leise hinausschleichen können.«

Sie erklärte es ganz beiläufig, was mich daran erinnerte, dass sie in einer Familie aufgewachsen war, die in Kriegszeiten für den Schutz der Hauptstadt zuständig war. Ich beschloss, keine Fragen mehr zu stellen und ihr die Führung zu überlassen.

Bald liefen wir über die unbefestigten Straßen, die für die Vorstadt so typisch waren. Offiziell endete die Stadt an der mächtigen Steinmauer, doch sie war auf fast allen Seiten von planlosen Ansammlungen von Gebäuden, Wohnhäusern und kleinen Läden umgeben. Nach einem kurzen Fußmarsch erreichten wir ein geräumiges Holzhaus mit mehreren großen Türen, durch die sogar Fuhrwerke fahren konnten.

Ich hatte mit einem Lagerhaus oder vielleicht sogar mit einer Scheune gerechnet, doch die Vielzahl der Türen kam mir seltsam vor. »Was ist das für ein Gebäude?«, fragte ich.

»Ein Kutschenhaus«, antwortete sie bereitwillig. »Ein Freund meines Vaters vermietet Kutschen an Personen, die nur für kurze Zeit ein Fahrzeug brauchen. Die meisten Kunden sind Adlige, die sich nur zu Besuch in der Hauptstadt aufhalten und hier keine eigene Residenz unterhalten«, erklärte sie. Dann griff sie in ihre kleine Börse und zog einen großen Messingschlüssel hervor, um eine Tür aufzusperren.

In dem großen Gebäude standen Kutschen aller Größen und Formen, einige Standplätze waren allerdings leer. Rose deutete auf einen davon. »Reicht das da aus?«

»Dort haben wir genug Platz. Vielen Dank, Rose«, erwiderte ich.

»Was nun?«, wollte Harold wissen.

»Ihr passt jetzt auf und wartet eine Weile. Ihr werdet es sehen, wenn ich fertig bin«, antwortete ich. Schon hob ich den Stab, um auf dem Stellplatz, den Rose für uns ausgewählt hatte, den Boden zu säubern. Indem ich den Magierstab wie eine viel größere Version des silbernen Griffels benutzte, schrieb ich mit einer dünnen Feuerlanze die Symbole auf den glatten Steinboden. Es dauerte eine Dreiviertelstunde, bis ich fertig war und die Positionsschlüssel des Kreises anbringen konnte. Sie entsprachen dem Gegenstück, das ich schon vor einer Weile in Lancaster konstruiert hatte.

Dann hob ich den Kopf und sah, dass mich die anderen schweigend beobachteten. »Bin gleich wieder da«, informierte ich sie und verschwand mit einem Wort, um in Lancaster wieder aufzutauchen. Bei meinem letzten Besuch hatte ich alles mit James abgesprochen, und wie vereinbart erwartete mich der Herzog schon, als ich auftauchte.

»So langsam hatte ich Zweifel, ob ihr noch kommen würdet«, gestand er, als ich aus dem Kreis trat.

Ich fasste ihn am Ellenbogen und klopfte ihm mit der freien Hand auf den Rücken. »So langsam solltet Ihr mich doch kennen«, erwiderte ich. Er hatte zwanzig berittene Bewaffnete versammelt, die sich längst für den Aufbruch bereit gemacht hatten. Hinten hielten mehrere Männer die Zügel der zehn freien Pferde.

»Seid Ihr sicher, dass dies ausreicht?«, fragte James, als sich die Soldaten im Kreis versammelten, damit ich sie nach Albamarl bringen konnte.

»Wenn sie nicht reichen, wäre auch ein ganzes Heer nicht genug«, erwiderte ich grimmig. »Doch wenn es so läuft wie geplant, sind sie vermutlich schon mehr, als wir überhaupt brauchen.« Ich griff in meinen Beutel und zog die kleinen Holzkisten heraus, die ich verzaubert hatte. Eine davon gab ich ihm.

Die nächsten paar Minuten verbrachte ich damit, ihm die Funktionsweise vorzuführen und zu erklären. Glücklicherweise war der Herzog schnell von Begriff und hatte keine Schwierigkeiten, sich auf neue Gegebenheiten einzustellen. »Sobald wir die Geiseln herausgeholt haben, schicke ich Euch eine Nachricht«, versicherte er mir.

»Passt nur gut auf Euch auf, James. Die Zukunft Lothions ruht auf Euren Schultern«, erwiderte ich ernst.

Schmerzlich berührt verzog er das Gesicht. »Euer Plan gefällt mir nicht, Mordecai. Ihr habt nicht genug Macht, um es zu erzwingen, und Ihr könnt keineswegs sicher sein, ob Ihr genügend Unterstützung finden werdet. Bekommt Ihr sie nicht, dann entbrennt ein Kampf von der schlimmsten Sorte, ein Bruderkrieg. Ich bin in Versuchung, mich zu weigern.«

Ich hatte reichlich Selbstzweifel gehegt und mich oft genug verrenkt, um mich denen zu fügen, die mich manipulieren wollten. Darum machte ich keinen Hehl aus meinem Zorn, als ich ihm antwortete: »Ihr habt keine andere Wahl, James Lancaster. Man hat mich herumgestoßen und getrieben, und jetzt stehe ich mit dem Rücken zur Wand. Sie werden gewiss nachgeben, denn sonst könnten sie es sehr bereuen, mich hintergangen zu haben.«

James sah mich an, als suchte er in meinen Augen Sicherheit. Doch ich wusste nicht, ob er sie fand. Schließlich nickte er und wandte sich ab, während ich damit fortfuhr, seine Männer und Pferde nach Albamarl zu transportieren.

Rose und ich sahen ihnen nach, als sie aus dem Kutschenhaus ritten und von der nächtlichen Dunkelheit verschluckt wurden. Die Straße, der sie folgten, führte zunächst nach Westen. Bald würden sie jedoch abbiegen und auf einem Weg, der kaum mehr war als ein Trampelpfad, nach Norden in die Wildnis ziehen. Obwohl sie einen erfahrenen Führer und einen Magier hatten, der ihnen den Weg beleuchten konnte, machte ich mir Sorgen, sie könnten sich verirren und ziellos umherwandern. Wenn sie zu spät eintrafen, war mein ganzer Plan gefährdet, oder ich würde mich zumindest gezwungen sehen, unglückselige Entscheidungen zu treffen, die unwiderrufliche Folgen nach sich zogen.

»Jetzt sind wir also allein«, sagte Rose, als wir in dem dunklen Gebäude standen. »Wann beginnst du?«

»Sobald ich die Nachricht erhalte, dass unsere Freunde in Sicherheit sind.« Ich tippte auf das Kästchen, das ich in den Händen hielt.

»Was wollen wir heute Abend tun?«

»Eigentlich sollten wir zusehen, dass wir ausschlafen, aber ich fürchte, das wird gar nicht so leicht«, entgegnete ich. »Macht es dir etwas aus, die Nacht auf der Burg Cameron zu verbringen?«

»Warum dort?«, fragte sie.

»Ohne Walter kommen wir nicht unbemerkt in dein oder mein Haus zurück. Wir können allerdings mit diesem Kreis nach Lancaster und von dort aus zur Burg Cameron springen.

Morgen kehren wir dann direkt in mein Haus zurück, nachdem wir die Nachricht bekommen haben«, erklärte ich. »Heute Abend können wir ein gutes Essen genießen und wenigstens unter Freunden sein.«

43

Wie ich erwartet hatte, fiel es mir schwer, die folgende Nacht zu überstehen. Unablässig warf ich mich im Bett hin und her, und wenn ich einmal einschlief, dann war ich unruhig. Immer wieder wachte ich auf und starrte die kleine Holzkiste auf dem Nachttisch an. Jedes Mal, wenn ich dachte, ich hätte den Rubin im Deckel aufleuchten sehen, musste ich feststellen, dass es nur ein Hirngespinst meines schlaftrunkenen Geistes war.

Am Morgen saß ich angekleidet und wach auf dem Diwan und beobachtete das Kästchen, das auf der anderen Seite des Raumes stand. Wenn man berücksichtigte, wann sie in Albamarl aufgebrochen waren, durfte ich jeden Augenblick mit einer Botschaft von James rechnen. Doch der störrische Edelstein auf dem Deckel wollte einfach nicht aufleuchten.

»Herein«, sagte ich laut in die Richtung der Schlafzimmertür. Rose stand draußen und wollte gerade anklopfen, doch ich hatte sie vorher schon bemerkt. Sie öffnete und spähte herein.

»Hast du etwas gehört?«, fragte sie aufgeregt. Trotz der frühen Stunde hatte sie bereits ein elegantes Kleid angezogen und die Haare mit zwei sorgfältig geflochtenen Zöpfen gebändigt. Ich hatte keine Ahnung, wie sie dieses Wunder vollbracht haben mochte. Penny ging morgens mit ihren Haaren auf eher praktische Weise um – alles war ihr recht, solange die Strähnen zusammengebunden waren und sie nicht störten.

»Nein«, entgegnete ich unwirsch. »Warum bist du so aufgetakelt?« Normalerweise wäre ich nicht so grob gewesen, aber ich hatte schlechte Laune.

Falls ich sie beleidigt hatte, ließ sie sich nichts anmerken.

»Ich bin nervös, und wenn ich nervös bin, kümmere ich mich erst mal um mein Äußeres.« Sie deutete auf das Kleid und die Haare. »Das liegt wohl an meiner Erziehung.«

Ich war in Versuchung, sie nach den Waffen zu fragen, die sie sich an den Oberschenkel geschnallt und unter dem Mieder verborgen hatte, ganz zu schweigen von dem Stahldorn, der zwischen den Zöpfen steckte, hielt aber lieber den Mund. Wenn ich ihr verriet, dass ich diese Dinge wahrnehmen konnte, entstand möglicherweise eine unangenehme Unterhaltung über all die anderen Einzelheiten, die ich ebenfalls sehen konnte.

»Hast du schon gefrühstückt?«

Sie zuckte mit den Achseln. »Ich habe einen Bienenschwarm im Bauch und bekomme nichts herunter.« Ehe sie weitersprach, musterte sie mich kritisch. »Willst du dem König so unter die Augen treten?«

Beinahe hätte ich gelacht. »Spielt das eine Rolle? Ich werde ihn ohnehin töten, wenn ich ihn sehe.«

Sie biss sich auf die Unterlippe und zeigte mir ihre zierlichen weißen Zähne. »Ich begleite dich, aber mit einem Lümmel, der ein fleckiges Leinenhemd und geflickte Lederstiefel trägt, lasse ich mich nicht blicken.«

Erstaunt sah ich sie an. »Du kommst nicht mit.«

Roses Augen funkelten, da ich ihr widersprochen hatte. »Wie weit bist du damit gekommen, wenn du Penny so etwas gesagt hast?«

Erwischt. Tatsächlich war es meistens darauf hinausgelaufen, dass Penny mitgekommen war. »Egal«, erwiderte ich gereizt. »Du bist nicht meine Frau.« Ich stand auf, damit sie mich nicht mehr von oben herab behandeln konnte.

Allerdings ließ sie keineswegs locker, sondern baute sich dicht vor mir auf und sah mir aus zwei Handbreit Abstand in die Augen. »Deine Frau ist nicht da, und bis du sie zurückbekommst, fällt mir die Aufgabe zu, auf dich aufzupassen.«

Da überkam mich ein eigenartiger Drang, sie zu erwürgen. Ich beherrschte mich jedoch. Ihre Nasenflügel bebten, als sie atmete, und ich errötete. Die Anspannung, die ich verspürte, ging nicht nur auf den Zorn zurück, und wenn ich die Hand gegen sie erhoben hätte, dann hätte es gewiss nicht mit einem Kampf geendet. Es wäre viel schlimmer geworden.

»Na gut.« Ich wich vor ihr zurück und suchte kühlere Gefilde auf, um mich zu beruhigen. »Aber ich bin nicht dafür verantwortlich, wenn dir dort etwas zustößt. Ich kann nicht für deine Sicherheit garantieren.«

»Das habe ich auch nicht erwartet«, antwortete sie gelassen. »Nimm doch ein Bad, während ich passende Kleidung für dich heraussuche«, fügte sie so gelassen hinzu, als wäre sie wenige Augenblicke vorher nicht furchtbar wütend gewesen.

Ich ging hinaus und suchte Joe McDaniel. Tatsächlich hatte ich beschlossen, ihren Rat zu beherzigen und ein Bad zu nehmen. Seit dem letzten waren schon einige Tage vergangen, und ich begann allmählich, unappetitlich zu riechen.

Statt die kupferne Wanne in mein Zimmer bringen zu lassen, wie Penny und ich es gewöhnlich getan hatten, entschied ich mich für das Gesindebad in der Kaserne. Angesichts meiner seelischen Verfassung und nach der leidenschaftlichen Begegnung mit Rose schien mir das die sicherste Möglichkeit zu sein. Glücklicherweise fragte Joe nicht, warum ich auf einmal dort baden wollte, sondern zeigte mir ohne jeden Kommentar, wo die Handtücher und einige andere Dinge aufbewahrt wurden.

Normalerweise badeten die Leute am Abend, daher war zu diesem Zeitpunkt niemand in der Nähe. Andererseits waren auch die Feuer noch nicht angezündet, sodass ich mit kaltem Wasser vorliebnehmen musste. Das passte mir sogar besser, als ich es mir selbst eingestehen wollte.

Eine Weile später kehrte ich in erheblich angenehmerer Verfassung in mein Zimmer zurück und bemerkte sogleich die

Sachen, die mir Rose auf dem Bett bereitgelegt hatte. Ich ignorierte sie jedoch und sah als Erstes nach der Holzschachtel. Der Edelstein glühte immer noch nicht.

Anschließend richtete ich die Aufmerksamkeit wieder auf die Kleidung und konnte nicht umhin, ihren Geschmack zu bewundern. Eine graue Hose, die zu den schwarzen Stiefeln passte, dazu ein sandfarbenes Wams mit goldenen Verzierungen, die wiederum dem Schmuck des Mantels entsprachen, der daneben lag. Ich fragte mich, ob die Sachen überhaupt richtig saßen, doch ich hätte mir keine Sorgen machen müssen, obwohl ich sie noch nie getragen hatte. Penny hatte sie von dem Schneider anfertigen lassen, der auch meine alltägliche Garderobe nähte. Wie ich Penny kannte, hatte sie ohnehin alles mit Rose besprochen, ehe sie die Aufträge erteilt hatte. Die beiden steckten seit mehr als einem Jahr unter einer Decke, soweit es meine Garderobe betraf.

Kaum dass ich angezogen war, erschien Joe vor meiner Tür. »Ihr müsst etwas essen«, verlangte er.

»Lieber nicht.«

»Nichts Schweres, nur ein wenig Porridge«, beharrte er. »Ihr werdet es später brauchen.«

Ich brachte es nicht über mich, ihm zu widersprechen, und ließ mir tatsächlich eine kleine Schale aufnötigen. Die ersten Bissen bekam ich kaum herunter, doch sobald ich begonnen hatte, entdeckte ich, dass ich tatsächlich einen wahren Heißhunger hatte. Ich aß alles auf und dachte ernsthaft darüber nach, eine zweite Portion zu verlangen.

Rose erschien, ehe ich nach Joe schicken konnte. »Nicht schlecht«, bemerkte sie trocken.

»Ich fühle mich auch besser, vielen Dank. Allerdings komme ich mir in diesen Sachen ziemlich albern vor.«

Sie lächelte. »Du siehst aber richtig schneidig aus.«

»Sollte der Held nicht Weiß tragen?«, fragte ich.

»Ganz so edelmütig bist du nicht«, widersprach sie. »Immerhin planst du einen Königsmord. Dorian könnte vielleicht weiße Sachen tragen, aber ich fürchte, du wirst dich mit Grautönen begnügen müssen.«

Diese Bewertung versetzte mir einen Stich, trotzdem zuckte ich nur mit den Achseln und ging darüber hinweg. »Die meisten Sachen sind schwarz«, wandte ich ein.

»Das sieht viel besser aus als einheitliches Grau.« Sie runzelte die Stirn. »Nun hör schon auf zu schmollen. Ich hatte dir doch mal gesagt, dass du der richtige Mann für diese Aufgabe bist. Es gibt eben Dinge, für die verschiedene Abstufungen von Grautönen genau das Richtige sind.«

Ich öffnete den Mund und wollte etwas sagen, doch sie legte mir den Finger auf die Lippen. »Schließ die Augen und schweige einen Moment, Mordecai«, sagte sie sanft. Die Geste berührte mich, und ich gehorchte. Sie kam auf mich zu und küsste mich auf die Wange, was mich überraschte. Dann umarmte sie mich.

»Du bist ein anständiger Mann, Mordecai. Zwar nicht vollkommen, aber besser als die meisten. Ich liebe dich fast so sehr wie Dorian, und Penelope liebe ich genauso wie dich. Du musst mir heute eines versprechen.« Sie trat zurück, und ich schlug die Augen wieder auf.

»Was denn?«, fragte ich misstrauisch.

Sie seufzte. »Du bist so jung und schon so zynisch. Du musst mir versprechen, dass du für Penelope zu überleben versuchst. Keine dummen Opfer, hörst du?«

Ich war in Versuchung, sie daran zu erinnern, dass sie lediglich ein Jahr älter war als ich, aber das kam mir unhöflich vor. »Ich kann das nicht tun«, entgegnete ich. »Wie du mir erst gestern Abend gesagt hast: Wir haben alle das Recht, ein Opfer zu erbringen. Ich kann nichts versprechen, wenn so vieles unsicher ist …« Ich ließ den Satz in der Luft hängen. Aus dem Augenwinkel hatte ich bemerkt, dass die kleine Kiste neben dem Bett rot glühte.

Sofort vergaß ich alles andere und schritt zu dem Tisch, um den Deckel der Schachtel zu öffnen. Drinnen fand ich ein kleines Stück Papier, das ich sorgfältig auffaltete. Die Mitteilung hatte James persönlich geschrieben:

Wir haben Walters Frau und den kleinen Sohn gerettet. Von Penny, Dorian und Walters älterer Tochter fehlt jede Spur. Keiner der Priester hat überlebt, daher gibt es auch keine Zeugen für unseren Angriff. Vergeblich haben wir die ganze Gegend abgesucht und kehren jetzt nach Albamarl zurück.

Es tut mir aufrichtig leid, Mordecai.

James

Mich überkam eine kalte Ruhe, als Rose mir den Zettel aus den tauben Fingern klaubte. Rasch ging ich zu meinem Schreibtisch und verfasste eine Antwort.

Erwartet mich heute Abend am Kutschenhaus. Falls ich bis zum Morgen nicht da bin, müsst Ihr nach Lancaster reiten und Euch auf einen Krieg vorbereiten.

Mordecai

Ich verzichtete auf die üblichen Höflichkeitsfloskeln. Mein Herz war viel zu kalt, um noch auf solche Förmlichkeiten Rücksicht zu nehmen. Ich schloss die Schachtel und gab sie Rose. Falls noch weitere Nachrichten eintrafen, musste sie sich darum kümmern. Schließlich ging ich in die Ecke, legte meine verzauberte Gürteltasche an und schritt zur Tür. Die Zeit des Wartens war vorbei.

44

In der Nachmittagssonne erhoben sich vor mir die Tore des Palasts. Die Wächter, die dort standen, ahnten natürlich nicht, dass sich ihre Welt am heutigen Tag gründlich verändern würde. Der Fußweg von meinem Haus ins Stadtzentrum war ereignislos verlaufen. Rose und ich hatten aufgrund unserer vornehmen Kleidung recht viele Blicke auf uns gezogen, denn die meisten Menschen, die so fein bekleidet waren, fuhren gewöhnlich mit der Kutsche oder waren mindestens zu Pferd unterwegs. Wir dagegen schlenderten einfach die Straße hinunter.

Diese Aufmerksamkeit war mir allerdings ziemlich gleichgültig. *Ich bin für eine Beerdigung angezogen*, dachte ich bei mir. Wenn man es in diesem Lichte betrachtete, waren alle anderen viel zu alltäglich gekleidet. Beinahe musste ich kichern, als mir dies bewusst wurde.

»Alles in Ordnung?« Roses Miene verriet nicht, wie nervös sie war, doch mit dem Magiersinn spürte ich ihr rasendes Herz.

»Nein«, antwortete ich ihr wahrheitsgemäß. »Ich glaube nicht, dass irgendetwas jemals wieder in Ordnung sein wird. Jedenfalls nicht für uns und für alle, die uns nahestehen.« Damit meinte ich natürlich Dorian und Penny.

Die Wachtposten beobachteten uns neugierig, als wir uns ihnen näherten. Sie hatten uns bereits erkannt, aber vermutlich nicht damit gerechnet, dass ich am Nachmittag in höchst förmlicher Kleidung vorsprechen würde. Einer sprach mich an, sobald wir nahe genug herangekommen waren. »Verzeihung, Euer Lordschaft, darf ich nach Eurem Namen und dem Grund Eures Besuchs im Palast fragen?« Er war höflich und äußerst zuvorkommend.

»Meinen Namen kennst du schon«, erwiderte ich, »und wahrscheinlich weißt du auch, dass ich erwartet werde.«

Respektvoll neigte er den Kopf. »Jawohl, Exzellenz, aber die Fragen muss ich trotzdem stellen. Bitte verzeiht mir, wenn es Euch seltsam vorkommt.«

Beinahe tat er mir leid. Keiner dieser Männer hatte es verdient, dem Chaos zum Opfer zu fallen, das meine Gegenwart in ihrem Leben anrichten würde. »Wie heißt du?«, fragte ich ihn.

»Nathaniel, Euer Lordschaft.«

»Nathaniel, hast du Angehörige in der Stadt?«

»Ja, Sir.« Er sah mich mit verwunderten Augen an.

Ich suchte seinen Blick und gab ihm zu verstehen, dass ich es ernst meinte. »Du solltest dir heute freinehmen und bei ihnen bleiben. Hier wird dich niemand vermissen. Vielleicht solltest du das auch den anderen Dienern und Wächtern sagen.«

Jetzt glotzte er ungläubig, doch ich ließ ihn stehen und ging weiter. Er und die anderen Wächter beeilten sich, mir die Tür zu öffnen, ehe ich ganz bei ihnen war. Rose und ich schlenderten gemächlich hindurch. Einer rief uns hinterher: »Lasst mich Euch eine Eskorte rufen, Euer Lordschaft.«

Ich achtete nicht darauf und ging weiter. Den Weg kannte ich noch sehr gut. Unterwegs warnten wir alle anderen auf die gleiche Weise wie den ersten Wächter. Ich hoffte, dass sie zuhörten und es weitertrugen. Allerdings ahnte ich, dass die meisten bleiben würden, obwohl sie genau wussten, wer ich war. Dagegen konnte ich nicht viel tun. *Hoffentlich ufert die Sache nicht aus*, dachte ich. Im Grunde war es mir aber egal. Meine Warnungen entsprangen eher der Gewohnheit, freundlich zu sein, als dem aufrichtigen Wunsch, ihnen zu helfen.

Während wir uns dem Audienzsaal näherten, drückten mich düstere Vorahnungen. Meine Sinne waren hellwach und konzentriert, und doch fand ich keine Ursache für dieses Gefühl. Erstaunlicherweise verließen viele Menschen in der Nähe gerade den Palast. Einen Anlass für meine Befürchtungen konnte ich jedoch nirgendwo entdecken.

Zu meiner Überraschung stand Adam, der mich bei meinem ersten Besuch im Palast begrüßt hatte, vor der Tür des Thronraums. Er verbeugte sich nachlässig und wollte uns öffnen, doch ich winkte ihm, mir Platz zu machen.

»Wünscht Ihr nicht einzutreten, Lord Cameron?«, fragte er.

Drinnen spürte ich zwei Menschen, die ich sofort erkannte. Der erste war Edward, der zweite sein treuer Diener Cyhan. »Danke, Adam, aber ich öffne die Tür lieber selbst.«

Meine Miene war ihm offenbar Warnung genug, denn er zog sich eilig von der schweren Doppeltür zurück. »Adam, Ihr solltet Euch heute lieber freinehmen«, fuhr ich fort und drehte mich zu der Tür um.

Nun war der Augenblick gekommen. Rose spannte die Hand auf meinem Arm an. Ich hob den Stab und setzte das mit Eisen verkleidete Ende fest auf den Steinboden. »*Borok Ingak!*« Die Worte donnerten wie eine brechende Welle am Strand und zerschmetterten die Doppeltür. Splitter und Holzstücke flogen in den Raum dahinter. Als sich der Staub wieder legte, waren nur noch die eisernen Scharniere der Tür übrig.

Dann betrat ich als Erster den Raum und war etwas enttäuscht, dass Edward lediglich gelassen auf dem Thron saß und keineswegs in Deckung gegangen war. *Vielleicht habe ich zu viel erwartet*, dachte ich.

Der Raum war beeindruckend – viel weitläufiger als der informelle kleine Salon, in dem James und ich schon mehrmals mit dem König zusammengetroffen waren. Hier unter der gewölbten Decke, die gut fünfzehn Schritt hoch war, fanden offizielle Staatsakte statt. Von einer Wand bis zur nächsten maß der Raum sicherlich dreißig Schritt, und der Thron war mindestens ebenso weit von der Tür entfernt, die ich gerade zerstört hatte. Gleich hinter dieser Tür standen lange Bankreihen, in die sich die Adligen und Geistlichen bei wichtigen Anlässen setzen konnten. Abgesehen von der Tür, durch die wir gekommen waren, gab es noch zwei weitere Ausgänge. Diese Türen waren von normaler Größe und befanden sich links und rechts hinter dem Thron in den Ecken.

Der Thron selbst stand ganz hinten auf einem Podium. Edward erwartete uns durchaus gefasst. Falls ihn mein zerstörerischer Auftritt erschreckt hatte, so ließ er es sich nicht anmerken. Er lächelte, als wir uns näherten. »Ah, mein lieber Graf di'Cameron, wir freuen uns sehr, Euch heute begrüßen zu dürfen.«

Ich blieb ein Stück vor dem Podium stehen und sprach ihn aus zehn Schritten Entfernung an. »Das Gefühl beruht nicht auf Gegenseitigkeit.«

»Aber Mordecai, Ihr seid ja ganz aufgeregt, und außerdem erscheint Ihr zwei Stunden vor der Audienz. Habt Ihr etwa heute Morgen beunruhigende Nachrichten bekommen?«

Ich ging gar nicht erst auf seine Sticheleien ein. »Wir sollten uns die Spielchen schenken, Edward. Wenn Ihr den heutigen Tag überleben wollt, gibt es für Euch nur einen Weg. Übergebt mir auf der Stelle unversehrt und wohlbehalten meine Frau Penelope Illeniel und ihren Leibwächter Sir Dorian Thornbear.«

In gespielter Überraschung zog er die Augenbrauen hoch. »Das sind aber kühne Worte aus dem Munde eines sehr jungen Mannes. Seid Ihr sicher, dass Ihr dies auch gut durchdacht habt? Ihr solltet dem Herrscher, der Eure Frau und das ungeborene Kind in seiner Gewalt hat, nicht drohen.«

Darauf kniff ich die Augen zusammen. »Und Ihr solltet nicht versuchen, sie als Geiseln gegen einen Mann einzusetzen, der Euch im Handumdrehen töten kann.«

Der König lachte nur. »Wenn ich sterbe, seht Ihr sie nicht lebendig wieder, so viel ist jedenfalls sicher. Versteht Ihr das? Für dieses Spiel seid Ihr nicht gut genug gerüstet, Junge.«

»Eure Drohungen verlieren ihre Wirkung, wenn Euch die Bedrohten nicht fürchten«, erwiderte ich.

»Vorsicht, Kind. Eure Worte hier entscheiden über das Schicksal Eurer Liebsten«, erwiderte er streng. In seinen Augen entdeckte ich allerdings ein kleines unsicheres Flackern. Ihm dämmerte wohl, dass ich nicht mehr bereit war, mich zu irgendetwas zwingen zu lassen.

»Das ist die erste und wichtigste Lüge aller Verbrecher, die ihren Willen mittels Drohung und Zwang durchsetzen. Ich übernehme nicht die Verantwortung für Eure Taten. Wenn ich Euch nicht daran hindern kann, ihnen etwas anzutun, dann werde ich wenigstens dafür sorgen, dass Ihr niemals mehr jemandem anders etwas antun könnt«, erklärte ich.

»Beherzte Worte aus dem Munde eines Mannes, der seine Frau und sein Kind dazu verurteilt, durch die Hand eines anderen zu sterben«, höhnte Edward.

»Eure Selbsttäuschungen haben Euch die Fähigkeiten genommen zu herrschen. Inzwischen glaube ich, dass Ihr das Wesen der Macht eines Herrschers nicht begriffen habt«, antwortete ich, um ihn aus der Reserve zu locken.

»Wollt Ihr mir wirklich Vorträge über die Grundlagen der Macht halten? Ich herrsche dank des göttlichen Vorrechts der Könige. Keine Eurer schwachsinnigen Bemerkungen kann daran etwas ändern, und gegenüber der Macht einer ganzen Nation ist Eure Magie höchst unzulänglich.«

»Da irrt Ihr Euch. Das göttliche Recht der Könige ist lächerlich. Ein weiser Mann zeigte mir einmal, wo die wahre Quelle der Macht eines Herrschers liegt.« Ich wusste noch genau, was Dorian mir zu diesem Punkt gesagt hatte. »Sie liegt allein bei den Menschen, die dem Herrscher dienen. Die Stärke des Volks ist ein Geschenk, das ein wahrer König ehrt und hegt, und dies habt Ihr missachtet. All dies wäre nicht nötig gewesen, wenn Ihr nicht ständig versagt hättet, Edward. Ihr habt Euch geweigert, Euer Volk an die erste Stelle zu setzen –

während des Krieges gegen Gododdin und dann noch einmal, als Ihr Euer Volk verraten habt, um ein Abkommen mit den Shiggreth zu schließen. Wozu überhaupt? Um mich zu zwingen und zu kontrollieren? Wärt Ihr ein guter König gewesen, dann hätte ich Euch ohne Zwang gedient.«

Cyhans Blick durchbohrte mich förmlich. Auch Rose beobachtete mich genau, und ich hatte den Eindruck, dass es noch andere gab, selbst wenn ich sie nicht aufspüren konnte. Jedenfalls war in dem Raum noch etwas anderes anwesend, es lag fast körperlich spürbar in der Luft ... wie eine zurückgehaltene Kraft.

Edward wusste inzwischen, wie ernst es mir war. Ohne Zweifel war ich gekommen, um ihn zu töten, doch er zeigte noch immer keine Angst. »Ihr seid ein Narr!«, rief er. »Ihr kommt mir mit dieser müden alten Philosophie, die nicht wahr ist und es noch nie war! Meine Macht soll auf der Billigung der Beherrschten beruhen? Lüge! Die Götter selbst haben mir meine Macht verliehen!«

Nun hatte ich genug. Die Entscheidung hatte ich schon getroffen, bevor ich den Raum betreten hatte, und diese Unterhaltung hatte mir lediglich bestätigt, wie verrückt er war. Ich hob einen kleinen Kieselstein, den ich auf dem Weg zum Palast auf der Straße aufgelesen hatte. »Dieser Stein wird Euer Ende sein, Edward. Mehr will ich nicht auf Euch verschwenden, und sogar dies ist mehr, als Ihr wert seid.« Ich hob den Stein an die Lippen, hauchte darauf und sprach die Worte aus, die ihn mit tödlicher Geschwindigkeit zum König rasen ließen: »*Tielen striltos.*«

Auf einmal flackerte neben dem König ein goldenes Licht auf, das nur für meinen Magiersinn sichtbar war, und der Stein prallte gegen einen unsichtbaren Schild, der ihn schützte. Wo er mit Cyhan allein gestanden hatte, tauchten jetzt zwei weitere Gestalten auf. Der goldene Schimmer ging von einer jungen Frau aus, die um sich und Edward einen Schild errichtet hatte. Offenbar war sie eine Magierin oder eine Heilige. Cyhan hatte sich bisher nicht gerührt, er stand nur stumm und still da.

»Wo kommen die denn her?«, fragte Rose.

»Keine Ahnung, aber es scheint so, als hätte Edward Verstärkung bekommen. Du solltest dich jetzt lieber zurückziehen, Rose«, riet ich ihr. »Das könnte etwas unschön werden.«

Sie spuckte auf eine höchst undamenhafte Weise aus. »Verdammt will ich sein, wenn ich jetzt kneife.«

Die Frau, die neben Edward stand, war schlank und hatte hellbraunes Haar und eine helle Haut. Als ich sie näher betrachtete, erkannte ich, dass sie eigentlich noch keine Frau war, sondern eine groß gewachsene Jugendliche, die etwas schlaksig und linkisch wirkte. Sie trug ein kostbares Kleid aus goldenem Samt, und ihr Gesicht verriet, wie unerfahren sie war.

Die zweite Gestalt war ein großer Mann mit geradezu vollkommenen Proportionen. Das Gesicht blieb unter einer großen Kapuze verborgen, doch er strahlte eine Drohung aus, die ich nicht recht einordnen konnte.

»Wer ist das Mädchen, Edward?«, fragte ich äußerlich gelassen.

Er lächelte. »Erlaubt mir, Euch Elaine Prathion vorzustellen. Ich nehme an, ihrem Vater seid Ihr bereits begegnet, nicht wahr?«

Unwillkürlich zuckte ich zusammen, denn ich begriff, warum Walters Tochter nicht zugegen gewesen war, als wir die Familie befreit hatten. Ich achtete jedoch nicht weiter auf den König, sondern wandte mich direkt an das Mädchen. »Elaine, hör zu, dieser Mann hat keine Macht mehr über dich. Dein Vater hat deiner Mutter und deinem Bruder heute Morgen zur Flucht verholfen.«

Sie starrte durch mich hindurch, und als sie antwortete,

hörte ich Edward lachen. »Celior hat mir von dir erzählt. Du bist eine Pest und wirst die ganze Welt zerstören, wenn man dir nicht Einhalt gebietet. Ich diene dem wahren König Edward, denn ihn haben die Götter gerufen, auf dass er uns durch diese schweren Zeiten führe.«

Dann streckte sie die Hand aus und sagte etwas, das ich nicht verstehen konnte. Von ihrer Hand ging ein Lichtstrahl aus, der auf mich zuschoss. Sofort verstärkte ich meinen Schild, doch ich hätte mir keine Sorgen machen müssen. Ihre Kräfte waren zwar groß, reichten aber keinesfalls aus, um meinen Schirm zu durchdringen.

»Elaine, hör auf damit. Du musst mir glauben, dieser Mann benutzt dich schon seit Jahren, um deinen Vater zu kontrollieren.« Ich flehte sie an und hoffte, sie zu überzeugen.

»Sie wird Euch nicht glauben«, warf Edward ein. »Sie hört nur auf mich und ihren Gott.«

»Nun gut.« Damit hob ich den Stab und schoss meine Kraft auf ihren Schild ab. Allerdings wollte ich ihn nicht durchbohren, sondern lediglich zerschmettern, um sie schnell zu überwältigen, damit sie vor Anstrengung zusammenbrach, statt im Kampf gegen mich zu sterben.

Fast schien es, als sei mein Plan von Erfolg gekrönt. Ihr Schild gab nach, und die Haare flogen hoch, als sie unter der plötzlichen Belastung niederknien musste. Meine Achtung für sie wuchs erheblich, als sie ihren Schild stabilisierte und trotz des Drucks wieder aufstand. Ihre Kaumuskeln arbeiteten, und auf der Stirn entstanden Schweißtropfen, doch so leicht gab sie nicht auf. Offensichtlich war sie sogar stärker als ihr Vater.

Möglicherweise hätte ich mit dem Stab eine Feuerlanze erzeugen können, um den Schild zu durchbohren, doch dabei wäre sie sofort umgekommen, und ich wollte Walters Tochter schließlich nicht töten. Mein Zögern kostete mich allerdings wertvolle Sekunden, die sie für einen Gegenangriff nutzte. Sie deutete über mir zur Decke und machte eine ziehende Bewegung mit einer Hand. Als ich nach oben blickte, sah ich einen Teil der Decke herabbrechen. Mehrere Tonnen Granit stürzten auf mich herunter.

Wahrscheinlich hätte es mich umgebracht, ein so großes Gewicht nur mit dem Schild abzufangen, und selbst wenn ich Erfolg gehabt hätte, wäre ich mindestens bewusstlos geworden. Daher sprach ich ein Wort und deutete vor mir und Rose auf den Boden. Die mächtigen Steinblöcke, aus denen der Untergrund bestand, stiegen empor und bildeten über uns einen schützenden Bogen. Ich hatte sie so angeordnet, dass sie sich gegenseitig stützten, und hielt sie zusätzlich mit meinem Schild an Ort und Stelle.

Glücklicherweise fing unser hastig konstruiertes Schutzdach die größte Wucht des Aufpralls ab, und mein Schild erledigte den Rest. Ich wartete nicht einmal ab, bis sich der Staub gelegt hatte, sondern machte Elaine mit meinem Magiersinn ausfindig und setzte einen Spruch ein, den ich schon früher einmal sehr erfolgreich gegen Cyhan benutzt hatte: »*Grabol ni'targoth*«. Unter dem Mädchen tat sich im Stein ein Loch auf, sie verlor das Gleichgewicht und musste den Schild fallen lassen.

Mit einem weiteren Wort klemmte ich sie im Stein ein. Dabei achtete ich darauf, sie nicht zu verletzen. Natürlich wusste ich, dass ich sie damit nicht lange aufhalten konnte. Sofort kroch ich aus den Trümmern heraus und zog Rose mit, bis wir uns aus dem großen Schutthaufen befreit hatten. »Ist sie tot?«, fragte Rose, sobald wir draußen waren.

»Ich bemühe mich, sie nicht zu töten.«

»Dummkopf!«, rief sie. »Dies ist die einzige Gelegenheit, den König auszuschalten. Wenn du weich wirst, bringt uns das Mädchen um, und dann sterben Penny und Dorian für nichts und wieder nichts!«

Ich hörte nicht auf sie, sondern konzentrierte mich auf Elaine. Polternde Steine verrieten mir, dass sie aus meinem

Gefängnis entkommen war, doch sobald sie draußen war, verschwand sie. Anscheinend hatte sie den Unsichtbarkeitszauber der Prathions eingesetzt. Ein paar Monate vorher hätte ich ihre Bewegungen nicht vorhersagen können, doch da ich Walter kannte, wusste ich inzwischen erheblich mehr über ihre Fähigkeiten. Solange sie für das gewöhnliche Auge unsichtbar war, konnte sie nichts mehr sehen, und sofern sie für den Magierblick unsichtbar war, konnte sie magische Energien nicht mehr spüren. Wenn sie beidem verborgen blieb, war sie praktisch blind.

Allerdings konnte sie immer noch hören.

»Vielen Dank, Elaine«, rief ich. »Jetzt kann ich dem König geben, was er verdient.« Ich hob den Stab und jagte einen mächtigen Kraftstoß durch die Luft.

Sofort verzichtete sie auf die Unsichtbarkeit und erschien wieder, um den wehrlosen König mit einem Schild zu schützen. Allerdings hatte ich meinen Angriff nicht auf den König gerichtet, sondern auf die Stelle, wo sie verschwunden war. Ich wusste ja, dass sie blind war, und hatte angenommen, sie werde nicht sehr weit laufen. Daher hatte ich mich für einen breiten und nicht gebündelten Angriff entschieden, der sie wie ein Keulenschlag traf und von den Beinen riss. Mit einem vernehmlichen Knacken prallte sie gegen die Wand und sank dann bewusstlos zu Boden. Obwohl ich mich bemüht hatte, sie zu schonen, fürchtete ich, sie doch getötet zu haben.

Dann richtete ich mich auf und schritt auf den König zu. »Ich war schon lange wütend, aber jedes Mal, wenn ich denke, Ihr könntet nicht mehr tiefer sinken, fällt Euch etwas ein, um mich zu überraschen«, sagte ich. »Kinder einzusetzen, die Eure Schlachten schlagen sollen, das ist erbärmlich.« Ich hielt den Stab wie einen Speer, packte ihn in der Mitte und ganz unten an der Eisenkappe und stieß ihn nach vorn. »*Thylen ingak ni'lyet*«, sagte ich. Eine Lanze aus reiner gleißender Energie von einem Schritt Länge erschien an der Spitze.

Edward zuckte zusammen, als ich den Stab auf ihn richtete, und schrie voller Angst: »Celior, beschütze mich!« Dabei hob er beide Hände, als wollte er den Hieb abwehren. Die Klinge aus magischer Energie würde allerdings durch Haut und Knochen dringen und ihm das verdorbene Herz durchbohren. Der Sieg, so bitter er auch schmeckte, war mein.

Ich konnte nicht ahnen, wie sehr ich mich irrte.

Der Mann im Mantel warf die Kapuze zurück, lockige blonde Strähnen fielen frei herab, und ein heller Glanz erfüllte die Luft. Vorher hatte ich Angst vor einem unbekannten Wesen empfunden, jetzt überwältigte mich die ungeheure Kraft des Fremden. Die Luft war zum Schneiden dick, und sosehr ich mich auch bemühte, ich konnte den Hieb nicht zu Ende führen, weil mich dieses Wesen mit seiner Ausstrahlung förmlich zu Boden drückte.

Meine Kraft versagte, und wider Willen kniete ich vor ihm nieder. Das Gesicht des Fremden war so hell, dass ich den Kopf senken musste, um die Augen vor dem Licht abzuschirmen. Ohne jeden Zweifel wusste ich, dass ein Lichtgott vor mir stand. Dieses Erlebnis war jedoch ganz anders als meine bisherigen Begegnungen mit den Göttern. Früher hatten sie sich mir nur indirekt gezeigt und waren durch die Beschränkungen ihrer menschlichen Träger behindert gewesen. Jetzt aber stand Celior selbst vor mir, und seine Macht war grenzenlos.

Eine wunderschöne Stimme, die mir fast das Herz brach, sagte zu mir: »Jetzt verstehst du, wie dumm du warst, Mordecai.«

Ich bemühte mich, meine Gedanken zu ordnen. Nach wie vor hielt ich den Schild aufrecht, und doch drang Celiors Macht hindurch und schwächte mich wie eine Infektion. Zähneknirschend zog ich den Schild enger um mich und setzte meine ganze Kraft ein, um mein Bewusstsein abzuschirmen. *Du Dreckskerl kannst meinen Körper besiegen, aber mich wirst du niemals bekommen!*

Celior lachte. »Schau her, Edward! Er glaubt, er könnte sich mir widersetzen! Du bist ein winziger Sterblicher, dein Tod bedeutet mir nichts, und doch werde ich mich an deiner Verzweiflung ergötzen!«

Sobald mein Kopf klar war, konnte ich wieder aufstehen, auch wenn ich mich immer noch so fühlte, als stünde ein Riese auf meinen Schultern. Ich rappelte mich auf und blickte verzweifelt zu Edward hin. »Was habt Ihr getan?«

Doch der König wirkte im Bann des Gottes verzückt und hingerissen. Mit erhobenem Kopf und entrückter Miene war er niedergekniet. Ein paar Schritte hinter ihm stand Cyhan, dessen Gesichtsausdruck ich so beängstigend fand wie noch nie zuvor. Tränen liefen ihm über die Wangen, und in den Augen erkannte ich einen so tiefen Kummer, dass ich mich schon fragte, ob er überhaupt noch der Mann war, den ich zu kennen glaubte.

Auch Rose hockte noch auf den Knien und machte eine schmerzvolle Miene. Als sich unsere Blicke begegneten, sah ich ihre Angst und Verzweiflung. Was wir jetzt erlebten, ging weit über das hinaus, was ein Mensch verstehen konnte.

Anscheinend war ich der Einzige im Thronsaal, der noch halbwegs bei Sinnen war. Celiors Auftritt hatte den anderen jegliche Vernunft und Würde geraubt.

Der Lichtgott ergriff nun wieder das Wort. »Meine Ankunft hier ist aber nicht eurem rechtmäßigen König zu verdanken, sondern geschah vielmehr durch die Einwirkung dieses süßen Mädchens, das mehr Verehrung genießen sollte als jede andere Frau.« Celior deutete auf die bewusstlose Elaine, dann lachte er. »Sie war so verzweifelt. In der Gefangenschaft verlor sie jede Hoffnung, jemals wieder die Freiheit zu erlangen oder die Sicherheit ihrer Angehörigen gewährleisten zu können. Ohne die Anleitung ihres Vaters rief sie mich und bot mir einen Weg hierher in eure Welt an, wenn ich ihr nur Gerechtigkeit widerfahren ließe!«

Endlich gehorchte meine Zunge wieder meinem Willen, und ich konnte ihm knirschend antworten: »Du bist keinen Deut besser als Edward.«

Nun lächelte Celior, und die Schönheit seines Gesichts erhellte den ganzen Raum. »Glaubst du das wirklich?« Der Gott wandte sich an den Herrscher. »Erhebe dich, mein König. Ich benötige deinen Rat.«

Langsam stand Edward auf. »Womit kann ich dir dienen?«

»Dieser Mann soll sterben, aber vorher muss er noch leiden. Sag mir, wie du seine Pein vergrößern kannst.«

Edward lächelte. »Seine Frau und sein Freund sitzen in einem versteckten Verlies unter dem Palast. Hol sie her und lass sie zusehen.«

Celior blickte Cyhan an. »Schaff sie herbei, Sterblicher.«

Ich kämpfte und wollte mich bewegen, wollte etwas tun, hatte aber schon große Mühe, überhaupt aufrecht zu stehen und im Kopf einigermaßen klar zu bleiben. Selbst das gelang mir nur unter größten Anstrengungen. Die einzige Freiheit, die ich noch hatte, war die Fähigkeit zu reden. »Das wirst du bereuen, Celior«, quetschte ich heraus.

Der Gott lachte. »Glaubst du wirklich, ich werde das gleiche Schicksal erleiden wie Balinthor? Dank deines Ahnen war er müde und krank, als er auf diese Ebene gerufen wurde. Die Vernichtung der She'Har besiegelte seinen Untergang, und erst dann trat Moira Centyr auf und gab ihm den Rest.« Auf einmal bemerkte er Rose und winkte sie zu sich. »Komm her, mein Kind.«

Wie eine schlecht geführte Marionette stand Rose auf und trat zögernd vor die vollkommen wirkende, goldene Erscheinung. »Du hast dich gegen mich versündigt, mein Kind«, sagte der Gott. Sofort liefen Rose die Tränen über die Wangen. Celior beugte sich vor und küsste sie zärtlich. Dabei zuckte Rose, als hätte sie einen Schlag bekommen, zugleich aber wand sie sich sinnlich unter seiner Berührung.

Dann zog sich der Gott zurück, und Rose schrie gequält auf, als er sie verließ. »Das ist der Segen, den du hättest haben können«, erklärte er, wickelte sich ihre dichten schwarzen Strähnen um die Hand und hob sie an den Haaren hoch. »Das hier wirst du nun stattdessen bekommen«, fuhr er grausam fort, während sie vor Schmerzen schrie.

»Hör auf!«, rief ich.

»Was willst du denn tun?«, höhnte der Gott.

»Lass sie los«, knirschte eine Stimme, die ich sofort erkannte. Dorian Thornbear stand vor einer der Seitentüren hinter dem Thron. Cyhan und Penny waren bei ihm. Es war kaum zu glauben, aber er trug tatsächlich die Rüstung, die ich für ihn geschmiedet hatte. Ich begriff nicht, wie Edward so dumm gewesen sein konnte, sie ihm zu lassen.

45

Dorian wiederholte seine Aufforderung: »Lass sie los, oder ich hacke dir den verdammten Kopf ab.« Er war mit einem verzauberten Schwert bewaffnet, das ich ihm gegeben hatte.

Celior blickte ihn erstaunt an. »Ein Stoiker? Wie ungewöhnlich. Glaubst du wirklich, du kannst diese Frau retten? Hier, eigentlich will ich sie gar nicht haben.« Mit einer ausholenden Bewegung warf der Gott Rose zu Edward hinüber. Die beiden stürzten übereinander und gingen zu Boden. Einige abgerissene Locken baumelten noch an Celiors Fingern. Als der Gott die Haare betrachtete, lachte er.

Mit einem Wutschrei ging Dorian auf den spöttischen Gott los. Neben dem Krieger mit der schimmernden Rüstung wirkte Celior beinahe schmächtig.

Der Gott machte sich nicht einmal die Mühe, sich zu ducken oder ihm auszuweichen. Mit einem Arm fing er Dorian ab und packte die Rüstung am Kehlstück. Trotz Dorians hoher Geschwindigkeit ließ der Aufprall Celior völlig unbeeindruckt. Nicht einmal die Haare rührten sich. Er hob Dorian an der Kehle hoch, bis dessen Füße über dem Boden baumelten. »Du erfreust mich sehr, aber noch darfst du nicht sterben, kleiner Krieger.«

Dorian zog das Schwert hoch und schlug zu, um Celiors Arm an der Schulter abzutrennen. In seinem Herzen pochte die Kraft der Erde, und als die Klinge den Arm des Gottes traf, klang es, als sei ein mächtiger Gong angeschlagen worden. Das Schwert zerbarst, als bestünde es aus Glas. Stahlsplitter flogen in alle Richtungen davon.

Beinahe lässig schleuderte der Lichtgott Dorian quer durch den Raum. Der gepanzerte Körper meines Freundes prallte so fest gegen die Wand, dass sie nachgab und einige Steine zerbrachen. Dann stürzte er auf den Boden und blieb reglos liegen.

Während sich Celior auf Dorian konzentriert hatte, war der Druck auf alle anderen schwächer geworden. Ich hörte einen Schmerzschrei und sah Rose, die sich mit einem blutigen Dolch in der Hand auf der Bühne aufrichtete. Edward lag blutend unter ihr.

Sobald sich der Gott an uns wandte, nahm der Druck wieder zu, und Roses Knie gaben nach. Sie hockte im Blut des Königs und lachte. »Du kannst nicht alles haben«, sagte sie so leise, dass man es kaum verstand.

Auch alle anderen, eingeschlossen Penny und Cyhan, waren auf die Knie gesunken. Ich suchte Pennys Blick, und einen Moment lang waren wir trotz der Entfernung vereint. In ihrer ausgemergelten Miene erkannte ich Furcht und Erschöpfung, außerdem Sorge – wahrscheinlich um mich. Dennoch keimte eine kleine neue Hoffnung in meiner Brust, als ich sie ansah.

Unterdessen richtete der Gott seine ganze Aufmerksamkeit auf Rose und hob die Hand, über der eine winzige Flamme entstand. »Du hast mich enttäuscht, mein Kind. Ich glaube, du hattest als Erste verbrennen sollen.« Damit warf er die Flamme zu ihr.

Ich zapfte Kraftreserven an, von deren Existenz ich zuvor nichts gewusst hatte, und errichtete vor ihr einen Schild, damit die Flamme an der Seite abrutschen konnte. Das Feuer flackerte und erstarb. Lachend sah mich der Gott an. »Du versetzt mich in Erstaunen, Magier. Ich dachte, du seist an deine Grenzen gestoßen.«

Tatsächlich war ich sehr erschöpft, nachdem ich mich unablässig gegen seine Macht gewehrt hatte. Ich wünschte, mir fiele eine kluge Antwort ein, bekam aber nicht mehr heraus als: »Das zeigt nur, wie dumm du bist.«

Celior runzelte die Stirn und streckte die Hand in meine

Richtung aus. »Lerne Demut.« Dann drehte er die Handfläche zum Boden hinunter, als wollte er etwas niederdrücken.

Sofort nahm der Druck auf meinen Schild um ein Mehrfaches zu, und ich brach zusammen. Als der Schutz versagte, schossen Schmerzen durch meinen ganzen Körper. Ich zog mich in mich selbst zurück und versuchte, wenigstens mein Bewusstsein abzuschirmen. Doch Celiors Willenskraft drang auf mich ein, als bohrten sich mir Messerklingen in den Schädel. Aus meinen Augen tropfte Blut, und ich schrie.

Meine ganze Welt bestand nur noch aus Schmerzen, ich verlor jedes Gefühl für mich selbst. Um der Qual zu entgehen, zog ich mich auf dem Boden eng zusammen und krallte mich am harten Stein fest. *Der Stein!* Dieser eine Gedanke half mir, mich zu konzentrieren und zu bewahren, was von meiner geistigen Gesundheit noch übrig war. Ich erinnerte mich an den Stein, den Moira mir gegeben hatte, damit ich ihn verformte, und ahmte ihn nach, gab meine Menschlichkeit auf und wollte wie der Stein werden … denn Steine spüren keinen Schmerz.

Erbarmungslos legten sich Celiors Gedanken wie spitze Stacheln um meinen gequälten Geist, und ich hörte seine Stimme in meinem Kopf: »Glaubst du wirklich, du hast die Kraft, dich selbst zu schützen, du kleiner Mensch? Ich habe dich nur in diesem Glauben gewiegt, um deine Beschämung und dein Leiden zu vergrößern.«

Die Schmerzen blendeten mich, nur hören konnte ich noch. Ein spitzer Schrei ertönte, ich erkannte Roses Stimme. Darauf folgte ein gequältes Stöhnen. Abermals ergriff Celior das Wort: »Willst du mich behindern, indem du deinen König tötest? Sieh zu und verzweifle.« Nach einer kleinen Pause fuhr er fort: »Erhebe dich, Edward, König von Lothion. Deine Verletzungen waren nicht tödlich.«

»Mort! Mort!«, rief mir Penny ins Ohr. Irgendwie wusste ich, dass sie mir über die Stirn strich, auch wenn ich es nicht spüren konnte. Das einzige Gefühl, das ich noch hatte, war ein unerbittlich brennender Schmerz. Mein sehnlichster Wunsch war es, ihr zu antworten, aber das konnte ich nicht. So konzentrierte ich mich auf das Einzige, was mir ein wenig Schutz vor Celiors Quälerei zu bieten schien: auf den Stein, an den ich mich erinnerte.

Dann erweiterte sich meine Wahrnehmung, und die zehrenden Schmerzen ließen nach, während mein Bewusstsein an Stärke gewann. Endlich konnte ich wieder die Augen öffnen und sah Penelope, die sich schützend über mich gebeugt hatte. Hinter ihr entdeckte ich den zornigen Gott, der sich uns näherte.

»Glaubst du etwa, du könntest ihn beschützen, Frau? Er nützt dir nichts mehr. Ich schicke ihn jetzt in einen langsamen, qualvollen Tod. Sorge dich lieber um dich selbst«, verkündete Celior mit einem Grinsen, bei dessen Schönheit Kinder vor Freude laut gelacht hätten.

»Sein Todeshauch ist mehr wert als dein ganzes Wesen!«, kreischte Penny trotzig und zog mich an sich, um mich zu wiegen. Ihre Tränen fielen auf mein Gesicht. Ich wollte etwas sagen, doch der Mund gehorchte mir noch immer nicht.

Endlich ließen die Schmerzen nach, und mit ihnen schwand auch meine Wahrnehmung der Umgebung. Ich sah und fühlte nichts mehr. Friedlich und glückselig entspannte ich mich, während ich tief unter mir das ruhige Pochen der Erde hörte. In der Nähe und dennoch leise vernahm ich eine Stimme: »Ich reiße dir das verfluchte Kind aus dem Leib und zerquetsche es vor deinen Augen.«

»Nein«, entgegnete ich nur und richtete mich auf. Der Druck, der auf meinem Bewusstsein lastete, war immer noch da, doch nun war ich fähig, mich dagegen aufzulehnen. In mir hatte sich etwas verändert, eine neue Kraft war in mir gewachsen, die ich vor allem aus dem pochenden Herzen der Welt gewann. Mit neuen Augen und einer Klarheit, die aus einem gelassenen Zentrum hervorquoll, sah ich mich in dem Raum um. Ich hatte mein Gleichgewicht gefunden, und in diesem zeitlosen Moment erkannte ich alles.

Dorian und Elaine waren noch bewusstlos, sie lagen seitlich vor einer Wand. Rose war vor dem Thron zusammengebrochen, unter ihr breitete sich eine Blutlache aus. Edward stand inzwischen vor ihr, hatte einen blutigen Dolch in der Hand und lächelte grausam. Das graue Haar war verschwunden, er wirkte nun jünger, als ich ihn in Erinnerung hatte. Zuletzt bemerkte ich Cyhan, der in der Nähe der Tür hockte und ein Schwert hielt, obwohl er anscheinend keine Kraft hatte, sich zu bewegen.

Das Wichtigste war, dass der Lichtgott gerade die Hand ausstreckte. Allerdings kam mir die Bewegung unendlich langsam vor. Pennys Gesicht war über mir, lose Strähnen ihrer weichen braunen Haare fielen herab und schimmerten golden in Celiors Licht. Sie suchte meinen Blick, und in diesem Augenblick fand ein Austausch zwischen uns statt, eine Begegnung, die von einer Tiefe war, die ich gar nicht schildern kann. Alle Entschuldigungen und alles Bedauern waren vergessen und bedeutungslos, denn unsere Herzen hatten einander wiedergefunden.

Celiors Hand verharrte über ihrem Kopf, und schon bog er die Finger, um sie an den Haaren zu packen. Schlagartig setzte sich das Universum wieder in Bewegung. Ohne bewusst darüber nachzudenken, zapfte ich die Kraft unter mir an und hielt die gierige Hand des Gottes mit meiner eigenen auf. »*Na'Pyrren Ingak mai Lathos.*« Diesen Spruch hatte ich erschaffen, um meine Hände während der Arbeit mit dem heißen Metall des Schmiedeofens zu schützen und zu stärken.

Einen Augenblick lang hielten wir uns bei den Händen, und ich spürte Celiors ungeheure Kraft, doch das war mir gleich. Ich ballte die Hand zur Faust und zerbrach die Knochen des Lichtgottes. Zwischen meinen Fingern zersprangen sie wie trockene Zweige. Dann starrte ich ihm in die strahlenden blauen Augen. »Du wirst sie nie berühren.«

Celior schrie auf, und ich ließ seine Hand los und zog mich zurück. Binnen Sekunden hatte er sich wieder gefangen. »Nun spiele ich nicht mehr mit dir, Magier.« Er hob die Hand, spannte sie und zeigte mir, dass sie bereits verheilt war.

Unterdessen erschuf ich mit erhobenem Stab einen stärkeren Schutzschild um uns herum. Dank der neu gefundenen Kräfte konnte ich so viel Kraft hineinlegen, dass an den Rändern blaue Funken zischten und knisterten. Mein Instinkt schrie mich förmlich an, Penny und unser ungeborenes Kind in Sicherheit zu bringen. Aber ich wusste genau, dass es vor dieser monströsen Gottheit, die da vor uns stand, kein Entrinnen gab.

Leuchtende Energiefinger tasteten die Grenzen meines neuen Schildes ab. Ich achtete nicht darauf, sondern wandte mich an Penny. Sie hatte dunkle Ringe unter den Augen, und die Schwangerschaft war ihr inzwischen auch deutlich anzusehen. Doch als ich ihr in die dunkelbraunen Augen blickte, sah ich nur das Mädchen, mit dem ich in der Kindheit im Sommer durch die weiten Felder gerannt war. Das Wort »Liebe« reichte nicht aus, um zu beschreiben, was sie mir bedeutete. Wenn ich in diese Augen blickte, sah ich meine Zukunft, und der Beweis dafür wuchs in ihrem Bauch heran. Ich wollte nichts lieber, als sie festhalten und den Albtraum vergessen, in dem wir uns befanden.

Endlich bekam ich den Mund auf. »Du bist vielleicht ein … Scheusal.«

»Was?«, fragte sie entgeistert.

»Konntest du mir keine deutlichere Botschaft hinterlassen? Ich hielt dich für tot!«, schimpfte ich.

Ungläubig verzog sie das Gesicht. »Ich durfte nicht mehr sagen! Ich wusste ja nicht, wie das dein Schicksal beeinflussen würde.«

»Zum Teufel mit dem Schicksal! Das Schicksal ist eine gottverdammte Hure! Sie ändert ihre Meinung sogar noch öfter als die flatterhafte Glücksfee! Beim nächsten Mal sagst du mir die Wahrheit, sonst bekommst du Ärger mit mir!«, rief ich.

Penelopes Miene zeigte eine Mischung aus Ironie, Belustigung und Kummer. »Vielleicht gibt es gar kein nächstes Mal. Weiter als bis hierher reichte meine Vision nicht, der Rest liegt nun bei dir.«

Jetzt war es an mir, sie ungläubig anzublicken. All das Leiden und die Ängste, die ich durchgemacht hatte – und mehr gab ihre Vision nicht her? »Wenn wir lebendig nach Hause kommen, müssen wir uns ernsthaft unterhalten.« Ich richtete meine Aufmerksamkeit wieder auf den zornigen Gott.

In der kurzen Spanne, die vergangen war, hatte sich Celior deutlich verändert. Er war um eine Schrittlänge gewachsen, und rings um seine Füße waberte goldener Nebel. Er strahlte auch stärker, sodass es beinahe in den Augen wehtat, ihn anzusehen. *Das ist nicht gut*, dachte ich bei mir.

Auf der anderen Seite des Raumes kniete Cyhan bei Rose. Seine ungelenken Bewegungen verrieten mir, dass er sich mühsam gegen den Einfluss des Gottes sträubte. Celiors Gegenwart war so drückend wie Blei, und ohne magischen Schutz vermochten sich gewöhnliche Sterbliche kaum zu rühren. Cyhan streckte die Hand aus, nahm der bewusstlosen Rose die Halskette ab und streifte sie sich selbst über den Kopf. Danach bewegte er sich deutlich schneller. *Will er einfach nur fliehen?*, fragte ich mich. Dorian war doch sicher nicht zufällig mit Waffen und Rüstung erschienen. »Nimm sie mit und verschwinde!«, rief ich so laut ich konnte und deutete auf Rose und Elaine. Auch Dorian hätte ich gern in Sicherheit gewusst, doch Cyhan konnte sie unmöglich alle schleppen, und Dorian war wenigstens in der Rüstung geschützt.

Celior lächelte kalt. »Spar dir den Atem, Sterblicher. Ich

werde sie hetzen, sobald ich mit dir fertig bin.« Dann streckte er die Hand aus und drückte auf meine Abschirmung. Grelle Funken flogen in alle Richtungen. »Dein Schild ist stärker geworden. Ich muss mich tatsächlich etwas anstrengen, dieses Ding zu zerbrechen«, überlegte der Lichtgott. »Allerdings gibt es noch einen besseren Weg.«

Das behagte mir gar nicht. Ein Blick zurück zeigte mir, dass direkt neben Penny und mir ein großer Stein lag, der aus der Decke herabgefallen war. Er bildete eine natürliche Barriere. »Kriech hinter den Stein, Penny«, drängte ich sie leise. Dann wandte ich mich wieder an Celior und versuchte, Zeit zu schinden. »Ich habe keine Lust mehr, mir deine kindischen Drohungen anzuhören«, sagte ich laut.

Der Gott lachte. »Eine kleine Kostprobe von der Kraft der Erde, und schon glaubst du, du könntest mich besiegen. Allmählich zweifle ich an deiner Intelligenz, Mordecai.«

Vorübergehend zweifelte ich sogar an mir selbst. Einen ohnehin schon zornigen Gott weiter zu reizen, war sicherlich nicht das Klügste, was ich je getan hatte. *Dummheit stirbt nicht aus*, dachte ich und sagte laut: »Intelligenz wird sowieso überschätzt. Ich brauche nicht viel Verstand, um zu erkennen, dass du trotz deiner Macht gar nichts bist. Du bist ein Parasit, eine Geißel der Menschheit, eine Gestalt aus dem Albtraum eines Irren, und du saugst deine Kraft aus den Herzen und Seelen der Gläubigen, die den Fehler begehen, dich anzubeten.«

Während ich sprach, wechselte Celiors Gesichtsausdruck von belustigt zu fuchsteufelswild, und ich verstärkte meinen Schild noch weiter. Was jetzt gleich kam, würde sicherlich sehr übel sein. »Ich zeige dir nun, wie dumm es ist, so mit mir zu reden«, antwortete der Gott, und mir wurde sogleich mein Irrtum bewusst.

Ein Lichtblitz erhellte den Raum. Es war, als sei die Sonne auf die Erde gestürzt. Im Mittelpunkt stand Celior und strahlte so stark, dass alles in der Nähe sofort zu Asche verglühte. Die

Wandbehänge aus Stoff waren verzehrt, noch ehe sie vollends in Flammen aufgegangen waren. Sogar die Steine rauchten, wo das schreckliche Licht auf ihnen spielte. Mein Schild dagegen war durchlässig für das Licht, das noch nie eine Gefahr dargestellt hatte.

Auf der Seite, die dem Gott zugewandt war, verkohlten meine Haut und die Kleidung fast sofort. Meine Augen verbrannten so schnell, dass ich es fast als Erlösung empfand, das Licht nicht mehr sehen zu müssen. In meiner Kehle entstand ein Schrei, den ich nicht über die versengten Lippen bekam, da ich nicht atmen konnte. So schnell, wie das Licht entstanden war, erlosch es auch wieder.

Ich war nur noch ein rauchendes Wrack. Die äußeren Schichten der Kleidung, die Haut und sogar das Körperfett auf der Seite, die dem Licht ausgesetzt gewesen war, existierten nicht mehr. Hätte die Hitze nicht gleichzeitig die Blutgefäße verödet, ich wäre verblutet. So aber überlebte ich voller Entsetzen, Schmerzen und Qualen. Ich brach zusammen und wusste, dass ich schon im Sterben lag, auch wenn es noch Stunden dauern mochte, falls Celior sich nicht entschloss, mein Ende zu beschleunigen.

»Mort? Was war das für ein Blitz? Ich kann nichts mehr sehen!«, rief Penny. Meine Augen waren zerstört, doch mit dem Magierblick konnte ich sie noch erkennen. Der Stein hatte sie abgeschirmt. »Bist du verletzt?«, fragte sie.

Seltsamerweise ließen die Schmerzen nach. *Die meisten Nervenbahnen sind zerstört*, dachte ich. »Schon gut«, wollte ich antworten. Zwar konnte ich meine Stimme hören, doch mit den verschandelten Lippen klang sie fremd.

»Jetzt ähnelst du schon eher dem blinden Wurm, der du bist«, höhnte Celior. »Wenn deine Hure wieder sehen kann, wird sie sich vielleicht bei mir bedanken, weil ich dein Äußeres verschönert habe.«

Mir blieb nur noch der Zorn als Antrieb. Der Zorn und

mein störrischer Wunsch, meine Frau und mein Kind irgendwie zu retten. Der Herzschlag der Erde reagierte und wurde schneller, während ich Zuflucht in seinem Rhythmus und Trost in seinem Rasen suchte. »Ich brauche keine Augen, um deine Hässlichkeit zu erkennen, Celior«, antwortete ich und stand ein weiteres Mal auf.

Irgendetwas traf mit der Wucht eines Schmiedehammers meinen Hinterkopf, und ich landete wieder auf dem Steinboden. *Moira, Hilfe!*, rief ich innerlich. Irgendwie schaffte ich es, mich wieder aufzurappeln, doch schon traf mich der nächste Hammerschlag, und ich taumelte zur Seite. Celior bearbeitete mich jetzt mit bloßen Fäusten.

Gegen die Macht eines Gottes kann ich nichts ausrichten, Mordecai, antwortete Moira in meinem Kopf.

Der nächste Schlag schleuderte mich quer durch den Raum. Ich prallte gegen eine Wand und rappelte mich störrisch abermals auf. *Hilf nicht mir! Versteck Penny. Nimm sie mit fort, zieh sie durch den Stein, wenn es nötig ist. Rette sie!* Schon wieder traktierten mich Celiors Fäuste.

Jeder Schlag schien stärker zu sein als der vorherige, und doch spürte ich immer weniger. Ich war gewachsen, doch Celior hielt mit meinem Wachstum Schritt. Inzwischen maßen wir mindestens sieben Schritt.

»Bleib lieber klein«, riet mir Celior. »Du zögerst ja doch nur das Unvermeidliche hinaus.«

Der nächste Hieb sollte meinen Kopf treffen, doch dieses Mal war ich bereit und hob den Arm, um ihn abzuhalten. Ehe er sich wieder fangen konnte, drosch ich ihm die Faust in den Bauch. Unversehens hatten meine Hände große Spitzen aus Stein entwickelt, die den Leib des Lichtgottes durchbohrten. Aus der Wunde quoll goldenes Blut und tropfte auf den Boden. »Ich bin es leid, mir so etwas anzuhören«, antwortete ich mit einer Stimme, die klang, als knirschten zwei große Steine aufeinander. »Du hättest dir in der langen Spanne deiner Unsterblichkeit doch wenigstens ein paar neue Drohungen ausdenken können.«

Celior taumelte zurück und wollte zu einem Gegenangriff ansetzen. Ich ignorierte seine Schläge und ergriff seinen Kopf, als er sich vorbeugte, zog ihn ruckartig herab und riss gleichzeitig mein versteinertes Knie hoch, um das Gesicht zu treffen. Mit einem Knacken, so laut wie ein Donnerschlag, brachen die Knochen des Lichtgottes. Dann zog ich den Kopf hoch und wiederholte die Bewegung, bis Celiors schönes Antlitz ganz und gar zerschmettert war. Schließlich griff ich nach unten und packte den halb ohnmächtigen Gegner an den Beinen, um ihn gegen die Wand zu schmettern.

Leider entglitt er mir zu früh und rutschte weg. Trotz der schweren Verletzungen hatte er sich längst erholt, ehe ich nachsetzen konnte. Er sprang hoch und ließ sich brennende Flügel auf dem Rücken wachsen. Einige rasche Flügelschläge später schwebte er hoch über mir und floh durch die zerstörte Decke des Palasts. *Das war unfair!*, dachte ich und verfluchte ihn im Geiste.

Die kleine Verschnaufpause nutzte ich, um mich nach meinen Freunden umzusehen. Nur Dorian war in der Nähe, er lag bewusstlos zwischen den Steintrümmern der Wand. Cyhan trug Elaine auf der einen und Rose auf der anderen Schulter und hatte den Palast beinahe verlassen. Von Penny war weit und breit nichts zu sehen, was ich als gutes Zeichen wertete.

Ich beschloss, mir etwas frische Luft zu verschaffen, hob die Hand und zerstörte eine Wand, stieg über die Trümmer und blieb in einem Innenhof des Palasts stehen. Da mir das Gebäude, das ich zerstörte, beinahe wie ein Puppenhaus vorkam, maß ich inzwischen sicherlich mehr als fünfzehn Schritt. Sobald ich aus den polternden Steinen und Balken herausgefunden hatte, entdeckte ich, was Celior geplant hatte. Ein sengender Strahl aus reinem Sonnenlicht traf mich und verbrannte meine Steinhaut.

Über mir schwebte der Gott auf brennenden Schwingen wie die groteske Parodie eines Phönix. Er richtete das Licht unablässig auf mich, Teile meines Körpers zerschmolzen zu blubbernder Lava. Trotz meines versteinerten Körpers entwickelte ich ein Gefühl, das ich in meiner Menschengestalt als Schmerzen bezeichnet hätte. Auch die erhobenen Arme konnten mich nicht abschirmen.

Dann beschwor ich meine Magie herauf und schickte einen Energiestoß zu meinem Gegner, doch die Entfernung war zu groß, und er schien einfach zu beweglich, um getroffen werden zu können. »Narr!«, kreischte Celior herab. »Deine Kraft ist vergänglich, die meine währt ewig!«

Allmählich sah ich ein, dass er damit wohl nicht ganz unrecht hatte. Während er seinen Angriff fortsetzte, fiel es mir immer schwerer, meinen Körper zu erhalten, und sogar meine Gedanken wurden träge. Je mehr Kraft ich aus der Erde zog, desto gleichgültiger wurde ich. Nach und nach vergaß ich mich. *Wenn ich dieses strahlende Scheusal nur in die Finger bekäme*, dachte ich.

In diesem Augenblick zog ein Schatten vor der Sonne vorbei, und ich entdeckte in der Ferne etwas Unmögliches. Für den Magierblick war es zu weit entfernt, doch meine Steinaugen konnten etwas erkennen, das einem großen Vogel ähnelte, der aus dem Himmel auf Celior herabstieß. Anscheinend spürte auch der Gott etwas, denn er hörte sofort auf zu lachen und blickte erschrocken nach oben und hinter sich. Die gemächlichen Flügelschläge wurden hektisch, während er Geschwindigkeit und Höhe zu gewinnen suchte. Doch es war bereits zu spät. Der Vogel – nein, eher war es ein Drache – stieß viel zu schnell herab.

Der Angreifer traf den Gott mit einer solchen Wucht, dass beide abstürzten. Celior prallte neben dem Palast auf die Straße, dass die Erde bebte. Der Drache zerfleischte den Leib des Gottes und riss ihm den Bauch auf. Ich blieb reglos stehen und sah erschrocken zu. *Ob das Gareth Gaelyn ist?* Moira hatte mir erzählt, dass Drachen Wesen aus Legenden und Sagen waren. Der einzige, der je wirklich existiert hatte, war entstanden, als ein Erzmagier verrückt geworden war, und das war schon mehr als tausend Jahre her. Außerdem hatte er sein eigenes Volk abgeschlachtet.

Von der Nase bis zur Schwanzspitze maß der Drache mindestens vierzig Schritt, sein Körper war mit glänzenden grauschwarzen Schuppen geschützt. Er war schlank und geschmeidig, doch unter der Haut spielten mächtige Muskeln. Inzwischen hatte er die riesigen Flügel angelegt, da er auf dem Boden stand. Er hielt Celior mit dem Maul und zwei kräftigen Vorderbeinen fest, während er mit den Hinterbeinen nach dem Lichtgott hackte und ihn zerriss.

Da ich nicht wusste, was ich sonst tun sollte, rannte ich auf die beiden zu oder vielmehr, ich versuchte es. Rasch fand ich heraus, dass ich zu groß war, um mich schnell genug zu bewegen. Mehr als ein eiliges Trampeln war mir nicht möglich. Dennoch lief ich viel schneller, als es mir in meiner früheren Menschengestalt möglich gewesen wäre.

Als ich mich ihnen näherte, erholte sich Celior und entkam dem Griff des Drachen. Die beiden rollten übereinander und kämpften am Boden wie zwei Trunkenbolde. *Allerdings habe ich noch nie glühende Trunkenbolde mit Schuppen und Flügeln gesehen*, dachte ich. Celior war jetzt im Vorteil, er setzte sein Körpergewicht ein, um den Drachen in den Krater zu pressen, der beim Herumwälzen entstanden war, und versuchte, dem Fabelwesen den Kopf abzureißen. Die Verletzungen des Gottes waren bereits verheilt, und seine Schönheit war entsetzlich anzusehen, als er sich nun ernsthaft anstrengte und am Kopf des Drachen zerrte.

Wie tötet man ein Wesen, das sich sofort wieder selbst heilt?, überlegte ich. Mein Zorn war ein wenig verflogen und wich allmählich der Angst. Trotz allem schien Celior mächtiger denn je, und kein Anzeichen war zu erkennen, dass seine Kräfte schwanden.

Mir blieb nicht viel Zeit zum Nachdenken, denn mein einziger Verbündeter stand kurz vor der Enthauptung. Also stürzte ich mich ins Handgemenge, schlang die Arme um den Lichtgott und drückte. Lachend verstärkte Celior sein Strahlen, bis er sogar heller war als die Sonne. Mein Körper schmolz und sackte zusammen – und da berührte ich ihn. Ich durfte ihn nicht mehr wegfliegen lassen, die Lösung lag direkt unter mir.

»Mal sehen, wie dir das Zentrum meiner Macht gefällt«, knirschte ich mit Granitzähnen und verdoppelte meine Anstrengungen. Als ich die Arme stärker anzog, brach sein Rückgrat, und der Gott wand sich vor Schmerzen. Währenddessen schickte ich meine Gedanken hinaus, ließ mich nach unten in den Boden sinken und zog den zappelnden Gott mit. *Tut mir leid, Penny*, dachte ich bedauernd. *Ich kann das Versprechen nicht halten, das Rose mir um deinetwillen abgenommen hat.*

Tiefer und tiefer ging es hinab, und immer fester umschlang ich Celior. Jetzt wurde er schwächer, oder vielleicht nahmen auch meine Kräfte zu. Jedenfalls konnte ich ihn in dem massiven Steinsarg einschließen, in den sich mein Körper verwandelt hatte. Auf diese Weise hatte Moira Centyr auch Balinthor besiegt. Sie hatte ihn nach unten gezogen, und sobald ihre Kraft groß genug geworden war, hatte sie ihn zerquetscht. Die Explosion, die daraus entstanden war, hatte die Erdoberfläche verändert und ein neues Meer erschaffen.

Damit wirst du oben in einem Umkreis von zehn Meilen alle Menschen umbringen, hörte ich Moiras Stimme in meinem Kopf.

Wie nahe ist Penny?

Was ist mit deinen anderen Freunden? Was ist mit dem Volk?, antwortete sie.

Ich verspürte Schmerzen und Verzweiflung. *Ich kann nicht alles haben*, antwortete ich.

Du darfst das nicht tun. Nicht hier.

Dann bringe ich ihn weg, antwortete ich stumm.

Es gibt einen besseren Weg. Sie berührte mich mit ihrem Geist und zeigte es mir.

Ich sank tiefer und tiefer hinab, unter die Erdkruste und auf das Reich zu, wo äußerste Hitze und großer Druck vorherrschten. Dort zerquetschte ich Celior, bis er nur noch so groß war wie bei unserer ersten Begegnung. Ich drückte weiter, bis er zu einer strahlenden Kugel geworden war, nicht größer als eine Hand. Dann griff ich in meinen riesigen Steinkörper hinein und weckte eine ungeheure konzentrierte Kraft, die ich in dunkelroten Linien um den gefangenen Gott wob. *Das Blut der Erde*, sagte ich mir, denn Blut war das, was der äußeren Erscheinungsform dieser Kraft am ehesten glich.

Aus der Erinnerung an den Stasiszauber und mithilfe meiner Intuition erschuf ich eine Reihe von Runen, die das böse Bewusstsein des Gottes in einem zeitlosen, unveränderlichen Zustand festhielt. Als ich fertig war, wehrte er sich nicht mehr gegen die diamantene Gestalt, in die ich ihn gepresst hatte. Allerdings war seine Kraft immer noch so groß, dass sie die Zeit so stark zu verbiegen schien, dass die Energie nach außen drang. Wieder weckte ich meine Kräfte und umgab die verzauberte Form mit einem dichten Kristall, der die nach außen dringende Kraft absorbierte.

Ich muss dafür sorgen, dass diese Energie verbraucht und laufend abgeleitet wird, überlegte ich. Sonst wäre der große Diamant früher oder später mit einer Gewalt explodiert, neben der meine Eisenbomben ein Kinderspielzeug gewesen wären. *Und das böse Wesen darin würde sich befreien*, fügte ich im Geiste hinzu.

Als ich fertig war, musste ich mich eine Weile ausruhen. Die Tiefe der Erde wirkte behaglich, und da ich nicht mehr gegen den Feind kämpfen musste, beruhigte sie meine aufgewühlten Gefühle. Auch die Schmerzen ließen nach. Mein Körper hatte keine bestimmte Grenze oder Gestalt mehr, und das dumpfe Pochen der Erde zog meine müde Seele zu sich. *Ich sollte jetzt schlafen*, dachte ich und erkannte den Gedanken kaum noch als meinen eigenen.

Nein, Mordecai! Wach auf! Du musst zurückkehren! Gib jetzt nicht auf. Moira Centyrs drängende Stimme ließ mir keine Ruhe.

Eher aus Gereiztheit denn aufgrund der Bereitschaft, ihrem Wunsch Folge zu leisten, schob ich mich durch die dunklen Schichten aus Erde und Stein wieder nach oben, bis ich in Albamarl auf der Straße lag. Der Drache war in der Nähe hingestreckt, er blutete und versorgte eine klaffende Halsverletzung. Bei diesem Anblick kam ich zu mir und konnte mir fast vorstellen, wieder ein Mensch zu sein.

Schließlich richtete ich meinen riesigen steinernen Körper auf und näherte mich vorsichtig dem Drachen. Ich war nicht sicher, was er nun tun würde. »Kannst du mich verstehen?«, fragte ich mit einer tiefen, dröhnenden Stimme, die mich selbst überraschte.

Er schlug die Augen auf, in denen ich eine große Intelligenz erkannte. Zweifellos hatte er mich verstanden. Er öffnete zwar den Mund, brachte aber keinen Laut heraus. Das Reptilgesicht verzog sich und nahm einen Ausdruck an, den ich als Verzweiflung deutete. »Bist du Gareth Gaelyn?«, fragte ich, weil ich dachte, er müsste doch wenigstens fähig sein zu nicken oder auf andere Weise zu antworten.

Da schrumpfte das Geschöpf vor meinen Augen. Die Haut wellte sich wie Wasser und formte sich zu einer neuen, viel kleineren Gestalt. Einige Sekunden später betrachtete ich einen Mann, der freilich recht bizarr aussah. Die Haut hatte einen seltsam schillernden Glanz, und die Augen waren geschlitzt wie bei einer Katze ... oder einem Drachen. Er war völlig nackt, äußerliche Geschlechtsorgane besaß er nicht, und den Bauch bedeckten große Schuppen, die an eine Schlange erinnerten.

Er blickte an sich herab und fluchte. »Das ist überhaupt nicht in Ordnung.« Dann schien er überrascht, weil die Worte aus seinem Mund gekommen waren.

Ich wiederholte meine Frage. »Bist du Gareth Gaelyn?«

Er starrte nach oben, während er antwortete: »Ich glaube, der war ich mal, aber ich bin nicht sicher. Früher war ich ein Mensch.«

»Warum hast du mir geholfen?«

»Vor ein paar Tagen habe ich gehört, wie sich die Erde erhoben hat. Ich wollte den Grund herausfinden und etwas essen«, antwortete er langsam und mit eigenartiger Betonung. »Der Lichtgott erinnerte mich an mein Verbrechen und meine Schande.«

Ich fand seine Worte beunruhigend, vor allem den Wunsch zu essen. Ich fragte mich, ob er noch einmal die Menschen abschlachten würde, die er eigentlich zu retten beabsichtigte. Ehe ich meine Befürchtungen in Worte kleiden konnte, fuhr er fort: »Bist du ein Magier?«

»Das bin ich«, antwortete ich, weil mir nicht mehr als dies einfiel.

»Diese Gestalt ist gefährlich. Noch gefährlicher als meine. Sie frisst deine Seele«, warnte er mich düster.

Seine Worte erinnerten mich daran, dass ich immer noch nicht in meinen alten Körper aus Fleisch und Blut zurückgekehrt war. Ich schloss die großen Steinaugen, dachte an Moiras Lektion und stellte mir meine menschliche Gestalt vor. Sofort waren die schmerzenden Brandwunden wieder da, und ich hielt inne. Dieser Gedanke hätte mich beinahe umgebracht. Ich klärte meinen Geist und beschwor meine gesunde und unversehrte Gestalt vor dem verzehrenden Licht herauf.

Als ich die Augen aufschlug, sah ich die Welt wieder in normalen Farbtönen, und vor mir stand Gareth Gaelyn. Er war jetzt so nahe, dass ich erkennen konnte, wie sehr er in jeder

Hinsicht einem Reptil glich. »Ich glaube, ich bin noch bei Verstand«, bemerkte ich.

Er lächelte schief und zeigte mir einige Reihen nadelspitzer Zähne. »Das glaubst du vielleicht, aber jedes Mal lässt du ein Stück von dir zurück. Kleine Stücke, deren Fehlen du nicht einmal bemerkst. Andererseits bringst du auch jedes Mal etwas mit, ohne es zu bemerken.«

»Willst du in die Welt der Menschen zurückkehren?«, fragte ich ihn.

Er schüttelte den Kopf. »Näher als jetzt kann ich dieser Erscheinungsform nicht mehr kommen. Die Vorstellung, noch weiter zu gehen, widert mich an.«

»Warum hast du überhaupt diese Gestalt angenommen?« Ich deutete auf seinen menschenähnlichen Körper.

»Ich bin nicht sicher«, entgegnete er nachdenklich. »Ich glaube, ich wollte dich vor allem warnen und dir dafür danken, dass du mir geholfen hast, meine Schuld zu begleichen.«

»Welche Schuld?«

»Zwar ist es mir nicht gelungen, Balinthor aufzuhalten, aber ich glaube, die heutigen Ereignisse haben das Konto ausgeglichen.« Schon entfernte er sich von mir.

»Wo willst du hin?«

»Etwas essen«, antwortete er.

»Was denn?«, wollte ich wissen.

Er warf einen Blick zurück und fletschte die Zähne. »Was immer ich finde, Mensch. Meine Schuld ist beglichen, und ich muss mich stärken.« Damit verwandelte er sich, und einige Augenblicke später war der Drache wieder da.

»Pass auf, wo du dir die Mahlzeiten holst, Drache!«, rief ich, als er mit den Flügeln schlug. »Ich werde nicht untätig zusehen, wenn du Menschen frisst.«

Dann flog er in den schrägen Strahlen der Nachmittagssonne davon. Der Palast lag in Trümmern. Ich ging zurück, um meine Freunde zu suchen – oder das, was von ihnen noch da war.

46

Da ich nun erheblich kleiner war, traten die Schäden am Palast wesentlich deutlicher hervor. Große Bereiche des Gebäudes lagen in Trümmern. Schutt und Steine waren überall verstreut, als hätten zwei Giganten mit Riesenhämmern verrücktgespielt. Allerdings war nicht der ganze Palast betroffen. Drei Viertel waren anscheinend noch völlig intakt.

Vollkommen unversehrte Gebäudeteile grenzten an Abschnitte, bei denen sogar die Steine zu Kies zermahlen waren. Hätte ich den Grund nicht gewusst, ich hätte vermutet, dass ein großes Erdbeben, gefolgt von einem Tornado, den Schaden angerichtet hatte. Doch selbst diese Erklärung wäre unbefriedigend gewesen.

Während ich durch den Palast ging und manchmal kletterte, suchte ich mit dem Magiersinn nach meinen Gefährten. In einem unbeschädigten Bereich fand ich Rose und Elaine, die in einem Gästezimmer nebeneinander auf dem Bett lagen. Weniger als zwanzig Schritte entfernt waren einige andere Räume völlig zerstört. Es sah ganz so aus, als seien die bewusstlosen Frauen nur dank eines glücklichen Zufalls entkommen.

Dorian lag noch in dem eingestürzten Thronsaal, wo ich ihn zuletzt gesehen hatte. Er war unter Steinen und Schutt halb verschüttet, atmete aber noch. Deshalb beschloss ich, zuerst nach den beiden Damen zu sehen, denn Rose hatte sich irgendwo eine stark blutende Wunde zugezogen. Von Penny fehlte jede Spur.

Moira, wo ist Penny?, fragte ich lautlos, während ich mich Rose und Elaine näherte.

Sie ist bei mir. Hab keine Angst, sie ist in Sicherheit, antwortete Moira.

Bring sie zu mir, befahl ich.

Die Antwort fühlte sich seltsam an, so als überlagerten starke Gefühle ihre Gedanken. *Noch nicht. Wir unterhalten uns. Ich bringe sie zurück, sobald sie bereit ist.*

Das war erstaunlich, trug aber kaum dazu bei, mir meine Ängste zu nehmen. Ich arbeitete mich weiter vor und fand endlich den Raum, in dem sich die beiden Frauen befanden. Ehe ich etwas anderes tat, galt es, Roses Blutung zu stillen, damit sie nicht starb. Cyhan hatte sie offenbar in großer Eile auf ein Bett geworfen, ihre Arme und Beine lagen schief, da sie sich anscheinend die ganze Zeit über nicht gerührt hatte. Das war kein gutes Zeichen. Normalerweise bewegten sich selbst bewusstlose Menschen hin und wieder.

Elaine hatte sich am Fußende des Betts zusammengerollt. Eine flüchtige Untersuchung zeigte mir, dass ihr nichts fehlte, sah man einmal von einer dicken Beule am Hinterkopf und einer Reihe von Kratzern ab. Sofort wandte ich mich Rose zu und legte ihr die Hand auf die Stirn.

Die Haut war kalt, aber nicht klamm. Rose schwitzte nicht und fühlte sich beinahe so an wie eine Leiche. Allerdings spürte ich, dass ihr Herz noch schlug. Ihr Kleid war zerrissen, ein Haufen Stoff war zusammengeknüllt und auf ihren Bauch gebunden worden. Trotzdem war das Blut durchgesickert, und auch das Bett unter ihr wirkte feucht. *Verdammt!*, dachte ich und konzentrierte mich auf ihre Wunde.

Sie hatte, vermutlich von einer sehr scharfen Klinge verursacht, eine Stichwunde davongetragen. Der Angreifer hatte die Klinge mit einer schneidenden Bewegung herausgeführt, statt einfach zu ziehen. Vermutlich hatte Cyhan ihre Gedärme wieder hineingeschoben, ehe er die Wunde verbunden hatte. Mir blieb keine Zeit zum Nachdenken, und die Müdigkeit war vergessen. Ich schloss Arterien und Adern und flickte so schnell wie möglich alles zusammen, ehe sie noch mehr Blut verlor.

Im Gegensatz zu der schrecklichen Wunde, die Penny erlitten hatte, war diese hier eher einfach zu behandeln. Ich konnte die Verletzungen leicht beheben, ohne von innen arbeiten zu müssen, wie ich es schon einmal getan hatte. Das größte Problem war allerdings der Blutverlust. Sie hatte so viel Blut verloren, dass ihr Körper möglicherweise einfach aufgab. Das Herz schlug unglaublich schnell und versuchte damit, den Verlust wettzumachen.

Ich betrachtete den golden strahlenden Stein und wünschte, ich könnte so heilen, wie es den Göttern möglich war. Ich hatte schon viel Schlimmeres gesehen und war nun mit etwas so Einfachem wie einem großen Blutverlust überfordert. Verzweifelt überlegte ich, ob ich ihre Blutgefäße mit denen des neben ihr liegenden Mädchens verbinden sollte, damit Elaines Blut sie beide versorgen konnte.

Wahrscheinlich bringst du sie damit um, schalt ich mich selbst. Ich verstand nicht genug davon, um so etwas überhaupt zu versuchen. Stattdessen nahm ich einen Krug mit sauberem Wasser und nutzte meine Magie, um es durch die Luft, in ihren Mund und durch die Kehle zu befördern. Als der Magen halb gefüllt war, hörte ich auf, trat zurück und wischte mir die Stirn ab. Hoffentlich reichte es aus.

Dann holte mich die Müdigkeit wieder ein. Ich konnte mich nicht mehr lange auf den Beinen halten und musste so dringend ruhen, wie ein Verhungernder etwas zu essen braucht. Dennoch widerstand ich dem Drang, mich einfach auf den Boden zu legen. Vielmehr schob ich Elaine näher an Rose heran, damit deren Körper die Verletzte warm hielt. Dann zog ich möglichst sanft die große Decke, die unter ihnen gelegen hatte, über die beiden.

Ich schloss die Augen, kämpfte die Müdigkeit nieder und forschte mit dem Magiersinn. Zuerst überprüfte ich Dorian. Er atmete ruhig, sein Herzschlag war stark. Ich forschte weiter und suchte die Umgebung ab, bis ich den Mann gefunden hatte, auf den es mir nun ankam: Edward, der König von Lothion. *Bald schon der verstorbene König von Lothion*, dachte ich.

Er hätte reichlich Zeit gehabt zu fliehen, wäre nicht eine Steinsäule umgestürzt und hätte ihn unter einem Schutthaufen begraben. Zielstrebig wanderte ich durch den Palast und die zerstörten Gärten. Schon aus der Ferne konnte ich erkennen, dass Edwards linkes Bein zerschmettert war. Es wäre mir schwergefallen, ein besseres Opfer für ein solches Unglück auszuwählen. Dann spürte ich, dass sich aus einer anderen Richtung Cyhan näherte. Ich wartete auf ihn.

Als er mich in den Trümmern stehen sah, änderte er die Richtung und kam mir entgegen. »Danke!«, rief ich, als er nahe genug herangekommen war.

Cyhan runzelte die Stirn.

»Wofür?«

»Du hast Penny und Dorian befreit. Oder nicht? Ich bin sicher, dass Edward ihn nicht mit der Rüstung und den Waffen eingesperrt hat«, entgegnete ich. »Ich danke dir auch, weil du Rose und das Mädchen in Sicherheit gebracht hast.«

Der ältere Krieger musterte mich schweigend, grunzte schließlich und nickte. »Hast du den König gefunden?«

»Er ist in der Nähe«, erwiderte ich vorsichtig. Mir war immer noch nicht klar, wie sich Cyhan nun verhalten würde. »Zuerst wüsste ich aber gern, wo du und ich stehen.«

Die Schultern des großen Mannes zuckten leicht. »Vor zwanzig Jahren habe ich vor dem König meine Eide abgelegt und sie bis heute nicht gebrochen. Solange dies wahr ist, kann nur dein oder mein Tod irgendetwas ändern.«

Ich wurde wütend, als ich hörte, wie dickköpfig dieser Mann war. Er klammerte sich an seine überholten Schwüre und wollte einfach keine Ruhe geben, solange nicht einer von uns tot war, auch wenn er offensichtlich nicht mehr an die Grundlage seiner Schwüre glaubte. »Warum legen wir die

Sache nicht an Ort und Stelle bei?«, stieß ich hervor. »Ich bin es leid, darauf zu warten, dass du mich tötest.«

Cyhan sah mich an, wandte den Blick ab und suchte mit den Augen nach Edward. »Ich bin kein Narr, und ich habe auch nicht die Absicht, dich zu einem ritterlichen Kampf herauszufordern. Meine einzige Möglichkeit besteht darin, dich zu töten, wenn du bewusstlos oder schwer verletzt bist. Bete, dass ich dich dann nicht finde. Wo ist der König?«

»Was sollte mich davon abhalten, dich gleich jetzt zu erledigen?«, entgegnete ich verbittert.

Der große Mann fuhr herum und funkelte mich erbost an. In seinen Augen brannte der Zorn. »Das hättest du längst tun sollen!«, rief er und stieß die Worte hervor, als spucke er etwas Übles aus. »Da du es aber nicht tun wirst, kannst du mir auch sagen, wo mein König ist.«

Ich kämpfte den Impuls nieder, ihm den raschen Tod zu schenken, den er offenbar so dringend begehrte. Vielmehr holte ich tief Luft. »Ich möchte zuerst mit ihm reden. Danach kannst du zu ihm.«

»Dann beeile dich, denn ich werde ungeduldig«, erwiderte Cyhan.

Ich biss mir auf die Unterlippe, statt ihm zu antworten, und entfernte mich in nördlicher Richtung. Nachdem ich einen zerstörten Garten durchquert hatte und über eine eingestürzte Mauer gestiegen war, fand ich die große Steinsäule, die den König von Lothion unter sich begraben hatte. Edward lag reglos am unteren Ende, eingeklemmt zwischen dem Stein und einer schweren Bank, die gerade noch verhinderte, dass ihm die mächtige Säule den gesamten Unterleib zerquetschte. Der Blutverlust war nicht groß, weil die schwere Last auch die zerstörten Blutgefäße zusammenpresste. Falls ihn nicht bald jemand heilte, würde er gewiss in einigen Stunden sterben.

Mit einem gequälten Lächeln begrüßte er mich. »Graf di'Cameron, es ist mir eine Freude, Euch wiederzusehen. Seid

Ihr gekommen, um Euer Vorhaben zu Ende zu führen, oder wollt Ihr Euch nur an den Qualen eines alten Mannes weiden?«

Ich hatte nicht die Absicht, ihn zu heilen. Nach einer langen Pause antwortete ich: »Die Zeit wird unsere Differenzen beilegen. Ich will Euch nur hinsichtlich Eurer Nachfolge um Rat bitten.«

»Das ist grausam, Mordecai. Wollt Ihr mich wirklich unter so starken Schmerzen verbluten lassen? Warum sollte ich Euch einen Ratschlag erteilen? Die Welt muss jetzt ohne mich zurechtkommen.« Es klang resigniert.

Ich beugte mich vor, berührte ihn an der Kehle und sprach leise einige Worte. Dann richtete ich mich auf, nahm die Gestalt des Königs an und sagte mit seiner Stimme: »Wenn Euch etwas an Lothion liegt, solltet Ihr darauf achten, dass der Herrscher weise handelt.«

Wütend riss er die Augen weit auf. »Anscheinend braucht Ihr meinen Rat gar nicht, denn Ihr könnt ja einfach meinen Platz einnehmen«, sagte er verbittert.

Ich kehrte zu meiner eigenen Gestalt und Stimme zurück. »Das Königreich wird ohne Euch fortbestehen, Edward, und eines Tages wird man Euch als einen weisen Herrscher preisen. Euer Leben schwindet dahin, während wir sprechen, und ich werde Euch nicht heilen. In dieser Lage solltet Ihr wenigstens tun, was Ihr könnt, um einen Bürgerkrieg zu verhindern – jedenfalls dann, wenn Ihr ein wenig Liebe für Euer Volk empfindet.«

»Ich habe Euch schrecklich unterschätzt, junger Illeniel, aber mich scheren diejenigen, die ich zurücklasse, keinen Deut. Ich werde Euch unter einer Bedingung helfen: Ihr müsst mir danach einen schnellen Tod gewähren.« Seiner Stimme war anzuhören, dass er tatsächlich starke Schmerzen hatte.

»Das werde ich nicht tun, aber Euer Diener ist in der Nähe. Wenn Ihr mich gut beratet, lasse ich ihn zu Euch, und dann wird er Euren Wunsch vielleicht erfüllen«, antwortete ich.

»Nun gut«, willigte er ein. »Was wollt Ihr wissen?«

»Wer ist der Nächste in der Thronfolge?«

Der sterbende Monarch stieß ein ersticktes Lachen aus. »Auf dies hier habt Ihr Euch wirklich nicht gut vorbereitet, was? Sonst wüsstet Ihr es längst. Brian Southwell, der Graf der Ostmark, ist mein Neffe zweiten Grades und mein nächster Verwandter, da ich keine eigenen Kinder habe.«

»Bis vor ein paar Tagen hatte ich noch gar nicht die Absicht, Euch zu töten, Edward. Das habt Ihr Euch selbst zuzuschreiben.« Ich war überrascht, dass ein so geringer Adliger sein Erbe sein sollte, da ich eher an die vornehmeren Familien wie die Tremonts oder die Lancasters gedacht hatte. Später erfuhr ich, dass die Königsfamilie es vermied, in die mächtigen Adelshäuser einzuheiraten, um ihnen nicht noch mehr Einfluss zu geben. »Ich fürchte, der Graf kommt nicht infrage«, antwortete ich.

Edward lächelte verschlagen. »Wenn Ihr Euch selbst den Weg zum Thron ebnen wollt, müsst Ihr ihn und ein Dutzend andere beseitigen.«

Mitleidslos starrte ich ihn an. »Ich habe gar nicht die Absicht, den Thron zu besteigen. Ich werde James Lancaster als Euren Nachfolger einsetzen.«

»Sein Anspruch ist kaum größer als Eurer. Wenn er König werden soll, dann müsst Ihr ein königliches Dekret herausgeben, ihn als Erben einsetzen und zugleich die Rechte von mehr als einem Dutzend Männern beschneiden, die vor ihm an der Reihe wären. Außerdem müsstet Ihr mich eine Weile verkörpern und mich schließlich doch noch sterben lassen, nachdem Ihr die Menschen mit meinem Ebenbild lange genug getäuscht habt.« Er hielt inne, ein stechender Schmerz raubte ihm den Atem. »Sobald mein Doppelgänger tot ist, werden die Adelshäuser allerdings rebellieren, und Ihr werdet einen blutigen Krieg führen müssen, um James als König durchzusetzen.«

»Und wenn Ihr nun abdankt?«, schlug ich vor. »Ich könnte Euch aufgrund der angeschlagenen Gesundheit zurücktreten lassen, und Ihr beratet den neuen König von Eurem Krankenbett aus. Nach ein oder zwei Jahren scheidet Ihr im Schlaf friedlich dahin.«

Edward machte eine nachdenkliche Miene. »Das könnte funktionieren, auch wenn es mir nie eingefallen wäre. Eine so friedliche Lösung wirft freilich auch die Frage auf, ob Ihr überhaupt das Zeug zum Regieren habt. Aber ich glaube, ich bin Eurer Meinung. James ist die bessere Wahl. Ihr seid zu weich, um zu herrschen.«

»Ihr habt Eure Belohnung verdient.« Ich ging nicht auf die Beleidigung ein, sondern wandte mich ab und kehrte zu Cyhan zurück, dem ich mit einem Winken zu verstehen gab, dass er sich jetzt nähern dürfe. Als er an mir vorbeiging, warnte ich ihn: »Edward wird diesen Ort nicht lebend verlassen.«

Cyhan hielt inne. »Ich darf nicht zulassen, dass du ihn verletzt.«

Ich schüttelte den Kopf. »Du hast mich missverstanden und wirst es begreifen, wenn du ihn siehst.«

Der Veteran ging an mir vorbei und fand seinen König, wie ich ihn verlassen hatte. Zwar gab ich ihnen etwas Raum, blieb aber in der Nähe, um alles zu hören.

»Da bist du wieder«, sagte Edward, sobald er Cyhan erkannte.

»Euer Majestät.« Cyhan kniete nieder und senkte den Kopf.

»Wie immer der treue Schoßhund, was?« Der König beleidigte seinen Wächter noch, während er selbst vor Schmerzen das Gesicht verzog. »Tu mir einen letzten Gefallen und setze meinem Leben ein Ende«, sagte er nach kurzem Schweigen.

Der Krieger, der sein Leben mit der Ausbildung der Anath'Meridum, der königlichen Leibwächter und der Meuchelmörder verbracht hatte, antwortete mit einer Stimme, die klang, als hätte er eine Kehle aus Granit: »Ich habe geschworen, Euer Leben zu schützen, Majestät. Also kann ich dies nicht tun.«

Edwards Miene verriet seinen Zorn. »Du hast geschworen, mir zu gehorchen! Nun tu, was dein König dir befiehlt!«

Cyhans Stimme war unverändert. »Mein Eid, Euch zu beschützen, hat Vorrang vor dem Gehorsam gegenüber Eurer Majestät.«

Nun verzweifelte der König, der die Schmerzen kaum noch ertrug. »Cyhan, bitte, du kannst mich doch nicht so liegen lassen. Befreie mich von diesen Qualen! Ich bin fertig mit der Welt.«

Die Miene des Kriegers blieb unbewegt, nur sein Tonfall wurde etwas mitfühlender. »Entlasst mich aus meinen Eiden.«

»Nun töte mich schon, verdammt!«

»Das kann ich nicht. Entlasst mich aus meinen Eiden, Euer Majestät. Gebt mich frei«, antwortete Cyhan leise.

»Also gut. Ich entlasse dich aus allen Pflichten und hebe die Eide auf. Und nun, bitte, bei der Liebe zu allen Göttern, die es noch gibt, befreie mich von diesen Schmerzen!«, rief der sterbende König.

Cyhan stand lachend da und betrachtete den Mann, dem er so lange gedient hatte. »Eher würde ich einem Hund gegenüber gnädig sein«, erwiderte er voller Abscheu und spuckte seinen ehemaligen Herrn an. »Du bist die Mühe nicht wert, das Schwert zu heben und dir das schwarze Herz herauszuschneiden.« Dann stellte er den Fuß auf die Hand des Königs und zerquetschte die Knochen auf der harten Erde, bis der alte Mann jämmerlich aufkreischte.

Entsetzt wollte ich mich abwenden, doch ich beherrschte mich und sah weiter zu.

Der große Krieger ließ den König liegen und kam zu mir, ohne auf Edwards erbärmliche Schreie zu hören. »Lass uns an die Luft gehen«, sagte er zu mir. »Es widert mich an, ihn zu hören.«

Ich folgte ihm gut hundert Schritte weit, bis wir den leidenden König nicht mehr hörten. Erst dann drehte er sich zu mir um und zog das Schwert. Instinktiv wich ich zurück und verstärkte meinen Schild. Nach allem, was geschehen war, hatte ich nicht damit gerechnet, dass er mich angriff. Aber nun musste ich annehmen, dass ihn die jüngsten Ereignisse aus der Bahn geworfen hatten. Vollends überrascht und verwirrt war ich aber, als der mächtige Krieger mich nicht etwa attackierte, sondern sich schließlich auf ein Knie hockte und mir mit dem Griff voran das Schwert reichte.

»Ich habe mein Leben lang einem unwürdigen Herrn gedient und war durch Schwüre gebunden, die ich für wertvoll hielt. Jetzt bin ich frei und erkenne, dass ich mein Leben verschwendet habe«, erklärte er sehr bewegt. Diese Seite hatte ich bei Cyhan noch nie wahrgenommen, ich hätte nicht einmal vermutet, dass sie überhaupt existierte. Als ich sein Gesicht betrachtete, sah ich die Tränen in seinen Augen. »Mordecai Illeniel, ich habe dich beobachtet und kenne dein Herz. Ich kann nicht leben wie andere Männer, weil ich durch die Ehre und meine Schwüre so lange gebunden war. Wenn du mich annehmen willst, dann will ich dir dienen, solange mein Leben überhaupt noch währt, und hoffen, dass ich die Fehler wiedergutmachen kann, die ich tatenlos beobachten musste und sogar selbst begangen habe.«

Trauer und eine tiefe Melancholie überkamen mich, als ich den Mann betrachtete, der nicht einmal jetzt völlig frei sein konnte. »Ich werde dich nicht als Diener betrachten, Cyhan. Du hast es verdient, über dein weiteres Leben selbst zu bestimmen.«

»Entweder du nimmst mich, oder ich sterbe hier auf der Stelle. Anders will ich gar nicht weiterleben«, erwiderte er entschlossen.

»Nun gut«, gab ich schließlich nach. Ich nahm sein Schwert, rammte es in den Boden und legte seine Hände an den Griff, die ich mit meinen eigenen bedeckte. Dann blickte ich ihm in die Augen. »Ich, Mordecai Illeniel, nehme dich als Gefolgsmann an. Willst du mir feierlich schwören, mir zu dienen und mich zu beschützen?«

»Das will ich.«

»Dann nehme ich dich als Ritter des Steins in meine Dienste. Dieser Orden ist verpflichtet, die Menschen zu beschützen und sich für das Wohl des Landes zu verwenden. Bist du bereit, in seine Reihen einzutreten?«

»Ich will es, wenn du es wünschst«, antwortete er.

»Willst du schwören, auf dein eigenes Gewissen zu hören? Für den Fall, dass sich das Schicksal wendet und sich die Umstände so weit verändern, dass deine früheren Eide im Licht der Gegenwart sinnlos sind, sollst du mir schwören, dass du nach deinem eigenen besten Wissen und Gewissen handelst, statt blind deine Eide zu befolgen.«

Er zögerte einen Moment, ehe er antwortete: »Das will ich mit Freuden schwören.«

»Als dein Herr erlege ich dir gewisse Pflichten und Verantwortlichkeiten auf, und ich werde mich bemühen, mich deiner Dienste würdig zu erweisen. Dein Ritterschlag wird in einigen Wochen stattfinden, sobald Sir Dorian wohlauf ist und anwesend sein kann«, erklärte ich ihm. »Nun steh auf, denn ich mag es nicht, wenn die Leute zu lange vor mir knien«, schloss ich lächelnd.

Cyhan erhob sich und steckte das Schwert in die Scheide. »Wenn es dir nichts ausmacht, würde ich gern hier warten, bis es vorbei ist.« Natürlich meinte er König Edwards Tod.

Ich nickte. »Wir treffen uns in meinem Haus in der Stadt, sobald es vorbei ist«, sagte ich und ließ ihn allein. Ich wollte erst nach Rose sehen, und dann musste ich Penny suchen.

47

Roses Verfassung hatte sich in der Zwischenzeit kaum verändert, doch sie schien etwas wärmer geworden zu sein. Elaine lag neben ihr, inzwischen hatte sie die Augen geöffnet und beobachtete mich schweigend, während ich mich um Rose kümmerte.

Schließlich gewann ihre Neugierde die Oberhand, und sie ergriff als Erste das Wort. »Wie bin ich hierhergekommen?«

»Ich habe dich verleitet, einen Fehler zu begehen, und dich gegen eine Steinwand geschleudert. Es wundert mich, dass du nicht schon viel früher aufgewacht bist«, antwortete ich freundlich. »Erinnerst du dich an den Kampf?«

Sie schüttelte den Kopf, und nach einigen weiteren Fragen fand ich heraus, dass sie überhaupt keine Erinnerungen an die Zeit hatte, nachdem sie den Lichtgott gerufen hatte, was anscheinend am vergangenen Tag geschehen war. Ironischerweise hatte sie zu Celior gebetet, den König zu töten, woraufhin er ihr angeboten hatte, sogar noch mehr für sie zu tun, falls sie ihm half, die Brücke zwischen den Welten zu überwinden.

Ich beendete das Gespräch so schnell wie möglich. »Ich muss meine Frau finden und einem Freund helfen. Du bleibst hier und hältst Lady Rose warm, bis ich jemanden schicke. Kannst du das tun?«

Sie willigte sofort ein, und ich kehrte in den Thronraum oder vielmehr zu dessen Trümmern zurück. Dorian war inzwischen bei Bewusstsein, konnte sich aber nicht aus eigener Kraft aus dem Schutthaufen befreien. Seinen Körper zu untersuchen war mir wegen der verzauberten Rüstung nicht möglich, ich nahm aber an, dass er einige schwere Verletzungen davongetragen hatte.

Während ich gegen die Müdigkeit ankämpfte, verschob ich vorsichtig die großen Steine und Granitblöcke, zwischen denen er eingeklemmt war. Leichter wäre es gewesen, auf die Steine zu lauschen und ihn auf die gleiche Weise zu befreien, wie ich Rose durch den Boden befördert hatte, doch ich wollte diese Fähigkeiten an diesem Tag nicht noch einmal einsetzen. Nach meinen Erlebnissen im Inneren der Erde war mir immer noch recht seltsam zumute.

Dorian knirschte mit den Zähnen, als ich ihn endlich herauszog. »Das tut verdammt weh!«, sagte er mit zusammengebissenen Zähnen.

»Wie schwer bist du verletzt?«, fragte ich ihn.

»Ich fühle mich, als hätte ich mir sämtliche Knochen gebrochen, aber irgendwie scheint alles noch beweglich zu sein.«

»Lass mich dir die Rüstung ausziehen, damit ich dich untersuchen kann«, bot ich ihm an.

Mit überraschender Kraft stieß er meine Hände weg. »Ich kann gehen. Wenn du mir die Rüstung abnimmst, kommt wer weiß was heraus, und es wird nicht schön sein. Wahrscheinlich werde ich danach überhaupt nicht mehr dazu imstande sein, mich zu bewegen. Lass mich helfen, solange ich noch kann. Hast du Penny gefunden?«

Ich schüttelte den Kopf. »Sie ist in Sicherheit, aber ich weiß nicht genau, wo sie steckt. Ich muss sie unbedingt finden.« Die Erklärung, dass sie sich bei Moira befand, schenkte ich mir.

»Was hast du dann noch hier zu suchen?«, rief er.

Beinahe hätte ich über seine Reaktion gelacht. Das war typisch für ihn. »Vorher bringe ich dich noch zu Rose. Sie ist schwer verletzt.«

Das versetzte ihm einen gehörigen Schreck. Es dauerte mehrere Minuten, bis ich ihm alles berichtet und ihn beruhigt hatte, dass sie so schnell nicht sterben werde. Ich führte ihn in den Raum, in dem Cyhan sie abgelegt hatte, und erklärte ihm, warum ein Mädchen neben ihr lag. Irgendwann würde Dorian sicher einsehen, dass in meiner Nähe immer wieder seltsame Dinge geschahen, aber dieser Tag war offensichtlich noch nicht gekommen.

»Bleib bei ihnen«, bat ich ihn, worauf er die Augen verdrehte. Offensichtlich hätte ich ihm das nicht eigens sagen müssen. »Cyhan ist in der Nähe. Sobald er so weit ist, schicke ich ihn zu dir, damit er dir hilft.« Überraschenderweise beschränkte er sich auf ein wortloses Nicken. Ich fragte mich, was sich zwischen den beiden Kriegern abgespielt haben mochte, bevor Dorian gerüstet und bewaffnet im Thronraum erschienen war.

Dann ging ich hinaus und rief noch einmal Moira. *Ich muss Penny sehen. Wo seid ihr?*

Nach einer langen Pause hörte ich ihre Gedanken: *Sie ist bei mir, gleich neben dem großen Stein.*

Welchen Stein meinst du?

Den Stein, den ich vor meinem letzten Kampf gegen Balinthor erschaffen habe. Er befindet sich im Osten vor dem Palast, antwortete sie.

Ich erinnerte mich an die Stelle. *Warum gerade dort?*

Obwohl ich es nur im Kopf hörte, klang ihre Antwort ein wenig melancholisch. »Weil ich dein Kind schützen wollte. Es ist der sicherste Ort in ganz Lothion.«

Offensichtlich erinnerte sie sich nicht an mein Haus. Dank der Verzauberungen war es so gut wie unmöglich, dort einzudringen. Moira antwortete auf diesen Gedanken, obwohl ich ihn nicht willentlich gesendet hatte.

Nein, widersprach sie. *Kein Ort ist besser geeignet als dieser. Nicht einmal die Götter können hier gegen meinen Willen eindringen.* Ihre Antwort klang stolz, und dabei nahm ich noch etwas anderes wahr, eine Art mütterlicher Fürsorge.

Nun war meine Neugierde erwacht, und ich beeilte mich, den genannten Ort möglichst schnell zu erreichen. Tatsächlich fand ich sie dort. Sie standen vor dem großen Stein, der neben dem Palast aus dem gewachsenen Fels emporragte. Eine Tür oder einen Eingang gab es nicht, und ich wäre nie auf die Idee gekommen, dass sich irgendetwas im Inneren dieses mächtigen Felsblocks befand. Jetzt aber machte ich mir meine Gedanken.

Trotzdem schob ich die vielen Fragen, die sich mir stellten, beiseite, und eilte zu Penelope. Nach den letzten Worten, die ich ihr gesagt hatte, blickte sie mir mit einer gewissen Sorge entgegen, während ich mich ihr näherte. »Ich habe mich doch bemüht …«, begann sie, doch ich legte ihr eine Hand auf den Mund und zog sie fest an mich.

Ihr Bauch war noch größer, als ich ihn in Erinnerung hatte, und als ich sie in den Armen hielt, musste ich auf einmal schluchzen. Meine Gefühle waren so stark, dass es eine Weile dauerte, bis ich bemerkte, dass auch Penelope weinend bebte. So wie wir es jetzt taten, ließ man sich gewöhnlich nur hinter verschlossenen Türen gehen. Aber wir hatten beide viel zu viel durchgemacht, um uns über so etwas noch den Kopf zu zerbrechen.

Schließlich beruhigten und sammelten wir uns wieder. Moira Centyr war inzwischen verschwunden. »Hat sie dich in den Stein hineingeführt?«, fragte ich. Trotz meiner Gefühle war ich neugierig, was sie dort gesehen haben mochte. Mein Magierblick zeigte nichts außer massivem Fels ohne Hohlräume und Gänge.

Penny nickte und küsste mich, was unsere Unterhaltung für mindestens eine Minute zum Erliegen brachte. Als ich sie wieder in den Armen hielt, schossen mir abermals die Tränen in die Augen. »Ich dachte, ich sehe dich nie wieder«, sagte ich, als ich mich endlich von ihren Lippen löste.

»Was die Nachricht angeht …«, begann sie. »Ich konnte einfach nicht mehr schreiben.«

»Lass uns später darüber reden«, unterbrach ich sie. »Was befand sich im Inneren des Steins?«

»Es gibt so viele Dinge, um die du dich jetzt kümmern musst. Auch darüber können wir in ein oder zwei Tagen sprechen«, entgegnete sie mit einem seltsamen Ausdruck in den Augen.

Diese Heimlichtuerei machte mich verrückt. »Hör mal, Penny, ich habe jetzt wirklich die Nase voll von geheimnisvollen Botschaften und verborgenen Bedeutungen. Wenn du da drin etwas Seltsames oder Wichtiges entdeckt hast, dann muss ich wissen, was es ist!« Vor Anspannung und Müdigkeit hob ich die Stimme stärker, als ich es normalerweise getan hätte.

»Hör auf, Mort«, entgegnete sie ruhig. »So ist das nicht. Es ist nichts Schlimmes, nichts Ernstes und auch nichts Gefährliches. Wir haben einfach nur geredet … von Frau zu Frau.«

»Und was hast du ihr gesagt?«

»Morgen«, beharrte sie. »Dort drüben führt Lord Hightower die Stadtwache heran. Du musst ihm jetzt erst einmal erklären, was passiert ist. Über Familienangelegenheiten können wir später noch sprechen.« Sie strich mit der Hand über ihren Bauch, und ich war verwirrter denn je.

Ich nahm die Gestalt von König Edward an und verbrachte den Rest des Nachmittags damit, Befehle zu geben und mich zum Narren zu machen. Unter meiner Anleitung wurde ein Teil des Schutts weggeräumt, und Lord Hightower nahm seine Tochter und Elaine in seine Obhut. Er ließ sie in sein Haus bringen, wo sie gut versorgt wurden. Dorian weigerte sich standhaft, von Lady Roses Seite zu weichen, daher lud Lord Hightower schließlich notgedrungen auch ihn als Gast in sein Haus ein.

Cyhan war nirgendwo zu sehen. Er hatte den Leichnam des Königs mitgenommen oder irgendwo versteckt. Ich war dankbar, dass er so gut mitgedacht hatte, denn kaum dass Lord Hightower eingetroffen war, wimmelte es im Palast vor

Menschen, und ich kam aus meiner neuen Rolle als König von Lothion nicht mehr heraus.

Es sah so aus, als könnte ich James nicht im Kutschenhaus treffen, doch glücklicherweise besaß ich noch die Holzschachtel und konnte ihm eine kurze Botschaft schicken, um ihm die jüngsten Ereignisse zu schildern und vorzuschlagen, dass wir uns im Palast trafen.

Die offizielle Version besagte, ein Drache habe angegriffen und den Palast teilweise zerstört, als der Graf di'Cameron während einer Audienz zugegen gewesen sei. Für den Lichtgott bot ich keine Erklärung an, fand jedoch rasch heraus, dass es nur wenige Menschen wagten, dem König Fragen zu stellen. Ich erzählte eine grauenvolle Geschichte über Zauberei und das rechtzeitige Eingreifen eines gewissen beherzten Magiers namens Mordecai Illeniel. Als ich damit fertig war, verspürte ich eine große Hochachtung und hatte das dringende Bedürfnis, diesen erstaunlichen Helden kennenzulernen, der mir so unähnlich war.

Als James und die anderen am Abend eintrafen, ließ ich sie in private Gästezimmer führen, da die königlichen Gemächer teilweise zerstört und für den Empfang von Besuchern nicht mehr brauchbar waren. Sobald ich sicher war, dass es keine unwillkommenen Lauscher gab, ließ ich die Verkleidung fallen und stand in meiner alten Gestalt vor ihnen.

Dank seines Magierblicks war Walter nicht überrascht, doch die anderen zeigten sich mehr als schockiert. »Verdammt, Mordecai! Beim nächsten Mal könntet Ihr uns ruhig vorwarnen!«, sagte James.

Ich war zu müde und hatte nicht mehr genug Kraft, um laut zu lachen. »Wenn ich mich recht entsinne, hatte ich Euch doch gewarnt.«

Er schnaubte. »Ich meinte direkt vorher, aber nicht mehrere Stunden früher. Auf so etwas muss man sich doch erst vorbereiten.«

Ich staunte über die Eigenheiten eines Mannes, der ungerührt blieb, wenn ein böser, von einem dunklen Gott besessener Magier sein Zuhause angriff, während er meine abrupte Verwandlung beunruhigend fand. Ohne auf seine Bemerkung einzugehen, fuhr ich fort: »Ich bin furchtbar müde. Wenn es Euch nichts ausmacht, berichte ich rasch die Einzelheiten, ehe ich zusammenbreche.«

Mein Körper hatte die Verwandlung unversehrt überstanden, doch mein Geist war unendlich erschöpft. Es fühlte sich so an, als hätte ich drei oder vier Tage nicht geschlafen und sähe allmählich alles doppelt. »Lasst mich zuerst schildern, was bei uns geschehen ist«, erwiderte James und erzählte von dem Überfall auf den Stützpunkt der Doroniten.

Es hatte gut begonnen, denn dank Walters Unsichtbarkeit waren sie mühelos eingedrungen. Sobald sie den Abschnitt erreicht hatten, wo die Gefangenen festgehalten wurden, lief es dann aber ein wenig aus dem Ruder. Harold, der im unsichtbaren Zustand nichts sehen konnte, stolperte und schreckte einen Wächter an der Tür auf. Da er das Schlimmste befürchtete, tötete er den Wächter, worauf die anderen Alarm schlugen.

Draußen standen die Männer des Herzogs für Notfälle wie diesen bereit und hatten ihre Befehle längst erhalten. Als die Schreie laut wurden, stürmten sie die kleine Gruppe von Gebäuden, und der Kampf wurde blutig. Unterdessen hatten Walter und Harold Walters Frau und den Sohn befreit, von der Tochter jedoch keine Spur gefunden. Die Frau des älteren Magiers hieß Jessica. Einige Wächter hatten ihr einen üblen Streich gespielt und erzählt, die Tochter sei hingerichtet worden.

Weder sie noch Walter konnten wissen, dass Elaine noch lebte, und der Vater reagierte ausgesprochen wütend. Trotz James' Bemühungen, die Männer zu beruhigen, hatten sie keine Gefangenen gemacht, oder vielmehr hatte Walter dafür gesorgt, dass niemand überlebte. Er hatte sogar die paar Gegner verfolgt, die in den Wald geflohen waren, und wollte nicht preisgeben, was er mit ihnen getan hatte.

Ich hatte eine recht genaue Vorstellung davon, wie sich der Mann fühlen mochte. »Walter, ich habe eine gute Neuigkeit für Euch. Eure Tochter war hier, hat sich aber ein wenig gegen die Rettung gesträubt.«

»Was?«, quetschte er heraus, dann versagte seine Stimme. Die Neuigkeit überwältigte ihn so sehr, dass es eine Weile dauerte, bis ich alles erzählt hatte. Schließlich waren wir alle den Tränen nahe.

Dann erklärte ich, was im Palast geschehen war, verkürzte meinen Bericht aber so weit wie möglich. Trotzdem klang ein großer Teil der Geschichte so abwegig, dass ich einiges mehrmals erzählen musste. Am Ende zog ich den glühenden Stein hervor, in dem sich Celior befand. »Hier ist er. Seht Ihr es jetzt?« Harold hatte immer wieder nachgefragt, wie der Stein eigentlich aussah.

Sobald ich ihn herausgezogen hatte, verströmte er ein weiches und sanft pulsierendes goldenes Licht. Alle Anwesenden konnten ohne jeden Zweifel erkennen, dass es sich um etwas Lebendiges handelte, auch wenn es nicht mehr als ein glühender Stein zu sein schien. »Was habt Ihr damit vor?«, wollte Harold wissen.

Ich rieb mir über den kurzen Bart. »Im Augenblick habe ich nicht die geringste Ahnung. Ich muss aber eine Nutzanwendung für ihn finden, denn sonst zerstört er sich früher oder später selbst, und Celior kommt wieder heraus. Darüber können wir uns aber später noch Gedanken machen. Als Erstes will ich mich nun etwas ausruhen.«

Ich hatte Walter bereits gezeigt, wie er die Stimme und die Gestalt des Königs nachahmen konnte, und ihn entsprechend eingewiesen. Als ich ihm jetzt sagte, er solle an meiner Stelle Edward verkörpern, sträubte er sich. Es dauerte einen Moment, bis ich es begriff. »Oh, Ihr habt Eure Tochter noch nicht gesehen!«, rief ich. »Eure Frau und Euren Sohn auch nicht. Es tut mir leid, Walter! Ich habe nicht richtig darüber nachgedacht.«

Er schüttelte den Kopf. »Nein, Mordecai, Ihr habt heute schon genug für mich getan. Es macht mir nichts aus, diese Aufgabe zu übernehmen, wenn dadurch das Königreich heil bleibt.«

Ich wollte schon Einwände erheben, denn ich konnte den Gedanken nicht ertragen, dass er noch länger von ihnen getrennt bleiben sollte. Immerhin hatte er bereits vier Jahre gelitten. »Lasst mich den heutigen Tag übernehmen, und dann könnt Ihr mich für eine ganze Woche ablösen«, antwortete ich. »Aber jetzt werde ich mich erst einmal hinsetzen und eine Weile meine Augen ausruhen, und dann bin ich gleich wieder da.«

Natürlich dauerte es ziemlich lange, bis ich wieder zu mir kam.

Epilog

Mehrere Tage später erwachte ich im Bett. Ich hätte sogar noch länger geschlafen, hätte mir nicht jemand laut ins Ohr geschnarcht. Penny lag neben mir, und die Schwangerschaft hatte keineswegs dazu beigetragen, den nächtlichen Lärm zu mindern – ganz im Gegenteil. Lächelnd beobachtete ich sie eine Weile. Es war schön, sie nach ihrer Entführung wieder neben mir zu spüren.

Mit den Fingern strich ich eine Strähne von ihrem Mund und der Nase weg. Ich wollte sie nicht stören, doch sie schlug die Augen auf. Seit ihr Bauch anschwoll, schlief sie meist sehr leicht.

Eine lange Zeit lagen wir im schwachen Licht nur da und betrachteten einander. Ich hätte noch jahrelang so liegen können, wäre da nicht der drängende Ruf von Seiten der Natur gewesen. Als ich vom Abtritt zurückkehrte, saß Penny aufrecht im Bett und erwartete mich.

»Ich dachte, du wirst nie mehr wach«, sagte sie, als ich neben ihr ins Bett stieg.

Ich beugte mich vor und roch an ihren Haaren. Penelopes Körpergeruch hatte mich schon immer betört. Sie duftete nach Wärme, Zuneigung und meinem Zuhause. »Ich dachte, ich sehe dich nie wieder, und eine Weile fürchtete ich sogar, du wärest tot«, antwortete ich.

»Was das angeht, Mort …«, begann sie, aber ich hob die Hand und hieß sie schweigen.

»Als ich dich gestern gesehen habe, stand ich unter einer großen Belastung. Entschuldige dich nicht. Du hast getan, was du für das Beste gehalten hast, und am Ende hat es sich ja auch als richtig erwiesen«, erklärte ich ihr. »Eigentlich würde ich mich lieber bei dir entschuldigen, Penny. Ich habe dich im Stich gelassen, und seit ich herausgefunden habe, was dir zugestoßen ist, mache ich mir Vorwürfe.«

Sie beugte sich, vom Bauch ein wenig behindert, ungeschickt vor und gab mir einen raschen Kuss. »Ich weiß doch, wie du dich gefühlt hast, aber was du da sagst, ist nicht wahr. Niemand kann für alles gewappnet sein.«

»Willst du darüber sprechen? Über das, was passiert ist, nachdem sie dich verschleppt haben?« Ich fürchtete die Geschichte, die sie mir vielleicht erzählen würde, denn sicherlich würde ich Schuldgefühle bekommen. Aber … erfahren musste ich es auf jeden Fall.

Penny betrachtete ihre Hände. »Es war zwar nicht angenehm, aber nichts ist passiert, was dich beunruhigen müsste. Ich komme schon darüber hinweg.«

Ihre Miene versetzte mir einen Stich. »Ich mache mir trotzdem Sorgen. Haben sie dir wehgetan?«

»Der König oder die Untoten?«, erwiderte sie bitter.

»Beide.«

»Bei den Shiggreth gab es keine Atempause, keine Privatsphäre, keine Behaglichkeit und keine Wärme, aber wehgetan haben sie mir nicht«, antwortete sie langsam. »Sie wollten uns als Geiseln haben und hielten uns wie Tiere.«

Ein Dutzend Fragen schossen mir durch den Kopf, doch ich wartete schweigend ab und beobachtete sie genau. Penny wandte den Blick ab, ehe sie weitersprach.

»Sie haben uns ausreichend mit Essen versorgt, Dorian jedoch die Rüstung und die Kleidung weggenommen. Er hatte böse Prellungen und Schürfwunden, dazu einige Blasen, wo die Rüstung ihn gezwickt und wundgescheuert hatte. Ich musste ihn mit dem bisschen Wasser waschen, das sie mir gebracht hatten, und nach einer Weile konnte ich sie überreden, uns eine Decke zu geben.« Penny hielt inne und senkte den Kopf, die Haare fielen ihr vor das Gesicht.

Eine neue Angst, die sich nicht um Misshandlung, sondern um Trost drehte, ersetzte die Befürchtungen, die ich zuvor empfunden hatte. Erst jetzt dämmerte mir, welche Belastung ihre Isolation gewesen war … und wie sie versucht hatte, dagegen anzukämpfen. Ich konnte meine Ängste nicht aussprechen, denn ich wollte Penny nicht noch mehr verletzen, aber die Saat des Zweifels war gesät. Auch ich war in Versuchung geraten, obwohl meine Lage viel leichter zu ertragen gewesen war.

»Nachts war es kalt, besonders in der Höhle. Sie haben uns nichts als Fleisch und Wasser gegeben. Ein Feuer hatten wir nicht, deshalb haben wir uns zusammengekuschelt. Gelegentlich kamen sie zu uns, aber Dorian wollte sie nicht in meine Nähe lassen. Wenn sie gewollt hätten, dann hätten sie uns allerdings mühelos töten können. Als sie uns dann endlich zum König brachten, war es eine Erleichterung. Seine Männer gaben uns Kleidung und eigene warme Zimmer. Es war fast, als wären wir Gäste des Königs«, schloss sie.

Ich strich ihr über die Haare. »Das ist wohl das Einzige, was ich dem König nicht vorwerfen kann. Wenigstens hat er seine Geiseln gut behandelt.«

Penny sah mich mit feuchten Augen an. »Mordecai, ich muss mit dir reden … über Dorian.«

Ich schloss die Augen und beschwor meine ganze Kraft herauf, ehe ich sie wieder öffnete. »Penelope, ich liebe dich. Was auch passiert ist, meine Gefühle wird es nicht verändern, und ich werde dir keine Vorwürfe machen«, antwortete ich mit ehrlichen Augen und dem Herz eines Lügners. Natürlich würde es mich tief drinnen belasten, und es würde Jahre dauern, dies zu überwinden. Trotzdem war mir klar, dass ich ihr nichts vorwerfen konnte.

»He!«, sagte sie laut und schnippte vor meinen Augen mit den Fingern. »Denk nie wieder an so etwas. Nichts dergleichen ist geschehen! Hörst du mir zu, Mort?«

Nun war ich doch erleichtert. »Ich wollte dir nur sagen, dass ich dich liebe, ganz gleich, was passiert ist.«

Sie sah mich misstrauisch an, dann entspannte sie sich. »Du sorgst dich mit Recht. Sie haben uns eingepfercht wie Tiere, und wir hatten nichts als uns selbst als gegenseitige Stütze. Ich war in Versuchung, Mort, ich war schrecklich in Versuchung, das will ich nicht beschönigen. Wir haben zwar nur wegen der Wärme so eng zusammen geschlafen, aber ich weiß nicht, ob Dorian jemals die Schande überwindet.«

Das begriff ich sofort. Dorian war der Mann, dem ich in einer solchen Situation mehr als jedem anderen vertrauen konnte, doch sein Selbstbild hatte womöglich Schaden genommen. Er orientierte sich an übermenschlichen Idealvorstellungen, und selbst wenn er der Versuchung widerstanden hatte, war die Begegnung mit seinen menschlichen Schwächen gewiss ein harter Schlag für sein Selbstwertgefühl gewesen. »Ich rede mit ihm«, antwortete ich.

»Nein!«, erwiderte sie erschrocken. »Er würde vor Scham sterben, wenn er wüsste, dass ich es dir gesagt habe.«

Ich schüttelte den Kopf. »Wenn ich nichts sage, kommt er vor Schuldgefühlen um. Ich kenne Dorian. Er wird nicht mit sich selbst ins Reine kommen, solange er nicht dir und mir alle Sünden gebeichtet hat, die er gar nicht begangen hat.« Da fiel mir etwas ein. »O verdammt!« Außerdem wollte er es vermutlich Rose beichten. Ich vertraute auf ihre Standfestigkeit, aber es konnte trotzdem sehr unangenehm werden.

»Was ist?«, fragte Penny.

»Rose«, sagte ich nur.

Sie zuckte die Achseln. »Ich glaube, du unterschätzt sie.«

»Vielleicht hast du recht. Sie ist eine wirklich erstaunliche Frau«, stimmte ich zu.

Penny musterte mich kritisch. »Da ist doch was passiert.«

Ich erwiderte ihren Blick. »Nein, wirklich nicht.«

Sie entspannte sich. »Was war das dann für ein Gesichtsausdruck?«

»Rose und ich haben gleichzeitig eine Tragödie erlebt, deshalb habe ich auch ihre Schwächen gesehen. Gewisse Versuchungen gab es durchaus, doch vor allem habe ich jetzt einen großen Respekt vor ihrer Charakterstärke. Du bist und bleibst aber die einzige Frau für mich, meine Liebste«, sagte ich wahrheitsgemäß.

In Penelopes Gesicht rangen verschiedene Gefühle miteinander – oder jedenfalls kam es mir so vor. Schließlich beugte sie sich vor, küsste mich und stand auf.

»Was ist los?«, fragte ich verwirrt.

Sie lachte über meine Begriffsstutzigkeit. »Schon gut, ich glaube dir. Es ist nur meine Blase. Ich glaube, sie ist auf die Größe einer Erbse geschrumpft. Ehrlich, ich kann kaum noch zehn Minuten herumlaufen, ohne mir ein Nachtgeschirr suchen oder zum Abort rennen zu müssen.«

Nun musste auch ich lachen. Die Ehe stellte sich keineswegs als das heraus, was ich vor rund einem Jahr erwartet hätte. Es war etwas ganz anderes, in mancher Hinsicht besser, in mancher viel verrückter.

Die Wochen vergingen, die Lage beruhigte sich wieder. Walter und ich traten abwechselnd in der Rolle des Herrschers auf und verwalteten das Königreich. Er übernahm den größten Teil der Aufgabe, und James war so freundlich, in der Nähe zu bleiben und in politischen Dingen Ratschläge zu erteilen. Sein vertrauter Umgang mit dem König löste verschiedene Gerüchte aus, die aber keine nennenswerten Folgen hatten. Ein paar Wochen nach dem Zwischenfall im Palast beschloss Edward auf einmal, es sei nun Zeit, die Frage seiner Nachfolge zu regeln.

Cyhan hatte den toten König versteckt, und ich hatte mit dem Stasiszauber seinen Leichnam konserviert, da wir ihn zu einem späteren Zeitpunkt noch brauchen würden. Nur gut, dass es mir eingefallen war, denn sonst hätten wir eine andere Leiche finden und einen Unfall oder einen Brand inszenieren müssen, um sie zu entstellen. So oder so hätte es Gerüchte gegeben.

Der König erließ eine Proklamation und stellte ein Dokument aus, um unmissverständlich kundzutun, dass James Lancaster sein Nachfolger werden sollte. Die anderen Adligen schrien zwar auf, doch die meisten waren klug genug, König Edward nicht zu verärgern ... wenigstens nicht, solange er noch am Leben war.

Einen Monat später trat er dann zugunsten von James zurück. Edward war jedoch so freundlich, in der Hauptstadt zu bleiben, um den neuen König zu beraten und zu unterstützen. Außerdem stellte er klar, dass es seine Absicht war, James um jeden Preis auf dem Thron zu halten. Natürlich murrten die anderen begüterten Adligen, doch sie taten es nie in Hörweite des gegenwärtigen oder früheren Königs.

Der Sommer war vorbei, der Herbst machte sich bemerkbar. Die Blätter hatten sich noch nicht verfärbt, doch ein kühler Hauch lag in der Luft, der die kommende Winterkälte ankündigte. In Albamarl herrschte eine festliche Stimmung, weil sich die Menschen auf die letzte Ernte freuten, die den Abschluss der alljährlichen Mühen darstellte.

Penelopes Bauch war nun schier unglaublich angeschwollen, und ich zitterte in ängstlicher Erwartung. Außerdem fürchtete ich ständig, sie könnte hinfallen, sobald sie auch nur aufstand und umherlief.

Eines Tages, als ich frei hatte und nicht den abgedankten König darstellen musste, saßen wir beisammen und beobachteten im Salon das Feuer. Auf einmal stand sie auf. »Mordecai«, sagte sie nur.

Doch ich war schon aufgesprungen und schoss durch den

Raum. Die Hebamme hatte mir verraten, dass Penny in etwa einer Woche entbinden werde, und seitdem fand ich keine ruhige Minute mehr. »Lass mich dir helfen«, bot ich an.

»Ich sterbe doch nicht«, erwiderte sie gereizt. »Ich bin nur schwanger.«

»Ich weiß«, lenkte ich ein, vermutlich zum zwanzigsten Mal.

»Ich will dir etwas zeigen«, fuhr sie fort. »Es ist bald so weit, doch ich muss vorher noch mit dir reden.«

»Setz dich einfach hin, und ich hole dir, was du brauchst«, schlug ich vor.

Der Blick, mit dem sie mich bedachte, war alles andere als dankbar. »Ich will dir zeigen, was sich in dem Stein befindet.«

»Oh«, antwortete ich mit bemerkenswerter Geistesgegenwart. »Warte mal – was für ein Stein?«

Ihr Blick verriet tiefes Mitgefühl, wie man es für ein zurückgebliebenes, aber sehr geliebtes Kind aufbringen mag. »Trotz deiner Klugheit hast du manchmal ein Gedächtnis wie eine Rübe«, antwortete sie. »Ich meine Moiras Stein … den großen Stein vor dem Palast.«

Ich begriff nicht, was dieser plötzliche Sinneswandel zu bedeuten hatte. »Monatelang lässt du mich warten und vertröstest mich, und auf einmal willst du es mir zeigen? Ausgerechnet jetzt?«

Sie nickte.

»Das ist doch Unsinn. Deine Fruchtblase könnte jederzeit platzen. Ich weiß nicht, ob du überhaupt noch das Haus verlassen solltest. Was ist, wenn etwas passiert?«, wandte ich ein. »Wir können doch warten, bis das Kind da ist«, drängte ich sie.

Penny lachte. »Das Kind fällt nicht einfach raus, wenn die Fruchtblase platzt. Dann ist immer noch Zeit, nach Hause zu gehen und Sarah zu rufen.« Sarah war unsere Hebamme, eine Frau von unerschütterlicher Zuversicht und mit großer Erfahrung. Penelope sah mich ernst an. »Außerdem gibt es einen guten Grund, genau jetzt dort hinzugehen, noch vor der Entbindung.«

Eine Stunde später standen wir vor dem großen Stein. Wie immer ragte er ein wenig drohend neben der Straße an der Ostseite des Palasts auf. Nichts hatte sich verändert.

»Soll ich Moira rufen, damit sie ihn uns öffnet?«, fragte ich.

Penny schüttelte den Kopf und trat vor den Felsblock. »Sie sagte, ich soll dir dies hier zeigen.« Ihre Hand lag auf einer Stelle, die sich etwa einen Schritt über dem Boden befand. Der Stein war dort ein wenig verfärbt, das Grau entsprach nicht der restlichen Oberfläche.

Ich untersuchte die Stelle genau, konnte jedoch nichts entdecken. Keinerlei Anzeichen von Magie oder etwas anderem. Es war einfach nur rauer grauer Stein. »Da ist nichts.«

»Du musst das Passwort sagen«, erklärte mir Penny.

»Wie lautet es?«

»Es ist dein Name. Nur dein Vorname«, antwortete sie. »Moira hat dieses Passwort vor tausend Jahren kurz vor dem Kampf gegen Balinthor eingerichtet.«

»Aber warum hat sie meinen Namen – oh!« Mir war eingefallen, dass ihr damaliger Geliebter den gleichen Namen getragen hatte wie ich. Ich beugte mich vor, legte die Hand auf die Stelle und sagte: »Mordecai.«

Sofort erschienen rings um meine Hand Runen, die in den Stein geätzt waren. Sie waren zierlich und nur für meinen Magierblick sichtbar. Die Anordnung erkannte ich, denn sie ähnelte den Runen in meinem Haus, die den geheimen Raum in der Bibliothek sogar vor dem Magierblick abschirmten. *Damit verhält es sich so ähnlich wie mit Walters Unsichtbarkeit, wenn er für die Magie nicht mehr wahrnehmbar ist,* dachte ich.

Dann schob ich den Gedanken beiseite und aktivierte die Runen mit der Hand. Sofort erschien neben mir ein kleiner Durchgang im Fels. Obwohl die Tür aus massivem Stein bestand, glitt sie ins Innere des mächtigen Felsblocks hinein und gab den Zugang frei. Penelope trat ein und führte mich.

Gleich darauf erforschte ich mit dem Magiersinn das Innere, das sichtbar wurde, nachdem ich die äußere Verzauberung einmal überwunden hatte. Der Gang verlief etwa zehn Schritt weit geradeaus und endete in einer kleinen Kammer, in der es keinerlei Möbel oder Schmuck gab, wenn man von einem einzigen seltsamen Gegenstand im Zentrum absah. Trotz meiner Wahrnehmung erfasste ich nicht viel mehr als einen eiförmigen Umriss und eine starke magische Ausstrahlung.

Während wir durch den engen Gang liefen, erläuterte mir Penny die Einzelheiten. »Moira hat dieses Versteck gebaut, um etwas Kostbares zu beschützen. Es war ihre letzte und wichtigste Aufgabe, ehe sie sich opferte, um Balinthor zu besiegen.«

Meine Neugierde nahm noch zu, bis wir endlich in der Kammer standen, wo ich den Gegenstand mit den natürlichen Augen betrachten konnte. Bis auf das Glühen der Verzauberung rings um das Podest in der Mitte war es dunkel. »*Lyet*«, sagte ich leise, um über unseren Köpfen eine kleine Leuchtkugel zu erschaffen.

Nun konnten meine natürlichen Augen wesentlich besser erfassen, was sich vor mir befand. Es war ein Steinpodest, auf dem eine Wiege aus Holz stand. Alles war von einem mächtigen Stasisfeld umgeben. Die rings um das Podest sorgfältig gezeichneten Runen sicherten die Wiege und das Kind in einer zeitlosen Zone.

Erstaunt, ehrfürchtig und recht aufgeregt sah ich Penny an. »Ist es das, was ich glaube …?«

Penny traten die Tränen in die Augen. »Es ist kein ›Es‹, Mordecai. Es ist eine Sie. Dies ist Moiras Tochter.«

Es wäre untertrieben zu sagen, dass ich staunte. »Ganz und gar erschrocken« traf es da schon eher. »Wie …«, setzte ich an.

»Sie verschob den Kampf gegen Balinthor, bis sie das Kind geboren hatte. Deshalb konnte sie Gareth vorher nicht helfen – sie war schwanger. Diese Zuflucht hier hat sie gebaut, um das Kind zu schützen, und dann hat sie gewartet und ihre Tochter hier sicher untergebracht. Erst danach nahm sie den Kampf gegen den Nachtgott auf«, erklärte sie.

Auf einmal fügten sich mehrere Dinge in meinem Kopf zusammen: Moiras Hintergedanken, ihr gelegentlicher Eigensinn, und wenn ich richtig darüber nachdachte, sogar ihre ganze Existenz. »Sie hat eine Kopie von sich selbst erschaffen, aber nicht, um das Wissen zu hüten, sondern um ihr Kind zu beschützen«, sagte ich laut. »Doch sie hat es so lange versteckt … warum zeigt sie es uns jetzt, und warum hat sie zuerst dir davon erzählt?« Während ich sprach, rasten meine Gedanken, und mein Blick wanderte von Penelopes traurigen Augen zu ihrem dicken … Bauch.

»Ihre Tochter ist ein Neugeborenes, Mort. Es braucht eine Mutter und einen Vater. Du trägst den gleichen Namen wie der Vater des Kindes.« Penny legte eine Hand auf ihren Bauch. »Wir können die beiden wie Bruder und Schwester aufziehen.«

Ich betrachtete den Säugling, der hinter dem schimmernden Zauber halb verborgen war. Es verschwamm mir vor Augen, auch wenn ich den Grund nicht recht benennen konnte. »Lass mich den Zauber aufheben«, sagte ich schließlich.

»Nein, Mort!« Penny hielt mich am Arm fest. »Du alberner Esel, du musst warten, bis unser Kind geboren ist!«

Schon wieder war ich verwirrt. »Warum denn?«, fragte ich, ohne richtig darüber nachzudenken.

Penny legte meine Hand auf ihren Busen. »Damit ich sie beide ernähren kann. Kinder haben Hunger.«

Ich ließ die Hand dort liegen. Es fühlte sich schön an, und ich brauchte Trost. Trotzdem entging mir nicht die Ironie, die in ihrer Antwort lag. Ich hatte mein halbes Leben damit verbracht, an Brüste zu denken, und kaum dass sie einmal eine

Antwort auf eine Frage waren, zog ich sie schon nicht mehr in Betracht.

Schließlich schob Penny meine Hand weg. »Du musst dich benehmen, wenn die Kinder älter werden.«

Kinder, dachte ich. Der Raum schien zu schwanken.

Später, aber noch in derselben Woche, starb Edward. Offiziell war er friedlich im Schlaf verschieden. Ich hatte zwar die Absicht gehabt, noch einige Monate zu warten, doch dann bekam ich das Gefühl, dass ich bald reichlich zu tun haben würde. Ein Kind war schon beängstigend genug, aber Zwillinge – das war eine gewaltige Aufgabe. Ich war keineswegs sicher, ob ich es schaffte, und nur die Zeit würde zeigen, was aus Matthew und Moira wurde.